Reader's Digest
Auswahlbücher

Die Kurzfassungen in diesem Buch erscheinen
mit Genehmigung der Autoren und Verleger

PRINTED IN GERMANY
ISBN 3 87070 091 2

# Reader's Digest Auswahlbücher

**BESTSELLER-SONDERBAND**

Verlag DAS BESTE
Stuttgart · Zürich · Wien

# Inhalt

# Der Schakal

Eine Kurzfassung des Buches von

**Frederick Forsyth**

Ins Deutsche übertragen von

Otto Bayer

Photos von Bill Double

Scharfschützengewehr von Cogswell and Harrison Ltd. London

Deutsche Buchausgabe: „Der Schakal"
(The Day of the Jackal) R. Piper & Co. Verlag, München 1972
ISBN 3 492 01932 3 

RF

*Paris, 25. August 1963. Als der Morgen graut, trifft der beste Berufskiller der Welt seine letzten Vorbereitungen für die Ermordung des Präsidenten der Französischen Republik, Charles de Gaulle. Der Mörder ist attraktiv und unbarmherzig. Sein Deckname: Schakal. Sein Preis: eine halbe Million Dollar. Sein Gegenspieler: ein kleiner, unscheinbarer, schüchterner Polizeibeamter, Kommissar Claude Lebel. Sein Chef hält ihn zwar für den besten Kriminalisten Frankreichs, aber Lebel selbst ist nicht gerade zuversichtlich, als er darangeht, einem Mörder nachzuspüren, dessen Pläne ebenso im dunkel liegen wie seine Identität.*

*Stück für Stück setzt Lebel, unterstützt von den Polizeibehörden anderer Länder, das Bild des Schakals zusammen. Alle Verkleidungen des Mörders, alle seine Schritte werden ausgekundschaftet, eine Falle nach der andern schnappt zu, aber immer wieder ist der Gejagte schon verschwunden.*

*Wenn die letzte Sekunde naht, das Fadenkreuz im Visier des Mordgewehrs sich über das unverwechselbare Profil de Gaulles schiebt, kann man als Leser nur noch einen lauten Warnschrei unterdrücken.*

# ERSTER TEIL

## Anatomie einer Verschwörung

### 1

Es ist kalt morgens um 6.40 Uhr an einem Märztag in Paris, und dem Mann, der seiner Hinrichtung durch ein Exekutionskommando entgegensieht, kommt es noch kälter vor. Zu dieser Stunde stand am 11. März 1963 ein Exoberst der französischen Luftwaffe, Jean-Marie Bastien-Thiry, auf dem Hof des Fort d' Ivry vor einem in den kalten Kiesboden getriebenen Pflock, und während ihm hinter dem Pfahl die Hände zusammengebunden wurden, starrte er mit allmählich schwindender Ungläubigkeit auf den Trupp Soldaten, die ihm auf zwanzig Meter gegenüberstanden.

Man legte ihm eine Binde um die Augen, dann klapperten zwanzig Gewehrverschlüsse, als die Soldaten ihre Karabiner durchluden. Die Salve verursachte keinen Wellenschlag auf dem glatten Spiegel der erwachenden Stadt. Das Sekunden später folgende einsame *Peng* des Gnadenschusses verlor sich im anschwellenden Verkehrslärm jenseits der Mauern.

Der Tod des Offiziers, des Führers einer Gruppe der französischen Geheimorganisation OAS, die versucht hatte, das französische Staatsoberhaupt zu ermorden, hatte die Attentatsserie auf das Leben des Präsidenten beenden sollen. Eine Laune des Schicksals aber machte einen Beginn daraus, und um das zu erklären, muß zuerst geschildert werden, wie es dazu kam, daß an jenem Märzmorgen im Militärgefängnis ein durchsiebter Leichnam in die Fesseln sank.

Die Sonne war endlich hinter die Palastmauern gesunken; lange Schatten fielen über den Hof und brachten der schmachtenden Stadt willkommene Erleichterung. Es war der 22. August 1962, der Tag, für den einige Männer den Tod des Präsidenten Charles de Gaulle beschlossen hatten.

Während die Bevölkerung der Stadt sich anschickte, übers Wochenende an die Flüsse und Strände zu fliehen, tagte hinter der schmuckvollen Fassade des Elysée-Palastes das Kabinett. Auf der anderen Seite des Hofes waren Stoßstange an Stoßstange sechzehn schwarze Citroën DS aufgefahren.

Kurz vor halb acht erschien hinter den Glastüren des Palastes ein ordengeschmückter Portier. Die Sicherheitsbeamten und die Wachen in ihren Postenhäuschen erstarrten, und die massiven Eisengitter wurden aufgestoßen. Die Chauffeure steuerten ihre Limousinen vor den Eingang, und die Kabinettsmitglieder stiegen in ihre Autos und wurden fortgefahren. Jetzt rückten die beiden letzten Wagen zum Fuß der Treppe vor.

Um 19.45 Uhr trat eine zweite Gruppe durch die Glastüren. Im gewohnten anthrazitgrauen Zweireiher mit dunkler Krawatte geleitete Charles de Gaulle mit altväterischer Galanterie Madame Yvonne de Gaulle die Treppe hinunter zu dem vorderen Citroën. Den Wagen mit dem Stander des Präsidenten der Französischen Republik fuhr François Marroux, ein Polizeifahrer mit eiskalten Nerven und der Gabe, schnell und sicher zugleich zu chauffieren. Die Präsidentengattin nahm auf dem linken hinteren Sitz Platz, der General stieg von rechts ein und setzte sich neben sie. Ihr Schwiegersohn, Oberst Alain de Boissieu, setzte sich vorn neben Marroux.

Im zweiten Wagen ließ sich Henri Djouder, der koloßartige Leibwächter vom Dienst, auf den Beifahrersitz sinken. Von nun an würden seine Blicke im Vorüberfahren unaufhörlich über die Trottoirs und Häuserecken schweifen. Kommissar Jean Ducret, der Chef der präsidialen Sicherungsgruppe, nahm hinten Platz.

Von der Westmauer näherten sich zwei Motorradfahrer mit weißen Helmen dem Tor. Die beiden Wagen folgten ihnen, und der kleine Konvoi bog zuerst in den Faubourg Saint-Honoré, von dort in die Avenue Marigny. Unter dem Schutz der Kastanienbäume schaute ein junger Mann auf einem Motorroller hinterdrein, dann löste er sich vom Bordstein und folgte.

Als sie auf den Boulevard des Invalides kamen, wußte der Rollerfahrer genug. Er nahm das Gas von dem heulenden Motor zurück und schwenkte zu einem Eckcafé ab. Drinnen ging er gleich zum Telephon.

Oberstleutnant Jean-Marie Bastien-Thiry, der in einer Bar im Vorort Meudon auf den Anruf gewartet hatte, lauschte ein paar Sekunden, dann murmelte er ein undeutliches „Sehr gut, danke“ in die Muschel und hängte auf. Er trat aufs Trottoir hinaus, holte eine zusammengelegte Zeitung unterm Arm hervor und faltete sie langsam zweimal auseinander.

An einem Fenster auf der gegenüberliegenden Straßenseite ließ eine junge Frau den Vorhang los und drehte sich zu den zwölf Männern im Zimmer um. Sie sagte: „Route zwei.“ Die Männer begaben sich über die Hintertreppe in eine Seitenstraße, wo drei Autos standen. Es war jetzt 19.55 Uhr.

Bastien-Thiry, den eine tiefe Bitterkeit gegen Charles de Gaulle erfüllte, weil er Algerien den algerischen Nationalisten überließ, hatte persönlich ganze Tage mit den Vorbereitungen für diesen Anschlag zugebracht. Die Stelle, die er ausgesucht hatte, war die Avenue de la Libération in Richtung Petit-Clamart. Nach seinem Plan sollte eine Gruppe etwa zweihundert Meter vor der Hauptkreuzung hinter einem geparkten Lieferwagen hervor auf den Präsidentenwagen schießen. Bastien-Thiry hatte errechnet, daß an die hundertfünfzig Kugeln den vorderen Wagen durchlöchern würden, bevor er an dem Lieferwagen vorbei wäre. Sowie der Präsidentenwagen stand, sollte eine zweite Gruppe, darunter Georges Watin, einer der gefährlichsten Scharfschützen der OAS, aus einer Seitenstraße hervorpreschen und aus nächster Nähe auf den Wagen der Sicherungsgruppe feuern. Vereint sollten die Attentäter dann die Insassen erledigen und sofort zu den in einer Seitenstraße stehenden Fluchtautos rennen. Bastien-Thiry selbst spielte den Beobachtungsposten.

Um 20.05 Uhr waren die Gruppen in Stellung. Hundert Meter vor dem Hinterhalt, zur Pariser Seite hin, stand Bastien-Thiry an einer Omnibushaltestelle und wartete, um Serge Bernier, dem Anführer der ersten Gruppe, das Zeichen geben zu können.

Als der Konvoi des Generals den Stadtverkehr hinter sich hatte, erhöhte er seine Geschwindigkeit auf hundert Stundenkilometer. Die beiden Motorradfahrer setzten sich ans Ende; de Gaulle hatte ihren Anblick vor sich noch nie gemocht. Jetzt näherte sich die Kolonne der Avenue de la Libération. Es war 20.17 Uhr. Anderthalb Kilometer weiter erlebte Bastien-Thiry die Folgen seines großen Fehlers. Als er den Zeitplan aufstellte, hatte er mit einem Kalender von 1961 gearbeitet und festgestellt, daß die Sonne am 22. August um 20.35 Uhr unterging. Am 22. August 1962 aber dämmerte es schon um 20.10 Uhr. Diese fünfundzwanzig Minuten sollten über die Geschichte

Frankreichs entscheiden. Um 20.18 Uhr sah Bastien-Thiry den Konvoi die Avenue de la Libération heruntergerast kommen und winkte wie verrückt mit seiner Zeitung.

Hundert Meter weiter auf der gegenüberliegenden Straßenseite starrte Bernier durch die Dämmerung nach dem Mann an der Haltestelle. „Hat der Oberst schon mit der Zeitung gewinkt?“ fragte er. Die Frage war kaum heraus, als schon der Präsidentenwagen in Sicht kam.

„Feuer!“ schrie er. Seine Leute eröffneten das Feuer in dem Moment, als der Konvoi auf gleicher Höhe mit ihnen war.

Daß der Wagen, der jetzt hundertundzehn fuhr, überhaupt noch zwölf Kugeln abbekam, lag nur an der Treffsicherheit der Schützen. Aber die meisten trafen das Auto nur von hinten. Zwei Reifen zerfetzten unter den Einschlägen, und der Wagen geriet ins Schleudern.

Eine Kugel durchschlug die Heckscheibe und zischte nur um Zentimeter an der Nase des Präsidenten vorbei. Oberst de Boissieu brüllte: „Runter!“ Madame de Gaulle senkte den Kopf, aber der General äußerte nur ein frostiges „Was, schon wieder?“. Dann drehte er sich um und sah zum Fenster hinaus.

Marroux umklammerte das flatternde Lenkrad und steuerte sanft den Schleuderbewegungen entgegen, den Fuß auf dem Gaspedal. Der Citroën schoß auf den Wagen mit der zweiten OAS-Gruppe zu. Der Sicherungswagen hinter Marroux war unversehrt.

Das Tempo des nahenden Konvois stellte den Fahrer des zweiten OAS-Wagens vor die Wahl: entweder einen Zusammenstoß zu riskieren oder die Kupplung eine halbe Sekunde zu spät kommen zu lassen. Er entschied sich für letzteres. Als er auf die Hauptstraße einschwenkte, kam bereits der zweite Wagen längsseits. Watin leerte das Magazin seiner Maschinenpistole auf das Heck des ersten Wagens, in dem er hinter der zertrümmerten Scheibe das stolze Profil de Gaulles sah.

Djouder im zweiten Wagen versuchte zum Schuß auf die Attentäter zu kommen, aber sein eigener Fahrer nahm ihm die Sicht. Die beiden Kradfahrer, die von dem zweiten OAS-Wagen fast aus den Sätteln gerissen worden waren, hatten sich wieder gefangen und holten auf. Sekunden später waren die OAS-Leute abgehängt, und der Konvoi raste über die Kreuzung. Als er in Villacoublay ankam, stieg General de Gaulle aus, klopfte sich die Glassplitter vom Revers und ging um den Wagen, um seiner Frau den Arm zu reichen.

„Komm, meine Liebe, wir wollen nach Hause", sagte er, und endlich sprach er sein Verdammungsurteil über die OAS: „Nicht einmal schießen können sie." Mit diesen Worten führte er seine Gattin zu dem wartenden Hubschrauber. Auf der Rollbahn saß François Marroux aschfahl hinterm Steuer.

Während die Weltpresse noch über das versuchte Attentat wilde Spekulationen anstellte, setzte die französische Polizei, unterstützt von Geheimdienst und Gendarmerie, zur größten Menschenjagd in der Geschichte Frankreichs an.

Am 3. September kam sie den ersten Schritt weiter. An einer Straßensperre bei Valence wurde ein Wagen mit vier Männern angehalten. Einer hatte keine Papiere bei sich. Er wurde zur Feststellung der Personalien nach Valence gebracht, wo sich herausstellte, daß es sich um einen zweiundzwanzigjährigen Deserteur aus der Fremdenlegion, Pierre-Denis Magade, handelte.

Einer der Polizisten fragte: „Was war bei Petit-Clamart?"

Magade zuckte hilflos die Achseln. „Was wollt ihr wissen?"

Magade sang acht Stunden lang vor den verdutzten Polizisten. Am Ende hatte er sämtliche Teilnehmer an der Aktion von Petit-Clamart genannt, und die Jagd konnte losgehen. Nur einer, Georges Watin, entkam.

Bastien-Thiry und die anderen wurden im Januar 1963 vor Gericht gestellt. Während der Verhandlungen sammelte die OAS ihre Kräfte für einen erneuten Generalangriff auf die Regierung de Gaulle, und der französische Geheimdienst kämpfte mit Zähnen und Klauen.

Der französische Geheimdienst heißt Service de documentation extérieure et de contre-espionnage (SDECE). Er ist in sieben Gruppen unterteilt, deren Aufgaben Spionage im Ausland und Gegenspionage im Inland sind. Gruppe Fünf, die Aktionsgruppe, bildete den Kern der Arbeit gegen die OAS. Aus dem Hauptquartier in Porte des Lilas, dem schmuddeligen Vorort im Nordosten von Paris, zogen hundert harte Burschen gegen die OAS in den Krieg. Sie waren größtenteils Korsen, und sie verstanden sich auf den Umgang mit kleinen Waffen und auf den waffenlosen Kampf – Karate und Judo. In Lehrgängen hatten sie Entführung, Verhör und Meuchelmord gelernt. Sie hatten das Recht, in Ausübung ihres Dienstes zu töten, und davon machten sie häufig Gebrauch. Manche traten der OAS bei und infiltrierten sie bis nach oben. Man nannte sie wegen ihrer Tätigkeit im Untergrund „Les Barbouzes", die Bärtigen, und die OAS haßte sie mehr als alle

Polizisten. In den letzten Tagen des Machtkampfes zwischen OAS und Gaullisten in Algerien hatte die OAS sieben Barbouzes lebend gefangen. Ihre Leichen fand man später aufgeknüpft an Balkonen und Laternenpfählen, ohne Nasen und Ohren.

Am 14. Februar 1963 wurde ein neues Komplott gegen General de Gaulle entdeckt. Am Tag darauf wollte er in der Ecole Militaire am Champ-de-Mars einen Vortrag halten. Beim Betreten des Gebäudes sollte er von einem zwischen den Dachtraufen des angrenzenden Häuserblocks sitzenden Schützen von hinten erschossen werden. Der Plan war unglaublich dilettantisch, aber er ärgerte de Gaulle. Er rief Innenminister Frey zu sich, der für die innere Sicherheit verantwortlich war, und sagte, indem er auf den Tisch schlug: „Diese Attentate reichen aber jetzt!" Man beschloß, an ein paar führenden Männern der OAS ein Exempel zu statuieren.

Am 25. Februar wurde der Exoberst Antoine Argoud, der im Exil lebende Einsatzleiter der OAS, von zwei Angehörigen der Aktionsgruppe in seinem Hotel in München ergriffen und in einem Wäschereiwagen über die französische Grenze geschleust. Aber eines hatte die Aktionsgruppe nicht bedacht: durch die Ergreifung Argouds war der Weg für seinen Stellvertreter frei geworden, den wenig bekannten, aber nicht minder gerissenen Oberstleutnant Marc Rodin, der jetzt den Befehl über die gegen de Gaulle gerichteten Einsätze übernahm. Es war in mehrfacher Hinsicht ein schlechtes Geschäft.

Am 4. März verurteilte das Militärgericht Bastien-Thiry zum Tode. Als ihm das Urteil bekanntgegeben wurde, lächelte Bastien-Thiry. „Kein französischer Soldat wird sein Gewehr auf mich richten", sagte er. Da irrte er sich. Seine Hinrichtung wurde in den 8-Uhr-Nachrichten von Radio Europa No. 1 gemeldet.

## 2

IN EINEM kleinen Hotelzimmer in Österreich schaltete Marc Rodin sein Transistorgerät aus und stand vom Tisch auf, ohne das Frühstück angerührt zu haben. Er blickte zum Fenster hinaus auf die schneebedeckte Landschaft. „Schweine!" Er stieß das Wort mit äußerster Bitterkeit hervor.

Der große, hagere Mann mit dem von Haß verzehrten Totengesicht wußte normalerweise seine Gefühle für sich zu behalten. Er, der Sohn eines Schusters, war nach England geflohen, als die Deutschen Frankreich besetzten, und hatte sich unter dem Feldzeichen des Lothringer Kreuzes als gemeiner Soldat verdingt. Nach blutigen Schlachten in Nordafrika und in der Normandie hatte er endlich die Offiziersstreifen bekommen, die für einen Mann seiner Herkunft und Bildung sonst unerreichbar gewesen wären. Im Nachkriegsfrankreich hatte er dann vor der Wahl gestanden, als Flickschuster ins Zivilleben zurückzukehren oder bei der Armee zu bleiben.

Er blieb in der Armee – und mußte später mit ansehen, wie eine junge Generation auf der Schulbank dieselben Rangabzeichen erwarb, für die er Blut geschwitzt hatte. Ihm blieb nur noch eines übrig. Er ging in die Kolonien zu den Paras, einem der harten Eliteregimenter, die in Französisch-Indochina gegen die Kommunisten kämpften. Am Ende des Indochinakrieges war er Major, und nach einem zermürbenden Jahr in Frankreich wurde er 1956 nach Algerien versetzt.

Er hielt die Aufgabe Indochinas für einen ungeheuren Betrug an den Tausenden, die dort gestorben waren. Für ihn durfte es noch so einen Betrug nicht geben. Algerien würde das zeigen. Algerien war ein Stück Frankreich, von drei Millionen Franzosen bewohnt. Aber die Rebellen waren nicht so leicht kleinzukriegen, wie Rodin sich das zuerst gedacht hatte. Was gebraucht wurde, war mehr Hilfe aus Paris.

Im Juni 1958 kam General de Gaulle als Ministerpräsident Frankreichs wieder an die Macht. Er beseitigte die korrupte Vierte Republik und gründete die Fünfte. Und als er dann im Januar 1959 die Worte *Algérie française* sprach, ging Rodin in sein Zimmer und weinte. Er war sicher, daß jetzt mit einer ganzherzigen Unterstützung Frankreichs für seine Getreuen in Algerien zu rechnen war.

Dann machte sich de Gaulle daran, Frankreich auf seine Weise zu restaurieren, und Rodin meinte, daß da wohl ein Irrtum vorliegen müsse. Er konnte den Gerüchten, wonach es Vorgespräche mit dem Feind gegeben habe, nicht glauben. Als aber zweifelsfrei feststand, daß in Charles de Gaulles Konzept von einem erneuerten Frankreich kein französisches Algerien vorgesehen war, brach für Rodin eine Welt zusammen; ihm blieb nur noch Haß. Haß auf das System, auf die Politiker, die Intellektuellen, die Algerier; vor allem aber Haß auf *ihn*. Rodin führte sein ganzes Bataillon in den Militärputsch vom April 1961.

Der Putsch scheiterte. Als schließlich die Loyalität der Armee auf die Probe gestellt wurde, drehten Zehntausende von Wehrpflichtigen in Algerien ihre Radios an und hörten de Gaulles Stimme: Ihr steht am Scheideweg eurer Treue. Ich bin Frankreich, das Werkzeug seines Schicksals. Folgt mir. Gehorcht mir.

Manche Bataillonskommandeure wachten auf und hatten nur noch eine Handvoll Offiziere und den Großteil ihrer Sergeanten. Von Rodins Offizieren, Unteroffizieren und Mannschaften waren lediglich einhundertzwanzig bei ihm geblieben. Zusammen mit den anderen Putschisten bildeten sie die OAS und schworen, den Judas vom Elysée-Palast zu stürzen.

Während die französischen Siedler aus dem vom Krieg zerrissenen Algerien flohen, nahm die OAS letzte Rache an dem, was sie zurücklassen mußte. Nachdem die Orgie der Verwüstung beendet war, blieb den Führern, deren Namen den gaullistischen Behörden bekannt waren, nur noch das Exil. Rodin wurde im Winter 1961 Stellvertreter Argouds, des Einsatzleiters der Exil-OAS. Argoud war die Intuition, das Feuer hinter der Offensive gegen das französische Mutterland; Rodin war die Organisation, der geriebene Praktiker.

Jetzt, am Morgen des 11. März 1963, stand Rodin kettenrauchend an seinem Hotelzimmerfenster in einem unbekannten österreichischen Dorf und konzentrierte sich auf das Problem der Beseitigung Charles de Gaulles. Vor kurzem die Entführung seines Vorgesetzten Argoud, jetzt die Hinrichtung Bastien-Thirys, das waren schwere Schläge für die Moral der OAS. Ein Attentäter war leicht aufzutreiben; das Problem war nur, einen Mann oder einen Plan zu finden, der so ungewöhnlich war, daß er die Sicherheitsmauer, die jetzt um den Präsidenten errichtet worden war, zu durchdringen vermochte. Die Unterwanderung der OAS durch Leute von der Aktionsgruppe hatte alarmierende Ausmaße angenommen. In diesem Stadium würde jeder neue Plan, der die Zusammenarbeit mehrerer Gruppen erforderte, schon auffliegen, bevor der Attentäter auch nur auf hundert Kilometer an de Gaulle herangekommen wäre. Am Ende seiner Überlegungen brummte Rodin: „Ein Mann, den keiner kennt ...“ Langsam und mit Bedacht baute er einen Plan, dann stellte er ihm alle Hindernisse gegenüber, die er sich nur ausdenken konnte. Der Plan hielt stand.

Kurz bevor es Mittag schlug, ging Marc Rodin durch den knirschenden Schnee zur Post und gab mehrere Telegramme auf, in denen er seine unter Decknamen über ganz Südeuropa verstreuten Kameraden davon in Kenntnis setzte, daß er in den nächsten Wochen nicht erreichbar sein würde.

Nachmittags brach er auf zu seiner einsamen Suche nach dem Mann, von dem er nicht einmal sicher war, daß es ihn gab.

Es dauerte neunzig Tage, bis Rodins Suche abgeschlossen war. Mitte Juni war er wieder in Österreich und zog in die Pension Kleist in der Wiener Brucknerallee.

Von der Hauptpost schickte er Telegramme an seine beiden Stellvertreter und rief sie zu einer dringenden Besprechung. Er unterzeichnete die Telegramme mit dem Namen Schulz, seinem Decknamen für die laufende Zwanzigtageperiode. Andern Morgens um elf waren die Männer da: René Montclair aus Bozen, André Casson aus Rom. Rodin ließ sie auf den beiden Sesseln im Zimmer Platz nehmen. Dann nahm er eine Flasche französischen Kognak aus dem Schrank und hielt sie fragend hoch. Seine beiden Gäste nickten.

Während sie tranken, betrachtete Rodin sie von seinem hochlehnigen Stuhl hinter dem Tisch. René Montclair war klein und gedrungen, ein Berufsoffizier, der die letzten zehn Jahre in der Zahlmeisterei der Fremdenlegion gedient hatte. Er war Schatzmeister der OAS. André Casson war Zivilist. Er war klein, ein Mann von Präzision und kleidete sich noch heute wie als Bankdirektor in Algerien. Er koordinierte die Untergrundarbeit der OAS im französischen Mutterland. Beide sahen Rodin neugierig an, stellten aber keine Fragen.

Rodin begann behutsam und der Reihe nach mit seinem Bericht. „Der Geheimdienst hat unsere Bewegung so gründlich unterwandert, daß nicht einmal die Absichten unserer höchsten Kommandos vor ihm sicher sind. Nach meiner Ansicht gibt es nur einen Weg, unser oberstes Ziel, die Beseitigung de Gaulles, zu erreichen, und zwar ist das ein Weg, der das Netz der Spione umgeht und den Geheimdienst vor eine Situation stellt, die er nicht einmal dann vereiteln könnte, wenn er Bescheid wüßte."

Im Zimmer herrschte Totenstille, dann sagte Rodin: „Ich glaube, daß wir die Dienste eines Außenstehenden in Anspruch nehmen müssen."

Montclair und Casson sahen ihn verdutzt an.

„Dieser Mann müßte Ausländer sein", fuhr Rodin fort. „Er darf der französischen Polizei nicht bekannt sein und auch sonst nirgends in einer Kartei stehen. Er würde seine Arbeit tun und in seine Heimat zurückkehren – wobei ein Entkommen für den Mann gar nicht so wichtig wäre, denn wir würden ihn ja befreien, sobald wir die Macht haben. Wichtig ist nur, daß der Mann ins Land hineinkommt, unbemerkt und ohne Verdacht zu erregen."

Montclair stieß einen langen Pfiff aus. „Ein gedungener Mörder."

„Ich möchte zunächst nur wissen", sagte Rodin, „ob Sie dem Gedanken im Prinzip zustimmen."

Montclair und Casson sahen einander an, dann nickten sie langsam.

„*Bien.* Ich habe Sie zu mir gerufen, weil ich mir Ihrer Loyalität gegenüber unserer Sache sicher bin und Sie für fähig halte, ein Geheimnis zu wahren. Außerdem müssen Sie als Schatzmeister sowieso mitmachen, René, damit wir dem Attentäter das Honorar bezahlen können, das er als Berufskiller verlangen wird. Ihre Mitarbeit, André, ist notwendig, damit der Mann in Frankreich die Hilfe loyaler Leute hat, falls er sie brauchen sollte. Aber ich sehe keinen Grund dafür, Einzelheiten über uns drei hinaus bekanntwerden zu lassen."

Es trat wieder Schweigen ein. Dann sagte Montclair: „Sie meinen, wir sollen die ganze Führung der OAS übergehen? Das werden die Herren nicht mögen."

„Sie wissen ja gar nichts davon", entgegnete Rodin ruhig. „Und selbst wenn wir ihre Zustimmung bekämen, wäre ja damit noch kein Schritt nach vorn getan, nur daß an die dreißig Leute Bescheid wüßten. Wenn wir andererseits die Verantwortung auf uns nehmen und der Plan gelingt, haben wir die Macht, und dann sind die Mittel, mit denen die Vernichtung des Diktators erreicht wurde, nur noch von akademischem Interesse. Also, ganz kurz, sind Sie beide bereit, als einzige Mitwisser mit mir zusammenzuarbeiten?"

Nach langer Bedenkpause nickten Montclair und Casson.

Rodin atmete langsam aus und lächelte. „Gut", sagte er. „Wenden wir uns nun den Einzelheiten zu. An dem Tag, als der arme Bastien-Thiry ermordet wurde, habe ich mich auf die Suche nach dem Mann gemacht, den wir brauchen. Das Ergebnis ist hier zusammengefaßt." Er gab jedem der beiden einen der Aktendeckel, die auf dem Tisch lagen. Nachdem Montclair und Casson gelesen hatten, reichten sie die Unterlagen Rodin zurück. „Nun, der Markt ist klein. Vielleicht gibt es noch mehr Leute, die diese Arbeit machen, aber sie sind verteufelt schwer zu finden. Fürs erste sprechen wir von diesen dreien als dem Deutschen, dem Südafrikaner und dem Engländer. André?"

Casson zuckte die Achseln. „Der Engländer ist mit Abstand der beste."

„René?"

„Ganz meine Meinung. Der Deutsche ist für solche Sachen inzwischen ein bißchen alt, und der Südafrikaner mag ja ganz recht sein, wenn es einheimische Politiker zu beseitigen gilt, aber den Präsidenten Frankreichs mit einer Kugel zu erledigen, das ist doch eine andere Sache. Der Engländer spricht außerdem sehr gut Französisch."

Rodin nickte. „Ich hatte auch nicht mit großen Zweifeln gerechnet."

„Sind Sie sicher, daß er diese Sachen hier wirklich gemacht hat?" fragte Casson.

„Ich habe mich selbst gewundert", sagte Rodin. „Daraufhin habe ich mir den Mann ganz besonders genau angesehen. Wenn es absolut sichere Beweise gäbe, würde das auch heißen, daß er in sämtlichen Fahndungsbüchern als unerwünschter Ausländer stände. Man hat aber nichts als Gerüchte gegen ihn. Für unseren Auftrag hat er also alle Vorteile aufzuweisen, bis auf einen – er wird nicht billig sein. René, wie stehen unsere Finanzen?"

Montclair zuckte die Achseln. „Wir würden Geld auftreiben müssen. Aber das hat wenig Sinn, solange wir nicht wissen, wieviel wir brauchen –"

„Und das heißt", unterbrach Casson, „daß unser nächster Schritt sein muß, den Engländer zu fragen, ob er den Auftrag übernehmen will und für wieviel."

„Also wären wir uns einig?" Rodin sah auf die Uhr. „Es ist gerade eins vorbei. Ich habe einen Agenten in London, der mit dem Mann Kontakt aufnehmen kann. Wenn er bereit ist, noch heute abend nach Wien zu fliegen, können wir ihn schon nach dem Abendessen hier sprechen. Ich habe die angrenzenden Zimmer für Sie reservieren lassen."

Rodin rief seinen Leibwächter herein, einen hünenhaften Polen namens Viktor Kowalski, der in der Fremdenlegion Korporal gewesen war. Noch einmal wandte er sich an Montclair und Casson. „Ich muß von der Hauptpost aus telephonieren. Viktor werde ich mitnehmen. Würden Sie beide, solange ich fort bin, hier im Zimmer bleiben und die Tür verschlossen halten? Ich werde als Erkennungszeichen dreimal klopfen, Pause, und dann noch zweimal."

Es war das bekannte Drei-zwei-Signal, der Rhythmus der Worte *Algérie française,* das die Pariser Autofahrer seinerzeit intoniert hatten, um ihr Mißfallen über die gaullistische Politik kundzutun.

DIE BEA-VANGUARD aus London schwebte in der Dämmerung auf den Flughafen Schwechat zu. Ganz hinten saß ein großer, blonder Engländer in seinen Sitz zurückgelehnt und blickte auf die vorüberhuschenden Lichter der Landebahn. Endlich verschwanden die Lichter, und die Räder berührten den Boden. Ihm gefiel die Präzision dieser Landungen.

Nach dem Mittagessen war ein junger Franzose in seine Wohnung in Mayfair gekommen und hatte ihn gefragt, ob er in drei Stunden nach Wien fliegen könne. Er hatte seine Reisetasche gepackt und ein Taxi zum Flugplatz Heathrow genommen. Seine Instruktionen lauteten, sich in Schwechat bei der Hauptinformation zu melden.

Am Informationsschalter in der Haupthalle nannte er der hübschen Österreicherin den vereinbarten Decknamen. Sie suchte die Postfächer ab und gab ihm schließlich einen Zettel, auf dem stand: „Rufen Sie 61 44 03, fragen Sie nach Schulz." Er ging zu einem öffentlichen Fernsprecher und rief Herrn Schulz an, der ihm knapp und präzise seine Anweisungen gab. Beim Verlassen der Zelle zündete er sich eine englische King-size-Filter an, bevor er das Feuerzeug an den Zettel hielt. Er flammte kurz auf und zerfiel dann zu schwarzen Krümeln unter seinem eleganten Wildlederschuh. Dann trat er aus dem Gebäude und winkte ein Taxi herbei.

Vierzig Minuten später hörte der Empfangschef in der Pension Kleist die Eingangstür quietschen und blickte auf, als der Engländer auf die Treppe zu ging. Der Besucher nickte beiläufig und sagte auf deutsch: „Guten Abend."

„Guten Abend, mein Herr", antwortete der Empfangschef automatisch, aber noch ehe er zu Ende gesprochen hatte, war der blonde Mann verschwunden.

Am oberen Treppenende blieb der Engländer stehen und sah den Korridor hinunter. Zwischen ihm und Zimmer 64 war ein sechs Meter langer Gang mit zwei Türen auf der rechten Seite und einer Nische mit Vorhang auf der linken. Er musterte aufmerksam die Nische. Unter dem Vorhang schaute die Spitze eines schwarzen Schuhs heraus. Er machte kehrt und ging zum Empfang hinunter. „Verbinden Sie mich bitte mit Zimmer 64", sagte er. Sekunden später reichte ihm der Empfangschef den Hörer hinüber.

„Wenn der Gorilla nicht in fünfzehn Sekunden aus der Nische verschwunden ist, fahre ich wieder nach Hause", sagte der Engländer und legte auf. Dann ging er erneut die Treppe hinauf.

Oben angekommen, sah er die Tür von Zimmer 64 aufgehen. Oberst Rodin blickte über den Korridor hinweg den Engländer an. Dann sagte er leise: „Es ist gut, Viktor. Der Herr wird erwartet." Aus der Nische trat der riesige Pole und schaute finster von einem zum andern.

Rodin bat den Engländer ins Zimmer. Es sah aus wie ein Musterungsbüro. Hinter dem Tisch stand ein leerer Stuhl, rechts und links davon zwei weitere, auf denen Montclair und Casson saßen. Der Engländer nahm sich einen Sessel und drehte ihn so, daß er dem Tisch gegenübersaß. Rodin gab Viktor noch ein paar Anweisungen, dann schloß er die Tür und nahm seinen Platz hinter dem Tisch ein.

Ein paar Sekunden lang sah er sich den Mann aus London an. Der Besucher, anscheinend Anfang Dreißig, war gut einsachtzig groß und hatte eine schlanke, athletische Figur. Sein Gesicht war sonnengebräunt und hatte regelmäßige, aber keine auffallenden Züge. Er wirkte wie jemand, der sich fest in der Gewalt hatte. Nur seine Augen irritierten Rodin. Die gefleckten grauen Regenbogenhäute wirkten vernebelt, und Rodin brauchte eine Weile, bis ihm aufging, daß sie keinerlei Ausdruck zeigten. Welche Gedanken sich auch immer hinter diesem Schleier verbargen, nichts drang davon nach außen, und Rodin empfand ein nagendes Unbehagen.

„Wir wissen, wer Sie sind", begann er unvermittelt. „Ich sollte mich wohl jetzt selbst vorstellen. Ich bin Oberst Marc Rodin –"

„Ich weiß", sagte der Engländer. „Sie sind Einsatzleiter der OAS. Und Sie sind Major René Montclair, der Schatzmeister, und Sie Monsieur André Casson, der Führer des Untergrundes." Er sah die Männer der Reihe nach an und griff nach einer Zigarette. Er zündete sie an, lehnte sich bequem zurück und blies den ersten Rauch aus.

„Wir wollen offen sein, meine Herren. Ich weiß, was Sie sind, und Sie wissen, was ich bin. Wir alle gehen ungewöhnlichen Beschäftigungen nach. Ich arbeite für Geld, Sie aus Idealismus. Aber Professionelle sind wir alle. Wir brauchen uns deshalb also nichts vorzumachen. Sie haben sich erkundigt. Für mich war es wichtig zu wissen, wer sich da so für mich interessierte. Sobald ich wußte, um welche Organisation es sich handelte, haben mir zwei Tage Studium der französischen Zeitungsausschnitte im Britischen Museum genügt, um alles über Sie zu erfahren. Der Besuch Ihres Boten war also für mich kaum noch überraschend. *Bon.* Jetzt wüßte ich nur noch gern, was Sie von mir wollen."

Einen Augenblick herrschte Schweigen; dann sprach Rodin. „Ich will Sie nicht mit den Motivationen unserer Organisation langweilen. Wir meinen nur, daß Frankreich zur Zeit von einem Diktator regiert wird und nur wieder in die Hand der Franzosen kommen kann, wenn er stirbt. Unsere bisherigen Versuche, ihn zu eliminieren, sind fehlgeschlagen. Daher überlegen wir uns jetzt, ob wir nicht die Dienste eines Professionellen in Anspruch nehmen sollten. Aber wir möchten unser Geld nicht zum Fenster hinauswerfen. Als erstes möchten wir also wissen, ob das überhaupt möglich ist."

Der letzte Satz ließ einen schwachen Ausdruck in die grauen Augen treten. „Kein Mensch auf der Welt ist gegen die Kugeln eines Mörders gefeit", sagte der Engländer. „Das entscheidende ist wohl hier, daß die Fluchtchancen nicht allzu hoch sind. Ein Fanatiker, der bereit ist, selbst bei dem Versuch zu sterben, ist immer das sicherste. Wie ich feststelle", fügte er hinzu, „haben Sie bei allem Idealismus keinen solchen Mann in Ihren Reihen."

„Es gibt genug französische Patrioten, die bereit sind –", wollte Casson aufbrausen, aber Rodin beschwichtigte ihn mit einer Geste.

„Und wie steht es mit dem Professionellen?" fragte Rodin.

„Ein Profi handelt nicht aus heiligem Zorn und ist daher kaltblütiger. Da er kein Idealist ist, wird er nicht in letzter Sekunde zu fragen beginnen, wer dabei sonst noch alles zu Schaden kommen könnte, und als Profi hat er sein Risiko bis ins letzte kalkuliert. Seine Chancen, seinen Plan erfolgreich durchzuführen, sind folglich höher als bei jedem anderen, aber auf der anderen Seite wird er auch keinen Finger rühren, solange er nicht einen Plan hat, der ihm nicht nur die Erfüllung seines Auftrags, sondern auch seine unbehelligte Flucht ermöglicht."

„Können Sie sich einen Plan vorstellen, nach dem ein Professioneller de Gaulle töten und anschließend entkommen kann?"

„Im Prinzip, ja", antwortete der Engländer. „Aber es wäre eine der schwersten Aufgaben der Welt. Alle großen Männer haben Leibwachen, aber wenn über Jahre kein ernsthafter Anschlag auf das Leben des großen Mannes versucht wird, läßt die Wachsamkeit allmählich nach. Bei de Gaulle kann von einem solchen Nachlassen keine Rede sein. Sie sehen, Ihre bisherigen Bemühungen haben für alle anderen die Trauben höher gehängt. Aber Sie haben mich ja nicht kommen lassen, um mit mir über politische Attentate zu plaudern. Sie haben mich gerufen, weil Sie zu dem Schluß gekommen sind, daß

Ihre Organisation völlig vom Geheimdienst unterwandert ist und Sie jetzt einen Außenstehenden brauchen. Und da haben Sie recht. Ist nur noch zu fragen, wer und für wieviel. Nun, meine Herren, ich denke, Sie haben jetzt Zeit genug gehabt, die Ware zu begutachten."

Rodin sah schräg zu Montclair hinüber und zog eine Augenbraue hoch. Montclair nickte. Casson desgleichen. Der Engländer sah starr zum Fenster hinaus und verriet nicht das mindeste Interesse.

„Wollen Sie de Gaulle töten?" fragte Rodin schließlich. Seine Stimme war ruhig, aber die Frage hing schwer im Raum.

Der Engländer wandte ihnen seinen Blick wieder zu, die Augen waren wieder ohne Ausdruck. „Ja, aber es kostet Sie eine Stange Geld. Sie müssen verstehen, daß man so eine Arbeit nur einmal im Leben macht. Die Chance, nicht nur nicht gleich erwischt zu werden, sondern auch später unentdeckt zu bleiben, ist äußerst gering. Da muß man also schon so viel dabei verdienen, daß man für den Rest seiner Tage ein angenehmes Leben führen und sich gegen die Rache der Gaullisten sichern kann."

„Wenn wir erst Frankreich haben", sagte Casson, „ist genug –"

„Bar", sagte der Engländer. „Die Hälfte im voraus, die andere Hälfte nach Erledigung des Auftrags."

„Wieviel?" fragte Rodin.

„Eine halbe Million Dollar."

„Eine halbe Million Dollar?" rief Montclair und sprang auf. „Sie sind ja verrückt!"

„Nein", sagte der Engländer, „aber ich bin der beste Mann, daher auch der teuerste. Wenn man bedenkt, daß Sie ganz Frankreich dafür haben wollen, scheinen Sie Ihr Land ja ziemlich billig einzuschätzen."

*„Touché"*, sagte Rodin. „Die Sache ist nur, Monsieur, daß wir keine halbe Million Dollar in bar haben."

„Das ist mir klar", entgegnete der Engländer. „Aber wenn Sie die Arbeit getan haben wollen, werden Sie es irgendwo auftreiben müssen. Ich brauche den Auftrag nicht. Aber der Gedanke, so viel Geld zu haben, daß ich mich zur Ruhe setzen kann, ist so verlockend, daß ich bereit bin, ein ungewöhnlich hohes Risiko einzugehen. Wenn Sie die Summe nicht aufbringen können, werden Sie wohl Ihre Anschläge wieder selbst machen müssen." Damit erhob er sich halb von seinem Stuhl.

Auch Rodin stand auf. „Behalten Sie Platz, Monsieur. Wir werden das Geld beschaffen."

Sie setzten sich beide wieder. „Gut", sagte der Engländer, „aber ich habe noch Bedingungen. Erstens, wie viele Leute werden von diesem Plan wissen?"

„Nur wir drei hier in diesem Zimmer."

„Dabei muß es auch bleiben. Alle Aufzeichnungen müssen vernichtet werden. Was es zu wissen gibt, darf nur in Ihren drei Köpfen existieren, und Sie selbst müssen irgendwo an einem sicheren Ort bleiben, bis die Arbeit getan ist. Einverstanden?"

„*D'accord*. Was noch?"

„Ich werde meinen Plan niemandem bekanntgeben, auch nicht Ihnen. Sie hören überhaupt nichts mehr von mir. Ich lasse Ihnen den Namen meiner Schweizer Bank hier. Sobald ich von der Bank die Bestätigung habe, daß die ersten zweihundertfünfzigtausend Dollar hinterlegt sind, und sowie ich restlos bereit bin, werde ich anfangen. Ich habe es dabei nicht eilig. Einverstanden?"

„*D'accord*. Aber unsere Leute im französischen Untergrund wären in der Lage, Ihnen wertvolle Hilfe zu geben, was Informationen anlangt."

Der Engländer dachte darüber einen Augenblick nach. „Gut. Wenn Sie soweit sind, lassen Sie mich nur eine Telephonnummer wissen. Ich werde danach meinen jeweiligen Aufenthaltsort nicht mehr bekanntgeben, sondern nur noch diese Nummer anrufen, wenn ich mich über den Stand der um den Präsidenten getroffenen Sicherheitsmaßnahmen informieren will. Der Mann am anderen Ende soll nur wissen, daß ich in Ihrem Auftrag in Frankreich tätig bin und seine Unterstützung brauche."

„Was ich nur wissen möchte", brummte Montclair, „ist, wie wir so schnell an so viel Geld kommen sollen."

„Rauben Sie ein paar Banken aus", schlug der Engländer ganz obenhin vor.

„Das ist auf alle Fälle unser Problem", sagte Rodin. „Bevor nun unser Gast nach London zurückkehrt, ist noch etwas unklar?"

„Was soll Sie daran hindern, die erste Viertelmillion zu nehmen und damit zu verschwinden?" fragte Casson.

„Wie gesagt, meine Herren, ich möchte mich zur Ruhe setzen. Ich habe keine Lust, einer halben Armee ehemaliger Fallschirmjäger als Zielscheibe zu dienen."

„Und was", bohrte Casson weiter, „soll uns daran hindern, die Restzahlung zu verweigern, wenn der Auftrag erledigt ist?"

„In diesem Falle würde ich auf eigene Faust arbeiten", antwortete der Engländer gelassen. „Und mein Ziel wären Sie drei, meine Herren. Aber ich kann mir nicht vorstellen, daß es dazu kommt. Sie etwa?"

Rodin unterbrach. „Wir brauchen unseren Gast nicht länger aufzuhalten. Ach ja ... noch ein letzter Punkt. Wenn Sie anonym bleiben wollen, sollten Sie einen Decknamen haben. Was schlagen Sie vor?"

Der Engländer dachte kurz nach. „Da wir von einer Jagd gesprochen haben, wie wäre es mit Schakal?"

Rodin nickte. „Paßt." Er begleitete den Engländer zur Tür und öffnete. Viktor kam aus seiner Nische. Rodin hielt dem Mörder die Hand hin. „Wir melden uns, wie abgesprochen. Könnten Sie inzwischen schon einmal in großen Zügen einen Plan erarbeiten? Gut. Dann also, *bonsoir, monsieur Chacal.*"

Der Pole sah den Besucher so ruhig fortgehen, wie er gekommen war, während Rodin sich im Zimmer einem Trommelfeuer von Fragen durch Casson und Montclair ausgesetzt sah. „Woher um alles in der Welt sollen wir eine halbe Million Dollar nehmen?" fragte Montclair immer wieder.

Schließlich beendete Rodin die Diskussion. „Vielleicht müssen wir den Vorschlag des Schakals aufgreifen und ein paar Banken überfallen."

WÄHREND der Monate Juni und Juli 1963 wurde Frankreich von einer Welle von Gewaltverbrechen erschüttert. Landauf, landab wurden Banken und Juwelierläden überfallen. Zwei Bankangestellte wurden an verschiedenen Orten erschossen, und die Krise wurde so ernst, daß die Compagnie républicaine de sécurité (CRS) zu Hilfe gerufen und mit Maschinenpistolen ausgerüstet werden mußte, um die Eingänge der Banken zu bewachen. Aber auch nachdem drei Räuber zugegeben hatten, von der OAS zu sein, konnte die Polizei nicht herausbekommen, warum die OAS in solcher Eile Geld brauchte.

Bis Ende Juli schätzte die Polizei die Gesamtbeute auf gut zwei Millionen neue Francs, beziehungsweise vierhunderttausend Dollar. Inzwischen hatte der Chef des SDECE, General Guibaud, einen Bericht von seinem Beauftragten in Rom auf den Schreibtisch bekommen, in dem stand, daß Marc Rodin, René Montclair und André Casson das Obergeschoß eines Hotels in der Nähe der Via Condotti bezogen hätten und sich Tag und Nacht von acht Exfremdenlegionären bewachen ließen. General Guibaud schloß daraus nur, daß sie sich davor sichern wollten, Opfer einer Entführung zu werden. Erst viel später ging ihm die wirkliche Bedeutung dieser Sicherheitsvorkehrungen auf.

Der Schakal beschäftigte sich die beiden letzten Juniwochen und die erste Julihälfte in London mit sorgsamen Planungen. Unter anderem las er so gut wie jedes Wort, das je über Charles de Gaulle geschrieben worden war. Aber wenn ihm die Lektüre auch ein ziemlich vollständiges Bild von dem stolzen, hochmütigen Präsidenten Frankreichs vermittelte, so beantwortete sie ihm doch nicht seine Hauptfrage: nämlich wann, wo und wie der Coup stattfinden könnte. Er beantragte eine Genehmigung, die Bibliothek im Britischen Museum zu benutzen, und ging daran, sich durch alte Ausgaben des *Figaro,* der führenden französischen Tageszeitung, hindurchzuarbeiten.

Eine Kolumne aus dem Jahre 1962 brachte ihn auf die Idee, sich die einzelnen Jahre der Karriere de Gaulles seit 1945 näher anzusehen. Danach konnte er genau den Tag und Ort bestimmen, an dem sich Charles de Gaulle, der bestbewachte Staatsmann der westlichen Welt, ungeachtet jeder persönlichen Gefahr der Öffentlichkeit präsentieren würde.

Mit dieser Sekunde gingen die Vorbereitungen des Schakals in das Stadium praktischer Planung über. Er erwog und verwarf ein gutes Dutzend Ideen, bis sein Plan endlich stand.

Die SAS-Maschine aus Kopenhagen rollte vor der Abfertigungshalle des Londoner Flughafens aus. Auf der überfüllten Zuschauerterrasse schob der blonde Mann seine Sonnenbrille auf die Stirn und hob ein Fernglas an die Augen. Die Gruppe der Passagiere war an diesem Morgen die sechste, die einer solchen Musterung unterzogen wurde.

Als der achte Passagier auftauchte, richtete der Mann auf der Terrasse sich kaum merklich auf. Der Fluggast aus Dänemark war ein Pastor mit dunkelgrauem Anzug und Priesterkragen. Das eisengraue, aus der Stirn gekämmte Haar ließ ihn wie Ende Vierzig aussehen, aber sein Gesicht wirkte jünger. Er war groß und breitschultrig und hatte fast die gleiche hagere Gestalt wie der Mann, der ihn beobachtete.

Fünfzehn Minuten später kam der Pastor mit einer Reisetasche und einem Koffer von der Zollabfertigung. Als er das Gebäude verließ, folgte ihm der Schakal dicht auf den Fersen, und sie fuhren im selben BEA-Omnibus nach London.

An der Endstation Cromwell Road ging der Däne zu den wartenden Taxis, während der Schakal zu seinem Sportwagen auf dem Parkplatz schlenderte. Der Däne stieg ins dritte Taxi, das in Richtung Knightsbridge davonfuhr. Der Sportwagen folgte ihm.

Der Taxifahrer setzte den Priester vor einem kleinen Hotel in der Half Moon Street ab. Der Schakal parkte seinen Wagen und trat fünf Minuten später ebenfalls ein. Er mußte weitere fünfundzwanzig Minuten warten, bis der Däne in die Halle herunterkam und der Empfangsdame seinen Zimmerschlüssel gab. Sie hängte ihn ans Brett, und der Mann, der dicht dabei in einem Sessel saß, merkte sich die Nummer 47. Wenige Minuten später, als die Dame einmal schnell nach hinten ins Büro ging, schlich sich der Schakal die Treppe hinauf.

Ein Streifen biegsames Marienglas, verstärkt durch ein Palettenmesser, öffnete das Türschloß von Zimmer 47. Da er nur zum Essen hinuntergegangen war, hatte der Pastor seinen Paß auf dem Nachttisch liegenlassen. Nach dreißig Sekunden war der Schakal wieder auf dem Flur, ohne das Mäppchen mit den Reiseschecks auch nur angerührt zu haben, weil er hoffte, damit werde die Hotelleitung den Dänen überzeugen können, daß er seinen Paß woanders verloren haben müsse. Die Rechnung ging auf. Am folgenden Tag, dem 14. Juli, notierte der Beamte im dänischen Konsulat den Verlust eines Reisepasses auf den Namen Pastor Per Jensen. Damit war der Fall für ihn zunächst erledigt.

Zwei Tage später erlitt der amerikanische Student Marty Schulberg aus New York einen ähnlichen Verlust. Er war auf dem Londoner Flughafen angekommen und hatte seinen Paß vorweisen müssen, um einen Reisescheck einzulösen. Hinterher steckte er das Geld in die Hemdtasche und den Paß in seine kleine Reisetasche. Während er sich um einen Gepäckträger bemühte, stellte er die Reisetasche kurz auf den Boden, und drei Sekunden später war sie verschwunden.

Eine Diebstahlsmeldung mitsamt einer Beschreibung der Tasche und ihres Inhalts kam zur Londoner Polizei, aber als sich nach Wochen noch nichts gefunden hatte, geriet der Fall in Vergessenheit. Beide Fluggäste, die so um ihre Ausweise kamen, waren um einsachtzig groß und hatten blaue Augen sowie eine erkennbare Ähnlichkeit mit dem unauffälligen Engländer, der sie bestohlen hatte. Ansonsten war Pastor Jensen achtundvierzig Jahre alt, hatte graues Haar und setzte zum Lesen eine goldgeränderte Brille auf, und Marty Schulberg war fünfundzwanzig, hatte kastanienbraunes Haar und trug eine dunkelrandige Hornbrille.

Das also waren die Gesichter, die der Schakal auf seinem Schreibtisch in der Wohnung an der South Audley Street eingehend studierte. Es kostete ihn einen Tag und mehrere Besuche bei Kostümverleihern, Optikern und in einem Spezialgeschäft für amerikanische Herrenbekleidung, um sich ein Paar blaugetönte Kontaktlinsen nebst zwei Brillen – eine mit Goldrand, die andere mit dickem schwarzem Rahmen, aber beide mit Fensterglas – zu besorgen, dazu eine komplette Ausstaffierung made in New York, bestehend aus einem Paar schwarzer Lederschuhe, Sporthemd und Unterwäsche, hellen Jeans und einem himmelblauen Anorak. Der letzte Besuch dieses Tages führte ihn in ein Herrenperückengeschäft in Chelsea. Hier erstand er alle notwendigen Utensilien, um sich die Haare mittelgrau oder kastanienbraun zu färben.

Am darauffolgenden Tag, dem 18. Juli, erschien eine kurze Meldung im *Figaro,* daß der stellvertretende Chef der Pariser Kriminalpolizei, Kommissar Hippolyte Dupuy, in seinem Dienstzimmer am Quai des Orfèvres einen schweren Schlaganfall erlitten habe und auf dem Weg ins Krankenhaus gestorben sei. Der Nachfolger sei schon ernannt. Es sei Kommissar Claude Lebel, der bisherige Leiter des Morddezernats. Der Schakal, der täglich alle französischen Zeitungen las, die er in London bekommen konnte, las die Meldung, dachte sich aber nichts dabei.

Ehe er seinen Posten auf dem Londoner Flughafen bezog, hatte er sich vorgenommen, für die Dauer des Unternehmens ständig unter immer wieder neuen Falschnamen zu operieren. Um an einen falschen britischen Paß zu kommen, hatte er eine Autotour gemacht und kleine Dorffriedhöfe besucht. Bei der St.-Markus-Kirche in Sambourne Fishley hatte er den Grabstein eines Alexander Duggan gefunden, der 1931 zweieinhalbjährig gestorben war. Lebte er noch, so wäre er jetzt ein paar Monate älter als der Schakal.

Der ältliche Pfarrer war höflich und hilfsbereit, als der Besucher ihm erklärte, er verfolge den Stammbaum einer Familie Duggan, die sich in der Vergangenheit in diesem Dorf niedergelassen habe. Ein wenig zaghaft erkundigte er sich, ob da nicht das Kirchenregister bei seiner Suche helfen könne. Ein Lob für die Schönheit des kleinen normannischen Bauwerks und eine Spende für die Restauration verbesserten die Atmosphäre. Aus dem Kirchenregister ging hervor, daß beide Eltern in den letzten sieben Jahren gestorben waren und ihr einziger Sohn, Alexander James Quentin Duggan, geboren allhier am 3. April 1929, vor über dreißig Jahren auf ebendemselben Friedhof begraben worden war.

Der Schakal notierte sich alle Einzelheiten, dankte dem Pfarrer untertänigst und ging. Wieder in London, präsentierte er beim Geburts-, Todes- und Heiratsregister eine Visitenkarte, die ihn als Partner einer Anwaltsfirma auswies, und erklärte, er suche die Enkel eines Klienten der Firma, der kürzlich verstorben sei. Einer der Gesuchten heiße Alexander James Quentin Duggan.

Aus den Büchern ging hervor, daß das fragliche Kind am 8. November 1931 bei einem Verkehrsunfall ums Leben gekommen war. Der Schakal erhielt für ein paar Shilling Kopien von der Geburts- und von der Sterbeurkunde.

In seiner Wohnung füllte er anschließend ein Antragsformular für einen Reisepaß aus und setzte darin das genaue Geburtsdatum Duggans, aber seine eigene Personenbeschreibung ein. Als Beruf gab er Kaufmann an, die Namen der Eltern schrieb er von der Geburtsurkunde ab. Als Referenz nannte er Pfarrer James Elderly von St. Markus in Sambourne Fishley. Die Unterschrift des Pfarrers fälschte er mit dünnen Strichen aus dünner Feder, und den Stempel mit den Worten „Saint Mark's Parish Church, Sambourne Fishley", den er neben dem Namen des Pfarrers auf das Formular drückte, machte er sich aus einem Kinderdruckkasten. Er schickte die Kopie der Geburtsurkunde, den Antrag und eine Postanweisung an das Paßamt in Petty France. Die Sterbeurkunde vernichtete er.

Vier Tage später traf der nagelneue Paß per Post bei seiner Deckadresse ein. Noch am selben Nachmittag schloß er seine Wohnung ab, fuhr zum Flughafen und nahm eine Maschine nach Kopenhagen. Im doppelten Boden seines Koffers befanden sich zweitausend Pfund.

Der Besuch in Kopenhagen war kurz und rein geschäftlich. Bevor er den Flughafen Kastrup verließ, buchte er für den folgenden Nachmittag einen Sabena-Flug nach Brüssel. Dann fuhr er in die Stadt, nahm sich ein Zimmer im Hotel d'Angleterre, flirtete auf einem Spaziergang durch den Tivoli-Park ein wenig mit zwei blonden Däninnen und war um ein Uhr im Bett.

Tags darauf besorgte er sich einen leichten dunkelgrauen Anzug, schwarze Straßenschuhe, Socken, Unterwäsche und drei weiße Hemden, alles mit dänischen Herstelleretiketten. Der Kauf der Hemden diente nur dazu, an die Etiketten zu kommen, um sie auf das in London gekaufte Priesterhemd plus Kragen und Lätzchen zu nähen. Zuletzt erstand er ein dänisches Buch über sehenswerte Kirchen und Kathedralen in Frankreich. Er aß noch im Tivoli-Park zu Mittag und erreichte die 15.15-Uhr-Maschine nach Brüssel.

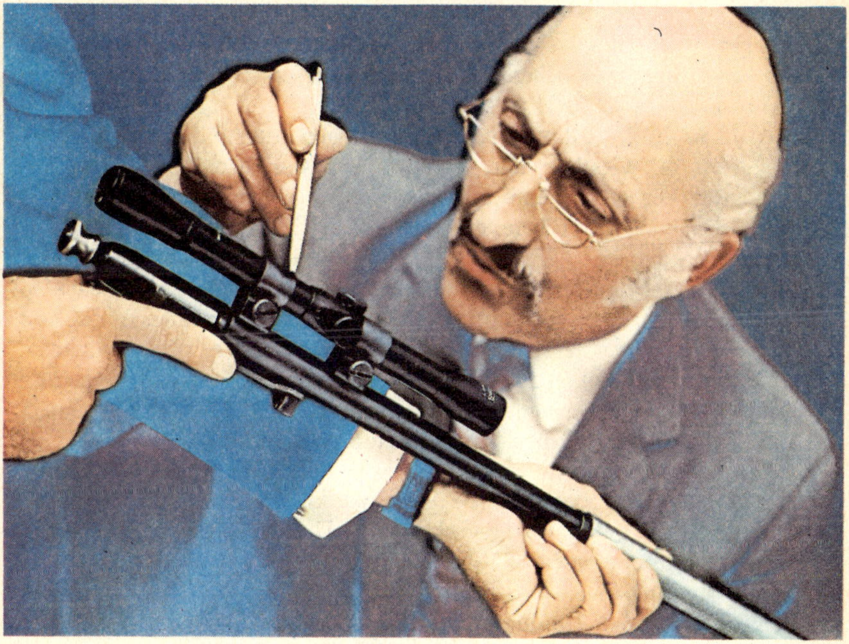

3

WARUM ein Mann von der Begabung eines Paul Goossens in seinen besten Jahren einmal gestrauchelt sein sollte, war für seine wenigen Freunde ebenso rätselhaft wie für die belgische Polizei. In dreißig Jahren treuen Dienens bei der Fabrique nationale d'armes in Lüttich hatte er sich einen Ruf als Konstrukteur von unfehlbarer Präzision erworben. Er hatte sich zum besten Fachmann der Firma für ein breites Sortiment von Waffen entwickelt. Auch an seiner Ehrlichkeit gab es nichts zu zweifeln.

Seine Kriegsverdienste konnten sich sehen lassen. Während der Besetzung durch die Deutschen hatte er weiter in der Waffenfabrik gearbeitet, aber als Chef eines Sabotagerings, der dafür sorgte, daß ein Großteil der in Lüttich hergestellten Waffen entweder ungenau schoß oder spätestens nach dem fünfzigsten Schuß auseinanderflog und die deutschen Schützen tötete. Anfang der fünfziger Jahre warf man dem inzwischen zum Abteilungsleiter Avancierten vor, er habe eine große Geldsumme von einem ausländischen Kunden unterschlagen. Obwohl seine Vorgesetzten am lautesten die Verdächtigungen der Polizei ins Lächerliche zogen, wurde er schuldig gesprochen und zu fünf Jahren Gefängnis verurteilt.

Als man ihn nach dreieinhalb Jahren wegen guter Führung entließ, machte er ein Geschäft auf, das sich nach und nach zum Waffenlieferanten der halben europäischen Unterwelt mauserte. Zu Beginn der sechziger Jahre führte er bereits den Spitznamen *l'Armurier,* der Waffenschmied.

Wenn ein belgischer Bürger in einem Sportartikelgeschäft seines Landes eine Waffe oder Munition kaufen will, muß er seinen Ausweis vorzeigen, und der Verkauf wird mit Namen und Ausweisnummer des Kunden in die Geschäftsbücher des Waffenhändlers eingetragen. Goossens unterhielt daher zum Wohle seiner Kunden enge Beziehungen zu einem meisterlichen Taschendieb und einem genialen Fälscher.

Die belgische Polizei argwöhnte zwar die Art seiner Geschäfte, aber ihre wiederholten Besuche in seiner kleinen Werkstatt hatten nichts anderes an den Tag gebracht als die Utensilien zur Herstellung schmiedeeiserner Souvenirs.

Für den Engländer, den er am Mittag des 21. Juli 1963 in sein kleines Büro bat, hatte ihm einer seiner besten Kunden, ein früherer Söldner im Dienste Katangas, gebürgt.

„Könnten Sie bitte Ihre Brille absetzen?“ sagte er, nachdem sein Besucher Platz genommen hatte. „Ich halte es für besser, wenn wir einander vertrauen, soweit es geht.“ Der Engländer nahm seine Sonnenbrille ab und betrachtete neugierig den kleinen Waffenschmied. Monsieur Goossens nahm hinter seinem Schreibtisch Platz und fragte ruhig: „In welcher Weise kann ich Ihnen zu Diensten sein, Monsieur?“

„Ich glaube, Louis hat Ihnen mein Kommen telephonisch avisiert. Da ich weiß, welcher Art Ihre Geschäfte sind, gibt es kaum einen Grund, weshalb Sie nicht mein Gewerbe wissen sollten. Ich bin auf die Beseitigung von Leuten spezialisiert, die mächtige und wohlhabende Feinde haben. Im Augenblick habe ich einen Auftrag zu erledigen, für den ich ein Spezialgewehr mit einigem ungewöhnlichen Zubehör brauche. Es kommt darauf an, ein Gewehr zu finden, das in den Rahmen meines Auftrags paßt."

Monsieur Goossens' Augen blitzten vor Vergnügen. „Ich ahne eine Herausforderung. Wie eng ist dieser Rahmen?"

„Zunächst einmal beschränkt er die Größe der Waffe. Das Verschlußstück zum Beispiel darf nicht dicker sein als so –" Er formte mit Mittelfinger und Daumen der rechten Hand ein O von etwa sechs Zentimeter Durchmesser. „Ein Selbstlader kommt also nicht in Frage, weil die Automatik zuviel Platz erfordern würde. Folglich bleibt nur ein Handlader. Da die ganze Waffe zum Transport und zur Aufbewahrung in röhrenförmige Behälter passen muß und diese Behälter nicht dicker sein dürfen, als ich Ihnen gezeigt habe, muß der Abzug abnehmbar sein. Die Waffe selbst muß leicht sein. Sie darf nur einen kurzen Lauf haben, vermutlich nicht mehr als dreißig Zentimeter –"

„Auf welche Entfernung müssen Sie schießen?"

„Wahrscheinlich nicht mehr als hundertdreißig Meter."

„Ein Kopfschuß ist zwar mit größerer Sicherheit tödlich, wenn man richtig trifft", sagte der Belgier. „Aber die Brust ist dafür leichter zu treffen. Haben Sie eventuell die Möglichkeit zu einem zweiten Schuß?"

„Mit größter Wahrscheinlichkeit, nein. Vielleicht, wenn ich mit Schalldämpfer arbeite und der erste Schuß so danebengeht, daß niemand in der Nähe etwas bemerkt. Einen Schalldämpfer werde ich allein schon brauchen, um mir die Flucht zu ermöglichen. Es sollten mehrere Minuten vergehen, bevor jemand auch nur annähernd erraten kann, woher der Schuß kam."

„Dann sollten Sie mit Explosivgeschossen arbeiten. Ich werde Ihnen zu dem Gewehr ein paar anfertigen. Haben Sie sonst noch Wünsche?"

„Im Interesse der Platzersparnis sollten alle Holzverkleidungen am Griffstück fehlen. Zum Schießen brauche ich einen Rahmenkolben, dessen drei Bestandteile, oberer und unterer Holm sowie Schulterstütze, einzeln abnehmbar sein müssen. Schließlich brauche ich einen total wirkenden Schalldämpfer und ein Zielfernrohr, das ich für Transport und Aufbewahrung abnehmen kann.“

Der Belgier dachte eine ganze Weile nach, bis der Engländer schließlich ungeduldig wurde. „Also, können Sie das machen?“

Monsieur Goossens lächelte beschwichtigend. „Das ist ein sehr komplizierter Auftrag. Aber machen kann ich es, o ja. Sie haben mir ja im Grunde einen Jagdausflug beschrieben, zu dem die Ausrüstung gewisse Kontrollen passieren muß, ohne Verdacht zu erregen. Für einen Jagdausflug braucht man ein Jagdgewehr. Ich denke da an ein bestimmtes Modell – teuer, genau, sehr gut gearbeitet, aber leicht und schlank. Man benutzt es viel bei der Jagd auf Gemsen und Kleinwild, aber mit Explosivgeschossen ist es auch für Großwild genau richtig. Das Anbringen eines Rahmenkolbens ist kein Problem. Auch das Herrichten der Mündung für einen Schalldämpfer und ein Kürzen des Laufs um zwanzig Zentimeter sind zu machen. Ein zwanzig Zentimeter kürzerer Lauf bedeutet natürlich geringere Treffsicherheit. Sind Sie Scharfschütze?“

Der Engländer nickte.

„Dann dürfte ein stehendes menschliches Ziel auf hundertdreißig Meter mit Zielfernrohr keine Schwierigkeiten bieten. Nun haben Sie vorhin von röhrenförmigen Behältern für Transport und Aufbewahrung des Gewehrs gesprochen, Monsieur. Möchten Sie die auch von mir gemacht haben, und wenn ja, was hatten Sie sich darunter vorgestellt?“

Der Engländer erhob sich und kam zum Schreibtisch, wo er wie ein Turm über dem Belgier aufragte. Er schob eine Hand in die Jacke, und für eine Sekunde bekam der kleinere Mann es mit der Angst zu tun. Zum erstenmal fiel ihm auf, daß kein Ausdruck im Gesicht des Killers sich auf die Augen übertrug. Aber der Engländer brachte nur einen silbernen Stift zum Vorschein. Er nahm Monsieur Goossens’ Notizblock und warf schnell eine Skizze darauf. „Erkennen Sie das?“ fragte er, indem er den Block wieder zu dem Waffenschmied drehte.

„Natürlich“, erwiderte der Belgier.

„Gut. Genau das hätte ich gern von Ihnen angefertigt. Das Ganze besteht aus mehreren Aluminiumrohren, die zusammengeschraubt werden. Der Y-förmige Teil hier“ – er tippte mit der Bleistiftspitze auf die Zeichnung – „besteht aus zwei Rohren, die die Holme für den Rahmenkolben aufnehmen. Die Schulterstütze ist hier. Sie ist folglich der einzige Teil, der nicht versteckt wird und einem doppelten Zweck dient, ohne verändert werden zu müssen.

Hier" – damit zeigte er auf einen anderen Teil der Skizze, während der Belgier vor Staunen die Augen aufriß – „ist das Rohr mit dem größten Durchmesser, das den Lauf mit Verschlußstück und Schloß enthält. In die letzten beiden Teile kommen Zielfernrohr und Schalldämpfer. Die Patronen schließlich dürften in den kleinen Stöpsel hier am unteren Ende passen. Zusammengesetzt muß das Ganze genau für das gehalten werden, was es hier auf der Zeichnung darstellt. Klar?"

Der Belgier betrachtete die Zeichnung noch ein paar Sekunden. Dann stand er auf und streckte die Hand aus. „Monsieur, das ist der Plan eines Genies. Unentdeckbar. Und dabei so einfach. Das sollen Sie haben."

Der Engländer zeigte sich weder geschmeichelt noch verärgert. „Gut", sagte er. „Ich brauche das Gewehr in vierzehn Tagen. Ist das zu machen?"

„Ja. Das Gewehr bekomme ich in vier Tagen. Zehn weitere Tage sollten für die Abänderungen reichen, aber es wäre besser, Sie kämen ein, zwei Tage früher, falls es in letzter Minute noch ein paar Kleinigkeiten zu klären gibt. Wenn Sie zu einer abschließenden Besprechung am ersten August hier sein können, haben Sie das fertige Gewehr am vierten."

„Ich werde am ersten August wieder hier sein", sagte der Engländer. „Nun zu Ihrem Honorar und Ihren Spesen."

Der Belgier überlegte eine Weile. „Für eine solche Arbeit muß ich tausend englische Pfund verlangen. Das ist kein gewöhnliches Gewehr mehr. Das wird ein Kunstwerk. Qualität will bezahlt sein, Monsieur. Hinzu kommen die Kosten für die Waffe selbst, Munition, Zielfernrohr und Material... sagen wir, zusammen noch zweihundert Pfund."

„Abgemacht", erwiderte der Engländer. Er nahm ein Bündel Fünfpfundnoten aus der Brusttasche und zählte fünf Packen zu je zwanzig Scheinen ab.

„Ich zahle Ihnen fünfhundert im voraus und die restlichen siebenhundert, wenn ich wiederkomme."

„Monsieur", sagte der Belgier, indem er die Scheine einsteckte, „es ist ein Vergnügen, mit einem Profi und Gentleman Geschäfte zu machen."

„Noch eine Kleinigkeit", fuhr sein Besucher fort. „Sie werden niemanden fragen, wer ich bin und für wen ich arbeite. Solche Fragen würden mir mit Sicherheit zu Ohren kommen, und das wäre Ihr Tod. Haben wir uns verstanden?"

Monsieur Goossens sah auf, und ein Wurm der Angst zappelte in seinen Eingeweiden. Die Leute, mit denen er zu tun hatte, waren harte Männer der Unterwelt. Aber dieser Mann hier, der nicht einfach einen anderen Gangster umlegen wollte, sondern einen großen Mann, vielleicht einen Politiker, hatte etwas Unversöhnliches an sich. Er wollte aufbegehren, überlegte es sich aber anders. „Monsieur", sagte er ruhig, „ich möchte überhaupt nichts über Sie wissen. Die Waffe, die Sie bekommen, wird keine Seriennummer haben. Sie sehen, viel wichtiger, als etwas über Sie zu erfahren, ist es für mich, daß man Ihre Spur nicht bis zu mir zurückverfolgen kann. *Bonjour, monsieur.*"

Der Schakal trat in den hellen Sonnenschein hinaus und stieg zwei Straßen weiter in ein Taxi, das ihn zu einer Bar in der Rue Neuve brachte, wo sein Kontaktmann aus Katanga für ihn ein Treffen mit einem Fälscher arrangiert hatte. Er stellte sich dem zweiten Belgier vor, und beide gingen zusammen in eine Ecknische. Der Schakal nahm einen Führerschein aus der Tasche, der auf seinen richtigen Namen lautete und vor zwei Jahren ausgestellt worden war.

„Das hier", sagte er zu dem Fälscher, „hat einem gehört, der jetzt tot ist. Ich darf in Großbritannien nicht mehr fahren, deshalb brauche ich zu diesem Führerschein ein neues Deckblatt mit meinem Namen." Er schob seinen auf Duggan lautenden Paß zu dem Fälscher hinüber. Der Mann gegenüber bemerkte, wie neu der Paß war, und blickte den Engländer pfiffig an. Dann klappte er den kleinen roten Führerschein auf. Nach ein paar Minuten sah er wieder auf.

„Keine Schwierigkeit, Monsieur. Dieses Ding hier" – er klappte das kleine Deckblatt über der ersten Führerscheinseite auf – „könnte man mit einem Kinderdruckkasten nachmachen. Ist das alles?"

„Nein, ich brauche noch zwei weitere Dokumente." Der Schakal beschrieb ihm seine Wünsche im einzelnen.

Der Fälscher kniff nachdenklich die Augen zusammen. Er kramte eine Packung Bastos hervor und zündete sich eine an. „Das ist nicht so einfach. Der französische Personalausweis geht ja noch. Aber das andere, was Sie verlangen, ist ziemlich ungewöhnlich." Er schwieg ein Weilchen. „Und das mit dem Photo ist auch nicht so leicht. Sie sagen, es müssen Unterschiede im Alter, in der Haarfarbe und in der

Haarlänge bestehen. Ein neues Photo zu machen, das nicht einmal mit Ihrem jetzigen Aussehen übereinstimmt – das erfordert Zeit. Wie lange können Sie in Brüssel bleiben?"

„Ich muß ziemlich bald wieder fort", sagte der Schakal. „Aber am ersten August bin ich wieder hier."

Der Fälscher sah eine Zeitlang das Photo im Ausweis an. Schließlich gab er den Paß, nachdem er sich den Namen Alexander James Quentin Duggan notiert hatte, dem Engländer zurück. Den Zettel und den Führerschein steckte er ein.

„Welchen Namen und welche Adresse wünschen Sie auf den französischen Papieren?"

„Den Namen können Sie selbst auswählen, er muß nur in Frankreich gebräuchlich sein. Die Adresse nenne ich Ihnen noch vor dem ersten August."

„Gut. Das läßt sich alles machen, aber es kostet was –"

„Wieviel?" unterbrach ihn der Engländer.

„Zwanzigtausend belgische Francs."

Der Schakal dachte kurz nach. „Das wären rund hundertfünfzig englische Pfund. Na gut. Ich gebe Ihnen hundert Pfund im voraus und den Rest bei Lieferung."

Der Fälscher stand auf. „Dann sollten wir uns jetzt mal um das Photo kümmern. Ich habe ein eigenes Studio."

Sie fuhren mit einem Taxi etwa zwei Kilometer weit zu einer Kellerwohnung, einem schmuddeligen Etablissement mit einem Schild draußen, das als Spezialität Paßbilder nannte. Der Fälscher ging voran die Treppe hinunter, schloß die Tür auf und hieß den Gast eintreten.

Die Sitzung dauerte zwei Stunden. Eine große Truhe in einer Ecke, die der Fälscher aufschloß, enthielt eine teure Photoausrüstung, Perücken und Kostüme. Nachdem der Fälscher eine halbe Stunde lang mit Make-up am Gesicht des Schakals herumgearbeitet hatte, kramte er aus der Kiste eine eisengraue Perücke im Bürstenhaarschnitt hervor. „Meinen Sie, Ihr Haar könnte so aussehen, wenn es kurz geschnitten und so gefärbt ist wie das hier?" fragte er.

Der Schakal betrachtete die Perücke. „Sehen wir uns einmal an, wie das nachher auf dem Photo aussieht", meinte er.

Es klappte. Der Fälscher kam aus der Dunkelkammer, und beide beugten sich über die Abzüge. Ein alter Mann von mindestens fünfzig sah zu ihnen auf. Sein Teint war aschgrau, und er hatte dunkle Schmerzensringe unter den Augen.

„Das Problem ist nur", meinte der Schakal, „daß Sie jetzt eine halbe Stunde mit Kosmetika an mir herumgearbeitet haben, um das zu bewerkstelligen. Dazu die Perücke. Das kriege ich nicht so hin."

„Ich habe nichts gemacht, was man nicht leicht simulieren kann", sagte der Fälscher. „Die Hauptsache sind natürlich die Haare. Die müssen grau gefärbt und kurz geschoren werden. Um den Eindruck der Verwahrlosung zu verstärken, lassen Sie Ihren Bart ein paar Tage stehen. Rasieren Sie sich dann mit der Klinge, aber schlecht. Das sieht man bei älteren Männern häufig. Ihr Teint muß grau und krank wirken. Wenn Sie zwei oder drei Körnchen Kordit kauen und schlucken, wird Ihnen nach einer halben Stunde übel; das ist unangenehm, aber nicht gefährlich. Es läßt auch die Haut grau erscheinen und Schweiß ins Gesicht treten. Bedenken Sie, daß eine zu große Ähnlichkeit mit dem Photo nicht ratsam ist. Wenn ein Ausweis vor ein paar Jahren ausgestellt wurde, ist es einfach unmöglich, daß sich der Mensch inzwischen nicht verändert haben soll. Auf dem Photo hier tragen Sie ein offenes Hemd. Das sollten Sie vermeiden. Ziehen Sie einen Schlips, Schal oder Rollkragenpullover an."

„Und Sie können mir die Papiere pünktlich beschaffen?"

„Technisch gibt es keine Schwierigkeiten. Aber um mir ein Original des zweiten französischen Dokuments zu beschaffen, muß ich vielleicht nach Frankreich fahren. Sie – äh, haben von einer Anzahlung zur Deckung der Unkosten gesprochen."

Der Schakal nahm ein Bündel mit zwanzig Fünfpfundnoten und gab es dem Fälscher. „Wie kann ich mich wieder mit Ihnen in Verbindung setzen?" fragte er.

„Das Studio hat Telephon. Nehmen Sie diese Karte. Sobald Sie die Nummer im Kopf haben, werfen Sie die Karte weg. Ich werde an den letzten drei Abenden dieses Monats abends von sechs bis sieben auf Ihren Anruf warten. Wenn Sie nicht anrufen, nehme ich an, daß aus unserem Geschäft nichts wird."

Der Engländer hatte die Perücke abgenommen und wusch sich das Gesicht mit einem in ein Lösungsmittel getauchten Handtuch ab. Er zog Krawatte und Jackett wieder an und wandte sich an den Fälscher. „Es gibt da noch gewisse Dinge, die ich gern klargestellt haben möchte", sagte er ruhig. „Wenn Sie Ihre Arbeit fertig haben, treffen wir uns wie vereinbart. Sie geben mir den Führerschein wieder, und zwar sowohl mit dem neuen Deckblatt als auch mit dem alten, das Sie daraus entfernt haben. Desgleichen alle Negative und Abzüge der Photos, die wir eben gemacht haben. Sie werden die Namen und Adressen auf allen Papieren vergessen, ebenso den Namen des ursprünglichen Führerscheininhabers. Sie werden mit niemandem je über diesen Auftrag sprechen. Wenn Sie gegen eine dieser Auflagen verstoßen, sterben Sie. Ist das klar?"

Der Fälscher starrte ihn an. „Klar, Monsieur."

Sekunden später war der Engländer in die Nacht hinausgegangen. Am Morgen darauf verließ er das Hotel und fuhr mit dem Brabant-Expreß nach Paris. Es war der 22. Juli.

Oberst Rolland, der Chef der Aktionsabteilung des SDECE, saß an seinem Schreibtisch und besah sich zwei Routineberichte, die heute früh eingetroffen waren. Ein Name, der in beiden auftauchte, hatte sein Interesse geweckt.

Der erste Bericht war die Zusammenfassung einer Depesche aus Rom, die besagte, daß Rodin, Montclair und Casson sich noch immer in ihrem Obergeschoß verkrochen. Kontakt mit der Außenwelt hielten sie noch immer auf die gleiche Weise („siehe Rom-Bericht 30. Juni"). Ihr Kurier sei nach wie vor Viktor Kowalski. Ende.

Oberst Rolland schlug die Akte auf, die neben der als Aschenbecher dienenden abgesägten 105-Millimeter-Kartusche auf dem Tisch lag, und seine Augen überflogen den Rom-Bericht vom 30. Juni. Jeden Tag, hieß es darin, verlasse einer der Wachtposten das Hotel und gehe zur Hauptpost, wo die OAS ein Postfach auf den Namen Poitiers habe. Der Wachtposten sei identifiziert worden als ein Viktor Kowalski, Angehöriger von Rodins früherer Kompanie in Indochina. Ein Versuch, die Post der OAS abzufangen, erfordere Gewalt, und die sei ja von Paris aus verboten worden. Ende.

Oberst Rolland nahm den zweiten Bericht. Die Kriminalpolizei von Metz berichtete von dem Verhör eines Mannes, der als ein Fremdenlegionsdeserteur namens Sandor Kovacs identifiziert worden sei. Kovacs war im Zusammenhang mit einer Serie von Terrormorden der OAS aus dem Jahr 1961 in Algerien gesucht worden. Damals habe er als Partner eines noch auf freiem Fuß befindlichen anderen OAS-Banditen namens Viktor Kowalski gearbeitet. Ende.

Rolland drückte auf den Summer und verlangte die Akte Kowalski. Zehn Minuten später hatte er die Akte aus dem Archiv oben und studierte sie eine Stunde lang. Dann rief er seinen persönlichen Sekretär und einen Handschriftenexperten von der Spionageabteilung zu sich.

„Meine Herren“, sagte er, „wir werden einen Brief aufsetzen, schreiben und abschicken.“

## 4

DER ZUG, mit dem der Schakal ankam, traf kurz vor Mittag in der Gare du Nord ein, und er ließ sich von einem Taxi zu einem kleinen, aber äußerst wohnlichen Hotel an der Place de la Madeleine bringen. Dort ließ er es sich gutgehen. Seinen Frühstückskaffee mit Hörnchen nahm er immer auf dem Zimmer zu sich. In einem Feinkostgeschäft in der Nähe besorgte er sich ein Glas englische Marmelade, um sie mit der Hotelkonfitüre zu vertauschen, die auf dem Frühstückstablett kam. Er war nett zum Personal und sprach hin und wieder etwas Französisch mit dem schaurigen Akzent, den Engländer gemeinhin haben.

*„Monsieur Duggan“*, vertraute die Hotelbesitzerin eines Tages ihrem Portier an, *„est un homme charmant. Un vrai gentleman.“*

Am ersten Tag kaufte er sich einen Stadtplan von Paris und zeichnete die Orte an, die er am dringendsten besichtigen wollte. Die suchte er dann auf und studierte sie mit bemerkenswerter Hingabe. Drei Tage lang streifte er um den Arc de triomphe. Von einem Café an den Champs-Élysées aus studierte er die Häuserdächer um die Place de l'Étoile, in deren Mitte das Denkmal steht. Nach einem Besuch in der Beinstätte der Märtyrer des Widerstands im Fort Mont-Valérien begab er sich zum Invalidendom, in dem Napoleon beigesetzt ist. Am meisten interessierte ihn die Westseite der großen Place des Invalides, weshalb er auch den ganzen Vormittag in einem Eckcafé sitzen blieb. Sicher hätte kein Beobachter geahnt, daß dieser elegante Tourist, der dort saß und die Architektur bewunderte, im stillen überlegte, daß ein Schütze vom siebten Stock des über ihm aufragenden Hauses Nr. 146 in der Rue de Grenelle fast den ganzen Platz beherrschte. Gut für ein Widerstandsnest, aber nicht für ein Attentat. Die Entfernung zwischen den oberen Fenstern und der Stelle am Fuß der Treppe, wo die Wagen vorfahren würden, betrug gut zweihundert Meter.

Einen Tag verbrachte er in der Umgebung von Notre-Dame. Hier war die Entfernung zwischen Dächern und dem kleinen Square Charlemagne zu gering, auch konnten sie zu leicht von Sicherheitsbeamten überwacht werden. Zuletzt besuchte er die ehemalige Place de Rennes. Sie war in „Place du 18-Juin-1940" umbenannt worden, um an den Tag zu erinnern, an dem der stolze Mann im Londoner Exil das Mikrophon ergriffen und den Franzosen gesagt hatte, daß sie zwar eine Schlacht, aber noch nicht den Krieg verloren hätten.

Der Platz mit dem geduckten Block des Bahnhofs Montparnasse an der Südseite hatte etwas an sich, was den Killer anhalten ließ. Nachdem er eine Weile den Verkehr beobachtet hatte, der sich den Boulevard du Montparnasse hinunterwälzte und den Platz von Ost nach West überquerte, blickte er nach Norden zu den beiden hohen, schmalen Gebäuden auf beiden Seiten der Rue de Rennes, die den Platz beherrschten. Er sah durch die Gitter hindurch in den Vorhof des großen Bahnhofs. In der zurückliegenden Woche hatte er sich alle Orte angesehen, an denen der französische Staatspräsident an dem bestimmten Tag erwartet wurde; dieser Platz hier, davon war er überzeugt, bot ihm die größten Erfolgsaussichten.

Mit geübtem Blick betrachtete der Schakal diese Gebäude, die den ganzen Platz beherrschten. Der Bahnhof selbst würde gewiß von

Sicherheitsbeamten wimmeln. Aber die ersten beiden Häuser an der Einmündung der Rue de Rennes auf den Platz boten sich geradezu an. Noch weiter zurück würde der Schußwinkel auf den Vorhof zu klein werden. Der Schakal schlenderte über den Platz und sah sich die beiden Häuser, die in die engere Wahl kamen, etwas näher an.

Über den Steinfassaden ragten kleine Türmchen empor, darüber die steilen Dächer mit lauter Mansarden, in denen früher einmal die Dienstboten gewohnt hatten und heute ärmere Pensionäre hausten. Die Dächer und Fenster wurden am fraglichen Tag bestimmt überwacht. Aber das oberste Stockwerk, gleich unter den Mansarden, dürfte hoch genug sein, damit man von der anderen Straßenseite aus nicht zu sehen war.

Da er damit rechnete, erst mitten am Nachmittag zum Schuß zu kommen, wartete er bis vier Uhr und stellte fest, daß die Sonne auf ihrer Wanderung nach Westen immer noch hoch genug stand, um in die Wohnungsfenster auf der Ostseite der Straße zu scheinen. Folglich blieben ihm nur die auf der Westseite. Ihre höchsten Fenster bekamen nur noch ein paar schräge Strahlen ab.

Am folgenden Tag setzte er sich auf eine Bank in der Rue de Rennes, nicht weit von den beiden Miethäusern, die ihn noch immer interessierten. In einem der Eingänge saß die Concierge und strickte. Und aus dem Ton, in dem sie ihr *bonjour, monsieur* zwitscherte, wenn einer das Haus betrat oder verließ, und aus dem fröhlichen *bonjour, madame Berthe,* das sie jedesmal zur Antwort bekam, schloß der Beobachter auf der nur sechs Meter entfernten Bank, daß sie wohl eine gutmütige Person war, die für die Unglücklichen dieser Welt sicher etwas übrig hatte.

Kurz vor vier packte sie ihr Strickzeug in eine geräumige Tasche und schlurfte in Pantoffeln die Straße hinunter zur Bäckerei. Der Schakal stand auf und ging ins Haus. Lautlos lief er die Treppen hinauf, die sich um den Fahrstuhlschacht wanden. Im sechsten Stock führten zwei Türen in die beiden Wohnungen auf der Vorderseite des Hauses. Auf den Namensschildern stand einmal „Mlle. Béranger“ und einmal „M. et Mme. Charrier“. Er lauschte, aber aus keiner der beiden Wohnungen kam ein Laut. Er untersuchte die Schlösser; an beiden Türen waren sie in das dicke Holz eingearbeitet und wahrscheinlich sehr massiv gebaut. Er würde Schlüssel dafür brauchen, dachte er, und sicher hatte Mme. Berthe in ihrer kleinen Loge zu jeder Wohnung einen.

Minuten später lief er leichtfüßig wieder die Treppe hinunter. In allen Etagen führte ein Korridor mit Tür nach hinten zur Feuerleiter. Im ersten Stock öffnete er diese Tür und sah in einen Innenhof. Gegenüber durchbrach eine überdachte Gasse das Häusergeviert. Als er aus dem Haus kam, wandte er sich nach links die Rue de Rennes hinauf, am Postamt vorbei und kam, nachdem er um die Ecke gebogen war, zu der schmalen Gasse. Sie war der Eingang zu einem sonnenbeschienenen Hof. Gegenüber erkannte er die unteren Sprossen der Feuerleiter an dem Gebäude, das er soeben verlassen hatte. Er hatte seinen Fluchtweg gefunden.

Als er an die Ecke des Boulevard du Montparnasse kam, fuhr gerade ein Polizist auf einem Motorrad auf die Kreuzung, stellte die Maschine ab und hielt den Verkehr an. Man hörte Polizeisirenen heulen, und der Schakal sah eine Fahrzeugkolonne auf sich zukommen.

Voran zwei Motorradfahrer mit leuchtenden weißen Helmen, dahinter die haifischartigen Schnauzen zweier Citroën DS. Jetzt bogen die Motorräder rechts in die Avenue du Maine ein, die Limousinen hinterher. Im Fond des ersten Wagens saß eine große Gestalt in einem anthrazitgrauen Anzug. Der Schakal sah flüchtig den erhobenen Kopf und die unverkennbare Nase. Das nächste Mal, sagte er stumm hinter dem entschwundenen Bild her, sehe ich dein Gesicht im Zielfernrohr. Dann nahm er ein Taxi und fuhr zu seinem Hotel zurück.

Abends um sechs ging er in ein kleines Café und führte von dort ein Ferngespräch mit dem Studio in Brüssel.

Ein Stückchen weiter, unweit der Métrostation Duroc, aus der sie kam, sah noch jemand das unverwechselbare Profil im Fond des ersten Wagens, und ihre Augen glühten in leidenschaftlichem Zorn. Jacqueline Dumas war sechsundzwanzig Jahre alt und von beachtlicher Schönheit, die sie immer im besten Licht zu zeigen verstand, denn sie arbeitete als Kosmetikerin in einem teuren Schönheitssalon unweit der Champs-Élysées. An diesem Abend des 30. Juli hatte sie es sehr eilig, nach Hause zu kommen und sich für ihr Stelldichein fertigzumachen. In wenigen Stunden würde sie in den Armen des Liebhabers liegen, den sie haßte, und dafür wollte sie so schön wie nur möglich sein.

Vor ein paar Jahren hatte sie noch bei ihrer Familie gewohnt. Ihr Vater war Bankangestellter, ihre Mutter eine typische französische

Mittelstandshausfrau. Jacqueline hatte gerade ihre Lehrzeit als Kosmetikerin abgeschlossen, und ihr jüngerer Bruder Jean-Claude leistete seinen Militärdienst ab. Eines Tages gegen Ende des Jahres 1959 war dann das Telegramm gekommen. Mit unendlichem Bedauern wurde darin Monsieur und Madame Dumas mitgeteilt, daß ihr Sohn Jean-Claude, Gefreiter im Ersten Kolonialen Fallschirmjägerregiment, in Algerien gefallen war.

Jacquelines kleine Welt, die aus Stelldicheins, Kino und Freunden bestanden hatte, brach in Stücke. Ihr Liebling Jean-Claude, ihr kleiner Bruder, war in einem gottverlassenen algerischen Wadi von einer Bande Guerillas der Front de libération nationale (FLN) erschossen worden. Sie begann zu hassen.

Dann kam François. Ganz plötzlich tauchte er eines Sonntags morgens bei ihr zu Hause auf, als ihre Eltern gerade fort waren. Er erzählte ihr, daß er Jean-Claudes Zugführer gewesen sei und einen Brief von ihm bei sich habe. Sie bat ihn ins Haus.

Jean-Claude hatte den Brief wenige Wochen vor seinem Tod geschrieben und auf seiner letzten Patrouille noch in der Rocktasche gehabt. Jacqueline las ihn und weinte ein bißchen. François erzählte ihr, daß es zu einem erbitterten Gefecht gekommen sei und Jean-Claude dabei einen Lungenschuß abbekommen habe. François war so hart wie die Erde in der Kolonie, in der er vier Kriegsjahre lang gedient hatte, aber zu ihr war er sehr freundlich. Sie mochte ihn dafür und nahm seine Einladung zum Essen an. Außerdem fürchtete sie die Rückkehr ihrer Eltern, und sie wollte doch nicht, daß sie erfuhren, wie Jean-Claude gestorben war. Beim Essen nahm sie dem Leutnant ein Schweigeversprechen ab, und er gab es ihr.

Aber ihr eigenes Interesse am algerischen Krieg wurde unstillbar. General de Gaulle hatte im Januar zuvor die Präsidentschaft errungen und war als ein Mann in den Élysée-Palast eingezogen, der den Algerienkrieg beenden und dennoch Algerien bei Frankreich behalten wollte. Es war François, von dem sie zum erstenmal die Bezeichnung „Verräter Frankreichs“ für den Mann hörte, den ihr Vater so verehrte. Er erzählte ihr von dem Verrat an der französischen Armee, von den Geheimverhandlungen der Pariser Regierung mit dem im Gefängnis sitzenden FLN-Führer Ben Bella und von der bevorstehenden Übergabe Algeriens.

Sie verbrachten François' Urlaub gemeinsam, indem sie ihn jeden Abend nach der Arbeit traf. Er war im Januar wieder in seinen Krieg zurückgekehrt, und sie hatte ein kurzes Zusammensein mit ihm arrangieren können, als er im August auf eine Woche Urlaub nach Marseille durfte.

Sie hatte auf ihn gewartet und ihn in ihrem Innersten zu einer Symbolfigur für alles gemacht, was an den jungen Männern in Frankreich gut und sauber und männlich war. Im Frühling 1961 durfte er wieder auf Urlaub nach Paris, und als sie über die Boulevards spazierten, er in Uniform und sie in ihrem schönsten Kleid, war er für sie der stärkste und schönste Mann in der Stadt.

François war außer sich. Die Öffentlichkeit wußte jetzt von den Gesprächen mit der FLN. Die Armee werde das nicht mehr lange dulden, versprach er. Daß Algerien französisch bleiben mußte, war für sie beide ein Dogma. Er kehrte nach Algerien zurück, und am 21. April meuterten mehrere Einheiten der französischen Armee, darunter auch das Erste Koloniale Fallschirmjägerregiment, zu dem er gehörte. Es kam zu Kämpfen zwischen den Meuterern und regierungstreuen Truppen, und Anfang Mai kam François bei einem Gefecht mit Regierungstruppen ums Leben.

Jacqueline mietete in aller Stille eine Wohnung in einem billigen Pariser Vorort und versuchte sich mit Gas das Leben zu nehmen, aber der Versuch mißlang. Im Dezember wurde sie zur aktiven Untergrundkämpferin für die OAS. Ihr Motiv war ganz einfach, François und Jean-Claude zu rächen. Ihr einziger Kummer dabei war, daß sie nicht mehr tun konnte als nur Botengänge machen, Nachrichten überbringen und ab und zu ein Päckchen Sprengstoff in ihrer Einkaufstasche transportieren. So war es bis Anfang Juli weitergegangen, aber dann war ein Mann zu ihr gekommen und hatte sie gefragt, ob sie für die Organisation eine Sonderaufgabe übernehmen könne. Natürlich. Auch wenn es gefährlich und ganz bestimmt widerwärtig werde? Das war ihr gleich.

Drei Tage später zeigte man ihr einen Mann, der gerade aus einem Mietshaus kam. Man sagte ihr, wer er sei und was sie zu tun habe. Mitte Juli lernte sie den Mann, scheinbar per Zufall, kennen, als sie in einem Restaurant am Nebentisch saß und ihn schüchtern um den Salzstreuer bat. Die Unterhaltung gedieh, indem er das Wort führte und sie gelehrig folgte. Vierzehn Tage später hatten sie ein Verhältnis.

Ende Juli hatte ihr Zellenleiter sie angewiesen, zu dem Mann zu ziehen. Am 29. Juli fuhr seine Frau mit ihren beiden Kindern ins

Landhaus der Familie im Loiretal. Sie waren kaum ein paar Minuten fort, da hing er schon am Telephon und bestand darauf, Jacqueline solle abends allein mit ihm in seiner Wohnung essen.

Jetzt, beim Anziehen, dachte Jacqueline Dumas voll Ekel an die bevorstehende Nacht. Ganz hinten aus ihrer Schublade nahm sie ein Photo, aus dessen Rahmen ihr François mit seinem leicht ironischen Lächeln entgegensah. „François", hauchte sie, „hilf mir; bitte hilf mir heute nacht."

Am letzten Tag des Monats ging der Schakal auf den Flohmarkt und kaufte sich eine schmuddelige schwarze Baskenmütze, ein Paar verschlissene Schuhe, eine nicht gerade saubere Hose und einen langen Militärmantel, der ihm bis weit unter die Knie reichte. Als er fortgehen wollte, fiel sein Blick auf einen Verkaufsstand mit lauter schon angelaufenen Orden und Medaillen. Er kaufte sich eine Kollektion und dazu eine Broschüre über französische Ehrenzeichen.

Nach einem leichten Mittagessen bezahlte er seine Hotelrechnung und ging packen. Mit Hilfe der Broschüre stellte er sich eine Ordensschnalle zusammen – mit der Médaille militaire für Tapferkeit vor dem Feind, der Médaille de la Résistance und fünf Kriegsmedaillen für Teilnehmer an Einsätzen der Freifranzösischen Streitkräfte im Zweiten Weltkrieg. Die anderen Orden und die Broschüre warf er in zwei öffentliche Abfallkörbe.

Um 17.15 Uhr stieg er in den vornehmen Étoile-du-Nord-Expreß und kam in den letzten Stunden des Juli in Brüssel an.

## 5

Der Brief an Viktor Kowalski traf am nächsten Morgen in Rom ein. Der hünenhafte Korporal war gerade von der täglichen Postabholung zurückgekommen und ging durch die Hotelhalle, als einer der Pagen ihm nachrief: *„Signore, per favore ..."*

Mürrisch wie immer drehte er sich um. Der dunkeläugige junge Mann hatte einen Brief in der Hand. *„E una lettera. Per un signore Kowalski."*

Kowalski riß dem jungen Mann den Brief aus der Hand und starrte auf die hingekritzelte Adresse. Er war hier unter einem anderen Namen gemeldet, aber er bekam nicht oft Post, und wenn dann einmal ein Brief kam, war das ein großes Ereignis. Er entnahm den Worten des Italieners, daß niemand vom Hotelpersonal einen Gast dieses Namens kenne und man ihn gefragt habe, weil man wisse, daß er ja auch Pole sei.

„*Bon. Je vais demander*", sagte Kowalski erhaben.

Kowalski fuhr mit dem Aufzug in den achten Stock, wo er sich beim Aussteigen sogleich der gezückten Pistole des diensthabenden Wachtpostens im Korridor gegenübersah. Der Mann steckte seine Pistole wieder ein und drückte auf den Schalter unter seinem Tisch, wodurch die Selbstschüsse auf der Treppe zur obersten Etage, in der die Chefs wohnten, ausgeschaltet wurden. Nach einem Anruf nach oben winkte er Kowalski, daß er hinaufgehen dürfe.

Der Korporal hatte den Brief in die Jackentasche gesteckt, während die Post für die Chefs sich in der stählernen Kassette befand, die mit einer Kette an sein linkes Handgelenk geschlossen war. Die Kette sowohl wie die Kassette hatten Schnappschlösser, und nur Rodin besaß die Schlüssel dazu. Ein paar Minuten später hatte der OAS-Oberst beide aufgeschlossen, und Kowalski ging in sein Zimmer, wo er endlich seinen Brief las.

Es überraschte ihn sehr, daß der Brief von Kovacs sein sollte, den er seit einem Jahr nicht mehr gesehen hatte. Kovacs schrieb, er habe eine Zeitungsmeldung gelesen, wonach Rodin, Montclair und Casson sich in diesem Hotel in Rom versteckt hielten. Da habe er angenommen, sein alter Freund Kowalski werde wohl bei ihnen sein. Er berichtete von der zur Zeit schwierigen Lage in Frankreich, denn überall ständen die *flics* herum und verlangten Papiere.

Dann berichtete er weiter, er habe mit Kowalskis altem Freund Jo-Jo gesprochen und der habe ihm gesagt, Kowalskis Tochter Sylvie sei krank – irgendwas mit Leu... Es habe mit ihrem Blut zu tun. Kovacs hoffe, daß sie bald wieder gesund werde, und Viktor solle sich keine Sorgen machen.

Aber Viktor machte sich Sorgen. Es hatte in sechsunddreißig Jahren voller Gewalt nicht viel gegeben, was bis in sein Herz vorgedrungen war. Dreizehn Jahre alt war er gewesen, als seine Eltern von den Deutschen geholt wurden. Alt genug, sich den Partisanen anzuschließen, hatte er mit fünfzehn seinen ersten Deutschen getötet. Siebzehn war er, als die Russen kamen; der grobknochige, schlaksige junge Mann hetzte wie ein gejagtes Tier nach Süden in die Tschechoslowakei. Es folgten Österreich und ein Flüchtlingslager. 1946 brach er dort aus, trampte nach Italien und von dort nach Frankreich. In Marseille brach er eines Nachts in ein Geschäft ein, erschlug den Besitzer, als dieser ihn überraschte, und schon war er wieder auf der Flucht. Ein Kumpel machte ihm klar, daß es für ihn nur noch eines gebe – die Fremdenlegion.

Sechs Jahre Indochina zerstörten vollends, was noch von einem normalen Mitglied der menschlichen Gesellschaft in ihm übriggeblieben sein mochte; dann schickte man den riesigen Korporal nach Algerien. Dazwischen aber war er zu einem sechsmonatigen Waffenlehrgang bei Marseille abkommandiert worden. Dort hatte er Julie kennengelernt, eine so kleine wie giftige Dirne aus einer Hafenbar, die gerade Ärger mit ihrem Zuhälter hatte. Kowalski beförderte den Mann mit einem einzigen Schlag sechs Meter weit durch die Bar, daß er anschließend zehn Stunden bewußtlos war.

Julie mochte den großen Legionär und machte ihn zu ihrem „Beschützer". Es war, besonders von ihrer Seite, viel Lust und wenig Liebe zwischen ihnen, die noch weniger wurde, als sie feststellte, daß sie schwanger war. Sie sagte, das Kind sei von ihm, und er glaubte es vielleicht, weil er es glauben wollte. Sie sagte auch, sie wolle das Kind nicht haben. Kowalski prügelte sie durch und drohte ihr, sie umzubringen, wenn sie das Kind wegmache. In der Zwischenzeit hatte er sich mit einem anderen polnischen Legionär namens Josef Grzybowski angefreundet, der als „Jo-Jo der Pole" bekannt war und sich, nachdem er als Invalide aus Indochina zurückgekommen war, mit einer lustigen Witwe zusammengetan hatte, die einen Erfrischungswagen am Hauptbahnhof besaß.

Es war Jo-Jo, an den sich Kowalski wegen des Kindes um Rat wandte. „Sie will das Kind wegmachen", sagte Viktor, als sie zusammen in einer Bar eins tranken. „Ich habe noch nie ein Kind gehabt."

„Ich auch nicht", antwortete Jo-Jo, „und dabei bin ich sogar verheiratet, mit allem Drum und Dran."

In den frühen Morgenstunden faßten sie, schon sehr betrunken, einen Plan. Jo-Jo brauchte drei Tage, die Neuigkeit seiner Frau beizubringen. Zu seiner Verblüffung war sie darüber hoch erfreut. Und so wurde alles arrangiert. Viktor kehrte planmäßig nach Algerien zurück, und in Marseille überwachten Jo-Jo und seine Frau, teils mit Drohungen, teils mit Lockungen, die schwangere Julie. Ende 1955 schenkte sie einem blauäugigen, goldblonden Mädchen das Leben.

Die Jo-Jos adoptierten die Kleine, und Julie nahm ihr altes Leben wieder auf. Sie informierten Viktor brieflich, und er empfand eine sonderbare Freude. Aber er sagte niemandem etwas davon. Er hatte, solange er zurückdenken konnte, noch nie etwas besessen, was man ihm nicht sofort weggenommen hätte, sowie er davon sprach.

Drei Jahre später überredete ihn der Militärgeistliche vor einem langen Kampfauftrag in den algerischen Bergen, sein Testament aufzusetzen. Er hinterließ seine ganze irdische Habe der Tochter eines gewissen Josef Grzybowski. Eine Kopie dieses Dokuments gelangte schließlich in die Akten des Verteidigungsministeriums in Paris, und als Kowalski der französischen Abwehr als Terrorist bekannt wurde, begann Oberst Rollands Aktionsabteilung sich für die Sache zu interessieren. Man stattete den Grzybowskis einen Besuch ab, und alles kam heraus. Aber das erfuhr Kowalski nie.

Er bekam seine Tochter einmal mit zwei Jahren und einmal mit viereinhalb Jahren zu sehen. Sie vertrugen sich recht gut, das kleine Mädchen und sein bärenstarker Onkel Viktor. Und nun war sie an irgendwas mit Leu... erkrankt, und Kowalski machte sich große Sorgen. Nach dem Mittagessen ging er nach oben, um sich die Kassette für die Nachmittagspost ans Handgelenk schließen zu lassen. „Was ist eigentlich", platzte er auf einmal heraus, „Leu... und noch was?"

Rodin sah überrascht auf. „Davon hab ich noch nie gehört."

„Es ist eine Blutkrankheit", erklärte Kowalski.

Casson, der zeitunglesend in der Zimmerecke gesessen hatte, lachte auf. „Sie meinen sicher Leukämie. Das ist Blutkrebs."

Kowalski schaute zu Rodin. Er traute keinem Zivilisten. „Ist das heilbar, *mon colonel?*"

„Nein, Kowalski. Das ist tödlich. Unheilbar. Warum?"

„Nichts", brummte Kowalski. „Ich hab da nur was gelesen."

Damit ging er. Wenn Rodin sich wunderte, daß sein Leibwächter, den man nie etwas anderes hatte lesen sehen als Tagesbefehle, dieses Wort in einem Buch gefunden haben sollte, so zeigte er es jedenfalls nicht. Und die Angelegenheit wurde auch aus seinen Gedanken verdrängt, als mit der Nachmittagspost die Nachricht kam, daß sich auf den Konten der OAS in der Schweiz jetzt über zweihundertfünfzigtausend Dollar befanden.

Rodin setzte sich hin und schrieb Anweisungen an die Banken, diese Summe auf das Konto seines gedungenen Attentäters zu überweisen. Er hatte nicht den leisesten Zweifel, daß die Industriellen und Bankiers der extremen Rechten schon den Rest dazugeben würden, wenn de Gaulle erst beseitigt war.

Aber Casson drängte ihn noch, sich zu gedulden. Er wies darauf hin, daß sie dem Engländer die Gestellung eines Kontaktmannes versprochen hatten, der ihn über die um den Präsidenten getroffenen Sicherheitsmaßnahmen auf dem laufenden halten sollte. Man habe zwar schon einen Agenten in die unmittelbare Nähe eines Mannes aus de Gaulles Gefolge gebracht, aber es würden schon noch einige Tage vergehen, bis er an einigermaßen verläßliche Informationen herankommen könne. Den Schakal schon in dieser Phase von einer Geldüberweisung zu unterrichten hieße, ihn zu vorzeitigem Handeln zu verlocken. Rodin war bereit zu warten.

Inzwischen saß Kowalski in der heißen römischen Nacht auf dem Hoteldach, einen Elfmillimetercolt in der geübten Hand, und machte sich Sorgen um ein krankes kleines Mädchen in Marseille. Kurz vor Morgengrauen hatte er eine Idee. Ihm war aufgefallen, daß Jo-Jo, als sie sich 1960 zum letztenmal gesehen hatten, davon gesprochen hatte, daß er ein Telephon in seine Wohnung bekommen sollte.

An dem Morgen, an dem Kowalski seinen Brief bekam, verließ der Schakal sein Brüsseler Hotel und fuhr mit einem Taxi in die Straße, wo Monsieur Goossens wohnte. Nachdem der Belgier die Tür verschlossen hatte, sagte er: „Das Gewehr ist fertig, und, offen gesagt, ich betrachte es als eines meiner Meisterwerke. Nur das andere Objekt bereitet noch Schwierigkeiten."

Der Killer sah ihn kalt an. Auf dem Tisch lag eine Diplomatentasche, etwa sechzig Zentimeter lang, fünfundvierzig breit und vier tief. Monsieur Goossens öffnete sie. Zum Vorschein kam eine Art Tablett mit lauter Vertiefungen, die alle die Form des Gewehrteils hatten, das sie enthielten.

Der Schakal nahm die Einzelteile heraus und baute sie unter Anleitung des Büchsenmachers zusammen. Dann setzte er den nach innen gewölbten Kolbenboden, der etwa fünfzehn Zentimeter maß und dick mit schwarzem Leder gepolstert war, an die Schulter. Die linke Hand unterm Lauf, die rechte am Abzug, linkes Auge geschlossen und das rechte am Zielfernrohr, richtete er die Waffe auf die gegenüberliegende Wand und drückte ab. Aus dem Verschlußstück kam ein leises Klicken. Was vor zehn Minuten noch wie eine Kollektion merkwürdig geformter Eisenteile ausgesehen hatte, war jetzt ein durchschlagskräftiges, weitreichendes, vollkommen schallgedämpftes Scharfschützengewehr. Der Schakal legte es wieder hin.

„Sehr gut", sagte er. „Eine schöne Arbeit."

Monsieur Goossens strahlte. „Es muß nur noch das Zielfernrohr justiert werden, und dann sollten Sie ein paar Probeschüsse machen." Er griff in seine Schreibtischschublade und nahm eine Schachtel heraus. Das Siegel des Päckchens war erbrochen, und es fehlten sechs Patronen.

„Die sind zum Üben", sagte der Waffenschmied. „Sechs habe ich herausgenommen und zu Explosivgeschossen gemacht."

Der Schakal schüttelte ein paar Patronen aus der Schachtel und sah sie sich an. Es waren schmale, aber überlange Patronen, damit sie die Zusatzladung zum Erreichen einer hohen Mündungsgeschwindigkeit und großer Genauigkeit faßten. „Wo sind die richtigen?" fragte er, während er die andern wieder in die Schachtel tat.

Monsieur Goossens nahm eine zusammengewickelte Serviette aus der Schublade und faltete sie auseinander, um ihren Inhalt auf das weiße Löschpapier zu legen. Auf den ersten Blick sahen die Kugeln gleich aus wie die andern, aber der Engländer, der sie genau betrachtete, wußte Bescheid.

Um die Geschoßspitze herum war in einem ganz kleinen Umkreis der Kupfernickelmantel abgefeilt worden, bis der Bleikern zum Vorschein kam. In die leicht abgestumpfte Spitze war dann ein feines Loch etwa sechs Millimeter weit hineingebohrt worden, in das ein Tröpfchen Quecksilber kam. Anschließend war das Loch mit einem Tropfen geschmolzenem Blei wieder verschlossen und, nachdem das Blei erkaltet war, die Geschoßspitze mit Feile und Schmirgelpapier wieder auf ihre ursprüngliche spitze Form gebracht worden. Beim Schießen würde nun das Quecksilber durch die Vorwärtsbewegung der Kugel nach hinten gedrückt, genau wie ein Mensch im Auto bei starker Beschleunigung gegen die Rückenlehne gepreßt wird. Aber beim Auftreffen der Kugel würde das plötzliche Abbremsen das Quecksilber mit solcher Wucht nach vorn schleudern, daß es die Geschoßspitze zerreißen und das Blei wie eine Blüte auseinandergehen lassen würde. Wenn ein solches Geschoß den Kopf träfe, würde es nicht auf der anderen Seite wieder austreten, sondern unter der Schädeldecke alles zerfetzen.

Der Killer legte die Patronen vorsichtig auf die Serviette zurück. „Mir kommen sie ganz richtig vor. Wo sind denn die Schwierigkeiten?"

„Bei den Rohren, Monsieur. Sie sind schwieriger herzustellen, als ich dachte. Zuerst habe ich es mit sehr dünnem Aluminium versucht, aber das bog sich dann bei der geringsten Belastung. Da habe ich also Edelstahl genommen, weil er fester ist. Er ist aber auch schwieriger zu bearbeiten, und das kostet Zeit."

„Wichtig ist, daß alles perfekt sein muß. Wie lange?"

„Schwer zu sagen. Fünf, sechs Tage. Vielleicht auch eine Woche..."

Das Gesicht des Engländers verriet keine Enttäuschung. „Na schön", sagte er endlich. „Es bedeutet eine Änderung meiner Reisepläne. Aber da ich mich sowieso erst mit dem Gewehr einschießen muß, kann ich das hier genausogut machen wie anderswo. Wohin geht man in Belgien, wenn man ohne jedes Aufsehen ein Gewehr ausprobieren möchte?"

Monsieur Goossens dachte einen Augenblick nach. „In den Ardennenwald. Sie können es hin und zurück an einem Tag schaffen. Am Wochenende sind dort aber vielleicht zu viele Leute beim Picknick. Ich würde Montag vorschlagen. Bis Dienstag oder Mittwoch hoffe ich dann auch mit der Arbeit fertig zu sein."

Der Engländer nickte zufrieden. „Gut. Ich nehme jetzt das Gewehr, die unbehandelte Munition und eines von den Explosivgeschossen mit. Am Dienstag melde ich mich wieder bei Ihnen. Hier haben Sie noch einmal fünfhundert Pfund. Die übrigen zweihundert bekommen Sie, wenn ich die restliche Ware erhalte."

Der Schakal kam gerade noch zu einem späten Mittagessen im Hotel an, aber zuerst verstaute er noch die Munition und den Koffer mit dem Gewehr in seinem Kleiderschrank, schloß ihn zu und steckte den Schlüssel ein.

Abends kurz nach sechs traf er sich in der Bar an der Rue Neuve mit dem Fälscher.

„Fertig?" fragte der Engländer.

„Ja, und gut geworden, das muß ich selbst sagen."

Der Engländer streckte die Hand aus. „Zeigen Sie her", befahl er.

Der Fälscher zündete sich eine seiner Bastos an und schüttelte den Kopf. „Sie müssen verstehen, Monsieur, wir sind hier in aller Öffentlichkeit. Außerdem brauchen Sie gutes Licht, um die Ware zu prüfen. Sie können das im Studio tun."

Der Schakal musterte ihn eine Weile mit kaltem Blick, dann nickte er. „Gut, dann gehen wir jetzt und sehen sie uns in aller Stille an."

Als sie im Studio waren, schaltete der Fälscher die Deckenbeleuchtung ein. Dann zog er einen flachen braunen Umschlag aus der Tasche und breitete den Inhalt auf einem runden Tischchen aus, das er unters Licht stellte.

„Bitte sehr, Monsieur." Er wies mit breitem Grinsen auf die drei Dokumente auf dem Tisch. Der Engländer nahm den Führerschein, der jetzt auf den Namen Alexander James Quentin Duggan lautete, in die Hand. Soweit er das beurteilen konnte, war die Fälschung perfekt.

Das zweite Dokument war ein französischer Personalausweis auf den Namen André Martin, dreiundfünfzig Jahre alt, wohnhaft in Paris. Aus einer Ecke des Ausweises starrte ihn sein eigenes, um zwanzig Jahre gealtertes Konterfei mit eisengrauem, kurz geschorenem Haar an. Der Ausweis selbst hatte Flecken und Eselsohren, eben der Ausweis eines einfachen Mannes. Aber am meisten interessierte ihn das dritte Papier. Es trug ein gegenüber dem Personalausweis leicht verändertes Photo von ihm. Durch kunstvolle Retuschen war das Hemd dunkler geworden, und ein paar Stoppeln standen auf dem Kinn, so daß man den Eindruck hatte, zwei verschiedene, auch zu verschiedenen Zeiten aufgenommene Photos von ein und demselben Mann zu sehen. In beiden Fällen war die Fälschung hervorragend gelungen.

Der Schakal steckte die Papiere ein. „Sehr hübsch", sagte er. „Meinen Glückwunsch. Sie bekommen noch fünfzig Pfund?"

„Ganz recht, Monsieur. *Merci.*" Der Fälscher wartete mit hoffnungsvollem Gesicht.

Der Engländer zog ein Bündel mit zehn Fünfpfundnoten aus der Tasche und hielt es zwischen Daumen und Zeigefinger dem Fälscher hin. Dann sagte er: „Ich glaube, es fehlt noch etwas."

Der Fälscher sah ihn an, als verstände er nicht. „Monsieur?"

„Vom Führerschein das echte Deckblatt."

Der Fälscher zog wie völlig überrascht die Augenbrauen hoch, dann senkte er den Kopf, als müsse er tief nachdenken. „Ich dachte, Monsieur, wir könnten uns über dieses Stückchen Papier noch ein wenig unterhalten."

„So?" Die Stimme des Schakals verriet überhaupt nichts.

„Es ist so, Monsieur, das Originalblatt des Führerscheins befindet sich nicht hier. O bitte, bitte –", er machte eine einstudierte Gebärde, wie um einen von Angst Ergriffenen zu beruhigen, obwohl der

Engländer mit keiner Miene Angst gezeigt hatte. „Das Blatt befindet sich an einem sicheren Ort, mitsamt den Negativen und, wie ich fürchte, auch noch einem weiteren Bild, das ich ganz schnell gemacht habe, als Sie ohne Make-up unter der Bogenlampe standen. Ein Schließfach in einer Bank, das niemand außer mir öffnen kann. Sie sehen, Monsieur, ein Mann mit meinem gefährlichen Beruf muß seine Vorkehrungen treffen."

„Was wollen Sie?"

„Nun, mein Herr, ich hoffe, Sie sind bereit, sich mit mir über eine Summe zu unterhalten, die etwas über den zuletzt genannten hundertfünfzig Pfund liegt."

„Ich begegne nicht dem ersten Erpresser", sagte der Engländer gleichmütig.

„Aber ich bitte Sie, Monsieur. Was ich vorschlage, ist doch keine Erpressung. Nur ein Geschäft. Alles für eintausend Pfund."

Der Engländer dachte über das Angebot nach. „Es wäre mir schon das Geld wert, die Sachen wiederzubekommen", gab er zu.

Der Fälscher grinste. „Das höre ich überaus gern, Monsieur."

„Aber meine Antwort ist nein."

Der Fälscher kniff die Augen zusammen. „Ich verstehe wohl nicht recht."

„Es gibt dafür zwei Gründe", sagte sein Gegenüber nachsichtig. „Erstens habe ich keinerlei Sicherheit, daß die Originalnegative nicht kopiert worden sind und auf die erste Forderung nicht gleich die zweite folgt. Zweitens habe ich keinerlei Beweis dafür, daß Sie die Dokumente nicht einem Freund gegeben haben, der dann, wenn er sie herausgeben soll, plötzlich feststellt, daß er sie nicht mehr hat, falls nicht weitere tausend Pfund ihm das Nachdenken versüßen."

Der Fälscher machte ein erleichtertes Gesicht. „Wenn das alle Ihre Befürchtungen sind, dann sind sie grundlos. Es liegt ja schon in meinem eigenen Interesse, die Papiere keinem Mitwisser anzuvertrauen. Und wenn ich mehrmals Geld forderte, wäre es doch für Sie billiger, die Sachen wegzuwerfen und sich von jemand anderem neue machen zu lassen."

„Und wieso kann ich das nicht schon jetzt?" fragte der Engländer.

Der Fälscher breitete die Hände auseinander, die Handflächen nach oben. „Ich baue darauf, daß Bequemlichkeit und Zeit Ihnen Geld wert sind. Es würde Sie viel Zeit kosten, sich neue Papiere machen zu lassen, und dann wären sie auch nicht so gut."

Der Engländer nickte ein paarmal, als dächte er, wenn auch ungern, über das Gesagte nach. Plötzlich hob er den Kopf und lächelte zuvorkommend. „Also gut. Sie haben gewonnen. Ich kann Ihnen die tausend Pfund morgen bringen.“

Der Fälscher lächelte. Er lächelte immer noch, als er das Gefühl hatte, ein D-Zug sei in seine Intimteile gerast. Halb besinnungslos und würgend sank er auf die Knie und versuchte sich Schutz suchend zur Seite zu rollen.

Der Schakal trat rittlings über den am Boden Liegenden und setzte sich auf seinen Rücken. Seine rechte Hand fuhr um den Hals des Fälschers und ergriff dann den eigenen linken Oberarm. Die linke Hand faßte den Hinterkopf des Fälschers. Mit einem kurzen, heftigen Ruck drehte er den Nacken nach hinten, aufwärts und seitwärts. Das Knacken der brechenden Halswirbel klang wie ein Pistolenschuß. Der Fälscher sackte leblos wie eine Stoffpuppe zusammen.

Der Engländer drehte die Leiche um und fand in der linken Hosentasche die Schlüssel. Der vierte, den er probierte, paßte zu der Gerätetruhe, und dann hatte er zehn Minuten damit zu tun, deren Inhalt auszuräumen und auf dem Fußboden aufzustapeln.

Er wuchtete den toten Körper in die Kiste und tat die andern Sachen wieder hinein. Perücken und alles, was weich war, stopfte er in die Lücken zwischen den Gliedmaßen. Der ganze Make-up-Kram kam schließlich obendrauf. Er mußte beim Schließen der Kiste etwas Gewalt anwenden, aber endlich rastete das Schließband ein, und er konnte das Vorhängeschloß anbringen.

Die ganze Zeit hatte der Engländer seine Hände mit Textilstücken aus der Truhe umwickelt, wenn er Töpfe oder Gläser anfaßte. Jetzt wischte er noch mit einem Taschentuch das Vorhängeschloß und die Außenflächen der Kiste ab. Zuletzt löschte er das Licht, verließ leise das Studio und schloß die Tür ab.

Niemand begegnete ihm auf der Straße, und er warf die Schlüssel in ein Gully am Straßenrand.

Er gab sich nicht der Illusion hin, das Verschwinden des Fälschers könne unentdeckt bleiben. Andererseits war es aber auch unwahrscheinlich, daß die Polizei allzubald das Schließfach des Toten durchsuchte. Und selbst dann wäre es noch ein weiter Weg bis zum Schakal.

Am nächsten Tag kaufte er sich in einem Arbeiterviertel von Brüssel ein Einkaufsnetz, ein Jagdmesser, zwei Anstreicherpinsel und ein Döschen mit rosa und eins mit brauner Farbe. Ins Hotel zurückgekehrt, benutzte er seinen neuen Führerschein gleich dazu, sich für den folgenden Morgen ein Auto zu mieten; dann bat er den Empfangschef, ihm fürs Wochenende ein Zimmer in einem der Seebäder zu buchen.

## 6

WÄHREND der Schakal in Brüssel einkaufte, stand Viktor Kowalski in der Hauptpost von Rom am Telephon. Nach einigen Schwierigkeiten hatte er Jo-Jos Nummer erfahren, und eine halbe Stunde später war das Gespräch da.

Ja, das mit Sylvies Erkrankung sei leider wahr. Die Kleine liege im Nebenzimmer in der Wohnung, aus der Jo-Jo spreche. Nein, es sei nicht mehr die alte Wohnung; sie hätten sich eine neue, größere genommen. Jo-Jo diktierte ihm langsam die Adresse, und Kowalski schrieb mit. „Wie lange geben die Quacksalber ihr noch?" brüllte er in die Leitung.

„Eine Woche", tönte Jo-Jos Stimme zurück, „vielleicht zwei oder drei."

Kowalski starrte ungläubig das Telephon an, dann hängte er ein und trat benommen aus der Zelle. Er holte die Post ab, ließ das Kassettenschloß zuschnappen und kehrte ins Hotel zurück.

In seiner Marseiller Wohnung drehte Jo-Jo sich um, nur um festzustellen, daß die beiden Männer von der Aktionsabteilung noch immer am selben Platz standen, jeder mit einem Elfmillimetercolt in der Hand. Der eine Revolver war auf Jo-Jo gerichtet, der andere auf seine Frau, die leichenblaß auf dem Sofa saß. „Schweine", sagte Jo-Jo voller Haß.

„Kommt er?" fragte einer der Männer.

„Er kommt", sagte Jo-Jo resigniert. „Wegen dem Mädchen."

„Gut. Dann ist Ihre Aufgabe erfüllt."

„Und jetzt schert euch hier raus!" schrie Jo-Jo. „Laßt uns in Frieden!"

Der Korse stand auf, immer noch mit dem Revolver im Anschlag. „Sie beide kommen mit. Wir können doch nicht zulassen, daß Sie nach Rom telephonieren, nicht wahr, Jo-Jo?"

„Wohin bringen Sie uns?"

„In Ferien. In ein hübsches, gemütliches Hotel in den Bergen."

Jo-Jo starrte zum Fenster hinaus. „Es ist Hochsaison. Die Züge sind um diese Zeit voll besetzt. Im August verdienen wir mehr als im ganzen Winter zusammen. Wir sind auf Jahre ruiniert."

Der Korse lachte, als ob ihn diese Vorstellung sehr belustigte. „Koffer packen."

„Und was ist mit Sylvie? Sie spielt irgendwo draußen mit ihren Freundinnen."

„Die lesen wir unterwegs auf. Los jetzt, bewegt euch."

Eine Stunde später saß die Familie in einem großen Citroën und näherte sich einem sehr verschwiegenen Hotel hoch oben im Vercors.

Am Montagmorgen, nach seiner Rückkehr vom Wochenende an der Küste, stand der Schakal auf und ließ sich ein exzellentes Frühstück aufs Zimmer bringen. Dann nahm er den Koffer mit dem Gewehr sowie das Einkaufsnetz, in dem sich Farbe, Pinsel und Jagdmesser befanden, trug alles zu seinem Wagen hinunter und schloß den Kofferraum zu.

Gegen neun näherte er sich durch ebene Landschaft der Stadt Namur. Nach seiner Karte waren es noch rund hundert Kilometer bis Bastogne, und er glaubte die Strecke bis Mittag zu schaffen.

Sieben Kilometer hinter Bastogne steuerte er den Simca in einen schmalen Feldweg; nach weiteren anderthalb Kilometern stieß er auf einen Pfad, der in den Wald hineinführte. Nach ein paar Schritten verbarg er dort den Wagen in einem Gestrüpp. Langsam stieg er aus, öffnete den Kofferraum und legte den Koffer mit dem Gewehr auf die Haube. Er öffnete den Koffer und machte sich daran, die Teile zusammenzusetzen. Als das Gewehr fertig war, nahm er das Einkaufsnetz und eine Honigmelone, die er sich unterwegs gekauft hatte. Dann schloß er den Wagen zu und begab sich in den Wald hinein.

Nach zehn Minuten hatte er eine lange, schmale Lichtung gefunden. Er stellte das Gewehr an einen Baum, legte den Inhalt des Einkaufsnetzes auf den Boden, drückte die Deckel der beiden Farbdosen auf und machte sich an der Melone zu schaffen. Den oberen und unteren Teil der Frucht malte er braun an, den mittleren rosa. Dann zeichnete er mit dem Zeigefinger grob die Augen, Nase, Schnurrbart und Mund hinein. Er stieß das Messer von oben in die Frucht, um die Farbe nicht zu verschmieren, und tat sie ins Netz zurück. Zuletzt zog er das Messer wieder heraus, stieß es zwei Meter über dem Boden in einen Baumstamm und hängte das Netz an den Griff.

Die Farbdosen warf er weit ins Gebüsch. Die Pinsel drückte er in die Erde, bis sie nicht mehr zu sehen waren. Dann nahm er das Gewehr und schritt einhundertdreißig Meter ab.

Er zog das Schloß zurück, nahm aus einer seiner Brusttaschen eine Patrone und schob sie ins Patronenlager. Durch das Zielfernrohr sah er die Schnüre des Netzes, in dem die Melone hing; dann drehte er an den Schrauben, bis die Balken des Fadenkreuzes genau in der Mitte zu stehen schienen. Zufrieden mit seinem Werk, zielte er auf die Mitte der Melone und drückte ab.

Der Rückstoß war schwächer als erwartet, und das gedämpfte *Pffft* des Schalldämpfers wäre kaum über eine ruhige Straße hinweg zu hören gewesen. Er ging durch die Schneise und untersuchte die Melone. Das Geschoß hatte die Frucht oben rechts angekratzt. Er ging wieder zurück und schoß noch einmal, ohne an der Zieleinrichtung etwas zu verändern.

Das Ergebnis war das gleiche. Er schoß noch zweimal, bis er sicher war, daß er selbst richtig zielte, aber das Gewehr rechts hoch schoß. Dann erst verstellte er die Schrauben. Der nächste Schuß traf links tief. Er schoß noch dreimal mit derselben Visiereinstellung. Schließlich drehte er die Schrauben um eine Idee zurück. Der neunte Schuß ging sauber durch die Stirn. Nacheinander schoß er jetzt die beiden Augen, Nasenbein, Oberlippe und Kinn weg.

Zufrieden mit dem Gewehr, nahm er eine Tube flüssiges Holz aus der Tasche und beschmierte die Köpfe der beiden Justierschrauben und das angrenzende Bakelitgehäuse damit. Eine halbe Stunde später war alles getrocknet, und das Zielfernrohr war für dieses Gewehr und für seine Augen auf genau hundertdreißig Meter fest eingestellt.

Jetzt nahm er aus der anderen Brusttasche das Explosivgeschoß, wickelte es aus der Serviette und schob es in die Patronenkammer. Er zielte ganz besonders gut und drückte ab.

Als das letzte blaue Rauchwölkchen aus dem Schalldämpfer sich verzogen hatte, lehnte der Schakal das Gewehr an einen Baum und ging die Schneise hinunter zu seinem Einkaufsnetz. Schlaff und fast leer hing es da. Die Melone, die vierzehn Bleikugeln aufgefangen hatte, ohne kaputtzugehen, war nicht mehr vorhanden. Teile davon hatten sich durch die Maschen des Netzes gedrückt und lagen im Gras verstreut. Er schleuderte das Netz in ein nahes Gebüsch. Das Messer riß er vom Baumstamm los und steckte es in die Scheide zurück. Dann holte er das Gewehr und schlenderte wieder zum Wagen.

Am selben Montag, dem 5. August, telephonierte Viktor Kowalski in Rom von der Hauptpost aus mit der Alitalia. Am Wochenende hatte er in seiner dienstfreien Zeit kaum geschlafen. Normalerweise brauchte er ziemlich lange, um zu einem Entschluß zu kommen, aber jetzt hatte er ihn gefaßt. Er wollte ja nicht lange fortbleiben, und dem Chef würde er es schon hinterher erklären. Er hatte auch schon daran gedacht, den Oberst um achtundvierzig Stunden Urlaub zu bitten, war aber ziemlich sicher gewesen, daß der Oberst es ihm dann verboten hätte. Das mit Sylvie würde er nicht verstehen, und Kowalski wußte, daß er es auch niemals erklären könnte.

Er erfuhr am Telephon, daß er die Montagmaschine schon verpaßt hatte und der nächste Direktflug erst am Mittwoch um 11.15 Uhr abging. Er buchte einen Platz mit Rückflug am Donnerstag, wobei er den Namen angab, der auf den Papieren in seiner Tasche stand. Dann legte er mit einem schweren Seufzer den Hörer auf. Er stand im Begriff, sich zum erstenmal in seinem Leben unerlaubt von der Truppe zu entfernen.

Am darauffolgenden Morgen ging der Schakal zum letztenmal zu Monsieur Goossens. Er hatte die Diplomatentasche in einem ansonsten leeren Fiberkoffer, den er beim Trödler gekauft hatte.

„Gibt's noch Schwierigkeiten?" fragte der Engländer.

„Nein, diesmal haben wir's, glaube ich." Der Belgier brachte ein paar Bündel Sackleinen zum Vorschein und legte sie auf den Tisch. Er packte sie auseinander und legte eine Reihe Rohre aus dünnem, poliertem Stahl nebeneinander. Als das letzte Rohrstück ausgepackt war, streckte er die Hand nach dem Koffer mit dem Gewehr aus. Dann schob er ein Gewehrteil nach dem andern in das dazugehörige Rohr. Alles paßte ausgezeichnet.

„Wie hat es mit Ihren Zielübungen geklappt?" fragte er im Weiterarbeiten.

„Ich bin sehr zufrieden."

Als alle fünf Gewehrteile verschwunden waren, nahm Goossens noch den Stahlstift, der den Abzug darstellte, sowie die übrigen fünf Explosivgeschosse.

„Diese Teile mußte ich woanders unterbringen, wie Sie sehen", sagte er. Damit nahm er die mit schwarzem Leder gepolsterte Schulterstütze und zeigte dem Kunden die Stelle, an der das Leder mit einem Rasiermesser aufgeschlitzt war. Er drückte den Abzug in

die Polsterung hinein und verschloß den Schlitz mit einem Stück schwarzem Isolierband. Es sah vollkommen natürlich aus. Dann nahm er einen schwarzen Gummistöpsel von etwa vier Zentimeter Durchmesser und fünf Zentimeter Länge aus der Schreibtischschublade. Mitten aus der einen Seite ragte ein Stahlnagel mit einem Schraubengewinde.

„Dieser Stöpsel paßt ins Ende des letzten Rohrs", erklärte er. Um den Stahlnagel herum waren fünf Löcher ins Gummi gebohrt. Vorsichtig steckte er in jedes Loch eine der Kugeln, bis nur noch die Messingböden der Patronen zu sehen waren. „Wenn der Stöpsel an seinem Platz ist, sind die Patronen völlig unsichtbar, und das Gummi macht die Sache noch glaubwürdiger. Was meinen Sie dazu?" fragte der Belgier ein wenig ängstlich.

Der Engländer prüfte wortlos die Rohrstücke, eines nach dem anderen. Er schüttelte sie, aber kein Laut kam von drinnen, denn sie waren mit Flanell ausgelegt. „Es ist aufs Haar genau, was ich wollte." Er nahm die Stahlröhren, wickelte sie einzeln wieder sorgfältig in das Sackleinen ein und legte die Teile in den Fiberkoffer. Die Diplomatentasche gab er dem Waffenschmied zurück. „Die brauche ich nicht mehr." Er zog zweihundert Pfund aus der Jackentasche und legte sie auf den Tisch. „Ich glaube, unser Geschäft ist damit abgeschlossen, Monsieur Goossens."

Der Belgier steckte das Geld ein. „Sehr wohl, Monsieur, es sei denn, ich kann Ihnen noch sonstwie zu Diensten sein."

„Nur noch eins", erwiderte der Engländer. „Denken Sie bitte an meine kleine Predigt über die Tugend des Schweigens."

„Die habe ich nicht vergessen. Diese Abmachung habe ich mit allen meinen Kunden. Ich erwarte die gleiche Diskretion von Ihnen."

Der Engländer lächelte. „Dann sind wir uns einig. Guten Tag, Monsieur Goossens."

Der Schakal fuhr mit einem Taxi direkt zum Bahnhof und deponierte den Koffer bei der Gepäckaufbewahrung. Anschließend aß er gut und teuer zu Mittag, um den Abschluß der Vorbereitungen zu feiern, und ging dann ins Hotel, um zu packen.

Er fuhr genauso zum Flugplatz zurück, wie er gekommen war, in einem gut geschnittenen karierten Anzug, mit Vollsichtsonnenbrille und zwei Vuitton-Koffern, die er sich von einem Gepäckträger zum wartenden Taxi bringen ließ. Nur war er um tausendsechshundert Pfund leichter als bei seiner Ankunft aus London.

Am Mittwochmorgen holte Kowalski wie gewöhnlich die Post ab und eilte zum Hotel zurück. Um halb zehn war er wieder in seinem Zimmer, wo er seinen Elfmillimetercolt nahm (Rodin erlaubte ihm keine Waffe auf der Straße) und in die Schulterhalfter schob. Dann steckte er noch seine Ersparnisse der letzten sechs Monate ein und zog die Tür hinter sich zu. Der Wachhabende im Korridor sah auf.

„Jetzt wollen sie noch einen Anruf gemacht haben", sagte Kowalski, indem er mit dem Daumen ins obere Stockwerk wies. Sekunden später war er auf der Straße. In einem Café gegenüber ließ ein SDECE-Mann seine Zeitung sinken, als Kowalski ein Taxi bestieg. Dann stieg der Mann in einen kleinen Fiat, der am Straßenrand wartete.

Am Flugplatz folgte er Kowalski zum Alitalia-Schalter, wo dieser seinen Flugschein bezahlte. Als der Flug nach Marseille aufgerufen wurde und der Pole sich in die Reihe der Wartenden stellte, begab sich der Mann zu einer Telephonzelle und wählte eine römische Nummer. Er nannte seinen Namen und sagte langsam: „Er ist weg. Alitalia vier fünf eins. Ankunft Marignane zwölf Uhr zehn. *Ciao.*"

Zehn Minuten später traf diese Nachricht in Paris ein, und nach noch einmal zehn Minuten hörte man sie in Marseille.

Die Alitalia-Viscount setzte pünktlich auf dem Flugplatz von Marignane auf, und als Kowalski in der Innenstadt von Marseille ankam, lag die Hitze wie eine Krankheit über den Straßen und raubte einem alle Kräfte. Man brauchte eine halbe Stunde, um ein Taxi zu bekommen; die meisten Fahrer hatten sich irgendwo in einem Park ein schattiges Plätzchen gesucht und hielten Siesta.

Die Wohnung, die Jo-Jo als Adresse angegeben hatte, befand sich in einem verhältnismäßig neuen Mietshaus an der Hauptstraße nach Cassis. Kowalski fand, die Jo-Jos müßten aus ihrem Erfrischungswagen am Bahnhof ganz schön was gemacht haben. In dieser Gegend aufzuwachsen wäre für Sylvie sicher schöner als im Hafenviertel. Beim Gedanken an seine Tochter nahm er die Treppen im Laufschritt. Vor einer Doppelreihe Briefkästen im Haus blieb er stehen. Auf einem stand „Grzybowski, Appartement 23".

Appartement 23 war im zweiten Stock am Ende eines Korridors. Kowalski drückte auf die Klingel. Die Tür ging auf, und ein Axtstiel sauste auf seine Stirn herunter. Mit einem dumpfen Klang prallte das Holz von seinem Schädel ab. Schon flogen die Türen der benachbarten Wohnungen auf, und Männer stürzten heraus. Kowalski raste. Wenn er eine Kunst beherrschte, dann war es das Kämpfen, aber auf diesem schmalen Gang nützten seine Größe und Kraft ihm wenig. Durch das Blut hindurch, das ihm in die Augen floß, erkannte er zwei Männer in der Tür und zwei weitere beiderseits davon. Er brauchte Platz, um sich bewegen zu können, und stürzte auf die Wohnung Nr. 23 zu.

Die Männer vor ihm taumelten unter der Wucht seines Anpralls zurück; die hinter ihm setzten nach. Im Zimmer riß er seinen Colt aus der Achselhöhle, drehte sich um und schoß auf die Tür. Im selben Augenblick traf ein zweiter Knüppel seine Hand und verriß den Schuß nach unten.

Die Kugel zerschmetterte die Kniescheibe eines seiner Angreifer, der mit einem spitzen Schrei zu Boden ging. Er hatte jetzt keinen Revolver mehr in der Hand, und ein zweiter Schlag aufs Handgelenk ließ die Finger leblos herunterbaumeln. Der Kampf dauerte drei Minuten. Ein Arzt schätzte später, daß Kowalski mindestens zwanzig Schläge auf den Kopf bekommen haben mußte, bevor er endlich k. o. ging. Ein Stück von seinem Ohr war abgerissen, die Nase gebrochen, das Gesicht nur noch eine dunkelrote Maske. Als er zu Boden ging, waren nur noch drei seiner Gegner auf den Beinen, um ihm den Rest zu geben.

Zwölf Stunden später, nach rasender Fahrt im Krankenwagen, lag Kowalski in den Kasematten einer Kerkerfestung bei Paris auf einer Pritsche. Er war noch bewußtlos. Man hatte sein Gesicht vom Blut gesäubert und das Ohr und die Kopfhaut vernäht. Eine Gipsform hielt die gebrochene Nase in Fasson, und sein rechtes Handgelenk war dick verbunden.

Als der Gefängnisarzt mit der Untersuchung fertig war, ging er mit Oberst Rolland nach draußen. „Womit haben Sie den so zugerichtet – wohl mit einem D-Zug, wie?“ fragte er, während sie den Flur hinuntergingen.

„Sechs Mann waren dazu nötig“, antwortete Oberst Rolland.

„Dafür haben sie ihn auch fast umgebracht. Was mir Sorgen macht, ist sein Kopf. Die Gehirnerschütterung könnte sich verschlimmern, wenn er nicht in Ruhe gelassen wird.“

„Ich muß ihm aber bestimmte Fragen stellen“, sagte der Oberst, den Blick auf der Glut seiner Zigarette. Der Arzt sah den Chef der Aktionsabteilung voller Verachtung an.

„Man hat mir deutlich genug erklärt, daß die Vorgänge auf diesem Flur mich nichts angehen“, sagte der Arzt und wies mit dem Kopf in die Richtung, aus der sie kamen. „Aber das eine sage ich Ihnen: wenn Sie mit dem Verhör anfangen, bevor er wieder gesund ist, und dann noch mit Ihren Methoden, geht er entweder drauf oder verliert vollends den Verstand.“

Oberst Rolland hörte die bittere Prophezeiung des Arztes, ohne mit der Wimper zu zucken. „Wie lange?“ fragte er.

Der Arzt zuckte die Achseln. „Unmöglich zu sagen. Er kann schon morgen wieder zu Besinnung kommen oder erst in einigen Tagen. Vom ärztlichen Standpunkt ist er aber frühestens in vierzehn Tagen vernehmungsfähig.“

„Es gibt doch gewisse Mittelchen“, murmelte der Oberst.

„O ja, die gibt's. Und ich habe nicht die Absicht, sie ihm zu verschreiben. Mit dem, was er Ihnen jetzt sagen würde, könnten Sie sowieso nichts anfangen. Wenn sein Verstand wieder klar werden soll, muß man ihm Zeit lassen.“

Damit machte er kehrt und ging auf seine Station zurück.

Drei Tage später, am 10. August, schlug Kowalski die Augen auf und kam noch am selben Tag zum ersten und einzigen Verhör.

Der Schakal verbrachte drei Tage nach seiner Rückkehr aus Brüssel mit den letzten Vorbereitungen für das bevorstehende Unternehmen in Frankreich.

Er fuhr zur Hauptgeschäftsstelle der Kraftfahrzeugbehörde und ließ sich einen internationalen Führerschein auf den Namen Alexander James Quentin Duggan ausstellen. Er kaufte sich gebraucht einen zusammenpassenden Satz Reisekoffer. In den einen packte er die Sachen von Pastor Per Jensen aus Kopenhagen und von dem amerikanischen Studenten Marty Schulberg. Das Innenfutter dieses Koffers schnitt er auf, um die Papiere der beiden Ausländer zwischen die Lederschichten zu schieben.

Im zweiten Koffer verstaute er die Habseligkeiten, die er in Paris auf dem Flohmarkt gekauft hatte, dazu die falschen Papiere des gealterten Franzosen André Martin. Dieser Koffer blieb teilweise leer, denn er sollte bald noch den Satz schlanker Stahlrohre aufnehmen, in denen sich das Scharfschützengewehr mitsamt Munition befand.

In den dritten, etwas kleineren Koffer tat er die Kleidungsstücke Alexander Duggans, darunter drei elegante Anzüge. In sein Innenfutter wanderten mehrere dünne Bündel Zehnpfundnoten, zusammen tausend Pfund. Der taubengraue Anzug war gereinigt, gebügelt und kam in den Kleiderschrank. In der Brusttasche befanden sich Paß, Führerschein und eine Brieftasche mit hundert Pfund in kleinen Scheinen.

In das letzte Gepäckstück, eine Reisetasche, steckte er sein Rasierzeug, Pyjamas, Waschzeug und seine allerneuesten Anschaffungen: eine Art Tragegestell aus feinen Gurten, eine Tüte Gips, mehrere Rollen weitmaschiges Verbandszeug und Leukoplast, Watte und eine kräftige Blechschere.

Diese Tasche wollte er als Handgepäck mitnehmen, denn nach seiner Erfahrung kam Handgepäck beim Zoll nicht allzu häufig in die Stichprobenkontrolle.

Und nun wartete er nur noch auf die beiden Briefe, die ihn in Marsch setzen sollten. Der erste kam am 9. August und lautete: „Sie erreichen Ihren Freund über *Invalides 5901*. Melden Sie sich mit den Worten: ‚*Ici Chacal*'. Die Antwort wird lauten: ‚*Ici Valmy*'. Viel Glück."

Erst am Morgen des 11. August traf der Brief aus Zürich ein. Er mußte grinsen, als er schwarz auf weiß las, daß er – vorausgesetzt, er blieb am Leben – für den Rest seiner Tage ein reicher Mann war.

Den restlichen Vormittag brachte er am Telephon zu, buchte Flüge und setzte seinen Aufbruch für den folgenden Tag fest.

Es WAR still im Keller, still bis auf das schwere, aber beherrschte Atmen der fünf Männer hinter dem Tisch und das keuchende Röcheln des einen Mannes, der ihnen gegenüber auf den schweren Eichenstuhl gefesselt war. Die Hitze war erdrückend. Das einzige Licht kam von einer Lampe mit sehr starker Birne, die ungefähr in der Mitte des Tisches stand und direkt auf den Stuhl mit dem Gefangenen schien.

Die Lampe strahlte so hell, daß der Gefangene von seinen Befragern nichts sah, nur hin und wieder eine Hand, da und dort eine Zigarette, die blauen Rauch nach oben steigen ließ. Weiche Riemen hielten seine Fußgelenke an den mit dem Boden verschraubten Stuhlbeinen fest. Seine Hände waren ebenso mit weichen Riemen an die Armlehnen gefesselt, und weitere Gurte spannten sich um die Hüften und die mächtige, haarige Brust des Gefangenen. Die Wattierung der Gurte war von Schweiß durchtränkt.

Die Tischplatte war so gut wie leer. Jedoch die rechte Hand des am entferntesten von der Lampe sitzenden Mannes lag dicht bei ein paar Schaltknöpfen, darunter einem „Ein/Aus"-Schalter. In der anderen Ecke des Kellers saß noch ein einzelner Mann mit dem Gesicht zur Wand an einem anderen Tisch. Die Kontrollampe des Tonbandgeräts vor ihm verbreitete einen schwachen grünen Schimmer.

Der Mann in der Mitte des Tisches unterbrach plötzlich die Stille. Seine Stimme klang zivilisiert, einschmeichelnd. „*Écoute, mon petit Viktor.* Du bist ein tapferer Kerl, aber du weißt doch selbst, daß am Ende alle reden. Du hast sie selbst schon reden hören, *n'est-ce pas?* Warum also nicht gleich, *hein?* Und dann ins Bett. Und schlafen, schlafen, schlafen . . ."

Der Mann auf dem Stuhl hob sein geschundenes, schweißglänzendes Gesicht; sein Mund ging auf, er wollte etwas sagen. Aber dann sank der Kopf wieder herunter und baumelte statt einer Antwort hin und her. Wieder sprach die Stimme hinter dem Tisch. „Viktor, hör zu. Du bist ein harter Brocken. Aber nicht einmal du hältst das durch. Wir können noch lange weitermachen, Viktor. Die kleinen Krebschen machen weiter und immer weiter. Willst du's uns nicht sagen, Viktor? Was machen sie da in diesem Hotel in Rom? Worauf warten sie?"

Weiter baumelte der mächtige Kopf langsam vor der Brust hin und her. Es sah aus, als betrachteten die geschlossenen Augen zuerst eine, dann eine andere der drei Kupferklemmen, die ihre Zähne in seine Brustwarzen und Genitalien bissen. Die Hände des Mannes, der gesprochen hatte, lagen vor ihm im Lichtkegel, schlank, weiß, friedlich.

Er wartete ein paar Sekunden. Dann löste eine der weißen Hände sich von der anderen – Daumen nach innen, vier Finger abgestreckt – und legte sich auf den Tisch.

Am entfernten Ende des Tisches drehte der Mann, der vor den Knöpfen saß, einen Hebel von der Zahl Zwei auf die Zahl Vier und betätigte den Schalter. Die metallenen Krebse schienen mit einem leichten Summen zum Leben zu erwachen. Schweigend bäumte die mächtige Gestalt auf dem Stuhl sich auf, als schwebte sie. Die Beine und Handgelenke zerrten an den Lederriemen, bis es schien, als müsse das Leder trotz der Wattierung geradewegs durch Fleisch und Knochen schneiden. Es dauerte eine halbe Sekunde, bevor der dämonische Schrei ertönte.

Nachmittags, zehn nach vier, brach Viktor Kowalski zusammen. Als er unzusammenhängend zu reden begann, unterbrach die ruhige Stimme des Mannes in der Mitte sein Gefasel. „Warum sind sie in diesem Hotel, Viktor ... Rodin, Montclair und Casson ... wovor haben sie Angst ... wen haben sie empfangen, sag's uns, Viktor ... warum gerade Rom ...?"

Kowalski verstummte schließlich nach fünfzig Minuten. Man hatte sein Gestammel auf Tonband aufgezeichnet, bis deutlich zu erkennen war, daß ihn das Bewußtsein wieder verlassen hatte. Die Tonbänder wurden durch einen schnellen Kurier ins Hauptquartier der Aktionsabteilung in Porte des Lilas gebracht.

Den ganzen Abend saßen drei Mann um das Tonbandgerät herum und versuchten aus Kowalskis Antworten sinnvolle Wörter zu entnehmen. Es ging auf Mitternacht zu, als einer von ihnen Oberst Rolland auf einer Abendgesellschaft anrief und ihm meldete, die Niederschrift sei fertig. Zehn Minuten später raste Oberst Rolland nach Porte des Lilas. Kurz nach eins betrat er sein Dienstzimmer, zog das elegante dunkle Jackett aus und bestellte Kaffee.

Das Protokoll von Kowalskis Geständnis kam mit dem Kaffee. Beim ersten Mal las er die sechsundzwanzig Seiten schnell durch, um das Wesentliche von dem zu erfahren, was der irre Legionär von sich gegeben hatte. Beim zweiten Mal nahm er einen Filzstift zur Hand und machte dicke Striche durch alle Absätze, die von Sylvie, Algerien, Leu-nochwas, Jo-Jo, Kovacs, korsischen Schweinen und der Legion handelten. All das verstand er, und es interessierte ihn nicht.

Aus dem Rest versuchte er einen Sinn zu entnehmen. Die drei Führer saßen in Rom. Nun, das wußte er. Aber warum? Die Frage war achtmal gestellt worden, und die Antwort war jedesmal im wesentlichen gleichgeblieben. Sie wollten nicht entführt werden wie Argoud im Februar. Das klang ganz natürlich, aber Rodin war nicht der Mann, der sich verkroch, weil er Angst hatte. Ein Wort war in den Antworten des Legionärs auf diese acht gleichlautenden Fragen zweimal vorgekommen. Das Wort hieß „Geheimnis". Wollten sie sich vor Entführung sichern, weil sie ein Geheimnis hüteten?

Rolland las zum zehnten Mal. Dreimal tauchte das Wort „Wien" auf. Die drei OAS-Männer waren in Wien zusammengetroffen. Dann hatten sie sich nach Rom begeben und alle Vorkehrungen getroffen, damit sie nicht entführt werden und im Verhör ein Geheimnis preisgeben konnten.

Die Stunden verrannen und mit ihnen unzählige Tassen Kaffee. Ehe der erste blaßgraue Schimmer sich über die rußige Industrievorstadt legte, wußte Oberst Rolland, daß er auf einer Spur war. Es fehlten noch Teile davon. Waren sie für immer verloren, seitdem ein Anruf um drei Uhr morgens ihn davon in Kenntnis gesetzt hatte, daß Kowalski tot war? Oder versteckten sie sich doch noch irgendwo in diesen wirren Sätzen?

Rolland ging daran, die Teile des Puzzlespiels zu ordnen. Ein Mann namens Kleist. Oder war das ein Haus? Er ließ im Wiener Telephonbuch nachforschen. Die zwei Spalten Kleists waren lauter Privatpersonen, bis auf eine Reitschule und eine Pension Kleist.

Er las weiter. Ein paarmal war von einem Fremden die Rede. Manchmal benutzte Kowalski das Wort *„bon"* – gut –, wenn er von dem Mann sprach; bei anderen Gelegenheiten nannte er ihn *„fâcheur"*, Störenfried. Kurz nach fünf Uhr morgens schickte Oberst Rolland nach dem Tonband plus Gerät und brachte die nächste Stunde damit zu, es abzuhören. Als er das Gerät schließlich ausschaltete, fügte er ein paar Änderungen in die Niederschrift ein. Kowalski hatte den Fremden nicht *„bon"* genannt, sondern *„blond"*. Und das Wort, das von den zersprungenen Lippen wie *„fâcheur"* geklungen hatte, hieß in Wirklichkeit *„faucheur"* – soviel wie Meuchler.

Von nun an war Rollands Aufgabe leicht. Das Wort Schakal, von dem Rolland angenommen hatte, Kowalski wolle seine Peiniger damit beleidigen, erhielt eine neue Bedeutung. Es wurde der Deckname des Mörders mit den blonden Haaren, der ein Ausländer war und mit dem die drei OAS-Chefs in der Wiener Pension Kleist zusammengetroffen waren, bevor sie sich in Rom ins Versteck begaben.

Jetzt konnte Rolland sich auch den Grund für diese Welle von Bank- und Juwelierüberfällen vorstellen, die über ganz Frankreich hinweggegangen war. Der Blonde wollte Geld für die Arbeit, die er für die OAS tun sollte. Es gab auf der ganzen Welt nur eine Aufgabe, die solche Summen kosten konnte.

Um sieben Uhr ließ Rolland ein Blitztelegramm an die SDECE-Außenstelle in Wien schicken. Dann ließ er alle Kopien von Kowalskis Geständnis einsammeln und schloß sie in seinen Safe. Zuletzt setzte er sich hin und verfaßte einen Bericht, der nur für eine Person bestimmt war und den Vermerk trug: „Streng vertraulich!"

In Normalschrift beschrieb er die Maßnahmen, die er persönlich veranlaßt hatte, um Kowalski nach Marseille zu locken. Kühn behauptete er, der Legionär habe beim Widerstand gegen seine Festnahme zwei Beamte zu Krüppeln geschossen und geschlagen und einen Selbstmordversuch unternommen. Er sei ins Krankenhaus gebracht worden, wo er verhört worden sei und ein verworrenes Geständnis abgelegt habe.

Im folgenden befaßte sich der Bericht dann mit Rollands Interpretation des Geständnisses. Den letzten Absatz formulierte er besonders bedachtsam.

> Untersuchungen mit dem Ziel, weitere Beweise für das Komplott zu beschaffen, sind noch im Gange. Sollte oben Gesagtes jedoch stimmen, so handelte es sich meines Erachtens um die gefährlichste Verschwörung gegen das Leben des Präsidenten, die die Terroristen überhaupt ersinnen konnten. Wenn ein ausländischer Attentäter, nur unter seinem Decknamen „Schakal" bekannt, sich in diesem Augenblick auf die Ausführung der Tat vorbereitet, ist es meine Pflicht, Sie davon in Kenntnis zu setzen, daß wir uns einem nationalen Notstand gegenübersehen.

Oberst Rolland tippte den Bericht mit eigener Hand ab, steckte ihn in einen Umschlag mit seinem persönlichen Siegel und stempelte ihn mit der allerhöchsten Geheimhaltungsstufe. Er befahl einen Kradmelder in sein Dienstzimmer. Und da es schon neun Uhr vorbei war, ließ er sich auch gleich ein Frühstück und ein paar Kopfwehtabletten kommen.

## 7

Der Minister des Inneren, Roger Frey, saß an seinem Schreibtisch und starrte mit ernstem Gesicht zum Fenster hinaus auf die schönen schmiedeeisernen, mit dem Wappen der Französischen Republik verzierten Tore auf der anderen Seite des sonnenbeschienenen Hofes.

Der Minister hörte hinter sich ein Blatt Papier rascheln und schwang seinen Drehstuhl wieder zum Tisch herum. Der Mann ihm gegenüber schloß die Akte und legte sie ehrerbietig hin. Beide sahen einander an, und in die Stille hinein tickte nur die vergoldete Uhr auf dem Kaminsims.

„Also, was meinen Sie?"

Kommissar Jean Ducret, der Chef von Präsident de Gaulles persönlicher Sicherungsgruppe, hatte diese Stellung erlangt, weil er zu den größten Experten Frankreichs in allen Bereichen der Sicherheit gehörte. „Rolland hat recht", sagte er nach einer Weile. „Wenn es stimmt, was er sagt, dann *ist* dieses Komplott ungemein gefährlich. Alle Sicherheitsdienste Frankreichs und das gesamte Agentennetz innerhalb der OAS wären zur Ohnmacht verdammt."

Roger Frey fuhr sich mit den Fingern durch die kurzen, eisengrauen Haare und drehte sich wieder zum Fenster. Er stand in dem Ruf, unter seiner Intelligenz und Liebenswürdigkeit ein Mann von eiserner Härte zu sein. Seine strahlenden blauen Augen konnten warm und freundlich, aber auch eiskalt blicken. Er war nicht leicht aus der Ruhe zu bringen, aber heute morgen war er ziemlich durcheinander. Die Gaullisten hatten um ihr Überleben kämpfen müssen, und irgendwie hatten er und die anderen hingebungsvollen Diener der Sache gesiegt. Zweimal hatte Charles de Gaulle innerhalb von achtzehn Jahren die höchste Macht im Staat erlangt. Noch vor wenigen Minuten hatte der Minister den letzten Kampf, den gegen die OAS, schon im Abklingen geglaubt. Jetzt wußte er es besser. Manche Regierungen sind stabil genug, um den Tod eines Präsidenten oder die Abdankung eines Königs zu überleben, aber Roger Frey wußte zu gut über den Stand der Dinge im Frankreich des Jahres 1963 Bescheid, als daß er sich der Illusion hätte hingeben können, der Tod seines Präsidenten würde etwas anderes sein als der Auftakt zu einem Bürgerkrieg.

„Nun", sagte er schließlich, „man muß es ihm wohl sagen. Ich werde heute nachmittag um eine Unterredung nachsuchen und den Präsidenten informieren. Sie brauche ich wohl kaum zu bitten, über die Angelegenheit völliges Stillschweigen zu bewahren, bis er entschieden hat, wie wir vorzugehen haben."

ADJUTANT des Präsidenten im Elysée-Palast war an diesem Tage Oberst Tesseire. Er stand hinter seinem Schreibtisch auf, als der Minister in den Salon des Ordonnances geführt wurde.

„*Monsieur le Ministre,* Sie werden erwartet." Tesseire ging durch den Salon, klopfte kurz an die geschlossene Doppeltür mit den vergoldeten Klinken, öffnete einen Flügel und blieb im Eingang stehen. „Der Herr Minister des Inneren, *monsieur le Président.*"

Von drinnen war gedämpfte Zustimmung zu hören, und Roger Frey trat in Charles de Gaulles privates Arbeitszimmer.

Es gab nichts in diesem Zimmer, was nicht auf den Mann schließen ließ, der seine Möblierung und Dekoration bestimmt hatte. Nach rechts öffneten drei zierliche Fenster sich zum Palastgarten hin. Irgendwo hielten dort unter den Linden und Buchen Männer mit Pistolen schweigend Wache. Aber wehe, wenn einer von ihnen sich vom Fenster aus hätte sehen lassen! Für den Präsidenten war jeglicher persönliche Schutz eine Schmach, und man fürchtete seinen legendären Zorn, sollte er je von diesen Maßnahmen erfahren, die seinem Schutz dienten.

Links waren verglaste Bücherregale und ein Louis-quinze-Tisch, auf dem eine Louis-quatorze-Uhr stand. Den Boden bedeckte ein in der königlichen Teppichweberei von Chaillot hergestellter Teppich aus dem Jahre 1615. Es gab nichts in diesem Zimmer, was nicht von der Größe Frankreichs zeugte, den Mann hinter dem Schreibtisch eingeschlossen, der jetzt aufstand, um den Eintretenden mit der ihm eigenen ausgesuchten Höflichkeit zu begrüßen.

„*Mon cher Frey.*" Der hochgewachsene Mann im anthrazitgrauen Anzug war um den großen Tisch gekommen und streckte die Hand zur Begrüßung aus.

„*Mes respects, monsieur le Président.*" Er ergriff die angebotene Hand. Der Alte schien ja wenigstens gut gelaunt zu sein. Jetzt sah er sich zu einem der beiden Empirestühle geführt, die vor dem Schreibtisch standen.

Charles de Gaulle ging wieder an seinen Platz und setzte sich. „Ich höre, mein lieber Frey, daß Sie mich in einer dringlichen Angelegenheit sprechen möchten. Nun, was wollten Sie mir sagen?"

Roger Frey zögerte eine Sekunde. Er und Charles de Gaulle hatten noch nie von Mann zu Mann darüber gesprochen, welche Maßnahmen zum Schutz des Präsidenten notwendig waren; wenn Frey daran dachte, um was er den Präsidenten heute bitten wollte, verließ ihn fast der Mut. Dennoch holte er jetzt tief Luft und fing an. Er erklärte kurz und bündig, was ihn hergeführt hatte.

Noch während er sprach, ging der Mann gegenüber merklich in Abwehrstellung. Immer weiter lehnte er sich zurück und blickte über das Gebirge seiner Nase hinweg den Minister an, als habe man eine unangenehme Substanz in sein Arbeitszimmer eingeschleppt. Der Innenminister schloß seinen Monolog, der kaum eine Minute gedauert hatte, indem er Rollands Bericht aus seiner Aktentasche zog und über den Tisch reichte.

Charles de Gaulle nahm seine Lesebrille aus der Brusttasche. Er setzte sie auf, breitete die Akte auf dem Tisch aus und begann zu lesen. Nach drei Minuten war er schon damit durch, legte die Hände darauf und fragte: „Nun, mein lieber Frey, was wünschen Sie von mir?"

Roger Frey holte zum zweiten Mal tief Luft und begann der Reihe nach aufzuzählen, was er alles unternehmen wollte. Zweimal benutzte er die Redewendung: „Nach meinem Dafürhalten, *monsieur le Président*, wird es zur Abwendung dieser Gefahr notwendig sein ..." In der dreiunddreißigsten Sekunde seines Vortrags benutzte er die Redewendung: „Im Interesse Frankreichs."

Soweit kam er. Der Präsident fiel ihm mitten ins Wort, und wenn er mit seiner sonoren Stimme das Wort „France" aussprach, wurde der Name einer Gottheit daraus, was niemand vor oder nach ihm je in dieser Art fertiggebracht hat.

„Das Interesse Frankreichs, mein lieber Frey, verbietet es, daß der Präsident Frankreichs sich feige vor den Drohungen eines elenden Söldlings verkriecht, der" – er schob eine Pause ein, in der seine ganze abgrundtiefe Verachtung für den unbekannten Attentäter zum Ausdruck kam – „außerdem noch ein Ausländer ist."

Roger Frey wußte, daß er verloren hatte. Der General begann zu sprechen, klar und präzise und keine Zweifel über seine Wünsche lassend. Nach zwei Minuten befreite Roger Frey den Präsidenten von seiner Gegenwart.

Eine halbe Stunde nach seiner Rückkehr aus dem Elysée-Palast hatte der Innenminister die Chefs der französischen Polizei- und Sicherheitskräfte in seinem Ministerium versammelt.

„Die Identität des Attentäters muß durch geheime Nachforschungen entdeckt werden; wir müssen den Mann aufspüren, wo immer er ist, und ohne Zögern liquidieren. Das, meine Herren, ist der einzige Weg, der uns noch bleibt."

Der Minister sah in die Tischrunde, um seine Worte wirken zu lassen. Im Zimmer saßen vierzehn Mann, unter ihnen General Guibaud, der Chef des SDECE, Oberst Rolland, Kommissar Ducret von der Sicherungsgruppe des Präsidenten und Raoul Saint-Clair de Villauban, ein Luftwaffenoberst aus dem Präsidialamt, fanatischer Gaullist, aber ebenfalls dafür bekannt, daß er nicht minder fanatisch an seiner eigenen Karriere hing.

„So also steht's, meine Herren", resümierte der Minister. „Sie haben jetzt alle den Bericht gelesen. Und Sie haben von mir gehört, welche Beschränkungen der Präsident unseren Bemühungen um eine Abwendung der Gefahr auferlegt hat. Ich wiederhole, was er absolut verbindlich befohlen hat. Keine Publizität, keine landesweiten Fahndungen, kein Wort außerhalb dieses kleinen Kreises davon, daß überhaupt etwas los ist. Er wird seine geplanten Auftritte in der Öffentlichkeit um keine Stunde und keine Minute verschieben. Er meint, wenn das Geheimnis bekannt würde, hätte die Presse ein gefundenes Fressen, und in jeder Maßnahme, die wir zusätzlich aus Gründen der Sicherheit ergreifen, würde man den Präsidenten Frankreichs sich vor einem einzelnen Mann verkriechen sehen, einem Ausländer dazu. Ja, er hat keinen Zweifel daran gelassen, daß verschiedene Köpfe rollen werden, wenn unsere Schritte in dieser Sache öffentlich bekannt werden. Ich betone also noch einmal, Sie haben außerhalb dieses Zimmers mit niemandem über die Angelegenheit zu sprechen. Nun möchte ich gern hören, was Sie vorzuschlagen haben. Colonel Rolland, hatten Ihre Ermittlungen in Wien schon Erfolg?"

„Jawohl", antwortete der Oberst. „Meine Agenten in Wien haben in der Pension Kleist nachgeforscht. Sie hatten Photos von Marc Rodin, René Montclair und André Casson bei sich. Der Portier hat Rodin als den Mann wiedererkannt, der ein Zimmer auf den Namen Schulz gemietet hatte. Er erinnerte sich, daß Schulz noch einen Gefährten bei sich hatte, einen sehr großen Mann mit mürrischem Wesen. Das wird Kowalski gewesen sein. Laut Gästebuch hat Schulz am 15. und 16. Juni in der Pension gewohnt. Der Portier sagt, daß am zweiten Tag zwei Männer ihn und seinen Gefährten besucht hätten; es könnten Montclair und Casson gewesen sein.

Am Abend sei noch ein Mann dazugekommen. Der Portier sagt, er könne sich deshalb noch erinnern, weil dieser Besucher einfach nach oben gegangen sei. Er habe ihn für einen Gast gehalten. Aber Sekunden später sei dieser Mann wieder unten gewesen und habe sich mit dem Zimmer von Schulz verbinden lassen, dann habe er am Telephon ein paar Worte auf französisch gesagt und sei wieder nach oben gegangen. Er sei eine halbe Stunde dageblieben und dann wieder gegangen. Einzige Beschreibung, die der Portier von dem Mann geben könne: groß, ungewisses Alter, anscheinend regelmäßiges Gesicht, aber er habe eine dunkle Vollsichtbrille getragen, sein Haar sei ziemlich lang und blond und aus der Stirn zurückgekämmt gewesen."

„Demnach kennen außer Kowalski, der tot ist, nur noch vier Mann die Identität dieses Schakals", sagte Kommissar Ducret. „Einmal er selbst und dann noch die drei in diesem römischen Hotel. Wie wär's, wenn wir versuchten, einen von ihnen nach Frankreich zu holen?"

Der Minister schüttelte den Kopf. „Meine Anweisungen in dieser Sache sind verbindlich. Entführungen kommen nicht in Frage. Wir wollen die italienische Regierung nicht vor den Kopf stoßen. Außerdem bestehen Zweifel an der Durchführbarkeit eines solchen Vorhabens. Herr General?"

General Guibaud hob den Blick in die Runde. „Meine Agenten, die sie unter ständiger Beobachtung haben, berichten mir, daß sich in ihrer Umgebung acht ausgezeichnete Schützen, Exlegionäre, befinden. Alle Fahrstühle, Treppen, Feuerleitern und Dächer sind bewacht. Es dürfte so gut wie unmöglich sein, einen von ihnen lebend in die Hand zu bekommen und aus dem Land zu schaffen."

„Na also, meine Herren", sagte der Minister. „Weitere Vorschläge?"

„Dieser Schakal muß gefunden werden, soviel steht fest", meinte Oberst Saint-Clair. Manche der am Tisch Versammelten warfen sich Blicke zu, und hier und da wurde eine Augenbraue hochgezogen.

„Soviel steht allerdings fest", murmelte der Minister. „Worüber wir hier zu entscheiden versuchen, ist das Wie. Vielleicht können wir auf dieser Grundlage schon einmal festlegen, welche der hier vertretenen Organisationen für diese Aufgabe am besten geeignet ist."

„Der Schutz des Präsidenten unserer Republik", tönte Oberst Saint-Clair, „ist Sache der Sicherungsgruppe und der Männer in des Präsidenten näherer Umgebung. Ich kann Ihnen versichern, Herr Minister, daß wir unsere Pflicht tun werden."

Einige der hartgesottenen Profis schlossen in ehrlicher Müdigkeit die Augen. Kommissar Ducret warf dem Oberst einen Blick zu, der, wenn Blicke töten könnten, Saint-Clair auf der Stelle zu Boden gestreckt hätte. Roger Frey sah sich in der Runde um, und sein Blick blieb an einem großen, stoischen Mann hängen, dessen Pfeifenrauch den peniblen Oberst Saint-Clair offensichtlich irritierte. Es war Kommissar Maurice Bouvier, Chef der Kriminalpolizei.

„Was ist denn Ihre Meinung, Bouvier? Sie haben noch gar nichts gesagt."

Der Kriminalbeamte nahm seine Pfeife aus dem Mund und sagte ruhig: „Wie es aussieht, Herr Minister, kann der SDECE diesen Mann nicht über seine Agenten in der OAS ausfindig machen, weil nicht einmal die OAS weiß, wer er ist; die Aktionsabteilung kann ihn nicht liquidieren, weil sie nicht weiß, wer zu liquidieren ist, und die Polizei kann ihn nicht verhaften, weil sie nicht weiß, wen sie verhaften soll. Mir scheint, es ist unsere erste Aufgabe, dem Mann einen Namen zu geben. Aber den Namen herauszufinden, und zwar in aller Stille, das ist etwas für Kriminalisten." Damit schob er den Pfeifenstiel wieder zwischen die Zähne.

„Und wer ist der beste Kriminalist Frankreichs?" fragte der Minister.

Bouvier nahm die Pfeife wieder aus dem Mund. „Der beste Kriminalist Frankreichs, meine Herren, ist mein Stellvertreter, Kommissar Claude Lebel."

„Holen Sie ihn", sagte der Minister des Inneren.

# ZWEITER TEIL

## Anatomie einer Menschenjagd

### 8

Eine Stunde später kam Claude Lebel verwirrt und ganz benommen aus dem Konferenzsaal im Innenministerium. Es war eine umfassende Befehlsausgabe gewesen. Er solle ein eigenes Büro einrichten; er solle unbegrenzten Zugang zu allen wichtigen Informationen haben; alle Einrichtungen der Organisationen, deren Chefs an diesem Tisch versammelt waren, sollten ihm zur Verfügung stehen. Man hatte ihm die Notwendigkeit absoluter Geheimhaltung eingetrichtert. Ihm sank das Herz. Es lag bisher kein Verbrechen vor, es gab weder Indizien noch Zeugen, außer dreien, aber die waren nicht zu sprechen. Es gab nur einen Decknamen und einen ganzen Erdball, den er absuchen konnte.

Claude Lebel war, das wußte er auch selbst, ein guter Polizeibeamter. Er war langsam, genau, methodisch und gründlich. Gelegentlich hatte er auch etwas von der Genialität durchblicken lassen, die aus einem guten Polizeibeamten einen überragenden Kriminalisten macht. Aber er hatte nie die Tatsache aus den Augen verloren, daß Polizeiarbeit zu neunundneunzig Prozent daraus besteht, in mühsamer Kleinarbeit einzelne Teilchen zu einem Muster zusammenzutragen, bis die Teilchen ein Ganzes werden, das Ganze zu einem Netz wird und das Netz am Ende den Täter mit Beweisen umgibt, die nicht nur Schlagzeilen machen, sondern auch vor Gericht standhalten.

Er war bei der Kriminalpolizei als Arbeitstier bekannt, ein Mann, der Aufsehen haßte und niemals solche Pressekonferenzen gab, auf denen manche seiner Kollegen ihren Ruf aufgebaut hatten. Trotzdem war er immer höher die Leiter hinaufgestiegen, hatte Fall auf Fall gelöst und seine Täter hinter Schloß und Riegel gebracht. Als vor drei Jahren an der Spitze des Morddezernats eine Stelle frei geworden war, hatten selbst die Kollegen, die für den Posten in Frage gekommen wären, es für gut und richtig befunden, daß Lebel ihn bekam. Das Morddezernat hatte unter ihm gute Arbeit geleistet, und in drei Jahren war ihm niemals einer entkommen, nur einmal war ein Angeklagter wegen eines Verfahrensfehlers freigesprochen worden.

Als Leiter des Morddezernats war er näher ins Blickfeld Maurice Bouviers gerückt, der die ganze Kriminalpolizei unter sich hatte und auch ein Polizist vom alten Schlag war. Es gab Leute bei der Kriminalpolizei, die den Verdacht hatten, daß Bouvier einen fügsamen Untergebenen zu schätzen wußte, der die großen, publizitätsträchtigen Fälle in aller Stille löste, ohne seinem Chef die Schau zu stehlen. Vielleicht waren das aber auch nur Lästermäuler.

Nach der Konferenz wurden die Kopien des Rolland-Berichts eingesammelt, um in den Safe des Ministers zu wandern. Nur Lebel durfte Bouviers Exemplar behalten. Er hatte sich nur ausgebeten, daß er bei den Chefs der Kripobehörden aller größeren Länder um Hilfe nachsuchen durfte, sofern die Wahrscheinlichkeit bestand, daß sie einen Berufskiller wie den Schakal in ihren Karteien hatten. Ohne eine solche Zusammenarbeit sei es unmöglich, mit der Suche überhaupt anzufangen. Er versicherte den Anwesenden, daß er die Männer, an die er herantreten wolle, persönlich kenne und seine Anfragen keinen offiziellen Charakter tragen würden. Nach einigem Nachdenken hatte der Minister der Bitte entsprochen.

Und nun stand Lebel in der Vorhalle, um auf Bouvier zu warten, und nahm die Parade der aus der Konferenz Kommenden ab. Einige nickten ihm knapp zu; andere ließen sich zu einem mitfühlenden Lächeln herbei. Der blaublütige Oberst aus dem Präsidialamt, Saint-Clair de Villauban, blieb stehen, um den kleinen, unscheinbaren Kommissar mit schlecht verhüllter Geringschätzung zu betrachten. „Ich hoffe, Herr Kommissar, daß Ihre Ermittlungen Erfolg haben, und zwar bald“, sagte er. „Wenn Sie versagen, kann ich Ihnen versichern, daß es einige... Nachwehen geben wird.“ Damit stolzierte er die Treppe hinunter ins Foyer. Lebel sagte nichts. Er zwinkerte nur ein paarmal schnell hintereinander.

Eine von Claude Lebels Eigenschaften, die zu seinen Ermittlungserfolgen in den letzten zwanzig Jahren wesentlich beigetragen hatten, war seine Fähigkeit, Leuten so viel Vertrauen einzuflößen, daß sie mit ihm redeten. Er hatte es heraus, wie man einfache Menschen dazu brachte, ihm ihre Gedanken und Vermutungen mitzuteilen. Der Grund dafür lag in seiner scheinbaren Hilflosigkeit, die den Eindruck erweckte, als ob er, wie sie, auch nur einer der armen Getretenen dieser Welt wäre.

Er hatte nie eine Waffe bei sich und entsprach überhaupt nicht der herkömmlichen Vorstellung von einem Hüter des Gesetzes. Er war längst nicht so wortgewandt wie die vielen jungen Kollegen, die jetzt in den Polizeidienst kamen und einen Zeugen so lange drangsalieren konnten, bis er heulte. Dieser Mangel machte ihm aber nicht zu schaffen. Er wußte, daß die meisten Verbrechen, in welcher Gesellschaft auch immer, sich gegen kleine Leute richten oder von kleinen Leuten beobachtet werden – vom Kaufmann an der Ecke, vom Briefträger, vom Buchhalter. Und diese Leute brachte er dazu, daß sie mit ihm redeten.

Teilweise lag es an seiner Statur; er war klein geraten und hatte viel Ähnlichkeit mit der Karikatur des Pantoffelhelden, der er – was freilich in seiner Dienststelle niemand wußte – auch wirklich war. Sein Auftreten war freundlich, fast schüchtern. Aber hinter seiner Einfachheit verbarg sich eine Kombination aus Schlauheit und sturer Bockigkeit gegen alle Versuche, ihn bei der Erfüllung eines Auftrags einzuschüchtern. Die hartgesottensten Gangsterbosse Frankreichs hatten ihm schon gedroht und aus dem nervösen Zwinkern, mit dem er auf derlei Ansprachen reagierte, auf eine erwünschte Wirkung ihrer Warnungen geschlossen. Erst später in der Zelle hatten sie das Vergnügen gehabt, feststellen zu dürfen, daß sie die sanften braunen Augen und den borstigen Schnauzbart unterschätzt hatten. Claude

Lebels Reaktion auf Oberst Saint-Clairs Bemerkungen bestand darin, daß er zwinkerte wie ein gescholtener Schuljunge, aber nichts sagte.

Soeben kam Bouvier aus dem Konferenzzimmer zu ihm und klatschte ihm seine Riesentatze auf die Schulter. „*Eh bien, mon petit Claude.* Ich war's übrigens, der vorgeschlagen hat, daß die Kripo diesen Fall in die Hände nimmt."

Im Wagen sprach Bouvier weiter. „Sie lassen alles stehen und liegen, was Sie im Augenblick tun. Wollen Sie für diesen Auftrag ein neues Dienstzimmer haben?"

„Nein, ich möchte lieber in meinem jetzigen bleiben."

„Ab heute ist es das Hauptquartier der Operation Sucht-den-Schakal. Nichts anderes mehr. Wollen Sie jemand Bestimmten zur Unterstützung haben?"

„Ja. Lucien Caron", sagte Lebel. Er sprach von dem jungen Inspektor vom Morddezernat, den er mit herübergebracht hatte, als er stellvertretender Chef der Kriminalpolizei geworden war.

„Gut. Noch jemand?"

„Nein, danke. Aber Caron muß eingeweiht werden."

Bouvier dachte ein paar Sekunden nach. „Das dürfte in Ordnung gehen. Ich rufe Frey an, sobald ich im Büro bin, und bitte um offizielle Genehmigung. Noch eins. Jeden Abend Punkt zehn Uhr sollen die Beteiligten im Ministerium von Ihnen informiert werden."

„O Gott", sagte Lebel.

„Keine Angst, Claude, ich bin auch dabei."

Zehn Minuten später saß Claude Lebel in seinem Dienstzimmer. Wäre er ein anderer Mensch gewesen, er hätte auf den Gedanken kommen können, daß ein Erfolg jetzt seine Karriere krönen würde. Aber er dachte nichts dergleichen. Er zerbrach sich vielmehr den Kopf, wie er Amélie am Telephon erklären könnte, daß er bis auf weiteres nicht nach Hause käme.

Minuten später war Lucien Caron da. „Kommissar Bouvier hat gesagt, ich soll mich bei Ihnen melden ...", begann er.

„Ja. Ich habe einen Sonderauftrag. Sie werden mein Assistent sein." Das Telephon klingelte; er nahm den Hörer ab und lauschte kurz. „Gut." Dann faßte er zusammen: „Das war Bouvier, um zu sagen, daß Sie Zugang zu allen Geheiminformationen haben sollen. Fürs erste müssen Sie mal das hier lesen."

Während Caron sich in den Rolland-Bericht vertiefte, packte Lebel die Akten von seinem Tisch in ein schlecht aufgeräumtes Regal. Man sah diesem Büro kaum an, daß es die Schaltzentrale der größten Menschenjagd Frankreichs sein sollte. Es maß knapp dreieinhalb auf vier Meter und hatte zwei Fenster, zur Seine und zum Quartier Latin. Durch eines der Fenster drangen die Nachtgeräusche und die warme Sommerluft herein. Das Zimmer enthielt zwei Schreibtische mit Stühlen, einen Sessel und sechs große Aktenschränke. Die einzige Erinnerung an Zuhause war das eingerahmte Photo auf Lebels Schreibtisch, das eine füllige, entschlossen dreinblickende Dame und zwei Kinder zeigte, ein Mädchen mit Stahlrandbrille und Zöpfen und einen Jungen, der einen ebenso sanftmütigen und getretenen Eindruck machte wie sein Vater.

Caron war mit Lesen fertig und sah auf. Jetzt berichtete Lebel ihm eine halbe Stunde lang von den Ereignissen des Nachmittags. Caron hörte schweigend zu. „Wo in aller Welt fangen wir denn jetzt an?" fragte er, als Lebel geendet hatte. Er sah seinen Vorgesetzten besorgt an. „Herr Kommissar, Sie wissen doch, daß man den Fall Ihnen gegeben hat, weil ihn sonst keiner haben wollte? Sie wissen, was die mit Ihnen machen, wenn Sie den Mann nicht rechtzeitig erwischen?"

„Zuerst einmal wollen wir uns darüber im klaren sein, daß wir die weitestreichenden Vollmachten haben, die zwei Polizisten in Frankreich je bekommen haben", antwortete Lebel fröhlich. „Und davon machen wir jetzt Gebrauch. Fürs erste nehmen Sie mal einen Notizblock und notieren Sie. Meine Sekretärin muß versetzt werden. Keiner außer uns beiden darf etwas wissen. Lassen Sie in diesem Zimmer eine Pritsche aufstellen und besorgen Sie Wasch- und Rasierzeug. Die Fernsprechvermittlung hat uns zehn Amtsleitungen freizuhalten und einen Mann für uns allein zur Verfügung zu stellen. Wenn wir irgend etwas brauchen, gehen Sie immer zum jeweiligen Chef der Behörde und verlangen Sie es in meinem Auftrag. Bereiten Sie mir eine Aktennotiz für jeden einzelnen Teilnehmer an der heutigen Sitzung vor, des Inhalts, daß Sie mein Assistent sind und alles von ihnen verlangen können, was ich auch verlangen könnte."

Caron blickte hoch. „Noch was, Chef?"

„Ja. Ich brauche ferner einen direkten Draht zu den Chefs der Morddezernate in sieben Ländern: Amerika, England, Belgien, Holland, Italien, Westdeutschland, Südafrika. Die meisten kenne ich von einer früheren Interpol-Konferenz persönlich. Sorgen Sie dafür, daß ich morgen früh zwischen sieben und zehn von der Interpol-Zentrale aus mit allen in Abständen von je zwanzig Minuten sprechen kann. Die Gespräche sollen über UHF gehen, und keiner hat mitzuhören. Inzwischen erkundige ich mich beim Morddezernat, ob da zufällig etwas über einen ausländischen Killer bekannt ist, der einmal in Frankreich gearbeitet hat und nicht geschnappt wurde. Sie wissen jetzt alles, was Sie zu tun haben?"

Caron, der ein bißchen benommen wirkte, antwortete: „Ja, Chef. Ich geh gleich an die Arbeit."

Als Claude Lebel sein Dienstzimmer verließ, schlug die Uhr von Notre-Dame Mitternacht, und Frankreich glitt in den 12. August.

OBERST Raoul Saint-Clair de Villauban kam kurz vor Mitternacht zu Hause an, nachdem er drei Stunden lang mit peinlicher Sorgfalt seinen Bericht über die Konferenz des heutigen Abends getippt hatte. Es war schon ärgerlich, daß er sich mit solch niederer Arbeit abgeben mußte, aber auf diese Weise hatte er das Dokument wenigstens morgen früh gleich zur Hand.

Er hatte seine Worte mit Bedacht so gewählt, daß darin der Unmut des Verfassers darüber zum Ausdruck kam, wie man die Sicherheit des Staatsoberhauptes allein in die Hände eines Kriminalkommissars legen konnte, eines Mannes, der es eigentlich mehr mit der Verfolgung kleiner Ganoven zu tun hatte. Im stillen hatte er Lebel für einen ganz gewöhnlichen kleinen Mann gehalten. In seinem Bericht las sich das so: „Zweifellos ein tüchtiger Beamter."

Er hatte sich vorgenommen, nicht offen gegen die Bestellung dieses besseren Büttels zu opponieren, denn am Ende mochte Lebel seinen Mann sogar finden, sondern alle Vorgänge gut im Auge zu behalten, um dann der erste zu sein, der auf die Fehler bei dem Unternehmen hinweisen konnte, sowie sie begangen wurden. Im Grunde schätzte er die Chancen des Attentäters nicht sehr hoch ein. Der Schutzgürtel um den Präsidenten war der sicherste auf der ganzen Welt. Er bezweifelte, daß ein ausländischer Heckenschütze ihn zu durchdringen vermochte.

Er schloß seine Wohnungstür auf und hörte seine frisch gebackene Mätresse rufen: „Bist du das, Liebling?"

„Ja, Chérie. Natürlich bin ich es. Hast du dich einsam gefühlt?"

Sie kam ihm in einem durchsichtigen schwarzen Baby-doll aus dem Schlafzimmer entgegengeeilt. Die indirekte Beleuchtung, die von der Nachttischlampe durch die offene Tür kam, betonte die Kurven ihres jungen Körpers. Wie immer, wenn er das Mädchen sah, glaubte Saint-Clair sich selbst dazu beglückwünschen zu müssen, daß sie so sehr in ihn verliebt war.

Sie warf die Arme um seinen Nacken und gab ihm einen langen Kuß. „Komm", sagte er, „geh schon zu Bett, ich komme auch." Er gab ihr einen Klaps aufs Hinterteil, damit sie sich beeilte.

Das Mädchen sauste wieder ins Schlafzimmer und warf sich aufs Bett. In den vierzehn Tagen, die sie jetzt zusammen lebten, hatte Jacqueline gelernt, daß man schon mit dem Zaunpfahl winken mußte, um in diesem Berufsschmeichler noch so etwas wie Lust zu wecken. Insgeheim haßte sie ihn noch genausosehr wie am ersten Tag ihrer Begegnung, aber sie hatte gelernt, daß er seinen Mangel an Männlichkeit durch Geschwätzigkeit wettmachte, besonders wenn es um die Wichtigkeit seiner Person für die Arbeit im Elysée-Palast ging.

Saint-Clair kam ins Schlafzimmer, zog die Schuhe aus und stellte sie nebeneinander hin. Es folgte das Jackett, dessen Taschen zuerst fein säuberlich auf den Nachttisch ausgeleert wurden. Als nächstes wurde die Hose sorgsam gefaltet und über die Stuhllehne gehängt. Seine langen, dürren Beine schauten unter dem Hemd heraus wie borstige weiße Stricknadeln. „Warum bist du so lange geblieben?" fragte Jacqueline.

Raoul Saint-Clair schüttelte gewichtig den Kopf. „Es war nichts, worüber du dir dein Köpfchen zerbrechen müßtest, meine Liebe."

„Ach, du bist gemein!" Sie warf sich schmollend auf die andere Seite. Seine Finger faßten nach dem Krawattenknoten, während sein Blick auf dem kastanienbraunen Haar ruhte, das um ihre Schultern fiel, auf den runden Hüften, die von dem Hemdchen nur halb bedeckt waren. Noch fünf Minuten, und er knöpfte seinen monogrammbestickten, seidenen Schlafanzug zu.

Er legte sich neben sie aufs Bett und strich mit der Hand über ihre geschwungene Taille und die Wölbung ihrer Hüfte hinauf. „Was hast du denn?"

„Du sagst mir nie etwas. In deiner Dienststelle kann ich dich nicht anrufen. Ich hab stundenlang hier gelegen und mir Sorgen gemacht." Sie drehte sich auf den Rücken und sah zu ihm empor.

Er lag auf einen Ellbogen gestützt und schob seine freie Hand unter das Nachthemdchen. „Weißt du, Liebling, ich hatte sehr viel zu tun. Es ist etwas passiert. Ich hätte dich ja angerufen, aber dauernd gingen Leute bei mir ein und aus."

„So etwas Wichtiges kann doch gar nicht passieren, daß du mir nicht Bescheid geben kannst, wenn du spät nach Hause kommst, Liebling.“ Sie umfaßte seinen Kopf und zog ihn zu ihren Lippen hinunter.

„Es scheint, die OAS hat es noch immer auf den Präsidenten abgesehen“, sagte er. „Der Plan ist heute nachmittag entdeckt worden, und das war's, was mich aufgehalten hat.“

Sie lachte und biß ihn ins Ohrläppchen. „Sei nicht albern, Liebling, die sind doch längst erledigt.“

„Das sind sie nicht. Jetzt haben sie sich einen Berufskiller aus dem Ausland geholt, der ihn töten soll.“

Eine halbe Stunde später lag Oberst Raoul Saint-Clair de Villauban in tiefem Schlaf und schnarchte friedlich nach seinen Anstrengungen. Neben ihm lag seine Mätresse und starrte durch die Dunkelheit an die Decke. Was sie erfahren hatte, war ja furchtbar. Sie wartete noch, bis die Uhr neben dem Bett die zweite Morgenstunde anzeigte. Dann stieg sie behutsam aus dem Bett und zog den Stöpsel des Telephons aus seiner Buchse.

Leise machte sie die Schlafzimmertür von draußen zu, ging durchs Wohnzimmer in den Flur und schloß auch diese Tür, ehe sie den Hörer des Flurtelephons abhob und wählte. Eine schläfrige Stimme meldete sich. Sie redete schnell, zwei Minuten lang, dann legte sie wieder auf. Einen Augenblick später kroch sie ins Bett zurück und versuchte einzuschlafen.

Irgendwo in Paris, in einer kleinen, muffigen Junggesellenwohnung, ging ein ehemaliger Schulmeister in mittleren Jahren in seinem engen Wohn-Schlafzimmer auf und ab. Er konnte sich nicht recht entscheiden, was er auf den Anruf hin, den er eben bekommen hatte, unternehmen sollte.

Als der Morgen graute, verließ er seine Wohnung und fuhr mit einem Taxi zu einem durchgehend geöffneten Postamt an der Gare du Nord. Dort meldete er ein Gespräch mit der Nummer in Rom an, die man ihm für Notfälle gegeben hatte.

„Ich möchte Signore Poitiers sprechen“, sagte er dem Italiener am anderen Ende.

Es klickte ein paarmal in der Leitung, dann antwortete eine müde klingende Stimme auf französisch: *„Ouais ...“*

„Hören Sie“, sagte der Mann in Paris eindringlich. „Ich habe nicht viel Zeit. Nehmen Sie Bleistift und Papier und notieren Sie: ‚Durchsage Anfang. Valmy an Poitiers. Der Schakal ist entdeckt. Wiederholung. Der Schakal ist entdeckt. Kowalski gefangen. Hat sterbend gestanden. Ende.‘ Haben Sie das?“

*„Ouais“*, sagte die Stimme. „Ich geb’s weiter.“

Valmy legte auf, bezahlte am Schalter und verließ eilig das Gebäude. Zwei Minuten später fuhr ein Wagen vor, und zwei Männer in Zivil rannten nach drinnen. Sie ließen sich von dem Schalterbeamten eine Beschreibung geben, aber die hätte auf jeden gepaßt.

In Rom wurde Marc Rodin um fünf vor acht vom Wachhabenden geweckt, der ihn an der Schulter rüttelte. Er war augenblicklich wach und fuhr mit der Hand nach der Pistole unterm Kopfkissen. Dann faßte er sich und grunzte, als er das Gesicht des Exlegionärs über sich sah. „Eine Nachricht, Herr Oberst. Eben hat jemand angerufen.“ Er reichte ihm das Stück Papier, auf dem Valmys unzusammenhängende Sätze standen.

Rodin las die Nachricht und sprang aus dem Bett. „Schon gut. Wegtreten.“ Der Exlegionär ging.

Rodin fluchte leise und ausgiebig. Die ersten beiden Tage nach Kowalskis Verschwinden hatte er geglaubt, der Mann sei einfach desertiert. Jetzt machte Rodin sich wenig Illusionen über die Art und Weise, wie Kowalski gestorben war, und er trauerte aufrichtig um ihn. Aber das wichtigste war jetzt, daß er sich zu erinnern versuchte, was der Mann denn überhaupt hatte verraten können. Das Treffen in Wien, den Namen der Pension. Die drei Männer bei dieser Besprechung. Das alles war für den SDECE nichts Neues. Aber was war mit dem Schakal? Kowalski hatte ihnen sagen können, daß ein blonder Ausländer sie drei besucht hatte. Namen waren nicht gefallen. Aber Valmys Nachricht erwähnte den Schakal mit seinem Decknamen. Wie konnte Kowalski ihnen den gesagt haben?

Voll Schrecken sah Rodin die Szene beim Abschied wieder vor sich. Er hatte mit dem Engländer in der Tür gestanden; nur ein paar Schritte weiter stand Viktor, der sich noch über die Art und Weise ärgerte, wie der Engländer ihn in der Nische entdeckt hatte. Was hatte er, Rodin, dann gesagt? *„Bonsoir, monsieur Chacal.“* Ja doch, verdammt noch mal!

Rodin wurde sich darüber klar, daß Kowalski den Blonden als Killer erkannt haben mußte, und zweifellos käme der SDECE zu dem Schluß, daß Kowalskis Annahme tatsächlich stimmte. Man würde das

Netz um de Gaulle enger zusammenziehen. Er würde alle öffentlichen Verpflichtungen absagen und dem Mörder jede Chance nehmen.

Es war aus; das Unternehmen war geplatzt. Rodin würde den Schakal zurückpfeifen und auf Rückzahlung des Geldes bestehen müssen, abzüglich Auslagen und Aufwandsentschädigung. Ferner mußte er dies schnell tun, bevor der Schakal London verließ. War er erst unterwegs, so konnte er zwar Valmy anrufen und Valmy ihn warnen, aber Valmy hatte keine Befugnis, die Sache abzublasen, und diese Befugnis konnte Rodin ihm auch nicht geben. Das nämlich hieße riskieren, daß Valmy aufflog.

Rodin rief einen der Leibwächter zu sich und gab ihm einen Auftrag. Um neun Uhr stand dieser Mann im Postamt und meldete ein Gespräch nach London an. Es dauerte zwanzig Minuten, bis am anderen Ende das Telephon zu läuten begann.

Der Schakal hatte sich an diesem Morgen mit dem Frühstück beeilt. Anschließend goß er die restliche Milch in den Ausguß, zerbrach die letzten beiden Eier und ließ auch sie in den Ausguß laufen. Sonst befand sich nichts mehr in der Wohnung, was während seiner Abwesenheit verderben konnte.

Dann zog er sich an. Er wählte einen dünnen, seidenen Rollkragenpullover und dazu den taubengrauen Anzug, in dem Duggans Papiere und die hundert Pfund in kleinen Scheinen steckten. Die unvermeidliche Sonnenbrille vervollständigte die Erscheinung. Um Viertel nach neun trug er seine drei Koffer und die Reisetasche nach unten. Es waren nur ein paar Schritte die Adam Mews hinauf bis zur South Audley Street, wo er an der Ecke ein Taxi erwischte. „Zum Flugplatz, Halle Zwei“, sagte er zum Fahrer.

Als das Taxi anfuhr, begann in seiner Wohnung das Telephon zu klingeln.

## 9

Als Kommissar Claude Lebel morgens um sechs wieder in sein Dienstzimmer kam, sah er in der einen Ecke die Pritsche stehen. Inspektor Caron saß mit müdem, übernächtigtem Gesicht an seinem Schreibtisch. Lebel ging an den seinen und ließ sich auf den Stuhl fallen. Er hatte vierundzwanzig Stunden nicht mehr geschlafen.

„Nichts“, sagte er. „Ich habe mir alles Material der letzten zehn Jahre angesehen. Der einzige politische Attentäter aus dem Ausland, der je hier zu arbeiten versucht hat, ist inzwischen tot. Was ist mit den Telephongesprächen?“

Caron nahm eine Liste in die Hand. „Die sieben Gespräche sind angemeldet“, sagte er. „Sie fangen um zehn nach sieben mit dem FBI in Washington an und hören um halb zehn mit Rom auf.“

„Sind es jedesmal die Chefs der Morddezernate?“ fragte Lebel.

„Ja, oder was dem entspricht. Bei Scotland Yard ist das Mr. Anthony Mallinson, Kriminaldezernent. Es scheint, die haben kein gesondertes Morddezernat bei der Londoner Polizei.“

Lebel dachte eine Weile nach. „Ich nehme an, nur der Belgier spricht Französisch. Drei sprechen Englisch. Die anderen können sicher auch Englisch sprechen, wenn's sein muß –“

„Dietrich, der Deutsche, spricht Französisch“, unterbrach ihn Caron.

„Gut, dann spreche ich selbst mit diesen beiden. Für die andern fünf werde ich Sie als Dolmetscher einschalten müssen. Kommen Sie.“

Es war zehn vor sieben, als das Polizeiauto vor dem harmlos aussehenden Gebäude in der kleinen Rue Paul-Valéry hielt, in dem sich das Hauptquartier von Interpol befand.

Während der nächsten drei Stunden saßen Lebel und Caron am Telephon im Kellergeschoß, wo sich die Fernsprechzentrale befand. Von den Antennen, die wie Igelstacheln aus dem Dach ragten, wurden die Hochfrequenzsignale über Tausende von Kilometern ausgestrahlt. Und in jedem der künstlich verzerrten Gespräche lautete Lebels Bitte ungefähr gleich: „Bedaure, ich kann kein offizielles Hilfeersuchen stellen. Im Augenblick handelt es sich auch nur um eine kleine Information. Wir suchen einen Mann, von dem wir herzlich wenig wissen.“

Jeder seiner Kollegen im Ausland fragte, warum seine Hilfe gebraucht werde und auf was für Hinweise er sich denn stützen könne.

„Nur auf den: der Mann muß einer der gesuchtesten politischen Berufsmörder der Welt sein. Wir wüßten gern, ob Sie so einen in Ihren Akten haben, auch wenn er vielleicht noch nicht in Ihrem Land gearbeitet hat.“

Die Antworten waren einander ohne Ausnahme gleich. „Natürlich, wir werden gründlich suchen. Ich will versuchen, noch heute zurückzurufen. Ach ja, und viel Glück, Claude.“

Lebel gab sich nicht der Illusion hin, die Chefs der größten Kripo-Abteilungen der Welt hätten etwa nicht begriffen, was er meinte. Es gab in Frankreich nur eine Person, für die ein politischer Attentäter erster Klasse sich interessieren konnte.

Nachdem er zum letzten Mal den Hörer aufgelegt hatte, starrte Lebel noch eine Zeitlang die jetzt stummen Apparaturen an. Caron beobachtete ihn schweigend. „Kommen Sie", sagte der kleine Kommissar, „wir gehen jetzt frühstücken. Im Augenblick können wir nicht viel tun."

In London legte Anthony Mallinson, leitender Kriminaldirektor, mit nachdenklich gerunzelter Stirn den Hörer auf die Gabel und ging in sein geräumiges Dienstzimmer über der Themse zurück. Er hatte nicht den leisesten Zweifel an der Art der Ermittlungen, die Lebel da führte. Er setzte sich an seinen Schreibtisch und drückte den Knopf der Sprechanlage.

„Sir?" fragte sein persönlicher Assistent aus dem Nebenzimmer.

„John, bitte lassen Sie mal im Kriminalarchiv die Akten aller bekannten politischen Berufsattentäter in diesem Land –"

„Attentäter, Sir?" fragte der Assistent in einem Ton, als hätte der Kriminaldirektor um eine Überprüfung aller Marsmenschen gebeten.

„Jawohl, Attentäter. Politische Mörder, John. Leute, die es fertigbringen, wohlbehütete Staatsmänner für Geld umzubringen."

„Klingt, als ob das mehr was fürs Sonderdezernat wäre, Sir."

„Ja, ich weiß. Ich will das Ganze auch dem Sonderdezernat übergeben. Aber wir sollten zuerst mal selbst eine Routineüberprüfung machen."

Kurz vor zwölf klopfte der Assistent an und kam in Mallinsons Büro. „Anscheinend gibt's in der Kartei keinen, auf den die Beschreibung paßt. Siebzehn bekannte Berufskiller aus Unterweltkreisen, Sir; zehn davon im Kittchen und sieben in Freiheit. Aber die arbeiten alle für die großen Banden. Für einen Anschlag gegen hohen politischen Besuch kommt von denen keiner in Frage."

„Gut, John, danke. Das wollte ich wissen."

Mallinson saß zwanzig Minuten im Dienstzimmer von Kriminaldirektor Dixon, dem Leiter des Sonderdezernats, und ruinierte dem Mann erfolgreich das geplante Mittagessen im Club. Als er ging, drehte er sich noch einmal in der Tür um. „Tut mir leid, Alec, aber das ist wirklich mehr dein Geschäft. Wenn du mich fragst, einen

Mann von dem Kaliber gibt's bei uns nicht. Also, laß mal gründlich die Kartei durchstöbern, dann kannst du Lebel telegraphieren, daß wir ihm leider nicht helfen können."

Als Mallinson fort war, rief Dixon seinen Assistenten herein. „Bitte bestellen Sie Kriminalrat Thomas, daß ich ihn um" – er sah auf die Uhr – „Punkt zwei Uhr hier sprechen möchte."

Der Schakal landete kurz nach zwölf auf dem Brüsseler Flughafen. Er ließ seine drei Koffer in einem Schließfach am Flugplatz und nahm nur die Reisetasche mit in die Stadt. Am Hauptbahnhof entließ er das Taxi und ging zur Gepäckaufbewahrung, wies seinen Gepäckschein vor und ließ sich den Fiberkoffer mit dem Gewehr aushändigen. Dann quartierte er sich in der Nähe des Hauptbahnhofs für eine Nacht in einem billigen Hotel ein, bezahlte im voraus und trug Koffer und Reisetasche selbst ins Zimmer hinauf. Nachdem die Tür hinter ihm zu war, ließ er das Waschbecken mit kaltem Wasser vollaufen und machte sich mit Gips, Watte und Verbandszeug an die Arbeit.

Als er fertig war, setzte er sich hin, legte das schwere Bein auf einen Schemel und rauchte eine Filterzigarette. Hin und wieder prüfte er mit dem Daumen den Gipsverband. Er brauchte zwei Stunden zum Trocknen.

Der Fiberkoffer, in dem das Gewehr gewesen war, lag leer da. Das übrige Verbandszeug und den Gips packte er wieder in die Reisetasche, falls eine kleine Reparatur notwendig wurde. Dann schob er den billigen Fiberkoffer unters Bett, durchsuchte das Zimmer nach verräterischen Spuren und machte sich zum Fortgehen bereit.

Unten am Fuß der Treppe stellte er mit Erleichterung fest, daß der Portier nach hinten ins Büro gegangen war. Rasch ein Blick zum Eingang, dann nahm er die Reisetasche vor die Brust, bückte sich und huschte schnell dem Ausgang zu. Draußen humpelte er schwerfällig die Treppe hinunter zur Straße. Nach einer halben Minute saß er in einem Taxi und fuhr zum Flughafen zurück.

Am Alitalia-Schalter holte er sich den Flugschein nach Mailand ab, den er vor zwei Tagen von London aus auf den Namen Duggan gebucht hatte.

Die lächelnde junge Dame sah bei den Reservierungen nach und sagte, er werde in einer Stunde aufgerufen. Wieder bezahlte der Schakal in bar. Mit Hilfe eines diensteifrigen Gepäckträgers holte er seine Koffer aus dem Schließfach und gab sie am Gepäckschalter der Alitalia auf. Dann ging er durch die Zollabfertigung und ließ es sich die restliche Zeit bei einem schmackhaften Essen im Restaurant für Flugpassagiere gutgehen.

Um 16.15 Uhr startete sein Flugzeug, und keine zwei Stunden später setzte es auf dem Flugplatz von Mailand wieder auf. Am Zoll sollten sich die sorgsamen Vorbereitungen des Schakals, nämlich das Umräumen der Gewehrteile aus dem Koffer in eine unverdächtigere Verpackung, auszahlen. Als die Koffer über das Förderband aus dem Laderaum kamen, wurde es kritisch.

Der Schakal besorgte sich einen Gepäckträger, der die drei Koffer nebeneinander auf den Zollabfertigungstisch stellte. Als einer der Zollbeamten den Schakal herangehumpelt kommen sah, um die Reisetasche daneben zu stellen, kam er gleich angeschlendert. „Signore, ist das alles Ihr Gepäck?"

„Äh, ja, die drei Koffer und diese kleine Tasche."

„Sind Sie geschäftlich unterwegs, Signore?"

„Nein, ich bin auf Urlaub hier, aber wie es so geht, jetzt muß ein Teil davon für die Genesung herhalten."

Der Zöllner ließ sich nicht beeindrucken. „Bitte öffnen", sagte er und zeigte auf einen Koffer. Der Schakal nahm einen Schlüsselring aus der Tasche und machte den Koffer auf. Zum Glück war es der mit den Sachen des dänischen Pastors und des amerikanischen Studenten. Der Zollbeamte kramte in den Kleidungsstücken herum, untersuchte aber nicht die säuberlich wieder zugenähten Schlitze im Futter, in denen die falschen Papiere steckten. Die Einzelteile eines kompletten Scharfschützengewehrs befanden sich keinen Meter von ihm, aber er ahnte nichts. Er machte den Koffer zu und gab dem Schakal ein Zeichen, ihn wieder abzuschließen. Dann machte er auf alle vier Gepäckstücke rasch sein Kreidezeichen.

Nun, da seine Pflicht getan war, trat ein Lächeln in das Gesicht des Italieners. „*Grazie, signore.* Einen schönen Urlaub."

Der Gepäckträger fand ein Taxi, bekam ein gutes Trinkgeld, und bald näherte der Schakal sich dem Mailänder Hauptbahnhof. Im Taxi nahm er schon die Blechschere aus dem Gepäck und steckte sie in die Hosentasche. Am Bahnhof besorgte er sich wieder einen Gepäckträger und humpelte zur Gepäckaufbewahrung. Dort gab er die Reisetasche und zwei Koffer ab, den dritten behielt er, und darin befand sich der lange Militärmantel und außerdem noch viel Platz.

Er entließ den Gepäckträger, humpelte zur Toilette und schloß sich in einer der Kabinen ein. Den Fuß auf dem Becken, schnitt er so lange an dem Gipsverband herum, bis er langsam abfiel. Nachdem der Fuß endlich frei war, zog er die Seidensocke und den leichten Mokassin an, den er sich an die Innenwade gebunden hatte, solange der Fuß in Gips war. Dann spülte er Gips und Watte hinunter. Er öffnete den Koffer auf der Toilettenschüssel und schob die Stahlrohre mit den Gewehrteilen darin zwischen die Falten des Mantels, schloß den Koffer und warf einen Blick nach draußen. Dann verließ er die Kabine und ging wieder in die Bahnhofshalle.

Da er sich nun nicht so schnell wieder als gesunder Mann am Gepäckschalter sehen lassen konnte, nachdem er eben erst als Krüppel dort erschienen war, drückte er den Gepäckschein nebst einer Tausendlirenote einem Gepäckträger in die Hand. Er selbst, sagte er dem Dienstmann, müsse sein englisches Geld in Lire umtauschen gehen. Der Italiener nickte vergnügt und ging. Der Schakal hatte gerade seine letzten zwanzig Pfund in italienische Währung umgetauscht, da war auch der Träger schon mit dem Gepäck da. Zwei Minuten später brachte ihn ein Taxi zum Hotel „Continentale". Am folgenden Tag, dem 13. August, sollte er sehr viel zu tun haben.

## 10

„Nichts." Der zweite der beiden Kriminalinspektoren in Kriminalrat Bryn Thomas' Dienstzimmer klappte die letzte Akte zu, die man ihm zu lesen gegeben hatte, und schaute zu seinem Vorgesetzten.

Sein Kollege war ebenfalls fertig und zu demselben Schluß gekommen. Thomas selbst war schon vor fünf Minuten zum Fenster gegangen, wo er jetzt noch mit dem Rücken zum Zimmer stand. Vor drei Stunden war er von Kriminaldirektor Dixon gekommen und hatte sofort die beiden Inspektoren gerufen, sie sollten ihm beim Durchsehen der Kartei des Sonderdezernats helfen. Seine Ansprache war erheblich kürzer gewesen als Dixons Ansprache an ihn. Er hatte ihnen gesagt, wonach sie suchen sollten, nicht aber, warum.

„Das wär's dann also", sagte er, indem er sich umdrehte. „Packt alles wieder ein. Ich werde antworten, daß sich trotz gründlicher Suche keine uns bekannte Person gefunden hat, die in Frage käme. Mehr können wir nicht tun."

Die beiden Jüngeren wollten gerade gehen, da blieb einer von ihnen noch einmal mit nachdenklich gerunzelter Stirn an der Tür stehen. „Chef, mir ist da beim Suchen noch ein Gedanke gekommen. Wenn es so einen Mann gibt und er ist britischer Staatsangehöriger, dann könnte ich mir vorstellen, daß er sowieso nicht hier arbeitet. Ich meine, selbst so ein Mensch braucht doch einen Ort, wohin er zurückkommen kann. Es wäre doch denkbar, daß er in seiner Heimat ein geachteter Bürger ist."

Thomas dachte nach. „Worauf spielen Sie an? Eine Art Dr. Jekyll und Mr. Hyde?" Er schüttelte langsam den Kopf. „Vergessen Sie das; gehn Sie jetzt nach Hause, junger Mann. Ich werde noch den Bericht schreiben." Aber nachdem der Inspektor gegangen war, spukte der Gedanke, den er aufs Tapet gebracht hatte, noch weiter in Thomas' Kopf herum. Er konnte sich jetzt wirklich hinsetzen und seinen Bericht schreiben. Ergebnis negativ. Aber wenn sich der Mann dann doch als Engländer entpuppte?

Thomas war über die Maßen stolz auf die Leistungen von Scotland Yard, besonders des Sonderdezernats. Sie hatten noch nie Schwierigkeiten gehabt, noch nie war einem ausländischen Würdenträger in ihrer Obhut ein Haar gekrümmt worden. Er hatte noch zwei Jahre vor sich, bis er pensioniert wurde und sich in das kleine Haus mit Blick auf den Bristolkanal zurückziehen konnte, das er und Meg sich gekauft hatten. Besser kein Risiko eingehen; alle Möglichkeiten prüfen.

In seiner Jugend war Thomas ein guter Rugbyspieler gewesen, und noch heute hing er mit ganzer Seele an den London Welsh. Er kannte die Spieler alle gut und saß oft nach den Spielen mit ihnen im Clubhaus in Richmond zusammen. Von einem dieser Spieler wußten die anderen nur, daß er im Außenministerium arbeitete. Aber Thomas wußte, daß etwas mehr dahintersteckte; die Abteilung, in der Barrie Lloyd arbeitete, war der Secret Intelligence Service – der britische Geheimdienst.

Die beiden Männer trafen sich in einem ruhigen Lokal am Fluß. „Ich habe ein Problemchen am Hals, Junge", fing Thomas an. „Du kannst mir vielleicht helfen."

„Nun ... wenn ich kann", meinte Lloyd.

Thomas erzählte ihm von der Bitte aus Paris und der Niete, die das Sonderdezernat gezogen hatte. „Mir ist da der Gedanke gekommen, daß so ein Mann, wenn es ihn gibt und er Brite ist, vielleicht einer von der Sorte sein könnte, die sich im eigenen Land die Finger nicht schmutzig macht. Aber wenn er einmal irgendwo eine Spur hinterlassen hat, dann ist er vielleicht dem Service aufgefallen?"

„Service?" fragte Lloyd ruhig.

„Komm, Barrie." Thomas' Worte waren kaum mehr als ein Flüstern. Von hinten hätte man die beiden Männer in den dunklen Anzügen, die da über den dämmrigen Fluß zu den Lichtern am Südufer hinübersahen, für Geschäftsleute gehalten, die sich über die Abschlüsse des Tages unterhielten. „Wir haben bei den Ermittlungen im Fall Blake viele Akten wälzen müssen. So mancher vom Auswärtigen Amt hat sich dabei auf die Finger sehen lassen müssen. Einer davon warst du. Ich weiß also genau, für welche Abteilung du arbeitest."

„Verstehe", sagte Lloyd. Er blickte starr über den Fluß.

„Woran denkst du?" fragte Thomas nach einer Weile.

„Erinnerst du dich noch", sagte Lloyd, „wie im Mai vor zwei Jahren der Diktator der Dominikanischen Republik, Trujillo, auf einer einsamen Straße bei Ciudad Trujillo ermordet wurde?"

„Natürlich."

„Den Berichten zufolge ist er von Partisanen umgebracht worden, aber ich hab unsern Mann gekannt, der damals da unten war. Als er nach London zurückkam, hat er davon gesprochen, daß Trujillos Wagen angeblich von einem britischen Scharfschützen mit einem einzigen Schuß zum Stehen gebracht worden sei. Ein Teufelsschuß muß das gewesen sein – aus hundertdreißig Metern auf einen schnell fahrenden Wagen."

Sie schwiegen eine Weile. „Dieser – Scharfschütze –, hat der auch einen Namen?" fragte Thomas dann. „Hat unser Kollege einen Bericht geschrieben?"

„Ich erinnere mich an keinen Namen, aber einen Bericht hat's sicher gegeben. Es war nur ein Gerücht, weißt du – Stammtischthema bei uns."

„Aber du könntest doch mal nachsehen? Nur ob der Name bekannt ist. Er muß doch irgendwo stehen, irgendwo."

„Anzunehmen", sagte Lloyd. „Ich ruf dich an, wenn was ist."

„Da wäre ich dir sehr dankbar", sagte Thomas, als sie sich die Hand gaben. „Wahrscheinlich ist ja nichts dran. Eben nur auf alle Fälle."

WÄHREND Thomas und Lloyd sich unterhielten und der Schakal in einem Mailänder Dachrestaurant die letzten Tropfen Zabaione aus seinem Glas schlürfte, saß Claude Lebel in der ersten Lagebesprechung im Pariser Innenministerium. Die Teilnehmer waren dieselben wie vor vierundzwanzig Stunden.

Der *chef de cabinet* sprach zuerst. Er sagte, jeder Zollbeamte an jedem französischen Grenzübergang sei instruiert worden, bei allen großen blonden Ausländern, die nach Frankreich einreisen wollten, das Gepäck zu kontrollieren und die Papiere auf Fälschungen hin zu überprüfen.

General Guibaud sagte, eine Überprüfung der Kartei beim SDECE habe keinen Hinweis auf politische Attentäter außerhalb der OAS und ihrer Sympathisanten erbracht, die freilich nicht alle erfaßt werden könnten.

Der Chef der Renseignements généraux, des Zentralregisters, ließ wissen, daß eine Prüfung aller Verbrecherkarteien in Frankreich zum selben Ergebnis geführt habe, sowohl bei Franzosen als auch bei Ausländern, die jemals in Frankreich zu operieren versucht hätten.

Der Chef der Direction de la surveillance du territoire (DST), der französischen Spionageabwehr, gab als nächster seinen Bericht. Heute morgen in aller Frühe habe man einen Anruf vom Postamt an der Gare du Nord aus zu dem Hotel in Rom abgefangen, in dem die drei OAS-Chefs wohnten. Seitdem sie vor acht Wochen dort aufgetaucht seien, habe das Personal aller Auslandsvermittlungen die Anweisung, alle mit dieser Nummer geführten Gespräche zu melden. Das Gespräch habe folgenden Wortlaut gehabt: „Durchsage Anfang. Valmy an Poitiers. Der Schakal ist entdeckt. Wiederholung. Der Schakal ist entdeckt. Kowalski gefangen. Hat sterbend gestanden. Ende."

Lebel fragte: „Wie haben die das herausgekriegt?" Aller Blicke richteten sich auf ihn.

„Verdammt!" sagte Oberst Rolland laut und deutlich. „Marseille! Wir hatten einen Köder benutzt, um Kowalski aus Rom hierherzulocken. Ein alter Freund namens Jo-Jo Grzybowski. Der Mann hat Frau und Tochter. Wir haben sie in Schutzhaft genommen, bis wir Kowalski in den Händen hatten. Ich kann nur vermuten, daß einer meiner Leute sich verplappert und ihnen gesagt hat, daß Kowalski vom Reden gestorben ist. Natürlich hat weder der Agent noch Jo-Jo wissen können, was Kowalski gestanden hat, aber das wird Jo-Jo nicht davon abgehalten haben, Valmy vom Schicksal seines Freundes zu unterrichten. Der hat dann wohl zwei und zwei zusammengezählt."

„Hat die DST Valmy auf dem Postamt erwischt?" fragte Lebel.

„Nein, wir haben ihn dank der Begriffsstutzigkeit des Beamten um ein paar Minuten verpaßt", antwortete der DST-Chef.

„Unfähigkeit von vorne bis hinten", fauchte Oberst Saint-Clair. Etliche unfreundliche Blicke gingen in seine Richtung.

„Es kann uns doch eigentlich ganz recht sein, wenn sie wissen, daß ihr Söldling aufgeflogen ist", überlegte der Minister laut. „Werden sie denn ihr Unternehmen jetzt nicht abblasen müssen?"

„Genau", sagte Saint-Clair. „Der Herr Minister hat recht. Sie müßten verrückt sein, wenn sie jetzt noch weitermachten."

„Er ist ja eigentlich nicht aufgeflogen", sagte Lebel ruhig. „Wir kennen noch immer nicht seinen Namen. Die Warnung veranlaßt ihn vielleicht nur dazu, sich noch besser vorzusehen. Falsche Papiere, Verkleidungen –"

Roger Frey musterte den kleinen Kommissar mit Respekt. „Ich glaube, wir sollten uns jetzt Lebels Bericht anhören, meine Herren."

Lebel folgte der Aufforderung und zählte die Maßnahmen auf, die er seit gestern abend ergriffen hatte; er begründete seine immer stärkere Vermutung, daß der Schakal, falls überhaupt, dann nur in den Polizeiakten anderer Länder zu finden sein werde. „Die Antworten auf unsere Anfrage sind heute gekommen. Holland, nichts. Italien, mehrere bekannte Berufskiller, die aber alle im Dienste der Mafia stehen und sich nicht auf die Ermordung eines ausländischen Staatsmannes einlassen würden. Großbritannien, nichts, aber dort sind die Ermittlungen noch einer anderen Abteilung zur weiteren Verfolgung übergeben worden, dem Sonderdezernat. Amerika, zwei Kandidaten. Der eine heißt Charlie ‚Chuck' Arnold und ist die rechte Hand eines großen internationalen Waffenhändlers mit Sitz in Miami, Florida. Der zweite heißt Marco Vitellino, war früher Leibwächter eines New Yorker Bandenchefs und ist zur Zeit arbeitslos. Belgien, einer. Psychopathischer Mörder, früher in Tschombés Sold in Katanga. Name: Jules Berenger. Ist möglicherweise nach Mittelamerika ausgewandert, aber die belgische Polizei überprüft das noch. Deutschland, eventuell einer. Hans-Dieter Kassel, ehemaliger SS-Major, in zwei Ländern wegen Kriegsverbrechen gesucht. Hat nach dem Krieg für ODESSA, die Untergrundorganisation ehemaliger SS-Leute, als Killer gearbeitet. Lebt jetzt vermutlich in Madrid..."

Lebel sah auf. „Nun kommt aber das Alter dieses Mannes mir für eine solche Arbeit ein bißchen hoch vor. Er ist jetzt siebenundfünfzig. Schließlich noch Südafrika, auch ein Kandidat. Söldner von Beruf, erstklassiger Schütze. Name: Piet Schuyper. Offiziell liegt nichts gegen ihn vor, aber das südafrikanische Sonderdezernat ermittelt weiter."

Er sah wieder auf. „Natürlich", sagte er abwehrend, „besagt das alles nichts. Der Schakal könnte Schweizer, Österreicher oder noch etwas anderes sein. Man kann nur auf den Busch klopfen und hoffen, daß sich irgendwo was rührt."

„Hoffen allein bringt uns nicht weit. Ich habe so ein Gefühl, daß dieser Mann jetzt abgeschreckt ist", sagte Saint-Clair eisig. „Er hätte gar keine Chance, an den Präsidenten heranzukommen, jetzt, wo sein Plan entdeckt ist."

„Sie haben das *Gefühl,* daß er abgeschreckt ist, aber zwischen Fühlen und Hoffen ist kein großer Unterschied. Für den Augenblick möchte ich die Ermittlungen lieber fortsetzen."

„Wie ist der augenblickliche Stand der Ermittlungen, Herr Kommissar?" fragte der Minister.

„Unsere ausländischen Kollegen schicken uns gerade per Telex die ausführlichen Akten und funken uns Bilder zu."

„Und inzwischen können sie sich zusammenreimen, daß ein Killer es auf den französischen Staatspräsidenten abgesehen hat", zischte Saint-Clair. „Genau dieses öffentliche Aufsehen hatte der Präsident ja unbedingt vermeiden wollen."

„Nichts ist öffentlich", verbesserte Lebel. „Die Sache wird höchst vertraulich gehandhabt und ist nur einer Handvoll verschwiegener Männer bekannt."

„Meine Herren", unterbrach der Minister. „Ich persönlich war es, der Kommissar Lebel zu diesen Nachforschungen ermächtigt hat, nachdem" – er sah Saint-Clair an – „ich den Präsidenten konsultiert hatte."

Die allseitige Belustigung über die Verlegenheit des Obersten war schlecht verhüllt. „Wenn nichts weiter vorliegt, treffen wir uns morgen wieder, meine Herren", sagte der Minister.

Draußen auf der Treppe sog Lebel dankbar seine Lungen mit der Pariser Nachtluft voll. Die Uhren verkündeten Dienstag, den 13. August.

Es WAR kurz nach Mitternacht, als Barrie Lloyd bei Kriminalrat Thomas zu Hause in Chiswick anrief. „Ich habe den Durchschlag des Berichts gefunden, von dem wir sprachen", sagte Lloyd. „Wie ich mir schon gedacht hatte, ist er gleich nach Eingang mit dem Vermerk ‚Nichts unternehmen' versehen worden."

„Steht ein Name drin?" fragte Thomas.

„Ja, ein britischer Geschäftsmann auf der Insel, der um die gleiche Zeit verschwunden ist. Name: Charles Calthrop."

„Danke, Barrie. Ich geh dem morgen früh nach."

## 11

DER SCHAKAL stand um halb acht auf. Als er mit seiner Morgentoilette fertig war, holte er die tausend Pfund aus dem Futter seines Koffers und steckte sie in die Brusttasche. Um neun Uhr war er auf der Straße und suchte nach einer Bank, wo er das englische Geld in italienische Lire und französische Francs umtauschen konnte.

Danach setzte er sich in ein Straßencafé und trank einen Espresso. Dann machte er sich an den zweiten Teil seiner Suche. Nach vielem Fragen hatte er endlich eine Garage gefunden, die er mieten konnte. Sie befand sich in einer Nebenstraße der Porta Garibaldi, in einem Arbeiterviertel.

Er kaufte sich einen Arbeitsanzug, ein paar Meter dünnen Stahldraht, einen Lötkolben und ein Stück Lötmetall. Diese Sachen brachte er in die Garage, schloß sie ab und ging essen.

Am frühen Nachmittag mietete er sich einen weißen Alfa Romeo, Zweisitzer, Baujahr 1962. Der Verleihfirma gab er an, er wolle in den nächsten vierzehn Tagen durch Italien reisen. Er brachte den Alfa zu seinem Hotel, ging in sein Zimmer und holte den Koffer, in dem sich die Gewehrteile befanden. Kurz nach dem Nachmittagstee war er mit dem Wagen in seiner Garage.

Drinnen zog er den Overall an. Dann, das Kabel des Lötkolbens in der Steckdose, neben sich eine starke Lampe auf dem Boden, die den Wagen von unten beleuchtete, ging er an die Arbeit. Nachdem er die Stahlrohre mit den Gewehrteilen einzeln mit Sackleinen umwickelt hatte, befestigte er sie mit dem Stahldraht in der Karosseriekröpfung und verlötete sie punktweise daran. Einer der Gründe, warum er einen Alfa genommen hatte, war die tief heruntergezogene

Karosserie. Als er fertig war, taten ihm die Hände weh. Die Rohre waren so gut wie unentdeckbar, falls nicht einer den Wagen ganz genau von unten durchsuchte, und bald würden sie noch von Staub und Schmutz überzogen sein.

Er versteckte den Overall, den Lötkolben und die Drahtreste in einer Ecke der Garage. Seine Drahtschere legte er ins Handschuhfach und den Koffer in den Kofferraum. Dann schloß er die Garagentür ab und fuhr zum Hotel zurück, um sich fürs Abendessen umzuziehen.

THOMAS hatte den Vormittag und fast den ganzen Nachmittag damit zugebracht, einem Mann nachzuspüren, von dem er nichts als den Namen wußte. Ein persönlicher Besuch im britischen Paßamt hatte ihm die Photokopien der bebilderten Paßanträge von sechs verschiedenen Charles Calthrops eingebracht.

Einer dieser Anträge war erst gestellt worden, nachdem Calthrop in der Dominikanischen Republik gewesen war, und von früheren Anträgen dieses Charles Calthrop war nichts bekannt. Ein zweiter Calthrop war wohl zu alt: fünfundsechzig. Die anderen vier konnten in Frage kommen. Zwei hatten Londoner Adressen, und zwei wohnten auf dem Lande.

Im Laufe des Vormittags hatte die Grafschaftspolizei die beiden Calthrops in der Provinz ausfindig gemacht. Ihre Ermittlungen ergaben, daß der eine Charles Calthrop im Jahre 1961 als Buchhalter in einer Suppenfabrik gearbeitet hatte und der andere Charles Calthrop, seines Zeichens Schreibmaschinenmechaniker, in dem fraglichen Jahr seinen Arbeitsplatz nur zum Urlaub verlassen hatte.

Einer der beiden Londoner Calthrops war Gemüsehändler in Catford. Sein Paß enthielt, genau wie die anderen, keinen Hinweis darauf, daß er je in der Dominikanischen Republik gewesen wäre. Mit dem vierten und letzten Calthrop wurde es schwieriger. Die Adresse, die er vor vier Jahren in seinem Antrag angegeben hatte, war ein Mietshaus in Highgate. Dort war er im Dezember 1960 ausgezogen. Eine neue Adresse war nicht bekannt. Aber Thomas kannte jetzt wenigstens seinen zweiten Vornamen. Im Telephonbuch war nichts zu finden, aber kraft seiner Autorität als Angehöriger des Sonderdezernats erfuhr er von der Oberpostdirektion, daß ein Charles Harold Calthrop eine nicht registrierte Nummer im Westen Londons hatte.

Somit wurde dieser Wohnung ein Besuch abgestattet. Sie war verschlossen, und auf wiederholtes Klingeln rührte sich nichts. Als der Polizeiwagen nach Scotland Yard zurückkehrte, versuchte Thomas es auf andere Art. Er bat das zuständige Finanzamt, nach der Steuererklärung eines gewissen Charles Harold Calthrop zu suchen. Ihn interessiere besonders, wo er arbeite und wo er in den letzten drei Jahren gearbeitet habe.

Kurz nach 18.00 Uhr hatte das Finanzamt Charles Harold Calthrops Steuererklärungen gefunden, und aus denen ging hervor, daß er im letzten Jahr arbeitslos und im Jahr davor im Ausland gewesen war. Im Finanzjahr 1960/61 aber hatte er vorwiegend für eine Firma gearbeitet, die Thomas als einen der führenden Waffenhersteller und -exporteure Großbritanniens identifizierte.

Eine Stunde später hatte er eine Verabredung mit dem Fabrikdirektor. Während die Dämmerung über die Themse sank, dröhnte sein Polizei-Jaguar über den Fluß in Richtung Virginia Water.

Patrick Monson sah kaum aus wie einer, der mit tödlichen Waffen handelte, aber das, überlegte Thomas, taten sie ja nie. Von Monson erfuhr Thomas, daß die Waffenfabrik Calthrop weniger als ein Jahr beschäftigt hatte. Was aber noch wichtiger war, von Dezember 1960 bis Juni 1961 war er in Ciudad Trujillo gewesen und hatte versucht, Trujillos Polizeichef einen Posten Maschinenpistolen aus Restbeständen der britischen Armee zu verkaufen. Er hatte das Land Hals über Kopf verlassen müssen.

Thomas musterte Monson von oben bis unten. Warum die Eile?

Die Frage schien Monson zu überraschen. Nun, Trujillo sei schließlich ermordet worden. Was hatte ein Mann, der gekommen war, um dem alten Regime einen Posten Waffen und Munition zu verkaufen, wohl von dem neuen Regime zu erwarten? Schon Stunden später hätten die Massen die Straßen nach Anhängern des alten Regimes durchsucht, und Calthrop habe einen Fischer bestechen müssen, damit er ihn von der Insel brachte.

Thomas grübelte. Warum, fragte er schließlich, habe Calthrop die Firma verlassen? Er sei entlassen worden. Warum? Monson dachte einen Augenblick angestrengt nach. „Sir, im Geschäft mit gebrauchten Waffen herrscht starke Konkurrenz. Drücken wir es mal so aus, daß wir mit Calthrops Loyalität nicht ganz zufrieden waren."

Auf der Rückfahrt in die Stadt dachte Thomas über Monsons Erklärung nach, warum Calthrop die Dominikanische Republik so schnell hatte verlassen müssen. Wenn Calthrop sich nicht scheute, zwei Herren zu dienen, war es dann nicht möglich, daß er offiziell als akkreditierter Vertreter einer Fabrik für Handfeuerwaffen gekommen war, der ein Geschäft abschließen wollte, und zugleich im Sold der Revolutionäre stand?

Nur eines, was Monson gesagt hatte, irritierte Thomas: er hatte erwähnt, Calthrop habe nicht viel Ahnung von Schußwaffen gehabt, als er in die Firma eingetreten sei. Wenn er ein Neuling im Schießen war, wieso sollten ihn dann die Anti-Trujillo-Partisanen angeheuert haben, damit er den Wagen des Generals auf einer Schnellstraße mit einem einzigen Schuß zum Stehen brachte? Hatten sie ihn denn überhaupt angeheuert? Thomas zuckte die Achseln. Das bewies nichts, und es widerlegte auch nichts.

Aber in seinem Dienstzimmer erwarteten ihn Neuigkeiten, die seine Ansicht änderten. Der Inspektor, der Calthrops Adresse überprüft hatte, war zurück. Er hatte eine Nachbarin aufgetrieben, die gesagt hatte, Mr. Calthrop sei verreist und habe erwähnt, er wolle eine Reise durch Schottland machen. Im Fond des auf der Straße abgestellten Wagens habe die Frau etwas gesehen, was nach Angelgerät aussah.

Angelgerät? Thomas lief es plötzlich kalt den Rücken hinunter. Als der eine Kriminalbeamte gerade fertig war, trat einer von den anderen ein. „Chef, mir ist eben etwas eingefallen. Dieser Attentäter hat doch den Decknamen Schakal, nicht wahr?“

„Ja, und?“

„Also, Schakal heißt auf französisch *chacal:* C-H-A-C-A-L. Verstehen Sie? Es könnte reiner Zufall sein, aber das Wort setzt sich aus den ersten drei Buchstaben jeweils des Vor- und Nachnamens –“

„Nun brat mir einer einen Storch“, rief Thomas und griff nach dem Telephon.

DIE DRITTE Besprechung im französischen Innenministerium begann kurz nach 22.00 Uhr mit Kommissar Lebels Bericht.

Aus Amerika war die Nachricht gekommen, Chuck Arnold halte sich in Kolumbien auf und versuche einen Waffenhandel unter Dach und Fach zu bringen. Vitellino, der frühere New Yorker Revolverheld, sei noch nicht ausfindig gemacht, aber er sehe so vollkommen anders aus als der Schakal, daß man ihn wohl auch ausschließen könne.

Die Südafrikaner hatten herausgefunden, daß Piet Schuyper inzwischen Chef der privaten Schutztruppe einer westafrikanischen Diamantenmine sei.

Der belgische Exsöldner war vor drei Monaten bei einer Wirtshausschlägerei in Guatemala umgekommen.

Die Deutschen hatten bestätigt, daß der ehemalige Nazimörder Kassel einen beschaulichen Lebensabend in einer feudalen Wohnung in Madrid verbringe.

Lebel blickte von seinem Bericht hoch, als er damit fertig war, und sah vierzehn Augenpaare auf sich gerichtet, die meisten kalt und herausfordernd.

*„Alors, rien?"* Oberst Rolland stellte die Frage, die alle Anwesenden auf den Lippen hatten.

„Nein, weiter nichts, fürchte ich", bestätigte Lebel.

„Es sieht so aus, meine Herren", sagte der Minister ruhig, „als ob wir wieder da wären, wo wir angefangen haben. Einmal eins bleibt eins, sozusagen."

Es war Bouvier, der eine Lanze für Lebel brach. „Mein Kollege sucht – und zwar praktisch ohne jeden Anhaltspunkt – einen Mann von der Sorte, die auf der Welt am schwersten zu finden ist."

„Darüber sind wir uns im klaren, Herr Kommissar", entgegnete der Minister kühl. „Die Frage ist –" Es klopfte an der Tür. Der Minister runzelte die Stirn; er hatte angeordnet, daß sie nur im Notfall gestört werden sollten. „Herein."

Einer der Pförtner des Ministeriums stand schüchtern und verlegen an der Tür. „*Mes excuses, monsieur le Ministre.* Ein Anruf für Kommissar Lebel. Aus London. Sie sagen, es sei sehr dringend ..."

Lebel stand auf. „Entschuldigen Sie mich, meine Herren."

Fünf Minuten später war er wieder da. „Ich glaube, meine Herren, wir wissen jetzt den Namen des Mannes, den wir suchen", begann er.

Die Konferenz endete fast in gehobener Stimmung. Alle waren der Meinung, daß es ohne ein Wort an die Öffentlichkeit möglich sein müsse, Frankreich nach einem Mann namens Charles Calthrop abzusuchen, ihn zu finden und, wenn nötig, zu liquidieren.

Was über Calthrop bekannt war, würde erst morgen eintreffen, aber inzwischen konnten die Renseignements généraux schon einmal in ihren kilometerdicken Akten nach dem Einreiseformular des Mannes und seiner Meldekarte suchen, mit der er sich irgendwo in Frankreich in einem Hotel angemeldet haben könnte.

Man konnte seinen Steckbrief jedem Zollbeamten in allen Häfen und auf allen Flugplätzen in die Hand drücken und ihm die Anweisung beigeben, daß dieser Mann beim Betreten französischen Bodens sofort festzunehmen sei.

„Diesen Burschen namens Calthrop, den haben wir schon so gut wie in der Tasche“, sagte Oberst Saint-Clair an diesem Abend zu seiner Mätresse.

Als der Oberst einschlief, schlug die Uhr auf dem Kaminsims zwölf, und man schrieb den 14. August.

Kriminalrat Thomas lehnte sich auf seinem Stuhl zurück und musterte die sechs Inspektoren, die er zu sich gerufen hatte, gleich nachdem der Anruf nach Paris erledigt war. Draußen in der stillen Sommernacht schlug es vom Big Ben Mitternacht.

Sein Lagebericht dauerte eine Stunde. Dann wurden vier von den Inspektoren damit beauftragt, Calthrops Vergangenheit zu überprüfen, besonders seine Tätigkeiten seit Oktober 1961, als er seinen letzten Arbeitgeber verlassen hatte. Thomas wollte jedes nur erreichbare Photo von dem Mann haben. Die beiden andern Inspektoren sollten Calthrops augenblicklichen Aufenthaltsort ausfindig machen. Durchsucht die ganze Wohnung, erkundigt euch bei den Behörden nach der Ausgabe eines Führerscheins, besorgt eine Beschreibung seines Wagens – Fabrikat, Alter, Farbe, amtliches Kennzeichen. Prüft die Passagierlisten aller Flug- und Schiffahrtsgesellschaften.

Im Flur sahen die beiden Inspektoren, die zuletzt die Sitzung verließen, einander von der Seite an.

„Also eine Nadel im Heuhaufen suchen“, sagte der eine, „und jeden Halm einzeln umdrehen.“

„Das Komische daran ist“, fand der andere, „daß uns der Alte nicht mal sagt, was man von dem Kerl überhaupt fürchtet. Man könnte meinen, der will den König von Siam umlegen.“

Es dauerte eine Weile, bis ein Richter geweckt war, der einen Haussuchungsbefehl ausstellte. Während der Morgen zu dämmern begann, der erschöpfte Thomas in seinem Dienstzimmer vor sich hin döste und der noch mehr mitgenommene Claude Lebel an seinem Schreibtisch starken schwarzen Kaffee schlürfte, nahmen zwei Beamte des Sonderdezernats Calthrops Wohnung unter die Lupe. Ihre Ausbeute war ein ganzer Koffer voll mit Calthrops Papieren und persönlichen Sachen.

Kurz darauf wühlte Thomas in der Kollektion herum, die auf dem Fußboden seines Dienstzimmers ausgebreitet war. Einer der Inspektoren fischte ein blaues Büchlein heraus und blätterte darin herum. „Chef, sehen Sie mal." Sein Finger zeigte auf eine Seite in dem Reisepaß, der vor ihm lag. „Sehn Sie. *‚Republica Dominicana, Aeropuerto Ciudad Trujillo, Diciembre 1960, Entrada.'* Er war wirklich da. Das ist unser Mann."

Thomas nahm den Paß und warf einen Blick darauf. „O ja, mein Lieber, das ist unser Mann. Aber sagt es Ihnen nichts, daß wir hier seinen Paß haben? Wenn er nicht mit seinem eigenen Paß reist, womit dann? Verbinden Sie mich mit Paris."

Um diese Zeit war der Schakal schon fünfzig Minuten unterwegs, und Mailand lag weit hinter ihm. Er hatte das Dach des Alfa unten, und die Morgensonne badete die Autobahn, während er den Wagen auf gute hundertdreißig Stundenkilometer jagte.

Es herrschte schon dichter Verkehr, als er zehn vor acht bei Ventimiglia, dem verschlafensten Grenzübergang nach Frankreich, ankam. Der Polizeibeamte, der seinen Paß nahm, murmelte: *„Un moment, monsieur"* und verschwand damit im Zollhäuschen. Er kam mit einem Mann in Zivil wieder, der seinen Paß in der Hand hatte.

*„Bonjour, monsieur.* Welchen Zweck hat Ihr Besuch in Frankreich?"

„Ich bin Tourist. Ich war noch nie an der Côte d'Azur."

„Verstehe. Ist das Ihr Wagen?"

„Nein, ich habe ihn gemietet." Der Schakal zeigte seinen internationalen Führerschein, Mietvertrag und Versicherungskarte.

Der Mann in Zivil sah sich die Dokumente an. „Haben Sie Gepäck?"

„Ja, drei Koffer im Kofferraum und eine Reisetasche."

Der Polizist half dem Schakal, Koffer und Reisetasche auszuladen, dann trugen sie das Gepäck gemeinsam ins Zollhäuschen.

Ehe er in Mailand abgefahren war, hatte der Schakal den alten Militärmantel und die verschlissenen Hosen und Schuhe André Martins zusammengerollt hinten in den Kofferraum geworfen. Die Kleider aus den beiden anderen Koffern hatte er auf drei verteilt. Die Orden hatte er in der Tasche.

Zwei Zollbeamte nahmen sich die Koffer vor. Inzwischen füllte er das übliche Formular für nach Frankreich einreisende Touristen aus. Einen kurzen Augenblick wurde ihm mulmig, als die Zöllner die Rasierwasserflaschen zur Hand nahmen, in die er die Haarfärbemittel umgefüllt hatte, aber den beiden Zollbeamten fiel nichts auf.

Durchs Fenster sah er, wie noch ein weiterer Mann den Alfa durchsuchte. Er schaute nicht drunter. Er wickelte die Kleidungsstücke im Kofferraum auseinander, schien aber anzunehmen, daß der Mantel in kalten Winternächten zum Abdecken der Motorhaube diente und der Fahrer die anderen Sachen brauchte, wenn einmal etwas zu reparieren war. Jedenfalls legte er die Sachen wieder an ihren Platz.

Sowie der Schakal sein Formular ausgefüllt hatte, schlossen die beiden Zollbeamten die Koffer und nickten dem Zivilisten zu. Der nahm das Einreiseformular, schaute es an, verglich es noch einmal mit dem Paß und gab diesen zurück. *„Merci, monsieur. Bon voyage."*

Zehn Minuten später fuhr der Schakal weiter in Richtung Monaco, Nizza und Cannes.

Kriminalrat Thomas rührte in seinem starken schwarzen Kaffee und blickte über seinen Schreibtisch hinweg die beiden Inspektoren an, die den Auftrag hatten, Calthrops Aufenthaltsort herauszufinden. Thomas hatte sechs Leute zusätzlich zugeteilt bekommen, und nachdem sie eingetroffen waren, eröffnete er die Lagebesprechung. „Also, wir suchen einen Mann. Wir glauben zu wissen, daß er sich gegenwärtig im Ausland aufhält. Ihre Aufgabe ist es jetzt, eine Liste aller in letzter Zeit gestellten Paßanträge zu besorgen. Fangen Sie mit den letzten hundert Tagen an. Das wird ein hartes Stück Arbeit."

Er beschrieb kurz die gebräuchlichste Methode, sich falsche Papiere zu beschaffen – zufällig war es genau die, die der Schakal gewählt hatte. „Wichtig ist", schloß er, „daß Sie sich nicht mit den Geburtsurkunden zufriedengeben. Sobald Sie die Liste vom Paßamt haben, tragen Sie alles rüber zum Somerset House und nehmen sich die Todesurkunden vor. Und wenn sich ein Paßantrag von einem Mann findet, der gar nicht mehr lebt, haben wir's bei dem Antragsteller wahrscheinlich mit unserm Mann zu tun. Auf geht's."

Zwei Stunden später rief sein Oberinspektor an. In den letzten Wochen waren achthunderteinundvierzig Paßanträge gestellt worden. Zur Ferienzeit seien es eben immer mehr, erklärte er. Bryn Thomas hängte ein. „Blöde Ferien", sagte er.

Am selben Morgen kurz nach elf bog der Schakal in den Hof des „Majestic", eines der besten Hotels in Cannes.

Drinnen sah die Empfangsdame auf, als der Engländer mit dem eleganten Anzug und dem selbstsicheren Auftreten sich ihr näherte. „Bitte geben Sie mir ein Gespräch nach Paris, Invalides fünf neun null eins", sagte er.

Ein paar Minuten später winkte sie ihn in eine Zelle neben der Vermittlung und sah ihn die schalldichte Tür schließen.

*„Allo, ici Chacal."*

*„Allo, ici Valmy.* Gott sei Dank, daß Sie anrufen..."

Wer in diesem Augenblick durch die Glastür in die Zelle geschaut hätte, würde gesehen haben, wie der Engländer starr wurde und die Stirn runzelte.

Fast während des ganzen zehnminütigen Gesprächs schwieg er und hörte nur zu. Hin und wieder bewegte er die Lippen, so als stelle er eine kurze, barsche Frage.

Nachdem er das Gespräch bezahlt hatte, bestellte der Schakal sich ein Kännchen Kaffee auf die Terrasse. In Gedanken versunken, zog er tief an seiner Zigarette. Die Geschichte mit Kowalski verstand er noch; er erinnerte sich an den ungeschlachten Polen. Was er nicht begriff, war, woher der Leibwächter wissen konnte, zu welchem Zweck er angeheuert worden war. Vielleicht hatte Kowalski instinktiv gefühlt, was er war, weil er ja selbst auch ein Killer war.

Valmy hatte ihm geraten aufzugeben, aber er hatte zugeben müssen, daß er eigentlich nicht befugt war, das Unternehmen abzublasen. Der Schakal machte eine Bestandsaufnahme. Aufhören hieße, sich mit Rodin um den Besitz der Viertelmillion Dollar streiten zu müssen, die sich gegenwärtig auf seiner Bank in Zürich befand. Wenn er das Geld nicht zum größten Teil zurückgab, würden sie nicht zögern, Jagd auf ihn zu machen. Weitermachen bedeutete aber ein erhöhtes Risiko. Allerdings wußte er etwas, was weder die OAS noch die französische Polizei wußte: daß er unter einem falschen Namen mit einem echten Paß auf diesen Namen reiste und dazu noch drei verschiedene Ausrüstungen an falschen Papieren, darunter zwei ausländische Reisepässe, und die dazugehörigen Verkleidungen in der Hinterhand hatte.

Die Rechnung kam; er warf einen Blick darauf und mußte erst einmal schlucken. Um ein Leben in diesem Stil zu führen, brauchte man Dollars und wieder Dollars. Er hatte sich in den letzten drei

Jahren an gute Kleidung, schicke Wohnungen und elegante Frauen gewöhnt. Jetzt aufhören würde bedeuten, das alles wieder aufzugeben.

Der Schakal bezahlte die Rechnung und gab ein großzügiges Trinkgeld. Er stieg in den Alfa und machte sich auf den Weg ins Herz Frankreichs.

Kommissar Lebel saß an seinem Schreibtisch und fühlte sich, als wenn er sein Lebtag noch nie geschlafen hätte. Im Morgengrauen hatte er Lucien Caron abgelöst, der jetzt laut schnarchend auf der Pritsche in der Ecke lag. Vor Lebel auf dem Tisch türmte sich ein Stapel Berichte von den verschiedenen Dienststellen, deren Arbeit es war, die Ausländer in Frankreich unter Kontrolle zu halten. In jedem Bericht stand dasselbe: kein Charles Calthrop hatte seit Jahresbeginn irgendwo auf legalem Wege die Grenze überschritten.

Thomas' Anruf am frühen Morgen, daß Calthrop wahrscheinlich mit einem falschen Paß unterwegs war, hatte ihm einen schweren Schlag versetzt. Aber sie hatten jetzt wenigstens eine bessere Beschreibung des Mannes und ein Photo. Das war, obwohl er sein Aussehen sicher erheblich verändert hatte, immerhin besser als nichts.

Bei jedem neuen Bericht, der hereinkam, bat Lebel seinen Informanten, noch weiter in der Vergangenheit zu suchen, ob Calthrop je in Frankreich gewesen war. Möglicherweise könnte man daraus schließen, ob er einen bestimmten Aufenthaltsort bevorzugte, das Haus eines Freundes oder ein Lieblingshotel, wo er vielleicht in diesem Augenblick schon unter falschem Namen auftrat.

Um das entsetzliche sommerliche Gedränge auf den Hauptstraßen von Süden nach Paris zu vermeiden, entschied sich der Schakal, ganz gemächlich von der Küste aus durch die Meeralpen zu fahren, wo die Luft kühler war, dann weiter durch die wogenden Hügel von Burgund. Er hatte es nicht besonders eilig, denn bis zu dem Tag, den er für seinen Coup vorgesehen hatte, war es noch ein Weilchen hin.

Von Cannes aus nahm er die Route Nationale 85 durch die pittoreske Parfümstadt Grasse und weiter nach Castellane, wo der Verdon aus Savoyen geflossen kommt. Bei Einbruch der Dämmerung fuhr er nach Gap hinein, und gleich hinter der Stadt fand er das prachtvoll giebelige „Hôtel du Cerf", einstige Jagdhütte eines der Herzöge von Savoyen.

Es waren noch Zimmer frei. Er nahm gemütlich ein Bad und zog seinen taubengrauen Anzug, Seidenhemd und einen Strickbinder an, nachdem er das Zimmermädchen mit seinem gewinnendsten Lächeln dazu gebracht hatte, seinen karierten Anzug zum Reinigen und Aufbügeln mitzunehmen, damit er ihn anderntags wieder hatte.

Das Abendessen wurde in einem getäfelten Zimmer eingenommen, von dem aus man auf einen bewaldeten Berghang blickte. Als eine der anwesenden Damen, die ein tief ausgeschnittenes Kleid trug, zum *maître d'hôtel* bemerkte, es sei doch etwas kühl geworden, wurde der Schakal gefragt, ob er etwas dagegen habe, wenn das Fenster geschlossen würde. Er schaute sich um. Die Dame, von der die Bitte kam, saß allein am Tisch. Sie war hübsch, Ende Dreißig und hatte geschmeidige weiße Arme und einen vollen Busen. Der Schakal nickte dem *maître d'hôtel* zu, er dürfe das Fenster schließen, dann neigte er leicht den Kopf in Richtung der Dame. Sie antwortete mit einem kühlen Lächeln.

Das Essen war hervorragend. Er bestellte Bachforelle, über dem Holzfeuer gegrillt, dann auf Holzkohle gebratene Tournedos mit Fenchel und Thymian. Der Wein war ein einheimischer Côtes-du Rhône, vollmundig, üppig, in einer Flasche ohne Etikett. Er stammte vermutlich aus dem Faß im Keller, des Besitzers persönliche Wahl.

Als er sein Scherbett austrank, hörte er die gebieterische Stimme der Frau hinter ihm zum *maître d'hôtel* sagen, sie hätte ihren Kaffee gern im Salon serviert. Der Mann machte eine Verbeugung und sprach sie als *madame la Baronne* an. Minuten später hatte der Schakal seinen Kaffee ebenfalls in den Salon bestellt und begab sich dorthin.

UM VIERTEL nach zehn rief der Oberinspektor aus dem Somerset House bei Kriminalrat Thomas an. Seine Stimme klang müde, aber es lag eine Spur von Optimismus darin. „Alexander James Quentin Duggan", sagte er kurz und bündig.

„Was ist damit?" fragte Thomas.

„Geboren am 3. April 1929 in Sambourne Fishley, Sankt-Markus-Pfarrei. Hat am 14. Juli dieses Jahres auf normalem Wege einen Reisepaß beantragt. Paß wurde anderntags ausgestellt und am 17. Juli an die auf dem Antragsformular genannte Adresse abgeschickt. Wird sich wahrscheinlich als Deckadresse herausstellen."

„Wieso?" fragte Thomas.

„Weil Duggan am 8. November 1931 in seinem Heimatdorf bei einem Verkehrsunfall ums Leben gekommen ist."

„Wie viele Paßanträge sind noch zu prüfen?"

„An die dreihundert", antwortete die Stimme am Telephon.

„Melden Sie sich sofort wieder bei mir, wenn Sie die Adresse gefunden haben, an die der Paß geschickt wurde. Beschaffen Sie mir alle Einzelheiten über diesen falschen Duggan, auch das Zweitphoto für die Akten, das er mit seinem Antrag eingereicht hat", befahl Thomas.

Kurz vor elf rief der Inspektor wieder an. Die fragliche Adresse sei ein kleiner Zeitungsladen in Paddington. Der Besitzer habe gesagt, daß er öfters Post für Kunden entgegennehme. Der Inspektor habe ihm das Photo von Duggans Paßantrag gezeigt, und der Mann habe geantwortet, er glaube sich zu erinnern, meine aber, der Kunde habe vielleicht eine Sonnenbrille aufgehabt.

„Kommen Sie schleunigst hierher", befahl Thomas. Dann legte er auf, um den Hörer gleich wieder abzunehmen und Paris zu verlangen.

Zum zweiten Mal platzte der Anruf mitten in die Abendkonferenz. Als Lebel wiederkam, redete er zehn Minuten lang auf die vollkommen stillen Anwesenden ein. „Da ständen wir also", schloß er. „Wir werden jetzt in aller Stille eine Großfahndung nach unserem Duggan einleiten, während die Engländer die Passagierlisten aller Fluggesellschaften, Kanalfähren und so weiter überprüfen. Wenn sie ihn vor uns aufgreifen, sollen sie ihn haben. Wenn wir ihn auf französischem Boden erwischen, werden wir ihn festnehmen. Sollte er sonstwo entdeckt werden, müssen wir einen andern Weg einschlagen. Bis dahin aber, meine Herren, wäre ich Ihnen dankbar, wenn Sie alle so vorgehen könnten, wie ich es für richtig halte."

Ohne Eile gab er seine Befehle aus wie ein General, der seine Truppen einteilt. Er tat das so unverfroren und selbstsicher, daß sogar Saint-Clair de Villauban stumm blieb.

Erst als er kurz nach Mitternacht nach Hause kam, fand der Oberst ein Ohr für seine wortreiche Entrüstung über den bloßen Gedanken, daß dieser lächerliche kleine Polizist recht gehabt hatte.

Seine Mätresse hörte ihn mitfühlend an und massierte ihm den Nacken, während er bäuchlings auf dem Bett lag. Erst als der Morgen schon dämmerte und er in tiefem Schlaf lag, konnte sie sich davonschleichen, um anzurufen.

Kriminalrat Thomas betrachtete die beiden Paßanträge und die beiden Photos auf dem Löschblatt unter der Leselampe. „Also noch mal von vorn", kommandierte er. „Calthrop, 1,81 groß; Duggan 1,83."

„Höhere Absätze, Sir. Mit Spezialschuhen kann man sich bis zu sechs Zentimeter größer machen."

„Na schön", stimmte Thomas zu. „Hohe Absätze. Calthrop: Haarfarbe blond; Duggan gibt ebenfalls blond an. Calthrop: Augenfarbe braun; Duggan: Augenfarbe grau."

„Kontaktlinsen, Sir. Nichts leichter als das."

„Na gut. Calthrop, Alter siebenunddreißig Jahre; Duggan vierunddreißig Jahre."

„Er mußte ja vierunddreißig werden", erklärte der Inspektor, „weil der wirkliche Duggan im April 1929 geboren ist. Aber das gibt sowieso keine Anstände. Man wird immer dem Paß glauben."

Thomas sah sich die beiden Photos an. Calthrop sah stämmiger aus. Wahrscheinlich hatte er schon für das erste Zusammentreffen mit den OAS-Führern sein Aussehen verändert. Männer wie er mußten imstande sein, monatelang mit einer falschen Identität zu leben, wenn sie nicht erkannt werden wollten. Wahrscheinlich war es ja Calthrops Schlauheit, die ihn bisher aus den Polizeiakten in aller Welt herausgehalten hatte.

Aber jetzt war er eben Duggan geworden, gefärbtes Haar, Kontaktlinsen, schlankere Figur, höhere Absätze. Die Beschreibung, die Thomas mitsamt Paßnummer und Photo in den Telexraum hinunterschickte, um sie nach Paris übermitteln zu lassen, war die Beschreibung Duggans. Er schätzte, daß Lebel sie gegen zwei Uhr früh haben würde.

„Und jetzt sind die dran", meinte der Inspektor.

„O nein, mein Bester, jetzt haben wir noch eine ganze Menge zu tun", sagte Thomas boshaft. „Gleich morgen früh gehen wir zu den Fluggesellschaften, Kanalfähren und den Büros der kontinentalen Eisenbahngesellschaften. Wir müssen herausbekommen, wo er jetzt ist."

## 12

MADAME la Baronne de La Chalonnière drehte sich zu dem jungen Engländer um, der sie bis vor ihre Tür begleitet hatte. Es war ein netter Abend gewesen, und sie war noch nicht ganz mit sich einig, ob sie ihn unbedingt hier enden lassen wollte. Einerseits hatte sie zwar schon früher Liebhaber gehabt, sich aber noch nie von einem völlig Fremden verführen lassen. Andererseits war sie heute besonders empfänglich.

Sie hatte den Tag in der Militärakademie zugebracht und der Zeremonie beigewohnt, bei der ihr Sohn zum Leutnant im alten Regiment seines Vaters ernannt wurde.

Ihr war dabei schockartig klargeworden, daß sie schon in wenigen Monaten vierzig wurde.

Die ausgesuchte Ritterlichkeit des Akademiekommandeurs, eines Obersten, und die bewundernden Blicke der rotbackigen Kameraden ihres Sohnes hatten dafür gesorgt, daß sie sich plötzlich sehr einsam fühlte. Ihre Ehe existierte nur noch dem Namen nach, denn der Baron war viel zu sehr mit seinen blutjungen Püppchen in Paris beschäftigt, um über den Sommer ins Château zu kommen oder wenigstens dabeizusein, wenn sein Sohn die Offiziersstreifen erhielt.

Als sie aus den Hochalpen zurückfuhr, hatte sie unterwegs beschlossen, bei Gap zu übernachten. Beim Kaffee im Salon dieses ländlichen Hotels war ihr dann der Gedanke gekommen, daß sie schön war, eine Frau und allein. Und als der Engländer gefragt hatte, ob er ihr beim Kaffee Gesellschaft leisten dürfe, war sie viel zu überrascht gewesen, um nein zu sagen.

Er war wahrscheinlich zwischen dreiunddreißig und fünfunddreißig, also im besten Mannesalter, sah einigermaßen gut aus und war unterhaltsam. Er sprach gut Französisch. Sie genoß die feurigen Calvados, die er zum Kaffee bestellte, seine geistreichen Komplimente, und so war es schon fast Mitternacht, als sie aufstand und erklärte, sie müsse am nächsten Tag schon früh aufbrechen. Er begleitete sie nach oben, und am Korridorfenster machte er sie auf die schlafende, in Mondlicht getauchte Landschaft aufmerksam. Als sie ihn ansah, stellte sie fest, daß sein Blick auf dem tiefen Einschnitt zwischen ihren Brüsten ruhte.

Er lächelte und meinte: „Der Mondschein macht auch den kultiviertesten Mann zum Urmenschen." Sie ging weiter die Treppe hinauf und tat verstimmt, während es ihr heimlich Spaß machte.

„Es war ein sehr angenehmer Abend, Monsieur."

Sie griff nach der Türklinke und war ein wenig gespannt, ob er wohl versuchen werde, sie zu küssen. Ganz ohne Vorwarnung umfaßten die Arme des Fremden sie, und seine Lippen legten sich warm und fest auf die ihren. Das muß aufhören, sagte eine Stimme in ihr, aber sie ergab sich in den Kuß, und die Arme spannten sich fester um sie. Sie drückte hinter sich auf die Klinke, befreite sich aus der Umarmung und trat rückwärts in ihr Zimmer. *„Venez."*

Er ging hinein und schloß die Tür.

Die ganze Nacht hindurch wurden noch einmal die Archive durchsucht, diesmal nach dem Namen Duggan, und diesmal mit Erfolg. Man fand eine Meldekarte, aus der hervorging, daß Alexander James Quentin Duggan am 21. Juli mit dem Brabant-Expreß aus Brüssel nach Frankreich eingereist war. Eine Stunde später fand man ein zweites Kärtchen mit Duggans Namen unter den Fahrgästen des Étoile-du-Nord-Expreß vom 31. Juli von Paris nach Brüssel. Als nächstes tauchte eine Karte auf, der zu entnehmen war, daß Duggan vom 22. Juli bis 30. Juli in einem kleinen Hotel an der Place de la Madeleine gewohnt hatte.

In den frühen Morgenstunden stattete Lebel dem Hotel einen unauffälligen Besuch ab und hatte eine kleine Unterredung mit der Besitzerin. Dann stationierte er dort einen Kriminalbeamten für den Fall, daß Duggan noch einmal auftauchte.

Wieder im Büro, sagte Lebel zu Caron: „Dieser Besuch im Juli war eine Erkundungsreise. Was er auch vorhat, es ist alles schon in die Wege geleitet."

Dann lehnte er sich auf seinem Stuhl zurück und starrte an die Decke. Die Hotelbesitzerin hatte Duggan als einen richtigen Gentleman beschrieben. Richtige Gentlemen, dachte Lebel, sind für die Polizei immer die Schlimmsten. Keiner mißtraut ihnen. Er betrachtete die Photographie, die aus London gekommen war, und versuchte sich ein Bild von dem Mann zu machen. Wahrscheinlich war er arrogant und fühlte sich sicher. Natürlich war er bewaffnet, aber womit? Pistole in der Achselhöhle? Gewehr? Und wie wollte er mit einem Gewehr durch den Zoll und in General de Gaulles Nähe kommen? Schon Damenhandtaschen waren innerhalb eines Zwanzigmeter-Umkreises um den Präsidenten verdächtig, und Männer mit länglichen Paketen wurden ohne große Umstände weggescheucht.

Lebel wußte, daß er jetzt einen Vorteil hatte: er kannte den neuen Namen des Killers, und das wußte der Killer nicht.

DER LICHTSTREIFEN des verblassenden Mondes wanderte langsam über die zerwühlte Bettdecke und zog sich zum Fenster zurück. Die beiden Gestalten auf dem Bett waren in Schatten getaucht. Colette lag auf dem Rücken und fuhr mit einer Hand lässig über den blonden Kopf neben ihr auf dem Kissen. Ihre Lippen teilten sich zu einem matten Lächeln, wenn sie an die Nacht zurückdachte. Jetzt schaute sie auf den kleinen Reisewecker neben dem Bett. Viertel nach fünf. Die Hand erfaßte das blonde Haar. „He!"

Der Engländer brummte im Halbschlaf und wollte sie küssen.

„Nein, damit ist es jetzt genug, mein Schatz. Ich muß in zwei Stunden aufstehen, und du mußt wieder in dein Zimmer."

Er nickte und schwang sich vom Bett. Nachdem er angezogen war, setzte er sich auf die Bettkante und schob seine rechte Hand um ihren Nacken. Sein Gesicht war nur Zentimeter von ihrem entfernt.

„Wie heißt du eigentlich?“ fragte sie.

Er dachte eine Sekunde nach. „Alex“, sagte er.

„Also, Alex, es wird Zeit, daß du gehst.“

Er küßte sie auf die Lippen. „Wenn das so ist, gute Nacht, Colette.“

Eine Sekunde später war er fort, und die Tür ging hinter ihm zu.

Um sieben Uhr früh betrat ein Ortsgendarm die Halle des „Hôtel du Cerf“. Der Besitzer begrüßte ihn. „*Alors,* schon munter auf den Beinen?“

„Wie immer“, sagte der Gendarm. „Es ist mit dem Fahrrad ganz schön weit hier raus, und euch heb ich mir immer bis zuletzt auf.“

„Erzählen Sie mir nichts“, sagte der Besitzer lächelnd. „Wir machen den besten Frühstückskaffee in der ganzen Umgebung. Marie-Louise, bring dem Herrn eine Tasse Kaffee, und er nimmt bestimmt ein Schnäpschen dazu.“

Der Landpolizist grinste vergnügt. „Hier sind die Meldescheine“, sagte der Hotelbesitzer und reichte ihm die von den Gästen ausgefüllten weißen Kärtchen. „Nur drei neue heute nacht.“

Der Gendarm steckte die Karten in die Ledertasche, die an seinem Gürtel hing. „Lohnt ja kaum den Weg.“ Er grinste und setzte sich auf die Bank in der Halle, um auf seinen Kaffee nebst Calvados zu warten.

Es war acht Uhr, als er mit seiner Tasche voller Hotelmeldescheine zur Gendarmerie von Gap zurückkam. Der Revierinspektor blätterte sie lässig durch und steckte sie ins Fach, von wo sie später zum Zentralregister in Paris geschickt werden sollten.

Während der Inspektor die Meldekarten auf dem Revier ins Fach steckte, bezahlte Madame Colette de La Chalonnière ihre Rechnung, setzte sich hinters Steuer ihres Wagens und fuhr nach Westen davon. Eine Etage höher schlief der Schakal bis neun Uhr.

DIE SPRECHANLAGE neben Kriminalrat Thomas summte schrill. „Freund Duggan“, begann sein Oberinspektor ohne Einleitung, „hat London am Montag morgen mit einer BEA-Maschine verlassen.“

„Wohin? Nach Paris?“

„Nein, Chef. Brüssel.“

Thomas überlegte schnell. „Na gut. Damit haben wir ihn wohl verloren, aber da er London schon Stunden vor Beginn der Ermittlungen verlassen hat, ist das kaum unsere Schuld.“ Dann nahm er den Hörer vom Telephon und verlangte Kommissar Lebel.

Der Schakal stand erst auf, als die Sonne schon hoch über den Hügeln stand. Er duschte, zog sich an und nahm aus den Händen des errötenden Stubenmädchens seinen ordentlich gebügelten karierten Anzug entgegen.

Kurz nach halb elf fuhr er mit dem Alfa in die Stadt und ging zur Post, um nach Paris zu telephonieren. Als er zwanzig Minuten später hinauslief, hatte er die Lippen fest zusammengekniffen. Er kaufte sich in einem Haushaltsgeschäft einen Liter mitternachtsblauen und ein kleines Döschen mit weißem Lack, zwei Pinsel und einen Schraubenzieher. Dann fuhr er zum Hotel zurück.

Während seine Rechnung fertiggemacht wurde, ging er zum Packen nach oben und trug dann seine Koffer eigenhändig zum Wagen hinunter. Nachdem die drei Koffer im Kofferraum und die Reisetasche auf dem Beifahrersitz lagen, ging er in die Hotelhalle zurück und bezahlte seine Rechnung. Der Portier würde später aussagen, er habe eilig und nervös gewirkt und mit einer neuen Hundertfrancnote bezahlt. Was der Mann nicht wußte, war, daß der blonde Engländer in der Zeit, in der er selbst zum Geldwechseln nach hinten ins Büro ging, einen Blick ins Gästebuch getan hatte. Er hatte die Eintragungen des Vortags gesehen, darunter auch den Namen Madame la Baronne de La Chalonnière, La Haute-Chalonnière, Corrèze.

Kurz darauf hörte man den Alfa in der Ausfahrt heulen, und der Engländer war fort.

Kurz vor Mittag rief die Brüsseler Sûreté bei Claude Lebel an: Duggan habe sich am Montag nur fünf Stunden in der Stadt aufgehalten und sei mit der Nachmittagsmaschine der Alitalia nach Mailand geflogen. Kaum hatte Lebel den Hörer aufgelegt, klingelte es erneut, und ein Mann von der Spionageabwehr meldete, daß sich unter den Personen, die am gestrigen Morgen von Italien über Ventimiglia nach Frankreich eingereist seien, ein Alexander James Quentin Duggan befunden habe.

Lebel explodierte. „Fast dreißig Stunden“, brüllte er. „Über einen Tag!“ Er knallte den Hörer auf, und Caron zog eine Augenbraue hoch. „Ich hätte wohl nicht brüllen sollen", sagte Lebel müde. „Die sortieren ja jetzt erst die Einreiseformulare von gestern aus. Aber das eine wissen wir wenigstens – er ist hier. Übrigens, rufen Sie Thomas an. Sagen Sie ihm, der Schakal ist in Frankreich, und von jetzt an sind wir zuständig."

Nach Carons Gespräch mit London meldete sich das Polizeipräsidium von Lyon. Lebel lauschte, dann warf er einen triumphierenden Blick zu Caron. „Wir haben ihn. Er ist für zwei Nächte im ‚Hôtel du Cerf' in Gap abgestiegen, Ankunft gestern abend." Dann sagte er in die Sprechmuschel: „Hören Sie, Herr Kommissar, ich kann Ihnen leider nicht erklären, warum wir diesen Duggan haben wollen. Aber ich möchte, daß Sie folgendes tun ..."

Er redete zehn Minuten lang, und als er fertig war, rief wieder der DST-Mann an und meldete, daß Duggan in einem gemieteten Alfa Romeo, weiß, Zweisitzer, Kennzeichen MI-61741, nach Frankreich gekommen sei.

„Soll ich Großalarm an alle Polizeidienststellen geben?" fragte Caron.

„Nein, noch nicht. Am Ende greift ihn sich so ein Landpolizist in dem Glauben, es gehe um einen gestohlenen Sportwagen. Er wird jeden töten, der sich ihm in den Weg stellt. Wichtig ist, daß er sich für zwei Nächte in diesem Hotel einlogiert hat. Ich will eine ganze Armee um das Haus herum haben, und Sie und ich werden dabeisein, wenn er geschnappt wird."

Erst später begriff Lebel, welchen Fehler er gemacht hatte.

Während er beim Militärstützpunkt Satory einen Hubschrauber anforderte, sperrte die Polizei von Gap sämtliche Ausfallstraßen aus der Stadt, und in Grenoble und Lyon stiegen Männer mit Maschinenpistolen und Gewehren in die Überfallwagen.

NOCH im Schatten der Bäume war die Hitze des frühen Nachmittags erdrückend. Mit nacktem Oberkörper, um sich seine Kleider nicht zu beklecksen, arbeitete der Schakal zwei Stunden an dem Wagen herum. Nachdem er aus Gap heraus war, hatte er sich durch die Berge nach Westen gewandt. Auf quietschenden Reifen hatte er den Wagen durch enge Kurven gejagt und zweimal entgegenkommende Fahrzeuge fast in den Abgrund gedrängt. Kurz hinter Luc-en-Diois war er in eine Seitenstraße gebogen und hatte sich einen Pfad in die Wälder gesucht.

Als er mit dem Lackieren fertig war, trat er einen Schritt zurück. Der Wagen war von einem tiefen, glänzenden Blau und fast trocken. Es war nicht gerade eine fachmännisch ausgeführte Arbeit, einer flüchtigen Inspektion aber würde sie schon standhalten. Die Nummernschilder hatte er abgeschraubt und mit der Schrift nach unten ins Gras gelegt. Auf die Rückseiten hatte er eine frei erfundene französische Nummer gepinselt, die auf 75 endete, denn das war die Kennzahl von Paris, und man begegnete ihr jetzt zur Ferienzeit auf den Straßen Frankreichs am häufigsten.

Die Papiere des weißen italienischen Alfa paßten nun offensichtlich nicht mehr zu dem blauen französischen. Während er einen Lappen in den Tank tauchte, um sich damit die Farbe von den Händen zu waschen, überlegte er sich, daß der Entdeckung seines Falschnamens wohl sehr bald auch die Entdeckung des Grenzübergangs folgen würde, an dem er nach Frankreich gekommen war, und damit eine Suche nach dem Wagen. Es war noch Tage zu früh für das Attentat, und er brauchte einen Unterschlupf für die Zeit, bis es soweit war. Das hieß, er mußte nach Corrèze, vierhundert Kilometer weit quer durchs Land, und das ging am schnellsten mit dem Wagen. Es war ein Risiko, aber er fand, daß er es eingehen mußte. Er schraubte die Nummernschilder an, warf Farben und Pinsel fort, zog Hemd und Jacke wieder an und startete den Motor. Als er die Straße erreichte, sah er auf die Uhr. Es war 15.41 Uhr. Über ihm ratterte ein Hubschrauber Richtung Osten.

Ein paar Minuten später näherte er sich über die Route Nationale 93 dem Dörfchen Die. Obwohl der Name nicht englisch ausgesprochen wurde, was „sterben" bedeutet hätte, fiel ihm die Übereinstimmung auf, und er kniff die Augen zusammen, als er in die Dorfmitte kam. Am Kriegerdenkmal stand ein Polizist in ledernem Motorradmantel und winkte ihm, rechts ranzufahren und anzuhalten. Eine Sekunde überlegte er, ob er den Polizisten rammen sollte, um dann einfach weiterzufahren, ein paar Kilometer weiter den Wagen stehenzulassen und ohne Spiegel und Waschschüssel zu versuchen, sich in Pastor Jensen zu verwandeln, oder ob er anhalten sollte.

Der Polizist nahm ihm die Entscheidung ab, indem er ihn völlig ignorierte, als der Alfa langsamer wurde. Der Schakal lenkte den Wagen an den Straßenrand und wartete. Er hörte Sirenen heulen. Eine Kolonne von vier Polizei-Citroëns und sechs Überfallwagen raste ins Dorf. Während der Verkehrspolizist grüßend den Arm in die Höhe riß, fegte die Kolonne an dem parkenden Alfa vorbei und nahm die Richtung, aus der dieser gekommen war. Durch die Gitterfenster der Überfallwagen sah er Polizisten mit Helmen und Maschinenpistolen.

Der Polizist nahm den Grußarm wieder herunter und winkte dem Schakal lässig zu, er könne weiterfahren.

Es WAR 16.50 Uhr, als sie zum „Hôtel du Cerf" kamen. Claude Lebel, der anderthalb Kilometer entfernt gelandet war, ließ sich in einem Polizeiwagen hinfahren und ging, begleitet von Caron, der unter dem Regenmantel überm Arm eine schußbereite Maschinenpistole trug, auf den Eingang zu. Das Hotel war seit über vier Stunden umstellt. Während der Hotelier mit nervösen Blicken auf das komische Bündel über Carons Arm dessen Fragen beantwortete, stand Lebel mit hängenden Schultern dabei.

Fünf Minuten später wimmelte das Hotel von Polizei. Das Personal wurde verhört, das Zimmer durchsucht, das ganze Gebäude auf den Kopf gestellt. Lebel ging allein nach draußen und starrte in die Berge hinauf. Caron kam zu ihm. „Meinen Sie, daß er wirklich weg ist, Chef? Oder steckt der Hotelier mit ihm unter einer Decke?"

„Ich glaube, daß er im Laufe des Vormittags abgehauen ist. Die Frage ist nur, wohin er sich gewandt hat und ob er ahnt, daß wir wissen, wer er ist."

„Wie sollte er denn? Es muß blanker Zufall sein."

„Mein lieber Lucien, das laß uns nur hoffen!"

„Das einzige, womit wir jetzt noch weitermachen können, ist die Autonummer."

„Ja. Hängen Sie sich mal gleich in einem der Überfallwagen ans Funkgerät und geben Sie Großfahndung durch. ‚Weißer Alfa Romeo, italienisches Kennzeichen MI-sechs-eins-sieben-vier-eins. Vorsicht bei Annäherung, Fahrer vermutlich bewaffnet.' Noch eins: niemand hat der Presse etwas mitzuteilen. Der Verdächtige weiß wahrscheinlich nicht, daß er gesucht wird. Wenn das erledigt ist, laß uns nach Paris zurück."

ALS ES dämmerte, jagte der Schakal den kleinen Sportwagen immer höher in die Berge des Massif Central hinauf. Nach Le Puy wurde es immer steiler, und jedes Dörfchen schien hier ein Heilbad zu sein, wo die Bauern der Auvergne ein Vermögen an den Krankheiten und Wehwehchen verdienten, die andere sich in den Städten holten. Immer tiefer blieb das Flußtal des Allier unter ihm zurück, und die Bergweiden dufteten nach Heide und trocknendem Heu.

Der Schakal tankte in Issoire, dann raste er weiter. Es war fast Mitternacht, als er das Quellgebiet der Dordogne umfuhr und die Straße nach Ussel in Corrèze einschlug.

„Sie sind ein Narr, Herr Kommissar. Sie hatten ihn schon in den Fingern und haben ihn entwischen lassen." Saint-Clair war halb aufgestanden, um sein Donnerwetter an den Mann zu bringen, und funkelte über die ganze Länge des Tisches hinweg Lebel an, der dasaß und ein paar Schriftstücke studierte.

Als Saint-Clair fertig war, sah Claude Lebel auf. „Wenn Sie einen Blick auf den hektographierten Bericht vor Ihnen werfen, Herr Oberst, werden Sie feststellen, daß wir ihn keineswegs schon in den Fingern hatten", sagte er freundlich. „Die Meldung aus Lyon, daß sich gestern abend ein Mann unter dem Namen Duggan in jenem Hotel bei Gap eingetragen hat, ist erst heute mittag um Viertel nach zwölf hier eingegangen. Wir wissen inzwischen, daß der Schakal das Hotel schon kurz nach elf verlassen hat und folglich eine Stunde Vorsprung hatte. Außerdem hat der Präsident befohlen, daß wir die Angelegenheit diskret erledigen. Es ist folglich nicht möglich, eine Großfahndung nach einem Mann namens Duggan an alle Gendarmeriestationen herauszugeben. Die Meldekarte, mit der sich Duggan im ‚Hôtel du Cerf' eingetragen hat, wurde auf dem üblichen Wege eingezogen und an das zuständige Präsidium geschickt. Erst dort hat man festgestellt, daß nach Duggan gefahndet wird. Die Verzögerung war unvermeidlich. Und schließlich war Duggan für zwei Tage in dem Hotel angemeldet. Wir wissen nicht, was ihn heute morgen seine Meinung hat ändern lassen."

„Wir haben Pech gehabt, sehr großes Pech", sagte der Minister. „Bleibt aber trotzdem noch die Frage, warum nicht unverzüglich die Suche nach dem Wagen eingeleitet wurde. Herr Kommissar?"

„Ich gebe zu, daß es ein Fehler war, Herr Minister. Ich hatte Grund zu der Annahme, daß er eine zweite Nacht im Hotel verbringen wollte. Wenn er von einer Verkehrsstreife gestellt worden wäre, hätte er mit größter Wahrscheinlichkeit den Polizisten über den Haufen geschossen, wäre gewarnt gewesen und untergetaucht –"

„Genau, was er jetzt getan hat", sagte Saint-Clair.

„Stimmt, aber es deutet nichts darauf hin, daß er gewarnt ist, was er aber wäre, wenn ein einzelner Polizeibeamter seinen Wagen gestoppt hätte. Wenn sein Wagen gesehen wird, bekomme ich es gemeldet. Im Hinblick auf die Gefährlichkeit des Mannes habe ich zwar den Wagen als gestohlen aufgeführt, aber mit der Anweisung, daß sein Auftauchen sofort dem nächsten Polizeipräsidium zu melden ist, dagegen kein Polizist sich allein dem Fahrer zu nähern hat. Wenn Sie, meine Herren, diese Anweisungen ändern möchten, muß ich allerdings darum bitten, daß Sie auch die Verantwortung für die möglichen Folgen übernehmen."

Es wurde lange geschwiegen.

„Bedauerlicherweise darf aber das Leben eines Polizeibeamten nicht dem Schutz des französischen Staatspräsidenten im Weg stehen", murmelte Saint-Clair.

Am Tisch regte sich Zustimmung.

„Vollkommen richtig", pflichtete auch Lebel bei. „Aber die meisten Landpolizisten sind nun einmal keine ausgebildeten Pistolenschützen – im Gegensatz zu diesem Schakal. Wenn er aufgehalten wird, schießt er einfach einen oder zwei Polizisten über den Haufen und verschwindet, und dann haben wir zweierlei erreicht: erstens ist der Killer gewarnt und kann sich vielleicht wieder eine neue Identität zulegen, von der wir nichts wissen; zweitens haben wir fette Schlagzeilen in sämtlichen Zeitungen des Landes. In wenigen Tagen wird die Presse wissen, daß er hinter dem Präsidenten her ist. Wenn einer der Anwesenden das dem General erklären möchte, trete ich von diesen Ermittlungen gern zurück."

Niemand riß sich darum. Die Konferenz ging, wie üblich, um Mitternacht auseinander. In dreißig Minuten wurde es Freitag, der 16. August.

## 13

DER SCHAKAL hatte auf seiner Straßenkarte gefunden, daß La Haute-Chalonnière kurz hinter Égletons lag. Als er morgens um drei an einen Kilometerstein kam, der den Hinweis „Égletons 6 km" trug, entschloß er sich, den Wagen loszuwerden. Die dichten Wälder rechts und links der Straße gehörten wahrscheinlich zu einem Grafensitz, auf dem früher einmal Wildschweine gejagt wurden.

Nach ein paar hundert Metern fand er einen Pfad in den Wald. Er folgte ihm etwa achthundert Meter weit, dann schaltete er die Lichter aus und nahm die Drahtschere und eine Taschenlampe heraus.

Er mußte eine halbe Stunde unter dem Wagen zubringen, bis er die Stahlrohre mit dem Gewehr aus ihrem Versteck geholt hatte. Er packte sie wieder zu den alten Sachen und dem Militärmantel in den Koffer. Nachdem er die Papiere herausgenommen und den Wagen ein letztes Mal inspiziert hatte, damit auch ja nichts mehr darin war, was Rückschlüsse auf den Fahrer zulassen konnte, fuhr er das Auto mit Schwung mitten in ein Rhododendrongebüsch. Dann schnitt er noch Zweige von anderen Büschen ab und rammte sie in den Boden, bis der Alfa völlig versteckt war. Mit Hilfe seiner Krawatte löste er das Problem der Gepäckbeförderung, indem er zwei Koffer so daranband, daß der eine ihm auf der Brust, der andere auf dem Rücken hing, und nahm die beiden andern Gepäckstücke in die Hand.

Er kam nur langsam voran. Alle hundert Meter blieb er stehen, um mit einem Zweig die Spuren des Alfa zu verwischen. So brauchte er noch einmal eine Stunde, bis er wieder auf die Straße kam und einen Kilometer oder so zwischen sich und die Zufahrt in den Wald gebracht hatte.

Als der Himmel im Osten blasser wurde, setzte er sich hin, um auf einen Bus zu warten. Er hatte Glück. Um halb sechs kam ein Traktor mit einem Heuwagen vorbei. „Auto kaputt?" rief der Fahrer und bremste.

„Nein. Ich hab Heimaturlaub übers Wochenende und will nach Bordeaux. Gestern abend bin ich bis Ussel gekommen und wollt's noch bis Tulle schaffen. Bis hier bin ich gekommen." Er grinste den Fahrer an.

„Hier kommt nie einer vorbei, wenn's dunkel ist. Ich nehm dich mit bis Égletons."

Um Viertel vor sieben rollten sie in das kleine Städtchen ein. Der Schakal dankte dem Bauern, verschwand Richtung Bahnhof und steuerte dann ein Café an. Er bestellte zwei Butterbrote und vier harte Eier.

Der Wirt gab ihm die Telephonnummer des Taxiunternehmens, und er rief an. Der einzige Wagen sollte in einer halben Stunde zur Verfügung stehen.

Als der klapprige Renault um halb acht kam, sagte er zum Fahrer: „Bringen Sie mich nach La Haute-Chalonnière."

Er bestand darauf, vor der Wirtschaft am Dorfplatz auszusteigen. Als das Taxi fort war, nahm er sein Gepäck und schleppte es an zwei Ochsen vorbei, die vor einen Heuwagen gespannt waren. Hier auf dem Platz war es schon sengend heiß.

Aber im Lokal war's dunkel und kühl. Er sah die Gäste kaum, hörte aber, wie sie sich an ihren Tischen nach ihm umdrehten; dann kam eine Bäuerin in Schwarz auf ihn zu. „Monsieur?" fragte sie.

Er lehnte sich über die Theke. Die Leute hier tranken Rotwein, soweit er sah. *„Un vin rouge, s'il vous plaît, madame."* Während der Wein eingeschenkt wurde, fragte er: „Wie weit ist es von hier zum Schloß?"

Sie sah ihn eingehend an. „Zwei Kilometer, Monsieur."

Er seufzte müde. „Dieser Idiot von einem Taxifahrer hat mir doch einreden wollen, hier gäb's gar kein Schloß. Er hat mich einfach hier auf dem Dorfplatz abgesetzt." Die Bauern, die von ihren Tischen aus zuschauten, rührten sich nicht. Er zog eine nagelneue Hundertfrancnote aus der Tasche. „Was kostet der Wein?"

Sie sah sich den Geldschein ganz genau an. „Darauf kann ich nicht rausgeben."

„Wenn hier einer einen Wagen hätte, der könnte vielleicht rausgeben."

„Es ist ein Wagen im Dorf, Monsieur", knurrte jemand. „Ich kenne den Besitzer. Vielleicht fährt er Sie hin."

Der Schakal drehte sich um und nickte, als müßte er die Vorteile dieser Idee abwägen. „Was trinken Sie denn inzwischen?"

Der Bauer nickte der Wirtin zu, die ihm noch ein Glas von dem herben Roten eingoß. „Und Ihre Freunde? Ist ein durstiger Tag heute."

Der Bauer nickte der Frau noch einmal zu, und sie trug zwei Flaschen an den großen Tisch. „Benoît, geh und hol den Wagen", befahl der Bauer, und einer der Männer ging hinaus.

Die Bauern in der Auvergne haben einen Vorteil, dachte der Schakal auf der Fahrt zum Château; sie sind so griesgrämig, daß sie den Mund nicht aufkriegen – wenigstens nicht gegenüber Fremden.

Colette de La Chalonnière richtete sich im Bett auf, nahm einen Schluck aus ihrer Kaffeetasse und las den Brief noch einmal. Die Wut, die sie beim ersten Lesen gepackt hatte, war einem dumpfen Ekel gewichen. Was in aller Welt konnte sie denn noch mit dem Rest ihres Lebens anfangen?

Bei ihrer Heimkehr gestern nachmittag war nur Ernestine zu ihrer Begrüßung dagewesen, die alte Ernestine, die schon seit den Zeiten des Vaters des jetzigen Barons im Schloß diente, zusammen mit Louis, dem Gärtner, einem früheren Bauernjungen, der dann Ernestine geheiratet hatte. Die beiden waren praktisch die Verwalter des Schlosses, von dessen Räumen jetzt zwei Drittel verschlossen waren.

Colette betrachtete wieder den Ausschnitt einer Pariser Illustrierten, den ihre Freundin ihr so fürsorglich geschickt hatte; sie sah das dümmlich grinsende Gesicht Alfreds, ihres Gatten, wie er mit dem einen Auge in die Kamera und mit dem andern auf den üppigen Busen des Filmsternchens an seiner Seite schielte. Von dem Mädchen wurde der Ausspruch wiedergegeben, sie hoffe, ihren „sehr guten Freund", den Baron, „eines Tages" heiraten zu können.

Beim Anblick des zerfurchten Gesichts über dem faltigen Hals konnte sie sich nur noch fragen, was aus dem hageren Hauptmann der Résistance mit dem Adlergesicht geworden war, in den sie sich 1942 verliebt hatte, als sie, ein Schulmädchen noch, für die Partisanen Botengänge gemacht hatte. Ein Jahr später, als sie ihren Sohn erwartete, waren sie verheiratet.

Die Baronin warf den Zeitungsausschnitt mitsamt dem Begleitbrief auf den Boden. Sie sprang aus dem Bett, ging zu dem großen Wandspiegel und zog die Bänder ihres Morgenmantels auf. Nun gut, mein lieber Alfred, dieses Spiel können beide spielen, dachte sie. Sie schüttelte den Kopf, um ihr Haar zu lösen, und eine der langen Strähnen fiel über ihre Brust. Sie dachte an den Mann, der erst in der vorigen Nacht bei ihr gewesen war, und wünschte, sie wäre in Gap geblieben. Sie hätten zusammen Urlaub machen können.

Draußen auf dem Hof hörte man einen alten Lieferwagen klappern. Sie schlug lässig ihren Morgenmantel übereinander und ging zu dem Fenster an der Vorderseite des Hauses. Zwei Männer standen hinter dem Wagen und nahmen etwas von der Ladefläche.

Einer von ihnen ging jetzt nach vorn, setzte sich hinters Steuer und ließ die laut knirschende Kupplung los. Der Wagen setzte sich in Bewegung, und ein freudiger Schrecken durchfuhr sie. Auf dem Hof standen drei Koffer und eine Reisetasche, daneben ein Mann. Sie erkannte das Schimmern der blonden Haare in der Sonne und lächelte erfreut. Augenblicke später kam die alte Ernestine die Treppe heraufgeeilt, so schnell ihre alten Beine sie tragen wollten. „Ein Herr ist gekommen, *madame la Baronne*."

Am Abend lag der Schakal nach einem Bad, wohl ausgeruht und gesättigt von ländlicher Pastete und geschmortem Hasen, auf frischem Leinen im Château. Er betrachtete die vergoldeten Schnörkel an der Decke und machte sich einen Plan für die Tage, die ihn noch von der Erfüllung seines Auftrags in Paris trennten. In einer Woche mußte er aufbrechen, und der Abschied konnte sich als schwierig erweisen. Er mußte sich noch einen Grund für sein Fortgehen ausdenken.

Die Tür ging auf, und die Baronin trat ein. Sie trug einen Morgenmantel, den am Hals eine Schleife zusammenhielt. Der Schakal stützte sich auf einem Ellbogen auf, während sie die Tür schloß und zum Bett kam. Dann streckte er die Hand aus und zog die Schleife auf.

Für die Dauer von drei Tagen verlor sich die Spur für Lebel, und auf den abendlichen Konferenzen fand die Meinung, der Schakal habe wohl das Land verlassen, immer mehr Anhänger. Auf der Besprechung am 19. August war er der einzige, der noch behauptete, der Killer halte sich irgendwo versteckt und warte ab.

„Auf was soll er denn warten?" schnarrte Saint-Clair. „Das einzige, worauf er warten kann, wenn er noch hier ist, wäre eine günstige Gelegenheit, die Grenze zu erreichen. Sowie er sein Versteck verläßt, haben wir ihn."

Es wurde Zustimmung laut, nur Lebel schüttelte eigensinnig den Kopf. Schlafmangel und die dauernden Sticheleien dieser Männer, gegen die er sich und seine Mitarbeiter schützen mußte, hatten ihn ausgelaugt. Er hatte keine Beweise; nur die merkwürdige Überzeugung, daß der Mann, den er jagte, ebenfalls ein Profi war, der seine Aufgabe unter allen Umständen durchführen würde. In diesen acht Tagen, seit die Geschichte auf seinem Schreibtisch gelandet war, hatte er, wenn auch zähneknirschend, einen gewissen Respekt vor dem lauernden Mann mit dem Gewehr bekommen. „Er wartet, ich weiß nicht, worauf", gab Lebel jetzt Saint-Clair zur Antwort. „Aber er wartet auf etwas Bestimmtes, vielleicht auf einen bestimmten Tag. Ich glaube einfach nicht, daß wir von diesem Schakal schon zum letztenmal gehört haben."

„Auf einen bestimmten Tag!" höhnte Saint-Clair. „Wirklich, Herr Kommissar, man hat den Eindruck, daß Sie zu viele Krimis lesen. Der Mann ist einfach weg; mehr steckt da nicht dahinter."

„Hoffentlich haben Sie recht", sagte Lebel ruhig. „In diesem Falle, Herr Minister, muß ich die Ermittlungen niederlegen."

Der Minister sah ihn unschlüssig an. „Finden Sie, es könnte noch eine wirkliche Gefahr bestehen, Herr Kommissar?"

„Ich meine, wir sollten weitersuchen, bis wir sicher sind."

„Nun gut denn. Meine Herren, es ist mein Wunsch, daß der Kommissar seine Ermittlungen fortsetzt."

Am Morgen des 20. August verfolgte der Wildhüter Marc Callet eine verletzte Ringeltaube, die in einem wilden Rhododendrongebüsch niedergegangen war. Mitten im Gebüsch fand er die flatternde Taube auf dem Fahrersitz eines verlassenen Sportwagens.

Zuerst dachte er, ein Liebespaar habe den Wagen dort abgestellt; dann fiel ihm auf, daß manche Zweige, die den Wagen verbargen, nur in die Erde gesteckt waren. Nach den Vogelklecksen auf den Sitzen schätzte er, daß der Wagen schon ein paar Tage dort stehen mußte. Er nahm sein Gewehr und den Vogel und radelte zu seiner Hütte zurück, wobei er sich vornahm, dem Ortsgendarmen von dem Wagen zu erzählen, wenn er ihn im Laufe des Morgens im Dorf traf.

Es war fast Mittag, als der Dorfpolizist in seinem Haus die Handkurbel des Telephons betätigte und die Entdeckung nach Ussel meldete. Ob's ein weißer Wagen sei, wurde er gefragt. Nein, ein blauer. War's ein italienischer Wagen? Nein, ein französischer, Fabrikat unbekannt. Na schön, man werde einen Abschleppwagen schicken.

Es war schon nach vier Uhr, als man den Wagen nach Ussel schleppte; kurz vor fünf fiel einem Polizisten die jämmerlich schlechte Lackierung auf. Er kratzte mit einem Schraubenzieher die blaue Oberschicht an, und zum Vorschein kam ein weißer Streifen. Minuten später lag das vordere Nummernschild richtigherum auf dem Hof und zeigte die weiße Beschriftung MI-61741. Der Polizist eilte ins Büro.

Claude Lebel erhielt die Nachricht kurz vor 18.00 Uhr von Kommissar Valentin vom regionalen Polizeipräsidium in Clermont-Ferrand, der Hauptstadt des Départements Puy-de-Dôme.

„Gut, und jetzt hören Sie zu, es ist wichtig", sagte Lebel. „Ich möchte, daß Sie jetzt gleich eine Kommission nach Ussel schicken. Fragen Sie in jedem Bauernhaus, jedem Dorfladen und jedem Wirtshaus nach einem großen blonden Engländer, der gut Französisch spricht. Er hat drei Koffer und eine Reisetasche bei sich. Er führt viel Bargeld mit sich und kleidet sich gut, wird aber jetzt wahrscheinlich so aussehen, als wenn er schlecht geschlafen hätte. Ihre Leute sollen fragen, wo er aufgetaucht ist, wohin er sich gewandt und was er zu kaufen versucht hat. Wenn Sie den Mann finden, kommen Sie ihm nicht zu nah. Umzingeln Sie ihn nur. Ich werde so schnell wie möglich unten sein. Und noch eins, die Presse muß unter allen Umständen da herausgehalten werden.“ Lebel legte auf und wandte sich an Caron. „Bitten Sie den Minister, die Abendkonferenz auf acht Uhr einzuberufen. Dann lassen Sie sich mit dem Stützpunkt verbinden und fordern Sie wieder einen Hubschrauber an.“

Die Polizeimannschaften aus Clermont-Ferrand schlugen bei Sonnenuntergang das Hauptquartier in dem kleinen Weiler auf, der am nächsten bei der Stelle lag, wo der Wildhüter den Wagen gefunden hatte. Kommissar Valentin erteilte vom Funkwagen aus die Anweisung an die Einsatzwagen, in einem Umkreis von achtzig Kilometern mit der Fahndung zu beginnen und die Nacht durchzumachen. Da wären auch die Leute eher zu Hause anzutreffen.

Nun waren zwar wirklich die meisten Leute zu Hause, aber damit war erst ein Teil des Problems gelöst. Den andern Teil lernten Valentins Leute noch vor Mitternacht kennen, als eine Gruppe von ihnen einen Bauern in seiner Hütte ausfragen wollte. Er blieb im Nachthemd in der Tür stehen und zeigte den Beamten deutlich, daß er sie nicht ins Haus zu bitten beabsichtigte.

„Nun hör mal, Gaston, du fährst doch diesen Weg zum Markt ziemlich oft. Bist du auch am Freitag morgen über diese Straße nach Égletons gefahren?“

Der Bauer sah sie mit zusammengekniffenen Augen an. „Kann schon sein.“

„Hast du da einen Mann auf der Straße gesehen?“

„Ich kümmere mich um meine eigenen Angelegenheiten.“

„Danach haben wir dich nicht gefragt. Hast du einen Mann gesehen, blond, groß, kräftig? Mit drei Koffern und einer Reisetasche?“

„Gar nichts hab ich gesehen. *J'ai rien vu, j'vous dis, rien de rien.*“

Zwanzig Minuten ging das so weiter. Schließlich gaben sie auf. Der Bauer sah ihnen nach, bis ihr Wagen wieder davongeholpert war. Dann knallte er die Tür zu und stieg mit seiner Frau zurück ins Bett.

„Das war doch der, den du mitgenommen hast, oder?“ fragte sie. „Was wollen die denn von ihm?“

„Keine Ahnung“, sagte Gaston, „aber keiner soll sagen, Gaston Grosjean hätte denen einen ans Messer geliefert.“ Er räusperte sich und spuckte in die Glut. *„Saleté de flics.“*

LEBEL sah die Versammelten an und legte seine Notizen hin. „Gleich nach Beendigung dieser Konferenz, meine Herren, fliege ich nach Ussel, um die Fahndung persönlich zu leiten."

Das Schweigen dauerte fast eine Minute.

„Was schließen Sie aus dem allem, Herr Kommissar?"

„Zweierlei, Herr Minister. Wir wissen, daß er sich Farbe gekauft haben muß, um den Wagen zu verändern, und vermutlich werden die Nachforschungen ergeben, daß der Wagen schon umlackiert war, falls er am Donnerstag die Nacht hindurch gefahren wurde. Wenn dem so ist, dann hat er einen Hinweis bekommen, daß sein Pseudonym Duggan bekannt ist. Danach konnte er sich ausrechnen, daß wir bis Mittag ihm und seinem Wagen auf der Fährte sein würden."

„Wollen Sie allen Ernstes andeuten", fragte jemand aus unendlicher Ferne, „daß etwas hier aus diesem Zimmer heraus durchgesickert sei?"

„Das kann ich nicht behaupten, Monsieur. Wir haben ja auch Personal in der Fernsprech- und Telexvermittlung und müssen Anweisungen an Beamte auf unteren Ebenen erteilen. Einer von ihnen könnte ein Agent der OAS sein. Aber eines scheint klar zu sein: er weiß, daß der Plan entdeckt ist, und trotzdem macht er weiter."

„Und was war das zweite, was wir aus dem allem schließen können, Herr Kommissar?" fragte der Minister.

„Das zweite ist: er hat erfahren, daß er als Duggan bekannt ist, und hat nicht versucht, Frankreich zu verlassen. Mit andern Worten, er verfolgt noch immer unser Staatsoberhaupt."

Der Minister erhob sich und räumte seine Unterlagen zusammen. „Wir wollen Sie nicht aufhalten, Herr Kommissar. Finden Sie den Mann. Liquidieren Sie ihn, wenn nötig. Dies befehle ich Ihnen im Namen des Präsidenten."

Damit stolzierte er aus dem Konferenzzimmer.

Eine Stunde später schnurrte der Hubschrauber mit Lebel durch einen rötlichschwarzen Himmel nach Süden.

„DIESES unverschämte Schwein! Wie kann er es wagen! Anzudeuten, daß wir, die höchsten Beamten Frankreichs, die Schuldigen seien. Ich werde das natürlich in meinem nächsten Bericht erwähnen."

Jacqueline ließ ihr seidenes Hemdröckchen von den Schultern gleiten, daß der durchsichtige Stoff in Fältchen auf ihre Hüften hinunterfiel. „Erzähl mir das alles", flötete sie.

## 14

Der Morgen des 21. August war genauso strahlend und hell wie schon die vierzehn voraufgegangenen. Wenn man im Château aus den Fenstern schaute, boten die wogenden, mit Heidekraut bewachsenen Hügel einen so ruhigen, friedvollen Anblick, daß man das Durcheinander nicht ahnte, das in diesem Augenblick im achtzehn Kilometer entfernten Égletons durch die polizeilichen Ermittlungen heraufbeschworen wurde.

Der Schakal stand im Arbeitszimmer des Barons und machte seinen allmorgendlichen Anruf nach Paris. Als die Verbindung zustande kam, meldete er sich wie üblich: *„Ici Chacal."*

*„Ici Valmy"*, sagte die heisere Stimme am andern Ende. „Es geht wieder los. Sie haben den Wagen gefunden."

Er lauschte weitere zwei Minuten und unterbrach nur einmal mit einer knappen Frage. Mit einem abschließenden *„Merci"* legte er dann den Hörer auf und kramte in seinen Taschen nach einer Zigarette. Er hatte eigentlich noch zwei Tage im Château bleiben wollen, aber nun mußte er weg.

Während er an der Zigarette zog und über das Telephongespräch nachdachte, drängte plötzlich eine Kleinigkeit in sein Bewußtsein. Er hatte ein leises Klicken in der Leitung gehört, kurz nachdem er den Hörer abgenommen hatte. Im Schlafzimmer war ein Nebenanschluß, aber Colette hatte doch ganz bestimmt fest geschlafen, als er sie verließ. Er machte kehrt, eilte auf bloßen Füßen lautlos die Treppe hinauf und riß die Tür auf.

Der Telephonhörer lag wieder auf der Gabel. Der Kleiderschrank war offen, und davor lagen aufgeklappt seine drei Koffer und sein Schlüsselring. Zwischen den schlanken Stahlrohren kniete die Baronin und starrte mit entsetztem Blick auf etwas in ihrer Hand. Es war das Verschlußstück des Gewehrs.

Sekunden sprach keiner ein Wort. Der Schakal faßte sich zuerst. „Du hast gelauscht."

„Ich – habe mich nur gewundert, wen du da jeden Morgen anrufst. Das – das Ding hier; das ist ein Gewehr, das Gewehr eines Mörders."

Es war halb Frage, halb Feststellung, aber es klang, als hoffe sie noch auf eine völlig harmlose Erklärung. Er blickte auf sie hinunter, und zum erstenmal fiel ihr auf, daß die grauen Flecken in den Augen sich vergrößert hatten und den ganzen Ausdruck verschleierten.

Sie richtete sich langsam auf, wobei sie das Gewehrteil polternd zwischen die andern Teile fallen ließ. „Du willst de Gaulle töten", flüsterte sie. „Du bist einer von denen, von der OAS."

Das Ausbleiben jeder Antwort sagte ihr genug. Sie wollte zur Tür. Er fing sie mühelos und schleuderte sie aufs Bett. Als sie den Mund öffnen wollte, traf sein Handkantenschlag genau ihre Halsschlagader und erstickte den Schrei an seinem Ursprung. Dann griff er mit der Linken in ihr Haar und zog ihren Kopf mit dem Gesicht nach unten über die Bettkante. Noch ein letztes Mal sah sie das Muster des Teppichs, bevor seine Hand auf ihr Genick heruntersauste.

Er ging zur Tür, um zu horchen, aber von unten kam kein Laut. Ernestine machte jetzt sicher in der Küche das Frühstück zurecht, und Louis würde sich bald auf den Weg zum Markt machen. Zum Glück waren beide so gut wie taub.

Er tat die Gewehrteile zusammen mit André Martins Kleidungsstücken wieder in den Koffer zurück. Nachdem er sich gewaschen und rasiert hatte, nahm er eine Schere und brachte zehn Minuten damit zu, seine langen blonden Haare schön gleichmäßig mit dem Kamm nach oben zu ziehen und um fünf Zentimeter zu kürzen. Dann bürstete er Farbe hinein, bis sie eisengrau waren, und kämmte sie so wie auf dem Bild in Pastor Jensens Paß. Zum Schluß setzte er sich die blau getönten Kontaktlinsen ein.

Er spülte alle Spuren des Haarfärbemittels aus dem Waschbecken und ging wieder ins Schlafzimmer. Dort zog er die in Kopenhagen gekauften Sachen an und befestigte das schwarze Lätzchen und den Priesterkragen am Hals. Zuletzt zog er den dunklen Priesteranzug und die schwarzen Schuhe an. Er steckte die goldgeränderte Brille in die Brusttasche, packte sein Waschzeug in die Reisetasche und legte das dänische Buch über französische Kirchen obenauf. In die Innentasche seines Anzugs steckte er den dänischen Paß und einen Packen Geldscheine.

Es war schon fast acht, als er aus dem Fenster schaute und Louis davonradeln sah, den hüpfenden Einkaufskorb hinter sich auf dem Gepäckträger. Einen Augenblick später hörte er Ernestine anklopfen. *„Voilà vot' café, madame"*, krächzte sie durch die geschlossene Tür.

Der Schakal rief mit schläfriger Stimme zurück: „Stellen Sie ihn hin. Wir holen ihn uns, wenn wir soweit sind."

Draußen vor der Tür öffnete sich Ernestines Mund zu einem kreisrunden O. Es war ja schon weit gekommen – dazu noch im Schlafzimmer des gnädigen Herrn. Sie eilte schnell nach unten und hörte nicht das weiche Plumpsen der vier Gepäckstücke ins Blumenbeet. Sie hörte auch nicht, wie die Schlafzimmertür von innen zugeschlossen und der leblose Körper ihrer Herrin in ganz natürlicher Schlafstellung auf dem Bett arrangiert wurde, die Decke bis oben am Kinn, und sie hörte ebenfalls nicht das Schlafzimmerfenster hinter dem grauhaarigen Mann zuklappen, bevor dieser sich auf den Rasen hinunterfallen ließ. Sie hörte nur Madames Renault anspringen. Schnell lief sie wieder die Treppe hinauf. Das Frühstückstablett war noch unberührt. Nachdem sie ein paarmal angeklopft hatte, probierte sie die Klinke, aber die Tür ging nicht auf.

Sie beschloß, Louis um Rat zu fragen. Jemand aus der Wirtschaft im Dorf würde ihn schon vom Markt holen. Sie verstand nichts vom Telephonieren und wunderte sich gar nicht, als sie den Hörer mehrere Minuten lang in der Hand hielt, ohne daß er einen Ton von sich gab. Sie bemerkte auch nichts davon, daß die Schnur unten, wo sie an der Fußleiste entlanglief, sauber durchgeschnitten war.

Claude Lebel flog nach dem Frühstück wieder mit dem Hubschrauber nach Paris zurück. Wie er später zu Caron sagte, leistete Valentin trotz dieser Bauernlümmel erstklassige Arbeit. Er hatte die Spur des Schakals schon bis zu einer Wirtschaft in Égletons verfolgt, wo er gefrühstückt und ein Taxi bestellt hatte. Inzwischen hatte er schon dafür gesorgt, daß in einem Umkreis von zwanzig Kilometern um Égletons Straßensperren errichtet werden konnten.

Von La Haute-Chalonnière aus raste der Renault in südlicher Richtung durch die Berge auf Tulle zu. Wenn die Polizei, wie der Schakal schätzte, seit gestern abend in immer größeren Kreisen von der Fundstelle des Alfa aus suchte, mußte sie am frühen Morgen bis Égletons gekommen sein. Der Wirt und der Taxifahrer würden sicher reden, und bis zum Nachmittag würden sie beim Château sein.

Auch wenn sie sicher noch nach einem blonden Engländer suchten, hing sein Entrinnen an einem Faden. Er jagte den kleinen Wagen über Bergpfade und kam schließlich achtzehn Kilometer südwestlich von Egletons auf die Route Nationale 89. Er sah auf die Uhr: 9.40 Uhr.

Als er um eine Kurve verschwand, kam gerade eine kleine Wagenkolonne aus Richtung Égletons angebraust. Die Autos hielten, und sechs Polizisten begannen eine stählerne Straßensperre zu errichten.

„WAS SOLL das heißen, er ist weg?" brüllte Valentin die schluchzende Frau des Taxifahrers von Égletons an. „Wohin ist er gefahren?"

„Ich weiß es nicht, Monsieur. Er wartet jeden Morgen am Bahnhof, wenn der Frühzug aus Ussel ankommt. Wenn er nicht wiederkommt, hat er eben eine Fahrt zu machen."

„Hatte er am Freitagmorgen einen Fahrgast?" fragte er.

„Ja, Monsieur. Als er vom Bahnhof zurückkam, war ein Anruf für ihn aus dem Café da, daß dort einer ein Taxi haben wollte. Er hatte gerade ein Rad abgemacht und hat sich gesorgt, der Kunde könnte ein anderes Taxi nehmen. Dann ist er weggefahren. Er hat mir nicht erzählt, wohin er ihn gefahren hat."

Valentin klopfte der Frau auf die Schulter. „Schon gut, Madame. Wir warten, bis er wiederkommt." Dann wandte er sich an einen seiner Beamten. „Schicken Sie einen Mann zum Bahnhof, einen andern zum Café. Sobald der Taxifahrer aufkreuzt, will ich ihn sprechen – schnell."

ZEHN Kilometer vor Tulle warf der Schakal den Koffer, in dem sich Alexander Duggans Paß und Kleidungsstücke außer einem Polohemd befanden, über ein Brückengeländer. Er verschwand krachend im dichten Gestrüpp unten auf der Sohle des Abgrundes.

Nachdem er in Tulle den Bahnhof gefunden hatte, stellte er den Wagen drei Straßen weiter ab und trug die beiden Koffer und die Reisetasche zum Schalter, wo er sich eine Fahrkarte zweiter Klasse nach Paris kaufte. Dann ging er zur Sperre. Seine Karte wurde gelocht, und er ging hindurch. Jetzt trat ihm ein Mann in blauer Uniform in den Weg.

*„Vos papiers, s'il vous plaît."*

Der Schakal reichte ihm seinen dänischen Paß. Der CRS-Mann blätterte darin herum, ohne ein Wort zu verstehen. *„Vous êtes danois?"*

Der Schakal nickte freudestrahlend. *„Danske – ja, ja."*

Der CRS-Mann gab ihm den Paß zurück und wies mit dem Kopf zum Bahnsteig.

Es WAR schon fast ein Uhr, als Louis zurückkam, und er hatte ein paar Gläschen Wein im Leib. Seine verzweifelte Frau sang ihm ihr Klagelied, und Louis nahm die Sache in die Hand. „Ich werde“, verkündete er, „zum Fenster hinaufklettern und hineinschauen.“

Endlich stand die Leiter unterm Schlafzimmerfenster, und Louis stieg schwankend hinauf. Nach fünf Minuten war er wieder unten. „*Madame la Baronne* liegt im Bett“, meldete er.

„Aber ich habe doch ihren Wagen gehört, und sie schläft nie so lange.“

„Heute tut sie's eben“, sagte Louis. „Da darf man sie nicht stören.“

Erst gegen vier konnte Ernestine sich durchsetzen.

„Du mußt noch einmal hinauf und Madame wecken“, bedrängte sie Louis. „Es ist doch nicht natürlich, den ganzen Tag zu verschlafen.“

Der alte Louis konnte sich nichts Natürlicheres vorstellen, aber er wußte auch, daß Widerspruch sinnlos war. Also stieg er wieder die Leiter hinauf, schob das Fenster auf und stieg ein. Ein paar Minuten später rief er mit heiserer Stimme nach draußen: „Ernestine, Madame liegt da wie tot.“

Er wollte wieder durchs Fenster aussteigen, als Ernestine hinaufkreischte, er solle doch die Tür von innen aufmachen. Dann blickten sie gemeinsam in die starren Augen der Baronin. Ernestine ermannte sich zuerst. „Louis, fahr schnell ins Dorf und hole Dr. Mathieu.“

Minuten später strampelte Louis, so schnell seine zitternden Beine konnten, zum Tor hinaus.

Es war halb fünf durch, als Dr. Mathieus Wagen klappernd in den Hof des Châteaus einfuhr, und es dauerte noch einmal fünfzehn Minuten, bis der Arzt sich über Madames Bett aufrichtete. „Madame ist tot. Ihr Genick ist gebrochen“, sagte er. „Wir müssen die Polizei rufen.“

Gendarm Caillou war ein Mann von Methode. Unter vielem Bleistiftlecken nahm er die Aussagen von Ernestine, Louis und Dr. Mathieu auf, während sie alle zusammen um den Tisch saßen. „Kein Zweifel“, sagte er, nachdem der Doktor seine Aussage unterschrieben hatte, „hier ist ein Mord geschehen. Der Hauptverdächtige ist augenscheinlich dieser blonde Engländer, der hier gewohnt hat und in Madames Wagen verschwunden ist. Ich werde das ans Revier in Égletons melden.“

Und er radelte wieder den Berg hinunter.

Lebel rief um halb sieben aus Paris an. „*Alors*, Valentin?"

„Noch nichts", antwortete Valentin. „Dieser dreimal verdammte Taxifahrer, der ihn am Freitagmorgen aus Égletons weggefahren hat, ist noch nicht aufgetaucht – Moment mal." Lebel hörte, wie Valentin mit jemandem ein paar Worte wechselte, der sehr schnell sprach. Dann kam seine Stimme wieder durch die Leitung. „Jetzt schlägt's dreizehn, hier hat's einen Mord gegeben."

„Wo?" fragte Lebel mit jäh erwachtem Interesse.

„In einem Château in der Gegend. Eben ist die Meldung des Ortsgendarmen hier eingegangen."

„Wer ist der oder die Tote?"

„Moment ... eine Baronin de La Chalonnière."

Caron sah Lebel erbleichen. „Valentin, hören Sie. Das war er. Hat er das Château schon verlassen?"

„Ja, er ist heute morgen mit dem Renault der Baronin abgehauen. Der Gärtner hat die Tote heute nachmittag entdeckt."

„Geben Sie eine Großfahndung nach dem Wagen heraus", sagte Lebel. „Keine Geheimniskrämerei mehr. Jetzt wird ein ganz gewöhnlicher Mörder gesucht." Er legte auf. „Mein Gott, ich werde alt. Die Baronin de La Chalonnière war doch in derselben Nacht im ‚Hôtel du Cerf' eingetragen wie der Schakal."

Der Wagen wurde um halb acht in einer Nebenstraße von Tulle gefunden. Der dortige Kommissar rief Lebel um fünf nach acht an. „Etwa fünfhundert Meter vom Bahnhof", sagte er zu Lebel.

„Um wieviel Uhr ist der Frühzug nach Paris in Tulle abgefahren, und wann trifft er planmäßig auf der Gare d'Austerlitz ein? Beeilen Sie sich, um Himmels willen."

„Es verkehren nur zwei am Tag", sagte Valentin. „Der Morgenzug ist planmäßig in Paris um ... hier haben wir's, abends um zehn nach acht." Lebel ließ den Hörer einfach fallen und war schon halb draußen, bevor er Caron noch zuschrie, er solle mitkommen.

Der Zug fuhr pünktlich in die Gare d'Austerlitz ein. Ein hochgewachsener, grauhaariger Priester war unter den ersten Reisenden, die zu den Taxiständen kamen, und er wuchtete seine drei Gepäckstücke in einen Mercedes.

Der Fahrer schaltete den Taxameter ein und steuerte sein Taxi auf die Ausfahrt zu. Als sie die Straße erreichten, kamen drei Streifen-

und zwei Überfallwagen heulend angerast und hielten vor dem Bahnhofseingang. „Hoppla, die haben's aber heute wieder eilig", meinte der Taxifahrer. „Wohin, *monsieur l'Abbé?*"

Der Pfarrer nannte ihm die Adresse eines kleinen Hotels am Quai des Grands-Augustins.

Claude Lebel war um neun Uhr wieder in seinem Büro und fand einen Zettel auf dem Tisch, er solle Kommissar Valentin anrufen. Nach fünf Minuten war das Gespräch da. Während Valentin sprach, machte Lebel sich Notizen. „Valentin, Sie können Ihre Leute abziehen. Er ist in unserm Revier."

„Sind Sie sicher, daß es dieser dänische Pastor ist?"

„Kein anderer", antwortete Lebel. „Er hat einen seiner Koffer weggeworfen, aber die übrigen passen zu gut."

Er legte auf. „Diesmal als dänischer Pastor", sagte er bitter zu Caron. „Meinen Wagen. Es wird Zeit für die allabendliche Inquisition."

Vierzig Minuten lauschte die Konferenz im Ministerium der eingehenden Schilderung der Suche ab der Waldlichtung.

„Der langen Rede kurzer Sinn", sagte Saint-Clair eisig, als Lebel fertig war, „der Killer ist jetzt in Paris, mit neuem Namen und neuem Gesicht. Sie scheinen erneut versagt zu haben."

„Heben wir die Vorwürfe für später auf", warf der Minister rasch ein. „Wie viele Dänen sind heute nacht wohl in Paris?"

„Wahrscheinlich mehrere Hundert, Herr Minister."

„Ich werde veranlassen, daß alle Hotels jeweils um Mitternacht sowie um zwei und um vier Uhr Besuch bekommen", schlug der Polizeipräfekt vor.

„In dieser Situation, meine Herren, bleibt nur noch eines zu tun", sagte der Minister. „Ich werde noch einmal um eine Unterredung mit dem Präsidenten nachsuchen und ihn bitten, alle öffentlichen Auftritte abzusagen, bis dieser Mann gefunden und unschädlich gemacht ist; währenddessen wird jeder Däne, der heute nacht in Paris gemeldet ist, morgen in aller Frühe persönlich überprüft."

„Was mich am meisten fuchst", sagte Lebel später zu Caron, „die meinen immer, das Ganze wäre nur Glück auf seiner und Dummheit auf unserer Seite. Natürlich hat er auch Glück gehabt. Und wir haben sowohl Pech gehabt als auch Fehler gemacht. Zweimal haben wir ihn um Stunden verpaßt. Einmal entwischt er uns mit einem umlackierten

Wagen in letzter Minute aus Gap. Jetzt verläßt er das Château und bringt obendrein noch seine Mätresse um, und das ein paar Stunden nachdem der Alfa Romeo gefunden worden ist. Und jedesmal ist es der nächste Vormittag, nachdem ich denen im Ministerium gesagt habe, nun hätten wir ihn in der Tasche. Lucien, mein lieber Freund, ich werde jetzt von meinen uneingeschränkten Vollmachten Gebrauch machen und ein paar Telephone anzapfen."

Lebel stand an die Fensterbank gelehnt und schaute über die sanft dahinfließende Seine hinweg zum Quartier Latin, wo hell die Lichter strahlten und Lachen über das Wasser herüberdrang.

Nur dreihundert Meter entfernt lehnte sich ein anderer Mann in der Sommernacht aus dem Fenster und schaute gedankenverloren zu dem massigen Gebäude der Präfektur hinüber, etwas links von den beleuchteten Türmen von Notre-Dame. Er rauchte eine englische King-size-Filter, und sein junges Gesicht strafte das füllige, eisengraue Haar darüber Lügen.

Während die beiden Männer einander ansahen, ohne es zu wissen, verkündeten die Turmuhren von Paris den 22. August.

# DRITTER TEIL

## Anatomie einer Vollstreckung

### 15

Claude Lebel war eben eingeschlafen, als Caron ihn rüttelte. „Chef, ich hab 'ne Idee. Der Schakal hat einen dänischen Paß, ja?"

Lebel schüttelte seinen Schlaf ab. „Weiter."

„Nun, den hat er also entweder gefälscht oder gestohlen. Aber da er sich auch die Haare gefärbt hat, ist er wohl gestohlen."

„Anzunehmen. Weiter."

„Bis auf seine Abstecher nach Paris und Brüssel im Juli war er ständig in London. Demnach dürfte er den Paß in einer dieser drei Städte gestohlen haben. Was tut nun aber ein Däne, wenn er seinen Paß verliert oder wenn er ihm gestohlen wird? Er geht zu seinem Konsulat."

Lebel rappelte sich von der Pritsche hoch. „Mein lieber Lucien, manchmal habe ich das Gefühl, Sie werden's noch weit bringen. Besorgen Sie mir eine Verbindung mit Thomas und dann mit den dänischen Konsulaten in Paris und Brüssel."

Lebel und Caron brachten eine Stunde am Telephon zu und beschwatzten die Leute, jetzt gleich in ihre Dienststellen zu gehen. Um vier Uhr rief der Polizeipräfekt an und sagte, daß an die tausend Meldekarten von Dänen eingesammelt worden seien und jetzt das Aussortieren beginne.

Um sechs Uhr kam der Anruf von den Technikern der Spionageabwehr, denen er kurz nach Mitternacht seine Anweisungen gegeben hatte. Sie hatten etwas aufgeschnappt. Lebel und Caron fuhren zum DST-Hauptquartier und hörten sich eine Tonbandaufzeichnung an.

Sie begann mit einem lauten Klicken, dann folgte eine Anzahl surrender Geräusche, als jemand wählte. Danach hörte man den Summton eines klingelnden Telephons und ein zweites Klicken, als der Hörer abgenommen wurde. Eine heisere Stimme sagte: *„Allo?"*

Eine Frauenstimme antwortete: *„Ici Jacqueline."*

Darauf eine Männerstimme: *„Ici Valmy."*

Die Frau sagte schnell: „Sie wissen, daß er als dänischer Pastor auftritt. Jetzt prüfen sie die Meldescheine aller Dänen in den Pariser Hotels."

Die Männerstimme sagte: *„Merci"*, dann legten beide auf.

„Kennen Sie die Nummer, die sie gewählt hat?" fragte Lebel den Techniker.

„Ja. Die haben wir aus der Zeit errechnet, die die Wählscheibe braucht, um jeweils wieder in die Nullstellung zu gehen. Die Nummer war Invalides fünf-neun-null-eins."

„Haben Sie schon die Adresse?" Der Mann gab ihm einen Zettel. Lebel warf einen Blick darauf. „Kommen Sie, Lucien. Jetzt werden wir Monsieur Valmy einen Besuch abstatten."

Es WAR sieben Uhr, als es an die Tür klopfte. Der pensionierte Lehrer machte sich auf dem Gasherd gerade sein Frühstück. Stirnrunzelnd stellte er das Gas ab und ging durchs Wohnzimmer, um die Tür zu öffnen. Vier Männer standen vor ihm. Die beiden Uniformierten schienen sich auf ihn stürzen zu wollen, aber der kleine Mann mit dem sanften Blick machte ihnen ein Zeichen, daß sie bleiben sollten, wo sie waren.

„Wir haben Ihr Telephon abgehört", sagte der Kleine. „Sie sind Valmy."

Der Lehrer zeigte keine Regung. „Kann ich mich anziehen?"

„Selbstverständlich."

Er brauchte nur ein paar Minuten, während die beiden uniformierten Polizisten ihn bewachten. Der Kommissar blieb noch da, als die andern gingen, und stöberte in Valmys Sachen herum. Um zehn nach sieben klingelte das Telephon. Lebel nahm zögernd den Hörer ab. *„Allo?"*

Die Stimme am andern Ende sagte gleichmütig: *„Ici Chacal."*

Lebel überlegte wütend. *„Ici Valmy."* Er wußte sonst nichts zu sagen.

„Was gibt's Neues?" fragte die Stimme am andern Ende.

„Nichts. Die haben die Spur verloren."

Lebel stand Schweiß auf der Stirn. Es war so wichtig, daß dieser Mann noch ein paar Stunden dort blieb, wo er war. Das Telephon verstummte. Lebel legte den Hörer auf und rannte hinunter zu seinem Wagen. „Zurück ins Büro!" schrie er dem Fahrer zu.

In einer Telephonzelle in der Halle eines kleinen Hotels an der Seine schaute der Schakal verdutzt durch die Glastür nach draußen. Nichts? Aber die mußten doch den Taxifahrer bis La Haute-Chalonnière verfolgt haben. Sie mußten die Leiche im Château und den Renault in Tulle gefunden und das Bahnhofspersonal ausgefragt haben. Sie mußten ... Er verließ die Zelle. „Meine Rechnung, bitte", sagte er zum Portier. „Ich bin in fünf Minuten wieder unten."

Der Anruf von Kriminalrat Thomas kam genau um halb acht, als Lebel und Caron in ihr Dienstzimmer traten. „Tut mir leid, daß es so lange gedauert hat", sagte der englische Kriminalbeamte, „aber es war zum Auswachsen, bis ich die Leute im dänischen Konsulat wach hatte. Sie haben vollkommen recht gehabt. Am 14. Juli hat ein Pastor Per Jensen aus Kopenhagen seinen Paß als verloren gemeldet. Beschreibung: einszweiundachtzig groß, blaue Augen, graue Haare."

„Das ist er. Ich danke Ihnen, Herr Kriminalrat."

Sekunden später hatte Lebel den Polizeipräfekten am Apparat. Die vier Überfallwagen kamen um halb neun vor dem Hotel am Quai des Grands-Augustins an. Die Polizei stellte das Zimmer Nr. 37 auf den Kopf, bis es aussah, als wenn ein Wirbelsturm hindurchgefegt wäre.

„Tut mir leid, Herr Kommissar", sagte der Hotelier zu dem zerknitterten Kriminalbeamten, der die Razzia leitete, „aber Pastor Jensen hat das Hotel vor einer Stunde verlassen."

Der Schakal erwischte ein Taxi, mit dem er zur Gare d'Austerlitz fuhr, eben dorthin, wo er gestern abend angekommen war, und zwar deshalb, weil er annahm, daß die Suche nach ihm sich inzwischen woandershin verlagert hatte. Er gab den Koffer mit den Gewehrteilen und den Sachen André Martins bei der Gepäckaufbewahrung auf und behielt nur den Koffer mit den Kleidern und Papieren des amerikanischen Studenten Marty Schulberg und die Reisetasche mit den Utensilien fürs Make-up.

Mit diesem Gepäck sowie immer noch in seinem dunklen Anzug, allerdings mit einem Polohemd über dem Priesterkragen, mietete er sich in einem billigen Hotel in der Nähe des Bahnhofs ein. Der Portier ließ ihn seine Meldekarte selbst ausfüllen und sparte sich die Mühe, die Karte mit dem Paß zu vergleichen. Folglich lautete die Meldekarte nicht einmal auf den Namen Per Jensen.

Sobald er im Zimmer war, machte sich der Schakal an die Arbeit. Er wusch die graue Farbe aus dem Haar und gab ihm dafür die kastanienbraune Farbe Marty Schulbergs. Die blauen Kontaktlinsen trug er weiter, aber er vertauschte die goldgeränderte Brille mit der dunkelrandigen des Amerikaners. Pastor Jensens Kleider und Papiere knüllte er in den Koffer. Mit Turnschuhen, Jeans, Sporthemd und Anorak war der amerikanische Student fertig.

Um zehn Uhr war er bereit zum Fortgehen, den amerikanischen Paß in der einen Brusttasche, französische Francs in der andern. Der Koffer mit den Überbleibseln Pastor Jensens wanderte in den Kleiderschrank, der Schlüssel zum Kleiderschrank wanderte in den Abfluß des Bidets. Er verließ das Hotel über die Feuerleiter. Ein paar Minuten später deponierte er auch die Reisetasche bei der Gepäckaufbewahrung an der Gare d'Austerlitz und fuhr mit einem Taxi zurück zum Quartier Latin, wo er sich in den Strom der jungen Leute mischte.

Er setzte sich in ein Straßencafé und überlegte, wo er die Nacht verbringen könnte. Lebel würde Pastor Jensen bald entlarvt haben, und dem Amerikaner Marty Schulberg gab er nur einen Tag. Plötzlich, als zwei Männer vorbeispazierten, hatte der Schakal eine Idee. Er verließ das Café und machte in einem Schönheitssalon weiter unten in der Straße ein paar Einkäufe.

Lebel und Caron telephonierten um zehn Uhr wieder mit London. Ihre Bitte entlockte Thomas ein leises Stöhnen, aber er versprach höflich, er werde tun, was er könne.

Nachdem er aufgelegt hatte, rief Thomas seinen Oberinspektor, und dann riefen sie sämtliche Konsulate in London an und baten um eine Liste aller Pässe, die seit dem 16. Juni als verloren oder gestohlen gemeldet worden waren.

Die Konferenz im Ministerium war auf zwei Uhr nachmittags vorverlegt worden. Lebel gab seinen Bericht mit dem üblichen Gleichmut, aber die Aufnahme war eisig. „Dieser verdammte Kerl!“ rief der Minister einmal dazwischen. „Der hat das Glück des Teufels persönlich.“

„Nein, Herr Minister, es war nicht immer nur Glück. Der Mann war ständig über den Stand unserer Ermittlungen auf dem laufenden. Heute morgen ist er uns entkommen, weil ich nicht imstande war, Valmy am Telephon zu imitieren. Aber die ersten beiden Male hatte er am frühen Morgen einen Tip bekommen, jeweils nachdem ich vorher die hier Versammelten informiert hatte.“

„Ich glaube mich zu erinnern, daß Sie so etwas schon einmal angedeutet haben“, sagte der Minister kühl. „Hoffentlich können Sie das belegen.“

Lebel stellte als Antwort ein kleines Tonbandgerät auf den Tisch und drückte auf den Startknopf. Noch bevor das aufgezeichnete Gespräch endete, war Oberst Saint-Clair aschfahl geworden.

„Wessen Stimme war das?“ fragte der Minister endlich.

Lebel blieb stumm. Saint-Clair stand langsam auf. „Ich muß Ihnen mit dem größten Bedauern mitteilen, Herr Minister, daß es die Stimme einer – Bekannten von mir ist. Sie wohnt zur Zeit bei mir. Ich bitte, mich zu entschuldigen.“

Er ging, um in den Élysée-Palast zurückzukehren und seinen Rücktritt einzureichen. Die Anwesenden starrten stumm auf ihre Hände. „Also dann, Herr Kommissar“, sagte der Minister, „fahren Sie fort.“

Lebel berichtete weiter. „Ich hoffe“, schloß er, „bis heute abend eine Liste weiterer vermißter Pässe zu haben, die auf die Beschreibung des Schakals passen. Bis morgen dürfte ich wohl auch die Photos der Besitzer haben.“

„Ich für meinen Teil“, sagte der Minister, „kann Ihnen über meine Unterredung mit Präsident de Gaulle berichten. Er hat es rundweg abgelehnt, seine Reisepläne auch nur in einem einzigen Punkt abzuändern. Dafür ist aber die Geheimhaltung zum Teil aufgehoben. Wir werden für die Abendzeitungen die Meldung herausgeben, daß der Einbrecher, der die Baronin de La Chalonnière ermordet hat, sich vermutlich in Paris versteckt hält. Sobald Kommissar Lebel mit Sicherheit die neue Identität des Schakals kennt, geben wir Namen und Photo an die Zeitungen sowie an die Rundfunk- und Fernsehsender. Gleichzeitig werden sämtliche Schupos und Bereitschaftspolizisten von Paris auf den Straßen sein und alle Leute, die sich blicken lassen, anhalten und ihre Papiere prüfen. Vom Elysée selbst brauche ich eine komplette Liste aller Schritte, die der Präsident von heute an unternehmen will. Die Kriminalpolizei" – der Minister sah Kommissar Bouvier an – „wird ihre sämtlichen Kontaktleute in der Unterwelt mobilisieren, sie sollen ein Auge nach dem Mann offenhalten."

Maurice Bouvier nickte verdrießlich. Er hatte in seinem Leben schon so manche Menschenjagd erlebt, aber die hier war einfach gigantisch. Sowie Lebel die Beschreibung des Mannes lieferte, würden an die hunderttausend Beamte die Straßen, Hotels, Bars und Restaurants nach einem einzigen Mann absuchen.

„Also, das wär's dann", endete der Minister. „Herr Kommissar Lebel, nun möchten wir alle von Ihnen nur noch den Namen, die Beschreibung und das Photo haben. Danach gebe ich diesem Schakal bloß noch sechs Stunden."

„Wir haben aber sogar noch drei Tage", sagte Lebel. Die Versammelten schauten überrascht auf. „Seit einer Woche vermute ich es schon, aber jetzt bin ich sicher. Als der Schakal Gap verließ, warum hat er sich da nicht gleich in Pastor Jensen verwandelt? Warum hat er eine Woche in Frankreich zugebracht und die Zeit totgeschlagen?"

„Nun also, warum denn?" fragte einer.

„Weil er sich einen bestimmten Tag ausgesucht hat", sagte Lebel. „Herr Kommissar Ducret, hat der Präsident heute oder morgen oder am Samstag irgendwelche Verpflichtungen außerhalb des Élysée-Palastes?" Ducret schüttelte den Kopf. „Und wie steht's mit Sonntag, dem 25. August?" fragte Lebel.

Die Seufzer ringsum am Tisch klangen wie Wind im Kornfeld. „Ja natürlich", sagte der Minister leise. „Befreiungstag!"

„Genau", antwortete Lebel. „Er weiß, daß es einen Tag im Jahr gibt, den General de Gaulle niemals anderswo verbringen würde als hier. Und darauf hat der Mörder gewartet."

„In diesem Falle“, sagte der Minister fröhlich, „haben wir ihn ja. Es gibt in Paris keine einzige Ecke mehr, in die er sich verkriechen könnte. Herr Kommissar, beschaffen Sie uns den Namen des Mannes.“

Als man zum Aufbruch rüstete, rief der Minister Lebel noch einmal zurück. „Woher wußten Sie eigentlich, daß Sie ausgerechnet Saint-Clairs Telephon anzapfen mußten?“

Lebel drehte sich in der Tür um. „Ich hab's nicht gewußt“, sagte er. „Darum habe ich heute nacht alle Ihre Telephone angezapft. Guten Tag, meine Herren.“

Es WAR acht Uhr abends, als Kriminalrat Thomas von London aus mit Caron telephonierte. Neben Afrikanern, Asiaten und Zwergwüchsigen hatten seit Mitte Juni acht ausländische männliche Touristen ihre Pässe verloren. Er zählte sie der Reihe nach auf, schön mit Namen, Ausweisnummern und Beschreibungen. Dann gingen Lebel und Caron daran, diejenigen auszusondern, die nicht in Frage kamen. Drei hatten ihre Pässe an Tagen verloren, an denen der Schakal nicht in London war. Ein vierter war ein Riese von fast zwei Metern; wieder ein anderer wog zweieinhalb Zentner, und einer war schon über siebzig.

„Und was ist mit den beiden letzten?“ fragte Lebel.

„Einer ist Norweger, der andere Amerikaner“, sagte Caron. „Beide sind groß, breitschultrig, zwischen zwanzig und fünfzig. Der Norweger hat angegeben, ihm sei der Paß aus der Tasche gerutscht, als er beim Kahnfahren im Hyde Park ins Wasser gefallen sei. Der Amerikaner sagt, man habe ihm seine Reisetasche mit dem Ausweis auf dem Londoner Flughafen gestohlen.“

„Dann bitten Sie Thomas, mir alles Nähere über den Amerikaner zu besorgen“, sagte Lebel. „Und danken Sie ihm noch einmal für alle seine Bemühungen.“

ABENDS um zehn fand im Ministerium noch eine zweite Konferenz statt. Eine Stunde zuvor hatten sämtliche Behörden, die mit der Sicherheit des Landes zu tun hatten, eine Beschreibung des zur Zeit in London befindlichen Marty Schulberg erhalten. Ein Mann, der sich für den Amerikaner ausgebe, werde wegen Mordes gesucht. Vor morgen früh erwarte man aus Washington ein Photo, das dann für die Abendzeitungen zur Verfügung stehe.

Der Minister erhob sich. „Meine Herren, trotz ständiger Verkleidungen und fortwährender Informationen aus diesem Zimmer hier ist es Kommissar Lebel gelungen, unsern Mann aufzuspüren. Wir sind ihm unsern Dank schuldig." Er neigte den Kopf zu Lebel hin, der ein ganz verlegenes Gesicht machte. „Das Weitere muß von jetzt an unser aller Aufgabe sein. Und nun lassen Sie mich Ihnen gratulieren, Herr Kommissar. Wir werden Ihre unschätzbare Hilfe in den nächsten Stunden wohl nicht brauchen. Sie haben Ihre Aufgabe gut gelöst. Ich danke Ihnen."

Lebel zwinkerte ein paarmal und stand auf. Er nickte in die Runde der mächtigen Männer, die ihm zulächelten, und verließ den Raum.

Zum erstenmal seit zehn Tagen konnte Kommissar Claude Lebel wieder nach Hause gehen. Als er den Schlüssel in der Tür umdrehte und das schrille Schelten seiner Frau vernahm, schlug die Uhr gerade Mitternacht, und es war der 23. August geworden.

## 16

Der Schakal betrat das Lokal eine Stunde vor Mitternacht. Es war düster, und er konnte kaum erkennen, wie der Raum beschaffen war. Links an der Wand war eine langgestreckte Bar mit einer Reihe beleuchteter Spiegel und Flaschen dahinter. Der Barkellner sah ihn neugierig an, als die Tür hinter ihm zuschwang. An den nächststehenden Tischen war die Unterhaltung verstummt, die Gäste musterten ihn, und allmählich breitete die Stille sich über den ganzen Raum aus, als auch andere sich umdrehten, um die große, athletische Gestalt an der Tür zu betrachten. Es wurde geflüstert. Der Schakal erblickte weiter hinten einen leeren Barhocker und ging hin. Als er mit Schwung darauf Platz nahm, hörte er in seinem Rücken ein rasches Wispern.

„Oh, *tu as vu ça!* Die Muskeln, Liebling!"

Der Kellner kam vom andern Ende der Bar angehuscht. Seine roten Lippen öffneten sich zu einem koketten Lächeln. *„Bonsoir ... monsieur."*

„Einen Scotch." Der Kellner tänzelte davon.

Der Gast neben dem Schakal hatte metallisch-goldenes Haar. Er trug Lidschatten, und seine Lippen waren von einem zarten Korallenrot. *„Tu m'invites?"* Seine Worte waren ein mädchenhaftes Lispeln.

Der Schakal schüttelte den Kopf. Er wartete, und kurz nach Mitternacht hatte er seine Wahl getroffen. Zwei Männer von weit hinten hatten ihn dauernd angesehen. Beide waren über ihre besten Jahre hinaus; der eine hatte winzige Äuglein und dicke Fettwülste über dem Kragen. Der andere war schlank und elegant und hatte über seine zunehmende Glatze sorgfältig ein paar Haarsträhnen geklebt. Er trug ein bauschiges Seidentuch um den Hals. Muß etwas mit Kunst zu tun haben, dachte der Schakal. Der Dicke winkte den Barkellner heran und flüsterte ihm etwas ins Ohr. Der Kellner kehrte zur Bar zurück. „Monsieur läßt fragen, ob Sie ein Gläschen Champagner mit ihm trinken möchten", flüsterte er.

Der Schakal stellte seinen Whisky hin. „Bestellen Sie Monsieur", sagte er vernehmlich, „daß er nicht mein Typ ist." Dann glitt er von seinem Hocker, nahm sein Glas und schlenderte zu dem anderen älteren Mann hinüber. „Gestatten Sie, daß ich mich zu Ihnen setze?" fragte er. „Der Mann belästigt mich."

Der Künstlertyp fiel vor Glück fast in Ohnmacht. Sein Name war Jules Bernard, und er fragte den Schakal, wo er wohne. Der gestand ihm mit gespielter Scham, daß er keine Bleibe habe und einfach am Ende sei. Er heiße Martin und sei ein vom Pech verfolgter Student. Bernard konnte sein Glück kaum fassen. Wie es der Zufall wolle, sagte er seinem jungen Freund, habe er eine schöne Wohnung. Er lebe allein und würde sich riesig freuen, wenn Martin bei ihm wohnen wolle, solange er in Paris sei. Der Schakal nahm mit überschwenglicher Dankbarkeit an. Kurz bevor sie die Bar verließen, huschte er schnell auf die Toilette, um ein paar Minuten später mit dicken Lidschatten, Puderrouge und Lippenstift wieder zu erscheinen.

Kaum waren sie draußen, protestierte Bernard: „Mit dem Zeug mag ich dich nicht. Damit siehst du so aus wie diese ganzen ekligen Tunten da drinnen."

„Entschuldige, Jules. Zu Hause wasche ich es sofort ab."

Bernard führte ihn zu seinem Wagen. Dann fuhr er seinen neuen Freund zuerst zur Gare d'Austerlitz, um sein Gepäck zu holen.

Auf dem Weg zu Bernards Wohnung wurden sie an einer Straßenkreuzung von zwei CRS-Leuten angehalten. Der Bereitschaftspolizist auf der Beifahrerseite sah dem Schakal ins Gesicht. „Wohin wollt ihr beide?" knurrte er.

Der Schakal zog einen Schmollmund. „Wohin meinst du denn wohl, Süßer?"

Der CRS-Mann drehte angewidert das Gesicht weg. „Ihr kotzt mich an. Fahrt weiter."

„Du hättest dir die Ausweise zeigen lassen sollen", sagte der andere zu ihm, als Bernards Wagen verschwand.

„Hör auf, Mensch", protestierte der erste, „wir suchen einen, der's mit 'ner Baronin getrieben hat, nicht ein Pärchen Schwule."

In Bernards Wohnung bestand der Schakal darauf, die Nacht auf der Wohnzimmercouch zu verbringen, und Bernard bezähmte sein Verlangen. Das wurde allem Augenschein nach eine schwierige, aber aufregende Eroberung. In der Nacht durchsuchte der Schakal den Kühlschrank in der gut eingerichteten Küche und stellte fest, daß die Vorräte darin einer Person für zwei Tage reichten, aber nicht zwei Personen. Den Vormittag verbrachten sie in der Wohnung und unterhielten sich. Dann wollte der Schakal mittags unbedingt die Nachrichten im Fernsehen ansehen.

Die erste Meldung behandelte die Jagd nach dem Mörder der Baronin de La Chalonnière vor zwei Tagen. Sekunden später erschien auf dem Bildschirm ein gutaussehendes Gesicht mit kastanienbraunem Haar und einer dunkelrandigen Brille; so sehe der Mörder aus. Er gebe sich als amerikanischer Student namens Marty Schulberg aus. Wenn jemand Angaben machen könne ...

Bernard, der auf dem Sofa saß, sah auf. Der Nachrichtensprecher sagte, Schulberg habe blaue Augen; aber die Augen, die auf ihn herabschauten, als die stählernen Finger zupackten, waren grau...

Ein paar Minuten später schloß sich die Tür des Kleiderschranks über den verzerrten Zügen Jules Bernards. Der Schakal nahm eine Illustrierte zur Hand und richtete sich darauf ein, zwei Tage zu warten.

WÄHREND dieser beiden Tage wurde Paris auf den Kopf gestellt wie noch nie. Alle Hotels wurden kontrolliert und die Gästebücher überprüft; jede Pension, jede Herberge, jede Penne oder Absteige wurde durchsucht. In den Häusern und Wohnungen aller bekannten OAS-Sympathisanten wurde das Unterste zuoberst gekehrt. Tausende von Personen wurden auf der Straße, in Taxis und Omnibussen angehalten und mußten sich ausweisen. Auf allen größeren Zufahrtsstraßen nach Paris wurden Straßensperren errichtet. Hunderttausend Mann, vom höheren Kriminalbeamten bis hinunter zum einfachen Soldaten oder Polizisten, waren auf den Beinen.

Am Abend des 24. August wurde Claude Lebel telephonisch gebeten, sich bei Roger Frey, dem Innenminister, zu melden.

Frey, der müde und überarbeitet aussah, winkte Lebel auf einen Stuhl. „Wir können ihn nicht finden", sagte er. „Er ist einfach vom Erdboden verschwunden."

„Er ist hier, irgendwo hier", sagte Lebel. „Welche Vorkehrungen sind für morgen getroffen?"

Der Minister machte ein Gesicht, als habe er Schmerzen. „Der Präsident will seinen morgigen Fahrplan nicht in einem einzigen Punkt geändert haben. Er wird also um zehn unter dem Triumphbogen die Ewige Flamme neu entzünden. Elf Uhr Hochamt in Notre-Dame. Halb eins stilles Gedenken am Schrein der Märtyrer des Widerstands im Fort Mont-Valérien, dann Rückfahrt zum Elysée, Mittagessen und Ruhepause. Nachmittags Ordenverleihung an zehn Widerstandsveteranen, deren Verdienste erst in jüngerer Zeit anerkannt worden sind. Das ist dann um vier Uhr vor der Gare Montparnasse."

„Wie werden die Zuschauer kontrolliert?" fragte Lebel.

„Die Zuschauer werden so weit ferngehalten wie noch nie. Ein paar Stunden vor jeder Zeremonie werden Abschrankungen errichtet; dann wird das Gebiet innerhalb der Sperren gründlich durchsucht, einschließlich der Kanalisation. Während der Feierlichkeiten sitzen Beobachter mit Gewehren ringsum auf den Dächern. Außer offiziellen Teilnehmern an den Feierlichkeiten kommt niemand durch die Sperren.

Wir haben ungewöhnlich weitgehende Maßnahmen ergriffen. Alle Priester, die bei der Messe in Notre-Dame mitwirken, werden nach Waffen durchsucht. Polizei und CRS geben morgen früh neue Erkennungsmarken an ihre Leute aus; das für den Fall, daß er einen Sicherheitsbeamten mimt; ferner werden alle Presse- und Diplomatenausweise umgetauscht.

In den letzten vierundzwanzig Stunden haben wir heimlich kugelsichere Scheiben in den Citroën des Präsidenten eingebaut. Abgesehen davon wird jeder, der dem Präsidenten auf zweihundert Meter nahe kommt, gefilzt – jeder, ohne Ausnahme. Haben Sie sonst noch Vorschläge?"

Lebel verdrehte seine Hände zwischen den Knien wie ein Schuljunge, der dem Lehrer eine Erklärung abzugeben hat. „Ich glaube nicht", sagte er schließlich, „daß er das Risiko eingehen wird, getötet zu werden. Wenn er an seinem Plan zweifelte, hätte er inzwischen kehrtgemacht. Demnach muß er noch etwas im Ärmel haben."

Er stand auf und ging im Zimmer auf und ab. „Er muß einen Einfall gehabt haben, auf den bisher noch keiner gekommen ist – eine ferngezündete Bombe oder ein Gewehr. Eine Bombe könnte aber zu leicht entdeckt werden; also ist es ein Gewehr. Darum ist er auch mit dem Auto nach Frankreich eingereist. Wahrscheinlich war das Gewehr ans Fahrgestell geschweißt oder in der Innenverkleidung versteckt."

„Kann er denn ein Gewehr durch die Sperren schmuggeln?" fragte der Minister.

Lebel blieb stehen. „Ich weiß es nicht. Nur eines ist sicher. Wo immer er ist, morgen muß er aus dem Versteck. Sobald er heraus ist, muß er als der erkannt werden, der er ist. Letzten Endes läuft das nur auf das alte Kriminalistenmotto hinaus, daß man die Augen offenhalten muß. Mehr habe ich zum Thema Sicherheit nicht vorzuschlagen, Herr Minister. Dürfte ich mich also einfach in der Nähe einer jeden Zeremonie aufhalten und zusehen, ob ich ihn irgendwo erwische? Es ist das einzige, was uns noch übrigbleibt."

Der Minister war enttäuscht. Er hatte auf einen genialen Einfall des Kriminalisten gehofft, und da meinte der Mann nur, er wolle die Augen offenhalten. Der Minister stand auf. „Natürlich", sagte er kühl. „Bitte tun Sie das, Herr Kommissar."

SPÄTER am Abend legte der Schakal sich in Bernards Schlafzimmer schon einmal alles auf dem Bett zurecht: die verschlissenen schwarzen Schuhe, graue Wollsocken, die alte Hose und ein offenes Hemd, dazu den Militärmantel mit der Ordensspange und die schwarze Baskenmütze des französischen Kriegsveteranen André Martin. Obendrauf legte er die falschen Papiere, die dem Träger der Kleidung seine neue Identität bestätigten.

Daneben deponierte er das Gurtzeug, das er sich in London hatte anfertigen lassen, die Stahlrohre mit den Gewehrteilen und den schwarzen Gummistöpsel, in dem die fünf Explosivgeschosse steckten.

Zwei der Patronen nahm er heraus und drückte vorsichtig die Geschosse heraus. Dann schüttelte er die Korditkörnchen aus den Hülsen. Die behielt er, während er die jetzt unbrauchbaren Patronenhülsen in den Mülleimer warf.

Er hatte noch drei Patronen übrig.

Er hatte sich zwei Tage nicht rasiert, so daß ein hellblondes Stoppelfeld sein Kinn bedeckte. Das würde er morgen früh mit einem Rasiermesser, das er sich bei seiner Ankunft in Paris gekauft hatte, mehr schlecht als recht abrasieren. Auf dem Regal im Badezimmer lag außerdem das Rasierwasserfläschchen mit der grauen Haarfarbe. Er hatte Marty Schulbergs Kastanienbraun schon herausgewaschen und saß jetzt vor dem Badezimmerspiegel, um sich die blonden Haare kürzer und immer kürzer zu scheren, bis sie ihm wie eine zerfranste Bürste in einzelnen Büscheln vom Kopf abstanden.

Ein letztes Mal ging er alle Vorbereitungen für morgen durch, dann machte er sich ein Omelett und sah sich eine Revue im Fernsehen an, bis es Zeit war, zu Bett zu gehen.

Am Sonntag, dem 25. August 1963, war es sengend heiß. Wenn Paris in Festtagsstimmung seine Befreiung von den Deutschen vor neunzehn Jahren feierte, so waren fünfundsiebzigtausend darunter, die in blauen Uniformen schwitzten, um bei den übrigen für Ordnung zu sorgen. Die Feierlichkeiten hatten starken Zulauf. Doch die meisten, die kamen, sahen kaum etwas von ihrem Staatsoberhaupt, denn es schritt zwischen festgefügten Polizeireihen einher.

Außer den Offizieren und Beamten, die um ihn schwärmten und vor lauter Freude über ihre Berufung wohl nicht bemerkten, daß die ihnen allen gemeinsame Eigenschaft ihre Körpergröße war, mit der ein jeder auf seine Art dem Präsidenten als lebender Kugelfang diente, umgaben General de Gaulle noch seine vier Leibwächter.

Sie waren in allen Kampfarten Experten. Ihre Brustkästen und Schultern trugen dicke Muskelpakete. Wenn sie die anspannten, wurden die Arme seitwärts gedrückt, so daß sie ein ganzes Stück vom Körper weg baumelten. Jeder von ihnen hatte eine Pistole in der linken Achselhöhle, was das Gorillaähnliche an ihrer Haltung noch betonte, und ihre Hände waren beim Gehen stets halb geöffnet und bereit, beim ersten Anzeichen von Scherereien die Waffen herauszureißen und loszuballern.

Aber es kam zu keinen Scherereien. Die Zeremonie am Arc de Triomphe verlief genau nach Plan, während ringsum auf dem großen Amphitheater der Dächer, die den Platz beherrschten, Hunderte von Männern mit Ferngläsern und Gewehren hinter den Schornsteinen lauerten. Bei Notre-Dame war es dasselbe. Während der Kardinalerzbischof von Paris die Messe zelebrierte, saßen auf der Orgelempore zwei Mann mit Gewehren und wachten. Die Gemeinde der Frommen war von Polizeibeamten in Zivil durchsetzt, die weder niederknieten noch die Augen schlossen, aber so inbrünstig beteten wie alle übrigen. Doch die Worte, die sie beteten, waren aus einem uralten Polizisten-Gebetbuch: „Bitte, lieber Gott, nicht während meiner Schicht."

Am Mont Valérien war die Atmosphäre geladen, aber der Präsident gab zumindest nicht zu erkennen, daß er es bemerkte. Hier in diesem Arbeiterviertel rechneten die Sicherheitsbeamten damit, daß der Mörder, während der Wagen des Generals sich durch die schmalen Sträßchen dem Fort näherte, sein Attentat versuchen könnte.

In Wirklichkeit aber war der Schakal in diesem Augenblick ganz woanders.

Pierre Valrémy hatte die Nase voll. Ihm war heiß, die Jacke klebte ihm am Rücken, der Riemen seiner Maschinenpistole scheuerte seine Schulter wund, und Durst hatte er auch. Allmählich tat es ihm leid, daß er zur CRS gegangen war, als er seinen Posten in der Fabrik in Rouen verloren hatte. Niemand hatte ihm etwas von dem Kasernenleben gesagt, von dem Drill, der kratzigen Uniform, dem stundenlangen Warten an Straßenecken in bitterer Kälte wie in glühender Hitze, Warten auf den großen Fang, der nie kam.

Und nun Paris, sein erster Einsatz außerhalb Rouens. Er hatte gehofft, etwas von der Lichterstadt zu Gesicht zu bekommen. Aber mit Sergeant Barbichet als Gruppenführer war da nichts drin. „Siehst du da die Sperre, Valrémy? Also, bei der bleibst du stehen und behältst sie im Auge, läßt keinen Menschen durch, außer mit Sondergenehmigung, kapiert? Da hast du eine verantwortungsvolle Aufgabe, mein Junge."

Verantwortungsvoll! Also, die machten sich mit ihrem Befreiungstag schon ein bißchen in die Hosen. Allein in seinem Quartier gestern abend waren Leute aus zehn verschiedenen Städten gewesen, und die aus Paris wollten Gerüchte gehört haben, daß mit irgendwelchen Zwischenfällen zu rechnen sei.

Valrémy schaute zurück in die Rue de Rennes. Die Sperre, die er bewachte, war eine von einem Haus zum andern quer über die Straße gespannte Kette, etwa zweihundertfünfzig Meter von der Place du 18-Juin entfernt. Bis zur Fassade des Bahnhofs waren es noch einmal zweihundert Meter über den Platz hinüber. Im Vorhof, auf dem die

Zeremonie stattfinden sollte, konnte er Leute sehen, die dabei waren, die Plätze der Veteranen, der Offiziellen und der Kapelle der Garde républicaine zu markieren.

Noch drei Stunden.

Langsam sammelten sich Zuschauer an den Sperren. Schön blöd, sich in dieser Hitze hinzustellen und zu warten, nur um aus dreihundert Meter Entfernung einen Haufen Köpfe zu sehen und zu wissen, daß de Gaulle irgendwo dazwischen war.

Es standen schon an die hundert Menschen an den Sperren, als er den Alten sah. Er kam die Straße heruntergehumpelt und sah aus, als schaffte er's im Leben nicht mehr. Seine schwarze Baskenmütze hatte Schweißflecken, und der lange Soldatenmantel flatterte ihm um die Knie. An seiner Brust baumelte eine Reihe Orden. Aus der Menschenmenge an der Sperre traf ihn manch mitleidsvoller Blick.

Diese alten Knacker heben sich ihre Orden aber auch ewig auf, dachte Valrémy. Als wenn sie das einzige wären, was sie im Leben noch haben. Nun, vielleicht war's für manche von ihnen tatsächlich das einzige, was sie noch hatten. Besonders wenn einem ein Bein weggeschossen worden war. Vielleicht, dachte Valrémy, während er den Alten beobachtete, der da angehumpelt kam, ist er als junger Mann auch ein bißchen herumgezogen, als er noch auf zwei Beinen laufen konnte. Aber jetzt erinnerte er den CRS-Mann an die einbeinige alte Seemöwe, die er einmal bei einem Besuch an der Küste von Kermadec gesehen hatte.

Ein schönes Leben, sich den Rest seiner Tage auf einer Krücke aus Aluminium herumschleppen zu müssen. Der Alte kam jetzt angehinkt.

*„Je peux passer?“* fragte er zaghaft.

„Komm her, Opa, laß mal deine Papiere sehen.“

Der Kriegsveteran kramte in seinem Hemd herum, das auch mal eine Wäsche hätte vertragen können. Zwei Ausweise kamen zum Vorschein. André Martin, französischer Staatsbürger, dreiundfünfzig Jahre alt. Der andere Ausweis war auf denselben Namen ausgestellt. Auf der Vorderseite standen die Worte: *„Mutilé de guerre.“*

Valrémy sah die Photos auf beiden Ausweisen an, dann blickte er hoch. „Nimm mal die Mütze ab.“

Der Alte nahm die Mütze ab. Valrémy verglich das Gesicht mit dem auf den Photos. Sie stimmten überein. Der Mann vor ihm sah krank aus. Er hatte sich beim Rasieren geschnitten und kleine Stückchen Toilettenpapier auf die Schnitte geklebt. Das Gesicht war grau und schweißbedeckt. Valrémy gab die Ausweise zurück.

„Wozu willst du denn da hin?"

„Ich wohne da", sagte der Alte. „In einer Mansarde."

Valrémy riß die Ausweise wieder an sich. Auf dem Personalausweis stand als Adresse „154, rue de Rennes". Der CRS-Mann sah an dem Haus hinauf, vor dem er stand. Über der Tür stand die Nummer 132. Also lag die Nummer 154 weiter unten. Niemand hatte ihm verboten, einen alten Mann nach Hause gehen zu lassen.

„Na schön, du kannst durch. Aber mach mir keine Scherereien."

Der Alte lächelte, steckte seine Ausweise wieder ein und wäre fast auf seinem einen Bein über die Krücke gestolpert. Valrémy fing ihn schnell auf und hielt ihn fest.

„Ein alter Kumpel von mir kriegt heut seinen Orden. Ich hab meinen schon vor zwei Jahren bekommen." Er tippte auf die Médaille de la Résistance auf seiner Brust.

Während der alte Mann weiterhumpelte, drehte Valrémy sich um und hielt gerade noch einen andern auf, der auf gut Glück durchzuschlüpfen versuchte. „Schon gut, nun reicht's. Bleibt hinter der Sperre." Das letzte, was Valrémy noch von dem alten Soldaten sah, war der Militärmantel, der flatternd in einem Hauseingang am Ende der Straße verschwand.

Madame Berthe sah auf und erschrak, als der Schatten über sie fiel. Es war ein schwerer Tag gewesen mit all der Polizei, die sämtliche Zimmer durchsucht hatte. Zum Glück waren bis auf drei Mieter alle Hausbewohner in Ferien.

Als die Polizei fort war, hatte sie sich wieder in ihren Hauseingang gesetzt, um ein bißchen zu stricken. Die Zeremonie, die gegenüber ihrem Sitzplatz auf dem Bahnhofsplatz stattfinden sollte, interessierte sie nicht im geringsten.

„*Excusez-moi, madame* – ich dachte – vielleicht ein Glas Wasser. Es ist so schrecklich heiß, und das lange Warten –"

Sie erkannte das Gesicht und die Figur eines alten Mannes in einem Soldatenmantel, wie ihn ihr längst verstorbener Mann getragen hatte, mit lauter Orden unter dem linken Revers. Er stützte sich schwer auf seine Krücke, und unter dem Mantel schaute nur ein Bein heraus. Sein Gesicht war eingefallen und verschwitzt.

„Oh, *mon pauv' monsieur*. So herumzulaufen – und bei der Hitze. Das fängt doch erst in zwei Stunden an. Sie sind aber schon früh da.

Kommen Sie, kommen Sie." Schon war sie unterwegs zu der Glastür, die zu ihrer hinten liegenden Wohnung führte, um ein Glas Wasser zu holen. Der Kriegsveteran hinkte ihr nach.

Weil das Wasser aus dem Hahn in der Küche lief, hörte sie nicht, wie die Tür zur Diele zuging; sie fühlte kaum die Finger der linken Hand des Mannes, die von hinten um ihre Kinnlade glitten. Und der Schlag der Knöchel unter dem rechten Schläfenbein genau hinterm Ohr kam völlig unerwartet. Lautlos glitt ihr Körper zu Boden.

Der Schakal knöpfte seinen Mantel auf und löste das Gurtzeug, mit dem er sein rechtes Bein hochgebunden hatte. Als er das Bein ausstreckte, verzog er vor Schmerzen das Gesicht. Es dauerte einige Minuten, bis Wade und Fuß wieder genügend durchblutet waren und er das Bein belasten konnte.

Fünf Minuten später war Madame Berthe mit einer Wäscheleine, die er unterm Spülstein gefunden hatte, an Händen und Füßen gefesselt und hatte ein großes Heftpflaster über dem Mund. Er trug sie in die Besenkammer und schloß die Tür.

Eine Suche in der Diele förderte die Schlüssel zu den Wohnungen in einer Tischschublade zutage. Er knöpfte den Mantel wieder zu, nahm die Krücke, dieselbe, mit der er vor zwölf Tagen durch die Flughäfen von Brüssel und Mailand gehumpelt war, und sah nach draußen. Der Hausflur war leer. Er schloß die Tür hinter sich zu und sprang die Treppen hinauf. Im sechsten Stock entschied er sich für die Wohnung von Mademoiselle Béranger. Auf sein Klopfen rührte sich nichts. Er wartete und klopfte noch einmal. Weder aus dieser Wohnung noch aus der nebenan kam ein Geräusch. Er suchte den passenden Schlüssel heraus, betrat die Wohnung der Béranger und schloß die Tür hinter sich ab.

Er ging zum Fenster und sah hinaus. Auf den Hausdächern gegenüber gingen Männer in blauen Uniformen soeben in Stellung. Er war gerade rechtzeitig gekommen. Mit weit ausgestrecktem Arm entriegelte er das Fenster und riß die beiden Flügel schnell nach innen. Dann trat er weit genug zurück. Ein viereckiger Lichtfleck fiel durchs Fenster auf den Teppich. Solange er diesen Lichtfleck mied, konnten die Beobachter von drüben ihn nicht sehen.

Wenn er neben das Fenster trat, konnte er schräg nach unten auf den Bahnhofsvorplatz in hundertdreißig Meter Entfernung blicken. Etwas seitlich vom Fenster zurück legte er jetzt zwei Kissen auf einen Tisch. Die sollten ihm als Auflage beim Schießen dienen.

Er zog den Umhang aus und rollte die Ärmel hoch. Jetzt nahm er die Krücke auseinander, Stück um Stück. Der schwarze Gummistöpsel am Ende wurde abgeschraubt, und zum Vorschein kamen die glänzenden Patronenböden der drei restlichen Geschosse. Die Übelkeit und das Schwitzen, das ihm die Korditkörnchen aus den beiden andern bereitet hatten, ließen allmählich nach.

Er schraubte das nächste Stück von der Krücke ab, und heraus rutschte der Schalldämpfer. Aus dem nächsten Teil kam das Zielfernrohr. Der dickste Teil der Krücke, in dem die beiden oberen Stützen zusammenliefen, enthielt den Lauf mit dem Verschlußstück. Aus der Y-förmigen Gabelung nahm er die beiden Stahlstäbe, die zusammengesetzt den Rahmenkolben des Gewehrs ergeben sollten. Zuletzt montierte er die wattierte Achselstütze der Krücke, in der sich auch der Abzugsstift befand, auf den Rahmenkolben und bildete damit die Schulterstütze.

Mit liebevoller Geduld fügte er das Gewehr zusammen. Dann setzte er sich auf den Stuhl hinterm Tisch, legte den Gewehrlauf auf das obere Kissen und blickte durchs Zielfernrohr. Der sonnenbeschienene Platz jenseits der Fenster und fünfzehn Meter tiefer schob sich ins Gesichtsfeld. Der Kopf eines der Männer, die dort unten noch die Aufstellung für die kommende Zeremonie festlegten, huschte durchs Fadenkreuz. Der Schakal folgte dem Ziel mit dem Gewehr. Der Kopf erschien groß und deutlich, so groß wie die Melone damals auf der Waldlichtung.

Zufrieden stellte er jetzt die Patronen in Reih und Glied an der Tischkante auf. Er zog mit Daumen und Zeigefinger das Schloß zurück und legte die erste Patrone ein. Dann stieß er das Schloß wieder nach vorn, daß es sich über den Patronenboden schob, und gab ihm eine halbe Drehung, um es zu verriegeln. Schließlich legte er das Gewehr vorsichtig auf die Kissen und kramte nach Zigaretten und Streichhölzern. Mit einem kräftigen Zug an der ersten Zigarette lehnte er sich weit zurück und schickte sich an, noch weitere eindreiviertel Stunden zu warten.

## 17

KOMMISSAR Claude Lebels Mund war ausgetrocknet, und die Zunge klebte am Gaumen wie angeschweißt. Er hatte seit vielen Jahren zum erstenmal richtige Angst. Im Laufe dieses Nachmittags würde etwas geschehen, dessen war er ganz sicher.

Am Arc de Triomphe, in Notre-Dame und am Mont Valérien war er dabeigewesen. Beim Mittagessen mit ein paar von den andern hatte er deren Gespanntheit und Wut in so etwas wie Euphorie umschlagen sehen. Nur noch eine Station war übrig, und die Place du 18-Juin, versicherte man ihm, war gut abgeriegelt. „Er ist weg", sagte Rolland, als sie aus einem Restaurant in der Nähe vom Elysée kamen. „Das war auch das Klügste, was er tun konnte. Irgendwo, irgendwann wird er wiederauftauchen, und dann haben meine Jungs ihn."

Lebel schlich jetzt recht unfroh um die Menschenmenge herum, die auf dem Boulevard du Montparnasse in zweihundert Meter Abstand von dem Platz gehalten wurde, so weit weg, daß keiner von ihnen sehen konnte, was sich dort tat. Alle Polizisten und CRS-Leute, mit denen er sprach, sagten dasselbe. Seit Errichtung der Sperren um zwölf Uhr sei hier niemand mehr durchgekommen.

Die Hauptstraßen waren abgeriegelt; die Seitenstraßen waren abgeriegelt; die kleinen Gäßchen waren abgeriegelt. Die Dächer wurden beobachtet und bewacht; der Bahnhof selbst wimmelte von Sicherheitsbeamten. Sie hockten auf den großen Lokomotivschuppen hoch über den menschenleeren Bahnsteigen, von denen alle Züge für heute nachmittag abgezogen waren. Sämtliche Häuser innerhalb des Sperrbezirks waren vom Keller bis zum Speicher durchsucht worden.

Lebel zeigte seinen Polizeiausweis und begab sich durch Seitenstraßen zur Rue de Rennes. Dasselbe Bild; die Straße war zweihundert Meter vor dem Platz abgesperrt und menschenleer bis auf die patrouillierenden Bereitschaftspolizisten von der CRS. Er begann mit seiner Fragerei von vorn.

Jemand gesehen? Nein, Monsieur. Jemand hier durchgegangen, irgend jemand? Nein, Monsieur. Unten auf dem Bahnhofsvorplatz hörte er die Kapelle ihre Instrumente einspielen. Er sah auf die Uhr. Der General konnte jetzt jeden Augenblick kommen. Jemand hier vorbeigekommen? Nein, Monsieur, hier nicht.

Unten vom Platz her hörte er ein lautes Kommando, und aus dem Boulevard du Montparnasse bog eine Wagenkolonne auf die Place du 18-Juin. Er sah die Wagen durchs Tor auf den Bahnhofsvorplatz fahren, wo die Polizeiposten strammstanden und grüßten. Ein paar Meter von ihm drängte sich die Menge gegen die Sperre. Er schaute zu den Dächern hinauf. Gut, diese Burschen. Die da oben ignorierten das Schauspiel völlig; ihre Blicke klebten an den Dächern und Fenstern.

Er kam jetzt auf die Westseite der Rue de Rennes. Ein junger CRS-Mann stand breitbeinig in der Lücke zwischen dem Ende der Abschrankung und der Wand des Hauses Nummer 132.

Er zeigte dem Mann schnell seinen Ausweis, und der nahm sofort Haltung an. „Jemand hier durchgekommen?"

„Nein, Monsieur."

„Wie lange stehen Sie schon hier?"

„Seit zwölf, Monsieur, als die Straße abgesperrt wurde."

„Und hier ist keiner durchgeschlüpft?"

„Nun ja... ein alter Krüppel. Er wohnt da unten."

„Was für ein Krüppel?"

„Schon ein älterer Mann, Monsieur. Sah jämmerlich krank aus. Er hat mir seinen Personalausweis und Kriegsversehrtenausweis gezeigt. Die Adresse war Rue de Rennes hundertvierundfünfzig. Nun ja, da hab ich ihn durchgelassen. Er sah ganz fertig aus. Kein Wunder, wenn man bei dem Wetter auch noch so einen Mantel anhat."

„Mantel?"

„Ja, Monsieur, so einen langen Militärmantel, wie ihn die alten Soldaten immer getragen haben. Viel zu heiß für so ein Wetter."

„Und Sie sagen, es war ein Kriegsversehrter? Was hat ihm denn gefehlt?"

„Ein Bein, Monsieur. Er ist gehumpelt, mit einer Krücke."

Auf dem Bahnhofsplatz schmetterten die Clairons los. *„Allons, enfants de la patrie, le jour de gloire est arrivé ..."* Die Menge fiel in die wohlbekannten Klänge der Marseillaise ein.

„Krücke?" Lebels Stimme kam für ihn selbst von ganz weit her. „Ja, eine Krücke aus Aluminium..." Lebel rannte wie ein Hase die Straße hinunter und brüllte dem CRS-Mann zu, ihm zu folgen.

SIE WAREN im offenen Viereck im Sonnenschein angetreten. Die Wagen waren vor der Bahnhofsfront aufgefahren. Genau gegenüber standen die zehn Mann, die vom Staatsoberhaupt ihre Orden entgegennehmen sollten. Auf der Ostseite des Vorplatzes standen die Offiziellen und das diplomatische Korps.

Die Westseite wurde ganz von den roten Federbüschen und blitzenden Helmen der Garde républicaine eingenommen, und die Kapelle stand ein kleines Stückchen vor der Ehrenwache selbst.

Der Schakal hob das Gewehr und blinzelte in den Vorhof hinunter. Er suchte sich den am nächsten stehenden Kriegsveteranen aus. Er war klein und gedrungen, stand sehr aufrecht und reckte seinen Kopf ganz deutlich ins Visier. In wenigen Minuten würde über diesem Kopf ein anderer Kopf aufragen, ein anderes Gesicht, stolz, hochmütig, darüber eine khakifarbene Mütze mit zwei goldenen Sternen.

„*Marchons, marchons ..., qu'un sang impur ...*" Die letzten Töne der Nationalhymne verklangen, und Stille trat ein. Die Kommandos des Gardekommandanten dröhnten über den Platz. „Stillgestanden! Präsentiert das – Gewehr!" Es ertönten drei exakte Schläge, als weißbehandschuhte Finger im Gleichklang gegen die Gewehrschäfte und Magazine klatschten und als die Hacken zusammenknallten.

Die Tür des Präsidentenwagens ging auf. Eine einzelne große Gestalt entstieg ihm und schritt auf die Reihe der Veteranen zu. In einigem Abstand folgte der Minister der Kriegsveteranen, der dem Präsidenten die Ordensempfänger vorstellen sollte, und ein Offizier, der ein Samtkissen trug, auf dem die zehn Metallplättchen und zehn bunte Bänder leuchteten. Von diesen beiden abgesehen, marschierte Charles de Gaulle ganz allein nach vorn.

„Das hier?" Lebel blieb keuchend stehen und zeigte auf einen Hauseingang.

„Ich glaube, ja, Monsieur."

Der kleine Kriminalbeamte war schon im Eingang verschwunden, hinter ihm Valrémy, der nicht unglücklich darüber war, daß sie von der Straße herunterkamen, wo ihr eigenartiges Benehmen schon Stirnrunzeln bei den Offizieren hervorrief, die in Habachtstellung vor den Gittern des Bahnhofsplatzes standen. Nun ja, wenn man ihn zur Schnecke machen wollte, konnte er noch immer sagen, dieser komische kleine Mann hier habe sich als Kriminalkommissar ausgegeben und er selbst habe nur versucht, ihn zurückzuhalten.

Der Kriminalbeamte rüttelte an der Tür der Conciergenwohnung. „Wo ist die Concierge?" brüllte er.

„Weiß ich nicht, Monsieur", sagte Valrémy.

Der kleine Mann hatte schon mit dem Ellbogen die Scheibe eingeschlagen, hindurchgegriffen und die Tür geöffnet. „Mir nach", rief er und sauste hinein.

Und ob ich dir nachrenne, dachte Valrémy. Du spinnst ja.

An der Tür zur Besenkammer schaute er ihm über die Schulter und sah die Concierge gefesselt und bewußtlos am Boden liegen. Plötzlich begriff er, daß dieser kleine Mann wirklich ein Kriminalkommissar war und daß sie hinter einem Verbrecher her waren. Das war ja der große Augenblick, von dem er immer geträumt hatte, und nun wünschte er sich in die Kaserne zurück. „Ganz hinauf", rief der Kriminalbeamte und war schon halb oben. Valrémy stampfte ihm nach und riß im Laufen seine Maschinenpistole von der Schulter.

Der Präsident Frankreichs blieb vor dem ersten Veteranen in der Reihe stehen und bückte sich ein wenig, um zu hören, was der Minister ihm zu dem Mann zu erklären hatte. Als der Minister fertig war, neigte de Gaulle den Kopf zu dem Veteranen und drehte sich zu dem Mann mit dem Samtkissen um, der ihm die Medaille reichte. Während die Kapelle leise die *Marche lorraine* anstimmte, heftete der General dem ältlichen Mann vor ihm den Orden an die Brust. Dann trat er einen Schritt zurück, um zu salutieren.

Sechs Stockwerke höher und hundertdreißig Meter entfernt hielt der Schakal das Gewehr ganz ruhig und blickte durchs Zielfernrohr. Deutlich sah er die Gesichtszüge, die von dem Mützenschirm beschattete Stirn, die scharfblickenden Augen, die vorspringende Nase. Er sah die salutierende Hand sich senken; das Fadenkreuz stand genau über der entblößten Schläfe. Ganz weich, mit Gefühl, drückte er ab ...

Einen Sekundenbruchteil später starrte er auf den Bahnhofsplatz hinunter, als könne er seinen Augen nicht trauen. Ehe das Geschoß den Lauf verließ, hatte der Präsident ruckartig den Kopf vornübergeneigt. Und vor den Augen des Attentäters drückte er dem vor ihm Stehenden würdevoll den traditionellen Gratulationskuß auf beide Wangen.

Man rekonstruierte später, daß die Kugel nur Millimeter an dem sich nach vorn bewegenden Kopf vorbeigegangen sein mußte. Ob der Präsident ihren peitschenartigen Knall gehört hat, ist nicht bekannt. Jedenfalls hatte er sich nichts anmerken lassen. Das Geschoß schlug in den von der Sonne aufgeweichten Belag des Bahnhofsplatzes und zerplatzte harmlos im Asphalt. Die *„Marche lorraine"* ertönte weiter. Der Präsident richtete sich nach dem zweiten Kuß auf und schritt gemessen weiter zum nächsten.

Der Schakal stieß einen leisen, lästerlichen Fluch aus. Er hatte noch nie im Leben ein stehendes Ziel auf hundertdreißig Meter verfehlt. Dann beruhigte er sich; er hatte ja noch Zeit. Er riß das Schloß zurück und warf die abgeschossene Hülse aus. Er nahm die zweite Patrone vom Tisch, schob sie in die Patronenkammer und verriegelte das Schloß.

Sekunden vorher war Claude Lebel keuchend im sechsten Stock angekommen. Er glaubte, das Herz müsse ihm aus der Brust springen. Zwei Türen führten zur Vorderseite des Gebäudes. Er schaute noch von der einen zur andern, als der CRS-Mann bei ihm ankam, die Maschinenpistole in der Hüfte, Mündung nach vorn. Während Lebel noch unschlüssig vor den Türen stand, hörte er hinter der einen ein leises, aber deutlich wahrnehmbares *Pffft*. Lebel wies mit dem Zeigefinger auf das Türschloß.

„Aufschießen!" befahl er und trat beiseite. Der CRS-Mann gab Feuer. Holz- und Metallsplitter und plattgedrückte Geschosse spritzten in alle Richtungen. Die Tür erbebte und sprang nach innen auf. Valrémy war als erster im Zimmer. Lebel gleich hinter ihm.

Valrémy erkannte die grauen Haarbüschel, aber das war auch schon alles. Der Mann vor ihm hatte zwei Beine, der Militärmantel war weg, und die Arme, die das Gewehr hielten, gehörten einem kräftigen jungen Mann. Der Schakal ließ ihm keine Zeit; er sprang hoch, warf sich halb geduckt herum und feuerte aus der Hüfte. Der vereinzelte Schuß war in der Salve aus Valrémys Maschinenpistole nicht zu hören; die Kugel drang Valrémy in die Brust und explodierte. Er fühlte ein furchtbares Reißen, fühlte schmerzende Stiche; dann gar nichts mehr. Der Teppich kam ihm entgegen und schlug krachend gegen seine Wange. Zuerst wurden die Beine, dann der Bauch, die Brust und der Hals gefühllos. Das letzte, woran er sich erinnerte, war ein salziger Geschmack im Mund, wie damals, als er bei Kermadec im Meer gebadet hatte und wo die einbeinige Möwe auf dem Pfosten saß. Dann war alles dunkel.

Über seine Leiche hinweg starrte Claude Lebel in die Augen des anderen. Sein Herz schien überhaupt nicht mehr zu schlagen.

*„Chacal"*, sagte er.

Der andere sagte nur: „Lebel." Er machte sich an dem Gewehr zu schaffen und riß das Schloß zurück. Lebel sah ein Blitzen, als die Patronenhülse auf die Erde flog. Der Mann riß etwas vom Tisch und steckte es ins Patronenlager. Seine Augen starrten noch immer Lebel an.

Er will mich hypnotisieren, dachte Lebel. Er wird mich töten.

Mit Mühe senkte Lebel den Blick zum Boden. Der Junge von der CRS war zur Seite gefallen; seine Maschinenpistole war ihm aus den Händen geglitten und lag zu Lebels Füßen. Ohne sich eines Gedankens bewußt zu sein, ließ er sich auf die Knie fallen, ergriff die Waffe, riß sie mit der einen Hand in die Höhe und suchte mit der anderen den Abzug. Er hörte den Schakal das Schloß nach vorn stoßen und fand im selben Augenblick den Abzug. Er riß ihn durch.

Die donnernde Salve zerriß das Zimmer und war bis auf den Bahnhofsplatz zu hören. Die bohrenden Fragen der Presse tat man später mit der Antwort ab, es sei ein Motorrad mit defektem Auspuff gewesen. Ein halbes Magazin 9-Millimeter-Geschosse drang dem Schakal in die Brust, riß ihn hoch, wirbelte ihn in der Luft halb herum und schleuderte den leblosen Körper in die gegenüberliegende Ecke beim Sofa. Unten spielte die Kapelle die ersten Takte von *„Mon régiment et ma patrie"*.

KRIMINALRAT Thomas bekam an diesem Abend um sechs Uhr einen Anruf aus Paris. Er schickte nach seinem Oberinspektor.

„Sie haben ihn", sagte er. „In Paris. Es gibt keine Schwierigkeiten, aber Sie sollten lieber mal in seine Wohnung gehen und ein bißchen aufräumen."

Um acht Uhr, als der Oberinspektor noch einen letzten Blick auf Calthrops Habseligkeiten warf, hörte er jemanden durch die Tür kommen. Er drehte sich um. Ein großer, vierschrötiger Mann schaute ihn finster an.

„Suchen Sie was Bestimmtes hier?" fragte der Beamte.

„Dasselbe könnte ich Sie fragen. Wo, zum Teufel, glauben Sie eigentlich, daß Sie sind?"

„Nun gut", sagte der Inspektor. „Ihren Namen, bitte."

„Calthrop", sagte der Mann. „Charles Calthrop. Und das da ist meine Wohnung. Aber Sie – was treiben Sie hier?"

„Ich glaube", sagte der Inspektor und ließ ihn nicht aus den Augen, „Sie kommen besser mit mir auf ein Schwätzchen zum Yard."

„Da haben Sie verdammt recht", sagte Calthrop. „Sie dürften mir einiges zu erklären haben."

Aber in Wirklichkeit besorgte Calthrop selbst das Erklären. Sie hielten ihn vierundzwanzig Stunden fest, bis aus Paris drei voneinander unabhängige Bestätigungen da waren, daß der Schakal tot war, während fünf Wirte von fünf verschiedenen Wirtshäusern im Norden Schottlands bezeugten, daß Charles Calthrop tatsächlich in den vergangenen drei Wochen seinem Angelhobby gefrönt hatte.

„Wenn der Schakal nicht Calthrop war", fragte Thomas seinen Inspektor, nachdem Calthrop endlich als freier Mann zur Tür hinausgegangen war, „wer zum Kuckuck war er denn dann?"

„Es KOMMT natürlich überhaupt nicht in Frage", sagte anderntags der Chef der Londoner Polizei zu Kriminaldirektor Dixon und Kriminalrat Thomas, „daß die Regierung Ihrer Majestät diesen Schakal je als Engländer anerkennen könnte. Soweit wir wissen, hat nur ein gewisser Engländer einmal eine Zeitlang im Verdacht gestanden. Dieser Verdacht ist von ihm genommen. Ferner wissen wir, daß dieser Schakal sich während seiner – seiner Tätigkeit in Frankreich vorübergehend als britischer Staatsangehöriger ausgegeben hat. Aber er hat sich außerdem auch als Däne, Amerikaner und Franzose ausgegeben. Was uns angeht, haben unsere Ermittlungen ergeben, daß der Attentäter mit einem falschen Paß auf den Namen Duggan Frankreich bereist hat und unter diesem Namen bis zu diesem – diesem Gap verfolgt werden konnte. Das ist alles, meine Herren, der Fall ist abgeschlossen."

AM FOLGENDEN Tag wurde die Leiche eines Mannes in einem namenlosen Grab auf dem Pariser Friedhof Père-Lachaise beigesetzt. In der Todesurkunde war von einem unbekannten ausländischen Touristen die Rede, der am Sonntag, dem 25. August 1963, außerhalb der Stadt bei einem Unfall mit Fahrerflucht ums Leben gekommen sei. Zugegen waren ein Priester, ein Polizist, ein Notar und zwei Totengräber. Niemand zeigte Interesse, als der einfache Fichtensarg ins Grab gelassen wurde, nur ein unscheinbarer Mann, der in einiger Entfernung dem Begräbnis beiwohnte. Als alles vorüber war, drehte er sich um und ging den Friedhofsweg hinunter, eine einsame, kleine Gestalt, um nach Hause zu Frau und Kindern zurückzukehren.

Der Tag des Schakals war zu Ende.

*Frederick Forsyth*

Hat es den „Schakal" tatsächlich gegeben? Viele Leser wollen einfach nicht glauben, daß Frederick Forsyth die Geschichte des blonden Engländers frei erfunden habe – dazu wirke sie viel zu realistisch. Doch der Autor dieses in achtzehn Sprachen übersetzten Millionenerfolgs möchte das Mischungsverhältnis von Dichtung und Wahrheit für sich behalten. Soviel freilich steht fest: Anfang der sechziger Jahre arbeitete Forsyth als Korrespondent der Nachrichtenagentur Reuter in Paris – mit dem Auftrag, sich bei öffentlichen Auftritten de Gaulles in der Nähe des Staatspräsidenten zu halten – „für den Fall, daß einer schießt". Der Gedanke an ein solches Attentat ließ ihn nicht mehr los, und als er erst Augenzeuge der Aktionen wurde, mit denen die Polizei nach einigen Mordanschlägen auf den bestbewachten Staatsmann der westlichen Welt reagierte, stand sein Entschluß fest, darüber einen Roman zu schreiben. Sieben Jahre trug er den Plan dazu mit sich herum, dann verwirklichte er ihn in sechs Wochen.

Der Autor erregte zum erstenmal Aufsehen, als er, mit sechzehn, einen Alleinflug in einem Doppeldecker unternahm. Mit siebzehn ging er nach Granada, um Stierkämpfer zu werden – aber Toreros und Stiere nahmen seine Bemühungen nicht ernst. Als Neunzehnjähriger bestand er die Pilotenprüfung bei der britischen Luftwaffe – als ihr damals jüngster Jagdflieger. Mehrere Jahre arbeitete Forsyth auch für die BBC: Der Höhepunkt dieser Tätigkeit war seine Berichterstattung über den Krieg in Biafra.

Der Autor blieb beim Bücherschreiben, und der Erfolg blieb bei ihm. *Die Akte Odessa* und *Die Hunde des Krieges* wurden ebenso wie *Der Schakal* Welterfolge. „Ich kann mir nicht helfen", sagte er, „ich habe immer das Gefühl, daß irgendwo hinterm nächsten Hügel etwas wahnsinnig Interessantes los ist."

Der Blick von diesem Hügel, mit den Augen von Frederick Forsyth, ist für seine Leser in aller Welt eine aufregende Sache.

Abbildungen: Seite 117: Walter Schöllhammer; Seite 137: F. Tate, Sun Papers, Baltimore (Md.), USA; Seite 152 und Seite 272 oben: Manfred Kreiner, „Quick“, New York; Seite 192: „Stern“, Hamburg, Foto Seeliger; Seite 200: Privatfoto; Seite 201: „Stern“, Hamburg, Foto Heggemann; Seite 210: J. H. Thompson, Cleveland (Miss.), USA; Seite 250 oben und unten: Dr. Lothar Reinbacher, „Quick“, München; Seite 272 unten: „Stern“, Hamburg.

Deutsche Buchausgabe: „Die Patienten“

# Die Patienten

Eine Kurzfassung des Buches von *Jürgen Thorwald*

*Als Pioniere der Medizin hat die breite Öffentlichkeit lange Zeit nur die berühmten Ärzte angesehen, die spektakuläre Operationen und Behandlungsmethoden als erste erprobten. Das wurde schlagartig anders, als 1968 ein Mann aus Kapstadt ins Scheinwerferlicht rückte: Philip Blaiberg, Barnards zweiter Transplantationspatient, um dessen Überleben mit dem neuen Herzen die ganze Welt bangte. An seinem Schicksal begriffen Millionen Menschen, daß medizinischer Fortschritt auch von den mutigen Patienten abhängt, die den Ärzten den ersten Schritt ins Neuland ermöglichen.*

*Jürgen Thorwalds Buch ist solchen Patienten gewidmet. Sie alle haben Medizingeschichte gemacht. Die kleine Eileen Saxon und ihre zum Kampf um das Leben ihres Kindes entschlossenen Eltern sind nicht wegzudenken aus der Geschichte der sogenannten „Blue-Baby"-Operation. Heute verheißt sie Kindern mit angeborenen Herzfehlern ein normales Leben. Die todkranke Sofia Schafstadt, eine politische Gefangene aus einem holländischen Internierungslager, hat durch ihr Überleben den entscheidenden Anstoß gegeben zur Weiterentwicklung der künstlichen Niere, die heute Kranken in aller Welt zur Selbstverständlichkeit geworden ist. Edith Helm und Georges Siméon und deren Zwillingsgeschwister gehören zur Geschichte der ebenfalls Routine gewordenen Nierentransplantation wie die Ärzte, die sie operierten. Der taubstumme Hausierer Boyd Rush aus Mississippi und der Buchhalter Everett Thomas aus Arizona sind wie Barnards prominente Patienten Washkansky und Blaiberg Glieder in der Entwicklung der Herztransplantation, die trotz aller Rückschläge weitergeht. Und es ist dem Mut und der seelischen Kraft der kleinen Mexikanerin Esperanza del Valle Vasquez zu verdanken, wenn sich die Hoffnung vieler Chirurgen auf die Verwendbarkeit künstlicher Organe richtet.*

*Schmerz und Verzweiflung, Hoffnung und Triumph der Patienten in Thorwalds Buch weisen so über das persönliche Schicksal hinaus auf die Medizin von heute und morgen, die unser aller Leben bestimmt.*

# DIE REPARIERTEN

„Verzweiflung erfaßte uns... Ich erinnere mich, daß ich meinem Team mitteilte, wir stünden vor der Wahl zwischen zwei Möglichkeiten: weiterzumachen oder aufzugeben ... Aber der entscheidendste Anstoß zur Weiterentwicklung der Chirurgie der Mitralherzklappe kam nicht von den Ärzten, sondern von den Patienten, die in ihrem verzweifelten Wunsch, Hilfe zu erhalten, uns keine Unterbrechung der Arbeit gestatteten."

*Sir Russell Brock, London*
*Symposium im „Henry Ford Hospital",*
*Detroit 1958*

„Wer nicht sehen will, daß jeder echte oder auch nur vermeintliche Fortschritt in der Medizin mit Irrtümern, Opfern, Schmerz oder Grausamkeit verbunden ist, ist ein romantischer Narr."

*Tagebuchnotiz eines Bostoner Arztes*

## MARVIN MASON

Als Marvin Mason am 15. Juli 1938 im alten „St. John's Hospital" in Brooklyn zur Welt kam, machte er den Eindruck eines gesunden Kindes. Er wog sechseinhalb Pfund, hatte dunkle Haare wie sein kleiner, zierlicher Vater, schöne Augen wie seine Mutter und schrie laut, wie es sich gehörte. Sein Vater, Lewis M. Mason, hatte seinen Arbeitsplatz bei einem Postamt verloren und marschierte wie Tausende anderer Opfer der Wirtschaftskrise durch New York, um einen neuen Job zu finden. Aber er war jung, gesund und überzeugt, daß alles nur besser werden konnte. Er hatte sich einen Sohn gewünscht. Als er die Nachricht bekam, daß er Vater geworden war, nahm er

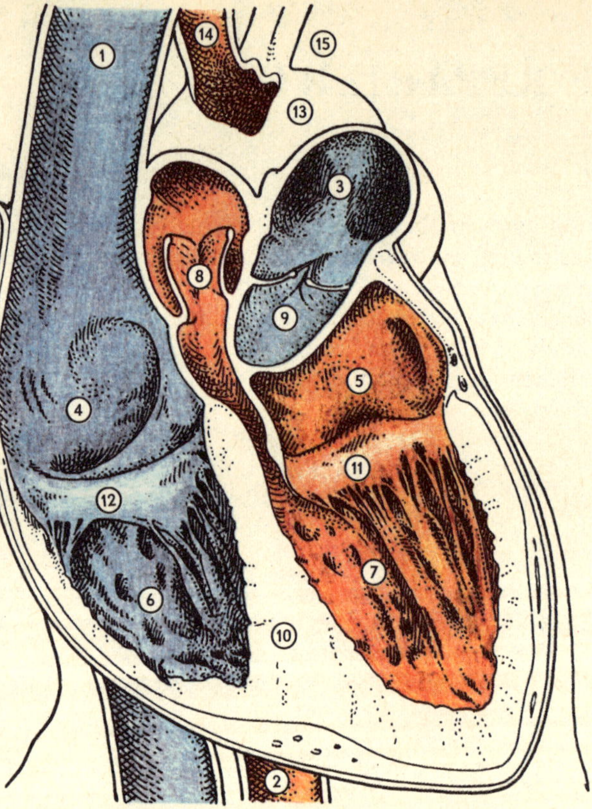


1 Obere Hohlvene
2 Aorta
3 Lungenarterie
4 Rechter Vorhof
5 Linker Vorhof
6 Rechte Herzkammer
7 Linke Herzkammer
8 Aortenklappe
9 Pulmonalklappe
10 Herzkammerscheidewand
11 Mitralklappe
12 Tricuspidalklappe
13 Aortenbogen
14 Arteria innominata
15 Schlüsselbeinarterie

den nächsten Bus, der in die Gegend des „St. John's" fuhr, umarmte und küßte Ruth, seine junge Frau, und betrachtete zufrieden seinen Sohn. Anderthalb Wochen später holte er Ruth und Marvin in ihre Wohnung.

Lewis M. Mason war ein besonders begeisterter Vater, der niemals die Wohnung verließ, ohne sich von Marvin zu verabschieden, und nie nach Hause kam, ohne zuerst an Marvins Bett zu gehen. Er war sicher, daß Marvin ein ungewöhnlicher Junge werden würde. Aber eines Abends berichtete ihm Ruth, daß das Kind plötzlich blaue Lippen und Finger bekommen hatte, als sie es badete.

Zunächst hofften beide noch, es liege vielleicht an der feuchten Sommerhitze. Aber dann bekamen sie Angst und brachten Marvin zu einem Kinderarzt. Voller Unruhe sahen sie zu, während der Arzt den weinenden Jungen untersuchte. Am Ende, als er sein Stethoskop zur Seite legte, sagte er: „Es tut mir leid. Aber der Junge hat einen angeborenen Herzfehler... Sie sollten sich darauf vorbereiten, daß er nicht lange leben wird – vielleicht noch ein halbes Jahr. Und ich kann nichts für ihn tun. Es ist eine Fügung, die man hinnehmen muß."

Lewis' Schock darüber, daß Marvin ein todkrankes Kind sein sollte, verwandelte sich in echte Feindschaft gegen den Mann, der Marvin sterben lassen würde, ohne etwas zu unternehmen. Er nahm Marvin auf den Arm und stürmte, von Ruth gefolgt, aus dem Haus.

Sie beruhigten sich erst, als sie wieder zu Hause waren. Sie dachten daran, zu einem anderen Arzt zu gehen, aber beide hatten Angst, er könne bestätigen, was sie soeben gehört hatten. So beschlossen sie, es einfach nicht zu glauben und Marvin so gut zu pflegen, wie man überhaupt nur ein Kind pflegen konnte. Jeden Tag warteten sie darauf, daß Marvin an Gewicht zunahm, und als endlich im Dezember sein kleiner, dunkler Kopf zum erstenmal nicht mehr zur Seite fiel, wenn Ruth ihn nicht stützte, hatten sie das Gefühl, einen Feiertag zu erleben. Aber als der stürmische, naßkalte New Yorker Winter 1938/39 begann, nahm Marvins ganzer Körper eine bläuliche Farbe an, selbst wenn er ruhig in seinem Bett lag. Sobald er weinte, wurde sie zu einem dunklen Blau.

Als das Frühjahr herankam, fand Lewis in einer Zeitschrift einen Artikel mit der Überschrift „Blaue Babys". Der Verfasser beschrieb das Herz als eine Pumpe, die das Blut durch den Körper trieb. Die

„Röhren“, die vom Herzen weg in den Körper führten, hießen Arterien, die Röhren, die das Blut zurück zu der Herzpumpe brachten, hießen Venen. Auf seinem Weg durch die Arterien transportierte das Blut Sauerstoff in alle Körperteile. Gleichzeitig nahm es aus den Körperzellen Kohlendioxyd auf. Wenn es sauerstoffreich in den Körper strömte, war es leuchtend rot; wenn es mit Kohlendioxyd beladen zurückkam, war es purpur bis dunkelblau. Nach seinem Rückfluß wurde das Blut durch die Lungen gepumpt, in denen es das Kohlendioxyd abgab und mit frischem Sauerstoff versorgt wurde. Mit der Atemluft sogen die Lungen Sauerstoff ein, gaben ihn an das Blut weiter, und beim Ausatmen beförderten sie das Kohlendioxyd nach draußen. Das Herz besaß zwei Vorhöfe und zwei Herzkammern. In den ersten der beiden Vorhöfe, der rechts oben lag, mündeten zwei dicke Venen, die das mit Kohlendioxyd beladene Blut aus dem Körper zurück ins Herz leiteten. Vom Vorhof floß das Blut durch ein Klappenventil, das Tricuspidalis, in die rechte Herzkammer, die das Blut durch ein zweites Ventil, die Pulmonalklappe, in eine Arterie pumpte, welche in die Lunge hineinführte. Durch die beiden sogenannten Lungenvenen floß das Blut nun in den linken Vorhof zurück, und aus diesem Vorhof gelangte das Blut durch ein drittes Ventil mit dem Namen Mitralklappe in die linke Herzkammer. Diese preßte das sauerstoffreiche Blut nun durch ein viertes Ventil – Aortenklappe genannt – in den dicksten Arterienkanal des Körpers, die Aorta. Von ihr aus führten viele Haupt- und Nebenarterien in die einzelnen Teile des Körpers.

Das Herz eines „Blauen Babys“ wie Marvin war vor allem mit zwei Mißbildungen behaftet. Einer dieser Fehler bestand in größeren oder kleineren Löchern in der Scheidewand, welche die linke und die rechte Kammer des Herzens voneinander trennte. Das blaue, sauerstoffarme Blut floß durch diese Löcher aus der rechten Herzkammer in die linke hinüber, die eigentlich nur rotes Blut voller Sauerstoff aus der Lunge empfangen sollte. Das Herz eines Blauen Babys pumpte dieses Mischblut in seinen Körper, der deshalb nie mehr so viel Sauerstoff erhielt, wie er brauchte. Der zweite Fehler bestand darin, daß die Herzklappe, durch die das blaue Blut in die Lungenarterie hineingepumpt wurde, zu eng war. Infolgedessen gelangte viel zuwenig Blut in die Lunge hinein. Die linke Herzkammer bekam deshalb auch viel zuwenig sauerstoffreiches rotes Blut zurück.

Marvins Blut bekam also nicht genug Sauerstoff, und das erklärte, warum er nicht so rosig aussah wie andere Kinder. Der Artikel endete mit der Feststellung, daß viele Blaue Babys schon nach wenigen Monaten starben. Andere lebten länger, aber alle starben schließlich an Herzversagen oder Infektionen des Herzens. Einige wenige erreichten ein Alter von fünfzehn bis zwanzig Jahren.

Genaugenommen war es ein düsterer Bericht. Aber Lewis Mason war ein zäher, trotziger Kämpfer. Wenn Blaue Babys zwanzig Jahre alt werden konnten, weshalb sollte Marvin nicht zu denjenigen gehören? Bis dahin konnten die Ärzte irgendeinen Weg gefunden haben, die Mängel zu reparieren.

Im März 1939 – Marvin wog dreizehn Pfund und hatte langsam gelernt, aufrecht zu sitzen – erhielt Ruth einen Brief ihrer Mutter aus Baltimore. Ihre Mutter schrieb, im „Harriet Lane Home for Children" arbeite eine Ärztin, Dr. Taussig mit Namen, die mehr von Blauen Babys verstehe als die meisten Ärzte in ganz Amerika.

Lewis und Ruth überlegten nicht lange. Da Lewis gerade eine Arbeit gefunden hatte und sie nicht aufgeben konnte, wickelte Ruth ihren Jungen in eine warme Decke und setzte sich mit ihm in einen Bus nach Baltimore in Maryland.

*Aus den Erinnerungen einer ehemaligen Schwester am „Harriet Lane Home for Children" in Baltimore:*
„Es war Ende März oder Anfang April 1939, als ich Marvin und seine Mutter zum erstenmal sah. Er fiel mir auf, weil er so wunderbare Augen hatte und weil seine Mutter den Eindruck machte, daß sie für ihren Sohn auch durch die Hölle gehen würde.

Das ‚Harriet Lane Home' ist eine Kinderklinik der ‚Johns Hopkins Medical School' mit rund 113 Betten und einer Poliklinik, in die damals schon zahllose Eltern mit ihren Kindern kamen. Es hatte sich herumgesprochen, daß Doktor Helen Taussig, die 1930 die Herzklinik übernommen hatte, sich besonders für Kinder mit angeborenen Herzfehlern interessierte. Sie war damals ungefähr neununddreißig, unverheiratet, und manche Kollegen hielten sie für eine Frauenrechtlerin. Ihr Vater war Professor der Wirtschaftswissenschaft an der Harvarduniversität, und sie hatte zu einer Zeit Medizin studiert, als Harvard noch keine Frauen als Studentinnen zuließ. Anatomie hatte sie in Boston lernen müssen. Dort hatte ihr der Anatom einmal ein

Rinderherz hingeworfen und dazu erklärt, es werde ihr nicht schaden, wenn sie sich genauer damit beschäftige. So hatte ihre Karriere als Herzspezialistin angefangen. Und ihre besondere Aufmerksamkeit fanden die Blauen Babys.

Ich glaube, daß die Taussig damals schon eine Art Vorstellung davon hatte, wie den armen Würmern mal geholfen werden könnte. Von Herzkrankheiten wußte man noch herzlich wenig. Außer dem Hörrohr, einem Röntgengerät und einem noch ziemlich primitiven Elektrokardiographen gab es nichts, um Forschung zu betreiben. Aber – bei der Beobachtung einiger Blauer Babys hatte sie eine merkwürdige Feststellung gemacht.

Die Lungenatmung des Kindes beginnt erst nach dessen Geburt. Seine Lungen werden daher im Mutterleib noch nicht durchblutet. Es ist die Aufgabe des Ductus arteriosus, diese Durchblutung zu verhindern, indem er den Blutstrom in den Körper leitet, noch bevor er die Lunge erreicht. Nun geschieht es, daß sich der Ductus bei manchen Kindern nicht, wie von der Natur vorgesehen, schließt. Gelegentlich geschieht das auch bei Blauen Babys – sozusagen als Zugabe zu den Herzfehlern. Man hätte nun annehmen sollen, daß sich der Zustand der Kinder noch verschlechterte. Aber es ging ihnen besser als den anderen. Durch die offengebliebene Verbindung floß nämlich ein Teil des sauerstoffarmen Mischblutes in die Lunge zurück und erhielt dort noch einmal die Chance, Sauerstoff aufzunehmen. Die Taussig nahm an, daß den Blauen Babys in erheblichem Maße geholfen werden könnte, wenn man eine künstliche Verbindung zwischen ihrer Aorta und der Lungenarterie herstellte. Allerdings hatte sie damals noch keine Vorstellung, wie eine solche Verbindung gemacht werden könnte. Die Taussig, ihre Assistenten und Studenten blieben zunächst dabei, so viele Blaue Babys wie möglich zu beobachten. Die Mütter, die mit ihren Kindern zu uns kamen, hatten natürlich keine Ahnung, daß man ihnen auch bei uns keine Heilung zu bieten hatte und daß ihre Kinder erst Studienobjekte für irgendeine zukünftige Lösung waren.“

Ruth Mason trug Marvin am 25. März über die Eingangsstufen in den Bau des *Harriet Lane.* Man schickte sie in einen großen Raum mit Betten oder Untersuchungstischen, die durch Vorhänge voneinander getrennt waren. Sie zog Marvin aus, wickelte ihn in eine Decke und wartete Stunde um Stunde, bis eine Schwester ihren Namen rief. Sie trug Marvin hinter einen der Vorhänge, aber nicht Frau Dr. Taussig, von der ihre Mutter berichtet hatte, sondern ein junger Arzt horchte Marvin ab. Andere junge Doktoren und Studenten setzten ebenfalls ihre Stethoskope auf seine Brust, bis er vor Angst schrie und sich über und über blau verfärbte. Schließlich sagte man Ruth, sie möge an einem Tag im April wiederkommen; darüber, was die vielen jungen Leute festgestellt hatten und ob sie Marvin helfen würden, erfuhr sie nichts.

Von da an wurde der Weg zum „Johns Hopkins Hospital" zu einer Odyssee der Hoffnung, des Wartens und der Enttäuschung. Es dauerte bis zum 24. April, bis eine Schwester Ruth sagte, Dr. Taussig werde Marvin untersuchen.

Dr. Helen Taussig war eine schlanke, sportliche Frau. Sie trug ihr Haar in der Mitte gescheitelt und eine randlose Brille. Diese Ärztin konnte mit Kindern umgehen. Ruth durfte ihren Sohn halten und ihn trösten, wenn er schrie und röchelte. Sie war sicher, den Platz gefunden zu haben, an dem man etwas für Marvin tun würde. Aber wenig später schwand alle Hoffnung dahin.

*Ruth Mason in ihrer Erinnerung:*
„Sie sagte mir, ich solle so schnell wie möglich ein zweites Baby bekommen. Sie erwartete einfach nicht, daß Marvin noch ein Jahr lang leben würde, und sie dachte, sein Tod würde nicht so hart sein, wenn wir unterdessen ein anderes Baby hätten. Der erste Arzt hatte Marvin nur sechs Monate prophezeit, und Doktor Taussig gab ihm jetzt noch ein Jahr. Wir wollten Marvin einfach nicht sterben lassen. Wenn man jung ist, dann sind die Schultern noch breit und können eine Menge tragen."

Nach einigen Wochen kam auch Lewis nach Baltimore, weil die Arbeit in New York wieder zu Ende gegangen war. Sie warteten nun gemeinsam im *Harriet Lane.*

*Lewis M. Mason in seiner Erinnerung:*
„Es gibt nichts, was so schrecklich war wie das ewige Warten... An einem Tag, an dem wir wieder Stunden dagesessen hatten, standen ein paar Assistenten an dem Pult und alberten mit den Schwestern, als ob sie alle Zeit der Welt hätten. Ich sagte zu Ruth: ‚Zieh das Baby an, wir gehen!' Eine Schwester lief hinter uns her, und ein paar Tage später kam jemand zu uns nach Hause und sagte, sie möchten, daß wir wiederkommen. Und so gingen wir noch einmal, und es wurde besser..."

ALS DER Herbst kam, verloren sie die Hoffnung, daß man im *Harriet Lane* noch irgend etwas für Marvin tun werde. Marvin war ein wenig gewachsen. Aber er rang sofort nach Atem, wenn er den Versuch machte, zu kriechen oder sich aufzurichten. Lewis Mason fand Arbeit bei einer Marinedienststelle in New York. So kehrten die Masons nach New York zurück. Während des Winters wechselten sie sich im Wachen ab, damit Marvin sich nicht aufdeckte und eine Erkältung bekam. Einmal mußten sie doch einen Arzt rufen; der sagte ihnen, in New York werde Marvin sicherlich sterben. Sie könnten ihn aber vielleicht noch eine Weile behalten, wenn sie sich entschließen würden, nach Kalifornien in die Sonne zu ziehen. Lewis Mason gab seine Stellung auf und kaufte eine Fahrkarte für den Bus nach Los Angeles. Er machte sich sofort auf die Suche nach neuer Arbeit. Ruth kam mit Marvin nach.

*Ruth Mason in ihrer Erinnerung:*
„Marvin war ein wunderbarer Junge. Natürlich wurde er immer schneller blau, und gehen lernte er auch nur sehr langsam. Er war sehr tapfer und versuchte es immer wieder. Aber wenn er ein paar Schritte ging, war er so schrecklich erschöpft, daß er sich auf den Boden kauerte. Ich ließ einen kleinen roten Wagen für ihn bauen und zog ihn hinter mir her, wohin ich auch ging. So lebte er mit uns nicht nur noch ein Jahr, wie Doktor Taussig gesagt hatte, sondern all die Jahre in Kalifornien bis 1944. Im Herbst 1944 wurde Lewis Soldat. So fuhr ich mit Marvin nach Baltimore, wo meine Mutter lebte. Ich hatte keine Ahnung, was sich inzwischen im ‚Johns Hopkins Hospital' ereignet hatte."

*Aufzeichnungen eines ehemaligen Assistenzarztes am „Johns Hopkins Hospital":*

„Ich glaube, der entscheidende Augenblick kam Ende November 1942. Der Chef der Chirurgischen Abteilung, Dr. Alfred Blalock, war damals noch verhältnismäßig unbekannt. Er war ein unauffälliger, klein gewachsener, schmaler Mann von zweiundvierzig Jahren, der eine ganze Kollektion von Krankheiten hinter sich hatte. Man hatte ihm die linke Niere und die Gallenblase herausoperiert, und er hatte eine Lungentuberkulose überstanden. Dies nährte in manchen Leuten vom ‚Hopkins' das Gefühl, daß er viel zu angeschlagen sei, einen so bedeutenden Posten auszufüllen.

Im November 1942 hatten seine Gegner schon gelernt, daß man ihn ernst nehmen mußte – und zwar nicht nur, weil seine Schockbehandlung mit Blutplasma inzwischen Zehntausenden amerikanischer Soldaten das Leben gerettet hatte. Er war nämlich trotz seiner Behinderung ein kaltblütiger, sicherer Chirurg, und an seiner Seite stand Vivien Thomas. Die beiden bildeten das ungewöhnlichste Gespann, das es jemals in der modernen Chirurgie gegeben hat. Vivien war ein junger Schwarzer, den Blalock an einer Neger-High-School in Nashville entdeckt hatte. Obwohl Vivien niemals Medizin studiert hatte, war er der genialste chirurgische Experimentator, den man sich denken konnte. Er führte nicht nur die meisten Tierexperimente durch, sondern stand auch im Operationssaal stets in dessen Nähe. Blalock fand nichts dabei, ihn zu fragen: ‚Ist es so richtig, Vivien?'

Als 1938 bekanntgeworden war, daß in Boston Dr. Robert Edward Gross als erster mit Erfolg versucht hatte, einen offengebliebenen Ductus arteriosus bei einem Mädchen chirurgisch zu schließen, hatte Blalock die Operation aufgegriffen. Als er aus Nashville nach Baltimore kam, gehörte er zu den wenigen Chirurgen in ganz Amerika, welche diesen Eingriff mehrmals erfolgreich unternommen hatten, und Ende November 1942 führte er seine erste Schließung eines offengebliebenen Ductus arteriosus im ‚Johns Hopkins' aus. Im Operationssaal war auch Helen Taussig vom ‚Harriet Lane Home'. Als Blalock seine Ductusoperation mit Glanz über die Bühne gebracht hatte, ging sie, wie es ihre Art war, geradewegs auf ihn zu und sagte: ‚Ihre Arbeit war großartig, und heute ist ein großer Tag. Aber es wäre noch ein größerer Tag, wenn Sie, statt einen Ductus zu unterbrechen, einen neuen in eines meiner Blauen Babys einpflanzen würden.'

Im allgemeinen reagierte Blalock auf solche Annäherungen nicht freundlich. Er verfügte über ein wahrhaft teuflisches Temperament. Doch diesmal stutzte er nur einen Augenblick lang. Dann sagte er: ‚Well, wenn der Tag käme, dann wäre das, was ich eben gemacht habe, eine Kinderei.‘ Aber er vergaß den kurzen Wortwechsel nicht. Bei den Schockstudien, die er und Vivien Thomas in Nashville unternommen hatten, war auch versucht worden, einen überhöhten Druck im Lungenkreislauf von Tieren herzustellen. Aber sie hatten niemals gewagt, eine direkte Verbindung zwischen der Aorta und der Lungenarterie zu schaffen. Aorta und Lungenarterie lagen zwar dicht nebeneinander. Aber der Gedanke, die Aorta zu öffnen, schien noch verwegen. Sie hatten nur eine der Abzweigungen der Aorta mit der Lungenarterie verbunden.

Nach dem kurzen Gespräch mit Helen Taussig erinnerte sich Blalock an diese Versuche. Er besprach sich mit Vivien. Dieser war überzeugt, daß es gar nicht nötig sein dürfte, eine direkte, aber gefährliche Verbindung zwischen Aorta und Lungenarterie herzustellen, sondern daß er die gleiche Wirkung erzielen konnte, wenn er eine abzweigende Arterie mit der Lungenarterie verband, so, wie er es in Nashville getan hatte. Im Dezember begann er mit neuen Versuchsserien an Hunden. Zunächst erzeugte er an den Tieren die Herzdefekte der Blauen Babys. Dann verband er Lungen- und Schlüsselbeinarterien. Es war unglaublich – sobald bei einem Blue-Baby-Hund die Gefäßverbindung hergestellt war, wurde das elende Tier plötzlich lebendig, begann zu spielen und zu laufen. Seine Sauerstoffversorgung war gewaltig verbessert. Die Herzfehler, wie die Öffnungen in der Scheidewand, waren zwar nicht behoben, aber die ‚Umleitung‘ ließ die Versuchstiere ein beinahe normales Leben führen. Und im Herbst 1944, nach dreihundert Tierexperimenten, versicherte er Blalock, er könne ‚es wirklich wagen‘.

Sie erprobten daraufhin die Operationstechnik an toten Kindern. Dabei wurde ihnen deutlich, wie dünn die kindlichen Gefäße waren und wie schwierig es sein würde, sie in der Brust aufzuspüren und freizulegen.

Die Herstellung der Nähte für die Gefäßverbindung selbst war sowieso ein Kunststück für sich – nicht zuletzt, weil Blalock mit für heutige Begriffe primitiven Nadeln auskommen mußte. Aber Blalock entschloß sich, es zu wagen.

Am 29. November hatte Helen Taussig das Blaue Kind ausgesucht, an dem Blalock zum erstenmal die neue Prozedur erproben sollte. Es war Eileen Saxon, ein Jahr und drei Monate alt; ein winziges, nur neun Pfund wiegendes Geschöpf, das von einem Koma in das nächste sank und seit Wochen unter dem Sauerstoffzelt lag."

# EILEEN SAXON

An fast jedem Herbsttag 1944 ging Dorothy Saxon durch den Patterson-Park zum „John Hopkins Hospital". Sie war eine junge, hübsche Frau von zweiundzwanzig Jahren, die mit Francis, ihrem Mann, in einem Reihenhaus der South Milton Avenue lebte. Dorothy und Francis hatten vor ungefähr drei Jahren, im November 1941, geheiratet und niemals allzuviel voneinander gehabt. Francis arbeitete in den Glenn-L.-Martin-Flugzeugwerken und kam selten vor 9 Uhr abends nach Hause. Um so mehr hatte sie sich ein Kind gewünscht. Sie hatte es nach fast zwei Jahren Ehe um sieben Wochen zu früh zur Welt gebracht. Es war ein Mädchen; sie hatten ihm den Namen Eileen gegeben. Seither dachte Dorothy zuweilen, daß man sich nichts zu sehr wünschen und sich auch über nichts zu früh freuen dürfe. Nie konnte sie den Weg durch den Park zurücklegen, ohne anderen Müttern mit ihren gesunden rosigen Kindern zu begegnen. Eileen war so winzig klein geboren worden, daß ihre Mutter sie vier Monate lang überhaupt nur durch das Glasfenster in einem Brutkasten hatte betrachten und niemals berühren dürfen. Schließlich hatte man ihr erlaubt, Eileen nach Hause zu holen. Francis hatte eher als sie bemerkt, daß Eileen sich verfärbte, wenn sie ihre Flasche bekam, und sich nur mühsam bewegte, während Dorothy ganz fest daran glaubte, Eileen werde einmal eine Schönheit werden. Aus ihren Träumen war sie erst erwacht, als Eileen eines Tages das Bewußtsein verlor und so dunkelblau wurde, daß Dorothy voller Angst zum „Harriet Lane" geeilt war.

*Dorothy Saxon in ihrer Erinnerung, 1970:*
„Dort hörte ich es ganz zufällig. Ein Arzt sagte zu einer Ärztin, während sie Eileen untersuchten: Blaues Baby. Ich hätte es nicht hören sollen, aber ich verlangte, daß der Arzt mir sagte, was ein

Blaues Baby war. Er erklärte mir, daß das Herz eines neugeborenen Kindes vorher offen war und sich schließen mußte. Dies sei bei Eileen nicht geschehen. Es war ein schrecklicher Schock für mich. Aber ich konnte noch nicht aufhören zu hoffen."

Den größten Teil der Monate Juni und Juli 1944 hatte Eileen unter einem Sauerstoffzelt verbracht, denn ihr kaum neun Pfund schwerer Körper war blau geworden, sobald man sie herausnahm. Im Juli hatte man sie nach Hause geschickt, weil jede Behandlung nutzlos war. Aber seit Oktober lag sie erneut unter dem Sauerstoffzelt, weil sie zu Hause in wenigen Stunden hätte sterben müssen. Jeden Tag, an dem sie eine Stunde weit zum „Johns Hopkins" ging, fürchtete Dorothy, Eileen nicht mehr in ihrem Bett vorzufinden. Anfang November dachte sie manchmal, daß der Tod für Eileen vielleicht das beste sein könnte.

Zu dieser Zeit erfuhr Francis, daß man ihn einberufen werde. So meldete er sich freiwillig zur Marine, weil er sich seinen Dienst selbst aussuchen wollte. Man kommandierte ihn nach Norfolk in Virginia. Nun war Dorothy allein, und Eileen war das Wesen, das ihr am nächsten stand, auch wenn es nur noch durch den Griff eines seiner winzigen blauen Händchen um eine bunte Rassel verriet, daß ein Rest von Leben in ihm war.

*Dorothy Saxon in ihrer Erinnerung:*
„An einem Nachmittag im November wollte Doktor Taussig selbst mit mir sprechen. Ich war erschrocken. Man erfährt von den Ärzten ja selten etwas, und vielleicht wollte sie mir endgültig sagen, daß es mit Eileen zu Ende ging. Es waren noch andere Ärzte dabei. Sie sagte mir, daß alle Versuche, Eileen zu helfen, vergebens seien. Aber man habe vielleicht einen Weg gefunden, um Eileen durch eine Operation zu helfen, die noch niemand gemacht habe und die sie nur machen könnten, wenn sie meine und Francis' Erlaubnis dazu erhielten... Nun, sie zeichneten die Herzfehler auf, die Eileen hatte, und wie sie diese Fehler verbessern wollten. Aber wie sollte ich all das verstehen, was sogar Ärzten schwerfällt? Ich sagte, ich müsse Francis fragen. Sie sagten mir noch, ich sollte nicht zu lange warten..."

Dorothy fuhr zu einem Büro des Roten Kreuzes. Sie erklärte dort, daß Francis Urlaub bekommen müsse. Ein paar Tage später kam Francis voller unruhiger Erwartung nach Baltimore. Beide fuhren zu Dr. Taussig; bei ihr trafen sie Doktor Blalock.

*Dorothy Saxon in ihrer Erinnerung:*
„Doktor Blalock hatte weiche, aber große Hände, so daß ich mich fragte, wie so große Hände in einem so kleinen Baby wie Eileen operieren könnten. Er sagte, daß es ein großes Wagnis sei und daß er niemanden überreden wolle, daß es aber Eileens einzige Chance sei. Wir hatten ja doch keine Wahl, und so sagten wir ja. Sie setzten die Operation auf den 29. November fest. Francis mußte bis dahin wieder in Norfolk sein. Ich fuhr früh ins Hospital, um Eileen auf jeden Fall noch einmal zu sehen. Sie war so winzig! Sie ließen mich neben ihrem Bett bis zum Operationssaal gehen, dann schickten sie mich in ein kleines Zimmer. Da wartete ich dann viele Stunden. Kein Mensch kam zu mir."

Die Operation begann um 8 Uhr. Helen Taussig beobachtete den ersten Eingriff, den sie sich so lange gewünscht hatte. Beim Anblick des Kindes, das so abgemagert, mit bläulicher Haut und glasigem Blick auf dem Tisch lag, konnte Blalocks Assistent ein Gefühl des Unbehagens nicht unterdrücken. Der Narkosearzt befürchtete, daß dieses winzige Wesen eine Narkose nicht überstehen würde. Er besaß keins der modernen geschlossenen Geräte, das klein genug war, mußte also mit einer offenen Äthernarkose arbeiten.

Am ruhigsten erschien Blalock selbst. Er öffnete den kaum faustgroßen linken Brustkorb. Als er die ersten Gefäße freilegte, waren sie beängstigend mit zähflüssigem Blut gefüllt. Blalock ließ Vivien Thomas ein wenig näher herantreten. Nun begann er eine mehr oder weniger blinde Suche nach der linken Lungenarterie. Nach einigen Schwierigkeiten legte er sie frei. Sodann zog er mit Glück oder nachtwandlerischer Sicherheit die Schlüsselbeinarterie ans Licht. Sie bereitete Blalock eine unerfreuliche Überraschung: Die Arterie war ungewöhnlich zart und dünn. Erst nach Unterbindung und Durchtrennung einiger kleinerer Arterien, die ihm im Wege waren, konnte Blalock sie weit genug freilegen. Dann klemmte er die Schlüsselbeinarterie ab, durchtrennte sie und zog das untere Schnittende bis an die

Lungenarterie heran. Der nächste entscheidende Akt war die Abklemmung der linken Lungenarterie oberhalb und unterhalb der Stelle, an der die Schlüsselbeinarterie eingefügt werden sollte.

Blalock legte die Klemmen an und beobachtete mit sichtlicher Spannung die Farbe des Kindes. Aber die Blaufärbung vertiefte sich kaum. Schnell legte er einen Schnitt in den abgeklemmten Arterienteil, fügte das Ende der Schlüsselbeinarterie ein und begann mit der Verbindungsnaht. Er erkundigte sich bei Thomas: „Sind die Stiche dicht genug beieinander?“ Ein falscher Stich konnte genügen, die ganze Verbindungsnaht unbrauchbar zu machen. Aber Thomas nickte, und alle atmeten erleichtert auf, als der letzte Stich saß, Blalock die Klemmen entfernte und kein Blut durch die Naht sickerte. Der entscheidende Teil der Operation war vollendet – und das Kind lebte.

Schon wenige Sekunden später allerdings kamen Blalock neue Zweifel. Er erwartete, daß jetzt zusätzliches Blut aus der Schlüsselbein- in die Lungenarterie einströmen würde. Aber als er seinen tastenden Finger auf die Lungenarterie legte, konnte er nichts dergleichen bemerken. Er wußte keine Erklärung dafür, und es blieb ihm nichts anderes übrig, als die Operation zu beenden und abzuwarten, ob sich die Blausucht in den nächsten Tagen verringerte. Blieb sie bestehen, war anzunehmen, daß der winzige Durchmesser der Schlüsselbeinarterie nicht genügend Blut hindurchließ.

Gegen 10 Uhr öffnete endlich eine Schwester die Tür und rief Dorothy Saxon zu: „Es ist vorbei. Sie bringen sie herunter.“ Dorothy lief zur Tür. Sie begann zu weinen, als sie in einiger Entfernung die Bahre sah, auf der man Eileen vorüberfuhr. Aber dann hörte sie, daß Eileen schrie – sie begriff, daß sie die Operation überlebt hatte, und sagte sich: Wenn sie so laut schreit, will sie weiterleben... und: sie wird weiterleben. Sie wird ganz bestimmt weiterleben!

Dorothy wußte nichts von Blalocks Zweifeln. Ein junger Arzt versicherte ihr, alles sei gutgegangen. Sie könne nach Hause gehen. Man werde ihr mitteilen, wann sie Eileen sehen könne. So machte sie sich auf den Heimweg. Aber sie hielt es zu Hause nicht lange aus. Einmal gelang es ihr, bis zu Eileens Zimmer vorzudringen. Aber sie sah so viele Ärzte, daß sie nicht wagte weiterzugehen. So erfuhr sie nicht, daß Eileen von einer Krise in die andere fiel und daß Blalock, Helen Taussig und mehrere andere Ärzte sich ablösten, um sie am Leben zu erhalten. Das Kind bekam unerwartete heftige Anfälle von Pneumothorax, bei denen Luft in seine Brusthöhle drang und die ohnedies überlasteten winzigen Lungen zusammenpreßte. Eine Hohlsonde wurde eingeschoben, um die Luftansammlung abzusaugen. Eileens Blaufärbung schien sich zu verringern. Aber zu den Pneumothoraxanfällen kamen Infektionen und Fieber.

So verrann Tag um Tag, während Dorothy in wachsender Unruhe wartete. Aber dann, nach ungefähr zwei Wochen, bildete sich der Pneumothorax plötzlich zurück. Infektion und Fieber verschwanden. Schon wenige Tage später konnte man Eileen aus dem Sauerstoffzelt herausheben, ohne daß sie sich so blau verfärbte, wie es vor der Operation gewesen war. Die Wende schien fast zu günstig. Aber zum erstenmal zeigte Eileen Interesse an ihrer Umwelt, versuchte, den Kopf zu heben, und bewegte den Arm mit der Rassel, die sie immer noch fest umklammert hielt.

*Dorothy Saxon in ihrer Erinnerung:*
„Als ich Eileen zum erstenmal sehen konnte, war es wie ein Wunder. Sie war so rosig wie andere Kinder. Sie verfärbte sich nur noch, wenn sie strampelte. Ich war einfach glücklich. Sie sagten mir, es sei das beste, wenn ich jeden Tag zu Eileen käme, weil sie sich mit ihrer Mutter am schnellsten erholen würde. Ich bekam einen weißen Kittel wie die Ärzte, konnte Eileen füttern und mit ihr spielen. Sie konnte noch nicht sprechen, aber sie krähte vergnügt, und ihre Augen glänzten.

Am 25. Januar 1945 durfte ich sie mit nach Hause nehmen. Ich empfand die Zuversicht, daß sie völlig gesund werden würde. Und ich war mir dessen sicher, als Eileen in ihrem Laufstall zum erstenmal in die Höhe kroch und auch ihre ersten Worte sprach."

*Aufzeichnungen eines ehemaligen Assistenzarztes vom „Johns Hopkins Hospital":*
„Die letzten Dezemberwochen 1944, in denen sich an Blalocks erster Patientin die Wende vom Tod zu einem spürbaren neuen Leben vollzog, waren von entscheidender Bedeutung. Sie bestätigten, daß Blalock auf dem richtigen Weg war – auch wenn er nach wie vor gewisse Zweifel wegen der zu schwachen Schlüsselbeinarterie des Kindes hatte. Er bereitete sich rein gefühlsmäßig darauf vor, das Mädchen auf der anderen Seite noch einmal operieren zu müssen. Blalock be-

schloß, als nächste Patienten ältere Kinder mit stärkeren Arterien auszuwählen. Für den Fall, daß er trotzdem noch einmal auf eine zu dünne Schlüsselbeinarterie stoßen sollte, erwog er die Möglichkeit, die weitere Arteria innominata zu verwenden. Das Problem war nur, daß aus der Innominata nicht nur die Schlüsselbeinarterie, sondern auch die rechte Kopfarterie hervorging. Er und Vivien Thomas kamen aber Anfang 1945 bei weiteren Experimenten zu dem Schluß, daß man im Notfall die Innominata benutzen konnte.

Im Januar wählten Blalock und Taussig die nächsten beiden Patienten aus: ein elfjähriges Mädchen, Barbara Rosenthal, und einen siebenjährigen Jungen, Marvin Mason. Das Mädchen war von Dr. Taussig schon seit einem Jahr beobachtet worden. Der Junge war für lange Zeit ihrem Gesichtskreis entschwunden gewesen und für tot gehalten worden. Doch seine Eltern hatten ihn durch Hingabe oder infolge eines Wunders am Leben gehalten; jetzt brachten sie ihn in einem schicksalhaften Augenblick nach Baltimore zurück.“

## BARBARA ROSENTHAL

Als Leonhard und Shirley Rosenthal im Januar 1945 aus Buffalo nach Baltimore aufbrachen, unternahmen sie ihre zweite Reise zu Dr. Helen Taussig. Leonhard Rosenthal war im Handel mit Schmuck und Juwelen ein vermögender Mann geworden. Doch nur wenige Freunde und Nachbarn wußten, daß er und seine Frau Shirley ein schweres Schicksal zu tragen hatten. Ihre 1933 geborene Tochter Barbara litt seit frühesten Kindertagen an Zyanose – an Blausucht. Ihre Arme und Beine, ihre Lippen, selbst die Bindehäute ihrer Augen waren blau gefärbt. Sie war ein besonders kluges und sensibles Mädchen und hatte, seit sie denken konnte, sehr darunter gelitten, daß sie nicht mit anderen Kindern spielen und keine normale Schule besuchen konnte.

Vor ungefähr zwei Jahren, Anfang Februar 1943, hatte Dr. Levy, ihr Hausarzt, empfohlen, Helen Taussig aufzusuchen. Sie waren mit Barbara nach Baltimore gereist.

Helen Taussig hatte Barbara beobachtet. Obwohl sie schon so vielen Kinderschicksalen begegnet war, hatte sie ihre Erschütterung kaum verbergen können. Wenn Barbara die wenigen Stufen zu dem

Gang hinaufstieg, an dem sich ihr Zimmer befand, legte sie die letzten Meter durch den Gang, von Atemnot gehetzt, weit vorgebeugt laufend zurück und ließ sich auf ihr Bett fallen. Dort rang sie eine halbe Stunde nach Luft, bis sie wieder imstande war, ein Wort zu sprechen. Die Untersuchungen hatten den Verdacht erweckt, daß Barbaras Lungenarterie so gut wie völlig verschlossen war und nur noch Behelfsarterien, die sich im Laufe der Jahre gebildet hatten, einiges Blut in die Lungen leiteten. Die Zahl der roten Blutkörperchen hatte sich in dem verzweifelten Bemühen ihres Organismus, mehr Sauerstoff heranzuschaffen, auf das Doppelte erhöht.

Wie zahlreiche andere Eltern hatten die Rosenthals nicht mehr mit nach Hause gebracht als eine Diagnose. Seither hatte sich Barbaras Zustand unaufhaltsam verschlechtert. Ende Dezember 1944 war sie nicht mehr fähig, sich vom Rollstuhl bis zu ihrem Bett zu bewegen, ohne sofort in heftige Atemnot zu verfallen. In diesen Tagen telefonierte Dr. Levy mit Helen Taussig. Dabei erfuhr er zu seiner Überraschung von der Operation an Eileen Saxon. Helen Taussig schlug vor, Barbaras Eltern sollten mit dem Kind ins „Harriet Lane Home“ kommen, damit sie feststellen könne, ob Dr. Blalock eine Operation für möglich halte.

Leonhard und Shirley Rosenthal machten sich sofort auf den Weg. Bei den Tests konnte Barbara nicht einmal mehr auf den Untersuchungstisch steigen, ohne in quälendes Keuchen zu verfallen. Ihr Mund war jetzt tintenblau.

Helen Taussig zeigte den Eltern an schematischen Darstellungen, wie man den Eingriff nach der bisherigen Erfahrung durchführen würde. Aber es bedurfte nicht allzu vieler Worte. Die Rosenthals befürchteten seit Wochen, Barbara tot in ihrem Zimmer aufzufinden. Barbara wußte, was ihr bevorstand, und wollte sich operieren lassen, aber vorher wollte sie noch einmal New York besuchen. So einigte man sich auf den 3. Februar als Tag der Operation.

Sie trafen auf den Tag genau ein. Unter den ersten Nachrichten, von denen sie erfuhren, war die, daß Eileen Saxon zu ihrer Mutter nach Hause entlassen worden war. Um 8.45 Uhr begann Blalock seine zweite Operation. Barbara lag ruhig, mit der stillen Gefaßtheit der früh Leidenden, auf dem Rücken. Blalock war auf Schwierigkeiten vorbereitet, denn Barbaras Brust war ein Gewirr krankhaft veränderter Gefäße; dennoch war die Operation nach zwei Stunden und vierzig Minuten vorüber. Barbara erwachte fast unmittelbar danach. Sie sprach, sie bewegte ihre Glieder. Es gab keine Anzeichen für eine Störung in der Durchblutung ihres Gehirns. Sie blieb noch unter einem Sauerstoffzelt. Aber schon nach drei Tagen sank die Zahl ihrer roten Blutkörperchen, das sicherste Anzeichen dafür, daß sich die Sauerstoffversorgung besserte. In den folgenden Tagen nahm die Blaufärbung auf dramatische Weise ab.

Zwei Wochen später, am 13. März, begleiteten Blalock, Helen Taussig und alle Pflegeschwestern Barbara zum Ausgang. Ihre Eltern nahmen sie dort in Empfang. Sie versprachen, in spätestens einem Jahr mit Barbara zurückzukehren.

Tatsächlich trafen sie am 12. Februar 1946 in Baltimore ein. Damals notierte Helen Taussig: „Barbara R. kam heute zu einem Check up. Sie sieht aus wie eine Million Dollar. Sie hat schön gefärbte Lippen. Ich war einfach hingerissen von ihrem Zustand.“

## MARVIN

SEIT Ruth Mason im Oktober nach Baltimore zurückgekehrt war, hatte sie einige bittere Monate hinter sich gebracht. Es fiel ihr schwer, sich ohne Lewis zurechtzufinden, obwohl sie wieder zu ihrer Mutter gezogen war. Ruths Sorgen wuchsen, als die Behörden von Baltimore ihr mitteilten, daß Marvin nun, da er sechs Jahre alt war, eine Schule besuchen müsse. Gleichzeitig wurde ihr bewußt, wie gering die Unterstützung war, die sie als Soldatenfrau bekam. Vor so vielen Problemen verließ sie für einen Augenblick der Mut, und sie vergaß ihr Gelöbnis, Marvin niemals in ein Heim zu schicken. Sie setzte Marvin in seinen Wagen und fuhr ins „Harriet Lane Home“. Sie glaubte nicht mehr daran, daß man Marvin dort gesund machen könnte. Wohl aber hoffte sie, man werde ihr behilflich sein, ihn in ein Haus wie das „Happy Hills Hospital“ zu überweisen, wo er versorgt wäre, während sie zur Arbeit ging. Helen Taussig wunderte sich, daß Marvin noch am Leben war. Sie sprach mit Ruth über Dr. Blalocks Operation und daß es vielleicht eine Möglichkeit gab, Marvin zu helfen.

*Lewis M. Mason in seiner Erinnerung:*
„Ich bekam einen langen Urlaub. In Baltimore gingen Ruth und ich zu Doktor Taussig, und wir besprachen alles. Es war sonderbar. All die Jahre hindurch hatten wir gebetet, daß die Ärzte irgend etwas finden möchten, um Marvins Herz in Ordnung zu bringen. Doch jetzt hatten wir Angst ... Schließlich sagten wir ja. Wir erklärten Marvin, daß man ihn operieren werde, um ihn gesund zu machen, aber er war ja noch zu klein, um alles zu begreifen. Und er sagte zu Ruth, er werde ins Hospital gehen, wenn er sich etwas wünschen dürfe ...“

*Ruth Mason in ihrer Erinnerung:*
„Ich antwortete, ich würde ihm jeden Wunsch erfüllen. Und dann sagte er: ‚Ich möchte ein Schwesterchen, mit dem ich spielen kann...‘ In all den Jahren hatten wir uns gefürchtet, ein zweites Kind zu bekommen. Doch jetzt hatte ich es ihm versprochen. ‚Gut‘, sagte ich, ‚du wirst dein Schwesterchen bekommen.‘“

Am Morgen des 10. Februar begann Blalock mit seiner dritten Operation. Als der Narkosearzt dem überschlanken, kleinen Jungen auf dem Tisch eine letzte Injektion gab, flüsterte Marvin: „Meine Mama bekommt ein Baby.“ Die Operation begann wie eine Routinearbeit. Alles verlief glatt bis zur Nahtverbindung zwischen Innominata und Lungenarterie. Als Blalock die Klemmen öffnete, spritzte plötzlich Blut durch die Naht. Bevor es Blalock gelang, die Arterie abzuklemmen, hatte Marvin einen halben Liter Blut verloren und verfiel in einen Schock. In aller Eile wurden Blutplasma und Traubenzuckerlösung infundiert, während Blalock eine zweite Naht machte. Nach einigen nervenzerreißenden Augenblicken wurde Marvins Blutdruck wieder meßbar. Die neue Naht erwies sich als dicht, und Blalock verschloß die Brust.

Marvin erwachte zwanzig Minuten nach der Blutung erstaunlich frisch aus der Narkose. Er fragte mit deutlicher Stimme: „Kann ich jetzt aufstehen?“, und während die Bahre an Lewis Mason vorüberrollte, der Stunde um Stunde auf dem Gang ausgeharrt hatte, rief er: „Daddy, gib mir ein bißchen Wasser.“ Seine Lippen, seine Wangen waren nicht mehr blau.

Die Wandlung war tatsächlich dramatisch. Bald wurde das Sauerstoffzelt entfernt. Sämtliche Verfärbungen an seinem Körper bildeten sich von Tag zu Tag weiter zurück. Die einzige Komplikation bestand in einem leichten, täglich sich wiederholenden Temperaturanstieg – ein Grund für Blalock und Helen Taussig, Marvin im Bett bleiben zu lassen, obwohl er immer heftiger danach verlangte, aufzustehen. Endlich, an einem Tag im März, gab Doktor Taussig nach. Marvin stand auf und ging umher. Doktor Taussig fürchtete, er könnte müde werden, aber er ging immer weiter. Von da an konnten sie ihn nicht mehr im Bett festhalten.

Um die gleiche Zeit verschwanden die Fieberschübe, und nach achtunddreißig Tagen entließen Blalock und Helen Taussig Marvin nach Hause.

*Lewis M. Mason in seiner Erinnerung:*
„Er war für Doktor Blalock und Doktor Taussig fast so etwas wie ein Sohn oder ein Enkel. Er war so eine Art Symbol für den Erfolg ihrer Operation. Wir versprachen, mit Marvin oft zur Nachuntersuchung zu kommen, dann kauften wir ein Auto und fuhren zusammen nach Kalifornien.

Es war unsere glücklichste Zeit. Marvin ging in jedes Restaurant mit, wie ein normaler Junge, und wurde von Tag zu Tag stärker. Schließlich kamen wir in Long Beach an und – nun, dann hielten wir uns an das Versprechen, das Ruth Marvin gegeben hatte. Wir hatten vom ersten Augenblick an keine Zweifel, daß es ein Mädchen werden würde, so wie Marvin es haben wollte. 1946 kam sie zur Welt. Wir nannten sie Jacalyn Melody."

In dem beispiellosen Publicityspektakel um Marvin ging die Tatsache unter, daß die kleine Eileen Saxon Ende Juli 1945 erneut ins „John Hopkins Hospital" gebracht werden mußte, weil sie wieder an schweren Anfällen von Blausucht litt. Kurz darauf starb sie. Die Zeitungen hatten anfangs jede Gewichtszunahme Eileens beschrieben oder erzählt, wie sie mit ihrem Hund auf der Treppe ihres Elternhauses saß und auf ihren Vater wartete, der im Urlaub heimkam. Aber als sie nach einer zweiten Operation, diesmal rechts, starb, weil auch die rechte Schlüsselbeinarterie zu schwach war, paßte der Mißerfolg nicht in die journalistische Triumphatmosphäre.*

* Francis und Dorothy Saxon bekamen nach Eileens Tod noch zwei gesunde Kinder, ein Mädchen und einen Jungen.

1945 blieb Blalock der einzige, der sich an die Operation wagte. Er operierte in diesem Jahr zweihundertsiebenundvierzig Kinder. Dreiundzwanzig Prozent starben bei oder nach der Operation. Diese Zahl der Todesfälle erscheint heute erschreckend. Hinzu kamen viele Fälle, in denen sich keine Besserung einstellte. Aber da alle Kinder Todeskandidaten waren, blieb die Rettung von etwa zwei Dritteln eine aufsehenerregende Leistung. 1946 begannen Chirurgen außerhalb Amerikas mit den ersten eigenen Operationen. 1947 erlebten Blalock und Taussig einen wahren Triumphzug, als sie nach London, Stockholm und Paris reisten. Im „Guy's Hospital" in London operierte Blalock zehn Blaue Babys ohne einen einzigen Todesfall.

Es war anzunehmen, daß die neue Lebenserwartung Blauer Babys durch Blalocks Operation anstelle von zehn bis fünfzehn Jahren zumindest fünfundzwanzig Jahre betrug. So würden sie also vielleicht noch die Zeit erleben, in der es möglich sein würde, ihre Herzfehler direkt zu beseitigen. Das hätte eine Brücke zu wirklichem Leben bedeutet.

Die endgültige Antwort aber konnte nur das Schicksal der Operierten erteilen. Immerhin hatte Blalock den Anstoß gegeben für eine revolutionäre Entwicklung der Herzchirurgie.

In der Hamilton High School in Los Angeles kannte man Marvin Mason im Jahre 1952 als einen überschlanken, lebhaften kleinen Jungen mit einem mächtigen Schopf dunkler Haare. Lewis Mason hatte seinen Weg als Kaufmann gemacht, die Zeit der Armut war endgültig vorüber. Lewis oder Ruth fuhren regelmäßig mit Marvin nach Baltimore, um ihn untersuchen zu lassen, und Jahr für Jahr kamen sie optimistischer nach Hause. Marvin wurde zwar gelegentlich noch kurzatmig, aber er fühlte sich wohl und war ganz von dem Willen erfüllt zu beweisen, daß er nicht anders war als alle übrigen Schüler. Eine besondere Enttäuschung war es für ihn, daß er auf Helen Taussigs Anweisung vom Schulsport ausgeschlossen war; insgeheim trainierte er im Swimming-pool eines Freundes, und seine Schwimmkünste erfüllten ihn mit wildem Stolz. Auch künstlerisch erwies er sich als begabt; er gehörte zum Schulorchester und spielte als Trommler in einer privaten Band. 1954 erhielt er ein Stipendium für das Pacific College of Music – sein weiterer Weg schien hell und freundlich.

Am 23. April 1955 trat er mit bloßen Füßen auf einen Holzsplitter, der sich tief in sein Fleisch bohrte. Ein Arzt entfernte das Stück Holz, aber am 17. Mai kam Marvin mit Fieber nach Hause. Als er sich schließlich wieder blau färbte, wurden seine Eltern so ängstlich, daß sie am 6. Juni mit ihm nach Baltimore flogen. Marvin war sterbenskrank, als sie im „Harriet Lane“ eintrafen. Es stellte sich heraus, daß nur ein Teil des Splitters entfernt worden war. Der Rest hatte eine Sepsis verursacht, und Helen Taussig konnte ihr Erschrecken nicht verbergen; sie wußte nur zu gut, wie leicht eine Blutvergiftung auf das Herz übergriff. Mit Sicherheit entwickelte sich bereits eine Entzündung der Innenhaut des Herzens, eine Endokarditis. Ihre einzige Hoffnung bestand in den größtmöglichen Dosen von Penicillin.

Am dritten Tag fiel zwar die Temperatur. Aber Helen Taussig fürchtete, die akute Infektion könnte sich in eine chronische verwandeln, und entschloß sich, Marvin mit Penicillin weiterzubehandeln. Die Penicillininjektionen wurden für Marvin zu einer Qual, weil sich an seinem mageren Körper bald kein Muskel mehr fand, der durch die Spritzen nicht schon gereizt war. Ohne örtliche Betäubung mit Novocain wurden die Injektionen schließlich unmöglich.

Lewis Mason mußte nach Los Angeles zurückfliegen, während Ruth bei Marvin blieb, bis er sich langsam erholte. Erst Ende Juli war er so weit wiederhergestellt, daß Helen Taussig die Rückkehr nach Kalifornien erlaubte. Aber neue Schübe der Endokarditis konnten auftreten, und Marvin mußte daher ständig Penicillinkapseln einnehmen. Am 5. November sollte er zur Beobachtung nach Baltimore kommen.

Ruth flog in bedrückter Stimmung nach Hause. Irgend etwas an Marvins Optimismus und seiner Willenskraft war gebrochen. Er legte zwar die Abschlußprüfung an der Hamilton High School ab und spielte auch weiter in Kapellen, aber er war nur im Sitzen imstande, seine Trommelwirbel zu Ende zu bringen. Seine Lippen wurden immer blauer, und er besuchte nicht das College of Music, sondern blieb zu Hause – in dem Gefühl, mit achtzehn Jahren ein Kranker ohne Hoffnung zu sein. 1956 las er einen Artikel über Herzkrankheiten und erfuhr dabei, welche Fehler in seinem eigenen Herzen zurückgeblieben waren. Das vertiefte seine Depression, doch 1957 stieß er in Zeitungen, in „Time“, in „Reader's Digest“ und anderen Zeitschriften auf Berichte, die erzählten, man habe damit begonnen, Herzen zu öffnen und an Ort und Stelle zu operieren.

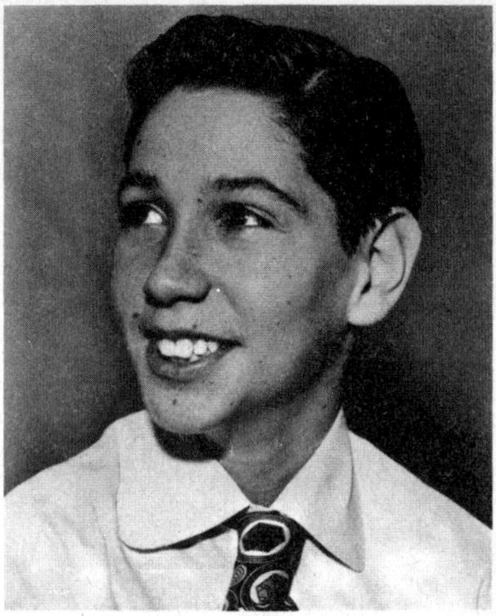
*Marvin Mason*

Er las die Geschichte eines achtzehnjährigen Mädchens, Cecilia Bavolek, das seit seiner Geburt eine unnatürliche Öffnung in der Herzscheidewand hatte. Ihr Hausarzt hatte sie zu Dr. John H. Gibbon, einem Chirurgen am Jefferson Medical College in Philadelphia, geschickt, weil Gibbon seit Jahren an einer Pumpenmaschine arbeitete, welche während der Operation die Funktion des Herzens und der Lunge übernehmen sollte. Seine Idee schien allerdings so abenteuerlich, daß er als Sonderling galt, aber nach vielen Experimenten mit Katzen war Dr. Gibbon seit 1951 überzeugt, daß seine Maschine funktionierte. Und bei Cecilia Bavolek hatte er tatsächlich Erfolg. Sobald die Maschine lief, öffnete er das Herz und vernähte die Öffnung in der Scheidewand. Ein neues, gesundes Leben hatte für Cecilia nach der Operation begonnen.

Als Marvin seinen Eltern von seiner Lektüre berichtete, erschraken sie. Sie spürten, daß er darauf hoffte, genauso geheilt zu werden wie Cecilia Bavolek. Aber Lewis und Ruth verfügten nicht mehr über die naive Kraft des Vertrauens, die ihnen über so viele Jahre hinweggeholfen hatte. Alles, worüber Marvins Artikel berichteten, schien ihnen drohend und voller Gefahren.

Marvin las mehr und mehr, und schließlich erfuhr er, daß Dr. Walton Lillehei an der Universität von Minneapolis ebenfalls mit einer Herz-Lungen-Maschine arbeitete. Seit 1955 hatte er zahlreiche Herzen geöffnet, Schäden an der Herzscheidewand operiert, undichte Klappen verengt oder durch Plastikstückchen verstärkt und Verengungen des Eingangs zur Lungenarterie, wie an Marvins Herz, erweitert. Und Marvins Hoffnungen wuchsen.

Während der nächsten Reise nach Baltimore erkundigte er sich, ob Dr. Blalock ihn nicht mit einer Herz-Lungen-Maschine operieren könne. Aber er erhielt die Auskunft, daß Blalock sich nicht mehr jung genug fühle, sich mit unerprobten Neuerungen zu beschäftigen. Doch Marvin erfuhr, daß ein früherer Assistent Blalocks, Dr. Jerome Harold Kay, im „St. Vincent's Hospital" in Los Angeles operiere und einige Eingriffe mit der Herz-Lungen-Maschine unternommen habe. Marvin war nun zwanzig Jahre alt; auf dem Rückflug entschloß er sich, entweder gesund zu werden oder zu sterben. Er begab sich zu Dr. Kay. Der Arzt bestätigte ihm, daß er Scheidewanddefekte und Stenosen der Pulmonalklappe operiert habe – allerdings erst in wenigen Fällen. Aber als Marvin im Sommer 1958 von Anfällen eines unerträglich wilden Herzrasens befallen wurde, faßte er den Entschluß, das große Wagnis einzugehen.

Am 28. Januar 1959, um 8.05 Uhr, lag Marvin im „St. Vincent's" auf dem Tisch, und Dr. Kay und einige andere Ärzte begannen mit dem Eingriff. Es war erst die sechste Operation, die Kay unternahm. Sie dauerte sechs Stunden. Kay schrieb später an Helen Taussig: „Zum Zeitpunkt der Operation war es notwendig, einen ‚outflow-patch' und einen weiteren ‚patch' zum Verschluß des Defekts in der Scheidewand einzunähen." Mit „patch" meinte Kay Stücke von Teflongewebe. Die Umleitung, die Blalock vierzehn Jahre vorher geschaffen hatte, war wieder ausgeschaltet worden. Seine Worte klangen wie ein Bericht über ein gänzlich undramatisches Ereignis. Für Lewis und Ruth Mason sah es völlig anders aus.

*Lewis und Ruth Mason in ihrer Erinnerung:*
„Nur die Brust sollte noch geschlossen werden, als eine Blutung kam. Doktor Kay war schon die Treppe heruntergekommen und sprach mit uns. Da hörten wir den Notruf, und er rannte zurück. Wir glaubten, Marvin liege im Sterben, und nach einer Weile sagten sie uns, daß es wirklich so war. Wir warteten sechs Stunden. Ein Dutzend Ärzte kamen und gingen. Die Schwester Oberin sagte uns, daß sie für Marvin beteten. Schließlich ging die Krise vorüber. Aber es kamen neue. An einem Tag kam eine Schwester in Marvins Zimmer und drückte den Alarmknopf. Denn Marvin hatte einen Erstickungsanfall. Dr. Kay hielt ihn nur durch einen Luftröhrenschnitt am Leben. Zwei Tage später bekam er eine schwere Lungenkomplikation, und sie brauchten siebzehn Liter Blut, um ihn durchzubringen. Wir wissen nicht, wie er das alles überstanden hat."

Niemand wußte es, nur Marvin selbst glaubte, daß es sein bedingungsloser Wille gewesen war, gesund zu werden. Kays Versicherung, er habe seine Herzfehler beseitigt, klang für ihn wie die Ankündigung eines neuen Lebens – und mit dieser Überzeugung verließ er das „St. Vincent's Hospital". Er fand eine Stellung bei der Film Fair Company in Studio City und begann davon zu träumen, Schauspieler oder gar Star zu werden. Er hatte nicht mehr Aussicht auf Erfolg als tausend andere. Aber er glaubte jetzt an sein Glück.

## BARBARA

Barbara Rosenthal war jetzt vierzehn Jahre alt. Ihre Eltern waren nach Beverly Hills gezogen. Leonhard Rosenthal setzte seinen Weg als Geschäftsmann fort. Aber nicht Wohlstand machte den Kern seines und Shirleys Lebens aus, sondern Barbara.

Barbara wirkte ganz wie ihre Altersgenossinnen. Trotzdem erfüllte die Erinnerung an die Blue-Baby-Jahre sie zuweilen mit Angst. Wenn sie einmal müde war, kroch ein Hauch von Blau in ihre Finger oder ihre Lippen. Aber sie ließ sich nicht wie andere Beverly-Hills-Kinder im Auto zur Schule fahren, sondern ging eine Meile weit zu Fuß. Das bedeutete für sie eine Selbstbestätigung.

Als die High-School-Zeit zu Ende ging, entschloß sie sich, in Berkeley, an der Universität von Kalifornien, Journalistik zu studieren. In Berkeley begegnete sie Richard Israel, der zur Redaktion der Universitätszeitung gehörte. Er war fünfundzwanzig, Barbara jetzt einundzwanzig Jahre alt. Niemals kam ihm auch nur der leiseste Gedanke, sie könnte schwer krank gewesen sein. Und Barbara bemühte sich, besonders harte Arbeit zwischen den Maschinen der Setzerei zu leisten. Erst 1957, als Richard vorschlug zu heiraten, zog sie sich eine Weile zurück – es war, als hätte sie ein Problem zu bewältigen. Aber dann sagte sie Richard, sie müsse ihm etwas mitteilen, was ihn vielleicht veranlassen werde, seine Heiratsabsicht aufzugeben. So erfuhr er ihre Geschichte. Sie zeigte ihm den blauen Schimmer ihrer Hände, wenn sie hügelaufwärts gingen. Ihre Haltung beeindruckte ihn tief. Ende 1957 heirateten sie in Beverly Hills. Richard fand eine Stellung beim „San Francisco Chronicle", Barbara beim „San Francisco Examiner". Sie verbrachten ein Jahr voller Freude am Leben und an der Arbeit, ohne je über bläuliche Fingernägel oder Lippen zu sprechen. Aber 1958 kam Helen Taussig zu einer medizinischen Tagung nach San Francisco. Barbara besuchte sie und erzählte von ihrem neuen Leben und daß sie hoffe, Kinder zu bekommen. Sie hörte Helen Taussigs Warnung, daß sie keine Kinder bekommen dürfe, falls sie nicht ihr eigenes Leben und das Leben eines Kindes in Gefahr bringen wolle. Sie verschwieg Richard nichts davon, aber sie verbarg, wie sehr diese Begegnung in ihr wieder das Bewußtsein geweckt hatte, nur ein unvollkommener Mensch zu sein. Im Jahre darauf erhielt Richard eine Stellung bei den CBS-Fernsehstudios in Los Angeles. So zogen sie nach Hollywood, und Barbara fand eine Beschäftigung in der Public-Relations-Abteilung des „Cedars of Lebanon Hospital". Sie lebten, anscheinend unbekümmert, mit ihrer Arbeit und ihren Freunden. Dann besuchte Barbara an einem Januartag 1960 den Vortrag eines auswärtigen Herzspezialisten. Er sprach über die Blalock-Operation und die Erfahrungen, die man in fünfzehn Jahren damit gemacht hatte. Zum erstenmal erfuhr Barbara, daß in ihrer Brust nur ein „Provisorium" steckte, daß sie „auf Zeit" lebte und – mit ihren sechsundzwanzig Jahren – das Alter erreicht hatte, in dem diese Zeit eigentlich schon abgelaufen war. Zum erstenmal hörte sie, daß die Behelfslösung Blalocks jetzt durch eine echte Reparatur der Mißbildungen ersetzt werden konnte.

Zu Hause erzählte sie Richard einiges über den Vortrag. Aber sie verriet ihm nicht, daß sie fürchtete, ihr eigenes Todesurteil gehört zu haben. Sie führte ihr bisheriges Leben so vollkommen weiter, daß Richard nicht bemerkte, in welcher Verzweiflung sie sich wirklich befand. Sie suchte mehrere Ärzte auf. Ihre Angst wuchs, als sie einige Monate später zum erstenmal wieder unter starker Atemnot und Schwindelanfällen zu leiden hatte. Ein Kardiologe verwies sie an Dr. Eugene Saxon, einen Thoraxchirurgen im „Cedars of Lebanon". Im Oktober 1960 wurden gründliche Untersuchungen vorgenommen. Saxon schrieb in einem Krankenbericht: „Die Röntgenaufnahmen zeigen eine venöse Stauung der Lunge. Entartung und Linksversagen des Herzens. Im Falle der Patientin dürfte letzte Gelegenheit für eine totale Korrektur bestehen."

Bis zuletzt verheimlichte sie Richard, daß es um das nackte Weiterleben ging. Sie erklärte ihm lediglich, sie wolle operiert werden, um völlig gesund zu werden und – Kinder zu bekommen.

Am 18. Januar 1961 um 8.20 Uhr begann das Chirurgenteam mit der Operation. Um 9.35 Uhr öffnete Saxon die Brusthöhle. Die Arteria innominata war gut von Blut durchströmt. Aber der Durchmesser der Lungenarterie hatte sich um das Vier- bis Fünffache der Norm erweitert. Die Überlastung hatte einen Teil der Arterienwand ausgebeult. Saxon beseitigte die Gefäßumleitung der Blalock-Operation, und die Assistenten schlossen die Herz-Lungen-Maschine an. Es war 1.36 Uhr mittags, als die Maschine zu laufen begann. Saxon öffnete die Lungenarterie und entdeckte ein Blutgerinnsel hinter der Pulmonalklappe, die nur einen winzigen Durchlaß zur rechten Herzkammer besaß. Saxon öffnete die Klappe und versuchte in die Kammer vorzudringen, aber die Verbindung war durch Gewebewucherungen so gut wie blockiert. Er mußte die Kammer öffnen. Sobald die Verkleinerung der Lungenarterie beendet war, führte Saxon einen Schnitt in die rechte Herzkammer. Nach siebenundzwanzigjähriger Überlastung bei dem Versuch, Blut durch eine winzige Öffnung in die Lungenarterie zu pressen, war sie erheblich erweitert. Zum erstenmal verspürte Saxon Zweifel, ob der Herzmuskel noch kräftig genug sei, um einen normalen Lungenkreislauf aufrechtzuerhalten.

Der Defekt in der Scheidewand der rechten und linken Herzkammer war groß. Aber es gelang Saxon, diese Öffnung durch vierzehn Nähte zu verschließen. Sofort wandte er sich dem fast blockierten Eingang zur Lungenarterie zu. Es ging auf 3.10 Uhr, als er die rechte Herzkammer wieder verschloß. Der Herzrhythmus war normal. Er gab das Zeichen, zum normalen Körperkreislauf zurückzuschalten und die Herz-Lungen-Maschine abzustellen.

Um 3.14 Uhr stand die Pumpe still; Barbaras Herz begann kräftig zu schlagen – Saxon hoffte, alles sei überstanden. Aber dann sank der Blutdruck plötzlich ab, die Kraft des Herzmuskels ließ auf dramatische Weise nach. Um 3.18 Uhr mußten sie die Pumpe erneut einschalten, weil das Herz versagte. Der Kreislauf kam wieder in Gang, die Pumpe wurde wiederum abgestellt, aber Barbaras Herz arbeitete nur wenige Minuten. Sie mußten zum drittenmal Zuflucht bei der Pumpe suchen. Und nun vollzog sich ein erbitterter Kampf mit dem Ziel, den Herzschlag in Gang zu halten. Von 3.45 bis 5.40 Uhr nachmittags schalteten sie die Pumpe noch fünfmal aus und wieder ein. Gleichzeitig gab Saxon immer größere Mengen von Herz- und Kreislaufmitteln, die nicht die geringste Wirkung hatten. Die rechte Herzkammer füllte sich mit Blut. Aber sie hatte nicht die Kraft, sich in die Lungenarterie hinein zu entleeren, sondern schwoll stärker an. Zu lange hatte die Herz-Lungen-Maschine den Kreislauf übernommen. Barbaras Reflexe waren kaum noch feststellbar. Nach einem letzten Versuch mit der Pumpe um 5.40 Uhr schlug ihr Herz noch einige Minuten lang. Kurz nach 6 Uhr abends war der zweite unter jenen Patienten, mit denen die Geschichte der Blue-Baby-Operation begonnen hatte, tot.

## MARVIN

Im Frühjahr 1961 hatte Marvin Mason zwei Erlebnisse, die ihn in seinem Glauben bestärkten, daß sein eigentliches Leben erst jetzt begonnen habe. Am Rande der Schauspielerwelt von Hollywood begegnete er Linda Weiner, einem schönen schwarzhaarigen Mädchen. Man nannte sie Kippy, weil sie an Jom Kippur, dem höchsten jüdischen Feiertag, geboren war. Er verliebte sich in sie, und sie verliebte sich in ihn. Fast um die gleiche Zeit bekam er seine erste kleine Rolle im Rancho-Park-Theater in Los Angeles. Für ihn bedeutete sie eine Erfüllung seiner Träume.

Bei den Proben stürzte Marvin auf der Bühne und erlitt eine schwere Knieverletzung. Aber seine Angst, die erste Chance zu verlieren, war so groß, daß er sich nach Morphiuminjektionen im Rollstuhl bis an die Bühne fahren ließ. An drei Abenden trat er auf, bis Kippy ihn dazu überredete, in ein Hospital zu gehen. Er überstand die dritte Operation seines Lebens und kehrte zu seiner Arbeit bei der Film Fair Company zurück. Kippy und er heirateten im November, nachdem er ihr von seinen Operationen berichtet und sie gefragt hatte, ob sie den Anblick der großen Narben auf seiner Brust ein ganzes Leben lang ertragen könne. Im Sommer 1962 erhielt er die Rolle eines kleinen Betrügers. Die Bühne, auf der er diesmal auftreten sollte, stand in einem ehemaligen Werkstättenbau. Nur am Wochenende wurde gespielt, Gagen wurden nicht bezahlt: Das Gefühl, spielen zu können, war allen Beteiligten Lohn genug. Marvin strahlte vor Glück, wenn irgend jemand sagte, er habe Talent.

Niemand in der Truppe ahnte, daß er ein Blaues Baby gewesen war, denn er bemühte sich, fleißiger und vergnügter zu sein als die anderen. Im September bekam er eine zweite Rolle, die eines jungen Kadetten in „Das Dunkel am Ende der Treppe" von William Inge. Das Stück handelte von einer Familie voller Selbstmitleid, in die eines Abends Sammy, der Kadett, hineinplatzt, um die Tochter zum Tanz auszuführen. Marvin stand nur zehn Minuten auf der Bühne. Aber in dem Augenblick, in dem er mit der Tochter die Bühne verließ, sagte die Mutter: „Dies ist der netteste Junge, den ich jemals sah..." Lauter Applaus brauste auf, als Marvin durch die Kulissen abtrat, und überdeckte das Geräusch seines Falles hinter der Bühne. Marvins Gesicht war blaurot. Der Regisseur versuchte sofort künstliche Beatmung und ließ fragen, ob sich unter den Zuschauern ein Arzt befinde. Aber es war keiner da. Er schickte nach einem Doktor in der Nachbarschaft. Der Arzt kam einige Minuten später und alarmierte eine Ambulanz. Sie brachte Marvin ins Hospital, einige Blocks entfernt. Dort stellte der Notaufnahmearzt um 10.17 Uhr fest, daß er gestorben war.

Für Kippy, Lewis und Ruth Mason blieb als einziges der Trost, daß er vielleicht im Sterben noch die Worte „Dies ist der netteste Junge, den ich jemals sah" vernommen hatte.

*Aus einem Brief von Dr. Alfons Scheffold aus Westwood (Los Angeles) vom 15. Februar 1971:*

„Heute, ein rundes Jahrzehnt nach Barbaras und Marvins Tod, sind sich die Päpste der Medizin immer noch nicht darüber einig, welche Rolle Blalocks erster Operation der Blauen Babys noch zukomme und ob sie der ‚offenen Herzreparatur' ganz zu weichen habe oder nicht. Blalock starb am 15. Dezember 1964 an Krebs. Helen Taussig, die sich als Siebzigerin immer noch nicht zur Ruhe setzen will, bemüht sich, am Beispiel von Blalocks ersten 750 Blue-Baby-Patienten zu zeigen, daß es am günstigsten sei, jüngeren Kindern durch die Blalock-Methode zu helfen und ihre Herzfehler erst nach dem zehnten oder fünfzehnten Lebensjahr durch eine Operation am offenen Herzen zu korrigieren. Ihr gegenüber stehen diejenigen, die auch bei jüngeren Kindern sofort die offene Reparatur durchführen und es für richtig halten, im Notfall sogar Säuglinge auf diese Weise zu behandeln. Entscheidend ist letzten Endes wohl, daß es heute mehrere Möglichkeiten gibt, all denen zu helfen, die vor fünfundzwanzig Jahren noch hilflos sterben mußten.

Als ich im vergangenen Monat an ihren Gräbern in Los Angeles stand, wurde mir bewußt, daß Barbara und Marvin zu den ersten gehörten, die in der so bedeutungsvollen Entwicklung der Blue-Baby-Chirurgie auf ihre Weise ihren Beitrag dazu geliefert haben. Das ist selten. Wahrscheinlich geschah es nur einmal, und vielleicht wird es sich niemals wiederholen ..."

## MARY RICHARDSON

Im November 1958 verließ Bill Richardson sein Häuschen in Jacksonville/Florida, um seine hübsche Frau Mary und ihre Mutter zur Mitternachtsmaschine nach Boston zu bringen. Bill arbeitete als Lastwagenfahrer bei Texaco; er war achtunddreißig Jahre alt, mittelgroß, kräftig, braunhaarig und hatte ein gutmütiges rundes Gesicht. Er fand, daß Mary mit einunddreißig noch genauso hübsch aussah wie im Sommer 1945, als er noch städtischer Busfahrer gewesen war und Mary zum erstenmal in seinen Wagen stieg. Sie war jetzt sehr blaß. Ihr Atem ging schnell, und ihre linke Hand, die auf dem dicken Mantel ruhte, den sie für das kalte Boston gekauft hatten, wirkte zerbrechlich. Das verstärkte Bills Gefühl, das er seit den ersten Tagen ihrer Begegnung empfand, nämlich Marys Beschützer zu sein.

Mary Allen war damals achtzehn Jahre alt gewesen und arbeitete als Verkäuferin in einem Kaufhaus. Obwohl sie nur einen kurzen Weg bis zum Bus zu gehen hatte, war sie außer Atem, wenn sie sich hinter Bills Fahrersitz auf eine Bank fallen ließ. Sie war so hübsch, daß Bill dem Wunsch, mit ihr ins Gespräch zu kommen, nicht widerstehen konnte.

Marys Mutter, eine kräftige Frau mit dem gleichen rotbraunen Haar, hatte ihrer einzigen Tochter Vorsicht vor uniformierten Männern beigebracht, denn seit dem Kriege überschwemmten Matrosen und Flieger die Stadt. Doch Bill war zurückhaltend und sparsam und hatte es bereits zu einem roten Chevrolet-Kabriolett gebracht. Wenige Wochen nachdem sie die ersten Worte gewechselt hatten, wartete er in seinem Auto vor dem Kaufhaus, wenn Marys Arbeitszeit zu Ende war. Bill bemerkte, daß sie sehr erschöpft war, wenn sie das Kaufhaus verließ, aber sie lebte jedesmal wieder auf, sobald sie neben ihm im Auto saß.

Als er sie nach zwei Monaten bat, seine Frau zu werden, erfuhr er, daß Mary „Herzgeräusche“ hatte. Dr. Harold, ihr Hausarzt, hörte als erster ein vom Normalen abweichendes Herzgeräusch, als sie neun Jahre alt war. Doch versicherte er den Eltern, daß Mary diese Sache auswachsen werde: es gebe Tausende von Menschen mit solchen Geräuschen.

Marys Eltern mochten Bill vom ersten Tage an. Aber da sie gewissenhaft waren, hielten sie es für richtig, ihm auch die Sache mit den Herzgeräuschen zu sagen. Doch Bill lachte ihre Bedenken hinweg. Mary und er heirateten, und nach einem Jahr brachte Mary ein Mädchen zur Welt, das sie Loxy nannten.

Von Anfang an hatten sie einen gemeinsamen Traum gehabt: ein eigenes Zuhause. Deshalb hatte Mary nach ihrer Hochzeit weitergearbeitet. Während sie bei Marys Eltern wohnten, hatte Mary die Zeit gefunden, mit ihrer Mutter den Haushalt zu versorgen, Loxy großzuziehen und sich ihre eigenen Kleider zu schneidern. Bill konnte nicht mehr verstehen, wie sie das alles geschafft hatte, seit er wußte, daß sie oft von Schwäche und Atemnot befallen worden war. Bill selbst wechselte damals zu Texaco hinüber, weil man dort besser bezahlt wurde. So hatten sie ihr Wunschhaus gekauft, umstanden von Bäumen, die langsam über das Dach hinauswuchsen.

Jahrelang hatten sie viele Ärzte aufgesucht, um herauszufinden, weshalb Mary mit all ihrer Energie gegen Schwäche und Atemnot ankämpfen mußte, und immer hatten sie die Auskunft erhalten, Mary bilde sich Symptome ein, die bestimmt nichts mit Herzgeräuschen zu tun hätten. 1954, als Marys Atemnot schlimmer wurde, war Bill mit Mary nach New Orleans in die „Ochsner Clinic“ gefahren. Mary blieb mehrere Tage dort, und Bill wanderte manchmal viele Stunden vor dem Fenster auf und ab. Aber die Ärzte teilten ihm mit, man habe nichts entdecken können, was Marys Beschwerden erklärte. Auf der Heimfahrt hatte Mary ihn gefragt, ob der Mißerfolg vielleicht daran liege, daß sie nicht klug genug sei, den Ärzten klarzumachen, was sie fühle. Aber Bill war überzeugt, daß es nicht an Mary lag. Es mußte an den Ärzten liegen.

Während Bill auf die Lichter des Flughafens zu fuhr, dachte er an die Aufregung, mit der Mary von ihrem Besuch bei Dr. King heimgekommen war. Zum erstenmal hatte ihr ein Arzt nicht gesagt, sie bilde sich ihre Krankheit nur ein. Bill hatte Dr. King angerufen. Er hatte ihm gesagt, er sei sicher, daß Mary ein schwerkrankes Herz habe. Bill hatte auch den Namen eines Spezialisten erfahren: Dr. Hanson. Dr. Hanson hatte Mary untersucht und ihr gesagt: „Mrs. Richardson, Sie haben eine Aortenstenose. Sie müssen operiert werden, und zwar bald." Bill hatte sich erkundigt, wer Mary operieren könne, und Dr. Hanson hatte Doktor Dwight E. Harken in Boston empfohlen.

Dr. Harken hatte großes Interesse an Marys Fall gezeigt und ihr mitgeteilt, er erwarte sie Mitte November in Boston. Da Bill seine Arbeit nicht unterbrechen konnte, hatte er Marys Mutter gebeten, mitzureisen und in der Nähe des Hospitals zu bleiben. Als Bill Mary zum Abschied umarmte, fiel nach all den Jahren ihre Tapferkeit von ihr ab – sie weinte.

Sechs Uhr war vorüber, und der Morgen war novembertrüb, als Boston unter der Maschine aus Jacksonville auftauchte. Für Mary waren die bleierne Farbe des Himmels und die feuchte Kälte des Morgens bedrückend und fremd.

Ihre Mutter und sie fuhren in einem Taxi durch enge Straßen zu Dr. Harkens Praxis. Als man sie in einen großen Warteraum mit Fenstern zum Charles-Fluß hin wies, fühlte Mary einen heftigen Schmerz in den Schultern; von dort wanderte er in ihre Ellenbogen und wurde so stark, daß sie sich auf eine Couch legen mußte und sich dort in einer Haltung zusammenrollte, in welcher der Schmerz einigermaßen zu ertragen war. So blieb sie liegen, bis ein großer, kräftiger Mann zwischen vierzig und fünfzig eintrat. Er hatte helles Haar und ein volles, rötlich-gesundes Gesicht. Sofort setzte er sich auf den Rand der Couch, drehte Mary zu sich herum und sagte: „Ich bin Doktor Harken. Wo fehlt es uns?" Mary mochte ihn vom ersten Augenblick an.

*Aus einem Essay über Dwight E. Harken:*

„Man erkannte ihn von weitem an dem Tempo, mit dem er ging, an seinen schlenkernden Armbewegungen oder an seiner Art, Patienten zur Begrüßung ans Kinn zu fassen oder derb-väterlich zu umarmen. 1931 hatte er an der Harvarduniversität in Boston zu studieren angefangen und dort auch den größten Teil seiner medizinischen Ausbildung absolviert. Im zweiten Weltkrieg war er Brustkorbchirurg bei der amerikanischen Armee in England. In dieser Zeit wagte er es, das Herz Verwundeter zu öffnen und Geschosse aus den Herzkammern herauszuholen. Als er aus dem Krieg zurückkehrte, brachte er die Erkenntnis mit, daß das Herz weit weniger empfindlich gegen chirurgische Eingriffe war, als man bis dahin geglaubt hatte. Nur Veränderungen seiner normalen Lage nahm es wirklich übel.

Zwei Jahre nach seiner Heimkehr (er operierte jetzt im alten ‚Mount-Auburn'-Krankenhaus und im ehrwürdigen ‚Peter Bent Brigham Hospital') gehörte er zu den ersten, die es wagten, verengte Herzklappen für den Blutstrom zu öffnen. Damit legte er den Grundstein für seine Lebensarbeit – die Herzklappenchirurgie. Er wagte sich nicht nur an die Klappenstenosen, sondern auch an die Insuffizienz. In Fällen von Mitralklappeninsuffizienz machte er einen kleinen Einschnitt in die Vorhofwand. Aber von den ersten drei Patienten überlebte nur der dritte.

Schließlich kam Harken zu der Einsicht, daß die Möglichkeiten von Reparaturen bei Herzklappeninsuffizienz auch bei Operationen im offenen Herzen sehr begrenzt blieben. Er beschloß daraufhin, ein künstliches Ventil zu konstruieren, das kranke Herzklappen vollständig ersetzen sollte. Dr. Charles Hufnagel von der ‚Georgetown University Medical School' hatte 1950/51 ein kleines Kugelventil gebaut.

Er hatte jedoch vor der Einführung der Herz-Lungen-Maschine nicht daran denken können, die Aortenklappe zu entfernen und ein künstliches Ventil einzunähen. Niemand hätte diesen Eingriff überlebt. So pflanzte er das Ventil schließlich an einer Stelle der Aorta ein, die für ihn zugänglich war, doch ein Teil seiner Patienten ging an Blutgerinnseln zugrunde, die sich in den Kugelventilen bildeten. Der Erfolg der Operation hing so sehr von seiner persönlichen Geschicklichkeit ab, daß es kaum einem anderen Chirurgen gelungen war, sie nachzuahmen.

Harken war überzeugt, daß Hufnagel den richtigen Weg beschritten hatte und daß sich ein verbessertes Ventil mit Hilfe der Herz-Lungen-Maschine direkt einfügen ließ. Er war sich klar darüber, daß es schwierig sein werde, ein Ventil herzustellen, das nicht nur monate-, sondern jahrelang die ungeheure Belastung auszuhalten vermochte, die eine normale Herzklappe ertrug. Denn eine normale Klappe öffnete und schloß sich etwa 100mal pro Minute, 6000mal pro Stunde, 144 000mal pro Tag und fast 53 000 000mal innerhalb eines Jahres. Optimistisch machte Harken die Weiterentwicklung chemischer Kunststoffe, die so gewebsneutral waren, daß der menschliche Körper sie nicht abstieß, sondern in eigenes Gewebe einhüllte, sowie die Herstellung gerinnungshemmender Medikamente, die einer Bildung von Blutgerinnseln in künstlichen Ventilen entgegenwirken konnten. Im Jahre 1958 machte er sich zusammen mit einem Ingenieur von der Rubber Company in Providence an die Arbeit, und bald waren die beiden imstande, Musterventile in einem Apparat zu erproben, der den menschlichen Blutstrom und die Tätigkeit von Herzklappen nachahmte. Ihre Muster – sie nannten sie ‚Kugel-Käfig-Ventile' – bestanden aus einem in Teflon gebetteten Ventilring aus rostfreiem Stahl, einem Stahlkäfig, der die Ventilkugel festhielt, und einer Kugel aus Silikon."

Zwei Stunden nachdem Mary Richardson zum erstenmal in Harkens freundliches Gesicht geblickt hatte, lag sie im alten „Mount-Auburn"-Krankenhaus am anderen Ufer des Charles-Flusses, wenige Blocks von der Harvarduniversität entfernt. Draußen hing Regen oder Schnee in der Luft. Ihre Mutter sah sich nach einer Unterkunft um, und Mary war allein. Trotzdem war sie plötzlich nicht mehr verzweifelt, denn Dr. Harken hatte ihr gesagt: „Mary, ich glaube jedes Wort Ihrer Geschichte. Wir werden keine Zeit versäumen, sondern mit einer Reihe von Untersuchungen beginnen. Einige können schmerzhaft sein. Aber danach werden wir wissen, was wir zu tun haben, und wir werden auch etwas tun ..."

In den folgenden Tagen zeigten alle Untersuchungen, von der Klassifizierung der Herzgeräusche über Elektrokardiogramme bis zu Röntgenbildern, daß Mary an einer Stenose der Aortenklappe litt. Sie ließen aber außerdem den Argwohn aufkommen, daß ihre Aortenklappe auch insuffizient sei. Um sicherzugehen, beschloß Harken, eine Untersuchung durchzuführen, die Einblick in die linke Herzkammer gestattete. Für eine solche Untersuchung wäre es nötig gewesen, einen Katheter durch eine Arterie und gegen den Blutstrom einzuführen. Da dies zu gewagt erschien, hatte der Schwede Björk vor fünf Jahren ein anderes Verfahren entwickelt. Hierbei stach man nach örtlicher Betäubung eine lange Hohlnadel neben der Wirbelsäule ein und schob sie in Richtung auf das Herz, bis sie in den linken Vorhof gelangte. Dann führte man durch diese Nadel einen dünnen Katheter ein, der

Vorhof und Mitralklappe passierte und schließlich die linke Herzkammer erreichte. So war es möglich, die Druckverhältnisse im Herzen zu messen und Kontrastmittel zu injizieren, um auch das linke Herz mit seinen Klappen auf Röntgenbildern sichtbar zu machen.

Mary wußte in ihrer Ahnungslosigkeit nicht, was sie erwartete, als die Katheteruntersuchung begann. Da sie schon so viel ertragen hatte, nahm sie es ohne besondere Ängste hin. Aber als man sie mit dem Gesicht nach unten auf einen Tisch legte und die Herznadel neben der Wirbelsäule einführte, brach sie jählings zusammen.

*Mary Richardson in ihrer Erinnerung:*
„Sie stachen mich in den Rücken. Ich geriet in einen Schock, und danach war ich zwei Wochen lang so krank, daß sie nicht einmal meine Mutter zu mir ließen."

Aber auch dieses Erlebnis änderte nichts an Marys Verehrung für Harken und an ihrem Glauben, daß er der einzige Arzt war, der ihr helfen würde. Für Harken selbst jedoch hatte es zur Folge, daß seine Diagnose unvollständig blieb. Immerhin unterstützte das, was er hatte feststellen können, seinen Verdacht auf eine Kombination von Stenose und Insuffizienz. Aber eine Beseitigung der Stenose konnte zu einer Verlängerung des Lebens führen, und er hoffte, daß die Besserung durch die Operation so lange anhalten würde, bis sein Kugelventil reif zur Anwendung beim Menschen war.

Er teilte Mary mit, daß er sie am 29. November operieren wolle. Marys Mutter telefonierte mit Bill und ihrem Mann. Beide ließen sich Urlaub geben; Boston empfing sie am 27. November mit Kälte und bedrückend sonnenlosem Himmel. Aber Bill fand Mary zuversichtlich, und sie versicherte ihm, Dr. Harken werde das Richtige tun.

Die Operation fand statt. Als Bill Mary einige Stunden später in einem Erholungsraum sehen durfte, erschrak er über all die Schläuche, Katheter und Nadeln in der Nase, in den Armen, an der Brust. Maschinen erzeugten eintönige Geräusche, und über einen Bildschirm huschten gezackte Linien, von einem monotonen „Bip-bip-bip" begleitet. Aber eine Schwester versicherte ihm, daß alles in Ordnung sei. Jenes „Bip-bip-bip" gebe Marys Herzschläge wieder.

Tatsächlich stand sie zwei Wochen später auf. Als Bill sie umhergehen sah und hörte, daß sie keine Atemnot mehr spürte, war auch er zum erstenmal ganz zuversichtlich, daß alles ein gutes Ende nehmen werde. An dem Tage, an dem er und Marys Vater nach Jacksonville zurückfliegen mußten, um ihre Arbeit wiederaufzunehmen, erklomm Mary bereits einige Treppenstufen, ohne außer Atem zu geraten. Nach insgesamt sieben Wochen im „Mount Auburn" rief sie Bill in Jacksonville an und sagte, sie komme nach Hause und fühle sich so gesund! Als sie aus dem Flugzeug stieg, war sie noch blaß von dem sonnenlosen Norden, aber Bill fand, daß sie einfach schön und ein neuer Mensch sei. Beide waren überzeugt, jetzt werde ein neues Leben beginnen – und sie klagten nicht, als die Rechnungen des „Mount Auburn" all ihre Ersparnisse verschlangen.

Um die Jahreswende 1959/60 war Harken bereit, den ersten Austausch einer Aortenklappe am Menschen zu versuchen. Sein erster Patient war ein junger Mann mit einer rheumatischen Aortenklappeninsuffizienz; sein Tod war nur noch eine Frage von Tagen. Der Kranke starb unter Harkens Händen.

Mary weigerte sich zunächst, daran zu glauben. Als sie im Sommer 1959 die ersten Schwindelanfälle bekam, versuchte sie sich einzureden, es liege an einer Hitzewelle oder sie habe zu lange Rasen gemäht. Doch kurz darauf wurde sie wieder kurzatmig, wenn sie eine Treppe hinaufging. Sie gab es auf, sich selbst zu belügen. Sie war nicht gesund geworden, sie hatte nur einen Aufschub erhalten, und sie fühlte, daß Dr. Harken dies vorausgesehen hatte, als er ihr zum Abschied den Arm auf die Schulter legte und sagte, sie müsse ihn sofort verständigen, wenn sie sich nicht wohl fühlen sollte.

Sie schrieben an Dr. Harken. Marys Schwächeanfälle häuften sich so sehr, daß sie ihre Halbtagsstellung aufgeben mußte. Dr. Harken bestellte sie nach Boston ins „Peter Bent Brigham Hospital". Das war um den 20. Februar 1960. Sie war jetzt so krank, daß Bill und ihre Eltern mit ihr flogen.

Als Mary die Untersuchungen hinter sich hatte, auch eine neue Katheteruntersuchung, die ihr keine Schmerzen bereitet hatte, bestätigten die Ergebnisse alle Befürchtungen Harkens. Mary litt an einer nicht reparablen Aorteninsuffizienz. Er war sich mit Dr. Lewis Dexter, dem großen, grauhaarigen Chefkardiologen des Hospitals, darüber einig, daß es nur eine Chance der Rettung gab: ein künstliches Ventil. Der erste Tote war noch nicht vergessen, und Harken hatte eine echte Zuneigung zu der tapferen kleinen Frau aus Florida. Aber er glaubte, aus dem ersten Fall genügend gelernt zu haben, und Mary war in einer besseren Verfassung als der junge Mann. Er setzte den Versuch einer Einpflanzung seines Ventils auf den 10. März fest.

Am Morgen des 10. März waren Bill und Marys Eltern die ersten, die sich in einem Warteraum nahe den Schwingtüren zu den Operationssälen einstellten. Mary lag auf dem Operationstisch. Ihr Körper war auf 28 Grad gekühlt, und die Herzkammern flimmerten nur noch, als Harken einen Ypsilonschnitt in die Aorta führte. Als der Blick auf die Aortenklappe frei war, sah man die Zerstörung. Das brüchige Klappengewebe wurde haltlos in die Herzkammer hineingespült, wenn deren Pumpenstoß zu Ende war, und Blut strömte aus der Aorta in die Kammer zurück. Sobald die Klappe entfernt war, gab es nur noch zwei Möglichkeiten: entweder funktionierte das Herz mit dem neuen Ventil, oder Mary mußte sterben.

Die Exstirpation der kranken Klappe verlief ohne Schwierigkeiten. Harken ließ sich ein Kugelventil reichen und setzte die ersten Nähte mit starken Seidenfäden. Er schloß die Aorta. Dann kam jene Phase, in der er seinen ersten Patienten verloren hatte. Die Wiedererwärmung begann. Als der Temperaturmesser 30 und dann 30,5 Grad anzeigte, blickten alle, die um den Operationstisch versammelt waren und das erste Debakel miterlebt hatten, in schweigender Spannung auf Marys Herz. Das Thermometer zeigte 31 Grad. Einer der Assistenten hielt den Defibrillator bereit, um das Herz zu schocken, falls es nicht von selber schlug. Die Temperatur stieg auf 31,5 Grad, dann auf 32 Grad. Und in diesem Augenblick setzte der Herzschlag ohne jeden Anstoß von außen ein.

Einige Minuten später trat Bill in den Ausgang des Warteraums und spähte genau in dem Augenblick zu der Flügeltür hinüber, als diese aufgestoßen wurde und Harken darin erschien. „Als ich sein Lachen sah, wußte ich, daß alles gutgegangen war“, erinnerte sich Bill später. „Er rief: ‚Es geht ihr großartig, einfach großartig! Wir haben ihr eine neue Herzklappe eingesetzt, und sie arbeitet wunderbar.‘“

Als Bill den „Erholungsraum“ betrat, war Mary von Ärzten und Schwestern umgeben. Aber sie erkannte ihn und lächelte. Das genügte ihm.

Mary wußte immer noch nicht, daß sie der erste Mensch war, dessen Aortenklappe aus Stahl und Plastik bestand. Nur hörte sie in

*Mary Richardson, 1963, mit einer künstlichen Aortenklappe*

ihrer Brust ein klickendes Geräusch, das ihr fremd war. Doktor Harken glaubte aufgrund seiner technischen Versuche, daß man sein Ventil nicht hören könne. Aber für Mary war und blieb es hörbar. Zehn Tage lang litt sie unter leichtem Fieber, und Harken befürchtete schon eine Infektion. Vorübergehend begann das Herz auch zu „rasen". Aber unter Antibiotika und Digitalis verschwanden beide Erscheinungen. Um der Bildung von Blutgerinnseln vorzubeugen, erhielt Mary Dicoumar.

Mary erholte sich so schnell, daß Bill und ihr Vater nach vierzehn Tagen heimkehrten; kurz nach ihrer Abreise begriff sie endlich, welch unerhörter Versuch an ihr vorgenommen worden war. Tag für Tag erschienen fremde Ärzte in ihrer Nische, um ein Stethoskop auf ihre Brust zu setzen. Als sie sich bei Harken nach dem Grund erkundigte, setzte er sich endlich zu ihr und beschrieb ihr die Operation. Seine Erklärungen erregten sie so, daß sie tagelang dauernd auf das Klicken in ihrer Brust horchte. Als Mary zum erstenmal aufstand und zu gehen begann, dauerte es Tage, bis sie sicher war, daß das Klicken nicht verstummte, wenn sie sich bewegte, daß sie sich also auf ihr Ventil verlassen konnte. Anfang April hatte sie sich daran gewöhnt. Als sie und ihre Mutter am 2. April in das Erdgeschoß des Hospitals gerufen wurden, sahen sie sich Fotografen und einer Schwester gegenüber, die ein Harken-Ventil in der Hand hielt. Mary wurde mit dem Ventil fotografiert – so sah sie zum erstenmal den kleinen fremdartigen Kugelkäfig, mit dem sie lebte. Am nächsten Tag bestieg sie ohne Hilfe die Mittagsmaschine nach Florida.

Zum zweiten Male erschien Mary ihre Heimkehr wie das Symbol eines neuen Lebens. Sie bemerkte bald, daß das künstliche Ventil in ihrem Herzen nicht soviel leisten konnte wie dasjenige, das die Natur im Menschen schuf. Sie lernte, wo die Grenzen ihrer Leistungsfähigkeit lagen. Aber dann begann sie zu leben – fast wie ein normaler Mensch. Zuerst arbeitete sie im Haus, dann im Garten. Bald darauf kehrte sie auch zu ihrer Firma zurück. Bill erhielt zwar eine staatliche Beihilfe zur Bezahlung des Hospitals, aber die Summe reichte nicht aus, und so benötigten sie jeden Verdienst. Sechs Wochen nach ihrer Heimkehr sandte die Bostoner Vereinigung „Mended Hearts", deren Mitglieder alle Herzoperationen hinter sich hatten oder Angehörige von Operierten waren, Ausschnitte von Zeitungsartikeln, in denen über Mary berichtet wurde. Am meisten beschäftigten sie jene Stellen, an denen es hieß, daß von ihrem Leben das Leben Tausender anderer Herzkranker abhänge: Wenn sie durch ihr Leben bewies, daß die künstliche Klappe funktionierte, dann würden die Chirurgen den Mut aufbringen, ihre Arbeit fortzusetzen. Und deshalb sagte Mary sich, daß ihr durch das Schicksal eine Mission zugewiesen worden sei.

Pünktlich zweimal im Monat begab sie sich zu Dr. Hanson. Er untersuchte sie und versorgte sie mit Digitalis und Dicoumar. Im Spätherbst flog sie nach Boston, weil Dr. Harken und Dr. Dexter feststellen wollten, in welchem Zustand sich ihre Herzklappe befand. Sie war betrübt und glücklich zugleich, als ihr ein Assistenzarzt erzählte, alle anderen Kranken, die ein Ventil bekommen hätten, seien bis auf einen gestorben; durch ihren Besuch aber schöpfe Dr. Harken wieder Mut. Sie hatte also wirklich eine Mission zu erfüllen. Im Frühjahr 1961 reiste sie zu einer weiteren Untersuchung nach dem Norden. Ein junger Arzt hatte ihr versichert, Harkens Vertrauen in die künstliche Herzklappe sei wieder so gefestigt, daß er neue Operationen durchführen wolle.

Die „Mended-Hearts"-Organisation lud sie zur Feier ihres zehnjährigen Bestehens nach Boston ein. Man teilte ihr mit, wie dringend man auf sie warte. Auch Dr. Harken werde anwesend sein. Bill entdeckte eine billige Reisemöglichkeit, und Mary schneiderte sich ein Abendkleid. Als sie am Abend des 3. Juni im „Sheraton Plaza" eintrafen, war sie eine der hübschesten unter den Frauen dort. Als das Festdinner vorüber war und die Musik begann, erkundigte sich Bill, ob sie es nicht „einmal versuchen sollten". Aber sie antwortete: „Nein, Bill. Der erste Tanz ist für Doktor Harken." Sie trat an den Tisch der Festredner, ergriff Harkens Hand und zog ihn auf die Tanzfläche. Er, der sonst so selbstsicher war, wirkte zaghaft, als traue er seinem eigenen Werk nicht. Aber dann ließ er sich von ihr führen, während ihnen alle Blicke folgten. Mary spürte, wie das „Klick, klick" in ihrer Brust ungewöhnlich laut wurde, und hatte einen Anflug von Atemnot. Aber sie achtete nicht darauf. Sie begleitete Harken an seinen Tisch zurück und begab sich zu Bill, um mit ihm den nächsten Tanz zu wagen. Als man später einen kleinen stillen Mann an ihren Tisch führte und ihr sagte, er sei Alfred Gallo, der einzige von Dr. Harkens anderen Patienten, der außer ihr die Klappenoperation überlebt habe, tanzte sie auch mit ihm und blickte stolz in die Kameras, die sich auf sie richteten.

Es begann im Herbst 1961 – mit Schwächeanfällen und Atemnot. Mary und Bill gerieten in Panik. Bill horchte nachts auf das leise Klicken in Marys Herz, das in der Stille besonders gut zu vernehmen war. Im Januar 1962 kam Dr. Dexter zu einem Vortrag nach Jacksonville. Er erfuhr von dem Rückschlag und unterrichtete Harken, der Mary mitteilte, er erwarte sie in Boston.

Zum erstenmal hatte sie Zeitungsartikel über Herzkrankheiten gelesen. So war sie nicht mehr unwissend, als Dr. Harken ihr sagte, er müsse eine dritte Operation unternehmen. Sie ließ sich beschreiben, um was es sich diesmal handelte.

Harken bekannte, daß er bei der vorangegangenen Operation nicht genug Erfahrung gehabt und die Fäden der Nähte nicht fest genug angezogen habe. Die Fäden hätten sich gelockert; jetzt mußten die Nähte befestigt werden.

Die neue Operation begann am Morgen des 3. Mai. Als die Aorta freilag, sah Harken, wie sehr sich die Nähte gelockert hatten. Er beschloß, neue Ivalonteile einzufügen, starke Fäden rings um das Ventil durch die Aortawand zu stechen und das Gewebe an den Ventilring heranzuziehen. Eine erste Ringnaht genügte nicht. So legte er eine zweite an. Aber auch sie konnte die Lecks nicht völlig verschließen. So umstach er das Ventil mit einem dritten Faden. Das Ventil war noch nicht völlig dicht. Aber was sich erreichen ließ, war erreicht. Doch – wenige Minuten nachdem die Reparatur beendet schien, begann das Herz zu rasen. Gleich darauf entstand Kammerflimmern, und der Blutdruck fiel, bis er nicht mehr meßbar war. Harken, der bereits seine Handschuhe abgelegt hatte, um das Schließen der Wunde seinem ersten Assistenten zu überlassen, griff mit bloßen Händen zu. Durch Massagen, Injektionen und Schocks versuchte er verzweifelt, Mary Richardsons Herz wieder in Gang zu bringen. Er war erschüttert, nicht nur, weil Mary fast unter seinen Händen gestorben war, vielmehr wußte er, daß die Reparatur nur zum Teil gelungen war und daß Mary einer ungewissen Zukunft entgegenging. Bill aber lebte in der Überzeugung, daß Mary zwar gerade noch dem Tod entronnen, aber nun wieder in Ordnung sei. Am Ende der siebten Woche kehrte sie nach Florida zurück – stolz darüber, daß sie alles überwunden hatte. Bill und Mary atmeten auf, als eine wissenschaftliche Stiftung die Kosten für die Operation übernahm. Es folgte ein Jahr voller Zuversicht. Sie renovierten ihr Haus; Mary strich die Türen an, Bill die

Wände. Dann heiratete Loxy, und Mary war nun häufiger allein. Aber sie fühlte sich so sicher, daß sie das Alleinsein nicht fürchtete.

Im Frühjahr 1963 flog sie zum erstenmal ganz allein nach Boston zu einer Kontrolluntersuchung. Dort erfuhr sie, Dr. Harken müsse sie zum viertenmal operieren.

Es war ein unerwarteter Schlag. Sie fühlte sich weder müde noch krank. Aber Dr. Dexters Untersuchungen zeigten, daß die Verstärkung der Nähte nachgab. Mary nahm an, es werde sich nur um eine neue „Befestigung" des Ventils handeln. Harken dagegen befürchtete, Plastikteile und Nähte des ersten Ventils könnten sich so sehr abgenutzt haben, daß er ein völlig neues Ventil einsetzen müsse.

Mary kehrte nach Hause zurück, aber im September 1963 machte sie sich mit Bill und ihrer Mutter zum viertenmal auf den Weg nach Norden. Mary war die ruhigste von allen. Für sie waren Hospitäler und Operationen Notwendigkeiten, um den Kampf um das Weiterleben zu bestehen.

Am 10. September warteten Bill und Marys Mutter zum drittenmal im „Peter Bent Brigham". Nach einigen Stunden erschien Dr. Harken und sagte mit frohem Gesicht, er habe Mary ein nagelneues Herzventil eingesetzt. Drei Wochen danach kehrten sie nach Jacksonville zurück.

Die nächsten viereinhalb Jahre waren vielleicht die glücklichsten ihres Lebens. Mary „lebte" jeden Tag davon. Noch dreimal flog sie nach Boston, aber jede Untersuchung zeigte, daß ihre neue Herzklappe „völlig in Ordnung" war. Niemals lieferten die Tests einen Hinweis auf die Bildung von Blutgerinnseln. Trotzdem mahnte Dr. Harken, daß die Gefahr sie ständig bedrohe, und niemals vergaß Mary, ihre Dicoumartabletten zu nehmen und zweimal im Monat Dr. Hanson aufzusuchen. Sonst aber erinnerte nur eines an das Ventil in ihrer Brust – das „Klick, klick". Aber dieses Geräusch war ein Teil ihres Lebens geworden. 1967 las sie einen Artikel, in dem berichtet wurde, allein von dem Klappentyp, den Dr. Starr in Portland entwickelt hatte, seien 18 000 Stück eingepflanzt worden. Nach der Lektüre dachte sie über einen Satz des Artikels nach, in dem es hieß, „nach dem Gebrauch" seien 2800 Klappen wieder an Dr. Starr zurückgesandt worden, um untersucht zu werden. Dies konnte doch nichts anderes bedeuten, als daß diese Menschen gestorben waren.

Doch dieser halbverborgene Hinweis auf die immer noch vorhandenen Mängel des Ventils konnte Mary nicht erschrecken. Sie hatte selbst solche Mängel überlebt, und sie war sicher, daß eines Tages überhaupt keine Mängel mehr existieren würden.

Nach der Rückkehr von ihrem letzten Flug nach Boston hatte sie ein Erlebnis, das ihr zeigte, wie eng ihr Leben mit dem Ventil verbunden war. Sie saß auf der Couch in ihrem Wohnzimmer, machte eine ungewohnte Bewegung – und plötzlich fühlte sie, daß ihr Herz stillstand. Ohne zu überlegen, schlug sie sich mit der Faust auf die Brust. Daraufhin begann ihr Herz wieder zu schlagen – das vertraute „Klick, klick“ kehrte zurück.

Später wußte sie nicht, ob der Vorfall eine Vorwarnung gewesen war. Am Karfreitag 1968 vormittags fuhr sie mit Bill zum Einkaufszentrum, das nicht weit entfernt war. Gegen 11 Uhr waren sie wieder zu Hause, trugen, was sie gekauft hatten, in die Küche und unterhielten sich über Ostergeschenke für Jimmy und Debbie, ihre Enkelkinder. Dann fuhr Bill wegen eines Haarschnitts zum Einkaufszentrum zurück. Als er drei viertel Stunden später nach Hause kam, sah er Marys Füße aus der offenen Küchentür ragen. Man brachte sie schnellstens ins nächste Hospital. Dort stellte sich heraus, daß nach acht Jahren, allen Dicoumargaben zum Trotz, sich in ihrem Aortenventil ein Blutgerinnsel gebildet hatte. Es war in eine Gehirnarterie gelangt und hatte zu einer linksseitigen Lähmung geführt. Mary war erst einundvierzig, aber der Schlaganfall war so schwer, daß man sie immer noch tragen mußte, als sie sieben Wochen später nach Hause kam. Ihr linker Arm hing schlaff herab, ihr linkes Bein wurde durch schwere Schienen gestützt. Doch sie war entschlossen, nicht vor dem gefährlichsten Feind der künstlichen Herzklappe, dem Blutgerinnsel, zu kapitulieren. 1969 brachte Bill sie ins Rehabilitationszentrum nach Warm Springs in Georgia. Dort lernte sie in fünf Wochen, ihr Bein in einer leichteren Schiene zu bewegen, sich anzuziehen und ihre Haare zu kämmen. Als sie wieder nach Hause kam, legte sie auch die Schiene ab.

1970 wurde Bill von einer Arthritis befallen, die seine beiden Hände so verkrüppelte, daß sie operiert werden mußten. Doch auch jetzt gab Mary sich nicht geschlagen. 1970 überstanden sie und ihr Herz eine Unterleibsoperation, 1971 die Durchtrennung einiger Nerven, die ihr seit dem Schlaganfall heftige Schmerzen in der Schulter bereiteten. Als Jerry LeBlanc, ein Schriftsteller, sie besuchte, um zu erfahren, wie die erste Patientin, die 1960 eine künstliche Herzklappe erhalten hatte, elf Jahre später lebte, schrieb er in sein Tagebuch: „Mary Richardson schritt mir langsam und vorsichtig, aber mit dem Ausdruck inneren menschlichen Triumphes entgegen. Obwohl ihre linke Seite gelähmt ist und jede Bewegung für sie einen Kampf bedeutet, liegt auf ihrem Gesicht ein Ausdruck der Dankbarkeit dafür, daß sie überhaupt am Leben ist. Wenn es still im Wohnzimmer ist, kann man ihr Herzventil hören, ein rhythmischer Ton, als ob ein Bleistift auf einen Tisch gestoßen würde. Für Mary Richardson bedeutet jeder Herzschlag so etwas wie einen Sieg."

Vollständige Siege in der Medizin sind selten, aber heute leben Zehntausende von Menschen mit künstlichen Herzklappen. Der chirurgische Akt des Einpflanzens wurde zur Routine, dennoch stehen nach wie vor alle Chirurgen vor dem ungelösten Problem der Bildung von Blutgerinnseln. Hierin liegt der Hauptgrund für Versuche, anstelle der Kunstklappe natürliche Klappen von Leichen oder Tieren zu verwenden oder Klappen aus anderen Körpergeweben herzustellen. Nach allem, was wir aufgrund der bisherigen Experimente wissen, führen diese tatsächlich nur selten zu Blutveränderungen, aber ihre Dauerhaftigkeit ist beschränkt, so daß wir abwarten müssen, was sich am Ende als wirklich erfolgreich erweist: Kunst oder Natur.

# DIE NIERENLEUTE

*Paul Lester Gronstein, 1937 in Paris:*
„Eines der größten Wunder der Natur ist die Niere. Jede wiegt nicht mehr als 120 bis 150 Gramm. Jede sieht aus wie eine große Bohne. Aber die beiden lächerlichen ‚Bohnen' vollbringen eine ungeheure Arbeitsleistung.

Ihre wichtigste Aufgabe ist es, das Blut und die darin enthaltenen Körperflüssigkeiten zu filtern, alle giftigen Schlacken, die sich im Verlauf unseres Stoffwechsels ablagern, zu entfernen. Diese Arbeit bewältigen sie mit Hilfe einer Million mikroskopisch winziger Filterröhrchen, der ‚Glomeruli'. Legt man alle Glomeruli aneinander, würde das eine Strecke von 80 bis 100 Kilometern ergeben. Bis zu 1800 Liter Blut durchströmen in vierundzwanzig Stunden das Filtersystem, und täglich verlassen 1,5 bis 2 Liter schlackenhaltigen Urins den menschlichen Körper. Unsere ‚Bohnen' haben eine zweite Aufgabe: den Wassergehalt unseres Körpers stets auf gleicher Höhe zu halten, gleichgültig, wieviel Flüssigkeit wir zu uns nehmen. Sie verhindern so, daß sich ein Überschuß an Wasser in unseren Geweben festsetzt und wassersüchtige Schwellungen verursacht.

Schließlich erfüllen die Nieren noch eine dritte Aufgabe. Wir alle benötigen chemische Stoffe, um leben zu können. Zu ihnen gehören Elektrolyte wie Kalium, Natrium, Kalzium. Ein Zuwenig oder Zuviel schädigt unsere Organe. Ist zuviel vorhanden, so filtern es die Nieren aus dem Blut heraus. Besitzen wir zuwenig, gleichen sie den Fehlbestand aus. So entscheiden sie über Gesundheit und Krankheit. Die Natur ist sich ihrer Bedeutung bewußt, denn wenn eine durch Krankheit ausfällt, ist die zweite imstande, deren Leistung voll zu übernehmen.

Jedes menschliche Wesen, dessen Nieren durch Mißbildungen oder Krankheiten zerstört werden, ist hoffnungslos zum Tode verdammt. Derartige Krankheiten und Mißbildungen gibt es genug. Sie reichen von Veränderungen der Harnleiter, die den Abfluß des Urins blockieren und so die Nieren vernichten, bis zu mysteriösen Entzündungen der Glomeruli, Glomerulonephritis genannt, wodurch die Filterfunktion der Nieren erlahmt. Am Ende steht immer die Harnvergiftung, die Urämie. Sie tötet ihre Opfer langsam und oft unter schauerlichen Symptomen: ungeheure Blutdrucksteigerung, unerträgliche Kopfschmerzen, Erblindung, Verwirrung des Geistes und schließlich Zukkungen und Krämpfe, die im tödlichen Koma enden. Und wir sehen hilflos diesem Sterben zu."

## JAN BRUNING

Jan Bruning war zweiundzwanzig Jahre alt und der Sohn eines Kleinbauern aus einem Dorf bei Groningen in Holland. Im Oktober 1938 lag er in einem der Betten des Universitätshospitals von Groningen. Hoher Blutdruck hatte sein Gesicht rot verfärbt. Die Harnstoffansammlung in seinem Blut war so hoch, daß Harnstoffkristalle durch seine Haut drangen und unerträgliches Jucken erzeugten. Die Netzhäute seiner Augen veränderten sich. Die Welt rings um ihn wurde dunkel.

Am letzten Sonntag im Oktober erkannte er seine Mutter – die im seidenen Sonntagsgewand, mit einer selbstgeklöppelten weißen Haube auf dem Kopf, nach Groningen gekommen war – nicht mehr. Er war erblindet. Drei Tage später verlor er das Bewußtsein und war vierundzwanzig Stunden später tot. Die Todesursache: Endstadium der chronischen Glomerulonephritis, der Urämie. Viele starben auf die gleiche Weise. Es gab nur einen Unterschied: den Arzt, der Jan sterben sah.

Sein Name war Willem Kolff. Er war siebenundzwanzig Jahre alt. Seine Frau und seine Freunde nannten ihn Pim. Er zeichnete sich durch drei Eigenschaften aus: ein weiches, vom medizinischen Alltag noch nicht abgestumpftes Herz, eine Neigung zu technischen Problemen der Medizin und eine Art von Besessenheit bei der Verfolgung von Ideen. Jan Bruning war Kolffs erster Nierentoter, und Kolff wurde nicht damit fertig, daß er hatte sterben müssen. Er wurde auch nicht damit fertig, daß er der alten Bäuerin mit der weißen Spitzenhaube mitzuteilen hatte, daß ihr Sohn sterben mußte.

*Willem J. Kolff siebenundzwanzig Jahre später in „Annals of Internal Medicine“:*

„Ich mußte ihr sagen, daß ihr Sohn zum Tode verurteilt war, und fühlte mich unbeschreiblich hilflos. War es nicht möglich, auf irgendeine Weise wenigstens zwanzig Gramm Harnstoff Tag für Tag aus seinem Blut herauszuholen und ihn am Leben zu erhalten?“

So begann es. In den letzten Tagen vor Jans Tod durchforschte Kolff die Groninger Universitätsbibliothek nach Informationen über eine Möglichkeit, das Blut von seinen Schlacken zu reinigen, indem man es aus dem Körper heraus, durch einen Filter und dann wieder in den Körper zurück leitet.

Kolff fand, daß sich schon vor ihm Ärzte mit ähnlichen Gedanken beschäftigt hatten. Aber alle fanden weder geeignetes Filtermaterial, noch waren sie imstande zu verhindern, daß das Blut gerann, sobald es den Körper eines Versuchstieres verlassen hatte. Seit einem Jahr gab es zwar das Heparin, das die Gerinnungsfähigkeit des Blutes aufhob. Dennoch: Die Frage eines Blutfilters war damit nicht gelöst.

Drei Wochen nachdem Jan Bruning im Sarg von Groningen in sein Heimatdorf gebracht und begraben worden war, begegnete Kolff Professor Brinkman, der in Groningen Biochemie lehrte. Er zeigte Kolff ein merkwürdiges neues Material, das den Namen Zellophan trug und aus Deutschland kam, ein hauchdünnes, membranartiges Zelluloseprodukt. Einige Fabriken stellten künstliche Wurstdärme daraus her. Wenn man nun zwei Flüssigkeiten mit verschiedener chemischer Zusammensetzung durch eine Zellophanschicht voneinander trennte, wanderten Moleküle von Chemikalien, die auf der einen Seite in größerer Menge vorhanden waren, auf die Seite mit geringerer Konzentration hinüber. Blutkörperchen dagegen waren so groß, daß sie die Zellophanwand nicht passierten.

Kolff fragte sich, ob Zellophan vielleicht das Material sei, nach dem er fahndete. Er besorgte einige Meter Wursthaut aus Zellophan. Ein 45 Zentimeter langes Stück füllte er mit Blut, fügte 100 Milligramm Harnstoff hinzu, verschloß beide Enden, befestigte den Darm auf einem Brett und tauchte es in ein Gefäß mit Kochsalzlösung, die der normalen Salzkonzentration im menschlichen Blut entsprach, aber keinen Harnstoff enthielt. Dann bewegte er es fünfzehn Minuten lang hin und her.

Als er danach den Harnstoffgehalt des Blutes maß, war der gesamte Harnstoff in die Kochsalzlösung hinübergewandert. Selbst noch völlig überrascht, rechnete Kolff: Wenn er Blut in einen zehn Meter langen Zellophandarm füllte und durch die Salzlösung bewegte, müßte es möglich sein, in fünfzehn Minuten 2 Gramm Harnstoff aus dem Blut zu entfernen.

1940 drangen die deutschen Armeen nach Holland ein. Der Dekan der Medizinischen Fakultät, Professor Polak Daniels, verübte Selbstmord. Als einziges Mitglied der Fakultät hatte Daniels Kolff erlaubt, an der „künstlichen Niere" zu arbeiten. So verließ Kolff jetzt Groningen. In Kampen, einem der ältesten Städtchen Hollands, fand er einc andere Stellung an einem altertümlichen Achtzigbettenkrankenhaus. Kolff zog mit seiner Frau und seinem Sohn in ein billiges Reihenhaus, nur fünf Minuten vom Krankenhaus entfernt. Dort schuf er sich eine Arbeitsstätte, an der er weiter seine „künstliche Niere" entwickeln konnte. Er brachte so gut wie keine Möbel mit (Patienten bastelten später ein Sofa für ihn), wohl aber einen seiner „Apparate" und Schachteln mit Zellophandärmen.

Kolff erhielt zwei Assistenten und zwei lerneifrige Schwestern. Die Verwaltung von Kampen begann zu zweifeln, ob es richtig gewesen war, Kolff als Internisten in ihre Stadt zu holen, als Kolff das Zimmer 13 des Krankenhauses ausräumte, aus abergläubischen Gründen in „12 a" umbenannte und einen sonderbaren Apparat hineinstellte. Zudem verbreiteten sich Gerüchte, wonach er die Patienten einem Assistenten überließ, um sich selbst mit dem Apparat zu befassen. Er hatte sich mit dem Direktor der Kampener Emaillefabrik, Hendrik Berk, in Verbindung gesetzt, um durch ihn eine größere, technisch durchdachte „Niere" bauen zu lassen. Im Oktober 1942 stand sie im Zimmer 12 a. Kolff hatte unterdessen eine Laborantin in einem Labor gleich nebenan untergebracht und als „Nieren"-Helfer einen holländischen Medizinstudenten engagiert, dem von den Deutschen wegen seiner sozialistischen Ideen jedes weitere Universitätsstudium verboten worden war. Kolff hatte bei alledem so viel Charme und Überzeugungskraft entfaltet, daß fast jedermann im Krankenhaus, einschließlich Andries Sybrands, des Pförtners, bereit war, ihm bei der „Niere" zu helfen, wann immer er Hilfe brauchte.

Kolff beschrieb später das Prinzip der „Niere" als sehr einfach: Zwanzig Meter Zellophandarm wurden um eine horizontal gelagerte

Trommel gewunden, die sich beim Drehen durch eine Badewanne bewegte, die mit der Filterflüssigkeit (Dialyseflüssigkeit genannt) gefüllt war. Das Blut innerhalb des Zellophandarmes sank bei jeder Drehung an die tiefste im Bad befindliche Stelle und wurde beim Weiterdrehen in die nächste Darmwindung befördert, bis es das Ende erreichte. Das Blut im Zellophandarm und die Dialyseflüssigkeit außerhalb waren in ständiger Bewegung, der Austauschprozeß durch das Zellophan hindurch hielt ununterbrochen an.

Im Blut der Nierenkranken war aber nicht nur der Harnstoffwechsel aus dem Gleichgewicht geraten, sondern auch der gesamte Elektrolythaushalt. Es hing deshalb von der Zusammensetzung des Dialysebades ab, wenn der Gehalt des Blutes an Elektrolyten verringert oder vergrößert werden sollte.

Kolff selbst wog Chemikalien aus Säcken ab und bereitete die verschiedensten Dialyselösungen vor.

Ein anderes Problem: der Anschluß des Zellophandarms an den Blutkreislauf eines Kranken. Selbst wenn es gelang, eine Glaskanüle in eine Arterie einzuführen, durch einen Gummischlauch mit dem Anfang des Zellophandarmes zu verbinden und eine gleiche Verbindung zu einer Venenkanüle zustande zu bringen – würde das Blut in den Schläuchen Gerinnsel bilden und den Kranken bei der Rückkehr in die Blutgefäße töten? Kolff verfügte zwar über Heparin, aber es stand noch in den Anfängen. Oft verursachte es bei Kranken schwere Schocks, und Kolff hatte noch keinerlei Vorstellung von der notwendigen Dosis.

## JANNY SCHRIJVER

KOLFFS erster Dialysepatient, ein schwerkranker alter Mann, war gestorben, als am 16. März 1943 einer der wenigen Krankenwagen, die noch benutzt werden durften, Janny Schrijver nach Kampen brachte, eine neunundzwanzig Jahre alte Putzfrau, die an einer Glomerulonephritis litt. Als Kolff sie zum ersten Male sah, saß sie, von Kissen gestützt, nach Atem ringend, in ihrem Bett. Sie klagte über rasendes Herzklopfen und über furchtbaren Druck auf der Brust. Ihr Geist verwirrte sich schnell, und ihre Augen würden bald erblinden. Es war sicher, daß sie innerhalb weniger Tage in ein tödliches Koma versinken würde. So entschloß sich Kolff, nachdem er mit Jannys Vater über die Behandlung gesprochen hatte, seine „Maschine“ zum zweitenmal anzuwenden.

Als Janny in das Zimmer 12a gefahren wurde, nahm sie kaum noch etwas von ihrer Umwelt wahr. Kolff wagte nicht, Arterien und Venen direkt mit seiner Maschine zu verbinden. Zunächst injizierte er Heparin, und zwar eine so große Menge, daß der Gedanke daran ihn Jahre später nur noch mit Schrecken erfüllen würde – fast das Zehnfache der Dosis, die sich als notwendig erwies. Danach wartete er ab. Erst als er feststellte, daß es außer einem Schüttelfrost zu keiner stärkeren Reaktion kam, entnahm er ein zehntel Liter Blut und füllte es in den Zellophandarm der Maschine. Der Motor begann laut zu summen. Langsam bewegte sich das Blut durch das Bad. Nach zweiundzwanzig Minuten füllte Kolff das Blut in ein gläsernes Infusionsgefäß. Von hier aus floß es in eine Vene Janny Schrijvers zurück. Zehnmal wiederholte Kolff die Prozedur, bis mühselig ein Liter Blut durch die Maschine gedreht und der Kranken wieder zugeführt worden war.

Das Blut, das die „Niere“ verließ, war frei von Harnstoff. Aber die Menge war zu gering, als daß sie Einfluß auf den Zustand der Kranken hätte haben können. So nahmen Kolff und seine Mitarbeiter am 10. März eine längere Behandlung vor. Sie dialysierten anderthalb, am folgenden Tag dreieinhalb und danach viereinhalb und schließlich fünfeinhalb Liter Blut. Jede Dialyse dauerte viele Stunden.

Die Nadeln, die Kolff in die Venen einstach, waren abgenutzt. Es gab in Holland keine neuen Nadeln mehr. Viele waren Hunderte Male benutzt und wieder sterilisiert worden. Manche waren innen verrostet. An diesen Rostpartikeln bildeten sich trotz des Heparins winzige Blutgerinnsel. Schlimmer war, daß Kolff immer mehr Venen punktieren mußte und daß es in Kürze unmöglich sein würde, noch brauchbare Venen zu finden. Aber es gab auch die ersten Anzeichen einer Besserung in Jannys Befinden. Der Harnstoffspiegel stieg nicht weiter an, und der weit überhöhte Blutdruck begann zu fallen. Kolff empfand zum ersten Male Zuversicht. Vierzehn Tage vergingen, ohne daß die Urämie sich verschlimmerte und der längst erwartete Tod eintrat. Kolff entschloß sich, einen Schritt nach vorn zu tun, die quälend langsame und unvollständige Behandlungsweise aufzugeben und Janny Schrijver direkt an die „Niere“ anzuschließen. Als er und seine Helfer am 4. April zum ersten Male beobachteten, wie das Blut direkt in den Zellophanschlauch, durch die Maschine und wieder in Jannys Vene zurück floß, hatten sie alle das Gefühl, einen geschichtlichen Augenblick zu erleben – mitten im Krieg, unter deutscher Besatzung, in einer Stadt, die kaum jemand außerhalb Hollands auch nur dem Namen nach kannte.

Sie alle warteten unwillkürlich auf eine Katastrophe. Sie wachten abwechselnd an Janny Schrijvers Bett. Doch es ereignete sich nichts – kein tödlicher Schock, keine Sepsis durch Bakterien, die aus dem Dialysebad in Jannys Blut hätten eindringen können. Die Harnstoffwerte sanken. Kolff unternahm vier weitere Dialysen. Der Harnstoffspiegel sank danach unter ein Gramm. Janny erholte sich. Sie erzählte völlig vernünftig von zu Hause. Doch zwei Tage später stieg der Harnstoffspiegel wieder steil an, und eilig wurde die bewußtlose Kranke ins Zimmer 12a gebracht. Von neuem liefen zwanzig Liter Blut durch die Maschine. Wieder erholte sie sich und sprach vernünftig – aber zwei Tage genügten, um die Menge der Stoffwechselschlacken in ihrem Blut gefährlich anschwellen zu lassen. Kolff mühte sich verzweifelt. Noch zweimal holte er Janny Schrijver durch eine Dialyse von der Schwelle des tödlichen Komas in ein vorübergehendes Bewußtsein zurück. Aber am sechsundzwanzigsten Tag und beim zwölften verzweifelten Versuch einer Dialyse fand Kolff an Jannys Körper keine unverletzte, brauchbare Vene mehr. In deprimiertem Schweigen wurde sie zum letzten Male in ihren Krankensaal zurückgebracht. Kurz darauf war Janny Schrijver tot.

War dieses Ende eine Niederlage? Oder wog schwerer, was der Versuch doch gezeigt hatte: daß es möglich war, mit der „künstlichen Niere“ die Funktionen natürlicher Nieren zu übernehmen, und sei es auch nur für kurze Zeit?

Als man die Tote nach Zwolle zurückbrachte, klopfte ihr Vater an Kolffs Tür.

Er sagte: „Ich bin gekommen, um mich zu bedanken.“

In den folgenden vier Monaten wurden fünfzehn Patienten mit der „künstlichen Niere“ behandelt. Aber alle starben. Die Ärzte schickten ihre Patienten erst als Sterbende zu Kolff, weil sie glaubten, daß er ihnen in diesem Stadium zwar kaum helfen, aber auch nicht mehr schaden könne.

Im Juli 1944 sah sich Kolff gezwungen, die Arbeit mit seiner „Niere“ einzustellen. Nach der Landung der Amerikaner und Engländer in der Normandie bereiteten sich die Deutschen darauf vor, ihre Raketenbasen in Holland bis zum letzten Augenblick zu verteidigen. Kampen geriet mitten in den letzten Sturm hinein. Zehntausende von Holländern wurden nach Deutschland gebracht. Dabei passierten sie Kampen. Kolff versuchte, wenigstens die Schwerkranken in ein Notlazarett zu schaffen. Die „künstliche Niere“ stand unterdessen verlassen zwischen Notbetten. Als die englischen Truppen in Kampen erschienen, war sie verrostet. Während einige Handwerker an einer neuen „Niere“ arbeiteten, schrieb Kolff einen Bericht über seine Erfahrungen. Er endete mit dem Satz: „In sogenannten hoffnungslosen Fällen haben wir einige Male eine kleine Besserung gesehen, und ich zweifle nicht daran, daß früher oder später ein Patient unter meine Hände kommt, von dem ich sagen kann: Er ist geheilt, und ohne die künstliche Niere wäre er mit Sicherheit gestorben.“

Es dauerte nur noch einige Monate, bis dieser Patient „unter seine Hände kam“.

## SOFIA SCHAFSTADT

Im Spätsommer 1945 saß Sofia Schafstadt, eine siebenundsechzigjährige Witwe, als Gefangene in der alten Kaserne von Kampen. Man beschuldigte sie, mit den Deutschen kollaboriert zu haben.

Am 3. September brachte sie eine Ambulanz von der Kaserne zum Kampener Krankenhaus; sie war ohne Bewußtsein und hatte hohes Fieber. Ein Chirurg diagnostizierte Gallenblasenentzündung, Gelbsucht, Nierenversagen, Urämie. Die Gallenblase hätte schon vor Tagen operiert werden müssen, bevor es durch Toxinausschüttungen zum Nierenversagen kam. Weil nun eine Operation zu gefährlich erschien, verordnete der Chirurg größere Mengen von Sulfonamiden, um die Infektion zu bekämpfen, und er zog Kolff zu Rate. Dieser fand im Blut der Kranken einen Harnstoffspiegel von nahezu 2 Gramm. Bis zum 6. September sank das Fieber, aber dann mußte die Behandlung mit Sulfonamiden aufgegeben werden, weil die Nieren außerstande waren, das Medikament auszuscheiden, und dadurch weiter geschädigt wurden. Am 9. September überstieg der Harnstoffspiegel 2 Gramm. Sofia brachte aus ihrer ausgetrockneten Kehle nur einige unverständliche Worte hervor. Kolff war sicher, daß sie in das tödliche urämische Koma hineinglitt und daß es höchste Zeit war, einen Rettungsversuch mit der „künstlichen Niere“ zu unternehmen, wenn es nicht wieder zu spät werden sollte. Kolff bereitete seine Maschine vor, und alle seine Mitarbeiter, die so viele Enttäuschungen mit ihm geteilt hatten, warteten auf eine vielleicht glückliche Prüfung. Am 11. September, als keine Spur einer Nierenfunktion mehr zu erkennen war, konnte Kolff die Kranke in das „Nierenzimmer“ überführen. Der Chirurg glaubte so wenig an einen Erfolg, daß er Sofia Schafstadts Familie benachrichtigen ließ, damit sie die Kranke noch einmal sehen könnte. So erschienen ihre drei Kinder an ihrem Bett, kurz bevor die Behandlung begann. Der zweite Ehemann der Kranken meldete sich nicht; die Ehe war, nicht zuletzt an politischen Gegensätzen, zerbrochen. Es war ein bedrückendes Treffen am Bett einer Bewußtlosen und im Schatten des Todes.

Es war das alte vertraute Bild: Raum 12a. Die bewußtlose Kranke. Die Maschine, die summte und plätscherte. Kolff, mager und mit faltigem Gesicht. Doch die Welt ringsum hatte sich verändert. Kolff hatte sogar bessere Instrumente und besseres Heparin bekommen. Die Maschine lief elfeinhalb Stunden lang. Gleich zu Anfang wurde Sofia Schafstadt von heftigen Schüttelfrösten befallen. Man mußte sie mit Heißwasserbeuteln erwärmen. Zwei Stunden später nahm ihr Atem den lauten, unregelmäßigen Rhythmus an, der viele Jahrhunderte lang das Ende schwer Nierenkranker begleitet und oft ganze Wohnungen so durchdrungen hatte, daß er die Verwandten mit lähmendem Schrecken erfüllte. War es zu spät?

Die Spannung wuchs, die Tafel an der Wand füllte sich mit den Kreideaufzeichnungen über das Dialysebad, den Blutdruck, die Blutwerte... Das Bad wurde mehrmals erneuert. Dann endlich sank der Harnstoffspiegel. Der Blutdruck nahm ab. Achtzig Liter Blut hatten die Maschine passiert, als Kolff die „Niere“ abstellte und Sofia in ein kleines Einzelzimmer bringen ließ. Er blieb selbst im Hospital und wartete ab. Er hoffte und bereitete sich innerlich doch auf eine neue Enttäuschung vor. Am Vormittag des 12. September regte sich die Kranke, schlug die Augen auf, gewann kurze Zeit später ihr volles Bewußtsein zurück und sprach ihre ersten deutlichen Worte, die in ihrer Situation makaber und sonderbar klangen. Sie spiegelten offenbar wider, was Sofia im Unterbewußtsein während ihrer Krankheit beschäftigt hatte.

„Jetzt", sagte sie leise, aber deutlich, „werde ich mich von meinem Mann scheiden lassen."

Einige Stunden später mußte Kolff erkennen, daß die Zeit der Krise noch nicht vorüber war. Die Nieren der Kranken begannen Harn abzusondern, aber nur sehr langsam. Der Harnstoffspiegel kletterte wieder auf 1,72 Gramm. Kolff dachte an eine zweite Dialyse. Aber dann kam es ohne jede Ankündigung zu einem Umschwung. Die Nieren arbeiteten schneller und schneller. Die Harnstoffkonzentration fiel endgültig auf normale Werte zurück. Am 18. September war die natürliche Nierenfunktion wiederhergestellt.

Kolff erlebte einen Augenblick unbeschreiblicher Erleichterung. Er war nur noch von einem Gedanken erfüllt: Er durfte Sofia Schafstadt nicht verlieren. Er versuchte daher, sie so lange wie möglich in seiner Abteilung zu behalten und vor der Rückkehr in die Kaserne von Kampen zu bewahren. Als dies nicht länger ging, suchte er den Kasernenkommandanten Oudshoorn auf. Dabei stellte sich heraus, daß Oudshoorn kein Unbekannter war. Während des Krieges war er von der deutschen Polizei gesucht worden. Kolff hatte ihn vor dem Schlimmsten bewahrt, indem er ihn durch Injektionen in einen Schwerkranken verwandelte. Ihm erklärte Kolff jetzt, von welch besonderer Bedeutung Sofia Schafstadts Leben für ihn war, und er erhielt Oudshoorns Zusicherung, Sofia Schafstadt werde vorzeitig entlassen.

Oudshoorn löste sein Wort ein. Sofias Sohn Henk holte seine Mutter zu sich nach Den Haag. Dort erholte sie sich schnell. Schon 1946 unternahm sie lange Spaziergänge, begann Rad zu fahren und klagte niemals mehr über Nierenbeschwerden. Sie starb erst 1951 – dreiundsiebzig Jahre alt und ohne zu wissen, welche Bedeutung sie und ihr Überleben für Kolff und für seine Arbeit errungen hatten.

*Aus den Aufzeichnungen eines Kolff-Mitarbeiters:*
„Sofia Schafstadt wurde tatsächlich zu einem ‚Meilenstein'. Kolff gelang es zwar in Holland nicht, Zustimmung zur ‚künstlichen Niere' zu gewinnen, in den Vereinigten Staaten jedoch erregten Kolffs Berichte über seine Arbeit bis 1947 so viel Aufmerksamkeit, daß ameri-

kanische Ärzte ihn zu einer Tagung nach Atlantic City einluden. Von hier reiste er nach Boston ins ‚Peter Bent Brigham Hospital', wo ein junger Arzt, Dr. John P. Merrill, sich für die ‚künstliche Niere' zu interessieren begann. Kolff besaß keine ‚Niere', die er Merrill hätte geben können, sondern nur einige Pläne. Sie waren die Grundlage für die erste rotierende ‚künstliche Niere' in Boston.

Kurze Zeit darauf, 1950, verließ uns Kolff für immer und wanderte nach Cleveland in Amerika aus."

## RUTH TUCKER

RUTH TUCKER war eine Hausfrau aus einem Viertel im Süden von Chicago, das den Namen Evergreen Park trug. Das Viertel war keineswegs immergrün, sondern eher grau, mit kleinen Häusern und häßlichen Telegrafenmasten. Hier, in einem bescheidenen, aber gepflegten Haus, lebte Ruth Tucker mit ihrem Mann Howard und ihrem Sohn Bill. Howard arbeitete bei der Eisenbahn, Bill, der den Krieg in Europa als Soldat einer Panzerdivision heil überstanden hatte, war erst vor einiger Zeit zurückgekehrt.

Mitte Mai 1950 brachte Howard Tucker seine Frau in das Ordenshospital „Little Company of Mary". Es genoß den Ruf, ein besonders gutes Krankenhaus zu sein. Zu seinem Stab Ärzte gehörte der Urologe Patrick H. McNulty, bei dem Ruth Rat suchte.

Ruth Tucker war eine tapfere Frau, aber sie war zu dieser Zeit am Ende ihrer Kraft. Seit langem litt sie unter Schmerzen im Bauchbereich. Sie hatte schon verschiedene andere Kliniken aufgesucht. Eine Gallenblasenoperation hatte ihre Beschwerden eher verschlimmert. In den letzten Wochen waren die Schmerzen so heftig geworden, daß sie unfähig war, ihrer Hausarbeit nachzugehen.

Als McNulty ihre Geschichte hörte, kam ihm der Verdacht, Ruth habe Zystennieren. Ihre Mutter, eine Schwester und ein Onkel hatten an einer mysteriösen Krankheit gelitten. Immer wieder hatten sie Zeiten erlebt, in denen es ihnen besser ging, aber dann hatte ein schlimmerer Schub ihres Leidens eingesetzt, bis sie schließlich starben. Ruth Tucker erklärte McNulty: „Ich habe genug Lügen gehört. Ich will die Fakten erfahren, auch wenn man wirklich nichts dagegen machen kann."

McNulty war sich bald über die Diagnose im klaren. Er gab Ruth die Auskunft: „Beiderseitige Zystennieren, vor allem links.“ Die linke Niere war beinahe vollständig von Zysten durchsetzt, hatte die Größe eines Brotlaibs erreicht und war die Quelle der Schmerzen. Die rechte Niere war ebenfalls von Zysten befallen, funktionierte aber noch. Es gab keine Möglichkeit, die Zystenbildung aufzuhalten. Die Krankheit würde sich in Schüben, mit vorübergehenden Stadien vermeintlicher Besserung, entwickeln und unaufhaltsam zum Ende führen. Die Lebenszeit, die Ruth Tucker blieb, betrug im besten Fall einige Jahre. Die einzige Möglichkeit, ihr Erleichterung zu verschaffen und wenigstens die Schmerzen zu lindern, bestand in der Entfernung der linken Niere. Ruth Tucker schwieg eine Weile. Dann sagte sie: „Gut, so operieren Sie.“

McNulty hatte selten eine Patientin mit so viel Entschlossenheit erlebt. Er sprach mit Richard H. Lawler und James W. West, zwei Chirurgen, und erwähnte auch Ruth Tuckers Tapferkeit. Lawler war fünfzig Jahre alt und hatte sich neben der chirurgischen Routine seit langem mit der Idee der Organtransplantation beschäftigt und seine Gedanken mit West diskutiert. Kürzlich hatte er Berichte des Amerikaners Markowitz studiert, der gefunden zu haben glaubte, daß Transplantationen zwischen Hunden gleichen Geschlechts und gleicher Blutgruppe ungewöhnlich lange der Abstoßung widerstanden, obwohl es bei Tieren keine so feinen Blutgruppenunterscheidungen gab wie beim Menschen. Ein wirklicher Beweis für die Wirksamkeit einer Auswahl von Nierenspender und Nierenempfänger erschien nur beim Menschen mit seinen zahlreichen Blutgruppen-Differenzierungsmöglichkeiten denkbar.

Lawler hatte öfter daran gedacht, einmal die Übertragung der gesunden Niere eines Verstorbenen auf einen Todkranken, für den es keine andere Rettung gab, zu wagen. Als er von Ruth Tucker hörte, fühlte er von neuem die Versuchung. Ruth Tuckers rechte Niere arbeitete noch, und die Entfernung der linken Niere war ohnedies beschlossen.

Nachdem er mit McNulty über seine Gedanken gesprochen hatte, suchte er Ruth Tucker an ihrem Krankenbett auf. Nach kurzer Zeit fragte er: „Haben Sie jemals davon gehört, daß man bei Tieren versucht hat, eine kranke Niere durch die gesunde eines anderen Hundes zu ersetzen?“

„Nein", erwiderte sie. Aber sie verstand sofort und fragte: „Hat es funktioniert?"

Er versuchte es ihr zu erklären. Sie sah ihn forschend an. „Und wo nimmt man die Niere her?" fragte sie. Er erwiderte: „Man könnte sie von einem Menschen nehmen, der an einer anderen Krankheit stirbt, so wie es die Augenärzte schon lange mit der Hornhaut der Augen tun."

Sie zeigte sich nicht schockiert, sondern wandte ein: „Aber die Niere wäre tot...?"

„Nein", sagte Lawler, „nicht, wenn man sie sofort entnimmt."

Sie blickte ihn abermals forschend an. Dann sagte sie: „Wäre das eine Chance für mich?"

„Niemand kann es voraussagen. Aber es könnte eine Chance sein."

McNulty hatte nicht übertrieben, als er von ihrer Tapferkeit sprach. „Sie möchten es also bei mir probieren?" fragte sie.

„Ja", gab er zu und erklärte ihr, was ihn bewegte und welche Chance und Risiken er sah.

„Ich muß mit meinem Mann darüber sprechen", erwiderte sie.

Am folgenden Tag erklärte Ruth Tucker: „Wir haben beschlossen, daß es gemacht wird."

Es ging Lawler und West wie vielen anderen, die lange Zeit an einem Plan gearbeitet hatten: Sie entdeckten neue Probleme. Mit einemmal beschäftigte sie die Befürchtung, daß es zu einem tödlichen Schock kommen konnte, wenn fremdes Eiweiß in einen menschlichen Körper geriet. Sie durchdachten noch einmal alle technischen Möglichkeiten und beschlossen dann, es zu wagen.

Es dauerte bis zum 17. Juni, bevor Lawler eine passende Kranke mit Ruths Blutgruppe AB rh negativ fand. Sie litt an einer Leberzirrhose und lag im Sterben. Als Lawler ihrer vierundzwanzigjährigen Tochter erklärte, was er beabsichtigte, und um ihr Einverständnis bat, stimmte sie nach einigem Zögern zu.

Eine Stunde später war die Spenderin tot. Sie wurde gleichzeitig mit Ruth Tucker in den Operationstrakt gebracht. Hier standen Patrick H. McNulty sowie zwei Assistenten bereit. West übernahm es, eine Niere der Toten zu entfernen, während Lawler die linke Niere Ruth Tuckers herausnahm. Die Niere der Spenderin wurde in Salzlösung gebadet und alles Blut aus ihren Gefäßen gepreßt. Danach injizierten sie Salzlösung und Heparin in die Nierenvene und -arterie.

*Aus der Erinnerung von Dr. James W. West:*
„Wir wußten nicht, was geschehen würde. Aber die Operation bewies, daß eine regelrechte Transplantation möglich war und daß es zu keinem Eiweißschock kam."

Zwei Stunden nach der Operation wachte Ruth Tucker in ihrem Zimmer auf. Sie erkundigte sich: „Hat es geklappt?" Als sie die Antwort „Ja" erhielt, schlief sie wieder ein. Sie wußte nicht, daß nicht weniger als vierzig Ärzte gekommen waren, um die Operation zu beobachten.

Es war unvermeidlich, daß Journalisten von dem Eingriff erfuhren. Kurz darauf waren die ersten Berichte geboren.

In den folgenden Tagen erholte sich Ruth Tucker mit einer Schnelligkeit, die alle Ärzte überraschte und von Tag zu Tag optimistischer stimmte. Am fünften Tag nach der Operation begann sie, selbst zu essen und aufmerksam die Berichte in den Zeitungen zu verfolgen. Am siebzehnten Tag war sie in der Lage, sich im Bett aufzurichten. Am einundzwanzigsten Tag versuchte sie die ersten Schritte. Als Ruth am 10. August auf ihren eigenen Füßen in den Röntgenraum kam, konnte sie auf den Röntgenbildern erkennen, daß beide Nieren sich mit dem Röntgenkontrastmittel gefüllt hatten. Nur die Stelle, an welcher der Harnleiter der neuen Niere mit der Blase verbunden war, zeigte eine leichte narbige Verengung. Wenn die Vernarbung fortschritt, könnte sie eines Tages die neue Niere durch Stauung zugrunde richten.

Ruth las aus Lawlers Gesicht, daß irgend etwas nicht so war, wie es sein sollte. Lawler erklärte, was geschehen konnte. Sie erkundigte sich: „Was können wir dagegen machen?"

„Wir müßten noch einmal operieren."

Ihre Antwort lautete so wie in allen entscheidenden Stunden zuvor: „Dann operieren Sie ..."

Am 21. August lag sie zum zweitenmal auf dem Operationstisch. Als Lawler und West jedoch die transplantierte Niere freilegten, entdeckten sie, daß sich eine Eiteransammlung gebildet hatte, die drainiert werden mußte. Dies machte es unmöglich, die Verengung des Harnleiters sofort zu beseitigen. Die neue Niere selbst aber hatte so sehr ihre normale Größe und ihr normales Aussehen behalten, daß Lawler überzeugt war, die erste erfolgreiche Nierentransplantation bei einem Menschen durchgeführt zu haben. Er beschloß, die Korrektur der Harnleiterverengung um einige Monate zu verschieben.

Am 26. August kehrte Ruth Tucker in das Haus in Evergreen Park zurück. Sie fühlte sich so wohl, daß sie am nächsten Tag mit Howard dreihundert Meilen weit nach Jasper im Staat Indiana fuhr. Dort lebte Howards Bruder. Ruth überzeugte alle Freunde und Bekannten, daß man ein Wunder an ihr verrichtet hatte. Sie ging viel aus, sie tanzte auch und schrieb Lawler einen langen Dankesbrief. Lawlers Zuversicht vergrößerte sich, als Ruth im Oktober und Dezember zu Kontrolluntersuchungen erschien. Sie nahm zwanzig Pfund an Gewicht zu, fuhr selbst wieder Auto und ging abends mit Howard aus.

Aber dann, im Februar und März, verringerte sich die Harnausscheidung mehr und mehr. Lawler nahm an, daß sich durch die Vernarbung eine ernsthafte Abflußbehinderung eingestellt habe und es sei nun an der Zeit, die so lange verschobene dritte Operation durchzuführen. Ruth Tucker nahm seine Entscheidung mit demselben tapferen Gleichmut entgegen, den sie stets gezeigt hatte. Am 1. April legte sie sich auf den Operationstisch.

Lawler öffnete im Beisein von West und McNulty die Wunde des Eingriffs vom 21. August. Nach acht Monaten würden sie nun alle die implantierte Niere betrachten und sich überzeugen können, ob sie unverändert war. Vielleicht waren alle im Innersten auf eine ungünstige Überraschung vorbereitet. Aber schwerlich hatten sie den Anblick erwartet, der sich ihnen bot, als das linke Nierenlager offen vor ihnen lag: Die Niere, die sie übertragen hatten, war verschwunden! Nur bei sorgfältiger Inspektion fand sich ein geschrumpfter Rest, der nicht mehr arbeitete. Ruth Tuckers Organismus hatte einen heimlichen Abwehrkampf gegen das fremde Gewebe geführt und es vernichtet.

Wann war dies geschehen? War die erstaunliche Besserung in Ruths Befinden nur eine Folge der Entfernung der linken Niere gewesen? Vielleicht hatte die rechte Niere eine außergewöhnliche Anstrengung unternommen, um den Ausfall der linken Niere auszugleichen.

Lawler brach die Operation ab. Als Ruth diesmal aus der Narkose erwachte, hatte Lawler sich schon so weit gefaßt, daß er sich fragte, ob er ihre Zuversicht, die vielleicht zu ihrem guten Befinden beitrug, zerstören dürfe. Wußte er, ob die rechte Niere, die anscheinend eine so erstaunliche Leistung entfaltet hatte, nicht noch viel länger als erwartet arbeiten würde, ehe sie der unvermeidlichen Zystenbildung zum Opfer fiel? Er sagte Ruth erstmals eine tröstliche Unwahrheit.

Wenige Tage später kehrte Ruth Tucker zum zweitenmal nach Hause zurück, in dem festen Glauben, der erste Mensch mit einer funktionierenden Niere einer Toten zu sein. Lawler hoffte, daß sie noch einige glückliche Jahre mit ihrer Familie verbringen werde. Doch dabei vergaß er die Publicity, die seine Operation hervorgerufen hatte.

Am 22. Mai läutete das Telefon im Haus der Familie Tucker. Als Ruth den Hörer abnahm, erkundigte sich ein Reporter, ob sie jene Mrs. Ruth Tucker sei, der Dr. Lawler eine Niere eingepflanzt habe. Als sie bejahte, fragte er, ob sie über den Jahreskongreß der Amerikanischen Urologischen Gesellschaft unterrichtet sei. Einigermaßen verwundert, verneinte sie. Aber sie kenne gewiß Dr. Patrick McNulty, fuhr er fort.

Ja, natürlich kannte sie ihn. Nun, erwiderte der Reporter, er erführe gern ihre Stellungnahme zu einem Vortrag, den Dr. McNulty auf dem Kongreß gehalten habe. McNulty habe folgendes gesagt: „Die Transplantation war ein Fehlschlag. Die verpflanzte Niere arbeitet nicht und hat niemals gearbeitet. Sie schrumpfte zur Größe einer Haselnuß zusammen. Das ist die Folge der Unverträglichkeit zwischen den Geweben des Spenders und des Empfängers."

Ruth benötigte nur kurze Zeit, um sich zu fassen. Dann sagte sie: „Die Ärzte haben mir immer die volle Wahrheit gesagt. Sie wissen, daß ich die Wahrheit vertragen kann. Die Niere ist da. Und wenn sie so groß sein soll wie eine Haselnuß, dann ist es die dickste Haselnuß, die jemals auf einem Strauch gewachsen ist."

Das war alles, was Ruth Tucker zu erwidern hatte. Aber die Zeitungen verkündeten am nächsten Tage, daß ihre Zuversicht auf einer Illusion beruhe. Spitzenexperten traten dafür ein, daß keine Operation dieser Art mehr durchgeführt werde, bis wissenschaftliche Studien größere Klarheit über das so bedeutungsvolle Problem der Gewebeunverträglichkeit erbrachten. Der Berichterstatter fügte zwar hinzu: „Die Experten sind der Meinung, daß die Reste der Niere weiter schwinden, der Patientin aber keinen Schaden zufügen werden...

Mrs. Tucker kann mit einer normalen Lebensdauer rechnen." Doch Ruth Tucker war eine klar denkende Frau. Als ein „Time"-Reporter sich mit ihr in Verbindung setzte, erklärte sie: „Es ist eine ungewöhnliche Art, sein eigenes Todesurteil von einem Zeitungsreporter zu erfahren." Sie wiederholte zwar auch ihm, daß sie die neue Niere fühlen könne, aber niemand außerhalb ihrer Familie erfuhr, ob sie selbst glaubte, was sie sagte. Im Dezember 1954 erkrankte sie an einer Lungenentzündung, die in Beziehung zu ihrem chronischen Nierenleiden stand. Sie überwand sie. Aber wenige Monate später erlag sie einer zweiten Attacke, die stärker war als all ihre so oft bewiesene Willenskraft.

## MARIUS RENARD

Marius war der älteste Sohn des Schreiners Robert Renard und seiner Frau Gilberte. Er war ein kräftiger Bursche im siebzehnten Lebensjahr mit vergnügten Augen und einer mächtigen dunklen Tolle. Mit seinen Eltern und seinem sechsjährigen Bruder Christian lebte er in Berthecourt, einem Dorf mit eintausend Einwohnern, fünfundsiebzig Kilometer nordöstlich von Paris. Sein Elternhaus war ein Backsteinbau mit einem kleinen Garten und einer Schreinerwerkstatt im Keller. Gilberte war meistens in der Küche.

Seit er vierzehn Jahre alt war, fuhr Marius jeden Tag mit dem Zug vierzehn Kilometer weit nach Beauvais und arbeitete als Lehrling bei einem Zimmermann. Am 16. Dezember 1952 trug er auf einem Bau in der Rue Gambetta Bretter in das dritte Stockwerk hinauf. Dabei verlor er das Gleichgewicht und stürzte auf die Straße hinab. Bewußtlos und blutend brachte man ihn ins „Hôtel Dieu", das alte triste Hospital.

Ein Assistenzarzt nahm sich seiner an. Er fand drei Rippenbrüche, zwei Brüche des Beckens, vor allem aber eine Quetschung der rechten Lendenseite.

Als Robert und Gilberte Renard aus Berthecourt ankamen, erfuhren sie zu ihrem Erschrecken, daß man ihn in den Operationssaal gebracht hatte und daß er von Dr. André Warin, dem Chirurgen, operiert werden müsse. Verstört irrten die Eltern durch die unfreundlichen Flure. Sie sahen schließlich Dr. Warins große, bullige Gestalt.

Robert Renard versuchte zu erfahren, was mit Marius geschehen sei, aber Warin brüllte ihn an: „Ich habe Ihnen nichts zu sagen. Ich weiß, was hier zu tun ist."

Warin öffnete Marius' Lendenseite. Er fand die rechte Niere angeschwollen und blutend. Er entschied sich zum einfachsten Weg, die Blutungen zu beenden: Er entfernte die gesamte rechte Niere. Er war überzeugt, daß Marius mit seiner linken Niere ohne Schwierigkeiten weiterleben könne.

Als eine Krankenschwester am nächsten Tag meldete, daß Marius keinen Tropfen Urin mehr ausschied, führte man einen Katheter ein. Es entleerten sich aber nur einige Tropfen Blut. Am 20. Dezember, als immer noch kein Anzeichen einer Nierentätigkeit feststellbar war, wurde Warin unruhig. Er setzte sich mit Dr. Michon in der Urologischen Abteilung des berühmten Hospitals „Necker" in Paris in Verbindung und bat ihn, Marius Renard aufzunehmen.

Am 21. Dezember brachte ein Krankenwagen den Jungen nach Paris. Seine Eltern begleiteten ihn, Gilberte neben seiner Bahre, Robert in seinem eigenen Auto. Und beide irrten von neuem im ungewissen durch die jahrhundertealten Gemäuer des „Necker". Dr. Michon versuchte einen Katheter in die linke Niere hinaufzuschieben. Trotz aller Geschicklichkeit gelang es ihm nicht.

Der Harnstoffspiegel im Blut war auf 3 Gramm angestiegen. Michon bat in höchster Eile Professor Jean Hamburger, den zweiundvierzigjährigen Chef der Abteilung für Nierenkrankheiten des „Necker", Marius aufzunehmen. Hamburger schöpfte nach wenigen Untersuchungen den Verdacht, daß Marius nur eine Niere, die rechte, besessen hatte und daß diese von Dr. Warin entfernt worden war. Die Röntgenaufnahmen bestätigten Hamburgers Verdacht: Marius Renard besaß überhaupt keine Niere mehr.

Marius war bei Bewußtsein, doch er wußte nicht, daß die Röntgenbilder sein Todesurteil bedeutet hatten. Unterdessen hatten Robert und Gilberte Renard weiter in zugigen Winkeln gewartet. Daß etwas ganz und gar Schreckliches geschehen sein mußte, wurde ihnen erst klar, als sie zufällig hörten, wie ein Arzt empört zu dem anderen sprach: „Was der mit dem Jungen angestellt hat, ist nicht zu fassen."

Einen Tag später übernahm es Hamburger, ihnen die Wahrheit mitzuteilen. Er bat sie in sein Zimmer. Sie versuchten aus seinem schmalen Gesicht und seinen blaugrauen Augen hinter den starken

Brillengläsern zu lesen: Robert Renard, groß und stark, mit braunen Augen unter großen tiefschwarzen Brauen. Neben ihm Gilberte, klein, mit einem mütterlichen, in besseren Tagen sicherlich rosigen, freundlichen, jetzt aber blassen, furchtsamen Gesicht.

*Robert Renard, Jahre später in einem Interview:*
„Professor Hamburger hat uns gesagt, daß Marius keine Niere mehr hatte, daß er verloren war. Was hätten wir tun sollen? Warin verklagen? Wir konnten ja nichts beweisen. Und die Ärzte halten zusammen, wenn es hart auf hart geht. Und ein Arzt ist auch nur ein Mensch und kann sich irren. Aber daß Doktor Warin bis heute nicht den Weg zu uns gefunden hat, um uns zu sagen, daß er einen Fehler machte und daß es ihm leid tut, das werde ich nie verstehen."

*Aus dem Brief eines Arztes vom Dezember 1953:*
„Es ist eine große Frage, wie lange die Weiterentwicklung der Nierentransplantation geruht hätte, wäre nicht der junge Renard von einem Gerüst gestürzt. Tierversuche hatten aufgedeckt, daß transplantierte Nieren oft ungewöhnlich lange arbeiteten, wenn das Spendertier dem Empfängertier nahe verwandt war, aber Hamburger hätte sich schwerlich entschlossen, von sich aus einen neuen Schritt ins Dunkle zu wagen, hätte nicht die bescheidene, einfache, liebende Mutter des Jungen zufällig in einer Zeitung eine Erzählung von der Rettung eines Kindes durch die Niere seiner Mutter gelesen und Hamburger mit einer Besessenheit um eine Operation angefleht, die seinen Widerstand schließlich überwand."

Hamburger versuchte Gilberte zu erklären, daß jene Geschichte nur die Erfindung eines Schriftstellers gewesen sei und daß alle Versuche, Nieren in andere Menschen zu verpflanzen, gescheitert waren. Aber Gilberte ließ sich nicht abweisen. Wenn Marius sterben mußte, warum man dann nicht um Gottes Barmherzigkeit willen den Versuch machen wolle. Sie sei für Marius doch kein fremder Körper. Sie sei seine Mutter, sie habe ihn ja einmal in sich getragen, warum also sollte er eine Niere von ihr nicht annehmen?

Konnte Hamburger den ersten Schritt auf einem Weg verweigern, der vielleicht wirklich zu einem Erfolg führen mochte? Bei allen bisherigen Nierentransplantationen waren die Empfänger Schwerkranke gewesen, die Jahre erschöpfenden Leidens hinter sich hatten. Marius Renard war noch körperlich kräftig und widerstandsfähig. Hamburger beriet sich mit seinen Mitarbeitern. Später stellte er die Blutgruppe Gilbertes fest: B rh positiv, wie die ihres sterbenden Sohnes.

Dann fiel die Entscheidung, nämlich die Operation am 25. Dezember durchzuführen. Zwei nebeneinanderliegende Operationsräume wurden vorbereitet, damit gleichzeitig an Gilberte und Marius Renard operiert werden konnte. Trotz der zunehmenden Urämie erlebte Marius den Heiligen Abend noch bei vollem Bewußtsein. Er wußte jetzt, daß er nicht nur eine Niere verloren hatte, sondern daß auch mit der anderen „irgend etwas nicht stimmte".

Am 25. Dezember führte Robert Renard seine Frau durch das verwitterte Portal des „Necker" in Hamburgers Hospitaltrakt. Im Frauensaal legte sich Gilberte ins Bett; gleich darauf begannen die Röntgenaufnahmen und Nierentests. Renard ging zu Marius, um ihm zu erklären, seine Mutter habe einen Schnupfen und die Ärzte hätten ihr verboten, ihn zu besuchen. Marius glaubte ihm. Er hatte erfahren, daß man ihn operieren würde, aber er war ruhig und sagte: „Ich bin bald wieder zu Hause."

Kurz vor 19 Uhr hoben Pfleger Marius und Gilberte Renard auf Bahren und machten sich auf den Weg zu den Operationssälen, wo zwei Chirurgenteams warteten, das erste, um Gilberte eine Niere zu entnehmen, das zweite, um Marius Renard für die Aufnahme vorzubereiten.

Die Operationen verliefen mit der Präzision eines Uhrwerks. Nur fünfundfünfzig Minuten vergingen zwischen der Abtrennung der Niere von Gilbertes Gefäßsystem und ihrer Verbindung mit den Beckengefäßen des Jungen. Gegen Mitternacht war die Operation beendet.

Erneut trugen Pfleger den Jungen und seine Mutter durch die zugigen Gänge, über offene Treppen und quer über die nachtdunklen, nun noch kälteren Höfe. Sie brachten Marius in ein kleines Zimmer, das von dem großen Saal, in dem er bisher gelegen hatte, durch Milchglasscheiben abgetrennt war.

Der Junge lag noch in tiefer Bewußtlosigkeit. Er bemerkte daher nicht, daß der Katheter in seiner Blase plötzlich zu tropfen begann. Die Niere seiner Mutter arbeitete mit unerwarteter, unvorstellbarer Kraft, die Hamburger mit Zuversicht erfüllte. „Die Niere funktioniert großartig“, so lauteten die ersten Worte, die Gilberte vernahm, als sie aus einem langen Schlaf nach der Operation erwachte.

Marius war am 26. Dezember noch weit von seiner Umwelt entfernt. In nur acht Tagen hatte er Rippen- und Beckenbrüche, eine Nierenexstirpation, mehrere Katheteruntersuchungen, den Verlust seiner gesamten Nierenfunktion, Durst und Schmerzen, eine neue Narkose und eine zweite, noch schwierigere Nierenoperation erlitten, ertragen und erduldet. Vier Tage lang lag er mit geschlossenen Augen auf einem verstellbaren Bett. Nur ab und zu hörte er eine Stimme: „Es geht gut, nicht sprechen ... es geht gut.“

Gilberte, die sich schnell erholte, erkundigte sich immer wieder: „Wie geht es dem Kleinen? Funktioniert meine Niere?“ Und sobald Robert Renard am frühen Morgen im Hospital eintraf, erkundigte auch er sich: „Funktioniert seine neue Niere?“ Nach wenigen Tagen jedoch brauchte er keine Fragen mehr zu stellen. Die Nachricht von der Transplantation hatte sich durch das ganze „Necker“ verbreitet. Kaum daß er das Hospital betrat, kamen Pförtner, ja Kranke auf ihn zu und berichteten ihm, daß die Niere „wunderbar“ arbeite.

Am 29. Dezember konnte Robert zum erstenmal seinen Sohn sehen. Er erschrak über dessen Aussehen. Aber ein junger Arzt versicherte ihm, daß es Marius' neuer Niere besser gehe, als Hamburger zu hoffen gewagt hatte. Am gleichen Abend brachte der Arzt Gilberte ein Stück Papier, auf dem mit schwacher Hand ein paar Worte geschrieben waren: „Ich danke Dir, Mama ... mir geht es gut. Ich weiß jetzt, daß Du mir eine Niere gegeben hast.“

Von diesem Augenblick an verlangte Gilberte so sehr danach, Marius zu sehen, daß sie am 31. Dezember vorsichtig zu ihm hinübergefahren wurde. Als sie in dem Saal eintraf, erschrak sie, weil alle Kranken sich in ihren Betten aufrichteten und plötzlich begannen, in die Hände zu klatschen – als ob sie eine Heldin empfingen. Sie lächelte unsicher und war froh, als sich die Tür von Marius' Zimmer hinter ihr schloß. Das weiße Krankenbett ließ ihn noch blasser erscheinen, als er war. Er konnte nicht viel mehr sagen als „Guten Tag, Mama“. Aber sie streichelte seine Hand und war überzeugt, daß er gesund werden würde. So fuhr man sie zu ihrem Saal zurück.

Erst am 1. Januar gab es eine Komplikation. Marius' Temperatur erhöhte sich. Er klagte über Schmerzen im rechten Bein, und kurz darauf entwickelte sich ein Ödem. Man gab Heparin, und das Ödem bildete sich langsam zurück. Am 4. Januar stellte sich ein neuer Fieberschub ein. Marius klagte über Atemnot; man fand einen Erguß im rechten Rippenfell. Die erkrankte Stelle wurde punktiert. Die Niere aber arbeitete weiter wie bisher. Der Blutdruck stieg allerdings überraschenderweise an. Robert Renard, der Marius nun mehrmals täglich besuchte, war viel zu ehrlich, um seine Sorgen zu verbergen, wenn er an das Bett seiner Frau trat. Sie verlangte zum zweiten Male, zu Marius gebracht zu werden. Wieder empfing sie der rührende Beifall der Kranken. Sie fand Marius mit wachen Augen, und er sagte: „Mama, ich glaube, deine Niere ist sehr gut."

Als Gilberte wieder in ihrem Saal eintraf, sagte sie: „Ich war so gerührt, daß ich vergessen habe, ihm ein gutes neues Jahr zu wünschen." Sie ahnte nicht, daß dieser Satz – durch die Anmerkung „Worte einer heldenhaften Mutter" ergänzt – am nächsten Tage in zahlreichen Zeitungsberichten erscheinen würde. Eine Überschrift lautete: „Die Operation Mutterliebe".

Robert Renard, still, blaß, von seinen täglichen Fahrten übermüdet, sah sich von Reportern umringt, wenn er die Pforte des „Necker" betrat. Er beantwortete zunächst die Fragen, überrumpelt oder glücklich darüber, daß man Anteil am Schicksal von Marius nahm. Dies waren völlig neue Erlebnisse, und Robert Renard glaubte an das menschliche Mitgefühl der Journalisten. Dann baten die Ärzte ihn, keine Auskünfte mehr zu geben, und ließen die Pforte durch Polizisten bewachen. Er begann das erst zu begreifen, als Fotografen, als Pfleger verkleidet, in den Saal eindrangen und die Scheiben in der Tür zu Marius' Zimmer einschlugen, um den Jungen zu fotografieren. Robert Renard ahnte, daß er aus Beauvais in eine Welt brutaler Sensationsgier geraten war.

Am 8. Januar tauchte plötzlich Blut in Marius' Harn auf. Erst am 10. Januar zeigte sich, daß die Blutung durch eine Verlagerung des Katheters ausgelöst wurde.

Vom nächsten Tage an begann sich Marius mit einer Schnelligkeit zu erholen, die sogar die Optimisten überraschte. Gegen Mittag kamen zwei Ärzte in Marius' Zimmer, sie halfen ihm, sich im Bett aufzurichten, hoben seine dünn gewordenen Beine über den Bettrand und richteten seinen Oberkörper auf. Marius klammerte sich krampfhaft an die beiden Ärzte, als sie ihn seine ersten Schritte um das Bett herum tun ließen. Er fühlte sich atemlos und mußte sich ausruhen, aber sein Mittagessen – Kartoffeln und grüne Bohnen, Honig und Quittenkompott – aß er zum ersten Male selbst, mit zitternden Händen. Er trank ein paar Tropfen Wein. Wieder in seinem Bett, schlief er gleich darauf ein. Die Berichte über dieses Ereignis in Marius' Krankenzimmer lösten so etwas wie Jubel bei Millionen von Lesern und Radiohörern aus. Marius erhielt aus ganz Frankreich Blumen, Geschenke, Briefe und Telegramme.

Sein Blutharnstoff sank auf 0,80 Gramm, und die Besserung hielt einundzwanzig Tage nach der Transplantation an. Dann war die Harnausscheidung plötzlich geringer, und einige Stunden später hörte sie völlig auf. Hamburger berief eine Konferenz der Ärzte ein.

Noch weigerten sich die Ärzte zu glauben, daß mit so brutaler Plötzlichkeit alle Hoffnungen zerstört werden könnten, aber der Harnstoffspiegel stieg wieder an. Marius' Temperatur kletterte auf 39 Grad. Gegen 23.30 Uhr entschlossen sie sich zu einer Freilegung des Transplantationsgebietes, um festzustellen, ob der Harnleiter blockiert war oder ob die Niere selbst Veränderungen erlitten hatte. Robert Renard hatte Stunde um Stunde gewartet, während der Junge langsam verfiel. Als ein Arzt ihn schließlich zur Seite nahm und ihm erklärte, daß man eine dritte Operation durchführen müsse, wandte Robert Renard sich wortlos zur Seite.

*Bericht des Sonderberichterstatters der „L'Oise Libérée":*
„Der unglückliche Vater war beim Transport seines Kindes in den Operationssaal anwesend und konnte seine Gefühle kaum noch beherrschen. Der gequälte Junge stieß einen Schrei aus: ‚Ich will nicht sterben.' Als man ihn in den Operationssaal schob, hörte man immer noch, wie er rief: ‚Ich will nicht sterben.'"

Als die Ärzte in der Nacht auf den 17. Januar die freigelegte Niere betrachteten, erschraken sie. Sie war auf das Doppelte ihrer ursprünglichen Größe angeschwollen. Ihre Oberfläche war blutunterlaufen. Als der Morgen graute, gab es keine Möglichkeit der Selbsttäuschung mehr. Die Untersuchung von Gewebeproben zeigte schwere Schädigungen und Veränderungen des Nierengewebes.

Sollte man nicht versuchen, den rätselhaften Abstoßungsvorgang durch das neue Medikament Cortison zu beeinflussen? Es waren irrationale, durch keine Erfahrung gestützte Hoffnungen. Aber Hamburger ordnete an, mit einer intravenösen Infusion von 200 Milligramm zu beginnen. Als die Cortisongaben sich als wirkungslos erwiesen, wurden Versuche mit Antibiotika und Antihistaminpräparaten unternommen. Keinerlei Wirkung.

Vor dem „Necker" vergrößerte sich die Zahl der Reporter ständig. Als Robert und Gilberte Renard Marius besuchten, murmelte er nur: „Ich bin so müde und sehe euch so schlecht."

Am 20. Januar stieg der Harnstoffspiegel auf 4,5 Gramm an, und Hamburger beschloß, das gesamte vergiftete Blut des Sterbenden gegen gesundes Blut auszutauschen, um Zeit zu gewinnen. Vierzehn Blutspender wurden aus verschiedenen Teilen von Paris ins „Necker" gebracht. In etwa drei Stunden wurden fünf Liter Blut gegen fünf Liter frischen Spenderblutes ausgetauscht. Die Harnstoffkonzentration sank. Marius erholte sich ein wenig. Er flüsterte: „Ich weiß, Zimmermann kann ich nicht mehr werden. Aber vielleicht kann ich nach Le Crotay ziehen und Fische verkaufen. Die Fischer werden mir sicher helfen ..."

Einige Stunden später hatte der Harnstoffspiegel wieder die gleiche Höhe wie vorher erreicht. Hamburger und seine Mitarbeiter entschlossen sich zu einem anderen verzweifelten Versuch, Zeit zu gewinnen. Da das „Necker" über keine „künstliche Niere" verfügte, verwendete er den Darm als Ersatz. Das Verfahren war eine grausame Tortur für den Jungen. Es erforderte die Einführung einer Schlauchsonde durch die Speiseröhre bis in den Dünndarm und einer zweiten Sonde in den Enddarm, um eine lang dauernde Spülung mit einer Dialyseflüssigkeit durchführen zu können. Marius überstand auch diesen Eingriff. Aber Hamburger war erschöpft und ohne Hoffnung. Müde blickte er Robert Renard an, der zum ersten Male die Erlaubnis erhielt, über Nacht an Marius' Bett zu bleiben. Und er sagte: „Es ist schwer, Vater zu sein, aber glauben Sie mir, es ist oft auch schwer, Arzt zu sein."

Am 27. Januar um 13 Uhr verbreitete der französische Rundfunk eine erste offizielle ärztliche Stellungnahme: „Beim gegenwärtigen Stand unseres Wissens werden wir nicht noch einmal die Transplantation einer Niere versuchen. Für diese Operation waren die günstigsten Voraussetzungen gegeben. Nachdem sie nicht den erhofften Erfolg gebracht hat, glauben wir nicht, daß sie in nächster Zukunft gelingt."

Marius Renard versank in ein Koma und starb ohne Schmerzen kurz vor Mitternacht.

*„Paris Match", Januar 1953:*
„Marius Renard ist einer der größten Abenteurer unserer Zeit... Er hat versucht, die Natur zu besiegen... Er glaubte, mit dem Organ eines anderen leben zu können... Das war vermessen. Denn wenn er weitergelebt hätte, wäre er der erste Mensch einer neuen Rasse gewesen – der triumphierende Beweis für die Größe der Menschheit."

*Aus dem Brief eines Arztes:*
„Wer die Menschen, ihre Neugier, ihren Ehrgeiz und ihre Lebensgier kennt, weiß, daß das Ganze allen ärztlichen Enthaltsamkeitsschwüren zum Trotz von neuem versucht werden wird, vielleicht sogar von denen, die geschworen haben."

## EDITH HELM

CHANDLER ist ein Landstädtchen, fünfzig Kilometer von Oklahoma City im Staate Oklahoma entfernt. Die erste Januarnummer 1955 von „Time" kam an einem Mittwoch dort an. In dem Frisiersalon, in dem Edith und Wanda Johnson arbeiteten, waren gerade keine Kundinnen, und so hatten die beiden Zeit, die Zeitschrift zu lesen. Sie waren Zwillinge, Töchter von Virgie und James H. Johnson, der früher eine Milchfarm betrieben hatte und nun beim Straßenbauamt tätig war. Die Zwillinge waren zwanzig Jahre alt, zierlich, mit braunem Haar und braunen Augen. Und sie waren sich so ähnlich, daß sogar die Mutter sie verwechselte.

Wanda fand auf Seite 36 von „Time" einen Bericht mit der Überschrift „Zwillingstransplantation". Er erzählte, daß bisher alle Nierentransplantationen gescheitert seien. Aber vor kurzem, am 23. Dezember 1954, hatte ein Ärzteteam des „Peter Brigham Hospital" in Boston noch eine Transplantation gewagt. Ein Farmersjunge aus Northboro, Massachusetts, der sich bei der Küstenwache eine unheilbare Nierenkrankheit zugezogen hatte, war ihnen aus einem Veteranenhospital zugewiesen worden. Er hieß Richard Herrick, war dreiundzwanzig Jahre alt und hatte einen eineiigen Zwillingsbruder namens Ronald, der Lehrer werden wollte. Alle ihre Körpermerkmale stimmten so vollständig überein, daß Richards Körper eine Niere seines Bruders vielleicht nicht abstoßen würde. Gleich nach der Operation hatte Richards neue Niere wieder funktioniert, und beide Brüder befanden sich wohlauf.

„Lies mal", sagte Wanda und gab Edith das Heft. Sie konnten sich beide nicht erinnern, jemals krank gewesen zu sein. Und so lachte Wanda und sagte: „Uns kann also nichts passieren. Wenn du mal was mit den Nieren hast, kriegst du eine von mir."

„Und wenn du was erwischst", sagte Edith, „bin ich an der Reihe."

Später zeigten sie das Heft ihren Verlobten. Wandas Freund, William Melvin Foster, den sie Buck nannten, war der einzige, der die Schwestern auseinanderhalten konnte. Buck arbeitete als Mechaniker und bereitete sich darauf vor, seine Dienstzeit bei der Marine in San Diego abzuleisten.

„Würdest du es mir verbieten", fragte Wanda, „wenn Edith krank würde und ich ihr eine Niere geben wollte?"

„Ich?" sagte er. „Das ist deine Niere, damit kannst du machen, was du willst!"

Ediths Freund war dreiundzwanzig und hieß Lee Helm. Er war auf einer Milchfarm aufgewachsen und so groß und breitschultrig, daß Edith neben ihm wie eine Puppe aussah. Er arbeitete in Sand Springs, ein paar Kilometer außerhalb. Auch er lachte und sagte: „Euch kann also wirklich nichts passieren."

Wanda heiratete Buck im Oktober 1955, Edith heiratete Lee im November. Buck fuhr nach San Diego, Wanda blieb in Chandler. Die Helms zogen nach Sand Springs, einem Nest mit einem Schulhaus, einer Kirche, einem Laden und vielen Kühen.

Lee verdiente nicht viel, und so arbeitete Edith weiter. Jeden Sonntag fuhren sie in die Kirche und anschließend zu den Johnsons, wo Virgie Johnson Hühner auf Oklahoma-Art briet. Kinder fehlten ihnen noch, aber sie hatten ihre kleinen Vergnügungen.

Eines Morgens im Februar 1956 während der Arbeit im Frisiersalon wurde es Edith Helm übel. Der Arzt meinte, es sei eine Virusinfektion. Lee brachte Edith nach Sand Springs. Aber das Virus war hartnäckig. Edith begann nach einer Weile zu erbrechen. Sie wußte, daß das eine Schwangerschaft bedeuten konnte, und Lee brachte sie abermals zum Doktor. Der Arzt meinte, es könne wohl ein Kind sein. Da aber Ediths Blutdruck ungewöhnlich hoch war, überwies er sie nach Cushing, einem Städtchen weiter im Norden. Dort gab es eine Klinik und Spezialisten.

Der Spezialist in Cushing sagte Edith, es sei wahrscheinlich ein Kind, und verordnete einige Medikamente. Danach aber rief er Lee in sein Sprechzimmer und sagte, er wolle seine Frau nicht ängstigen. Aber sofern sie schwanger sei, habe sich auf jeden Fall noch eine Nierenentzündung entwickelt und ihr Blutbild deute auf eine Anämie hin. Er empfahl Lee, mit Edith zu Dr. Lewis, einem Fachmann für Nieren- und Blutkrankheiten, nach Tulsa zu fahren.

Die verordneten Medikamente halfen nicht. Edith litt unter Atemnot, ihr sonst so schmales Gesicht schwoll an. So fuhr Lee mit ihr nach Tulsa. Dr. Lewis war sich schnell darüber klar, daß Edith kein Kind erwartete, sondern an einer chronischen Glomerulonephritis im Endstadium litt. Die Krankheit mußte schon vor Jahren begonnen haben. Er verordnete Digitalis für Ediths Herz und bestellte Lee alleine zu sich. Lee wollte einfach nicht glauben, seine Frau könne todkrank sein. Wie lange es noch dauern würde, konnte der Doktor nicht genau sagen. Zum Abschied fügte er hinzu, es gäbe für Kranke wie Edith nur eine einzige Möglichkeit, ihr Leben zu verlängern. Ärzte in Boston seien darauf verfallen. Allerdings bestünde diese Möglichkeit nur, wenn eine solche Kranke eine eineiige Zwillingsschwester habe.

Lee Helm stutzte einen Augenblick – und dann sagte er: „Aber sie hat eine Zwillingsschwester, Doktor, und sie sind sich so ähnlich, daß jeder sie verwechselt.“

Lewis hatte das Gefühl, einer der größten Überraschungen seines Lebens gegenüberzustehen. Er bat Lee, auf weitere Nachrichten zu warten, und setzte sich mit Dr. John P. Merrill vom „Peter Bent Brigham“ in Verbindung. Merrill war kein Chirurg. Er hatte die Operation, über die „Time“ berichtet hatte, nicht selbst durchgeführt, sondern seinen Kollegen Murray und Harrison überlassen. Aber er hatte den Eingriff als Nephrologe vorbereitet. Lewis erkundigte sich, wie es um Richard Herrick stünde. Merrill war ein wenig verwundert. Aber er antwortete: Ja, Richard Herrick lebe seit mehr als einem Jahr. Es sei die erste erfolgreiche Nierenverpflanzung der Geschichte.

Lewis berichtete, so kurz er konnte, von Edith Helm. Schließlich wollte Merrill wissen, ob die Zwillinge in der Lage seien, zu einer

Untersuchung nach Boston zu kommen. Lewis antwortete, sie seien nicht begütert, und die Reisekosten bedeuteten sicher ein Problem. Ob man denn in Tulsa Tests durchführen könne – Fingerabdrücke, Blutgruppen, Feststellung, ob bei der Geburt nur eine einzige Plazenta vorhanden gewesen sei, schließlich Verpflanzung von Hautstücken zwischen den Zwillingen: wenn diese nicht abgestoßen würden, könne man an eine Transplantation denken.

Lewis erklärte Lee alles und versicherte, daß es nur die eine Hoffnung für seine Frau gebe.

Wanda Foster redete nicht lange, als Lee mit ihr sprach. Wenn Edith eine Niere von ihr brauchte, würde sie sie hergeben. So unternahm Lewis in Tulsa die notwendigen Tests. Edith wurde von Tag zu Tag schwächer, die Fahrten nach Tulsa wurden immer anstrengender. In den ersten Apriltagen verpflanzte ein Chirurg Hautstückchen der Schwestern. Edith sagte später: „Ich war zu krank, um es noch zu begreifen ... Ich tat alles, was man mir sagte."

Am 22. April fuhr Lee zum letztenmal mit Edith und Wanda nach Tulsa, und Lewis stellte fest, daß die Hauttransplantate nicht abgestoßen worden waren. Er telefonierte mit Merrill; der entschied, daß die Schwestern gleich kommen sollten. Die Behandlung würde durch eine medizinische Stiftung bezahlt. Nur fünfhundert Dollar Grundgebühr für das Hospital und die Flugkarten könne sie nicht übernehmen.

Lee besaß keinen überflüssigen Dollar, sagte aber mit einer Art verzweifelter Entschlossenheit, er werde das Geld bestimmt besorgen. Während der Fahrt nach Hause fragte er sich, wie er es beschaffen könne. Aber kaum war er in Chandler angelangt, als er ans Telefon gerufen wurde. Am anderen Ende war Dr. Lewis' Sprechstundenhilfe und sagte: „Lee, machen Sie sich keine Sorgen wegen des Geldes. Es ist alles in Ordnung. Ein Patient im Wartezimmer hat alles gehört. Ich darf seinen Namen nicht nennen. Aber wir haben das Reisegeld, und die fünfhundert Dollar für das Hospital bekommen wir sicher noch."

Es kam so viel Geld zusammen, daß Lee und seine Schwiegermutter die Kranke und Wanda nach Boston begleiten konnten. Nachbarn und Bekannte brachten Reisekoffer und Morgenröcke für das Hospital. Aber Edith bemerkte das alles nur noch wie durch einen Schleier. Sie konnte sich später nicht mehr an die Fahrt zum Flughafen und an die Ankunft in Boston erinnern, das den Leuten aus Oklahoma wie eine fremde Welt erschien. Lee und Ediths Mutter zogen in ein billiges Appartement. Ein paar Tage später stieß Buck Foster zu ihnen, der Urlaub bekommen hatte, damit er während der Operation bei Wanda sein konnte. Edith und Wanda selbst verschwanden unterdessen hinter dem monströsen Säulentor des „Peter Bent Brigham". Ediths Kräfte waren am Ende; erschöpft sank sie in ihr Bett.

Aber sie fürchtete sich nicht: „Ich hatte Gott... ich vertraute auf ihn. Ich denke, das hilft 'ne Menge", schrieb sie später.

Seine Untersuchungen überzeugten Merrill, daß Edith Helm bestenfalls noch einige Monate zu leben hatte. Sie wog nur noch siebzig Pfund. Man mußte die weit fortgeschrittene Urämie eindämmen, deshalb schloß Merrill sie am 4. Mai zum erstenmal an eine künstliche Niere an. Für kurze Zeit fühlte sich Edith wieder „wie ein Mensch", und einen Tag nach einer zweiten Behandlung mit der künstlichen Niere öffnete sich die Tür ihres Zimmers, und ein junger Mann trat ein. Er sagte, sein Name sei Richard Herrick und er sei der Zwilling, den Dr. Merrill am 23. Dezember 1954 operiert habe. Er komme von Shrewsbury herüber, wo er jetzt in einem Kleiderladen arbeite. Dr. Merrill habe ihn gebeten, Edith zu erzählen, wie es ihm ergangen sei. Er zog einen Stuhl an Ediths Bett. Vor der Operation war sein Blutdruck so hoch gewesen, daß er nur noch umhertaumelte. Sie hatten sein ganzes Blut ein paarmal ausgetauscht, es hatte nichts geholfen. Als man seine Nieren röntgen wollte, hatte man sie überhaupt nicht mehr sehen können, und als sie ihn in ein Bett legen wollten, verfiel er in Krämpfe, bis er bewußtlos wurde. Ob Edith das auch erlebt habe?

Nein, sagte sie, ganz so schlimm sei es nicht gewesen.

Nun, sagte er, dann könne sie um so sicherer sein, daß sie gesund werde. Daß er noch lebe, verdanke er nur der Transplantation. Im letzten Augenblick habe er Gewissensbisse wegen Ronald bekommen und ihm einen Zettel geschickt: „Mach, daß Du wegkommst, und geh nach Hause!" Aber Ronald habe ihm einen Zettel zurückgeschickt: „Ich bin hier, und ich bleibe auch hier..." So sei es eben unter Zwillingen. Sein Bruder war schon nach zwei Wochen nach Hause gegangen. Am siebenunddreißigsten Tag hatte man auch ihn entlassen, und er war sich vorgekommen wie neu und hatte zehn Pfund zugenommen. Sie untersuchten ihn immer noch, weil er der erste in der ganzen Welt war, der seine neue Niere nicht abstieß. Inzwischen habe er geheiratet und Claire, seine Frau, erwarte ein Baby ...

Ein Baby! Edith Helm wurde lebhaft. Sie sagte, falls sie gesund wieder nach Hause komme, wolle sie auch Kinder haben. Und Herrick erwiderte, er wisse ganz genau, sie werde gesund werden und schnell mit dem ersten Baby anfangen können.

Aber dann, um den 17. Mai, als die Tests den Weg zu einer Transplantation frei machten, erkrankte Wanda Foster über Nacht an einer schweren Harnweginfektion. Merrill sah sich jäh der drohenden Möglichkeit gegenüber, die Nierentransplantation zwischen Wanda und Edith überhaupt aufgeben zu müssen. Harnweginfektionen konnten immer wieder aufflackern – besonders während einer Schwangerschaft. Wanda würde Kinder bekommen. Wenn dabei eine latente Harnweginfektion wieder aufflackerte und auf die einzige Niere übergriff, die Wanda noch besaß, würde sie selbst in tödliche Gefahr geraten. Die Infektion mußte beseitigt werden. Für Tage hielt die Erkrankung Merrill und die anderen Ärzte in Atem. Wanda erhielt Antibiotika, und in regelmäßigen Abständen wurden Bakterienkulturen aus dem Urin angelegt. Erst als keinerlei Keime mehr nachweisbar waren, fiel am 23. Mai die Entscheidung, die dritte Nierentransplantation zwischen identischen Zwillingen durchzuführen.

Der Termin der Operation war in Boston nicht verborgen geblieben. Protestantische und katholische Kirchen öffneten an diesem Morgen früher ihre Tore, damit man für die Schwestern beten konnte.

Lee, Buck und die Mutter warteten in einer Halle des Hospitals. Um 11 Uhr bekamen sie die Nachricht, daß die Operation gut verlaufe. Es gab nur eine Überraschung. Obwohl Edith Helm erst einundzwanzig Jahre alt war, hatte ihre Krankheit in den Beckengefäßen bereits Spuren einer Arterienverkalkung erzeugt, die beseitigt werden mußten. Die erkrankten Nieren beließ man an Ort und Stelle, um sie erst später zu entfernen. Nach vier Stunden war alles vorüber.

*Edith Helm:*

„Die Ärzte waren so stolz ... Sie kamen von selbst herein und sagten: ‚Alles ist okay.‘ Nach ein paar Tagen kam meine Schwester zum erstenmal, und wir redeten über zu Hause. Aber es gab nie ein Dankeschön! Sie wußte, ich hätte dasselbe gemacht, wenn es andersrum gegangen wäre.“

Die neue Niere arbeitete so ausgezeichnet, daß die Harnstoff- und Elektrolytwerte schon nach wenigen Tagen normal waren. Die Sehstörungen verschwanden. Der Blutdruck sank. Edith Helm entwickelte einen fast krankhaften Appetit.

*Edith Helm:*
„Sie brachten mich mit Kartoffeln beinahe um. Ich kann Kartoffelbrei nicht ausstehen. Sie gaben mir auch Brathuhn, aber sie wußten einfach nicht, wie man so was macht – so auf südliche Art."

Am 7. Juni stand sie zum erstenmal auf und verabschiedete sich von Buck, dessen Urlaub zu Ende war, und von ihrer Mutter. Einige Tage später flog Wanda, offensichtlich wohlauf, nach Oklahoma zurück. Und vom nächsten Tag an verfiel Edith in eine Depression, obwohl ihr körperliches Befinden sich weiter besserte. Sie alle hatten, als die Spannung um die Operation vorüber war, empfunden, daß sie nicht nach Boston gehörten; aber solange sie alle beieinander waren, hatten sie es ertragen können. Jetzt war nur noch Lee da – und er fühlte sich genauso fremd und verlassen wie seine Frau, und außerdem ging sein Geld zu Ende.

Ediths leise Stimme veränderte sich, wenn sie von Farmen, Weiden, Kühen und blauem Himmel sprach, und schließlich erklärte sie den Krankenschwestern und Merrill selbst, sie werde wieder krank werden, wenn man sie nicht nach Hause fahren lasse. Merrill, der sie so lange wie möglich beobachten wollte, sorgte dafür, daß Lee eine Stelle im Hospital erhielt, und schließlich verschaffte er auch Edith leichte Gelegenheitsarbeiten im Krankenhaus, um sie von ihrer Sehnsucht nach Oklahoma abzulenken. Aber im Juli hörte sie überhaupt nicht mehr auf, von zu Hause zu sprechen. Sie war sicher, daß sie sterben müsse, wenn sie nicht nach Hause fahren konnte. So gab Merrill schließlich nach. Aber als sie sich verabschiedete, sagte sie, jetzt habe sie noch eine große Frage: „Kann ich jetzt Kinder haben?" Sie wollte eine ganze Familie. Merrill sagte, sie solle noch eine Zeitlang warten. Er wollte sie vertrösten. Mit Lee dagegen sprach er deutlich: Edith dürfe wegen der verpflanzten Niere in ihrem Becken keine Kinder bekommen.

Edith wurde in Chandler wie eine Heldin empfangen. Reporter aus Tulsa und Oklahoma City erwarteten sie. Es gab Schlagzeilen und gebratene Hühner. Da Lee trotz des plötzlichen Ruhmes keine Arbeit finden konnte, zogen sie zu Ediths Eltern, bis sie sich Ende Juli von neuem auf die tagelange Autoreise nach Boston machten. Merrill fand alle Testwerte normal. Am 15. Juli wurde die erste der kranken Nieren entfernt. Am 15. August kehrten Lee und Edith nach Chandler zurück, und acht Wochen später begann die dritte Reise nach dem Norden. Am 29. Oktober exstirpierte Murray die zweite zurückgebliebene Niere, und vierzehn Tage später war Lee mit Edith endgültig zu Hause.

So wenigstens glaubten sie. Lee fand einen Posten als Tankwart in Chandler. Sie fanden auch eine Wohnung. Sie lasen die letzten Zeitungsberichte über die „Frau, die Medizingeschichte gemacht hat", und Edith dachte, eigentlich müßte es „einen einfacheren Weg geben, berühmt zu werden".

Aber es war noch nicht endgültig geschafft.

Es war eineinhalb Jahre nach der Nierentransplantation, als Edith eine Veränderung in ihrem Körper spürte. Aber sie fühlte sich wohl, und sie wußte, daß es nur ein Kind sein konnte. Aber Lee erklärte ihr, das könne nicht sein. Er hatte Merrill mißverstanden und geglaubt, sie hätten in Boston dafür gesorgt, daß Edith keine Kinder bekommen konnte. Er fürchtete, es könnte die Niere sein, und er bedrängte Edith, sofort nach Boston zu schreiben oder wenigstens einen Arzt aufzusuchen.

Aber sie wollte unter keinen Umständen wieder nach Boston. So sprach Lee mit Wanda, die – seit Buck in einem Geschäft für landwirtschaftliche Maschinen in Cushing arbeitete – dorthin gezogen war und ihren ersten Sohn Mike bekommen hatte. Aber Edith ließ sich auch von Wanda nur überreden, zu Dr. J. Douglas Green in Cushing zu fahren.

Green bestätigte, daß Edith ein Kind erwartete. Aber er schrieb umgehend an Merrill, und für Merrill gab es nur eine mögliche Reaktion, nämlich Edith Helm auf Kosten einer medizinischen Stiftung nach Boston zu holen, ständig zu beobachten und notfalls die Schwangerschaft zu unterbrechen, wenn ihre neue Niere durch die wachsende Gebärmutter verdrängt und ihre Funktion und damit Ediths Leben gefährdet wurden.

Einmal gab es keine Erfahrung über das, was Edith Helm bei fortschreitender Schwangerschaft erwartete, zudem hatten andere Rückschläge in den letzten Monaten Merrills Optimismus über den Erfolg der Transplantation zwischen Zwillingen einen Stoß versetzt. Seit der Operation an Edith Helm hatten Merrill und sein Team zwei weitere Zwillingsnieren verpflanzt. Der erste Fall, im Juni, war erfolgreich gewesen. Aber nach der zweiten Transplantation war etwas Neues, Unberechenbares geschehen: Die transplantierte, gesunde Niere war von der gleichen Glomerulonephritis befallen worden, die schon die alten Nieren zerstört hatte.

Merrill bat Dr. Green, Edith zu veranlassen, sofort nach Boston zu reisen. Er werde dafür sorgen, daß Lee seine Frau begleiten und einige Monate in Boston arbeiten könne. So gab Lee seinen Posten auf, und zum vierten Male machten Edith und er sich im Januar 1958 auf die Reise.

Merrill fand zu seiner Überraschung, daß die Schwangerschaft nicht den geringsten Einfluß auf die Niere ausübte. Er unternahm eine Kontrolle nach der anderen. Aber die Niere funktionierte störungslos. Trotzdem wagte er nicht, Edith Helm nach Oklahoma zurückreisen zu lassen.

Als die Zeit der Geburt heranrückte, wurde Edith in das nahe gelegene Entbindungsheim gebracht. Dr. Duncan E. Reid, Professor für Geburtshilfe an der Harvarduniversität, nahm sich selbst ihrer an. Am 10. März beschlossen Merrill und Reid, das Kind durch einen Kaiserschnitt zur Welt zu bringen, um der Niere jede Schädigung durch lange Geburtswehen zu ersparen. Der Eingriff verlief glatt, das Kind war ein gesunder Junge; Reid berichtete Merrill, als alles vorüber war, daß das Kind seiner Ansicht nach auch ohne Kaiserschnitt komplikationslos zur Welt gekommen wäre.

Als Edith kurze Zeit später mit dem Jungen, den sie John P. Merrill Helm nannten, Boston verließ, war der Abschied fast so etwas wie eine „klinische Familienfeier". Helena Crocker, eine Krankenschwester, die Edith schon zur Zeit der Nierentransplantation gepflegt hatte, trug das Kind ins Flugzeug. In Tulsa warteten wiederum Reporter, und die Wohnung der Helms war mit Geschenken für das Kind gefüllt.

Doch dies war immer noch nicht das Ende von Edith Helms Geschichte. Ende 1959 wurde sie zum zweitenmal schwanger. Dr. Green schickte sie wieder nach Boston. Aber als Merrill nicht die geringste Funktionsstörung fand und merkte, daß Edith Helm vor

Heimweh weinte, war er damit einverstanden, daß sie ihr Kind zu Hause zur Welt brachte. Am 5. August 1960 kam nach einem zweiten Kaiserschnitt eine fast sechspfündige Tochter, Vicki, zur Welt.

1963 las Edith in einer Zeitung, daß Richard Herrick, der ihr sieben Jahre vorher in Boston soviel Mut zugesprochen hatte, gestorben sei.

Sie schrieb an Richards Frau und bekam die Auskunft, daß Richard nicht an den Folgen seiner Nierenkrankheit verschieden sei, sondern weil sein Herz der Belastung durch eine Lungenentzündung nicht gewachsen gewesen war. Dies war nicht die volle Wahrheit – möglicherweise wußte Claire Herrick selbst diese Wahrheit nicht. Merrills Autopsie dagegen hatte gezeigt, daß die Niere seines Bruders, mit der Richard rund neun Jahre gelebt hatte, von der Glomerulonephritis befallen worden war, die seine eigenen Nieren zerstört hatte.

*Lee Helm, Edith Helm, Wanda Foster und die Kinder der Zwillingsschwestern*

1964 verlor Edith ihr drittes Kind – es kam tot zur Welt. Als Lee einige Jahre später eine kleine Milchfarm übernahm, zogen sie in ein einstöckiges weißes Farmhaus nördlich von Chandler, von dem aus man über die endlosen Hügel blicken und den Herden grasender Milchkühe zusehen konnte. Sie nahm sogar die Farmarbeit ihrer Kinderjahre wieder auf. Einem Reporter, der sie 1970 besuchte, sagte sie: „Ich fühle mich so gut, daß sie mich letztes Jahr sogar in die Krankenversicherung aufgenommen haben. Ich bin froh, daß ich am Leben bin. Jeder Tag ist wie irgendwas Besonderes, das ich beinahe nicht gehabt hätte. Und über den Tod mach ich mir keine Sorgen."

## GEORGES SIMÉON

Georges Siméon, ein Pariser Postbeamter, ging am 28. April 1959 am Arm seiner Frau Armande durch die Pforte des Hospitals „Nekker". Er war von Natur ein gedrungener, kräftiger Mann, aber jetzt war er abgemagert, sein Gang unsicher. Er war erst siebenunddreißig und befand sich im achten Jahr eines langsamen Sterbens. Er wußte es nur noch nicht. Armande dagegen wußte, daß er an Glomerulonephritis litt und daß er das letzte, das tödliche Stadium erreicht hatte.

Es konnte sein, daß er die Anfänge des Leidens aus Deutschland mit nach Hause gebracht hatte. 1942, im zweiten Jahr der deutschen Besetzung, war er mit seinem Zwillingsbruder André zur Arbeit in Deutschland zwangsverpflichtet worden, so wie Zehntausende anderer Franzosen auch. Aber er hatte nie behauptet, daß es ihm besonders schlecht ergangen sei oder daß er sich krank gefühlt habe. Er war nach Hause gekommen, hatte bei der Post angefangen und Armande geheiratet. Sie hatten zwei Töchter bekommen. Ein friedliches Zuhause und eine friedliche Familie.

1949 hatte er unter einem Halsabszeß gelitten, und so bestand die Möglichkeit, daß seine Krankheit in dieser Zeit begonnen hatte. Jedenfalls war dies die Meinung des Postarztes, der ihn 1951 untersuchte, weil er ständig müde war: eine kleine Nierenschwäche. In Zukunft bitte kein Salz, wenig Eiweiß und alle paar Monate eine Kontrolle. Was der Arzt dagegen Armande gesagt hatte, lautete anders: chronische, unheilbare Nierenentzündung.

Armande hatte sich entschlossen, Georges so lange wie möglich über seinen Zustand zu täuschen. Sie hatte sich an diesen Entschluß gehalten, manchmal verzweifelt, manchmal erschöpft.

Ihr Schwager André hatte wie sie Hoffnungen in Georges geweckt, denn Georges und André waren unzertrennlich wie Edith Helm und Wanda Foster. Armande hatte dafür gesorgt, daß alle Untersuchungsbefunde zweimal aufgeschrieben wurden: die echten für sie selbst und daneben falsche, günstige, die sie Georges zeigte. 1952 hatte sie einen Sohn Patrick und 1956 eine Tochter Ghislaine zur Welt gebracht. Und sie war ihren langen Weg der Täuschungen weitergegangen – bis sie 1958 in der Zeitung etwas über Richard Herrick und Edith Helm las. André meinte dazu: „Wenn man Georges so helfen kann, gut.“ Er sei gesund und Juliette, seine Frau, werde das schon verstehen.

Ob Georges und André eineiige Zwillinge waren, war zumindest ungewiß. Georges war schwer, André zierlich, Georges bedächtig, André lebhaft. Es sprach wirklich nichts dafür, daß sie eineiige Zwillinge waren. Aber Armande hoffte trotzdem – einfach, weil sie hoffen wollte.

Mit Georges ernsthaft über Nierentransplantationen zu sprechen hätte bedeutet, ihm zu sagen, daß er todkrank sei. Als André einmal auf Georges' Tisch einen Artikel über Nierentransplantationen sah, sagte er wie im Scherz: „Wenn deine komischen Nieren in dreißig Jahren auch einmal streiken sollten, kriegst du eine von mir.“ Georges winkte so ruhig ab, wie er nun einmal war.

Dann, Anfang 1959, war er schnell verfallen. Er hatte seine Arbeit bei der Post aufgeben müssen. Armande bemerkte, daß er sich insgeheim Bücher über Nierenkrankheiten besorgte, und wenn sie vorher schon unsicher gewesen war, wieweit sie ihn wirklich hatte täuschen können, so fürchtete sie jetzt jeden Tag, daß er die volle Wahrheit entdecken würde. Dann, im Frühjahr, hatte sie plötzlich wieder zu hoffen gewagt. Pariser Zeitungen brachten aufsehenerregende Meldungen aus Boston. Professor Merrill und andere Ärzte hatten wieder eine Niere von einem Zwilling auf den anderen verpflanzt, obwohl es keine eineiigen Zwillinge waren. Sie hießen John und Andrew Riteris.

André hatte Armande geraten, Professor Merrill zu schreiben, wie es mit Georges stand. Armande hatte gezögert, aber sie sah keinen anderen Ausweg. Sie hatte kaum gewagt, auf eine Antwort zu hoffen. Aber es war eine Antwort gekommen. Merrill hatte sogar versucht, französisch zu schreiben. Er erklärte ihr, die Transplantation zwischen den Brüdern Riteris liege nur wenige Wochen zurück und er müsse erst sicher sein, daß er Erfolg gehabt habe, bevor er eine zweite derartige Operation wagen könne.

In den letzten Wochen hatte sich Georges' Verfall so beschleunigt, daß sie irgend etwas hatte unternehmen müssen. Armande hatte von einem Arzt, Dr. de Beaufond, gehört. Er war zwar schon sehr alt, sollte aber vielen Nierenkranken geholfen haben. So hatte sie ihn gebeten, Georges zu untersuchen, aber ihm nichts zu sagen, was ihm die Hoffnung nehmen könnte.

De Beaufond, ein gütiger alter Mann, hatte ihren Wunsch erfüllt und das Spiel der Täuschung mitgespielt. Armande aber hatte er erklärt: „Es gibt meines Wissens nichts, was Ihrem Mann noch helfen könnte. Wenn es noch etwas geben sollte, dann kann nur einer unter den Pariser Ärzten darüber etwas wissen: Professor Hamburger im Hospital ‚Necker'. Ich werde einen Brief an seinen Assistenten schreiben. Damit gehen Sie ins ‚Necker'; ich bin sicher, daß Professor Hamburger sich der Sache annehmen wird." Armande hatte im „Necker" lange warten müssen. Aber schließlich hatte Professor Hamburger Georges für den 28. April zu sich bestellt. Und jetzt führte sie Georges durch die alten Höfe und Gänge des „Necker" zu Professor Hamburgers Pavillon.

*Armande Siméon in ihrer Erinnerung:*
„Professor Hamburger hat sich alles angehört, und dann hat er gesagt: ‚Zu Hause kann Ihr Mann von einem plötzlichen Anfall überrascht werden und sterben. Es wäre besser, wenn er gleich bei uns bliebe.' So habe ich ihn also dort gelassen."

Aber während Armande zögernd auf die Rue de Sèvres hinaustrat, wurde ihr bewußt, daß Hamburger nichts über die Möglichkeit einer Rettung für Georges gesagt hatte. So entschloß sie sich, nicht nach Hause zu fahren. Statt dessen machte sie sich auf den Weg nach Roissy-en-Brie, wo André sich im Jahr 1958 ein Haus gebaut hatte und mit Juliette und seinen vier Kindern wohnte. Beklommen sagte sie ihm, daß Georges im „Necker" zurückgeblieben sei. Sie wisse, man werde ihn sterben lassen. Das einzige, was ihm helfen könne, sei eine neue Niere. Und sie bat André, mit ihr zu Dr. de Beaufond zu fahren. Aber de Beaufond sagte ihnen, das könne nur Hamburger entscheiden. André war entschlossen, seinem Bruder eine Niere zu geben. Trotzdem mußte er denken, was wäre, wenn der Chirurg, der ihn operieren würde, einen schlechten Tag hätte. Dann würde auch er eine Witwe und vier Kinder hinterlassen.

Als sie mit Hamburger sprachen, erklärte er ihnen, noch nie sei eine Nierenverpflanzung bei Menschen außer bei eineiigen Zwillingen geglückt und nach der Geschichte mit Marius könne er die Verantwortung für eine neue Transplantation nicht übernehmen. Man würde ihm vorwerfen, daß er mit Menschen experimentiere. Aber als ihn André drängte und immer wieder sagte, daß der Fall von Georges ganz anders als der des jungen Renard und genauso wie der letzte Fall in Boston sei, telefonierte Hamburger mit Merrill in Boston. Und schließlich stimmte Hamburger zu.

*André Siméon in seiner Erinnerung:*
„Ich bin hinüber zu Georges und habe ihm alles erzählt. Er wollte zuerst nicht... Und ich sagte: ‚Willst du nun meine Niere oder nicht?‘ Und er: ‚Du kannst darüber keine Witze machen. Was ist, wenn es schiefgeht?‘ Da habe ich nur gefragt: ‚Willst du auf den Tod warten?‘ – Nun, am Ende hat er ‚ja‘ gesagt.“

GEORGES, Armande und André hatten gelesen, daß im Fall von John Riteris eine Röntgenbestrahlung die Abstoßung der Niere verhindert hatte. Aber was bedeutete das für sie: Bestrahlung?

Hamburger dagegen kannte den Preis für Merrills Erfolg.

Schon seit langem wußte man, daß zahlreiche Stoffe dann, wenn sie in den Körper eindrangen, dort die Bildung von Abwehrstoffen zum Kampf gegen die Fremdsubstanz auslösten. Man hatte diesen Substanzen den Namen „Antigene“ gegeben, den Abwehrstoffen den Namen „Antikörper“.

Jeder Körper besitzt Antigeneigenschaften, die nur für diesen Menschen typisch sind. Ein Organismus, in den ein fremdes Organ übertragen wird, reagiert mit der Bildung von Antikörpern, was schließlich zur Abstoßung des überpflanzten Organs führt. Die Alarmreaktion stützt sich vor allem auf die Lymphozyten, weiße Blutkörperchen, die gleich Spähern das Eindringen der fremden Elemente an Zentralen, zum Beispiel an Knochenmark und Milz, melden. Und auf eine noch weithin ungeklärte Weise werden dann sogenannte Immunozyten gebildet, die sich in Massen auf das fremde Gewebe stürzen und es durch Bildung von Antikörpern zerstören.

Für eineiige Zwillinge dagegen, die sich ja aus einer einzigen Zelle entwickelt haben, stellt das Gewebe des anderen nichts Fremdes dar. Und in allen anderen Fällen mußte man danach streben, das ganze Alarm- und Abwehrsystem auszuschalten. Amerikanische Experimentatoren hatten in Tierversuchen gezeigt, daß man dieses System durch Bestrahlungen mit einer übergroßen Dosis Röntgenstrahlen lahmlegen konnte. Leider aber mußte die Bestrahlung so massiv sein, daß sie eine fürchterliche Nebenwirkung hatte: Sie zerstörte das gesamte blutbildende System im Knochenmark. Ohne Blutbildung aber gingen die Empfängertiere trotz geglückter Transplantation nach einiger Zeit zugrunde. Die Bestrahlung war wie ein gigantischer Keulenschlag, der, um eine Transplantation zu ermöglichen, alles Leben überhaupt zerstörte.

Wer würde einen Nierenkranken – und stehe er am Rande des Todes – einer so gewaltigen Menge von Röntgenstrahlen aussetzen, daß er sozusagen zweifach zum Tode verurteilt war? So verfielen Merrill und seine Mitarbeiter auf den Gedanken, die tödliche Bestrahlung durch eine lediglich „beinahe tödliche“ zu ersetzen, die das Knochenmark und das lymphatische Abwehrsystem nicht völlig vernichtet, wohl aber für einige Wochen lähmt. Danach erholt es sich meistens wieder. Merrill verband damit die Hoffnung, daß diese Zeit der Lähmung ausreichen würde, dem Körper eines Nierenempfängers Gelegenheit zu geben, sich an die fremde Niere zu gewöhnen.

Merrill entschloß sich, an dem vierundzwanzigjährigen John Riteris die Verwirklichung seiner neuen Gedanken zu erproben. Riteris war als Kind mit seinen Eltern und seinem Zwillingsbruder Andrew aus Litauen nach Amerika geflohen. Als er in der amerikanischen Marine diente, hatte man zum erstenmal entdeckt, daß er an einer chronischen Nephritis litt. Seitdem war auch er auf die übliche Art „stückweise“ gestorben. Schließlich hatte man ihn zu Merrill transportiert, in der Hoffnung, dieser könne ihn durch die Transplantation einer Niere seines Bruders Andrew am Leben erhalten. Merrill aber hatte feststellen müssen, daß John und Andrew keine eineiigen Zwillinge waren und nicht mehr Gemeinsamkeiten besaßen als gewöhnliche Brüder auch. So war er denn auf den Gedanken verfallen, seine Idee der Transplantation nach „beinahe tödlicher“ Bestrahlung an Riteris zu versuchen. Im Januar 1959 hatte er John Riteris zweimal einer Ganzkörperbestrahlung ausgesetzt. Am 29. Januar 1959 war die Transplantation der Niere gefolgt.

Drei Wochen nachdem Georges Siméon durch die Pforte des „Nekker“ gegangen war, lag er immer noch in seinem Bett und wartete. Er erlebte Stunden der Furcht, in denen er sich wünschte, man möge ihn nie in einen Operationssaal bringen. Aber gleich darauf ließen ihn Durst und Schmerzen hoffen, daß es so schnell wie möglich geschehe. Aus dem, was um ihn vorging, konnte er schließen, daß die Vorbereitungen für das „große Abenteuer“ im Gange waren. Man pflanzte ein kleines Stückchen Haut von André in seine Haut ein. Und er hörte, alle Untersuchungen hätten bewiesen, daß tatsächlich keine Identität zwischen ihm und André vorhanden war.

Armande und Georges kannten Merrills Krankenblätter über den Fall John Riteris nicht. Die transplantierte Niere in Boston hatte zwar schon am Tag der Operation Harn ausgeschieden. Aber kurz darauf war Riteris von so heftigem Schüttelfrost überfallen worden, daß sein ganzes Bett bebte. Gleichzeitig stieg seine Temperatur auf 40 Grad. Seine weißen Blutkörperchen verschwanden völlig. Die Träger der Abwehr waren nicht mehr da. Merrill notierte: „Der Patient befindet sich in kritischem Zustand.“ Kolibakterien wanderten in Riteris’ Blut, gefährliche Pilze tauchten in seinem Harn auf. Es entwickelte sich eine Blutvergiftung. Schließlich litt Riteris unter unerträglichen Schmerzen in seiner rechten Körperseite. Merrill und seine Kollegen operierten zum zweiten Male. Sie entdeckten einen Infektionsherd in einer der kranken Nieren, die, wie bei Herrick und Edith Helm, im Körper zurückgeblieben waren. Man entfernte daraufhin beide Nieren.

Danach war die Temperatur langsam gefallen. Aber gleichzeitig hatte sich der Abstoßungsmechanismus wieder mobilisiert. Merrill befürchtete, es könne dadurch doch noch zu einer Abstoßung der Niere kommen. Zweimal hintereinander hatte Riteris neue Bestrahlungen erhalten. Die Folgen waren neue Fieberanfälle und geschwürige Veränderungen in Riteris’ Mund, die es ihm unmöglich machten zu essen, und neue Pilzinfektionen seiner Harnwege. Antibiotika verursachten zahlreiche Nebenwirkungen, und erst im März hatte das Fieber langsam nachgelassen. Daraufhin erholte sich das „weiße Blut". Doch Merrill hatte nicht gewagt, eine fünfte Bestrahlung vorzunehmen. Er hatte nur noch hoffen können, daß die „Anpassung" mittlerweile erfolgt war. Anfang April hatte sich Riteris so weit erholt, daß er nach Hause gebracht werden konnte. Aber Merrill war auch jetzt noch sehr zögernd mit Voraussagen über einen dauerhaften Erfolg seines Versuchs.

Hamburger kannte alle Einzelheiten. Er wußte, daß es unmöglich sein würde, Georges Siméon die Folgen einer Bestrahlung zu ersparen. Aber er wollte wenigstens in der Zeit, in der er über keinerlei Abwehr verfügte, Infektionskeime von ihm fernhalten. Es war schwierig, im überfüllten, altertümlichen Hospital einen geeigneten Raum frei zu machen, der als Siméons Krankenzimmer dienen konnte. Der Raum erhielt eine Klimaanlage mit Luftfilter und ultraviolette Lampen, die bakterienfeindliche Strahlen in den Raum schickten. Die Luft stand unter Überdruck, um beim Öffnen das Eindringen ungefilterter Luft zu verhindern. Durch ein luftdichtes Glasfenster konnte man Georges Siméon beobachten, über eine Sprechanlage mit ihm sprechen. Ein anschließendes zweites Zimmer war als Sterilisationsschleuse gedacht, wo Ärzte und Schwestern sterile Mäntel, Handschuhe und Gesichtsmasken anlegen sollten, bevor sie sich an Siméons Bett begaben. Alle Dinge, mit denen er in Berührung kam, auch sein Essen und seine Getränke, sollten ebenfalls sterilisiert werden. Als Hamburger überzeugt war, daß die Zahl der Bakterien auf ein Minimum beschränkt werden konnte, fiel die Entscheidung, am 22. Juni, mit der ersten „beinahe tödlichen" Bestrahlung zu beginnen.

In Paris verfügte nur das Strahleninstitut „Gustave Roussy" in Villejuif über die dazu nötigen Anlagen. Am frühen Morgen schoben zwei Pfleger Georges Siméon zu einer wartenden Ambulanz. Im Institut brachte man ihn in eine große Betonkammer und legte ihn zwischen zwei Glasplatten auf einen Tisch. Man zeigte ihm das Bestrahlungsgerät. Er hörte beklommen, daß er sich wie eine Schnecke zusammenrollen und die Knie bis zur Brust emporziehen müsse, damit die Strahlen seinen ganzen Körper erreichten. Er folgte den Anweisungen der Ärzte, obwohl er das Empfinden hatte, daß er diese Lage bei seiner Schwäche nicht lange würde ertragen können.

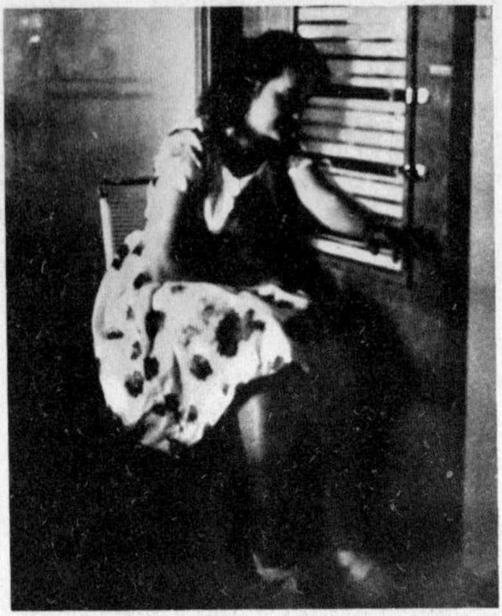

*Armande Siméon vor dem Isolierzimmer*

„Es war unbeschreiblich, so dazuliegen“, sagte Georges später, „ganz allein, und nur ab und zu eine Stimme aus dem Lautsprecher zu hören. Ich wußte, daß die Bombe ihre Strahlen auf mich schoß und daß sie tödlich waren, wenn ich zuviel davon bekam. Runde sechs Stunden war ich auf dem Tisch ... Nein, ich kann es nicht beschreiben.“

Danach rollte die Ambulanz zum Hospital „Necker“ zurück. Dort fand er sich in einem Bett wieder, das von der ganzen Welt abgetrennt war: mit antiseptischer Farbe bestrichene Wände, ein Tisch, zwei Stühle, ein Fenster und eine Tür zu dem Vorraum, von dem aus Schwestern ihn beobachteten. Alles war Tag und Nacht in das unwirkliche bläuliche Licht der Ultraviolettlampen getaucht. Das einzig Vertraute, „Menschliche“, war ein Fernsehapparat, den Armande von zu Hause gebracht hatte. Auch den hatte man sterilisiert. Als die Ärzte zu Georges kamen, waren ihre Gesichter hinter Masken verborgen.

Er empfand eine grenzenlose Erleichterung, als er später Armandes vertrautes Gesicht mit ihren besorgten rehbraunen Augen und Andrés schmale, um Munterkeit bemühte Gestalt hinter dem Verbindungsfenster sah.

„Jetzt sind wir soweit, mein Guter“, sagte André, „jetzt haben wir die Sache bald hinter uns.“

Doch es war erst der Anfang. Nachdem Georges einige Tage in seinem „Gefängnis“ verbracht hatte, erschienen am 28. Juni zwei Pfleger im Vorraum, wuschen sich wie Chirurgen, öffneten die Tür und trugen einen Plexiglaskasten herein, der auf den ersten Blick aussah wie ein Sarg. Sie erklärten, daß der Glaskasten steril war und daß sie ihn benutzen mußten, um Georges zu seiner zweiten Bestrahlung nach Villejuif zu bringen. So betteten sie ihn in den „Sarg“.

Neben ihm befand sich eine Sauerstoffflasche, damit er nicht erstickte, nachdem der Glasdeckel über ihm verschlossen war. Er empfand eine Welle der Angst. Es war gespenstisch, in einem „Glassarg“ durch die Stadt gefahren zu werden und das Leben draußen nur noch durch Glaswände zu sehen. Und in Villejuif fing die Kobaltbombe zum zweitenmal zu schießen an.

*Georges Siméon, 1970*

Hamburger setzte die Transplantation für den Abend des 29. Juni fest. André Siméon verabschiedete sich von seiner Frau und seinen Kindern und fuhr zum „Necker“. Er legte sich in einem Krankenzimmer, ein Stockwerk höher als Georges' „Gefängnis“, in ein Bett und wartete.

Dr. de Beaufond war trotz seines Alters bei der Operation dabei – während der ganzen fünf Stunden. Gleich nach der Operation kam er zu Armande und sagte ihr, daß die Operation gut abgelaufen war und daß sie nun darauf warten mußten, wie die Bestrahlung wirkte und ob Georges gerettet war.

HAMBURGER und seine Mitarbeiter waren auf den Sturm vorbereitet, den die gewaltige Strahlenmenge in Siméons Organismus hervorrufen würde. Siméon war es nicht. Als die „Hölle“ begann, hatte er gerade erfahren (und auch gespürt), daß die neue Niere arbeitete, als wäre sie seine eigene. Der Harnstoffgehalt im Blut sank schnell. Aber dann begann das Fieber. Die Temperatur erreichte 40 Grad. Georges' ganzer Körper glühte. Dann wiederum schüttelte es ihn vor Frost. Die Welt ringsum versank, und er bemerkte nur noch schattenhaft die Gestalten, die sich um ihn bewegten, seinen Blutdruck maßen, Elektrokardiogramme schrieben, Blutproben entnahmen oder Abstriche machten. Er erfuhr nicht, daß alle Untersuchungen keine Spur einer Infektion zeigten. Das bewies, daß das sterile „Gefängnis“

seine Aufgabe erfüllte. Der Fiebersturm, der ihn schüttelte, war ausschließlich eine Folge der Bestrahlung. Während sich die Strahlenwirkung auf das rote Blutbild in erträglichen Grenzen hielt und durch Gaben roter Blutzellen in Schach gehalten werden konnte, sank die Zahl der weißen Blutkörperchen ins Bodenlose.

Die Blutgerinnung war gestört; nach acht Tagen bedeckten rote Flecken von Hautblutungen Georges' Körper. Wenn er Armandes Gesicht hinter dem Fenster erkannte, war er so schwach, daß er kaum den Arm zu heben oder mit ihr zu sprechen vermochte. Von Angst erfüllt, flehte Armande die Ärzte um Auskunft darüber an, was geschehen sei, aber sie erklärten ihr nur, das Fieber werde vorübergehen, sobald sich sein Knochenmark erhole; und die Niere arbeite.

Am 8. Juli zeigte sich eine leichte Besserung. Das Fieber fiel, und André, der selbst noch angegriffen war, verließ zum erstenmal sein Zimmer und trat an das Fenster des „Gefängnisses". Er sah, wie erschöpft Georges war, zu schwach, um zu essen, zu schwach, um zu sprechen. Verzweifelt versuchte er, ihm Mut zu machen. Er rief ihm durch die Sprechanlage zu: „Was machst du für Sachen? Wenn du nicht ißt, kommst du einfach nicht auf die Beine, und ich bin meine Niere für gar nichts losgeworden." Er entlockte Georges damit ein müdes Lächeln.

Am 13. Juli ging die kurze Erholungspause zu Ende. Eine neue Fieberwelle begann. Wieder eilten Schwestern, Ärzte und Laboranten mit ihren Testgläsern durch die Gänge. Aber es war kein Anzeichen einer Infektion zu entdecken.

Am 14. Juli wurde aus der Bestrahlungskrise eine Katastrophe. Ganz plötzlich nahm die Urinmenge ab, und der Harnstoffspiegel stieg wieder an. Niemals hatte Hamburger den Januartag vergessen, an dem bei Marius Renard das plötzliche Versagen der transplantierten Niere begonnen hatte. War die Hoffnung auf die Bestrahlung eine Täuschung? Am 19. Juli war Hamburger fest überzeugt, daß der neue Versuch gescheitert war und daß vor Siméon nur noch der Weg in ein schmerzliches, hoffnungsloses Ende lag.

Siméon selbst, vor Fieber glühend, nahm wiederum kaum noch etwas wahr, vielleicht einige fremde Gesichter. Aber er wußte nicht, daß sich darunter auch das Gesicht Merrills befand, der aus Boston herübergeflogen war und als einzigen Trost mitbrachte, daß er bei John Riteris eine ähnliche Krise beobachtet hatte.

Es handelte sich – so vermutete er – um eine Zeitspanne, in der sonst die transplantierten Nieren abgestoßen worden waren. Er vermutete, daß sich in dem gepeinigten Körper der Kampf um die Anpassung des fremden Gewebes an das körpereigene vollzog.

So zog bei glühender Sommerhitze der 20. Juli herauf. Er bot für die Ärzte fast keine Hoffnung mehr. Aber plötzlich meldete eine der Schwestern, daß die Harnausscheidung des Kranken wieder zunahm. Am 21. Juli begann das Fieber zu fallen, zuerst langsam, dann schnell. In den Blutproben tauchten wieder weiße Blutkörperchen in wachsender Zahl auf: Das Knochenmark hatte seine Funktion wiederaufgenommen. Die lähmende Wirkung der Bestrahlung schwand. Hatte die Strahlenwirkung die Abwehr lange genug niedergehalten, bis die neue Niere sich „eingewöhnte"?

Die Nierenfunktion verbesserte sich von Tag zu Tag. Die letzten Nachwehen des Fiebersturms verklangen, und der Harnstoffspiegel erreichte normale Werte. Nur eine große körperliche Schwäche war noch vorhanden. Sie war die unvermeidliche Folge des Weges durch die Strahlenhölle. Aber schon in den letzten Julitagen richtete sich Georges in seinem Bett auf. Wenn Armande hinter dem Fenster erschien, unterhielt er sich lange mit ihr über die Kinder und schließlich sogar über ein eigenes Haus in Montgeron über dem Tal der Seine, das sie schon lange hatten bauen wollen.

Um den 10. August waren alle Blutwerte so normal, daß die Ärzte zum ersten Male ohne ihre gespenstische Gewandung erschienen. Kurz darauf wurde Siméon in ein normales Krankenzimmer verlegt. Dort beobachtete Hamburger ihn noch fünf Tage lang.

Es war Hamburger gelungen, die Operation so geheimzuhalten, daß kein Reporter Georges Siméon behelligte, als er am 15. August blaß und schmal, aber zuversichtlich das „Necker" verließ und nach Hause fuhr. Bevor Georges nach Hause kam, hatte André Hamburger gefragt: „Wie lange wird es gutgehen?" Aber er wußte es nicht. Er sagte: „Es kann ein Jahr sein oder zwei, drei; vielleicht auch länger."

So mußten Armande und André einfach hoffen, und sie hofften. Hamburger hatte zu viele Fehlschläge gesehen, um sich irgendeinen vorzeitigen Optimismus zu erlauben. Wenn Georges Siméon lange Zeit überlebte, dann würde sein Überleben wie das von John Riteris in Boston ein Hinweis darauf sein, daß es mit Hilfe der Bestrahlung gelingen konnte, die Abstoßung verpflanzter Organe zu verhindern.

Ohne Zweifel eine furchtbare Methode. Aber konnte sie zu einem Wendepunkt in der Geschichte der Organtransplantationen führen?

Hamburger wartete einige Wochen. Dann bestellte er Georges und André Siméon zu einer Nachuntersuchung ins Hospital. André führte bereits wieder ein normales Leben. Aber auch Georges hatte sich erstaunlich erholt. Er entwickelte sich wieder zu dem breiten, gesetzten Mann, der er gewesen war. Seine neue Niere erreichte zwar nur achtzig Prozent der normalen Nierenleistung. Aber alle anderen Testwerte waren normal. Und er bereitete sich darauf vor, wieder in sein Amt bei der Post zurückzukehren.

Im Dezember 1969 sagte er: „Nun dauert es schon zehn Jahre... Und Sie können es glauben, die Niere arbeitet normal und in all den Jahren ohne Komplikationen."

Niemand konnte die Frage beantworten, weshalb John Riteris und Georges Siméon am Leben blieben und so große trügerische Hoffnungen erweckten. Die totale Röntgenbestrahlung allein jedenfalls rettete sie nicht. Unter den nächsten zwölf Patienten, die mit totaler Bestrahlung behandelt wurden, überlebte nur einer. Dennoch hatte die grundlegende Idee, die Abwehr zu lähmen, nicht völlig in die Irre geführt. Imuran und Cortison, seit 1951 entwickelte chemische Substanzen, haben deutliche hemmende Wirkung auf den Abstoßungsmechanismus gezeigt. Es handelt sich allerdings um einen außerordentlich schwierigen Weg, der auf ein Balancespiel zwischen Unterdrückung der Abstoßung, Infektionsabwehr und Vergiftung durch die Drogen selbst hinausläuft.

# DIE TRANSPLANTIERTEN

## BOYD RUSH

Der grüne Chevrolet, Baujahr 1956, stand am frühen Nachmittag immer noch unberührt und verschlossen neben dem Wohnwagen auf dem Wohnwagencamp bei Hattiesburg in Mississippi. Jane Colanski, die mit ihrem Mann und ihren Kindern in einem benachbarten Wagen lebte, beobachtete das Auto schon seit dem vorangegangenen Tag. Es war Montag, der 22. Januar 1964, und es war ungewöhnlich, daß das Auto so unbenützt herumstand, denn sein Besitzer hielt sich sonst an seine Gewohnheiten.

Jeden Werktag, morgens um eine bestimmte Zeit, verließ er den Trailer, in dem er völlig einsam wohnte, säuberte sorgfältig die Fenster des Chevrolets, setzte sich nach der Art eines alten Mannes ein wenig steif ans Lenkrad und fuhr dann vorsichtig in Richtung Hattiesburg davon. Er war ein großer und schwerer Mann, der sich den Siebzig näherte; sein bebrilltes rötliches Gesicht hatte einen harmlos-gütigen Ausdruck. Wann immer er jemanden von denen erkannte, die wie er ihre Wohnwagen und Autos im Camp abgestellt hatten, grüßte er mit einer gewissen Feierlichkeit durch Heben seines Hutes und lächelte freundlich. Aber er sprach nie ein Wort, denn er war stumm und taub und las nur von den Lippen anderer Menschen, was sie ihm sagen wollten.

Gegen 5 oder 6 Uhr kehrte er zurück, ging in seinen Trailer, legte den Anzug ab, kam in alter Kleidung zurück und wusch sein Auto, bis kein Schmutz mehr darauf zu sehen war. Die Arbeit fiel ihm schwer, denn er atmete mühsam und laut. Aber erst wenn sie beendet war, zog er sich in seinen Wagen zurück, bereitete sein Abendessen, wusch sein Geschirr, saß eine Weile lesend unter seiner Lampe und ging früh zu Bett. Nur der Sonntag brachte eine Änderung in diesen Tageslauf. Dann verließ der Alte seinen Wohnwagen später, stets sorgfältig gekleidet, und fuhr in eine Kirche von Hattiesburg, die in der Fingersprache Gottesdienste für Taubstumme hielt.

Jane Colanski verbrachte jetzt den fünften Monat in diesem Camp. Aber sie hatte eigentlich niemals erlebt, daß der alte Mann von seinen Gewohnheiten abwich. Er zog in Hattiesburg als Händler von Haustür zu Haustür und bot Töpfe und Pfannen, Messer und Bürsten und Nähnadeln an, um seine kleine Rente ein wenig aufzubessern. Jane hatte, wenn sie zu Einkäufen nach Hattiesburg fuhr, gelegentlich beobachtet, wie er an Häusern klingelte, mit freundlichem Lächeln den Hut lüftete und eine Karte vorwies, auf der zu lesen war, daß er nicht hören und sprechen konnte. Sein Gesichtsausdruck war so freundlich, daß kaum jemand ihn abwies. Sofern jemand eine Frage an ihn richtete, las er deren Sinn von den Lippen ab und schrieb die Antwort auf einen Block, den er bei sich trug.

Als Jane Colanski um 4 Uhr nachmittags wieder einmal aus dem Fenster ihres Wagens blickte und den Chevrolet immer noch dastehen sah, kam ihr der Gedanke, dem alten Mann könne etwas zugestoßen sein. Sie ging zu seinem Wagen hinüber, um nach ihm zu sehen. Sie wußte so gut wie nichts über ihn, es sei denn, daß er Boyd Rush hieß. Außerdem hatte sie von einer Stiefschwester irgendwo im Nordwesten Mississippis gehört. Er hatte diese Schwester im vergangenen Sommer einmal besucht.

Als Jane an seine Tür klopfte, rührte sich innen nichts. Sie versuchte schließlich, die Tür zu öffnen, aber sie war verschlossen, und die Vorhänge waren zugezogen. Sie lief zum Manager des Camps, und er öffnete die Tür mit einem Nachschlüssel. Sie fanden Boyd Rush auf dem Boden liegend. Er war, für die Kirche gekleidet, auf einen Stuhl gestiegen, offensichtlich, um an der Wagendecke eine schadhafte Stelle zu reparieren, und war dabei gestürzt. Wahrscheinlich hatte er schon seit Sonntag vormittag hilflos am Boden gelegen. Er atmete nur noch schwach, und er gab kein weiteres Lebenszeichen von sich.

Der Manager rief das Wohlfahrtshospital in Laurel, einem fünfundzwanzig Meilen entfernten Ort, an. Gegen 6 Uhr kam mit heulender Sirene der Krankenwagen, und der Fahrer und sein Begleiter luden Boyd Rush ein. Erst als das rote Alarmlicht in der Nacht verschwand, dachte Jane Colanski daran, daß sie in der Aufregung etwas vergessen hatte: Sie hätte sagen müssen, daß Boyd Rush taubstumm war.

Der Fahrer der Ambulanz schaffte die fünfundzwanzig Meilen nach Laurel in fünfzehn Minuten. Der Atem des Kranken war so unregelmäßig, wie er dies von vielen Sterbenden kannte. Aber sie brachten ihn noch lebend in den Notaufnahmeraum hinein, wo ein überbeschäftigter junger Arzt ihn untersuchte. Man fand in der Manteltasche seinen Führerschein und eine Flasche mit Digitalistabletten, deren Aufklebezettel aber so abgenutzt war, daß sich weder der Name des Apothekers noch der Name des Arztes entziffern ließ, der sie verordnet hatte. Der junge Arzt stellte fest, daß Rushs Herz völlig unregelmäßig schlug und sein Blutdruck so niedrig war, daß er ihn nicht mehr messen konnte. Er ließ ihn in einen Saal legen, mit einer blutdrucksteigernden intravenösen Infusion von Norepinephrin versorgen und wandte sich anderen Kranken zu.

Zu seiner Überraschung hatte sich der Alte in der Frühe erholt. Er übergab den Kranken dem älteren Assistenten, der ihn vom Nachtdienst ablöste und Rush genauer untersuchte, seinen Brustkorb röntgen und ein Elektrokardiogramm anfertigen ließ. Das Herz des alten Mannes befand sich in einem desolaten Zustand: Der Herzmuskel hatte offenbar schon eine Anzahl von Infarkten erlitten. Rushs linker Unterschenkel war kalt und hatte sich verfärbt. Der Arzt war überzeugt, daß sich im Herzen des Kranken Blutgerinnsel gebildet hatten, die in seine Beinarterie, möglicherweise aber auch in eine Gehirnarterie gelangt waren und dort Kreislaufunterbrechungen hervorgerufen hatten. Da er als Internist keine Möglichkeit sah, noch irgend etwas für den alten Mann zu tun, verständigte er Dr. Sam L. Robinson, den zuständigen Chirurgen.

Robinson war ein junger Mann, der sein chirurgisches Handwerk unter Dr. Hardy, dem Chef der Chirurgischen Abteilung des University of Mississippi Medical Center in Jackson, gelernt und an Hardys Laboratoriumsexperimenten für Lungen- und Herztransplantationen teilgenommen hatte, bevor er nach Laurel übersiedelte. Als er sich mit Boyd Rush beschäftigte, wußte er bald, daß dieser bestenfalls noch ein paar Tage zu leben hatte. Trotzdem unternahm er einen Versuch, sein Bein zu retten. Die Bewußtlosigkeit des Alten war so tief, daß eine leichte örtliche Betäubung genügte, um die Oberschenkelarterie freizulegen, zu sondieren und das Blutgerinnsel zu entfernen. Es war jetzt Mittag, am 21. Januar. Robinson beschloß, weitere Kreislaufmittel zu geben und abzuwarten, wie das Bein auf seinen Eingriff reagierte.

Hardy, ein großer, schlanker Mann des Südens, sicher und sehr liebenswürdig in Haltung und Gebärde, war um die gleiche Zeit entschlossen, den Schritt zur Transplantation eines Herzens in einen Menschen zu tun. Bei der Entscheidung, wer zuerst eine Herztransplantation wagen würde, ging es nicht mehr um technische Fragen. Es war die Frage, wer als erster den Mut hatte, gegen die hohen moralischen Schranken anzugehen, die das menschliche Herz in der öffentlichen Meinung, aber auch bei der Masse der Ärzteschaft umgaben. Mit dem Herzen verband sich seit Aristoteles die Vorstellung des Lebens und damit auch von etwas Seelischem und Göttlichem, das sich nicht einfach wie eine Pumpe von einem Menschen auf den anderen übertragen lassen konnte. In der Abgeschiedenheit von Jackson durchlebte Hardy als erster Arzt alle seelischen und moralischen Skrupel, die mit der Herztransplantation verbunden waren. Er begann das Problem mit seinen Mitarbeitern zu durchdenken, und er gab sich keinen Täuschungen darüber hin, daß der psychologische Schock groß sein würde.

Hardy hatte aus New Orleans die Nachricht erhalten, daß es dort seinem Schüler Dr. Reemtsma gelungen war, Nieren von Schimpansen auf Menschen zu übertragen, und daß einer seiner Patienten die Operation überstanden hatte. Wenn die Übertragung von Schimpansennieren auf einen Menschen möglich war, mußten sich auch Schimpansenherzen übertragen lassen. Schimpansenherzen waren zwar kleiner als Menschenherzen, aber die Herzleistung schwerkranker Patienten war so gering, daß die Übertragung eines Schimpansenherzens zu einer Verbesserung des Kreislaufs führen mußte. Hardy ließ im Keller des alten Medical-School-Gebäudes einige Schimpansenkäfige mit starken Gittern aufstellen, und im Dezember 1963 kaufte er vier große Schimpansen.

Am späten Nachmittag des 21. Januar erkannte Dr. Robinson in Laurel, daß die Entfernung des Gerinnsels aus Rushs Oberschenkel nicht ausgereicht hatte, den Kreislauf des Beines wiederherzustellen. Es bestand keine Möglichkeit, die Amputation um mehr als vierundzwanzig Stunden hinauszuschieben. Mittlerweile hatte Robinson sich noch einmal mit dem allgemeinen Zustand des Kranken und besonders dem seines Herzens beschäftigt. In ihm festigte sich die Überzeugung, daß Boyd Rush ein geeigneter Patient für seinen ehemaligen

Lehrer in Jackson sei. Nach Hardys Vorstellungen kam nur ein Kranker im letzten Stadium eines langen chronischen Herzleidens für eine Transplantation in Frage. Ohne Zweifel hatte Rush dieses Stadium erreicht.

Robinson telefonierte mit Doktor Hardy, und sie beschlossen, Rush zur Amputation nach Jackson zu bringen, vielleicht auch zur Herztransplantation. Doch es wäre unmöglich gewesen, an einem Bewußtlosen ohne Zustimmung der Angehörigen eine Operation vorzunehmen. In Boyd Rushs Brieftasche fand sich ein Brief mit der Telefonnummer von Mrs. J.H. Thompson in Cleveland, Mississippi. Sie meldete sich und sagte, sie sei seine Stiefschwester und sie werde selbst nach Jackson kommen. Und dann kam die Überraschung, nämlich, daß Boyd Rush taubstumm war.

Am 22. Januar wurde Boyd Rush nach Jackson gebracht.

Mrs. J.H. Thompson zählte jetzt siebenundfünfzig Jahre und war zur Welt gekommen, als ihr Stiefbruder Boyd bereits elf Jahre alt war und in einer Taubstummenschule in Jackson lebte. Aber obwohl sie nur Stiefgeschwister waren – sie hatten die gleiche Mutter – und Boyd während ihrer Kindheit nur in den Ferien nach Hause gekommen war, hatte sie schon seit damals ein Gefühl der Fürsorge für ihn, denn ihr war niemals ein gütigerer Mensch begegnet. Sie hatte seine Fingersprache gelernt, um sich mit ihm unterhalten zu können.

Später war er nach Baton Rouge in Louisiana gezogen, um als Polsterer zu arbeiten. Dort heiratete er seine Frau Nora. Sie hatten in einem kleinen Haus gewohnt, still und ohne Kinder, und hatten regelmäßig die Baptistenkirche für Taubstumme besucht. Ja, beide „sangen" im Chor der Kirche, eine stumme Folge von Bewegungen von Lippen und Fingern. Boyd hatte ein natürliches Gefühl für Noten und las die Klänge der Instrumente von den Bewegungen ihrer Spieler ab.

1961, als Boyd fünfundsechzig wurde, hatte er seinen Posten aufgegeben. Nora und er waren nach Grenada gezogen, einer kleinen Stadt östlich von Cleveland, weil Nora dort Verwandte hatte. Aber Nora war schon nach zwei Jahren gestorben. Sie ließ Boyd einsam und bedrückt zurück. Ihn verlangte nach der Nähe einer Kirchengemeinde, und weil es in Grenada keinen Gottesdienst für Taubstumme gab, war er schließlich nach Hattiesburg gezogen. Damals hatte er den Wohnwagen gekauft. Seine Stiefschwester hatte ihm

*Boyd Rush*

geholfen, einen gebrauchten Wagen und das Camp zu finden. In seiner verzweifelten Einsamkeit hatte er zum zweiten Male geheiratet, aber seine zweite Frau hatte nur wenige Wochen mit Boyd zusammen gelebt, dann war sie gegangen.

Niemals in seinem Leben hatte Boyd geklagt. Mrs. Thompson wußte nur, daß er an viel zu hohem Blutdruck litt. Sie dachte daran, wie hilflos und allein er sein mußte. So packte sie die wenigen Sachen, die sie benötigte, und machte sich auf den Weg nach Jackson. Als sie im Hospital des „Medical Center“ ankam, führte man sie in ein kleines Zimmer im fünften Stockwerk. Sie war nicht imstande, ihre Tränen zurückzuhalten, als sie Boyd mit einem Atemschlauch in einer Halswunde daliegen sah und sein blasses eingefallenes Gesicht betrachtete, in dem trotz aller Entstellung noch etwas von seinen milden, freundlichen Zügen geblieben war.

Sie saß lange bei ihm und hoffte, daß er vielleicht erwachte und sie erkannte. Vergebens. So bat sie schließlich, man möge sie in ihrer Unterkunft verständigen, sobald er erwache und sich ihr eine Möglichkeit bot, auf seine Art mit ihm zu sprechen.

Seit den ersten Untersuchungen Boyd Rushs wußte Hardy, daß die Lebenserwartung nur noch nach Stunden bemessen werden konnte. Trotzdem verspürte er fast ein Gefühl der Erleichterung darüber, daß es im Hospital keinen Patienten gab, der als Spender eines Herzens in Frage kam, und doch hatte er den Wunsch, daß ihn jetzt das Schicksal über die Schwelle stoßen möge, die ihn noch von der Herztransplantation trennte. Er entschloß sich, Boyd Rush so lange wie irgend möglich am Leben zu erhalten. Wenn das Schicksal einen Spender lieferte, würde er handeln – entweder mit dem menschlichen Spenderherzen oder mit dem Herzen eines Schimpansen.

Wenig später erfuhr er, daß ein junger Mann mit tödlichen Gehirnverletzungen in die Intensivpflegestation eingeliefert worden war. Man hatte den Versuch gemacht, ihn durch künstliche Beatmung am Leben zu erhalten. Aber die Gehirnfunktion war erloschen, und nur mechanische Atmung hielt sein Herz in Gang. Wie stets wußte man nicht, wie lange es noch schlagen werde.

Hardy ließ Mrs. Thompson zu sich bitten. Er beschloß, zu beginnen mit der Bitte um die Genehmigung für eine Amputation und für einen chirurgischen Versuch, Blutgerinnsel aus Boyds Herzen zu entfernen. Dann konnte er die Aussichtslosigkeit dieses Versuches darlegen und davon sprechen, daß es sonst nur noch eine äußerste Möglichkeit gäbe, Boyd vielleicht zu retten – ein neues Herz.

Weil Mrs. Thompson glaubte, daß Männer, die so hoch an der Spitze der Chirurgie und der Medizin in Mississippi standen wie Dr. Hardy, richtig urteilen würden, unterzeichnete sie ein Schriftstück, in dem sie die uneingeschränkte Genehmigung für einen chirurgischen Eingriff am Herzen gab und der Verwendung eines geeigneten Herztransplantats zustimmte. Die Worte „geeignetes Herztransplantat" eröffneten den Weg für die Einpflanzung eines Menschen- sowohl wie eines Schimpansenherzens.

Die Amputation von Boyd Rushs Unterschenkel bildete nur ein kleines Vorspiel für das große Ereignis. Während seine beiden Teams auf Abruf warteten, sandte Hardy in regelmäßigen Abständen einen Anästhesisten zur Intensivpflegestation, um sich ein Bild von der Verfassung des Spenders zu machen.

Stunde um Stunde kam sein Abgesandter mit der Nachricht zurück, daß das Herz kräftig schlage.

Unterdessen verschlechterte sich Boyd Rushs Zustand. Seine Atmung wurde schwächer, und selbst große Medikamentenmengen genügten nicht mehr, einen Blutdruck von neunzig aufrechtzuerhalten. Gegen 6 Uhr nachmittags verfiel Boyd Rush in einen Schock. Sein Blutdruck sank auf vierzig. Sobald man die mechanische Beatmung unterbrach, kam es zum Atemstillstand.

Hardy und sein Team waren in kürzester Zeit im Operationssaal 6 versammelt. Innerhalb von zwanzig Minuten wurde Rushs schwach zuckendes Herz freigelegt. Im gleichen Augenblick, in dem die Herz-Lungen-Maschine seinen Kreislauf übernahm, stand sein Herz endgültig still.

In großer Eile ließ Hardy nachprüfen, wie es dem Spender erging. Aber der Anästhesist, der zur Intensivpflegestation hinüberlief, meldete, daß immer noch mit keinem Versagen des Herzens zu rechnen war – es sei denn, man stelle die Beatmung ein. Da dies undenkbar war, blieben nur zwei Möglichkeiten: Entweder wurde die Herz-Lungen-Maschine ausgeschaltet, und Boyd Rush verließ tot den Operationsraum – oder man entschloß sich, das Herz eines Schimpansen zu implantieren.

Hardy gab Anweisung, den größten seiner Schimpansen so weit zu betäuben, daß er in den Operationssaal 5 gebracht und narkotisiert werden konnte. Es war 7.50 Uhr, als Hardy damit begann, die Gefäße, die Boyd Rushs Kreislauf mit seinem Herzen verbanden, abzuklemmen und sein Herz auf die gleiche Weise zu entfernen, wie er es so viele Male erprobt hatte. Dann wurde das leicht flimmernde Schimpansenherz zu Hardy hinübergebracht.

Um 8.15 Uhr begann Hardy mit dem Einpflanzen. Er verband die Schnittflächen der Vorhofteile, danach Pulmonalarterie und Aorta. Alles ging leicht, weil Rushs Gefäße größer waren als die der Versuchstiere. Um 9 Uhr entfernte Hardy den Katheter aus dem Koronarsystem und öffnete die Klemmen um Boyd Rushs Herzgefäße. Im nächsten Augenblick strömte das von der Herz-Lungen-Maschine angetriebene Blut in das neue Herz hinein. Wenige Sekunden danach begannen die Herzkammern heftig zu flimmern. Doch ein einziger Schock mit dem elektrischen Defibrillator genügte, um eine kräftige, regelmäßige Herztätigkeit zu erzeugen. Mit achtzig Schlägen in der Minute pumpte Boyd Rushs Herz. Es war ein schwer beschreiblicher Anblick: das erste fremde schlagende Herz in einer menschlichen Brust. Zug um Zug ließ Hardy die Unterstützung durch die Herz-Lungen-Maschine verringern. Um 9.45 Uhr wurde die letzte Verbindung entfernt. Der erste Akt des Vorstoßes in neue Dimensionen schien überstanden.

Aber nur Minuten später begann das Herz anzuschwellen, und sein Schlag stockte. Hardy injizierte Digitalis, um die Herzleistung zu erhöhen. Beklommen fragte er sich: War das Schimpansenherz zu schwach für den menschlichen Körper?

Um die Pulsfrequenz zu vergrößern, nähte Hardy Elektroden eines Chardack-Herzschrittmachers in die Herzwand ein. Die Schlagfolge wurde auf 100 pro Minute eingestellt – das Schimpansenherz folgte willig den Impulsen. Aber auch bei hundert Schlägen war es nur fähig, einen Blutdruck zwischen sechzig und neunzig aufrechtzuerhalten. Hardy begann verzweifelt mit zeitweiligen Herzmassagen, doch unwiderruflich zeigte sich, daß das Schimpansenherz nicht Kraft genug besaß, den Kreislauf eines Menschen aufrechtzuerhalten. Um 11 Uhr gab Hardy erschöpft die Herzmassagen auf. Das Herz schlug noch eine Weile, aber immer schwächer, bis es zum Stillstand kam.

Als Hardy den Operationssaal verließ, sah er sich zwanzig Ärzten des Hospitals gegenüber, die sich auf das Gerücht von der Herztransplantation hin, trotz des späten Abends, vor Saal 6 versammelt hatten. Ihre Haltung gab ihm einen Vorgeschmack dessen, was er zu erwarten hatte – Neugier, Entsetzen, Zustimmung, Zweifel oder Nachdenklichkeit. Doch das Echo in der großen Öffentlichkeit verflüchtigte sich schnell, und so erlebte Hardy nichts von dem Aufruhr der Gefühle, den er befürchtet oder erwartet hatte.

Wohl aber warteten auf ihn Stürme innerhalb der Ärzteschaft. Am 8. Februar reiste Hardy nach New York, um vor dem 6. Internationalen Transplantationskongreß Rede und Antwort zu stehen. Die bis zur Verdammung ablehnende Haltung, auf die er bei den meisten Anwesenden stieß, hatte er erwartet. So erwiderte er: „Mein Patient hat nicht lange gelebt, doch ich habe zum erstenmal bewiesen, daß man ein Herz in einen Menschen verpflanzen kann und daß es wieder zu schlagen beginnt. Wenn ein Tierherz im Menschen schlägt, dann wird ein Menschenherz erst recht schlagen. Wenn ich nur erreicht habe, daß wir alle uns stärker als bisher mit dem neuen Horizont der Verpflanzung eines Herzens beschäftigen, dann habe ich die Medizin näher an diesen Horizont herangebracht."

Als er nach Jackson zurückflog, war er überzeugt, daß auch die Entrüstung nur der weiteren Arbeit dienen und den Marsch in die Zukunft beschleunigen würde. Aber während er das Flugzeug bestieg, stand New York im Zeichen eines Skandals. In Brooklyn hatten Ärzte Patienten, die nicht krebskrank waren, angeblich ohne deren Wissen mit Krebszellen geimpft. Die Folge war, daß eine mächtige Bewegung gegen medizinische Experimente an Menschen entstand. Sie lähmte auch die Weiterentwicklung der Herztransplantation, und die erste Transplantation eines Menschenherzens fand nicht in Amerika, nicht in dem Lande statt, in dem das meiste an Forschung und Vorbereitung geleistet worden war.

## LOUIS WASHKANSKY

Louis Washkansky war ein kleiner Junge in Slobodka, dem Judenviertel von Kowno in Litauen, als 1914 die Soldaten des Zaren kamen, alle Einwohner von Slobodka zu Spionen der Deutschen erklärten, in Viehwagen verluden und sieben Tage lang durch Rußland nach Melitopol auf der Krim transportierten. Louis' Vater war Anfang 1914 nach Südafrika aufgebrochen, weil es hieß, dort könnten die Juden in Freiheit leben. Es war ihm nicht in den Sinn gekommen, daß ein Weltkrieg und eine Revolution ihn und seine Familie trennen würden. Louis' Mutter und die älteren Geschwister eröffneten einen kleinen Laden. Sie alle überstanden vier Jahre Krieg und zwei Jahre Revolution. Nach sechs Jahren machten sie sich auf den endlosen Heimweg nach Slobodka, wo sie nur noch ihr leeres Haus vorfanden. Noch einmal hielten sie zwei Jahre lang aus, bis sie endlich auf ein Schiff gelangten, das sie an das Kap der Guten Hoffnung trug.

Louis war jetzt neun Jahre alt. Er hatte gelernt, so hart im Nehmen zu werden, daß ihn fast nichts mehr umwerfen konnte. Zugleich hatte er begriffen, daß man jeden guten Augenblick genießen mußte, als gäbe es kein Morgen.

Er wurde ein großer, breitschultriger Bursche mit kräftiger Nase, breitem Mund und starken Händen. Er arbeitete für einen Großhändler, und seine Lebenskraft und Lebenslust waren allenthalben gern gesehen.

Bald hieß es, man könne „Washy" ohne Wasser in der ödesten Wüste aussetzen – nach einer Weile werde er auf einem Kamel mit einer Ladung Bier dahergeritten kommen.

So ging er auch nicht unter, als er 1940 mit einer Einheit südafrikanischer Pioniere nach Kenia, Ägypten und Italien zog. Obwohl er in heftige Kämpfe geriet, kehrte er ohne einen Kratzer nach Hause zurück. Dort lernte er Ann Sklar, die Schwester eines Kameraden, kennen, ein hübsches Mädchen von mütterlicher Wesensart, und heiratete sie. Er eröffnete einen eigenen Betrieb und verlor ihn wieder. Doch er hielt sich nicht mit Klagen auf, sondern fing von neuem an und rollte in einem roten Auto über die Straßen des Kaplandes. Er arbeitete wie ein Lastträger, schuf für Ann und seinen Sohn Michael ein Nest und genoß im übrigen jede Sekunde seines Lebens. In der Welt der Händler und Sportfreunde wurde eine Party erst dann eine Party, wenn „Washy“ dabei war.

Mit einundvierzig, 1955, begann er plötzlich unter fürchterlichem Durst zu leiden. Als Ann ihn schließlich zu einem Arzt schleppte, stellte sich heraus, daß er zuckerkrank war. Seitdem nahm er seine Pillen, aber er dachte nicht daran, mit der Arbeit nachzulassen. Mit fünfundvierzig, 1959, wurde ihm auf einer Fahrt zu einem Kunden hinter dem Steuer übel. Er hatte Schmerzen in der Brust. Aber er fuhr weiter, erledigte seine Tour, und erst ein Jahr später kam heraus, daß es ein erster Herzinfarkt gewesen war. Im Dezember 1960 erwischte es ihn zum zweiten Male – nach einer Samstagabendparty mit Steaks und Holzkohlenfeuer. Um 7 Uhr morgens fand Ann ihn im Eßzimmer, wie er um den Tisch herumging und seine Arme hin und her schlug. Er sagte, ihm sitze ein Schmerz zwischen den Schulterblättern. Als er auf ihre Frage, ob sie einen Arzt rufen solle, nickte, ahnte sie, daß etwas Ungewöhnliches geschehen sein mußte. Denn sonst hatte er mit den Ärzten nicht viel im Sinn.

Der Arzt sagte, er habe Angina pectoris und einen Herzinfarkt und müsse sofort in ein Hospital. Aber Louis war nur dazu bereit, im eigenen Bett ein bißchen auszuruhen. Nach zwei Wochen stand er auf, nahm neue Pillen und setzte sich wieder in sein Auto.

Er wollte es nicht wahrhaben, daß er schnell müde wurde, Schmerzen in der Brust hatte und zuweilen am Straßenrand halten mußte. So machte er fünf Jahre weiter. Dann, 1965, überfiel ihn auf einer Fahrt in Rondebosch ein so fürchterlicher Schmerz im linken Arm, daß seine Fähigkeit im „Nehmen“ damit nicht mehr fertig wurde. Er stolperte in einen Laden an der Straße und ließ sich vom Inhaber zum nächsten Arzt bringen. Aber der war auf Patientenbesuch. Auch ein zweiter Doktor war nicht zu Hause. Erst nach einer Stunde kamen sie zum „Rondebosch Cottage Hospital“. Dort stieg Louis aus und wankte, wild entschlossen, auf seinen Füßen zu bleiben, eine Treppe hinauf. Dann aber fiel er um wie ein gefällter Baum. Er hatte einen dritten Infarkt erlitten und seinen Herzmuskel endgültig ruiniert. Trotzdem war es unmöglich, ihn für länger als ein paar Wochen im Bett zu halten. Er stand auf, wenn man ihn nicht beaufsichtigte. Am Ende der dritten oder vierten Woche wurde er entlassen, angeblich, weil das Hospital nicht mehr gewillt war, die Verantwortung für ihn zu übernehmen. Er war nun kurzatmig und hatte manchmal geschwollene Füße, weigerte sich aber nach wie vor zuzugeben, daß seinem Herzen etwas fehlte. Er schluckte neue Medikamente und kroch wieder hinter das Steuer seines Autos, um seine Kunden zu besuchen.

1966 wurden die Nächte schrecklich für ihn. Ann wurde immer wieder durch sein Röcheln geweckt und dachte, er liege im Sterben. Nach Wochen erklärte er ihr: „Mir fehlt zwar nichts. Aber wenn es dich so sehr ängstigt, werden wir zum Doktor gehen", und so fuhren sie zu Dr. Kaplan, einem Internisten. Kaplan fand geschädigte Herzkranzgefäße und Anzeichen für mehrere überstandene Herzinfarkte, Nierenversagen, Lungenstauungen und beginnende Wassersucht. Er fürchtete, Louis Washkansky werde die nächsten Monate nicht überleben, wenn er sich nicht in eine Klinik begab. Aber Washkansky ließ sich nur neue Medikamente aufschreiben und machte sich wieder an die Arbeit.

Im Februar 1967 war er mehrmals ohnmächtig zusammengebrochen. Er versprach Kaplan, zu einer Untersuchung ins „Groote Schuur Hospital" zu fahren. Ann brachte ihn zu dem gewaltigen rotbedachten „Bau der tausend Betten", der das ganze Stadtviertel überragt. Louis legte sich in ein Bett der Kardiologischen Abteilung von Professor Val Schrire mit der rebellischen Ankündigung, er werde in ein paar Tagen wieder zu Hause sein.

Kaplan wußte, daß es am „Groote Schuur Hospital" eine Gruppe für Herzchirurgie unter einem jungen Arzt namens Barnard gab, der nach Minneapolis in Amerika gereist war, um offene Herzchirurgie zu lernen, und von dort auch die erste Herz-Lungen-Maschine nach Kapstadt gebracht hatte. Er hatte eine große Anzahl von Herzoperationen durchgeführt. Kaplan hoffte, er könne etwas für Washkansky tun.

Der Befund der Angiokardiogramme war erschreckend. Der größte Teil des linken Herzkammermuskels war zerstört, das Herz war nicht nur riesenhaft vergrößert, sondern auch durch ein Aneurysma ausgebeult; es pumpte statt einer normalen Menge von etwa 15 Litern nur noch 2,5 Liter Blut pro Minute. Zwei Herzkranzarterien waren völlig verschlossen, die dritte so verengt, daß der Herzmuskel kaum noch Blut und Sauerstoff erhielt. Barnard lehnte eine Operation ab, weil der Patient auf dem Operationstisch sterben würde. Schrire schickte Washkansky als unheilbar nach Hause.

Doch kaum war Washkansky zu Hause, versuchte er schon wieder, mit seinen Kunden zu telefonieren. Er versicherte, er sei völlig in Ordnung. Aber am 14. September sammelte sich so ungeheuer viel Wasser in seinem Körper an, daß er glaubte ersticken zu müssen. Diesmal wehrte er sich nicht, als Kaplan ihn wieder ins „Groote Schuur" bringen ließ. Schrires Leute versuchten alles, um ihn von den Wassermengen zu befreien. Schließlich griffen sie auf die älteste und brutalste Behandlungsmethode zurück: Sie setzten Washkansky in einen Sessel, stellten seine geschwollenen Beine in Eimer und stachen Kanülen durch die Haut. Fünf Tage und Nächte saß Washkansky da, während fünfzig Liter Wasser aus seinen Beinen tropften. Aber er versicherte Ann: „Keine Angst. Ich werde wieder." Er versuchte zu verbergen, daß eine seiner Hände zuckte – die Folge eines Schlaganfalls.

Nachdem man ihn wieder in sein Bett gelegt hatte, verfiel er ins Delirium. Die von den Kanülen verursachten Wunden an seinem linken Bein entzündeten sich; man erwartete jeden Augenblick seinen Tod. Aber er starb nicht. Am Abend des 11. Novembers 1967 saß er halb aufgerichtet in seinem Bett, weil er so noch am besten Luft bekam, und rauchte eine Zigarette. Er sollte natürlich nicht rauchen, aber die Ärzte und Schwestern hatten es aufgegeben, ihm die Zigaretten wegzunehmen. Das entzündete Bein lag auf einem Stuhl. Plötzlich öffnete sich die Tür. Dr. Kaplan kam herein, setzte sich neben das Bett und erklärte, er habe etwas mit ihm zu besprechen.

Kaplan hatte mit Professor Schrire gesprochen. Schrire hatte ihm gesagt, es bestehe die Möglichkeit, Washkanskys Herz durch das gesunde eines anderen Menschen zu ersetzen.

Washkansky blickte Kaplan unter seinen dichten Augenbrauen etwas schärfer, aber ohne ein Zeichen von innerer Bewegung an. Dann sagte er: „Wenn das eine Chance ist, dann sollen sie's machen."

Er fragte nicht, um was es sich eigentlich handelte. Vielleicht interessierte es ihn genausowenig wie alles andere „Medizinische", das sie mit ihm angestellt hatten, aber Kaplan sagte, er müsse es sich sorgfältig überlegen. Man habe so eine Herzverpflanzung noch niemals gemacht. Aber Washkanskys einzige Antwort war: „Sie haben gesagt, es ist eine Chance. Und jetzt will ich die Chance!"

Am Tage darauf erschien Professor Schrire, ein Mann mit einem hageren, bebrillten Gesicht, an Washkanskys Bett. Es war ihm unbegreiflich, daß ein Patient ohne Erschrecken vor dem Ungeheuerlichen, ohne angstvolle Fragen reagierte. Aber Washkansky sagte nur, er wolle das neue Herz haben. Einige Stunden danach saß er in seinem Bett und versuchte einen Kriminalroman zu lesen. Da trat ein junger Mann im weißen Kittel in das Zimmer, den Washkansky noch nie zuvor gesehen hatte.

Er war sehr schlank, hatte ein mageres, etwas unregelmäßiges Gesicht und blaue Augen. Eine Strähne des dunklen Haares fiel ihm ins Gesicht. Er strich sie zurück, nachdem er die Tür hinter sich geschlossen hatte, und ging auf Washkanskys Bett zu. Er sagte, er sei Professor Barnard. Er wolle die Herzverpflanzung vornehmen, und wenn Washkansky bei seinem Einverständnis bleibe, werde er ihn auf seine eigene Station verlegen lassen.

Washkansky sah den Fremden über den Rand seiner Hornbrille hinweg an. Für einen berühmten Professor kam er ihm sehr jung vor. Aber die neuen Sachen kamen meistens von jungen Leuten. Er sagte: „Ich bin mit allem einverstanden." Der Professor betrachtete ihn verwundert, sagte aber nur, als er sich schließlich verabschiedete: „Auf Wiedersehen dann auf meiner Station ..."

Als kurz darauf Ann zu Besuch erschien, empfing Washkansky sie mit den Worten: „Die großen Bosse waren hier. Sie liefern mir ein nagelneues Herz."

Ann glaubte, er phantasiere wieder. Doch vierundzwanzig Stunden später fand sie ihn nicht mehr in dem Zimmer, in dem er rund zwei Monate gelegen hatte. Voller Angst, er sei gestorben, suchte sie nach ihm und erfuhr, er sei „nach oben" in ein Einzelzimmer verlegt worden. Erst da begriff sie, daß er nicht phantasiert hatte.

Am 14. November begann Louis Washkanskys Warten auf „sein neues Herz". Ihn erfüllte die Furcht, er könne sterben, bevor dieser Professor ihm das neue Herz einsetzte. So erklärte er: „Wenn ihr nicht vorwärts macht, gehe ich nach Hause. Ich habe es satt."

Washkansky ahnte nicht, daß Barnard selbst, in seinem verzehrenden Drang nach Erfolg, verzweifelt auf einen Spender wartete, weil der Verfall seines Patienten nicht zu übersehen war. Als am 23. November ein siebzehnjähriger Junge sterbend im „Groote Schuur" eintraf, konnte man die Eltern nicht rechtzeitig finden und um ihre Zustimmung befragen. Als Louis die Nachricht erhielt, wurde er weiß im Gesicht vor hilflosem Zorn. Am schlimmsten wurde es am folgenden Wochenende, denn er wußte, daß die meisten Ärzte aufs Land fuhren. Er war überzeugt, daß zwei Tage lang niemand an sein neues Herz denken würde, obwohl man ihm erklärte, die Ärzte würden sofort ins „Groote Schuur" eilen, sobald ein Herz zur Verfügung stehe.

Als das nächste Wochenende heranrückte, packte ihn eine neue Welle der Verzweiflung. Als Ann und Washkanskys Schwester am Samstag, dem 2. Dezember, zu Besuch kamen, hatten sie Mühe, überhaupt noch ein Wort aus ihm herauszubringen. „Ich sage dir", flüsterte er, „nächste Woche lassen sie mich genauso warten. Aber nicht mit Washkansky." Ann brauchte lange, bis er sich so weit beruhigt hatte, daß sie nach Hause fahren konnte. Unterwegs beobachtete sie einen Verkehrsunfall und zwei Frauen, die auf der Straße lagen. Sie fuhr vorüber, ohne zu wissen, daß eine der beiden Frauen, die tödlich verletzte Bankangestellte Denise Darvall, die Herzspenderin war, auf die Louis so ungeduldig wartete. Denises Vater, der nach einem Zusammenbruch in einem Ärztezimmer lag, unterzeichnete um 22.04 Uhr die Genehmigung zur Operation.

Washkansky selbst dämmerte unterdessen nach einer Injektion dahin, bis er am späten Abend einen Arzt an seinem Bett stehen sah und wie durch einen Geräuschfilter die Worte hörte: „Louis, wir haben das Herz ..." Er erwiderte, mühsam nach Atem ringend: „Ich glaube euch nicht mehr. Ich will den Professor sehen."

Aber als eine Schwester kam, ihn rasierte und vorbereitete, wehrte er sich nicht. Später, gegen 1 Uhr nachts, kam ein junger Anästhesist mit breitem, freundlichem Gesicht und begleitete ihn auf dem Weg zum Operationssaal, wo Barnard noch einmal zu ihm kam. Washkansky flüsterte: „Kriege ich jetzt das Herz?", und als Barnard bejahte, ließ er sich zur Narkose zurücklegen.

Um 2.15 Uhr am Morgen schaltete Barnard die künstliche Beatmung Denise Darvalls ab und führte damit den Stillstand ihres Herzens herbei. Er und sein Assistent O'Donovan schreckten dann zwar vor der letzten Konsequenz zurück, nämlich den Brustkorb der Spenderin zu öffnen, ohne den völligen Stillstand des Herzens abzuwarten und sich dadurch ein noch lebensfrisches Herz zu sichern. Sie leisteten damit einen Tribut an die alten Vorstellungen über den Zusammenhang zwischen Herz und Tod.

Am nächsten Morgen hob man Louis Washkansky auf ein steriles Bett und spannte ein Zelt darüber, um ihn auf der kurzen Fahrt zu dem neuen sterilen Zimmer gegen Keime abzuschirmen. Dort lag Washkansky weiß und unbeweglich auf dem Rücken, inmitten von Kabeln und Rohren. Über Elektroden und Drähte wanderten die Impulse seines Herzens auf den Bildschirm des Elektrokardiographen. Durch die Venenschläuche flossen Blut und Traubenzucker, dazu Hydrocortison, Prednison, Imuran und andere Drogen. Das neue Herz schlug 120mal in der Minute. Manchmal flimmerten die Vorhöfe, und die Herzkammern gerieten aus dem Takt. Aber es schlug. Und in der Öffentlichkeit brach ein Sturm los, an den Hardy in Mississippi niemals gedacht hatte. Reporter aus aller Welt belagerten das „Groote Schuur“, und in Barnard fanden sie einen Mann, den ein von Ehrgeiz erfülltes Leben reif gemacht hatte für Publicity.

Morgens gegen 6 Uhr am Tag darauf schlug Washkansky für mehrere Minuten seine Augen auf. Er bemerkte, daß zwei Wesen in Kitteln, Hauben und Masken wie Gespenster an seinem Bett standen. Er erwachte zum zweiten Male, als ein anderes Gespenst ihn fragte: „Louis, geht es Ihnen gut?“ Er konnte nicht antworten, aber in dem dritten Gespenst erkannte er Barnard, der sich von neuem erkundigte, wie er sich fühle. Washkansky erwiderte mühsam: „Besser.“ Dann kehrte sein Erinnerungsvermögen zurück, und kurz darauf sagte er – Wort um Wort: „Sie haben mir ein neues Herz versprochen ... Was haben Sie gemacht?“

Barnard beugte sich über ihn. „Sie haben das neue Herz.“ Washkanskys Gesicht verzog sich zu einem Lächeln, und er dämmerte wieder ein. Danach nahm er nur zeitweise wahr, daß die Mondgespenster seinen Blutdruck und seine Temperatur maßen, Blut aus seinem Arm, seinen Fingern oder seinen Ohrläppchen sogen und ihn nach rechts und links wälzten, um einer Lungenentzündung vorzubeugen. Ein gleißendes Blitzlicht weckte ihn auf. Aber er begriff noch nicht, daß der Blitz einen Film belichtete, der an zahlreiche Zeitungen der Erde gelangen würde. Und er hörte auch nicht den Lärm anderer Fotografen und Reporter und bemerkte nichts von ihren Versuchen, Bäume zu erklimmen und Teleobjektive auf das Fenster seines Zimmers auszurichten.

Am Morgen des 5. Dezember erwachte Louis nach einer unruhigen Nacht und erinnerte sich, daß er sein „neues Herz“ besaß, daß es unter dem weißen Verband und den Kabeln, die seine Brust verdeckten, schlagen mußte. Er verspürte ein Gefühl des Atmenkönnens, das ihm vorkam wie „Auferstehung“, obwohl er unendlich schwach und müde war. Eine Schwester brachte Toast mit Butter und Milch.

Am nächsten Vormittag nahm sein Gesicht zum erstenmal Farbe an. Eine Röntgenbestrahlung von zwei Stunden Dauer setzte ihm sehr zu, aber später winkte er der wachhabenden Schwester und flüsterte: „Washkansky, der neue Frankenstein ...“

Er bemerkte nichts von dem zu schnellen Pochen des Herzens noch von seinem Flimmern. Nach wie vor wußte er auch nicht, daß er zur Weltsensation geworden war. Er begann erst zu begreifen, als man den Sauerstofftank an sein Bett hängte und ihn zur Bestrahlung in die Röntgenabteilung fuhr. Dabei sah er die Fotografen, die ihm auflauerten, und als er wieder sein Zimmer erreichte, erschien selbst dort ein Zeitungsmann, der medizinische Mitarbeiter des „France Soir“. Er war eigens von Paris nach Kapstadt geflogen und als Mediziner bis an Washkanskys Bett gelangt. Daraus, daß Washkansky in seiner Antwort auf eine Frage die Worte „mein neues Herz“ benutzte, schloß der Mann vom „France Soir“, daß es keine Übertragung einer fremden Seele oder einer Gemütsbewegung mit dem transplantierten Herzen gab.

Als Ann – selbst hinter der sterilen Maske unverkennbar, rund und gemütlich – zum erstenmal für wenige Minuten zu Louis kam, fürchtete sie, das neue Herz könne Louis verändert haben. Sie fühlte große Erleichterung, als er sie durch das Zelt hindurch wie eh und je mit „Guten Tag, Kleine“ anredete.

Als er am sechsten Tag seines neuen Lebens erwachte, fühlte er sich sehr erschöpft. Er sagte: „Ich habe es satt ...“ und drehte sich zur Seite, dem Monitor zu, auf dem die Rhythmen seines Herzens dahinhüpften. Er sah darin nicht, was Barnard sah – die Veränderung in den Zacken, die auf eine verringerte Spannung der Herzaktionsströme hinwies. Er drehte den Gespenstern in ohnmächtigem Zorn den Rücken zu, weil sie ihn mit den ewigen Kontrollen nicht in Ruhe ließen.

Barnard wurde gerufen und versicherte ihm, er dürfe so lange schlafen, wie er wolle. Er bekam eine Injektion und schlief von 8 Uhr morgens bis 2 Uhr nachmittags. Dann erwachte er etwas frischer, und als Ann ihn besuchte, dachte sie, sein Aussehen sei besser als in den letzten vier Jahren. Dies sagte sie auch den wartenden Reportern – und ahnte nicht, daß die Wirklichkeit ganz anders war.

*Medizinische Notizen:*
Jähe Verschlechterung. Puls über 160. Weiteres Sinken der Herzspannung: als Anzeichen der Abstoßung zu werten. Barnard entscheidet sich für eine massive Erhöhung der Antiabstoßungsdrogen. Klebsiellabakterien in einigen Körperöffnungen W 's. Entschluß, vorsichtshalber auch Antibiotika anzuwenden. Spannungsreiche Nacht. Am frühen Morgen Normalisierung des Pulses. Überzeugung, daß tatsächlich ein Abstoßungsversuch vorlag, der jetzt überwunden wird.

Der 9. Dezember war ein Tag der Wunder. Noch bevor Barnard Washkansky besuchte, verwickelte Louis sich in typische Washkansky-Geplänkel mit den Schwestern und forderte sie zum ersten Tanz auf, sobald er nach Hause komme. Seine Stimme wurde klar und kräftig. Er verlangte, man solle das „Papier" (er meinte das Sauerstoffzelt) verschwinden lassen, und sagte, er kriege so viel Luft, wie er nur haben wolle.

Die Wandlung war so überraschend, daß Barnard zunächst zögerte, dann aber doch das Zelt und die letzten Infusionsschläuche entfernen ließ.

Am 10. Dezember verlangte Louis nach Zeitungen und einem Radio, und aus den Zeitungsberichten erfuhr er die Geschichte von Denise Darvall. Er wurde für einige Zeit sehr schweigsam. Durchs Radio hörte er auch Näheres über die Abstoßung, die seinem Herzen drohte. Sein Gesicht wurde ein wenig grau, so daß die wachhabende Schwester ihm sagte: „Das brauchen Sie nicht ernst zu nehmen. Darüber schreiben die jeden Tag." Aber er hatte den ersten Schreck schon überwunden und überspielte alles auf seine Weise: „Wenn die sich einbilden, daß ich das neue Herz wieder herausrücke, dann haben sie sich geirrt."

Später erkundigte Washkansky sich, ob er bald nach Hause fahren könne. Barnard versicherte ihm, daß er, sofern er so weitermache, zu Weihnachten daheim sein könne. Er verlegte Washkansky in ein anderes steriles Zimmer, an dem ein langer Balkon vorbeiführte, und am 14. Dezember ließ sich Washkansky langsam zur Balkontür führen und saß für kurze Zeit in der Sonne. Aber etwas später, als Verwandte ihn besuchten, klagte er plötzlich über Schmerzen im Magen und sagte, daß er sich sehr, sehr müde fühle. Keiner der Spezialisten wußte, ob Abstoßung oder Infektion oder Giftwirkung vorlag, und sie alle konnten nur hoffen, Washkansky möge von selbst seine Müdigkeit überwinden. Aber am nächsten Tag sprach Louis von Schmerzen in einer Schulter. Irgendwie vollzog sich in ihm eine schleichende Veränderung seines Wesens. Er, der nie geklagt hatte, klagte nun mit kaum hörbarer Stimme über Schmerzen und Schwäche. Röntgenaufnahmen der Schulter zeigten nichts, und die neue Flut der Testwerte verriet nichts, das Klarheit schaffen konnte.

Im Laufe des Nachmittags machte Ann nach fünf Tagen ihren ersten Besuch. Als sie ihn sah, erschrak sie. Sie hatte den Widerhall seines neuen Lebens im Radio und in den Zeitungen miterlebt, doch jetzt überkam sie lähmende Angst.

Washkansky klagte jetzt auch über Schmerzen in der Brust. Er hatte Fieber, und der Gedanke an eine Lungenkomplikation, der so viele Nierentransplantierte zum Opfer gefallen waren, lag nahe. Aber Barnard flüchtete sich in die Vorstellung, bei den Schmerzen handle es sich um Operationsfolgen – Ausstrahlungen der Wunde im Brustbeingebiet. Er wehrte sich gegen die Erkenntnis, daß die Zeit des Triumphes zu Ende gehen könne.

Am 16. Dezember hatte Washkansky hohes Fieber und einen trokkenen Husten. Röntgenaufnahmen zeigten Schatten auf beiden Lungen. Handelte es sich um eine Lungeninfektion, also um eine Quittung dafür, daß sich Barnard auf den Kampf gegen die Abstoßung konzentriert hatte? War die Phase der „Auferstehung" nichts weiter als eine Wirkung des Cortisons und der trügerischen Euphorie, die es gerne erzeugt? Die Ärzte konnten sich nicht darüber einigen. Falls es eine Lungeninfektion war, dann wäre es notwendig, sofort die Behandlung mit Imuran und Cortison abzusetzen, damit sich die Infektionsabwehr erholen konnte. War es dagegen keine Infektion, so würde man dadurch wieder die Abstoßungsgefahr erhöhen.

Die Ärzte neigten schließlich zu der Diagnose Infektion, konnten aber einen Infarkt nicht ausschließen. Barnard entschied sich am Ende für Infarkt, wahrscheinlich weil die Angst vor einer Abstoßung des verpflanzten Herzens übermächtig in ihm war und er sich fürchtete, die Antiabstoßungsdrogen abzusetzen. Aber der Gedanke an einen Infarkt war eine Selbsttäuschung. Am späten Nachmittag ermittelte der Bakteriologe Pneumokokken. Daraufhin tropften zwanzig Millionen Einheiten Penicillin in Washkanskys Leib. Das Cortison wurde abgesetzt, die Imurandosis eingeschränkt.

Am vierzehnten Tag in Louis Washkanskys „neuem Leben", während sich die Welt noch in Hoffnungen und Illusionen erging, flog sein Atem mit mehr als dreißig Atemzügen in der Minute. Die Temperatur betrug 40 Grad. Barnard flüchtete sich in den Trost, daß Washkanskys altes Herz schon längst zusammengebrochen wäre, während das neue standhielt. Er versuchte an diesem Trost auch Washkansky teilhaben zu lassen, aber er sah sich nicht mehr dem alten Louis gegenüber. Washkansky blickte Barnard aus tief eingesunkenen Augen an, als wollte er sagen: „Wir haben verloren."

Barnard entschloß sich, weitere schwere Antibiotika zu geben. Für den Fall, daß sie keine Wirkung zeigten, war er bereit, von neuem eine Behandlung mit Imuran, Cortison und Actinomycin zu beginnen. Zu dieser Zeit zweifelten einige engste Mitarbeiter daran, ob Barnard noch rational handelte. Sie nahmen an, daß er sich in einer Art Besessenheit auf ein Feld begab, auf dem die Grenzen der Menschlichkeit und diejenigen des eigenen Ehrgeizes sich überschneiden.

Die Antibiotika blieben wirkungslos, und die Röntgenbilder der Lunge zeigten weitere Verschattungen. So entschloß sich Barnard zu dem neuen Antiabstoßungsbombardement. Aber Washkanskys Lungen waren weniger und weniger in der Lage, Sauerstoff an das Blut weiterzugeben. Das Sauerstoffzelt trennte ihn wieder von seiner Umgebung. Das Drogenbombardement hatte die letzten Abwehrkräfte zunichte gemacht. Washkansky wurde mit einer Maschine verbunden, die Sauerstoff in seine Lungen pumpte. Barnard ließ Ann rufen, um Washkansky aufzufordern, mit ihm weiterzukämpfen. Aber Washkansky hatte nur noch die Kraft zu einem Händedruck für seine Frau. Barnard pumpte Blut und Leukozytenkonzentrate in seinen Blutkreislauf, um die Zahl der weißen Blutkörperchen zur Abwehr der Lungeninfektion gewaltsam in die Höhe zu treiben. Doch Washkanskys Körper war jetzt blaurot, und Barnard wirkte, einem Zitat Ann Washkanskys zufolge, „wie ein Wahnsinniger". Er wollte nicht eingestehen, daß sein technisch gelungenes Werk an unfaßbaren biologischen Reaktionen zerbrechen sollte. Seine Vertrauten begriffen ihn nicht mehr, als er vorschlug, Washkansky wieder an die Herz-Lungen-

Maschine anzuschließen. Professor Schrire hielt Barnard jedoch vor einem Schritt in den medizinischen Wahnwitz zurück. Barnard gab zwar auch jetzt noch nicht auf, denn nach 5 Uhr spritzte er immer noch Kalium. Aber gegen 6.30 Uhr morgens versagte Louis Washkanskys „neues Herz", nachdem es achtzehn Tage lang geschlagen hatte.

## PHILIP BLAIBERG

*Notizen einer Korrespondentin aus dem Jahre 1969/70*

„Ich kam am 21. Dezember am Kap an, zu spät, denn Washkansky war am frühen Morgen gestorben. Als ich meinen Kollegen, den ich ablösen sollte, in seiner Pension aufsuchte, gab er mir ein paar Erklärungen. ‚Sie kennen Barnard noch nicht', sagte er. ‚Er braucht den Erfolg, und wir wissen, daß das nächste Versuchsobjekt bereits gefunden ist und auch schon im ‚Groote Schuur' liegt. Sein Name: Philip Blaiberg."

Es war gewiß nur ein Zufall, daß Blaiberg wie Washkansky ein Kind jüdischer Emigranten aus dem alten Rußland war. Er hatte in Johannesburg und London Zahnheilkunde studiert, im Jahre 1936 Eileen Abel geheiratet und gerade seine zahnärztliche Praxis in Kapstadt eingerichtet, als der Zweite Weltkrieg ausbrach. Seine Dienstzeit als Militärzahnarzt in Südafrika und in Italien war genauso ereignislos verlaufen wie sein sonstiges Leben. Er kehrte nach Kapstadt zurück, eröffnete eine neue Praxis, kaufte später ein Haus in Rondebosch und lebte ein bieder-bürgerliches Leben zwischen Arbeit, gutem Essen, Bier und ein paar Freunden. Im übrigen schwamm er oder bestieg gelegentlich die Tafelberghöhen.

Kurze Zeit nach einer solchen Bergtour im Jahre 1955 hatte ihn als Sechsundvierzigjährigen, der sich für einen zwar rundlichen, aber sportlich-gesunden Mann hielt, der erste Herzinfarkt überrascht. Er war mit Angina-pectoris-Schmerzen und Vorhofflimmern zum erstenmal zu Professor Schrire gekommen. Schrire stellte erhebliche Koronarveränderungen, Herzvergrößerung, ausgedehnte Infarktschäden des Herzmuskels und Bluthochdruck fest und behandelte Blaiberg mit Blutverflüssigern und Digitalis. Aber jeder spätere Versuch, ihn wieder von Digitalis zu entwöhnen, war gescheitert. 1967 war er zum

Herzkrüppel geworden. Wahrscheinlich trug auch der Tod seines Sohnes Harris, der mit zweiundzwanzig Jahren durch einen Schuß im Hause eines Freundes ums Leben kam, zu der Verschlechterung bei. Das Ereignis hatte den bürgerlichen Gleichlauf seines Lebens aus dem Takt gebracht. Er hatte sich in seiner Praxis verkrochen, während seine Frau Eileen Ablenkung in einer Stellung als Sekretärin suchte.

Am 5. April 1967 hatte ihn schließlich eine neue schwere Attacke wieder ins ‚Groote Schuur Hospital' geführt. An seinem Herzen hatte sich ein Aneurysma gebildet, mehrere Koronararterien waren völlig verschlossen. Schrire hatte an eine Aneurysma-Operation gedacht und seine Untersuchungsbefunde an die ‚Cleveland Clinic' in den USA zur Beurteilung geschickt. Aber die Antwort lautete: Aussichtslos! Schrire schickte Blaiberg also mit Rezepten für noch größere Mengen an Medikamenten nach Hause. Blaiberg hatte seine Praxis aufgegeben, das Haus verkauft und eine Mietwohnung bezogen. Im Dezember 1967 war er nicht mehr in der Lage, einen kurzen Satz ohne Atemnot zu Ende zu sprechen. Schrire teilte Eileen mit, es gebe für Blaiberg nur noch eine Möglichkeit der Rettung: die Transplantation. Als Blaiberg davon hörte, gab er, ohne sich einen Augenblick zu besinnen, sein Einverständnis. Irgend jemand im ‚Groote Schuur' machte die unvorsichtige Andeutung, Barnards nächster Herztransplantationspatient werde ein im Ruhestand lebender Zahnarzt aus Wynberg sein. Schon wenige Tage später hatten meine Kollegen Blaiberg aufgespürt und damit begonnen, seine Wohnung zu beobachten. Blaibergs Zustand verschlechterte sich auf so massive Weise, daß man ihn am 14. Dezember ins Hospital brachte. Schon am 15. Dezember war er nicht mehr in der Lage, sich auch nur im Bett zu bewegen. Am selben Tag suchte ihn Barnard zum erstenmal auf, um sich persönlich Blaibergs Einverständnis zu holen. Blaiberg sagte kaum verständlich: ‚Je schneller, desto besser...' Auch als Barnard ihm mitteilte, daß Washkansky gestorben sei, war seine einzige Sorge, Barnard werde nicht schnell genug von der Reise nach Amerika zurückkehren, zu der er in den Hochtagen von Washkanskys Rekonvaleszenz vom Columbia Broadcasting System eingeladen worden war, um zusammen mit den Professoren DeBakey aus Houston und Kantrowitz aus New York im Fernsehen aufzutreten. Barnard war sich bewußt, daß er bei seinen amerikanischen Kollegen nicht auf ungeteilte Zustimmung und Sympathie stoßen würde, aber er spürte, daß die begeisterten Massen hinter ihm standen, und sein eigener Glaube an die Herztransplantation und der Publicityrausch ließen nicht zu, daß er auf seinen Auftritt verzichtete.

Am 23. Dezember wurde Louis Washkansky begraben. Neugierige und Reporter versammelten sich unterdessen auf dem Malan-Flugplatz, um Barnards Abflug nach Amerika zu erleben. Die folgenden sechs Tage waren eine Jubeltour. Barnards Gefühl für Publicity ließ ihn gleich bei der Ankunft erklären, daß er neunzig Prozent seines Wissens in Amerika erworben habe. Hinweise von DeBakey und Kantrowitz auf die ungelöste Frage der Abstoßung überspielte er mit dialektischer Meisterschaft.

Unterdessen verschlimmerte Blaibergs Zustand sich von Tag zu Tag. Er wurde in die Intensivpflegestation überführt, erhielt immer größere Mengen von Quecksilberpräparaten und Sauerstoff, verfiel in Kollapszustände mit nicht mehr meßbarem Blutdruck und begann Blut zu husten. Barnard wurde in New York alarmiert und flog am 30. Dezember zurück.

Am Neujahrstag fuhren viele farbige Familien zum Picknick ans Meer. Darunter befanden sich auch der vierundzwanzigjährige Clive Haupt, ein Spinnereiarbeiter, und seine Frau Dorothy. Kurz nach 9 Uhr brach Clive urplötzlich zusammen und wurde ins ‚Victoria Hospital' gebracht, wo Dr. Basil Sacks eine massive Gehirnblutung feststellte. Sacks begann mit künstlicher Beatmung, hatte aber wenig Hoffnung und benachrichtigte das ‚Groote Schuur Hospital', daß er wahrscheinlich einen Herzspender für Blaiberg habe. Haupt wurde ins ‚Groote Schuur' überführt, wo er gegen 17 Uhr mit Dorothy und seiner Mutter Muriel, einer Putzfrau, eintraf. Um 19 Uhr sprach ein Arzt mit Dorothy und Muriel Haupt, sagte ihnen, daß es für Clive keine Hoffnung mehr gebe, und bat um sein Herz. Dorothy war viel zu verstört, als daß sie eine Entscheidung hätte treffen können, aber Clives Mutter sagte: „Wenn Sie das Leben eines anderen Menschen retten können, sollen Sie das Herz meines Sohnes nehmen."

Am Vormittag des 2. Januar stand Haupts Gehirntod endgültig fest. Die Beatmung wurde eingestellt, und sein Herz kam zum Stillstand. Blaibergs Zustand war unterdessen der eines Moribunden. Gegen 11 Uhr vormittags war die Operation schließlich im Gange. Um 15 Uhr war sie beendet: Blaibergs neues Herz hatte nach einem einzigen Elektroschock sofort kräftig und regelmäßig geschlagen. Als

Barnard das Hospital verließ, sagte er uns, die Operation sei ein großer Erfolg und Blaiberg befinde sich bereits wohlauf in einem Isolierzimmer. Von seinem Bruder Marius hörte man, das Team habe aus der Washkansky-Affäre gelernt. Man werde sich nicht wieder durch vermeintliche Abstoßungszeichen zu einer falschen Therapie verführen lassen. Man hatte für Blaiberg eine Isolierstation eingerichtet, zu der außer dem medizinischen Personal niemand Zutritt hatte.

Die Frage, um die es immer wieder ging, lautete: Würde Blaiberg länger überleben als Washkansky? Blaiberg begann zu essen, machte Bewegungs- und Atemübungen. Am zehnten Tage bekam er eine Halsentzündung. Nach zwei Tagen befand er sich wieder wohl. Es hatte sich um eine Pilzinfektion gehandelt, die durch ein Antimykotikum rechtzeitig überwunden worden war.

Der achtzehnte Tag des Überlebens, jener Tag, an dem Washkansky starb, ging vorbei, und Blaiberg überlebte. Beinahe überwältigend war am Tag darauf die Nachricht, daß Blaiberg seiner Frau die Anweisung gab, sein Auto nicht, wie beabsichtigt, zu verkaufen, weil er jetzt sicher sei, daß er wieder fahren werde.

Vielleicht entwickelte sich damals schon in seiner Psyche das Gefühl einer Verpflichtung. Ich meine die Verpflichtung, als Symbolfigur ein Beweis für die erfolgreiche Herztransplantation zu sein und durch jedes Wort und jede Geste ein neues, gesundes Leben mit dem zweiten Herzen zu repräsentieren.

Am 27. Januar kam es nochmals zu einer Krise mit Temperatur, schnellem Puls und Schwäche. Röntgenaufnahmen zeigten eine Herzvergrößerung. Aber das konnte auch bedeuten, daß sich nur der Herzbeutel mit Wundsekreten gefüllt hatte. Man punktierte daraufhin den Beutel; dabei wurden vierhundert Gramm Flüssigkeit abgesaugt. TV-Teams aus Amerika und Deutschland erhielten die Möglichkeit, steril gemachte Scheinwerfer in Blaibergs Zimmer aufzustellen, ihn von außen zu filmen und durch ein Mikrophon zu interviewen. Seine Stimme war schwach, aber er antwortete mit Optimismus, verkündete, daß er bald zu Hause sein werde, und sang brüchig, aber verständlich die Anfänge eines Liedes, um zu beweisen, daß sein neues Herz ihn wieder kräftig mit Atem versorgte. Am 29. Februar, ‚seinem achtundfünfzigsten Tag', erschien Blaiberg hinter einem Fenster, hielt zwei Finger in die Höhe und ahmte lachend das V-Zeichen nach: Victory – Sieg!

Am 16. März wurde Blaiberg nach Hause entlassen. Er war immer noch schwach. Man half ihm beim Anziehen und setzte ihn in einen Rollstuhl. Doch beim Ausgang, bevor er vor die Menge trat, richtete er sich auf. Wahrscheinlich erfaßte ihn das Bewußtsein, ein historisches Symbol zu sein, das nur aufrecht und sieghaft vor die Welt treten durfte. Er überstand die Szene des Abschieds von Barnard und den Gang bis zu dem Wagen, der ihn nach Wynberg brachte.

Als Blaiberg dort im Eingang verschwunden war, half man ihm die Stufen zum Fahrstuhl hinauf. Dann legte er, weil man ihn von draußen wieder sehen konnte, den längsten Weg zurück, den er bis dahin gegangen war – den Weg über eine Balkonpassage bis zu seiner Wohnung. Am nächsten Tag lasen Millionen die Beschreibung seiner Heimkehr, und wahre Fluten von Telegrammen und Briefen trafen in Wynberg ein.

Blaiberg war zwar meist zu Hause, aber der Strom von Nachrichten wurde jetzt reichhaltiger als je zuvor. Agenten schalteten sich ein, an die man Gebühren zu entrichten hatte. Anfang April sah man Philip Blaiberg, von Eileen gefahren, zum erstenmal am Strand, und einige Tage später unternahm er den ersten Versuch, in sein Auto zu steigen. Sein Sendungsbewußtsein wuchs, er begehrte grollend auf, wenn an Gesundung und Lebenskraft gezweifelt wurde. Wer immer auch der Zweifler oder Kritiker war – Blaiberg lud ihn ein, nach Kapstadt zu kommen. Er werde ihn selbst am Flughafen abholen und in seine Wohnung fahren, und er setzte hinzu: ‚Wir werden einen Drink nehmen, und Sie werden sich davon überzeugen, wie wohl ich mich befinde.‘ Das war Ende April 1968. Mir schien, daß Blaiberg den größten Triumph verkörperte, der je der Medizingeschichte beschieden gewesen war.“

Ein amerikanischer Arzt aus Birmingham meinte im April 1968 dazu: „Patienten in der ganzen Welt beginnen Amok zu laufen. In Kürze werden auch die Ärzte zu Amokläufern werden und eine internationale Herztransplantations-Olympiade veranstalten.“ Tatsächlich folgte nun eine Herztransplantation auf die andere. Professor Shumway in Palo Alto, dessen Patient nach drei Tagen starb, hatte den Anfang gemacht, dann gingen ein englischer Chirurg, zwei Franzosen und zwei weitere Amerikaner ans Werk, schließlich marschierten auch Brasilien und Kanada ins „Olympiastadion“ ein – und keinem gelang eine erfolgreiche Transplantation. Es war eine eindrucksvolle makabre Serie, nur noch durch die Ereignisse in Houston überboten, wo Professor Denton A. Cooley in nicht mehr als achtzehn Tagen viermal einen Herzaustausch bewältigte. Zwei Patienten überlebten nur wenige Tage, einer vier Monate und der vierte ein halbes Jahr.

*Notizen einer Korrespondentin in Kapstadt:*
„Am 10. Juni gab es alarmierende Meldungen. Blaiberg war wegen einer Hepatitis ins ‚Groote Schuur Hospital' gebracht worden. Barnard, der sich auf einer seiner Weltreisen befand, wurde alarmiert und flog mit der ersten erreichbaren Maschine nach Südafrika zurück.

Die Bakteriologen hatten ein Virus als Ursache für Blaibergs Hepatitis ermittelt, und eine gezielte Behandlung habe begonnen, meldete das ‚Groote Schuur'. Eileen Blaiberg erläuterte, daß Blaiberg vergnügt sei und viel rede. Am 18. Juni äußerte sie: ‚Sein Zustand ist nicht mehr kritisch. Ich bin sicher, er wird wieder völlig genesen.' Als Barnard am 26. Juni zur Eröffnung der neuen dortigen Universität nach Amsterdam flog, nahm ich an, die Krise sei vorüber. Und andere Weltereignisse wie die Wiederwahl de Gaulles in Frankreich lenkten auch von der Blaiberg-Krise ab. Am 6. Juli gab es noch einmal eine Alarmmeldung, und aus einem Kommuniqué des Hospitals konnte man entnehmen, daß eine neue Verschlechterung in Blaibergs Befinden eingetreten war. Zwei Tage später gab das Hospital bekannt, Blaiberg habe die Krise endgültig überwunden, und Touristen versammelten sich zu Dankgebeten vor Blaibergs Wohnung.

Die Wirklichkeit sah anders aus. Barnard war nur um Haaresbreite dem Schicksal entronnen, seinen Patienten zu verlieren. Nach einer publicitywirksamen, aber natürlich nur fiktiven ‚Teilnahme' an einem Rugbyspiel hatte Blaiberg über ungewöhnliche Schwere in allen Gliedern geklagt. Am 24. Mai, seinem neunundfünfzigsten Geburtstag, wurde er ins ‚Groote Schuur' gebracht, und zwar unter dem Vorwand einer der regelmäßigen Nachuntersuchungen. Man fand zahlreiche befremdliche Symptome, aber die Frage, ob es sich um Abstoßung, beginnende Infektion oder Giftwirkung der Antiabstoßungsdrogen handelte, war nicht zu beantworten. Unterdessen entwickelte sich eine schwere Gelbsucht. Am 4. Juni wurde Blaiberg wieder in sterile Räume verlegt. Er befand sich in so desolater Verfassung, daß er zeitweise das Bewußtsein verlor. Zu dieser Zeit wurde Barnard alarmiert. Da sich keine eindeutigen Beweise für eine Infektion der Leber finden ließen, beschloß man, das für die Leber besonders giftige Imuran abzusetzen. Als sich daraufhin die Leberbefunde sehr schnell besserten, schien sicher, daß Blaiberg an einer Imuranvergiftung litt. Man hoffte, die Abstoßung durch erhöhte Gaben von Cortisonpräparaten und Actinomycin zu unterdrücken, aber Ende des Monats vergrößerte sich das Herz, und der Blutdruck fiel. Schrire und Barnard nahmen an, daß sie jetzt dem massiven Versuch einer Abstoßung des Herzens gegenüberstanden. Anfang Juli kam es zu hohem Fieber und zunehmender Bewußtlosigkeit.

Barnard war angesichts der Drohung, daß das wichtigste Symbol seiner Arbeit vor seinen Augen starb, zu jedem Wagnis entschlossen. Das Team entschied sich, einen Versuch mit einem neuen deutschen Antilymphozytenserum zu machen, das direkt in die Vene injiziert werden konnte und dadurch eine weit schnellere und umfassendere Wirkung erzielte. Außer einem heftigen Schüttelfrost zeigte Blaiberg zunächst keine Reaktion, und am 7. Juli erhielt Eileen Blaiberg zum erstenmal die Erlaubnis, das Zimmer ihres Mannes zu betreten. Dies deutete darauf hin, daß man wenig Hoffnung hatte und ihr Gelegenheit geben wollte, sich zu verabschieden. Blaiberg öffnete nur noch kurz die Augen und flüsterte: „Das ist das Ende..." Eileen fuhr nach Hause, jeden Augenblick darauf gefaßt, die Nachricht von seinem Ende zu erhalten. So war es für sie eine denkbar große Überraschung, als sich spätnachts Barnard am Telefon meldete und sagte, Blaiberg werde leben.

Das Serum hatte zum erstenmal seine Wirkung gezeigt. Die Herz- und Lungensymptome bildeten sich langsam zurück, und die Abstoßung wurde ohne Imuran überwunden.

Doch allen Bildern eines lächelnden Blaibergs zum Trotz befand er sich in einem mehr als desolaten Zustand. Er war unfähig zu gehen. Im August und September 1968 erlernte er zum zweiten Male die einfachsten Bewegungen und war schließlich so weit, daß Barnard ihn nach Hause bringen lassen wollte. Aber er weigerte sich. Sein Symbolbewußtsein verbot ihm, als Krüppel vor die Öffentlichkeit zu treten. Er wollte so sieghaft entlassen werden wie im März.

Aber dazu kam es nicht. Nach vielwöchigen Übungen war er in der Lage, an einem Stock zu gehen, und wurde deshalb insgeheim nach Hause gebracht. Nicht einmal seine Frau kannte das Datum der

Heimkehr. Sie befand sich auf einer Party und erfuhr erst durch einen Anruf ihres Mannes, daß er bereits zu Hause sei. Man hörte nachher von seiner Heimkehr und daß Blaiberg sich zwar noch erholen müsse, aber völlig genesen sei. In Wirklichkeit bedeutete es für ihn ein Ereignis, als er zum ersten Male wieder imstande war, sich anzuziehen.

Die Ärzte vermuteten, daß sich eine ständige schleichende Abstoßung vollzog, die laufend unterdrückt werden mußte. Sie injizierten Blaiberg dreimal wöchentlich Antilymphozytenserum. Hinzu kam ein ununterbrochenes Bombardement mit Prednison. Dabei erhielt Blaiberg außer einer täglichen Grunddosis in bestimmten Abständen massive Stöße von 200 Milligramm Prednison. Dieser Cortisonabkömmling versetzte Blaiberg in einen Zustand der Euphorie. Er glaubte ständig, an sich selbst Fortschritte zu erkennen. Er erschien auf dieser und jener Party und tauchte mehrfach am Strand auf. Um zu verbergen, daß er nicht ohne Hilfe gehen konnte, spielten er und Eileen das liebende Paar, das eng umschlungen daherging. Zu Hause brauchte er viele Stunden, um einige Autogramme oder Unterschriften für seine Post zu erledigen.

Die Befunde der laufenden Untersuchungen zeigten zunehmende schwere Schäden der verschiedensten Organe, die zum Teil auf die Überflutung mit Medikamenten zurückgingen. Hierzu gehörten neben Nierenstörungen auch Schädigungen des Knochengerüsts und, bedrohlicher noch, Veränderungen der Kranzgefäße des neuen Herzens. Auch Blaiberg spürte – wie andere Herztransplantierte – wegen der fehlenden Nervenverbindungen keine lokalen Symptome. Aber Barnards Mitarbeitern drängte sich der Verdacht auf, daß man sich mit einem neuen Phänomen konfrontiert sah: mit dem Befall des gesunden jungen Herzens durch Blaibergs alte Erkrankung – die Koronarsklerose.

Blaiberg wurde wieder ins ‚Groote Schuur' gebracht. Als mit dem 24. Mai sein Geburtstag heranrückte, schaffte man ihn in seine Wohnung zurück, mußte ihn jedoch die Treppe hinauftragen und sofort zu Bett bringen. Er überstand die Geburtstagsshow und auch die Übersiedlung in ein neues Haus, das Eileen unterdessen aus den Einkünften des Blaiberg-Mythos erworben hatte. Blaiberg, der jetzt rund fünfzehn Monate mit seinem neuen Herzen lebte, schien unzerstörbar. Doch sofern er sich überhaupt noch von seinem Lager erhob, benötigte er viele Stunden, um sich zu rasieren. Gleichzeitig stellten sich wieder alle Erscheinungen der Atemnot ein.

Ende Mai wurden insgeheim Sauerstoffflaschen und Atemgerät in das neue Haus gebracht. Die Tests zeigten, daß die arteriosklerotische Durchwucherung sich mit brutaler Gewalt entwickelte, und so sah Barnard sich der unausweichlichen Tatsache gegenüber, daß sein Symbolpatient, auf dem sein Ruhm und ein so großer Teil seiner Argumentation für die Herztransplantation beruhten, hoffnungslos zugrunde ging. Im Juli sah er nur eine Rettungsmöglichkeit: eine zweite Transplantation.

Er erbat Eileens Zustimmung, aber diesmal zögerte sie, aus eigener Erschöpfung oder aus Einsicht in die Tatsache, daß Blaibergs Überleben durch mehr Leiden erkauft worden war als durch echtes Leben. Eine Krankenschwester übernahm Blaibergs Betreuung. In der Nacht vom 10. auf den 11. August wurde seine Atemnot so stark, daß er Sauerstoff bekommen mußte. Barnard wurde alarmiert.

Eindringlich wiederholte er, daß der Kranke nur durch eine neue Transplantation gerettet werden könne. Aber Eileen lehnte Barnards Vorschlag ab.

Am 12. August wurde Blaiberg in aller Stille ins ‚Groote Schuur' überführt. Zu diesem Zeitpunkt erfuhr man endlich, wie krank er war. Er verbrachte die folgenden fünf Tage mehr oder weniger dahindämmernd und mit Sauerstoff beatmet – ganz so, als wäre er auf dem Umweg über ein geliehenes und mühevolles Leben nach dort zurückgekehrt, wo er schon einmal dem Tod gegenübergestanden war. Am Sonntag, dem 17. August, starb er. Als der Pathologe und Barnard sein zweites Herz entfernten, fanden sie, daß das neue Herz demselben arteriosklerotischen Prozeß zum Opfer gefallen war, der Blaibergs eigenes Herz zerstört hatte."

*Aus einem Brief von Dr. Manfred Kyber-Visconti:*

„Mit dem Ende 1968 fand die erste große Welle der Transplantation ein abruptes Ende. Während 1968 noch 114 Operationen stattfanden, waren es 1969 nur noch dreizehn und 1970 nur noch sechs. Dieser Rückgang ist das Ergebnis der enttäuschenden Resultate, die auf die überschwenglichen Hoffnungen des Anfangs folgten. Nur wenige jener 58 Ärzteteams waren geeignet, Erfahrungen zu sammeln und auszuwerten. Und nur wenige der toten Patienten haben daher auch einem medizinischen Fortschritt in die Zukunft gedient. Doch Leben und Tod jener wenigen hatte einen Sinn und wird in der Zukunft Früchte tragen, sofern wir lernen, nicht wieder in einen Massenrausch zu verfallen, sondern die gemachten Erfahrungen ohne Schlagzeilen an wenigen, sorgfältig ausgewählten Kranken zu bestätigen und zu ergänzen."

## EVERETT C. THOMAS

An dem Aprilmorgen 1968, an dem Everett Claire Thomas sein kleines grünes Haus im Nordosten von Phoenix im Staate Arizona verließ, wußte er nicht, ob er jemals wieder hierher zurückkehren würde. Er war ein hochgewachsener, schlanker Mann von siebenundvierzig Jahren mit einem leidenden, bebrillten Gesicht unter dünnem Haar und einem Gesichtsausdruck freundlich-gläubiger Gelassenheit. Helen, seine Frau, und Mark, sein Ältester, der zwanzig Jahre alt war, wollten ihn bis zum Flugzeug begleiten, und so verabschiedete er sich nur von Paul und Karl, seinen jüngeren Söhnen, und als der Wagen anfuhr, blickte er noch einmal zu ihnen hinüber.

Mit zweiundzwanzig Jahren, 1943, hatte Everett beim Militär das rheumatische Fieber befallen, und danach war er herzkrank geworden. Seit wenigstens fünfzehn Jahren wußte er, daß drei seiner Herzklappen verkalkt waren. Aber in allem, was Gottes Hand ihm bescherte, sah er das Gute. Da er Bombenschütze der Luftwaffe gewesen war, sagte er sich, daß er ohne jenes Fieber vielleicht sein Leben in einem abgeschossenen Flugzeug verloren hätte. Helen dachte nicht viel anders als er. Sie war ein hübsches, zartes, gertenschlankes Mädchen gewesen. Wenn man jetzt ihr hageres Gesicht betrachtete, wußte man, daß ihre zweiundzwanzig Ehejahre Arbeit und Sorgen gewesen waren. Aber auch sie hatte nicht geklagt, sondern wie er „ihr Teil" getragen.

Everett war Buchhalter und hatte sein Dasein mit buchhalterischer Sorgfalt aufgebaut. Als er durch seinen Arzt Dr. Joe Ehrlich erfuhr, wie krank er war, hatte er das Leben seiner Familie darauf eingerichtet, daß Gott ihn jeden Tag abberufen konnte. Er hatte zurückgelegt, was immer er zurücklegen konnte, damit seine Söhne so früh wie möglich für sich und ihre Mutter sorgen konnten.

Während das Auto an Dr. Ehrlichs Praxisräumen vorüberfuhr, erinnerte sich Everett an das, was er dort vor zwei Jahren gehört hatte: daß die Kraft seines Herzens am Ende sei und daß es für ihn – wenn überhaupt – nur noch eine Rettung gebe: eine Klappenoperation. Everett hatte beschlossen, die Operation zu verschieben, nicht so sehr, weil er sich fürchtete, sondern weil er erst noch Mark auf die Staatsuniversität von Arizona schicken wollte. Er hatte auch Helen überredet, dort Kurse zu nehmen, damit sie später als Lehrerin arbeiten könne, falls er die Operation nicht überleben würde.

Aber im vergangenen Dezember war ein Blutgerinnsel von einer kranken Herzklappe in eine Gehirnarterie gelangt, und ein Schlaganfall hatte ihn über Nacht fast vollständig gelähmt. Aber Everett hatte sich bemüht, wieder auf die Beine zu kommen, wie selten ein Kranker vor ihm. Doch im März 1968 war ihm klargeworden, daß er ein Krüppel war, der nicht zu einer Last für Helen und die Kinder werden durfte. Wenn Gott wollte, würde die Rettung durch diese Operation kommen, wenn nicht, war es besser zu sterben.

So war es geschehen, und Everett wurde jetzt von Dr. Denton A. Cooley im „St. Luke's Hospital" erwartet. Cooley war einer der beiden Starchirurgen in Houston; der andre war der berühmte Michael DeBakey. Denton A. Cooley, Sohn eines Houstoner Zahnarztes, war eine schlanke, große Gary-Cooper-Gestalt, ein verwegener Chirurg mit phänomenalem handwerklichem Geschick. Bei Alfred Blalock in Baltimore hatte er das Chirurgenhandwerk gelernt, und er war dabeigewesen, als Blalock die ersten Blue-Baby-Herzen operierte. Dann war er nach Houston heimgekehrt und hatte als Dozent für Chirurgie begonnen. Bald waren er und DeBakey Konkurrenten geworden. Sobald die Herz-Lungen-Maschine erfunden war, führte Cooley die erste Operation am offenen Herzen in Texas aus. Er arbeitete mit immer größerer Schnelligkeit und erledigte fünf oder mehr Operationen an einem Tag. Nach Barnards zweiter Transplantation war er entschlossen, das neue Feld der Herzverpflanzung für Texas zu erobern. Nach wenigen Experimenten wußte er, daß es für ihn nicht das mindeste technische Problem gab; und er war viel schneller als Barnard, so daß es nicht einmal nötig sein würde, das Spenderherz zu kühlen oder zu durchbluten, um es lebensfähig zu erhalten.

Das Unglück, das Shumway und Kantrowitz bei ihren ersten Versuchen verfolgte, verstärkte nur seine Entschlossenheit, Texas und das „Texas Heart Institute“ zum Erfolg zu führen. Als er aus Denver in Colorado hörte, man habe dort ein Serum gegen Lymphozyten entwickelt, das sich bei Nierentransplantationen als neues wirksames Mittel gegen die Abstoßung erweise, sandte er einen seiner Mitarbeiter dorthin, um die Anwendung des Serums und seine Möglichkeiten bei einer Herztransplantation zu studieren. Seither war er bereit, die erste Herztransplantation in Texas zu unternehmen. Aber er hatte warten müssen, weil er wohl todkranke Patienten hatte, aber kein Herzspender in die Notaufnahme des „St. Luke's Hospitals“ gelangte.

Als ihn am 15. April Dr. Joe Ehrlich wegen Everett Thomas anrief, sagte er: „Schicken Sie Mr. Thomas her zu uns, wir werden ihn beobachten, und vielleicht läuft uns ein Spender über den Weg. Wenn nicht, dann können wir immer noch versuchen, seine Klappen zu ersetzen, auch wenn fünfundsiebzig Prozent dafür sprechen, daß er uns dabei auf dem Operationstisch stirbt.“

Everett Thomas mußte sich im „St. Luke's Hospital“ einige Tage gedulden, denn zunächst nahmen andere Ärzte mit ihm Untersuchungen vor. Dann aber stand am 30. April plötzlich Cooley an seinem Bett, sehr groß, mit jungem, unternehmungsfreudigem, offenem Gesicht und sehr menschlichen blauen Augen. Sein Anblick gab Everett Thomas vom ersten Augenblick an das Gefühl, daß die höhere Fügung es gut mit ihm gemeint hatte, als sie ihn nach Houston sandte.

Er ahnte noch nicht, wie sehr die Untersuchungen gezeigt hatten, daß eine Klappenoperation bestenfalls zehn Prozent Überlebenschance gab. Trotzdem war Cooley entschlossen, die Operation zu wagen, statt Thomas hilflos in seinem Bett sterben zu lassen. Thomas sagte ihm, er sei immer der Brotverdiener für seine Familie gewesen und er wolle nicht, daß die nun für ihn sorgen und ihn pflegen müsse. In diesem Fall ziehe er es vor, tot zu sein. So begann Cooley, mit ihm über die Herztransplantation zu sprechen, für den Fall, daß die Klappenoperation scheiterte.

Thomas antwortete: „Das müssen Sie beurteilen. Mein Doktor baut auf Ihr Urteil und Ihre Fähigkeiten mehr als auf irgendein anderes Urteil im ganzen Land.“

Cooley empfand so etwas wie gerührte Bewunderung. Bevor er sich verabschiedete, sagte er: „Sie sind einer der tapfersten Leute, die ich kenne.“

Er beschloß, die Klappenoperation am 3. Mai durchzuführen; es schien ihm unmöglich, den Eingriff noch länger hinauszuschieben. Helen Thomas erfuhr es und setzte sich mit Mark in eine der nächsten Maschinen nach Houston. Hier erfuhr sie durch Everett zum erstenmal von einer möglichen Herztransplantation. Bei all ihrer Gefaßtheit überfiel sie die Angst, aber Everett versicherte ihr, sie müßten alles in Dr. Cooleys und im übrigen in Gottes Hand legen.

Cooley hatte kaum zu hoffen gewagt, einen Spender zu finden, doch nur kurze Zeit später schoß sich eine junge Frau in Houston in den Kopf. Man hatte sie ins „St. Luke's" gebracht, weil Cooley vor sechs Jahren ihre Aortenstenose erfolgreich operiert hatte. Da ihr Zustand als hoffnungslos galt, bestand die Möglichkeit einer Herzspende.

*Aus dem Bericht einer ehemaligen Mitarbeiterin des „St. Luke's Hospital":*
„Sie hieß Kathleen Martin, war erst sechzehn Jahre alt und hatte vor fünf Monaten geheiratet. Sie war von sehr labiler Wesensart. Sie besuchte noch die ‚Junior High School', als sie 1967 den selbst erst siebzehnjährigen Charlie Lee Martin kennenlernte und gleich darauf heiratete. Charlie fand einen Posten bei General Electric, und er und Kathleen zogen in eine kleine Wohnung. Danach wurde sie noch labiler als zuvor. Jede Hitzewelle oder auch nur ein Windstoß, der ihre Frisur durcheinanderbrachte, konnte sie in wilde Erregung versetzen. Charlie und sie gerieten von einem Streit in den andern. So stritten sie auch am 2. Mai. Als Charlie kurz darauf zur Arbeit fuhr, kehrte er noch einmal um, weil er ein ungutes Gefühl hatte. Im Badezimmer fand er Kathleen, sein Gewehr gegen den Kopf gerichtet. Als er nach der Waffe greifen wollte, drückte sie ab, und die Kugel zerschmetterte Teile ihres Gehirns. Ihr Herz schlug noch, als man sie ins Hospital brachte. Gehirnströme waren jedoch nicht mehr meßbar. Nur die künstliche Atmung erhielt sie am Leben."

Der weinende Ehemann und Kathleens Vater gaben Cooley die Genehmigung für die Verwendung ihres Herzens. Cooley überzeugte sich, daß es sich in gutem Zustand befand. Eine Herzvergrößerung infolge der Aortenstenose schien eher ein Vorteil zu sein, denn sie verringerte den Größenunterschied zwischen dem Herzen eines Erwachsenen und eines Mädchens. Während die Operationssäle 1 und 2 vorbereitet wurden, begab Cooley sich zu Everett Thomas, um ihm zu sagen, daß der Zufall ihnen einen Spender beschert habe. Er werde ihn am späten Abend operieren.

Im Operationssaal herrschte eine ungewöhnliche Spannung, trotzdem dauerte es nur dreißig Minuten, um die Einpflanzung durchzuführen, während andere Chirurgen eineinhalb bis zwei Stunden dazu benötigt hatten. Der Anblick des Herzens eines sechzehnjährigen Mädchens, das so heftig, man könnte sagen, mutig schlug, um den Körper eines erwachsenen Mannes am Leben zu halten, war die befriedigendste Sache in Cooleys ganzer Laufbahn, und jeder im Operationssaal spendete Beifall.

Strahlenden Gesichtes trat Cooley in den kleinen Hospitalraum, in dem Helen Thomas mit einem Kaplan des Hospitals gewartet hatte. Cooley sagte ihr, Everetts neues Herz schlage, als sei es nie in einen anderen Körper hineingeboren worden. In diesem Augenblick ging etwas von Helens Fassung verloren, aber Cooleys Optimismus griff auf sie über, und sie nickte lächelnd, als er ihr sagte, sie möge jetzt schlafen. Dann eilte er in den Operationssaal 6, den man in eine provisorische Isolierstation umgewandelt hatte, welche Thomas für die ersten Tage aufnehmen sollte. Cooley verbrachte die Nacht mit seinem Patienten. Am nächsten Tag habe Thomas, sagte Cooley später, wie der glücklichste Mensch auf Erden gewirkt. Thomas habe gesagt: „Es sieht so aus, als hätten wir es geschafft."

Die ersten Meldungen über Cooleys Operation an Thomas und dessen ungewöhnlich gutes Befinden wurden nach dem Tod aller anderen Herzempfänger Amerikas zur Sensation. Der ungeheure Strom der Anrufe blockierte die Telefonleitungen. Thomas litt zwar an starken Schmerzen, trotzdem erholte er sich schnell und erklärte Helen, sie müsse so bald wie möglich mit Mark nach Phoenix zurückkehren, da sie sehr große Hospitalrechnungen bekommen würden. Seine Worte waren: „Du mußt zu Hause bei den Kindern sein... Meine Sache ist es, hier im Hospital gesund zu werden." Sie solle auch beim Telefonieren daran denken, daß sie vorläufig sehr sparsam wirtschaften müßten.

Über Everett Thomas' Erholung waren seit dem fünften Tag nach der Operation nur die günstigsten Dinge zu berichten. Er erklärte, sofern er gewußt hätte, wie leicht eine Herzverpflanzung sei, hätte er schon viel früher danach verlangt. Er scherzte mit der rothaarigen Schwester, die für ihn sorgte. Die Antiabstoßungsdrogen wurden täglich verringert, da sich keine Spur einer Abstoßung zeigte. Thomas sagte: „Ich habe mich seit fünfundzwanzig Jahren nicht so gesund gefühlt wie heute. Meine Dankbarkeit gegenüber Doktor Cooley und Gott ist grenzenlos. Sie legt mir die Verpflichtung auf, mein weiteres Leben dem Dienst an der Herztransplantation zu widmen."

Thomas wurde nur undeutlich bewußt, daß es, wenn er eine Testübung durchführte, drei Minuten dauerte, bis das Herz seine Pumpleistung erhöhte. Und diese verstärkte Tätigkeit wurde nicht durch Nervenreize, sondern durch eine vermehrte Hormonausschüttung ins Blut erzeugt. Aber das ungeheure Erlebnis seines neuen Daseins beflügelte seinen Glauben. Er wurde im „St. Luke's" zu einer vertrauten Gestalt. Groß, langsam, aber gerade aufgerichtet, ging er daher, sprach mit jedermann, scherzte oder lachte sogar. Aber selten vergaß er ein Wort über Cooley, der in seinen Augen zu einer Art Gottheit wurde. „Nun, nachdem ich eine neue Benzinpumpe habe, bin ich ein neues Auto", erklärte er. Schließlich teilte Cooley ihm mit, sein Herz befinde sich in so gutem Zustand, daß kein Grund mehr bestehe, ihn länger im „St. Luke's" festzuhalten. Nur müsse er vorerst in der Nähe bleiben, damit er einige Male wöchentlich untersucht werden könne. Er erhielt außerdem die Mitteilung, daß das „St. Luke's" und das „Texas Heart Institute", weil er durch seine Entschlossenheit so viel zur Entwicklung der Herztransplantation beigetragen habe, alle Hospitalkosten tragen würden. Das waren 38 179 Dollar.

Die Medical Center National Bank erbot sich, ihn als Bearbeiter von Wertpapiereinlagen anzustellen. So telefonierte er mit Helen, und sie wurden sich einig, daß sie sich ein Heim in Houston suchen mußten. Eine Wohnung fand sich, und Helen und die Kinder zogen zu Everett. Er mußte täglich Imuran und Prednison einnehmen. An jedem dritten Tag erhielt er eine Injektion von Antilymphozytenserum, außerdem täglich Digitalis, Kreislaufmittel, Entwässerungsmittel, Präparate gegen Knochenschäden durch Cortison, Säuredämpfer für den Magen und Insulin. Aber das änderte nichts an Everett Thomas' Vorstellung, ein neuer Mensch zu sein, und an seiner Verehrung für Cooley. Journalisten erklärte er: „Wenn Doktor Cooley in den Operationssaal tritt, ist er nicht allein. Gottes Hand liegt auf seiner Schulter."

Anfang August nahm er seinen Platz an einem Schreibtisch auf einer Art Balkon ein. Wenn er dort oben saß, konnte man ihn von der Bankhalle aus sehen. Es entging ihm nicht, daß die Bank ihn nicht eingestellt hatte, weil sie dringend einen Buchhalter benötigte. Sie benutzte ihn, dessen Name fast jeden Tag in irgendeiner Zeitung erschien, als Aushängeschild.

Wer immer mit ihm sprechen wollte, wurde zu ihm hinaufgeführt. So hatte er jetzt einen Platz, von dem aus er für die Herztransplantation wirken und werben konnte.

Er ließ sich nicht durch Meldungen über Transplantationstodesfälle beeinflussen. Es schien so, als ob er sie gar nicht zur Kenntnis nehme, und er empfand Schmerz oder Verständnislosigkeit, wenn er Stimmen der Kritik an Cooleys Arbeit vernahm. Viele stellten plötzlich die Frage, ob es medizinisch vertretbar sei, weitere Transplantationen durchzuführen, während die Zahl der Todesfälle die der Erfolge mehr und mehr in den Schatten stelle. Ende August dachte Everett Thomas daran, für immer in Houston zu bleiben. Er hatte Gelegenheit gefunden, auf einem medizinischen Kongreß einen Stand zu eröffnen, in dem er mit Bildern, Zeichnungen und Gesprächen für das „neue Herz" warb. Viele Besucher betrachteten das als naiven Eifer. Aber er sprach vor Klubs, Schulen und Besuchergruppen aus anderen Staaten und verdrängte die Tatsache, daß Cooley auch seinen zwölften Patienten verlor. Er verdrängte die Kritik an Cooley und äußerte gegenüber dem „Houston Chronicle": „Wenn Gott nicht mit der Herztransplantation einverstanden wäre, würde Er Männern nicht die Fähigkeit verleihen, sie durchzuführen. Wenn das Herz aus dem Spender herausgenommen wird, hat die Seele ihn bereits verlassen. Der Körper ist nur ein Taxi, das die Seele durch das Leben trägt."

Anfang Oktober begab er sich zu einer seiner üblichen Nachuntersuchungen ins „St. Luke's" und zeigte bei den Übungen großen Eifer – fast so, als trieben ihn die Zweifel in der Öffentlichkeit zu besonderen Leistungen an. Cooley schrieb später: „Wir hatten ihn immer auf die verschiedenste Weise sehr sorgfältig beobachtet, nicht nur, um Hinweise auf eine Abstoßung zu finden. Wir waren auch an der Leistungsfähigkeit seines Herzens interessiert, und es war nach einem solchen Test, bei dem er verschiedene Belastungsübungen durchführte, daß Symptome von Herzversagen auftraten. Die Symptome hätten sich wahrscheinlich innerhalb einiger Tage von selbst eingestellt. Aber ich hatte den Eindruck, daß sie durch die Tests ausgelöst worden waren. Wahrscheinlich strengte er sich zu sehr an, um uns zu helfen."

Am 9. Oktober blieb Everetts Tisch in der Bank leer. Heftige Übelkeit plagte Thomas, und sein Puls raste. Als Cooley über seine Symptome unterrichtet wurde, befiel ihn eine böse Ahnung. Er ließ Thomas sofort in die Transplantationsabteilung überführen. Als Everett merkte, daß es sich um eine Abstoßungsreaktion handelte, versicherte er Cooley mit der Gefaßtheit, die für ihn so typisch war: „Sie werden damit fertigwerden. Ich werde erst tot sein, wenn einmal der Sargdeckel auf mir liegt." Doch die langsame Zerstörung des Herzens, der Leber und der Nieren schritt unaufhaltsam fort. Um den 18. November war er nur noch ein menschliches Wrack, und so entschloß sich Cooley zur Einpflanzung eines zweiten neuen Herzens. Es war möglich, daß das neue Herz ihm die Chance für sieben weitere Monate Leben gab, und unterdessen konnte es Fortschritte in der Abstoßungsfrage geben. Es war Everett Thomas' letzte Entscheidung, und er sagte: „Ja."

Er bekam das Herz einer siebenundvierzigjährigen Frau in einem Augenblick, in dem er schon moribund war, und er bemerkte nichts mehr von seinem zweiten Weg auf den Operationstisch. Der Eingriff war um 5.45 Uhr nachmittags beendet. Doch das neue Herz nahm erst nach mehrfachen Elektroschocks seine Arbeit auf, und Cooleys Kampf war hoffnungslos. In der Nacht vom 22. auf den 23. November, um 4 Uhr, tat Thomas' drittes Herz den letzten schwachen Schlag. Dann stand es für immer still.

Am 28. November schloß sich auf dem St.-Francis-Friedhof in Phoenix Everett Claire Thomas' Grab, und Helen übernahm nun doch, was er ihr im April übertragen und dann noch einmal in seine Hand genommen hatte: die Sorge für die Familie, für Mark und Paul und Karl.

## TOMMY GORENCE

THOMAS B. GORENCE, genannt Tommy, war Anfang des Jahres 1968 gerade sechzehn Jahre alt geworden. Er gehörte zu den Kadetten der Militärakademie in Manlius im Bundesstaat New York. In seiner dunkelblauen, rotbetreßten Uniform mit hellblauen Hosen und hoher Schirmmütze wirkte er wie der gesündeste Bursche der Welt. Er war mehr als 1,80 Meter groß, 200 Pfund schwer, mit kräftigen Muskeln und einem langen, gutmütigen Jungengesicht. Er war noch ein bißchen kindlich, ein guter Schüler, liebenswürdig und vergnügt. Tommy wollte Militärflieger werden oder einmal zur Staatspolizei gehören, so wie sein Vater, der 1966 nach einem Flugzeugunfall ums Leben gekommen war.

Tommys ganzes Leben änderte sich am Samstag, dem 17. Februar, als er mit anderen Kadetten zur Sporthalle hinüberging. Sie waren, was Gesundheit betraf, eine ausgesuchte Gesellschaft. Auch Tommy hatte bei der Einstellungsuntersuchung für die Akademie ein erstklassiges Gesundheitszeugnis erhalten. Er war stolz auf die Auszeichnung, die er als Zwölfjähriger in der Baseballmannschaft von Oneonta gewonnen hatte. Er war stolz auf die ersten Flugstunden, die hinter ihm lagen. Was Basketball anbelangte, so gehörte er zu den zähesten Spielern.

Als sie in die gewölbte Sporthalle einmarschierten und ihre Sportkluft anlegten, verschwand Tommy schnell im Basketballgetümmel. Doch plötzlich ging er zu Boden. Der Ellenbogen eines Mitspielers hatte ihn unbeabsichtigt in der Lebergegend getroffen. Tommy richtete sich aber wieder auf und spielte weiter. Kurze Zeit darauf erhielt er jedoch einen zweiten Stoß und blieb nach vorn gebeugt, beide Hände gegen den Leib gepreßt, stehen. Er gab den anderen ein Zeichen, er werde bald wieder in Ordnung sein. Aber seine Freunde bekamen Angst, als sie ihn so verändert dastehen sahen. Sie halfen ihm in seinen Anzug, führten ihn in sein Zimmer und legten ihn auf das unterste der beiden Betten. Sie erinnerten sich, daß er schon vor Tagen einmal über Bauchschmerzen geklagt und das Krankenrevier aufgesucht hatte. Aber dort war nichts gefunden worden. Doch jetzt verschlimmerten sich die Schmerzen. Tommys Gesicht wurde weiß.

So rief man den Arzt. Als er Tommy sah und seine Bauchdecke abtastete, kam ihm der Verdacht auf eine innere Verletzung. Er verständigte Leibert Sedgwick, den Dekan der Akademie, der Tommy ins Universitätskrankenhaus nach Syracuse brachte.

TOMMYS Mutter Joan war eine lebhafte Frau in den Vierzig. Seit sie Witwe geworden, Tommy in die Manlius-Akademie übergesiedelt und ihr zweiter, um drei Jahre älterer Sohn Bill Soldat in Arizona geworden war, bereitete sie sich auf ihre Abschlußprüfung als Lehrerin vor. Sie hatte zwar die Absicht, Francis B. Knapp, einen früheren Freund ihres Mannes, zu heiraten, aber sie war eine viel zu rührige Person, als daß sie sich mit der Rolle einer Ehefrau hätte begnügen können.

So saß sie über ihren Büchern, während der Hund Auggie in ihrer Nähe auf dem Boden schlief, als das Telefon läutete. Eine weibliche Stimme teilte ihr mit, ein Arzt vom Universitätshospital wünsche sie zu sprechen. Dann war eine männliche Stimme in der Leitung. Der Fremde sagte: „Ihr Sohn hat einen Sportunfall gehabt und ist zu uns gebracht worden. Er hat eine innere Blutung. Wir bitten Sie daher um die Genehmigung für eine Operation. Es besteht die Möglichkeit, daß die Milz entfernt werden muß."

Obwohl Joan Gorence eine resolute Frau war, hatte sie nicht die Kraft, sofort zu antworten.

Sie hörte von neuem die fremde Stimme: „Seien Sie unbesorgt, die Milz ist nicht unbedingt lebenswichtig."

Sie fand endlich ihre Sprache wieder. „Ich komme sofort nach Syracuse. Ich möchte sehen ..."

Aber die Stimme erwiderte: „Das sind hundert Meilen Fahrt. So lange können wir nicht warten, er könnte innerlich verbluten. Wir müssen sofort operieren ..."

Sie zögerte, dann sagte sie: „Gut, ich gebe die Genehmigung, und Sie werden alles tun, um ihn zu retten und gesund zu machen ..."

Dann handelte Joan klar und entschlossen. Sie rief das Rote Kreuz an und bat, man möge dafür sorgen, daß Bill benachrichtigt wurde und einen Sonderurlaub bekam, verständigte Francis B. Knapp, den sie „Fran" nannte, und Freunde, damit sie sich um Auggie kümmerten. Wenig später fuhr sie in den Winter hinaus, in der Hoffnung, daß kein Schnee die Straßen nach Syracuse blockierte.

Während der Fahrt erinnerte sie sich an jenen Septembertag, an dem sie zu einem Hospital nach Binghamton im Süden gefahren war, um ihren abgestürzten Mann zu sehen. Zwei Staatspolizisten, Freunde ihres Mannes, hatten sie abgeholt und ihr auf der Fahrt nur die halbe Wahrheit gesagt, um sie nicht zu Tode zu erschrecken. Aber keine noch so tröstliche Lüge hatte sie vor der Wirklichkeit bewahrt: ein gelähmtes, seiner Sprache beraubtes Wesen, das in nichts mehr dem Manne glich, der ihr Idol gewesen war, seit sie ihn zwanzig Jahre vorher als siebzehnjähriges Mädchen kennengelernt hatte.

Von Medizin verstand Joan nicht viel mehr als die meisten anderen Menschen. Sie wußte nicht, ob die Milz wirklich überflüssig war oder ob der Arzt in Syracuse ihr nur die halbe Wahrheit gesagt hatte – so wie damals, als Jonny mit zerbrochenem Rückgrat vor ihr lag und man ihr sagte, er könne sich wieder erholen, während alle wußten, daß es für ihn keine Chance gab. Sie wußte nur eines: daß sie niemandem die Art von Sterben wünschte, die ihm zuteil geworden war – acht unbeschreibliche Monate. Jeden Tag war sie sechzig Meilen weit nach Binghamton gefahren, um neben dem Bett zu sitzen, in dem doch nur ein lebender Toter lag. Als Jonny nach vielen Wochen ein paar Worte stammeln konnte, hatte er sie gebeten: „Hilf mir sterben." Er war zu seiner eigenen und auch zu ihrer Erlösung gestorben. Und sie hatte für immer die Erkenntnis gewonnen, daß Leben nicht mehr Leben bedeutete, wenn man hilflos und ohne Hoffnung war – mochten die Ärzte es auch tausendmal noch Leben nennen.

Als Dekan Leibert Sedgwick auf Joan zutrat, hatte er offenbar Mühe, seine Fassung zu bewahren. Im ersten Augenblick glaubte sie, Tommy sei gestorben und sie sei zu spät gekommen, aber Sedgwick versicherte ihr, Tommy sei am Leben und Dr. Chamberlain werde ihr gleich selbst Bericht erstatten.

Der Arzt sagte: „Mrs. Gorence, die Operation war schwierig, weil es sich um eine Blutung der Leber handelte, die man nicht entfernen kann. Wir mußten die blutenden Risse nähen. Aber Tommy ist jetzt außer unmittelbarer Gefahr..." Sie merkte sofort den doppelten Sinn des Wortes: unmittelbar.

„Das, was ich Ihnen jetzt sagen muß, hat mich selbst als Überraschung getroffen. Was wir entdeckt haben, findet sich bei Menschen in Tommys Alter nur sehr selten. Wir haben in Tommys Leber eine große Geschwulst entdeckt ... es handelt sich um Krebs ..."

„Es ist ein Hepatom", fuhr Chamberlain fort, „das, was wir einen Primärkrebs nennen. Bei vielen Leberkrebsen handelt es sich um Metastasen, um Ableger der ursprünglichen Krebsgeschwulst. Bei Tommy aber ist der Tumor in der Leber selbst entstanden."

Joan erwiderte, wenn Tommy bis zu dem Unfall nichts gemerkt habe, dann müsse es sich doch um einen frühen Krebs handeln und in jeder Zeitung könne man nachlesen, daß Krebs sich operieren lasse, wenn man ihn rechtzeitig entdecke.

„Das trifft in zahlreichen Fällen zu", erwiderte Chamberlain, „aber leider nicht für den Primärkrebs der Leber. Bei Sekundärkrebsen werden nur Teile der Leber erfaßt, und wir können solche Stücke entfernen. Der Primärkrebs aber erfaßt alle Teile der Leber. Man müßte die ganze Leber exstirpieren. Aber kein Mensch kann ohne Leber länger als sechsunddreißig Stunden existieren."

„Wie lange kann er noch leben, wenn man nichts unternimmt?" fragte Joan.

„Vielleicht ein halbes Jahr. Vielleicht sogar etwas länger", lautete die Antwort.

Joan Gorence wollte wissen, wie in Tommys Fall das Ende aussehen würde, auf das sie schon einmal bei Jonny viele Monate gewartet hatte. Und sie erfuhr, daß Tommy dank seiner sonstigen guten Konstitution eine Zeitlang beschwerdefrei sein werde, daß aber die Geschwulst unaufhaltsam weiterwachse und schließlich Metastasen in anderen Organen bilde.

Das also sollte vor ihr liegen. Ein neues langes Warten auf den Tod. Sie spürte, daß sie es nicht hinnehmen konnte. Sie nahm all ihre Kraft zusammen und erklärte sich damit einverstanden, daß Tommy so bald wie möglich ins „Fox Memorial Hospital" nach Oneonta überführt wurde.

Als Tommy in Oneonta eintraf, war er blaß und hatte beinahe vierzig Pfund Gewicht verloren. Mit einem Drain in der Bauchwunde lag er auf der Bahre, auf der man ihn in den ockerfarbenen Bau des „Fox Memorial" – nur wenige hundert Meter von seinem Elternhaus entfernt – trug. Die plötzliche Operation, das Fieber und eine Schwäche, die er nie zuvor gekannt hatte, verwirrten Tommy genauso wie jeden gesunden Jungen, der zum erstenmal bemerkt, daß Gesundheit keine Selbstverständlichkeit ist. Die Behandlung in Syracuse, insbesondere Packungen mit Eiskissen zur Senkung des Fiebers, hatte eine Art Schock in ihm hinterlassen. Er begann erst, sich zu erholen, als sein Bruder Bill, ein paar Freunde und Freundinnen aus Oneonta und vor allem die hübsche Karen Collins ihn besuchten. Karen hatte ihre Mutter durch eine Krebskrankheit verloren. Bis zu ihrem Tode hatte man ihr niemals etwas über den hoffnungslosen Zustand der Mutter gesagt. Karen hatte sich immer wieder gefragt, wieviel mehr Freude sie ihrer Mutter vor ihrem Tod hätte bereiten können, wenn sie gewußt hätte, daß sie sterben mußte. Jetzt hatte sie das Empfinden, sie könne Tommy gegenüber ein wenig von dem nachholen, was sie versäumt hatte, und besuchte ihn deshalb fast jeden Tag. So gewann er langsam seinen jungenhaften Optimismus zurück.

Unterdessen begann Joan, um sein Leben zu kämpfen. Sie wandte sich an all ihre Bekannten und Verwandten und bat sie, sich zu erkundigen, ob es irgendwo Möglichkeiten gab, Krebs zu heilen. Sie las alles, was über Krebs berichtet wurde, und dabei stieß sie, wenige Tage nachdem Tommy in Oneonta angekommen war, auf ein Taschenbuch mit dem Titel „Laetrile – Krebs unter Kontrolle". Laetrile, so erfuhr sie, sei ein neuartiges Mittel, das Krebs, sofern man es regelmäßig injiziere, zum Stehen bringen könne. Es war die Rede von Institutionen mit eindrucksvollen Namen, auch wurden Wissenschaftler mit vielen Titeln zitiert. Joan trug das Buch ins Hospital und bat Dr. Richard Haines, der Tommy behandelte, es zu lesen und an Tommy einen Versuch mit Laetrile zu machen. Aber er sagte ihr nur, sie müsse sich dem beugen, was ihr auferlegt sei. Sie versuchte daher, selbst Laetrile zu kaufen, erfuhr aber, daß sein Verkauf in den Vereinigten Staaten verboten war – es besitze keinerlei Wert.

Joan fühlte die Bitterkeit tiefer Enttäuschung. Inzwischen war Tommy nach Hause entlassen worden. Er wußte nichts von seinem wirklichen Zustand, und Joan erfüllte ihm jeden Wunsch, um ihn glücklich zu machen. Obwohl Dr. Haines abriet, kaufte sie ihm ein Motorrad, das er sich schon lange gewünscht hatte, und Tommy brauste mit Karen und seinen Freunden ahnungslos durch die Straßen.

Am 31. März heiratete Joan Fran Knapp. Aber ihre Gedanken blieben bei dem Jungen, der jetzt für einige Stunden zur Schule ging. Doch im April klagte er über Schmerzen in der Lebergegend. Anfang Mai wurden die Schmerzen derart heftig, daß sie Tommy Schmerzmittel geben mußte, die sie von Dr. Haines erhalten hatte. Der Junge bekam hohes Fieber, aber er erholte sich wieder und bestieg auch wieder sein Motorrad. Joan glaubte, eine neue Frist erhalten zu haben, und atmete auf, als sie einen Zeitungsausschnitt aus New York bekam, in dem über das neuentwickelte Krebsmittel Asparaginase berichtet wurde. Sie bat Dr. Haines, Tommy damit zu behandeln.

Dr. Haines erwiderte, es werde dauernd an neuen Mitteln gearbeitet, aber es sei nichts darunter, was Tommy helfen könnte. Er schickte Joan mit Tommy zu Dr. John Olsen in Cooperstown, der sich mit Krebsforschung beschäftigte. Olsen wiederholte alles, was Chamberlain und Haines ihr schon gesagt hatten, fügte aber hinzu: „Das einzige, was Tom helfen könnte, wäre eine neue Leber."

Joan faßte, von ihrer Enttäuschung überwältigt, seine letzten Worte nur wie eine Floskel auf. Und sie erfuhr erst einige Tage später, daß sich in seinen Worten die Andeutung einer Operation verbarg, von der sie noch nie gehört hatte: eine Lebertransplantation.

Um den 20. Mai erhielt Joan einen Brief ihrer Mutter. Beigelegt war ein Zeitungsausschnitt, der über eine erstmalige „Lebertransplantation" berichtete, die ein englischer Chirurg unternommen hatte. Im nächsten Augenblick wußte Joan, was sie zu tun hatte: so schnell wie möglich zu Olsen zu fahren. Er mußte den Zeitungsausschnitt sehen und eine Möglichkeit finden, wie Tommy eine neue Leber erhielt, und wenn sie mit Tommy nach England würde reisen müssen. Schon am nächsten Tag fuhr sie in der Erwartung nach Cooperstown, daß sie Dr. Olsen dazu überreden müsse, ihr auf einem Weg weiterzuhelfen, über den – wie über Asparaginase – in einer Tageszeitung berichtet worden war. Und sie verspürte nichts als Erleichterung, als sie von Olsen hörte, daß in Amerika schon seit fünf Jahren an dieser Operation gearbeitet wurde und allein im Vorjahr sieben Lebertransplantationen stattgefunden hatten. Sie erfuhr, daß von den amerikanischen Kranken, die eine neue Leber erhalten hatten, drei lebten – einer davon schon mehr als zehn Monate. Sie erfuhr ferner, daß gerade dieser Patient wie Tommy an Leberkrebs gelitten hatte. Dr. Olsen sagte ihr, er halte das „Peter Bent Brigham Hospital" in Boston für das beste. Er kenne Dr. Francis D. Moore persönlich und, was das wichtigste sei, Dr. Moore sei an dem Fall interessiert. Falls die Transplantation fehlschlüge, bedeute das ein vergleichsweise schnelles und schmerzfreies Ende. Die Operation müsse so schnell wie möglich vorgenommen werden, solange Tommy noch bei Kräften sei.

Dr. Olsen empfahl ihr, nach Hause zu fahren und für den Fall, daß ihre Entscheidung ja laute, Tommy zu sagen, daß er Krebs hatte, und ihm darzulegen, welche Operation sie im Auge hätte. Dann solle sie mit Tommy wieder zu ihm kommen.

Am nächsten Morgen sagte sie Tommy alles. Zuerst war er furchtbar aufgeregt, aber später sagte er tapfer, er wolle operiert werden und könne die Schmerzen nach der Operation aushalten. Sie sprachen lange Zeit, und Tommy konnte es nicht fassen, daß alle es gewußt hatten außer ihm. Schließlich lachte er ein bißchen, weil er erkannte, warum es so leicht für ihn gewesen war, das Motorrad zu bekommen.

Am nächsten Tage fuhren Joan und Tommy zum zweitenmal nach Cooperstown, und Dr. Olsen sprach fast eine Stunde mit ihnen. Tommy hatte viele Fragen, und der Doktor beantwortete sie ehrlich. Er erklärte ihm, daß er zunächst nur zu den Tests nach Boston gehen und dann zu Hause auf eine Leber warten müsse. Später würde Tommy ungefähr drei Monate im Hospital bleiben. Danach brauche er nur noch zu Nachuntersuchungen dorthin zu fahren. Tommy fragte ihn, ob er später eine Chance hätte, zur Luftwaffe zu kommen. Dr. Olsen antwortete, die Armee nehme nicht einmal jemanden, der Hautkrebs habe, aber Tommy könne jeden zivilen Beruf ausüben, den er sich wünsche. Dr. Olsen versicherte, daß er alles Nötige regeln werde, und in den letzten Maitagen erhielt Joan die Nachricht, das „Peter Bent Brigham Hospital" sei bereit, Tommy am 3. Juni aufzunehmen. Dr. Moore werde ihn selbst operieren.

So rüstete sich Joan, um ihren Sohn nach Boston zu begleiten. Sie charterte sogar ein Flugzeug, und am Morgen des 3. Juni frühstückte Tommy zum letztenmal zu Hause in der Küche, während Auggie zu seinen Füßen lag. Bill brachte sie nach Cooperstown; eineinhalb Stunden später landeten sie in Boston. Joan machte sich sofort auf die Suche nach einem Zimmer in der Nähe des Hospitals, während Tommy im Taxi sitzen blieb. Jetzt, so dicht vor dem Ziel, klagte er über Magenschmerzen und große Angst. Als Joan ein kleines Zimmer bei einer alten Frau gefunden hatte, mußte sich Tommy auf das Bett legen, bis er sich erholt hatte. Dann gingen sie einen langen Hügelweg hinunter zum Hospital. Tommys Angst wurde erst geringer, als er in seinem Krankenhausbett lag, während Joan zunächst einen Fernsehapparat für ihn besorgte und später dann noch ein paar Stunden mit ihm Karten spielte.

Dr. Moore war ein schlanker, hochgewachsener Mann mit einem ebenmäßigen, scharf geschnittenen Gesicht und braunmeliertem Haar, das sich an den Schläfen weiß zu färben begann. Sein schneller, sicherer Schritt und seine knappe, bestimmte Sprache zeigten, daß er sich der Bedeutung seiner Position als Chef der Chirurgischen Abteilung des „Peter Bent Brigham", Harvard-Professor für Chirurgie und Herr über viele medizinische Forschungsprogramme wohl bewußt war. Er war ein Mann des direkten Handelns, kein „einfacher" praktizierender Chirurg, sondern ein Wissenschaftler, dessen Publikationen sich mit Fragen wie der Immunitätsreaktion bei Transplantationen und der Moral des Experiments am Menschen beschäftigten. Von ihm stammte der Satz: „Ohne Experimente würde die Medizin in Tradition erstarren, weil sie sich nicht mehr auf der Basis der Beobachtung und Erfahrung vorwärtsbewegen könnte." Nichts von Fortschritten des „Peter Bent Brigham" auf dem Gebiet der Nierentransplantation wäre ohne Moore möglich gewesen.

Als sich herausstellte, daß die vorgesehene Untersuchung viel Zeit in Anspruch nehmen würde, fuhr Joan nach Oneonta, um alles für einen längeren Aufenthalt Notwendige zu holen. Für die Rückfahrt brauchte sie zehn Stunden mit dem Bus. Und als sich herausstellte, daß Tommy in Boston auf seine neue Leber warten sollte, brachte Fran in seinem Auto Geschirr, ein Bügeleisen, Bilder, den Staubsauger und sogar einen Teppich. Damit richtete Joan sich ein, um auch für viele Monate in Tommys Nähe zu sein.

Joan war ungeduldig. Sie wußte nicht, daß Moore selbst mit der Zeit geizte, weil Tommys Lebertumor wegen seiner Größe einen starken Druck auf die Blutgefäße ausübte und den Anschluß einer Spenderleber fragwürdig machen konnte. Alle Hospitäler der „Harvard Medical School" waren alarmiert, auf einen geeigneten Spender zu achten, und am 14. Juni wurde Moore davon unterrichtet, daß im Kinderhospital ein zwölfjähriger Junge nach einem Autounfall im Sterben lag. Seine Eltern stimmten der Verpflanzung seiner Leber zu.

Am 17. Juni war alles bereit. Um 3.45 Uhr wurde Tommy in den Operationssaal gebracht. Einige junge Ärzte kamen zu Joan in den Warteraum und sagten ihr, es gehe alles gut. Erst später erfuhr sie, daß es Probleme gegeben hatte. Das Kind, dem die Spenderleber entnommen wurde, hatte ein Gewicht von 80 Pfund gehabt, während Tommy Gorence trotz seiner Erkrankung noch mehr als das Doppelte

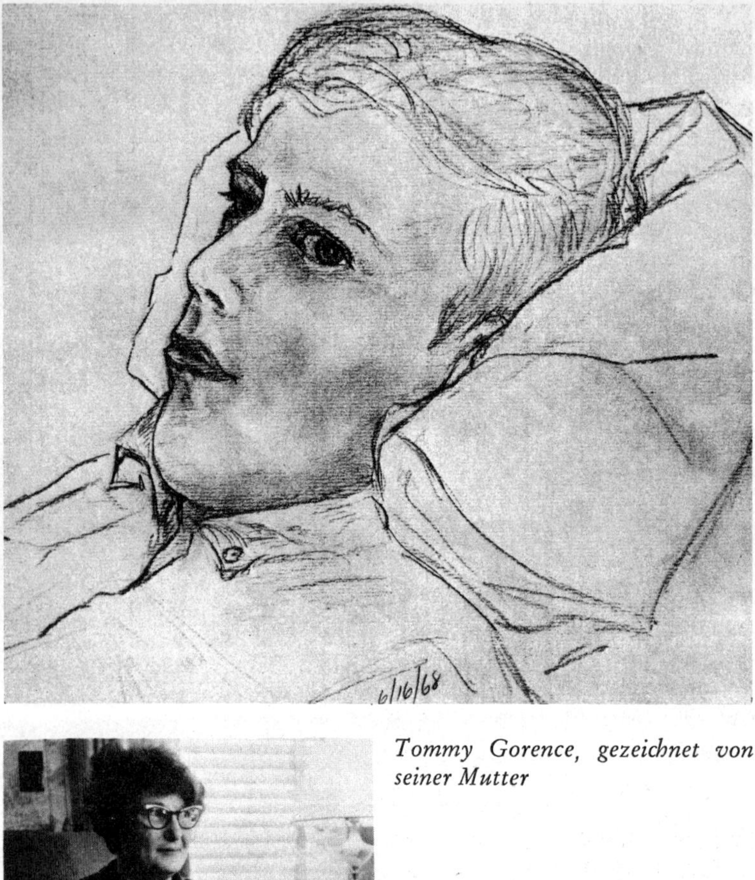

*Tommy Gorence, gezeichnet von seiner Mutter*

*Joan Gorence*

wog. Die Gefäße der Spenderleber an die Gefäße des Kranken anzuschließen war also schon schwierig genug. Außerdem war Tommys Leberarterie so sehr geschädigt, daß die einzig mögliche Lösung darin bestand, die neue Leber an die rechte Nierenarterie anzuschließen. Ihre Verwendung aber setzte voraus, daß die rechte Niere des Kranken entfernt wurde. Die linke Niere war zwar gesund, aber der Gedanke, daß der Junge die bei der Nachbehandlung notwendige Belastung durch Drogen mit nur einer Niere bewältigen sollte, mußte Besorgnis erregen. Doch es blieb keine andere Wahl – die Ärzte mußten hoffen, daß Tommys Jugend ihm helfen würde, diese Belastung zu ertragen.

Mitternacht war vorbei, als Tommy endlich in die Intensivpflegestation gefahren wurde. Joan vertraute darauf, daß Tommy nun, nachdem die Operation glücklich überstanden war, leben würde. Und wenn es nur zehn Monate waren oder ein Jahr – bis dahin hatte sie Zeit gewonnen. Ärzte konnten neue Entdeckungen machen, und auch sie selbst konnte neue Möglichkeiten finden. Sie ging durch die folgenden Tage, in denen sie Tommy nur kurz und in steriler Kleidung sehen durfte, wie durch einen Traum. Sie sah, daß er von künstlicher Nahrung und künstlicher Atemluft lebte – und sie sah auch, daß er litt. Aber er lebte und hatte alles nur zu ertragen, um wieder wirklich zu leben. Ihr Glaube und ihr Optimismus waren unendlich. Und Tommy erholte sich rasch.

*Joan Gorence in einem Brief an ihre Mutter vom 3. Juli 1968:* „Mit Ausnahme einer leichten Diät braucht Tommy jetzt keine Einschränkungen mehr zu beachten. Er kann aufstehen und sich auf den Sonnenveranden oder in dem schönen Garten des Kinderhospitals nebenan aufhalten. Wir brauchen keine Kittel, Masken und Handschuhe mehr. Die Ärzte und Schwestern gehen mit lachenden Gesichtern umher – und ihr Lachen wird nur noch durch das Lachen in Tommys und meinem Gesicht übertroffen."

Sie sah alles in rosigem Licht. Aber selbst die Ärzte zeigten vor den Presseleuten einen spürbaren Optimismus, und es schien, als ob sich dieser Optimismus bestätigen sollte.

Dann, am 9. Juli, bekam Tommy plötzlich Fieber. Die Ursache schien nicht klar, und so beschloß man, die Operationswunde wieder zu öffnen. Es fand sich ein Leberabszeß. Und im Verlauf der folgenden Tage zeigten sich Zug um Zug die gleichen Komplikationen, wie sie andere Leberempfänger getötet hatten – Infektionen, Versagen der Niere und schließlich Versagen der Lunge.

Joan wollte es nicht glauben. Sie war so sicher gewesen, daß Tommy leben würde. Als sie sich den Tatsachen nicht länger verschließen konnte, klammerte sie sich an ihre alte Entschlossenheit, nicht zu kapitulieren und nicht zuzulassen, daß Tommy sich selbst aufgab. Tommy sagte mehrmals, als es ihm schlecht ging: „Mutter, laß mich sterben", aber sie antwortete: „Tommy, wir müssen weiterkämpfen." Sein Körper war voller Nadeln und Schläuche, er wurde künstlich beatmet und mit Hilfe einer künstlichen Niere dialysiert. Das ganze Zimmer stand zuletzt so voller Apparate, daß Joan kaum noch zu ihm gelangen konnte. Seine letzten Worte waren: „Ich liebe dich." Am Ende war er bewußtlos. Er starb am 31. Juli. Joan war nicht in seinem Zimmer, als er starb, und sie sah ihn auch nach seinem Tode nicht mehr. Sie wollte ein Bild des Lebens vor Augen behalten. Sie mochte verzweifelt sein, aber sie war nicht schwach, und sie klagte niemanden an. Sie hatte Tommy verloren. Aber sie hatte erreicht, daß er nicht wie sein Vater hilflos, sondern kämpfend gestorben war, zwar unter Schmerzen, aber ohne eine nicht enden wollende Agonie.

Sie, Fran und Bill begruben Tommys Asche am Samstag, dem 3. August 1968, auf dem gleichen Friedhof, auf dem sein Vater etwas mehr als zwei Jahre vorher beerdigt worden war.

„Echte Fortschritte in der Medizin", schrieb ein Arzt, „kommen nur selten einem einmaligen gloriosen Durchbruch gleich. Meistens handelt es sich um ein langes, mit Leiden und Tod verbundenes Wechselspiel zwischen Erkenntnis, Enttäuschung, neuer Erkenntnis, Irrtümern, wieder neuer Erkenntnis, Rückschlägen, weiterer Erkenntnis und so fort. Nichts erinnert mich so sehr an diese Wahrheit wie die Entwicklung der Lebertransplantation."

# DIE ERSATZTEILTRÄGER

## MARCEL DERUDDER

Der Anruf kam an einem Abend Anfang März 1966. Der Anrufer war ein Freund der DeRudders in dem kleinen Städtchen Westville an der Ostgrenze des Staates Illinois. „Edna“, sagte er, „ihr solltet um neun Uhr Kanal vier einschalten. Sie machen eine TV-Live-Sache über eine Herzklappenoperation durch Doktor DeBakey, über den so viel geschrieben wird. Vielleicht könnte er etwas für Marcel tun...“

Marcel und Edna DeRudder bewohnten seit vielen Jahren ein bescheidenes Holzhaus im südlichen Teil von Westville, dort, wo der Ort in die scheinbar endlose Landschaft von Maisfarmen überging. Marcel DeRudder war fünfundsechzig Jahre alt, ein gesetzter Mann mit einem rötlichen Gesicht unter kurz geschnittenem Haar. Fast den ganzen eisigen Illinois-Winter hatte er wegen seines Herzens und eines Blutgerinnsels im linken Bein das Bett hüten müssen.

Marcel stammte aus Cuesne in Belgien, doch aufgewachsen war er in Illinois. Er war wie sein Vater Grubenarbeiter geworden, und er war stolz darauf, daß er einen Beruf für zähe Männer ausübte und auch beim Tanz im Französisch-Belgischen Klub nicht leicht zu überbieten war. 1923 hatte er Edna geheiratet und runde fünfundzwanzig Jahre lang die erbarmungslos schwere Arbeit in den Kohlenschächten geleistet, bis man ihn eines Tages krank nach Hause brachte und sagte, daß sein Herz erledigt sei.

Marcel hatte einmal ein rheumatisches Fieber überlebt, aber niemand hatte einen Gedanken darauf verschwendet, daß seine Herzklappen sich entzünden und die Arbeit im Stollen zu einem tödlichen Abenteuer machen könnten. Allmählich vernarbte und verkalkte seine Mitralklappe. Und als der Zusammenbruch kam, zeigten die Herzgeräusche eine so schwere Schädigung an, daß der Gewerkschaftsarzt ihm Digitalis und bestenfalls noch ein paar Jahre zum Leben gab.

Einige Zeit darauf war er mit 54 Dollar Monatsrente zu den Invaliden abgeschoben worden. Da sie niemals Kinder gehabt hatten, von denen sie Unterstützung hätten erwarten können, arbeitete Edna an der Kasse des IGA-Lebensmittelgeschäfts an der Main Street, damit sie leben konnten. Fast täglich ging DeRudder langsam auf der Hauptstraße an der Ford-Vertretung, der Niederlage von John Deeres Fabrik und dem Viehfutterlagerhaus vorüber bis zum IGA-Gebäude. In der Veteranenkneipe gegenüber spielte er Karten und wartete, bis Edna Feierabend hatte und mit ihm nach Hause ging. Weil er stämmig gebaut war und eine gesunde Gesichtsfarbe hatte, hielten manche Leute ihn für einen eingebildeten Kranken, der sich eine Pension gesichert hatte und seine Frau für sich arbeiten ließ. Aber in den Jahren seit dem Ende seiner Arbeit in der Grube hatte DeRudder immer wieder versucht, irgendeine Stellung zu finden. Eine Zeitlang war er in Springfield Aufseher im Staatsmuseum von Illinois gewesen. Jeden Montag früh war er mit dem Bus nach Springfield gefahren, hatte bis zum Freitag in einer billigen Unterkunft gehaust und war dann, todmüde, für zwei Tage nach Hause gefahren. Als er auch für diesen Posten nicht mehr kräftig genug war, hatte er in seiner Garage begonnen, alte Möbel aufzupolstern. Als er schließlich nicht einmal mehr ein Stück Stoff spannen oder eine Naht festziehen konnte, hatte er sich damit begnügen müssen, ein wenig Hausarbeit zu tun und auf Ednas Heimkehr am Abend zu warten. Er wünschte sich nichts mehr, als gesund zu sein und arbeiten zu können, und so klammerte er sich viele Jahre lang an die Hoffnung, daß die Ärzte ihn wieder gesund machen müßten.

Seit Jahren sah Marcel sich jede medizinische TV-Schau an, und er las jeden Zeitungsartikel, in dem etwas über Herzkrankheiten stand. Sobald er glaubte, etwas über eine neue Medizin oder Operation erfahren zu haben, fuhr er nach Champaign-Urbana, fünfzig Meilen westlich, um Dr. Ensrud, den Vertrauensarzt der Gewerkschaft, aufzusuchen. Er bat, daß der Arzt ihm eine neue Medizin verschrieb oder ihn zu Spezialisten überwies, über die er gelesen hatte. Er hatte unerschütterlich geglaubt, daß er Heilung finden würde, wenn er nur zu den richtigen Ärzten kam. Und er hatte erreicht, daß Dr. Ensrud ihn nach Rochester, nach Chicago, nach Boston und nach Baltimore überwies. Da die Gewerkschaft wohl eine Behandlung, nicht aber die Reisen zu entfernt wohnenden Ärzten bezahlte, war er mit dem Bus oder mit hilfsbereiten Verwandten gefahren, auch wenn er halb tot anlangte.

Immer war er erschöpft und bitter enttäuscht nach Hause gekommen. Überall hatte man ihm gesagt, es seien zwar Fortschritte in der Operation von Herzklappenfehlern gemacht worden und man habe künstliche Herzklappen einoperiert. Aber sein Herz sei nach so vielen Jahren der Krankheit zu schwach, als daß es noch eine Operation überstehen könne. Doch jedesmal, wenn Marcel wieder etwas Neues las, hatte er seine Enttäuschung überwunden und sich hartnäckig wieder auf den Weg nach Champaign gemacht. Er hatte sogar versucht, Besserung bei Wunderdoktoren zu finden. Zuletzt war er zu einem Chiropraktiker nach St. Louis gefahren und hatte für kurze Zeit geglaubt, es ginge ihm besser. Aber dann hatte der schreckliche letzte Winter mit dem Thrombus in seinem Bein und einem fast völligen Zusammenbruch seines Herzens begonnen, und er hatte aufgehört, auf Heilung oder Besserung und auf die Achtung der Umwelt zu hoffen.

Kurz vor 9 Uhr an jenem Märzabend hatte sich Marcel müde und schweigsam in seinen Stuhl vor dem Fernsehschirm gesetzt, um Doktor DeBakeys Operation am offenen Herzen im Fernsehen zu sehen. Was der klein gewachsene Mann vor den Fernsehkameras an Operationskunst zeigte, war für ihn Routine – eine der Tausende von Herzoperationen, wie er sie seit Jahren vornahm. Der Sprecher redete von DeBakeys Virtuosität. Aber er sprach nicht über irgendwelche neuen chirurgischen Ideen oder Pläne DeBakeys zur Behandlung und Bekämpfung dieser Leiden, und so erfuhr auch niemand unter den Zuschauern dieses Abends, was den Mann aus Houston wirklich bewegte, während sich die Kameras auf ihn richteten.

Schon Jahre bevor Hardy und Barnard die ersten Versuche einer Herztransplantation am Menschen unternahmen, hatte DeBakey sich einer anderen Vorstellung darüber zugewandt, wie man unheilbar kranke Herzen ersetzen könne: Er hatte den Bau eines künstlichen Herzens, einer Maschine, einer Gipfelleistung medizinischer Ingenieurkunst, geplant. Der Vater dieses Gedankens war er allerdings nicht, denn der Russe Wladimir Petrowitsch Demichow hatte schon 1937 Versuche unternommen, die Herzen lebender Tiere durch Metallpumpen zu ersetzen, die aber stets mit dem sofortigen Tod seiner Tiere endeten.

Andere Chirurgen und Techniker hatten die Idee aufgegriffen, vor allem Willem Kolff. Nach dem ersten Erfolg mit seiner künstlichen

Niere hatte er eine primitive Herzpumpe entworfen und aus Kampen mit nach Cleveland genommen. Zwischen 1950 und 1960 hatte er mit Hilfe von Ingenieuren neue Pumpen konstruiert, und nach unzähligen gescheiterten Versuchen war es ihm 1960 zum ersten Male gelungen, Hunde mit seiner Pumpe mehrere Stunden lang am Leben zu halten.

Dieser vermeintliche Erfolg hatte bald sein Doppelgesicht gezeigt: Die Tiere starben nicht, weil die Pumpen versagten, sondern weil sich selbst unter Heparinbehandlung in ihrem Blut Unmengen von Gerinnseln bildeten und weil ihre roten Blutkörperchen so weit zerstört wurden, daß es zum Zusammenbruch anderer Organe, vor allem der Nieren, kam. Seitdem war Kolff in einen erbitterten Kampf um die Verhinderung von Blutgerinnseln und Blutzerstörung verstrickt. DeBakey, mit all seinem Elan, seinem Ehrgeiz, hatte in Houston ein Entwicklungsteam aufgestellt; zu diesem gehörten unter anderem ein junger Chirurg aus Argentinien namens Domingo Liotta, der eine Zeitlang unter Kolff gearbeitet hatte, und Dr. William Akers von der benachbarten Rice-Universität. DeBakey hatte seinem Team zunächst eine Aufgabe gestellt, deren Lösung für seine Arbeit am dringlichsten schien. Immer wieder hatte er wie alle anderen Herzchirurgen erlebt, daß es zwar gelang, eine oder mehrere Klappen zu ersetzen, daß aber das Herz nach der Operation so geschwächt war, daß alle Versuche, es wieder in Gang zu setzen, scheiterten. Verschiedentlich hatte aber auch ein solches Herz wieder funktioniert, wenn man ihm Zeit gab. Zu diesem Zweck hatte er gelegentlich die Herz-Lungen-Maschine nach dem Eingriff noch einige Stunden laufen lassen. Eine längere Entlastungszeit hätte zum Erfolg geführt, aber sie war nicht möglich, weil die Verwendung der Herz-Lungen-Maschine auf wenige Stunden begrenzt war und danach die unvermeidliche Zerstörung der roten Blutkörperchen tödliche Ausmaße annahm.

DeBakeys Auftrag an sein Team hatte daher gelautet, Pumpen zu konstruieren, die für Tage, vielleicht Wochen, in den Brustraum eines Operierten eingepflanzt werden konnten. Sie sollten nicht das ganze Herz ersetzen, wohl aber die Tätigkeit des linken Herzventrikels so lange übernehmen können, bis er wieder imstande war, die Last selbst zu tragen. Dann sollte die Pumpe wieder entfernt werden.

Bis zum Jahre 1963 hatten Akers und Liotta eine erste Pumpe entwickelt, die DeBakeys Wünsche erfüllen sollte. Sie gaben ihr den

Namen „Left Ventricular Bypass“. Sie hatte die Form einer kleinen Banane, bestand aus Silastic und Dacron und enthielt an beiden Enden künstliche Herzklappen. Sobald sie die Pumpe in Gang setzten, saugte sie frisches, mit Sauerstoff gesättigtes Blut aus dem Vorhof und pumpte es unter Umgehung des linken Herzventrikels direkt in die Aorta. Zahl und Folge der Pumpbewegungen wurden durch ein Relais geregelt, das mit einem Elektrokardiographen verbunden war.

Nach nahezu hundert Tierversuchen hatten Akers und Liotta geglaubt, es sei keine tödliche Störung durch Blutgerinnsel oder Blutzerstörung mehr zu befürchten, weil sie die Innenwände ihrer Pumpen mit einer Fibrinschicht bedeckt hatten. Im Juli 1963 hatte DeBakey die Pumpe zum erstenmal bei einem Menschen angewendet, einem todkranken zweiundzwanzigjährigen Neger mit völlig verkrüppelter Aortenklappe. Am 18. Juli war es DeBakey gelungen, die Aortenklappe zu ersetzen und auch das Herz wieder in Gang zu bringen, aber schon einen Tag später kam es zu einem Herzstillstand. In einer Alarmoperation hatte DeBakey die Brusthöhle zum zweitenmal geöffnet und das Herz durch Massage wieder zum Schlagen gebracht, aber der Kranke blieb bewußtlos. Seine Nierentätigkeit versiegte, Flüssigkeitsansammlungen in den Lungen drohten ihn zu ersticken, und jeden Augenblick konnte es zu einem neuen Stillstand kommen. In dieser Lage hatte DeBakey das Herz des Negers zum dritten Male freigelegt, den Kranken an die Herz-Lungen-Maschine angeschlossen und die Pumpe eingepflanzt. Als die Herz-Lungen-Maschine abgeschaltet wurde und die weißliche Plastikpumpe ihre Arbeit aufnahm, hatte selbst ihn, der so viele Plastikprothesen in menschliche Körper eingepflanzt hatte, ein Gefühl der Beklemmung befallen. Vor ihm hatte zum erstenmal ein menschliches Wesen gelegen, das nur noch existierte, weil das Aggregat einer Maschine in seiner Brusthöhle Gas zuführte.

Der erweiterte linke Ventrikel hatte fast unmittelbar auf die Entlastung reagiert und sich verkleinert. Das Elektrokardiogramm verbesserte sich zusehends, und das Lungenödem bildete sich zurück. Aber dann war der ersten Genugtuung tiefe Enttäuschung gefolgt. Die Nieren nahmen ihre Tätigkeit nicht wieder auf, der Kranke versank in völlige Bewußtlosigkeit. Am 21. Juli stieg der Gehalt an rotem Farbstoff im Blutserum auffallend und zeigte damit an, daß die roten Blutkörperchen zerfielen. Am 22. Juli war der Schwarze gestorben. Die Autopsie hatte die Schädigung seines Gehirns bloßgelegt. Die Fibrinanlagerung an den Dacronwänden der Pumpe hatte nicht genügt, die Blutgerinnung und -zerstörung zu verhindern.

Aber DeBakeys Glauben an die Lösbarkeit aller Probleme hatte die Tatsache genügt, daß die Pumpe das Herz entlastet hatte. So waren Akers und Liotta beauftragt worden, bessere Pumpen zu bauen und neue Materialien zu finden, die keine Schädigung des Blutes verursachten. Bis Anfang 1966 hatten sie mehr als sechzig neue Pumpen entwickelt. Die letzte mit der Nummer 66 wies zwei, wie sie glaubten, entscheidende Veränderungen auf. Sie hatten sie so angelegt, daß die Pumpe nicht mehr in die Brust selbst, sondern nur noch in die Brustwand eingepflanzt werden sollte. Ihr Funktionieren ließ sich direkt beobachten, ohne daß man bei einer Störung die Brusthöhle wieder öffnen mußte. Der entscheidendste Fortschritt lag jedoch in der Auskleidung aller Innenteile der Pumpe mit einem Dacrongewebe von so weicher Beschaffenheit, daß es den Namen „Dacron-Samt“ erhielt. Selbst in länger dauernden Tierversuchen hatten beide keine Gerinnselbildung von Bedeutung und keine ernsthaften Blutschäden mehr beobachtet.

DeBakey hatte von Woche zu Woche größere Zuversicht gezeigt. Er war so tief vom Erfolg der Herzpumpen überzeugt, daß er sogar daran dachte, etwas zu tun, was niemals ein Arzt gewagt hatte: Er wollte seinen nächsten Versuch, einen Menschen durch Unterstützung seines Herzens mit der künstlichen Pumpe am Leben zu erhalten, durch Film, Fernsehen und Presse der amerikanischen Öffentlichkeit bekanntgeben, und zwar so, daß jeder Amerikaner die zukunftsträchtige Bedeutung dessen, was er in Houston unternahm, begreifen konnte. Diese Entschlossenheit beflügelte ihn, als er vor die Kamera trat für die Fernsehsendung, die von Houston aus ihren Weg auch bis nach Westville und in Marcel DeRudders Holzhaus fand.

*Ein Bekannter Marcel DeRudders:*

„Doktor DeBakey machte einen gewaltigen Eindruck auf Edna. Als die Sendung vorbei war, fragte sie Marcel, ob er es nicht doch noch einmal versuchen wolle. Vielleicht konnte Doktor DeBakey wirklich mehr als all die anderen. Nach ein paar Tagen fuhren sie noch einmal zu Doktor Ensrud, und Ensrud versprach, Doktor DeBakey zu schreiben. Es vergingen vier oder fünf Wochen, und dann, im April, kam ein Brief von Doktor DeBakeys Sekretariat. Sie forderten Marcel auf, am 14. April in Houston zu sein. Marcel sagte etwa: ‚Helfen können sie mir auch da unten nicht. Aber vielleicht können sie etwas lernen und bei anderen anwenden. Dann bin ich am Ende doch noch zu etwas zu brauchen, und die Leute werden dahinterkommen, daß ich kein unnützer Invalide bin.‘

Am 14. April fuhren ihn Edna und ihre Schwester Catherine zum Flugplatz. Marcel wollte nicht, daß Edna mitkam, weil sie ihren Posten im IGA-Laden nicht verlieren sollte. Sie war ja auch schon sechzig, und eine neue Stellung gab es in dem Alter nicht.“

In Houston ließ die heiße Luft des Südens Marcel DeRudder schwer atmen. Schließlich setzte ein Auto ihn vor der neunstöckigen fensterlosen Front des „Methodist Hospital“ ab. Für einen Augenblick schaute er auf das orange getönte Wandgemälde über der Eingangshalle, auf dem Jesus Christus seine Arme wie schützend über zwölf Mosaiken mit Darstellungen großer Ärzte wie Hippokrates und Galen hält. Er wußte nicht, wer diese Ärzte gewesen waren, aber er blickte, bevor er durch die Pforte ging, hinauf in das Gesicht Jesu Christi.

Eine Krankenschwester konnte sich später nicht erinnern, im Jahre 1966 einen anderen so ruhigen und gefaßten Patienten erlebt zu haben wie Marcel DeRudder. Schweigsam und ohne zu klagen, ließ er alles über sich ergehen – alle Tests, die er von seiner Odyssee her schon kannte, und andere, die ihm noch nicht vertraut waren. Er blieb unberührt, als man ihm mitteilte, man werde am Montag, dem 18., eine Angiographie durchführen, einen Eingriff also, den viele andere fürchteten. Er schwieg, als ein Arzt eine Arterie an seinem Arm öffnete und den Herzkatheter hineinschob, und gab nicht einmal einen Laut von sich, als das Röntgenkontrastmittel jene Hitzewelle durch seine Brust, seinen Kopf und seine Füße jagte, die andere Kranke so erschreckte. Das Ergebnis der Tests war so schwerwiegend, daß die Ärzte sich fragen mußten, mit welcher Lebenskraft dieser Mann es fertiggebracht hatte, so lange zu existieren, und ob er überhaupt noch lebend auf einen Operationstisch kommen würde. DeRudder wurde zum erstenmal erregt, als ihn am Dienstag eine Schwester aus einer Art Halbschlaf weckte und ihm zurief: „Er kommt!“ Gleich darauf stand DeBakey mit anderen Ärzten neben seinem Bett. DeBakey gab ihm seine abgeschrubbte, mit schwarzem Haar bedeckte Hand und sagte: „Ich bin Doktor BeBakey, und ich freue mich, daß Sie hier sind. Wir werden alles für Sie tun. In ein paar Tagen werden wir operieren, aber vorher werde ich noch mit Ihnen sprechen."

Als DeBakey am nächsten Abend DeRudder die Sache mit der Pumpe erklärte und ihm sagte, daß er nur eine Chance hätte – eben die Pumpe, sagte Marcel DeRudder, ohne zu zögern, ja.

Er wirkte danach wie erlöst. Als man ihn fragte, ob man seine Familie davon verständigen solle, daß er am folgenden Tag operiert werde, schüttelte er den Kopf. Nein, Edna sollte es erst wissen, wenn alles vorüber war. Dann ließ er die Routine chirurgischer Vorbereitungen über sich ergehen, und genauso ruhig ließ er sich am Morgen des 21. April in den Operationstrakt fahren.

Im Operationssaal Nr. 3 war alles bereit. Auf erhöhtem Podest über dem verwirrenden Bild von Ärzten, Schwestern, Tischen, Maschinen und Instrumenten wartete der Fotograf Ralph Morse darauf, farbige Bilder aufzunehmen, die von dem historischen Ereignis Zeugnis ablegen sollten. Nicht weit davon, mit chirurgischer Haube und Maske vor dem Gesicht, richtete ein Filmkameramann seinen Apparat auf den Operationstisch und das einzige Stück von DeRudders Leib, das nicht unter sterilen Tüchern verborgen war – seine Brust. Die leise Musik, die wie stets in DeBakeys Operationsräumen auch an diesem Morgen aus einer Stereoanlage klang, war nicht in der Lage, die Spannung zu lösen, die alle Anwesenden ergriff.

Gegen 7.50 Uhr war DeRudders Brust geöffnet. Die Herz-Lungen-Maschine übernahm die Arbeit seines Herzens. Es zeigte sich als ein geschwollenes, mißfarbenes, mühsam zuckendes Gebilde, das gleich danach zu schlagen aufhörte. Die Mitralklappe war mit Kalkablagerungen und Blutgerinnseln behaftet und erbarmungslos verkrüppelt wie nur wenige, die DeBakey je zu Gesicht bekommen hatte. Er entfernte die Gerinnsel und das Klappengewebe, streckte seine Hand nach der Kugelklappe aus, welche eine Schwester bereithielt, paßte sie ein, vernähte sie und schloß die Herzkammer, von der er sicher war, daß sie aus eigener Kraft nie wieder schlagen würde, wenn die Pumpe ihr nicht half.

Mehr als drei Stunden waren vergangen, als DeBakey um 10.14 Uhr die „Pumpe" verlangte. Um 11.14 Uhr saß sie an ihrem vorbestimmten Platz – ein runder, aus DeRudders Brust hervorragender Topf, ein Stück glattgeschliffener kalter Technik in lebendem Fleisch. Sekunden später entfernte DeBakey die Verbindungen zur Herz-Lungen-Maschine, und im gleichen Augenblick schaltete Akers die Pumpe mit einem Tempo von 40 Schlägen je Minute ein. Man hörte ein leises Zischen, dann saugte sie zum erstenmal Blut aus dem Herzvorhof an. Dunkel plätscherte es unter ihrem Plastikdach und wurde durch den ersten pressenden Schlag in die Aorta gedrückt. Gleichzeitig begann DeRudders Herz, insbesondere seine linke, entstellte und erschöpfte Herzkammer, zu schlagen.

DeRudders Herz arbeitete, sein Blutdruck stieg, sein Blut durchströmte den Körper. Niemand sprach ein Wort. Nur Morses Kamera klickte und klickte. DeBakey wartete. Seine Hand lag leicht auf DeRudders Herzen. Akers meldete, daß die Pumpe 60 Prozent der Leistung der linken Herzkammer übernommen hatte und daß DeRudders linke Kammer selbst in der Lage war, 40 Prozent zu schaffen.

Um 11.34 Uhr glaubte DeBakey sicher zu sein, daß die Pumpe erfüllte, was er von ihr erwartet hatte, und wollte beginnen, DeRudders Brusthöhle zu schließen, als Akers hervorstieß: „Ich bekomme kein Blut mehr ...“ Er starrte auf die Pumpe. Im gleichen Augenblick fühlte DeBakeys Hand, daß DeRudders rechte Herzkammer zu schwellen begann und sich mit einer so ungeheuren Menge von Blut füllte, daß sie stillzustehen drohte. DeRudders Blutdruck stürzte jäh nach unten. Die Zacken des Elektrokardiogramms wurden flach. DeBakeys Hand begann das Herz zu massieren und die zum Bersten gefüllte rechte Kammer gewaltsam zu entleeren. „Was ist geschehen?“ rief er einem der Anästhesisten zu. Der antwortete mit bleichem Gesicht: „Ich weiß es nicht. Es ging zu schnell ...“ Es gab nur eine Erklärung: Auch DeRudders rechte Herzkammer war so geschwächt, daß sie den plötzlichen Blutstrom nicht bewältigen konnte.

*Ronald Bailey und Alix Kerr in einem Zeugenbericht vom 6. Mai 1966:*

„DeBakey sah sich zwei Möglichkeiten gegenüber. Entweder schaltete er die Pumpe ab. Aber dadurch wurde sie unbrauchbar, weil das darin befindliche Blut gerann. Oder er unternahm einen ganz ungewöhnlichen Schritt, indem er DeRudder wieder an die Herz-Lungen-Maschine anschloß, die schon abgebaut worden war. Er entschloß sich, ohne zu zögern, und rief seine Befehle: Herabsetzen der Schlagzahl der Pumpe, ohne sie abzuschalten, erneutes Anschließen an die Herz-Lungen-Maschine. In weniger als drei Minuten war der Anschluß durchgeführt, und das Blut des Patienten wurde jetzt gleichzeitig durch drei verschiedene Kraftquellen angetrieben, durch sein eigenes Herz, die Herz-Lungen-Maschine und die Pumpe."

DeRudders Blutdruckwerte wurden wieder normal, ebenso die Zacken des Elektrokardiographen. DeBakey wartete längere Zeit, nachdem die Herz-Lungen-Maschine wieder abgeschaltet worden war und Akers die Pumpe so eingerichtet hatte, daß sie nicht mehr Blut pumpte, als die rechte Herzkammer vertrug. Erst dann schloß er die Brust. Aber die Stimmung war gedämpft, als DeRudder in einen Raum der Intensivpflegestation gefahren wurde. Er lebte und atmete. Trotzdem – es war, als wenn das Gefühl eines historischen Ereignisses und der Erwartung eines Erfolgs einen Schlag erlitten hätte.

Kurz darauf folgte der zweite Schlag. DeRudder erwachte nicht aus der Bewußtlosigkeit der Narkose. Stunden vergingen. Aber er blieb bewußtlos. Er reagierte auf keine Reize. Es gab keinen Zweifel – er hatte irgendeine Gehirnschädigung erlitten.

Edna DeRudder erfuhr von der Operation erst, als ein Reporter der „Chicago Daily News" anrief. Sie reagierte so, wie eine Frau ihres Wesens reagiert. Sie sagte, Marcel habe sicher gewußt, weshalb er ihr keine Nachricht gegeben hatte. Auf Kosten einer Zeitung flog Edna am 22. April nach Houston, zog in ein Motel und ging ins Hospital. Doktor DeBakey hatte alle Hände voll zu tun, um Marcel am Leben zu erhalten. Er blieb auch nachts in seiner Nähe. Er hatte alles auf den Erfolg mit DeRudder gesetzt. Die Reporter taten so, als ob man das Kunstherz schon bald im Supermarkt würde kaufen können. In Wirklichkeit war Marcel nicht einmal bei Bewußtsein. Trotzdem brachte DeBakey Edna an sein Bett und erklärte ihr, daß Marcel überhaupt nicht mehr am Leben wäre, wenn sie nicht die Pumpe hätten. Marcels Gesicht war verschwollen, er war mit Kabeln bedeckt und ohne Bewußtsein, und dazu dieser Topf, der aus seiner Brust herausstand ...

Es war ein Schock, aber Edna meinte, Marcel habe leichter geatmet als früher, und sie glaubte DeBakey, daß Marcel Chancen für ein neues Leben hatte.

Edna blieb in Houston und saß stundenlang an Marcels Bett, obwohl er seine Augen niemals aufschlug, und sie betete in der Kapelle des Hospitals nicht nur für Marcel, sondern auch für DeBakey.

*Ein ehemaliger Mitarbeiter des „Methodist Hospital":*
„Alle hofften verzweifelt, daß sie DeRudder durchbringen würden. Man kam nicht an dem Verdacht vorbei, daß sich während der Operation ein Blutgerinnsel in seinem Gehirn festgesetzt hatte. Seine Nieren hörten auf zu arbeiten. Einer der Ärzte meinte, er habe einen hohen Blutdruck gehabt. Die Nieren seien darauf eingestellt und sie funktionierten nicht mehr, weil der Blutdruck gesunken sei. Man ließ die Pumpe stärker laufen, um den Blutdruck zu erhöhen, und die Nieren schieden tatsächlich etwas aus. Aber es reichte nicht. Es mußte noch etwas anderes geschehen sein, vielleicht irgendwelche Blutveränderungen, von denen man noch nichts wußte. Das einzige, was funktionierte, war die Pumpe. Man ließ sie keinen Augenblick aus dem Auge. Jede feststellbare Veränderung in DeRudders Kreislauf mußte bei der Steuerung der Pumpe berücksichtigt werden. Aber am 25. April begannen Blutungen in DeRudders Brusthöhle. Möglicherweise lag auch das an unbekannten Blutveränderungen. Es kam zu einer schweren Lungenstauung. Sie machten einen Luftröhrenschnitt und beatmeten DeRudder mit Sauerstoff. Dabei kam es in der Nacht schlagartig zu einer Zerreißung der linken Lunge, die ebenfalls durch die lange Krankheit geschädigt war. Der Sauerstoff strömte in die Brusthöhle, komprimierte die rechte Lunge, so daß auch sie keinen Sauerstoff mehr aufnehmen konnte, und DeRudder erstickte in Sekunden.

Das war vier Minuten nach 3 Uhr nachts. Das Gespenstische war, daß, als DeBakey sich völlig erschöpft von dem Toten abwandte, die Pumpe selbst – nach 111 Stunden und 44 Minuten – immer noch lief und Blut pumpte, bis Akers sie ausschaltete."

Der methodistische Geistliche aus dem Hospital brachte Edna die Nachricht und fuhr sie noch einmal zu dem Toten. Ein paar Stunden später schrieb sie Doktor DeBakey einen Brief, in dem sie ihm für alle seine Mühe dankte. Es gab ihr Trost, daß er sagte, ihr Brief bedeute für ihn mehr als die Briefe, die er von Präsident Johnson bekommen hatte.

Am 27. April brachte Edna den Toten nach Hause zurück. Journalisten folgten ihr und dem Sarg bis zum Flughafen, und in Chicago warteten andere Presseleute. Sie wiederholte, was sie vorher schon gesagt hatte: „Er wollte ein Versuchskaninchen sein, weil er nicht länger so leben wollte, wie er leben mußte. Er wollte anderen dienen." Aber sie fügte hinzu: „Doktor DeBakey tut mir leid. Er hat sich so sehr bemüht. Alle haben so hart gearbeitet."

Während DeRudder im Bestattungsinstitut aufgebahrt lag, zogen zweitausend Neugierige an dem Toten vorüber. Als der Sarg in die Kirche überführt wurde, mußten sechs Polizisten den Autoverkehr regeln. Aus Houston kam Akers, um DeBakey bei der Beerdigung zu vertreten; er saß an Ednas Seite, während Pastor Joseph E. Seiler die Predigt hielt. Er sagte: „Wir sind heute hier versammelt, um eines Mannes zu gedenken, der sein Leben hingab. Er gab sein Leben, damit die medizinische Wissenschaft einmal andere Leben retten kann. Alles, was uns zu tun bleibt, ist, für sein Opfer zu danken und für die begnadeten Chirurgen von Houston zu beten. Sein Opfer war nicht umsonst. Sein Erbe ist größer als Geld und irdische Güter, weil es Tausenden neue Hoffnungen gibt."

Hunderte folgten dem Toten, dem endlich zuteil wurde, was ihm trotz seines verzweifelten Mühens im Leben nicht beschieden worden war: Verständnis und Achtung seiner Mitbürger von Westville.

## ESPERANZA DEL VALLE VASQUEZ

IHRE ersten bleibenden Erinnerungen an Amerika waren, wie Esperanza später sagte, ein Mord und ein scheußlicher großer brauner Kakerlak. Das Vieh saß im Taxi, das Esperanza und ihre Schwester Rosa Maria am späten Abend dieses Tages vom Flughafen Houston zum „Methodist Hospital" fuhr; der Mord, über den zur Zeit ihrer Abreise mexikanische Zeitungen berichteten, war in Chicago geschehen. Ein Seemann namens Richard Speck war mit Revolver und Schlachtmesser in ein Heim für Lernschwestern eingedrungen, hatte acht Mädchen abgeschlachtet und war entkommen. Das hatte in Esperanza die Vorstellung entstehen lassen, amerikanische Mörder könnten vielleicht auch in das „Methodist Hospital" in Houston eindringen. Mit dieser Furcht im Herzen war sie nach Houston aufgebrochen.

Esperanza del Valle Vasquez kam aus Mexiko City und war ein gebrechliches kleines Wesen. Mit ihrem indianisch eckigen, von starken Backenknochen gezeichneten Gesicht und den schwarzen Augen unter schwarzem Haar war sie einmal ein apart aussehendes, willensstarkes Mädchen gewesen, voll naiver katholischer Gläubigkeit und indianischem Aberglauben und zugleich voller leicht erregbarer Phantasie, voller Gefühl und Enthusiasmus. Jetzt war sie trotz ihrer erst siebenunddreißig Jahre eine abgemagerte, kurzatmige, verwelkte Frau, die am Arm ihrer Schwester Halt suchte. Nur ihre emotionale Erregbarkeit und ein Funke ihres Lebenswillens waren ihr geblieben.

Da sie niemals vorher Mexiko verlassen hatte und kein Wort Englisch verstand, war der Flug nach Texas allein schon ein Abenteuer, doch ihr Arzt hatte ihr erklärt, sie habe nun keine andere Wahl mehr, als an ihrem Herzleiden zugrunde zu gehen oder die Reise ins „Methodist Hospital" anzutreten. Esperanzas Mutter hatte der zweitältesten Tochter Rosa Maria den Auftrag gegeben, Esperanza in der Fremde zu behüten. Sie alle waren seit Jahren darüber unterrichtet, daß Esperanza verloren war. Die Reise nach Texas kam ihnen vor wie eine letzte verzweifelte Wallfahrt, auf der vielleicht ein Wunder geschehen könnte. Aber gleichgültig, ob ein Wunder geschah oder nicht – sie hatte Rosa Maria, die alle Härten des Lebens kannte und schon als Sechzehnjährige jeden Tag viele Stunden weit gelaufen war, um den Kindern eines Nachbardorfes mit Kieselsteinen das Rechnen und mit Schreibstiften aus Baumzweigen das Schreiben beizubringen, dazu ausersehen, Esperanza zu begleiten.

Es war schon Mitternacht, als die Schwestern zum Hospital kamen. Niemand war da. Schließlich fanden sie jemand, der ihnen sagte, wo das Büro war. Dort stellte man ihnen viele Fragen, und Esperanza wurde in ein schönes modernes Zimmer im neunten Stock gebracht. Aber Rosa Maria hatte kein Hotelzimmer bestellt, und so mußte sie im Fernsehraum auf einem Sofa schlafen.

Die erste Nacht war lang und scheinbar ohne Ende. Esperanza konnte sich nicht erinnern, je zuvor ein so schönes Krankenzimmer gesehen zu haben, groß, mit Bad und einem Bett, das sich automatisch bewegen ließ, wenn man auf Knöpfe drückte, ferner mit einer Sprechanlage, durch die man mit den Schwestern verbunden war. Sie verstand nicht, weshalb sie in ein so elegantes Zimmer gelegt wurde, denn sie wußte, daß sie nicht das Geld besaß, ein solches Zimmer zu bezahlen – Dr. Cesarman, ihr Arzt in Mexiko City, hatte auf irgendeine wunderbare Weise erreicht, daß Dr. DeBakey sie umsonst operieren und auch das Hospital sie kostenlos aufnehmen wollte.

Esperanza blieb, obwohl man ihr Tranquilizer gab und sie unsagbar erschöpft war, unruhig und wach und horchte im Dunkeln in sich hinein oder in das Hospital hinaus. Von Zeit zu Zeit wanderten ihre Gedanken zu dem Mörder Speck – sie blickte auf die Tür ihres Zimmers, als könnte irgend etwas Furchtbares zu ihr eindringen. Dann fühlte sie das unregelmäßige Pochen ihres Herzens, das sie seit so vielen Jahren kannte und das immer mühsamer geworden war, bis sie nur unter Atemnot und mit dem Gefühl vernichtender Schwäche ihre Arbeit in einem Schönheitssalon hatte leisten können.

Schließlich versteckte sie das Gesicht wie ein Kind hinter der schützenden Bettdecke. Ihre Gedanken wanderten nach Hause, zur Mutter, zu den Geschwistern und zu ihrem kleinen Sohn José Mineles, ihrem „Pepe", der sieben Jahre alt war. Dann sprangen ihre Gedanken in ihre eigene Kinderzeit nach Texcoco zurück, vierzig Kilometer nordöstlich von Mexiko City, wo sie ein gesundes, glückliches Kind gewesen war – trotz einer Tragödie, von der die ganze Familie heimgesucht wurde, als sie selbst etwa acht Jahre alt gewesen war. Bis dahin hatten sie zwar ein bescheidenes Leben geführt, denn ihre Mutter hatte fast jedes Jahr ein neues Kind geboren; aber ihr Vater Odilon hatte hart gearbeitet, und so brauchten sie keine Not zu leiden. Ihr Vater war ein einfacher Mann aus einer armen Familie gewesen, und die vermögende Familie ihrer Mutter hatte ihr nie verziehen, daß sie einen Armen geheiratet hatte. Nach vielen Jahren der Feindseligkeit hatten ihre Brüder einen Mörder gedungen, der Esperanzas Vater umbrachte. Es hatte ihrer Mutter nichts geholfen, daß die Brüder zu zwanzig Jahren Kerker verurteilt wurden. Fortan hatte sie allein für ihre neun Kinder sorgen müssen. Esperanza erinnerte sich an die Nächte, in denen die Mutter an der Nähmaschine gearbeitet hatte, während sie und ihre Schwestern versucht hatten, wach zu bleiben, und wie sie dann doch rings um die Maschine eingeschlafen waren. Sie erinnerte sich auch daran, daß sie zu arm gewesen waren, Schulhefte zu kaufen, daß sie ihre Hefte aus Packpapier genäht, daß sie mit Holzstückchen, die sie in Lehmpfützen tauchten, auf Steine geschrieben hatten. Der Weg zur Schule war weit gewesen, Regen und Gewitter hatten sie oft bis auf die Haut durchnäßt. Und trotzdem war sie zwölf Jahre lang ein gesundes Kind gewesen, das niemals auch nur eine Erkältung kannte – bis das rheumatische Fieber kam. Es hatte sich 1941 ereignet. Sie erinnerte sich nur, welch entsetzliche Schmerzen sie erduldet hatte – so sehr, daß man sie in einer Decke zum Arzt hatte tragen müssen. Sie hatte sich dann aber doch erholt, und mit vierzehn Jahren war sie mit dem Bus nach Mexiko City gefahren und hatte gelernt, was eine Friseuse zu lernen hatte. Sie hatte schon viele Jahre gearbeitet, bevor sie erfuhr, daß das rheumatische Fieber ihr Herz verkrüppelt hatte und daß sie schon in jungen Jahren würde sterben müssen.

Viele Jahre lang hatte Esperanza versucht, Hilfe bei praktischen Ärzten oder im „Instituto Nacional de Cardiologia“ zu finden, und dort hatte Dr. Patricio Benavides sie im Januar 1956 zum erstenmal operiert. Aber sie wußte nicht einmal, welche Art von Herzoperation es gewesen war. Das einzige, was sie wußte, war, daß es eine schnelle Operation gewesen war – und ohne Nutzen. Immer mühseliger hatte sich Esperanza zu ihrer Arbeit geschleppt, und es war ein Wunder gewesen, daß sie Pepe geboren hatte, ohne dabei zu sterben. Dann, eines Tages, hatte sie eine elegante Dame frisiert, die in den Salon gekommen war, in dem sie arbeitete. Sie war Dr. Theodoro Cesarmans Frau. Nachdem Esperanza sie öfter bedient und ihre Schwäche nicht hatte verbergen können, war Esperanza von Frau Cesarman zu ihrem Mann gebracht worden. Sieben oder acht Jahre waren seitdem vergangen, seit jenem Tag, an dem sie in eine andere Welt geraten war und zu einem Arzt, von dem sie überzeugt war, daß er der sorgsamste und menschlichste Arzt der Welt sei. In all den Jahren hatte er sich um sie gekümmert, sie mit teuren Medikamenten behandelt und so gut wie nichts dafür gefordert. Und er hatte ihr schon vor Jahren vorausgesagt, daß ihr nur eine neue Operation helfen könne, daß sie aber noch warten müsse, bis die richtige Methode gefunden sei. Schließlich hatte er ihr mitgeteilt, in Houston operiere man ihre Krankheit jetzt. Sie dürfe nicht mehr länger warten, denn seine Medikamente könnten ihr nicht mehr lange helfen. Aber Esperanza hatte sich vor der Operation gefürchtet, hatte gebetet und gebetet, daß dieser Kelch an ihr vorübergehen möge. Dr. Cesarman hatte dies verstanden und ihr gesagt, daß die Operation nicht gelingen könne, wenn sie nicht selbst bereit dazu war. Und an dem Tag vor einigen Wochen, an dem sie nur noch siebzig Pfund gewogen hatte und so schwach geworden war, daß selbst das Kämmen über ihre Kräfte ging, hatte sie gesagt: „Ja, ich werde es tun. Ich muß es tun."

Sie war über ihren eigenen Entschluß so erleichtert gewesen, daß sie sich sofort zu Dr. Cesarman hatte fahren lassen. Aber dann hatte sie zu ihrem Entsetzen erfahren, daß die Operation in Houston dreitausend Dollar kosten würde, die sie nicht besaß, und daß Dr. Cesarman erst versuchen müsse, einen Weg zu finden, um sie trotzdem nach Texas zu schicken. Und bald hatte sie erfahren, daß sie nach Houston kommen könne – man werde keinen Dollar von ihr verlangen.

*Ein ehemaliger Mitarbeiter des „Methodist Hospital", 1970:*
„Esperanza war ein vor Herzschwäche förmlich geschrumpftes Wesen, das von Anbeginn an ein Fall für die Pumpe war, aber DeBakey wartete bis Anfang August, damit sie sich an die fremde Umgebung gewöhnte. Er war sich nach den ersten Mißerfolgen bewußt, wie sehr es darauf ankam, endlich einen greifbaren Erfolg zu erzielen. Es durfte also keine Vorsicht außer acht gelassen werden. Schwestern, die Spanisch sprachen, kümmerten sich um sie. DeBakeys Frau, die ebenfalls Spanisch spricht, besuchte Esperanza del Valle Vasquez. Deren Schwester Rosa Maria hatte unbeschränkten Zutritt, um sie aufzumuntern, wenn Heimweh sie überfiel. Auch der Priester der St.-Vinzenz-von-Paul-Kirche, Antonio Morales, ein runder bebrillter Mann, der erst vier Monate zuvor aus Spanien nach Houston gekommen war, kam zu Besuch. Esperanza bat ihn um ein Kruzifix oder eine geweihte Medaille, aber er sagte ihr, sie brauche das nicht, sondern nur das Vertrauen, das in ihr selbst liege: ‚Du wirst stark sein, wenn das Vertrauen in deinem Herzen ist.' Aber sie sagte: ‚Padre, ich fühle mich so verlassen in meinem Herzen.' Er blieb bei ihr, und nach einer Weile kam Friede über sie; sie fühlte keine Angst mehr.

Doktor DeBakey hatte bei seinem ersten kurzen Besuch die übliche Wirkung auf die Kranke. Sie betrachtete ihn, nächst ihrem mexikanischen Arzt, als eine Hand Gottes, die sie retten sollte. In der sicheren Erwartung einer ermutigenden Auskunft fragte sie zwei Ärzte, wie ihre Chancen stünden, und erhielt die erschütternde Antwort: ‚Eins zu neunundneunzig.' Ich denke, daß nur ihre Verehrung für DeBakey den nachfolgenden Schock überwand; vielleicht wirkte er aber auch noch nach, als wir Anfang August die übliche schriftliche Genehmigung für die Operation einholten. Es wurde versucht, ihr zu erklären, welch risikoreiche Operation es war. Aber sie wollte keine näheren Erklärungen hören. Ich bin sicher, daß sie unterschrieb, ohne das Bypass-Problem zu kennen – einfach weil sie nicht mehr wissen und damit zweifeln, sondern glauben wollte."

DER EINGRIFF begann am Morgen des 8. August um 9.30 Uhr. Wie bei Marcel DeRudder verlief der Ersatz der kranken Herzklappen ohne Zwischenfall. Der erste Verbindungsschlauch der Pumpe wurde in den linken Vorhof eingepflanzt, der zweite Schlauch mit der Schlüsselbeinarterie verbunden. Schließlich wurde die Pumpe, die außerhalb der Brust in einem Spezialverband lag, mit den Schläuchen gekoppelt. Als sie auf etwa 80 Prozent der gewünschten Herzarbeit eingestellt wurde und gegen 12.10 Uhr ihre Arbeit aufnahm, begann auch Esperanzas eigenes Herz zu arbeiten. DeBakey schaltete die Herz-Lungen-Maschine ab. Damit begann die Zeitspanne, in der es bei Marcel DeRudder zur ersten Katastrophe gekommen war. Doch nichts Ungewöhnliches geschah. Ohne jede Störung arbeiteten Pumpe und Herz gleichzeitig, und das Herz schlug auch regelmäßig weiter, als DeBakey die Pumpenleistung vorsichtig auf 60 Prozent herabsetzen ließ und damit die Anforderung an Esperanzas Herz steigerte. Nach einiger Beobachtungszeit schloß er die Brustwand bis auf die kleine Wunde, aus welcher der Vorhofschlauch herausragte.

Um 1 Uhr mittags war alles vorüber. Graciella, eine Spanisch sprechende Schwester, rief der Kranken zu, sie solle ihre Hände bewegen. Mit angehaltenem Atem beobachteten DeBakey und sein ganzes Team die mageren weißen, beinahe durchsichtigen Hände an den Seiten des Operationstisches. Doch es dauerte nur Sekunden, dann bewegten sich die Finger. Graciella forderte die Kranke auf, mit dem Kopf zu nikken – und Esperanza nickte! Ihre Gehirnzentren hatten keinen Schaden erlitten.

Als Esperanza kurz darauf in der Intensivpflegestation eintraf und, noch halb schlummernd, in ein Bett gehoben wurde, hörte sie eine Stimme dicht an ihrem Ohr. „Esperanza, ich bin es, Graciella. Die Operation ist vorbei."

Darüber wurde sie wach, fühlte Schläuche im Mund und an den Armen und etwas Pochendes in der Brust. Sie konnte wegen der Schläuche nicht sprechen und nicht fragen, was sie eigentlich fragen wollte: „Sagen Sie mir, daß ich am Leben bin. Sagen Sie mir, daß ich nicht gestorben bin.“ Statt dessen schlief sie wieder ein, um erst Stunden später zum zweiten Male zu erwachen. Sie bemerkte, daß sie in einem Raum lag, in dem viele Maschinen merkwürdige Geräusche machten, wo es nur künstliches Licht gab und viele Ärzte umherstanden, die auf sie herabblickten. Esperanza war jetzt sicher, daß sie lebte. Sie betete still: „Lieber Gott, ich opfere dir meine Schmerzen. Und ich gelobe: Ich werde über kein Leiden klagen und alles schweigend ertragen, bis ich gesund sein werde ...“ Danach verwandelten sich die Gestalten ringsum zu verzerrten Gebilden, und sie versank von neuem in tiefen Schlaf.

Esperanza litt zwar, was fast alle Herz- und Brustoperierten litten: die Schmerzen der Brustkorbwunde, die Pein der Schläuche, Drains und Katheter, die nicht endenden Blutentnahmen und Injektionen. Jeder Hustenstoß wurde zu einer Qual, und sie litt unter der sonnenlosen elektronischen Kälte der Intensivpflegestation, die von DeBakeys eigenen Ärzten nicht selten „Hölle“ genannt und von Kranken, die lange Zeit darin verbrachten, als „Schlangengrube“ bezeichnet wurde. Doch sie vergaß das Gelübde nicht, und sie duldete, ohne zu klagen, was ihr auferlegt wurde.

Die Pumpe tat dieses Mal ganz offensichtlich ihre Pflicht, wie DeBakey es erhofft hatte. Am 9. August wagte er bereits, ihre Hilfeleistung zuerst auf 50, dann auf 40 Prozent herabzusetzen. Am 10. August zeigten Bluntuntersuchungen, daß anscheinend keine Blutschädigungen entstanden. Röntgenbilder zeigten, daß das vor Beginn der Operation unnatürlich erweiterte Herz sich zu verkleinern begann und die Lungen frei von Störungen blieben. Die meisten Schläuche wurden entfernt, Esperanza konnte sprechen und Nahrung zu sich nehmen. Am 11. August schien die Herzleistung so gut, daß man die Kranke aufrichtete und auf dem Rand ihres Bettes sitzen ließ.

Kurz darauf wurde sie zum ersten Male auf ihre Füße gestellt und zu einem Stuhl geführt. Winzig, mit gebeugten knochigen Schultern, die Pumpe vor der Brust, setzte sie mit vor Anstrengung verzerrtem, schweißüberströmtem Gesicht Fuß vor Fuß. Sie wußte in diesem Augenblick halber Qual und halben Triumphes nicht, daß sie das erste menschliche Wesen war, das sich auf seinen eigenen Füßen bewegte, während ein Kabel es mit einer Maschine verband, die sein Herz am Schlagen hielt.

Nachdem sie wieder in ihr Bett zurückgebracht war und sich erholt hatte, entschloß DeBakey sich, die Pumparbeit weiter zu drosseln, so daß sie nur noch 30 Prozent der Herzarbeit leistete. Alle Kontrollen ergaben günstige Werte. Selbst die Funktion der Nieren blieb normal. Am Nachmittag des vierten Tages nach der Operation herrschte der Eindruck, daß DeBakeys Idee, schwer geschädigte linke Herzkammern durch eine Pumpe zu stützen und langsam zu normaler Leistung zurückzuführen, richtig war. Doch am Abend des gleichen Tages begann Esperanzas Blutdruck urplötzlich zu fallen, und kurz darauf verringerte sich die Ausscheidung ihrer Nieren. DeBakey wurde alarmiert: Es war also wieder da – das rätselhafte mörderische Gespenst der versagenden Nieren. Die Kranke erhielt Hydrodiuril, um die Nierentätigkeit anzuregen, aber das Mittel zeigte nicht die geringste Wirkung. Fünf Stunden später, in der Nacht, war der Blutdruck noch weiter abgefallen, während der Druck in der linken Herzkammer anstieg und damit anzeigte, daß diese Kammer, die sich bereits so gut erholt zu haben schien, an Kraft verlor. Die Nieren stellten praktisch ihre Arbeit ein. Esperanza, die aus dem Dahindämmern eines Halbschlafes erwachte, sah erschreckt die vielen weiß, blau und grün gekleideten Gestalten, die um ihr Bett standen. DeBakey wußte keinen anderen Rat, als die Pumpenleistung zu verdoppeln. Wenige Augenblicke später fiel der unnatürlich hohe Kammerdruck, während der Blutdruck auf normale Höhe kletterte. Fast schlagartig nahmen die Nieren ihre Arbeit wieder auf.

Die Krise war so schnell vorüber und die Wirkung der Pumpe so eindeutig, daß alle Anwesenden das Gefühl eines – und sei es noch so vorsichtigen – Triumphes hatten.

Am folgenden Tage wurde die Pumpenleistung langsam wieder herabgesetzt. Esperanzas Herz hatte seinen Schwächezustand überwunden und sich nach vorübergehender stärkerer Hilfe durch die Pumpe wieder erholt.

Am 15. August richtete sich Esperanza im Bett auf und aß zum ersten Male Roastbeef und Gemüse. Doch nur wenige Stunden später wurde DeBakey erneut und noch dringender alarmiert. Als er eintraf, fand er Esperanza auf dramatische Weise verändert vor. Sie rang nach Atem. Rasselnde Geräusche drangen aus ihrer eingefallenen Brust mit der Pumpe, die bei jedem Hustenstoß geschüttelt wurde. Esperanza war halb bewußtlos, nur ihre dunklen Augen sahen hilfesuchend um-

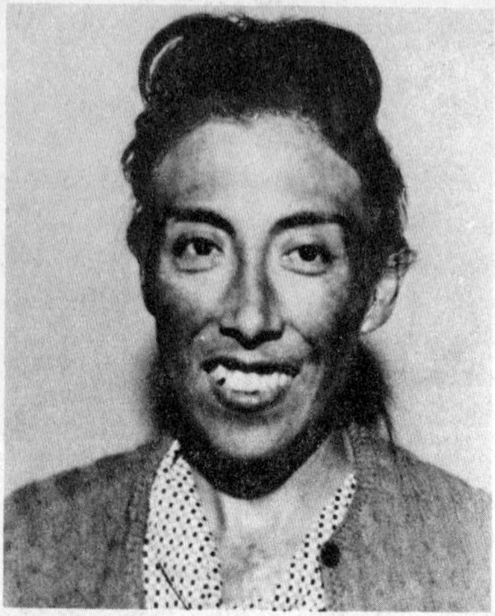

*Esperanza del Valle Vasquez vor der Operation; unten: 1970, mit ihrem Sohn Pepe*

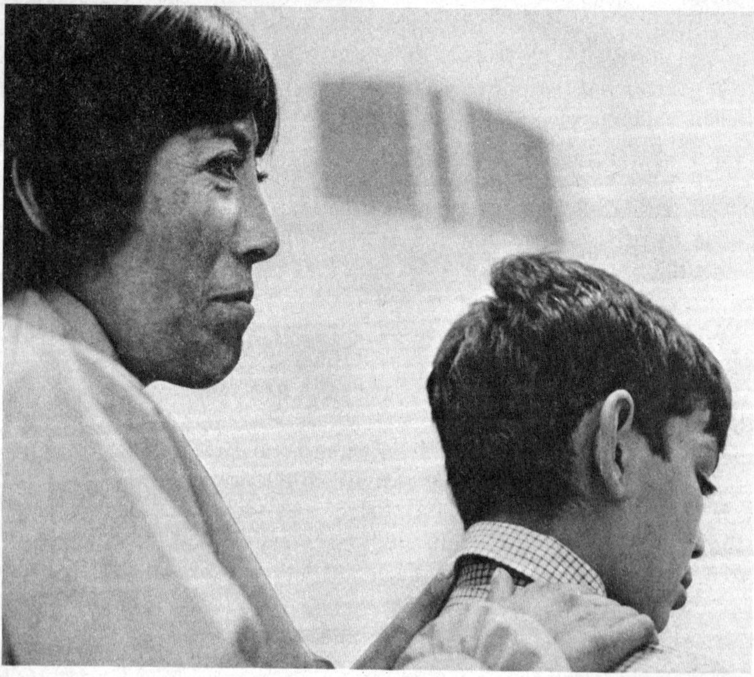

her. Sie hörte eine Stimme sagen: „Gib mir deine Hand, Esperanza, und fürchte dich nicht." Aber sie sah nicht mehr, was sie taten.

*Dr. Michael E. DeBakey zu Jerry LeBlanc, 1970:*
„An jenem Abend entwickelten sich bei Mrs. Vasquez akutes Herzversagen und ein schweres Lungenödem, und sie war am Rande des Todes. Wir erhöhten die Pumpleistung von 450 Kubikzentimeter einfach auf 1400 Kubikzentimeter pro Minute, also auf das mehr als Dreifache, und es dauerte danach nur zehn bis fünfzehn Minuten, bis der Kreislauf auf erstaunliche Weise wieder normal und die Lunge frei wurde."

Es schien ein Wunder, ein totales Herzversagen mit Lungenödem in wenigen Minuten mit einem Handgriff zu überwinden. Wohl blieb noch die Frage, wie oft sich solche Herzschwäche noch einstellen und ob sich Esperanzas Herz so weit erholen würde, daß man die Pumpe entfernen konnte.

Am Nachmittag des 18. August wurde die Pumpleistung für fünf Stunden fast auf Null reduziert. Als dies keine ungünstigen Folgen hatte, beschloß DeBakey, die Unterstützungsarbeit durch die Pumpe zu beenden und das Gerät noch am gleichen Tag zu entfernen. Dies geschah unter örtlicher Betäubung innerhalb von kaum zwanzig Minuten. Der Herzvorhofschlauch blieb in der Brust zurück, damit man im Notfall die Pumpe schnellstens wieder anschließen konnte. Die Patientin wurde aus der Intensivpflegestation in ihr Zimmer gebracht, aber unter ständige Beobachtung gestellt.

An diesem Tage trug Esperanza die feste Überzeugung in sich, daß Gott die Hände DeBakeys gesegnet hatte. Nachdem sie so lange ihr Gelübde eingehalten und niemals geklagt hatte, obwohl sie noch Schmerzen litt, brach sie nun, als alles vorüber schien, zum ersten Male zusammen und weinte. Weil sie sich darüber schämte, daß sie ihr Gelübde gebrochen hatte, flehte sie die Schwestern, die sie bewachten, an, sie allein zu lassen. Sie weinte lange Zeit.

Als sie sich endlich wieder gefaßt hatte und immer noch allein war, schaltete sie die Radioanlage an ihrem Bett ein und hörte ihren Namen und dazu ein paar Sätze, die sie nicht ganz verstand: etwas von einem neuen künstlichen Herzen und einem Wunder, das an ihr geschehen war. Nun wußte sie, daß man draußen in der Welt über sie sprach. Dieses neue unbeschreibliche Gefühl verstärkte sich, als eine Schwester ihr erzählte, daß Dr. DeBakey jede Nacht in ihrer Nähe geschlafen habe und daß Königin Elizabeth von England sich täglich berichten lasse, wie es ihr gehe.

Am 20. August stand Esperanza zweimal auf. Sie aß alles, was man ihr gab, obwohl es kein mexikanisches Essen war. Am 22. August ging sie zum ersten Male ohne Hilfe um ihr Bett herum. Und an diesem Tage erlebte sie, daß viele Mexikaner in anderen Abteilungen des Hospitals nur darauf warteten, sie zu sehen, weil sie hofften, an ihrem Wunder teilnehmen zu können und selbst geheilt zu werden. Als die Schwester hinausgegangen war, kam ein Mann herein und rief: „Sie sind ein Wunder. Ich bin glücklich, daß ich Sie gesehen und gesprochen habe." Dann eilte er wieder hinaus. Und als man ihr Besuch erlaubte, kamen fremde Leute herein, um sie anzusehen und zu befühlen. Einer sagte: „Bitte schreiben Sie mir ein Wort auf dieses Stück Papier. Mein Vater ist sehr krank, und es wird ihm neuen Glauben daran geben, daß er auch gesund wird."

Am 23. August fuhr sie zum erstenmal selbst im Rollstuhl zur Röntgenabteilung. Unterwegs warteten Kranke, die ihr Blumen überreichten. Am 27. August kam ein Friseur, um ihr Haar zu richten. Und als sie sich im Spiegel betrachtete, sah sie, daß sie ein anderer Mensch geworden war – ein lebender junger Mensch. Zwei Tage später erfuhr sie, daß sie am 6. September das Hospital verlassen und nach Hause zurückfliegen könne und Romulo O'Farrill, Millionär und Verleger der mexikanischen Zeitung „Novedades", der ebenfalls krank im „Methodist Hospital" lag, lasse sie und Rosa Maria in seinem eigenen Flugzeug nach Mexiko City zurückfliegen. Sein Sohn werde das Flugzeug steuern.

*Esperanza del Valle Vasquez in ihrer Erinnerung:*
„Ich war so unendlich glücklich. Ich rief meine Mutter an, und ich sagte: ‚Mutter, ich bin wieder gesund ...' Danach ging ich von einem Krankenzimmer zum anderen und rief allen zu: ‚Ich gehe nach Hause, ich gehe nach Hause ...'"

Am Morgen des 6. September zog sie sich zum erstenmal richtig an – ein kirschrotes Kostüm, das Rosa Maria für sie gekauft hatte. Bevor sie und ihre Schwester in ein Auto steigen konnten, das sie zum Flughafen bringen sollte, wurde sie von Journalisten umdrängt. Während sie die Fragen zu beantworten versuchte, umklammerte sie mit einer Hand das Plastikarmband des Hospitals, auf dem ihr Name stand. Sie trug es wie einen Talisman und sagte: „Ich werde es immer tragen. Es ist wichtiger für mich als das teuerste Brillantenarmband der Welt.“ Auch auf dem Flughafen entkam sie den Journalisten nicht. Sie flüchtete sich schließlich zu Antonio Morales, dem Priester, der ebenfalls hinausgefahren war. Er erteilte ihr und Rosa Maria seinen Segen, bevor sie die Treppe zum Flugzeug hinaufstiegen.

Im Triumph wurde Esperanza zu Hause empfangen. Die Reporter berichteten, daß sie im September eine Wallfahrt zur Kirche der Heiligen Jungfrau von Guadalupe in Tepayac unternommen habe. Man erfuhr, daß ihr Gewicht sich auf hundert Pfund erhöhte und daß sie mit ihrem Sohn Pepe zum ersten Male drei Häuserblocks weit gehen und den Markt besuchen konnte. Esperanza begann wieder zu arbeiten und betrieb mit ihrer Schwester Guadalupe einen Frisiersalon.

Esperanzas Beispiel erweckte in vielen Herzkranken den Wunsch, von Dr. DeBakey operiert zu werden. Benjamin Flores, ein sechsundzwanzigjähriger mexikanischer Bauer, wurde am 19. Oktober wegen einer Erkrankung der Aortenklappe von Dr. DeBakey operiert und erhielt die Herzpumpe. Esperanza weinte voller Schmerzen, als die Nachricht eintraf, Flores sei schon am Tage nach der Operation an Nierenversagen gestorben. Von allen sieben Herzpumpenpatienten blieb Esperanza die einzige Überlebende. Am 7. Februar 1967 kehrte sie ins „Methodist Hospital“ zurück, um ein halbes Jahr nach ihrer Operation untersucht zu werden. Noch immer trug sie das Armband, das man ihr damals gegeben hatte. Sie umarmte Dr. DeBakey und rief: „Fürchten Sie sich nicht, wir Mexikaner sind temperamentvolle Menschen.“ Er fand ihr Herz mit seinen neuen Klappen und dem zurückgebliebenen Pumpenteil in tadellosem Zustand vor.

Esperanza lebte weiter, nicht ein Leben unbeschränkter Gesundheit, sondern das Leben, das einem Menschen mit zwei künstlichen Herzklappen beschieden ist – mit regelmäßigen Kontrollen, mit dauernder Vorsorge gegen Blutgerinnsel und Schädigungen des Blutes und unter ständigen Gaben von Medikamenten mit all ihren Nebenwirkungen. Aber sie lebte, und sie arbeitete, und sie wußte, was auch ein eingeschränktes Leben bedeutete, denn sie hatte so oft und so lange die Nähe des Todes gespürt.

*Dr. P. M. in einem Brief im Frühjahr 1969:*
„Die Tatsache, daß von sieben mit dem Bypass operierten Kranken nur Esperanza überlebte, hat bei DeBakey zu radikalen Konsequenzen geführt. Sie gehen nicht nur auf das ständig wiederkehrende Nierenversagen zurück, das mit teilweise noch mysteriösen Blutschäden durch die Pumpe zusammenhängen muß. Ich habe den Eindruck, daß auch der Grundgedanke, schwer geschädigte Herzen durch zeitweise Pumpenunterstützung der linken Herzkammer zu heilen, bei DeBakey am Ende Zweifel hervorrief. Bei schwerkranken Herzen ist meistens auch die rechte Kammer zu sehr angegriffen.

DeBakeys erste Konsequenz ist der Entschluß, keine weiteren Versuche mit künstlichen Herzpumpen an Menschen zu unternehmen, solange das Problem der Blutschädigung nicht gelöst ist. Die zweite Konsequenz betrifft die Konstruktion einer neuen Pumpe, die zwei Herzkammern enthält und dem menschlichen Herzen näherkommt. DeBakey läßt keinen Zweifel daran, daß bis zu einer praktischen Anwendung der Ganzherzpumpe am Menschen noch lange Zeit vergehen muß.“

# DIE UNBEKANNTEN HELFER DER MEDIZIN

*von Jürgen Thorwald*

Als ich zum erstenmal daran dachte, nicht nur die Geschichte von Ärzten, sondern von Patienten zu schreiben, war ich selbst Patient. Ich lag nach einer Nierenoperation in einem Hospital in Kalifornien. Vor Jahren hatte ich im „Jahrhundert der Chirurgen" von einer deutschen Arbeiterfrau in Offenbach, Margaretha Kleb, erzählt, an welcher der Heidelberger Chirurg Simon am 2. August 1889 zum erstenmal in der Welt gewagt hatte, eine Niere zu operieren – weil Margaretha Kleb ihn in ihrer Verzweiflung dazu drängte und ihm Feigheit vorwarf, als er aus Furcht vor einem Mißerfolg und vor seinen ärztlichen Kollegen zögerte. Nun, in meinem Hospitalbett in Los Angeles, wurde mir klar, wie sehr Margaretha Kleb den ersten Anstoß zu der Nierenchirurgie gegeben hatte, der auch ich mein Weiterleben verdankte.

Zufall oder Bestimmung wollten es, daß eine meiner Krankenschwestern, eine Kanadierin, die Verwandte eines vor wenigen Jahren verstorbenen Joe Gilchrist aus Toronto war. Als ich zu ihr über meine Idee sprach, einmal darzulegen, daß Patienten zumindest so viel zur Entwicklung der Medizin beigetragen hätten wie viele gefeierte „Männer in Weiß", erzählte sie mir von Joe Gilchrist. Er war nämlich der erste Mensch, an dem 1921 das neuentdeckte Insulin ausprobiert worden war, das heute Millionen von Zuckerkranken vor dem damals noch unvermeidlichen Ende bewahrt. Nur mit seiner Hilfe wurde die moderne Behandlung der Zuckerkrankheit entwickelt – sein Name aber wurde vergessen.

Dies ist – kurz gesagt – der Ursprung des Buches „Die Patienten", der Ursprung des Versuchs, die Geschichte von Menschen „wie du und ich" zu erzählen, die entscheidenden Anteil an der Entwicklung neuer medizinischer Methoden und Mittel hatten. Als ich ihren Lebensschicksalen nachging, begegnete ich Hunderten, deren Gestalten heute hinter den Lorbeerfassaden ärztlicher Helden verschwunden sind.

Ich begegnete so vielen Schicksalen, daß ein Dutzend Bände notwendig gewesen wären, sie alle zu erzählen. „Die Patienten" wurden daher ein Buch, das sich auf wenige dieser Schicksale beschränken muß – auf Patientenpioniere unserer Gegenwart oder der unmittelbaren Vergangenheit, auf jene Patienten am Anfang der letzten Entwicklungen der Medizin in der Herzchirurgie, den Organtransplantationen und den künstlichen Organen. Aber sie alle verkünden die gleiche Wahrheit: Medizin wird nicht allein von Ärzten gemacht, sondern auch von ihren Kranken.

# FRÄULEIN TAUSEND FRÜHLINGS-BLÜTEN

EINE KURZFASSUNG DES BUCHES VON

John Ball

Ins Deutsche übertragen von
Bettina Berger und Heinz von Sauter
Illustrationen von Ben Wohlberg

Deutsche Buchausgabe:
»Fräulein Tausend Frühlingsblüten«
(Miss One Thousand Spring Blossoms)
erscheint demnächst im
Wilhelm Heyne Verlag, München

*Richard Seatons Aufenthalt in Japan sollte eigentlich rein geschäftlicher Natur sein. Doch der schüchterne amerikanische Junggeselle geriet in den zauberischen Bann der ersten Geisha von Tokio, Fräulein Tausend Frühlingsblüten, und verstrickte sich völlig ahnungslos in die verwirrenden Traditionen des jahrhundertealten Geisha-Systems. In dem Netz von Mißverständnissen gingen Seatons japanische Geschäftspartner, die auch seine persönlichen Freunde geworden waren, beinahe bankrott, während dem arglosen Seaton fast das Herz brach. Aber bevor diese romantisch-humoristische Geschichte ihr unerwartetes Ende erreicht, sind sich Ost und West ein wenig nähergekommen, und der Leser hat neue Einsichten in japanische Denk- und Lebensweise – und in das menschliche Herz überhaupt gewonnen.*

Richard Seaton saß allein an einem Tisch auf der Dachterrasse des Hotels Mark und blickte auf die Lichter von San Francisco hinunter. Sein linker Arm schmerzte noch empfindlich von den zwei Choleraimpfungen, aber seine Gedanken waren mit anderem beschäftigt.

Immer mehr erschien ihm seine Reise wie ein großes Abenteuer. Noch nie war er westwärts über Chicago hinausgekommen, und jetzt flog er nach Japan! Nach dem Fernen Osten! Das Wort umfaßte für ihn allen Zauber der Welt. Natürlich war er sich klar, daß schon viele vor ihm dort gewesen waren, dennoch würde er in diesem fernen Land so etwas wie ein inoffizieller Abgesandter, ein Vertreter seines Volkes sein. Er dankte im stillen dem Himmel, daß er nach guter alter Tradition erzogen worden war und sich höflich und korrekt zu benehmen wußte. Vielleicht war das neben seinen Fähigkeiten als Ingenieur ausschlaggebend dafür gewesen, daß man ihm diese Mission anvertraut hatte.

Über die Japaner wußte er so gut wie nichts, außer daß sie eine unmögliche Sprache sprachen. Aber sie machten sehr gute elektronische Geräte; beruflich würde er also wohl die nötige Verbindung mit ihnen herstellen können.

Er dachte daran zurück, wie er noch gestern in Massachusetts vom Chefbüro aus den sanften heimatlichen Hügelketten draußen vor dem Fenster mit zärtlichem Blick Lebewohl gesagt hatte, während ihm Herr Mercer persönlich die letzten Anweisungen erteilte. Nie wäre es Seaton eingefallen, die Dachterrasse des Mark aufzusuchen — aber der Firmenchef selbst hatte es ihm bei dieser letzten Besprechung ausdrücklich empfohlen, und eine direktoriale Empfehlung außer acht zu lassen war undenkbar. Trotzdem, der

CLUB

Whisky, den er gerade bezahlt hatte, war eine persönliche Ausgabe und würde nicht auf seiner Spesenrechnung erscheinen.

Seaton schlug seine langen Beine übereinander, putzte die schwarzgeränderte Brille und trank sein Glas aus. Die selbstverständliche elegante Lässigkeit der Leute um ihn herum war ihm nicht gegeben. Ein außergewöhnlich attraktives Mädchen im Abendkleid ging, gefolgt von ihrem Begleiter, an seinem Tisch vorbei. Für eine Sekunde trafen sich ihre Blicke, und es ging Seaton durch und durch, als ihn der Schatten eines Lächelns zu streifen schien. Kaum war sie vorbei, erhob er sich zu seiner vollen Länge und flüchtete nach draußen zu den Aufzügen.

In den Matsumoto-Werken am südlichen Stadtrand von Tokio saß Herr Tatsuo Matsumoto und wartete auf die dritte Hiobsbotschaft.

Zuerst war aus Boston die Nachricht vom bevorstehenden Besuch eines Herrn Richard Seaton von der Firma Mercer & Doyle, Laboratoriums-Meßgeräte, eingetroffen. Eigentlich keine schlechte Nachricht, aber viele kostspielige Vorbereitungen waren zu treffen, und dann bestand immer noch die Möglichkeit, daß eine Geschäftsverbindung gar nicht zustande kam und daß sich irgendeine andere der vielen konkurrierenden japanischen Firmen die Rosinen aus dem neuen Auftrag herauspicken würde. Die nächste Post hatte die Annullierung eines Auftrags von einem seiner Hauptkunden auf den Philippinen gebracht. Da Mißgeschicke immer in Dreierserien aufzutreten pflegen, wartete Herr Matsumoto nun mit fatalistischer Ergebung auf den dritten Schlag.

Inzwischen waren Herr Shingiro Yamaguchi, sein tüchtiger Stellvertreter, und Herr Ichiro Futaba, der — wenigstens seiner eigenen Meinung nach — Englisch konnte, zum internationalen Flughafen von Tokio unterwegs. Nervös wiederholte Herr Yamaguchi im Geist zum zwanzigstenmal seine Begrüßungsworte, während Herrn Futaba wegen seines Englischs nun doch Bedenken kamen. Im Sprachkurs hatten sie sich gegenseitig Sätze vorgestottert, aber sich wegen der zungenbrechenden Ausspracheschwierigkeiten nie an Konversation gewagt.

Als die lange, schlanke DC-8 aus San Francisco auf dem Rollfeld aufsetzte, fühlte Herr Yamaguchi den unwiderstehlichen

Drang, in nervöses Kichern auszubrechen, bei Japanern ein sicheres Zeichen von Verlegenheit. Wie sollte er den Mann, den er zu begrüßen hatte, überhaupt erkennen?

Während die Passagiere durch den Zollausgang strömten, nahm das Problem bereits alptraumartige Ausmaße an. Glücklicherweise waren es hauptsächlich Japaner oder Familien. Übrig blieben so ein offensichtlich hohlköpfiger, eulenhaft bebrillter amerikanischer Tourist von unmöglicher Länge und zwei kompetent aussehende Geschäftsleute. Einer von ihnen schüttelte einem andern Ausländer, der ihn abholte, die Hand und schied damit aus. Herr Futaba mußte seinen ganzen Mut zusammennehmen, um auf den zweiten zuzugehen. „Herr Seaton-san, ja?" fragte er.

„Ich habe schon ein Hotel", brummte der Mann barsch.

In diesem peinvollen Augenblick nahte Hilfe in Gestalt einer reizenden Stewardeß. Nach den unvermeidlichen Verbeugungen fragte Herr Yamaguchi, ob ein Herr Seaton-san im Flugzeug gewesen sei, worauf die Stewardeß mit einem Kopfnicken auf den linkischen Riesen wies, der ratlos vor einem japanischen Telephon stand. Von Schauder gepackt, trat Yamaguchi auf diese lächerliche Mißgestalt zu und verbeugte sich besonders tief, sekundiert von Herrn Futaba, der sich zwei Schritte rechts hinter ihm hielt. Mit großer Sorgfalt artikulierte Yamaguchi: „Sie Herr Setanu-san sein, ja? Firma Matsumoto."

Wie ein Lampion, in dem man eine Kerze anzündet, erhellte sich das Gesicht des Mannes. „Herr Matsumoto", sagte er herzlich, „ich bin Dick Seaton."

Yamaguchi verneigte sich erneut, zog seine Brieftasche heraus und überreichte dem Amerikaner seine Geschäftskarte.

Als dieser verständnislos auf die Schriftzeichen starrte, trat die Stewardeß abermals herzu und verneigte sich. „Kann ich Ihnen behilflich sein?" fragte sie. Der Amerikaner bewies tatsächlich gute Erziehung, denn er verneigte sich ebenfalls, ungeschickt zwar, aber er verneigte sich. Er erklärte die Schwierigkeit, dann tat Yamaguchi dasselbe. Die Stewardeß wandte sich wieder Seaton zu. „Das ist Herr Yamaguchi, der Geschäftsführer der Firma Matsumoto, und Herr Futaba, der Verkaufsleiter."

Die beiden Japaner verneigten sich heftig. „Wir Begrüßung machen", sagte Herr Futaba wagemutig.

„Guten Tag, meine Herren", erwiderte Seaton herzlich und schüttelte ihnen die Hand — ein entschuldbarer Fehler. Er dankte der Stewardeß und fragte: „Wo kann ich einen Dolmetscher engagieren?"

„Die Herren sprechen beide Englisch", sagte sie sanft und wahrte so deren Gesicht. Dann entfernte sie sich mit einer neuerlichen Verbeugung.

Während Herr Futaba darauf bestand, sich um das Gepäck zu kümmern, geleitete Herr Yamaguchi Seaton zum Taxistand. „Sie — müde — erst — Schlaf — machen?" fragte er.

Seaton verstand, und die direkte Verbindung war hergestellt. „Schlafen, nein danke. Aber ich würde gern in mein Hotel gehen und eine Dusche nehmen." Er hatte sich im Flugzeug rasiert und überzeugt, daß sich sein bügelfreies Hemd noch sehen lassen konnte.

Herr Yamaguchi hatte das Wort „Hotel" herausgehört. „Wir *hoteru* gehen", sagte er, als sie zum Taxistand kamen.

Ein Miniaturtaxi fuhr vor. Die Sitze waren mit Korbgeflecht überzogen, und in der Vase steckte ein winziger Blütenzweig. Seaton faltete seine lange Gestalt zusammen und zwängte sich mühsam hinein. Sein Gepäck wurde neben ihm verstaut, Yamaguchi gab dem Fahrer in knatterndem Japanisch Anweisungen, dieser nickte kurz und preschte davon.

Seaton wurde es angst und bange. Das Taxi stürzte sich in einen Strom von Wagen, die alle auf der falschen Straßenseite dahinbrausten. Es nahm ohne Zögern eine vierte Fahrspur neben den drei normalen in Anspruch, trotzdem wurde es von dem andern Taxi mit Yamaguchi und Futaba überholt, was Seatons Fahrer zu noch wilderer Aktivität anspornte. Seaton brüllte ihn auf englisch an, aber der Mann grinste nur rasch über die Schulter zurück und deutete aufgeregt nach vorn. Mit quietschenden Reifen ging es um eine Ecke. Seatons Knie schlotterten, obgleich er sie gegen die Lehne des Vordersitzes preßte. Um sich abzulenken, versuchte er sich auf das Straßenbild zu konzentrieren. Überall sah man Unmengen von Schildern, deren Schriftzeichen nicht die leiseste Vermutung über ihren Sinn zuließen. Seltsame dreirädrige Karren holperten in Scharen wie wild gewordene Tripoden durch die Straßen. Es sah aus, als könne zwischen den Fahrzeugen nicht einmal eine Stecknadel zu Boden fallen.

Als das Taxi wieder in haarsträubendem Tempo um eine Kurve raste, schloß Seaton die Augen und hielt sich krampfhaft fest. Wehmütig dachte er an die sanften heimatlichen Hügel Neuenglands, von denen ihn nun unwiderruflich rund fünfzehntausend Kilometer trennten.

In der sachlich ruhigen Atmosphäre des Hotels fand Seaton ein wenig sein Gleichgewicht wieder. Der Empfangschef sprach Englisch; für Seaton-san sei ein Zimmer bereit.

Seaton wandte sich zu Yamaguchi und Futaba um, die im Hintergrund gewartet hatten. „Vielen Dank, daß Sie mich abgeholt haben", sagte er bedächtig.

Futaba strahlte und verneigte sich. „Es für uns Vergnügen ist." Ermutigt wollte nun auch Yamaguchi sein Können unter Beweis stellen.

„Wir Sie in Bad bringen, ja?" schlug er vor.

Seaton war nicht gerade begeistert. „Ich habe ein Zimmer mit Bad bestellt."

„In Japan", mühte sich Herr Yamaguchi weiter, „wir Bad von Dampf haben. Groß, erfrischend, sehr sauber. Sie japanische Art versuchen, ja?"

Entschlossen, sich nicht auch so tölpelhaft zu benehmen wie die im „Häßlichen Amerikaner" geschilderten Landsleute, erklärte Seaton: „Es wird mir ein Vergnügen sein."

Das Lächeln der japanischen Herren wurde noch breiter. „Sehr nah", sagte Herr Futaba. „Nur ein Häuserblock. Sie Taxi wollen?"

Nie wieder wollte Seaton in diesem Land ein Taxi. „Gehen wir zu Fuß", schlug er vor.

Einen großen Häuserblock entlang bahnten sie sich ihren Weg durch eine dichtgedrängte Menschenmenge. Seaton hatte das ungemütliche Gefühl, als sei er plötzlich noch weitere zehn Zentimeter über seine schon beachtliche Länge hinausgewachsen. Seine Begleiter komplimentierten ihn in den Vorraum hinein, wo ihm ein englisch sprechender Angestellter versicherte, viele Amerikaner seien hier Kunden; Seaton-san könne sofort drankommen.

Ein Mädchen in weißem Kittel erschien und wurde als Fräulein Sumiko vorgestellt. Sie legte die Hände auf die Knie und verneigte sich. Seaton erwiderte die Verbeugung. Verwundert, daß eine

Dame das Männerbad betreten durfte, folgte er ihr gehorsam durch einen von Seifenduft und Dampf erfüllten Gang. Sumiko öffnete eine Tür und forderte ihn auf einzutreten. Er hatte einmal gelesen, Japaner badeten häufig gemeinsam — ein Gedanke, den er als unvorstellbar von sich gewiesen hatte.

Der Raum enthielt eine Dampfkabine zum Liegen, eine in den Boden eingelassene, bis zum Rand mit heißem Wasser gefüllte Wanne, einen Hocker und einen langen Tisch zum Ausstrecken und Ruhen. Alles blitzte vor Sauberkeit. Wenn das ein japanisches Badezimmer war, so hatte es vieles für sich.

Nun schloß Fräulein Sumiko die Tür — von innen. Sie prüfte die Temperatur des Badewassers und vergewisserte sich, daß das lange Handtuch, das auf dem Tisch lag, frisch war. Dann nahm sie aus einem Schrank einen Kleiderbügel und gab ihm durch Zeichen zu verstehen, er solle seinen Rock ausziehen. Sie hängte ihn in den Schrank, kniete dann nieder und begann seine Schuhe aufzuschnüren. Es schien ihm unangebracht, daß ihn ein weibliches Wesen in dieser Weise bediente, aber in dem Bewußtsein, gewissermaßen ein Abgesandter seines Landes zu sein, hob er nacheinander die Füße und ließ sich Schuhe und Socken — glücklicherweise ein neues Paar — ausziehen.

Dann zeigte Fräulein Sumiko auf sein Hemd und seine Hose und sagte:

さあ、恥ずかしがら
ないで、着ているものを
全部ぬいで下さい…
ズボンも、パンツも…

Wieder deutete sie auf ihn, auf die Dampfkabine, die Badewanne und dann noch einmal auf sein Hemd und seine Hose. Ihre Zeichensprache war eindringlich und leider nicht mißzuverstehen.

Seaton stand wie erstarrt. Mit der Seelenpein einer Jungfrau, die gezwungen wird, sich vor einer Horde lüsterner Sklavenhändler auszuziehen, streifte er seine Hüllen ab. Als er schließlich auch noch seinen Slip geopfert hatte, öffnete Fräulein Sumiko die Dampfkabine, machte eine einladende Geste und sagte: „*Dozo.*“

Seaton stieg hinein. Sumiko schob die Wand wieder zu und drehte das Dampfventil auf. Während sie den Boden mit frischem Wasser besprengte, summte sie leise eine wehmütige, ungemein bestrickende Melodie vor sich hin. Der heiße Dampf hüllte ihn ein, er entspannte sich wohlig, und es war ihm, als durchtränkten die Töne sein Innerstes. Gerade als die Hitze unangenehm wurde, tauchte Sumiko ein Tuch in kaltes Wasser, wand es aus und legte es auf seine Stirn. Dann wusch sie ihm mit sanfter Hand das Gesicht, klappte die Wand zurück und wies auf den Hocker.

Leicht benommen setzte sich Seaton und wurde mit mehreren Eimern heißen Wassers, das ihm fast kochend vorkam, übergossen. Dann stieg er folgsam in das irrsinnig heiße Bad, ließ sich abreiben und streckte sich schließlich bäuchlings auf dem Massagetisch aus. Weil er Ausländer war, legte Fräulein Sumiko zu seiner Beruhigung ein Handtuch über seine Körpermitte, bevor sie mit der Massage begann.

Als Seaton vierzig Minuten später wieder in den Vorraum zurückkehrte, schien ihm, als schwebe er einige Zentimeter über dem Boden. Herr Yamaguchi und Herr Futaba, die geduldig auf ihn gewartet hatten, sprangen glücklich lächelnd auf. „Bad gut war, ja?“ fragte Herr Futaba höflich.

Entgegen seiner sonstigen Art antwortete Seaton, ohne zu überlegen: „Bad war verdammt gut.“

Entzückt brachten ihn seine Begleiter ins Hotel zurück, wo ein zehn Minuten währender Kampf mit den Sprachschwierigkeiten folgte. Den Empfangschef einzuschalten würde, wie Seaton bereits erkannt hatte, auf die sprachlichen Fähigkeiten seiner Gastgeber ein schlechtes Licht werfen. Man kam schließlich überein, Seaton-san solle bis neun in seinem Zimmer ausruhen, dann werde sich Matsumoto-san persönlich die Ehre geben, ihn zum Essen abzuholen. Da dieser jedoch nicht englisch spreche, würden Yamaguchi und Futaba mit Freuden dolmetschen.

In seinem westlich eingerichteten Zimmer angelangt, packte

Seaton die Koffer aus; dann setzte er sich ans Fenster und betrachtete Tokio von oben. Zu seiner Enttäuschung sah es wie Cleveland aus. Er sagte sich, daß die Geschwindigkeit des Düsenflugverkehrs und die modernen Nachrichtenverbindungen die Grenzen verwischten, die die Erdteile früher getrennt hatten. Natürlich hatte das sein Gutes, aber eine wunderbare Illusion wurde dadurch zerstört. Als die Dunkelheit auf die Stadt niedersank, legte er sich aufs Bett, und seine Seele durchlebte den uralten Kampf zwischen der dem Menschen eingeborenen Sehnsucht nach Abenteuern und dem anerzogenen Beharren im gewohnten Trott.

Dann läutete das Telephon: Herr Matsumoto erwartete ihn unten. In der Halle fand er Herrn Yamaguchi, Herrn Futaba und einen dritten, einen untersetzten Japaner mit schütterem Haar, dessen glattes, rundes Gesicht wie hartes Metall zu glänzen schien. Yamaguchi machte sie förmlich miteinander bekannt. Herr Matsumoto verneigte sich steif und hielt ihm wie einer, der es zum erstenmal versucht, die Hand hin. Seaton schüttelte sie kurz und hatte dann die Geistesgegenwart, sich zu verneigen. Erneut verneigte sich Herr Matsumoto, als wolle er zum Ausdruck bringen, daß dies eigentlich die einzig richtige Begrüßungsform sei. Wenn er sich irgendwie unbehaglich fühlte, weil ihn sein Besucher um fast dreißig Zentimeter überragte, so verriet er dies in keiner Weise. Er murmelte etwas und ging voraus, dem Ausgang zu.

Am Randstein wartete ein kleiner, aber luxuriöser schwarzer Wagen mit Vorhängen. Sie stiegen ein, fuhren zwanzig Minuten lang in vernünftigem Tempo durch Straßen, die bis auf die Schilder beharrlich weiter wie Cleveland aussahen, dann bog der Wagen plötzlich in eine schmale, von freundlichen Holzhäusern und sanft beleuchteten, dekorativen Schildern gesäumte Straße ein. Die hektische Innenstadt hatten sie hinter sich gelassen.

Der Wagen hielt, und Seaton wurde von seinen Gastgebern zu einer Tür geleitet, die offenbar zu einem vornehmen Restaurant führte. Davor standen auf einer Steinplatte mehrere Paar Schuhe. Die Japaner bückten sich, um ihre Schuhe auszuziehen, und so schlüpfte auch Seaton aus den seinen und war zum zweitenmal an diesem Tag froh, daß sich seine Socken sehen lassen konnten. Als er aufblickte, stand eine Frau mit schmalem, beherrschtem Gesicht und einfachem Kimono in der Tür, die Besitzerin. Der Obi um ihre Taille war ein Muster kultivierten Geschmacks. Sie führte sie in den Flur, der mit makellos sauberen Strohmatten belegt war, öffnete eine Schiebetür und forderte sie mit einer Geste auf einzutreten.

Das einzige Möbelstück im Raum war ein mittelgroßer, nur fünfundvierzig bis fünfzig Zentimeter hoher Tisch. In einer Nische stand etwas erhöht eine Schale mit drei Blumen und ein paar Zweigen. Auf das Rollbild an der Rückwand war mit kaum mehr als einem halben Dutzend Pinselstrichen eine Landschaft hingezaubert. Der einzige Mißton im Raum war Seaton selbst. Er spürte, daß er mit seiner Größe irgendwie nicht herpaßte.

Eine Dienerin im Kimono kam mit einem Armvoll Kissen herein und verteilte sie rings um den Tisch. Die drei Japaner ließen sich mühelos nieder, während Seatons Beine sich verhedderten. Auf den Fersen zu sitzen wie seine Begleiter gelang ihm nicht, aber aus Raummangel konnte er seine langen Gliedmaßen auch nicht unter dem Tisch verstauen. Schließlich kreuzte er die Beine wie ein türkischer Schneider. Wieder erschien die Dienerin und brachte für jeden drei kleine Schüsseln und Eßstäbchen.

Seaton nahm seine Eßstäbchen, und Herr Futaba zeigte ihm genau, wie man sie halten mußte. Mit unsteter Hand kostete Seaton von einem der Gerichte. Es erwies sich als kalter Spinat, aber mit einem vollen, nußartigen Geschmack. Er ließ ihn sich gerade schmecken, da öffnete sich die Schiebetür, er blickte auf und war wie versteinert.

Herein kam ein Mädchen von nicht mehr als sechzehn oder siebzehn Jahren, das wie eine lebendige japanische Puppe aussah. Sie trug einen prächtigen dunklen Kimono, ihr Haar war hoch aufgetürmt und das Gesicht unter einem kalkig weißen Make-up verborgen. Seaton starrte sie mit offenem Mund an. „Mädchen ist *maiko*", erklärte Herr Futaba, „Geisha-Schülerin."

Seaton sah fasziniert zu, wie die Maiko mit zierlichen Schrittchen hereintrippelte und auf der Strohmatte Platz nahm. Er versuchte gerade, seine Beine zu entwirren, als er merkte, daß keiner der anderen Herren aus Achtung vor der Dame aufstand; also unterließ er es lieber auch.

Zwei Minuten später erschien wieder eine Maiko, beinahe ein genaues Abbild der ersten, und ließ sich ebenfalls abseits vom

Tisch nieder. Eine neue Dienerin brachte ein dreisaitiges Musikinstrument mit langem Hals, legte es vorsichtig auf die Matte, verschwand und schloß die Tür hinter sich.

Dann öffnete sich die Schiebetür langsam von neuem. Seaton traute seinen Augen nicht. Vor ihm stand ein unfaßbar schönes weibliches Wesen, wie er noch nie eines gesehen hatte. Ihr Gesicht war gleichzeitig ganz japanisch und von reinster klassischer Schönheit. Sie trug einen rosa Kimono mit eingewebten weißen Blumen und einen reich mit Goldfäden durchwebten Obi von zarter Sandelholzfarbe.

Ihr Fächer bewegte sich sachte hin und her, während sie die Herren der Reihe nach aufmerksam ansah. Dann erschien ein schalkhaftes Lächeln auf ihren Lippen, fließend wie ein Gedicht glitt sie herein und sank anmutig auf ein Kissen, das man, wie Seaton jetzt erst bemerkte, neben ihn gelegt hatte. Ein berückender Duft stieg zu ihm auf.

Als er sie anzusehen wagte, stockte ihm der Atem, denn sie blickte ihm in die Augen, ja, bis auf den Grund seiner Seele. Alles ringsum schien zu versinken, seine Begleiter schemengleich in weite Ferne zu entschwinden. Und dann schenkte sie ihm ein Lächeln, das jahrhundertelanger Erfahrung im Beglücken des Mannes entsprang: Der Mund öffnete sich leicht, die Nasenflügel bebten kaum merklich, die Augen blitzten betörend.

Herr Yamaguchi wartete auf den richtigen Moment, dann verkündete er stolz: „Sterre vor: Fräurein Tausend Frühringsbrüten, ganz erstkrassige Geisha von Tokio!"

Dick Seaton wußte leider nur allzu genau, daß er nicht die Gabe besaß, sich bei der Damenwelt beliebt zu machen. Er erwartete nicht, daß ihm auf die bloße Tatsache seiner Männlichkeit hin alle Mädchen zu Füßen liegen müßten, meinte jedoch ein Recht darauf zu haben, aus einer bescheidenen Zahl von Anwärterinnen eine wählen zu können. Aber bis jetzt hatte sich noch keine einzige interessiert gezeigt. Seine Annäherungsversuche, Muster an Anstand, waren ausnahmslos fehlgeschlagen, und er war zu dem bitteren Schluß gekommen, daß kein passendes Mädchen ihn je würde haben wollen. Nun, da dieses verwirrend begehrenswerte Geschöpf ihn mit seiner ungeteilten Aufmerksamkeit beschenkte, saß er wie zur Bildsäule erstarrt da. Daß sie Japanerin war, machte nicht das geringste. Sogar das gewaltige Bollwerk der Sprachschwierigkeit fiel unter dieser elementaren Verständigung zwischen den Geschlechtern.

Sinnlichkeit, fand Seaton, spielte dabei überhaupt nicht mit. Dafür sorgten die unzähligen Falten des unerhört sittsamen Kimonos. Er ahnte nicht, daß der Kimono das aufreizendste weibliche Kleidungsstück ist, das eine zivilisierte Nation je geschaffen hat. Für ihn war sie die Märchenprinzessin aus den Geschichten seiner Knabenzeit. Sie saß dicht neben ihm und sah mit tiefem, köstlichem Verstehen zu ihm auf — ein eigens für ihn bewirktes Wunder. Leider wußte er nicht, daß das alles nicht ihm persönlich galt, sondern nur zu ihrem Beruf gehörte.

Das Erscheinen einer Dienerin, die jedem der Herren eine kleine, zugedeckte Schale vorsetzte, brachte ihn wieder auf die ihm so ferngerückte Erde herunter. Unendlich anmutig deutete Fräulein Tausend Frühlingsblüten auf die Schale und gab ihm durch Gesten zu verstehen, er möge sich daran erquicken. Um ihm zu zeigen, wie, nahm Herr Futaba seine eigene Schale auf, hob den Deckel und trank vom Rand. Für Seaton war es unerhört, daß man die Herren vor den Damen bedient hatte. Diesen Verstoß konnte er wiedergutmachen. Vorsichtig nahm er seine dampfende Schale und bot sie seiner Nachbarin an.

Eine der Maikos vergaß sich so weit, hinter vorgehaltenem Fächer zu kichern. Ein scharfer Blick von Herrn Matsumoto ließ sie auf der Stelle verstummen. Mit einer kleinen Seitwärtsneigung ihres Kopfes forderte nun die Geisha Seaton auf zu trinken. Aber für einen Gentleman kam das nicht in Frage. Unbeholfen stellte er ihr die Schale in ihre freie Hand.

Im Zimmer wurde es peinlich still. Die Geisha hob die Schale an die Lippen, tat, als nehme sie einen kleinen Schluck, und reichte sie dann zurück. Seaton führte sie zum Mund und trank. Die Suppe war dünn wie Wasser, schmeckte aber köstlich und ganz entfernt nach Meer.

Bald darauf wurde *sake* aufgetragen. Seaton nahm aus den zarten Händen seiner Nachbarin eine winzige warme Tasse entgegen und wandte sich dann seinen Gastgebern zu. Sie lächelten, machten aber keine Anstalten, ihn zu unterhalten; dafür war das Mädchen engagiert.

Immer wieder wurden kleine Schüsseln gebracht, und allzubald verließ das bezaubernde Geschöpf seinen Platz neben Seaton, mit einer Miene, als nehme sie Abschied vom ersten wahren Glück ihres Lebens. Sie ging zur gegenüberliegenden Ecke des Zimmers, hob das Instrument auf — eine Samisen — und begann eine schwierige Melodie in straffem Rhythmus zu spielen, zu der die Maikos mit gemessenen, abgezirkelten Schritten tanzten und ihre Fächer bewegten.

Nach Abschluß der Vorführung klatschte Seaton als einziger Beifall, aber er konnte seine Begeisterung einfach nicht bezähmen. Dann erhob sich Herr Matsumoto, wobei er irgend etwas murmelte, und gab damit zu verstehen, daß das Essen beendet war. Die Maikos trippelten hinaus; Fräulein Tausend Frühlingsblüten, die Hände leicht auf die Knie gelegt, verneigte sich.

In diesem Augenblick hörte Seaton irgendwo tief in der Brust die Stimmen seiner Neandertaler-Vorfahren nachhallen. War denen ein weibliches Wesen unter die Augen gekommen, das ihnen gefiel, hatten sie es einfach bei den Haaren gefaßt und heimgeschleppt. Über die Jahrtausende hinweg drängten sie ihn nun, etwas zu unternehmen. Er ging auf das wundervolle Mädchen zu, zog eine Geschäftskarte und einen Füller heraus und machte ihr Zeichen, sie solle auf die unbedruckte Seite schreiben. Sie schenkte ihm ein strahlendes Lächeln, nahm den Füller und malte in Blockschrift eine kurze Zeile darauf. Seaton hob die linke Hand, als wolle er telephonieren. Sie legte die Finger an die Wange, dann schrieb sie noch etwas auf die Karte.

Dick Seaton wußte kaum, wie er ins Hotel zurückgekommen war und was er gesagt hatte, als er sich in der Halle bedankte und einer Besprechung für den Morgen zustimmte. Endlich in seinem Zimmer allein, schaute er die Karte an. Auf der Rückseite stand in sorgfältigen, beinahe kindlich gemalten Buchstaben KANNO MASAYO, offenbar ihr richtiger Name. Er fühlte sich außerordentlich geehrt. Die Ziffern unter dem Namen konnten nur ihre Telephonnummer sein.

Richard Seaton war nach dem frühen Tod seines Vaters von

seiner Mutter erzogen worden. Sie hatte ihm nachdrücklich den Grundsatz eingeimpft, daß man Frauen mit Ehrerbietung zu begegnen habe, und er war bemüht gewesen, danach zu leben. Zum Glück war das Betragen von Fräulein Tausend Frühlingsblüten äußerst sittsam und ihr Kostüm ein Muster an Wohlanständigkeit gewesen. Sie würde ihm einfach auf nette weibliche Art Gesellschaft leisten. Er wußte so gut wie nichts über Geishas, aber sicher arbeiteten sie nicht mehr als acht Stunden täglich. Wenn man weitere acht fürs Schlafen rechnete, so blieben von den restlichen acht wohl einige für ihn. Sie hatte ihm ihre Telephonnummer gegeben und gleichzeitig die stillschweigende Erlaubnis, sie zu benützen. Jäh durchzuckte ihn die schreckliche Befürchtung, ob sie ihm vielleicht eine falsche Nummer gegeben hatte, um ihn loszuwerden. Aber bisher war es noch keinem Mädchen schwergefallen, ihn abzuwimmeln; die Nummer mußte stimmen. Morgen nach der Arbeit würde er die Probe machen. Daß sie möglicherweise kein Wort von dem, was er sagte, verstand, kam ihm überhaupt nicht in den Sinn. Glücklich wie noch nie, legte er sich zu Bett.

Am nächsten Morgen begab sich Seaton mit etwas steifen Beinen, die Aktenmappe in der Hand, ins Frühstückszimmer hinunter. Zu seiner Freude fand er Speck, Eier und Kaffee auf der Speisekarte. Doch während er noch auf sein Frühstück wartete, fiel ihm ein, daß er vergessen hatte zu fragen, wann man bei Matsumoto mit der Arbeit begann. Es war ihm ein furchtbarer Gedanke, bei seinem Eintreffen womöglich feststellen zu müssen, daß die Ingenieure seit einer Stunde auf ihn warteten. Hastig schlang er Speck und Eier hinunter und ging wieder in die Halle. Der Empfangschef studierte Yamaguchis Geschäftskarte, dann schrieb er auf japanisch eine Anweisung für den Taxifahrer. Normalerweise hätte er empfohlen, den Zug zu nehmen, aber dabei hätte der Amerikaner, der nichts als sein Kauderwelsch sprechen konnte, vielleicht verlorengehen können.

Tapfer zwängte sich Seaton abermals in eines der selbstmörderischen Taxis. Auch dieser Fahrer fuhr tollkühn, aber nicht ganz so wahnsinnig. Seaton schaute auf das Verkehrsgewühl und die Unmenge von Läden hinaus. Er bezweifelte, ob irgend jemand in dieser Stadt Ordnung halten konnte, und mit Recht — niemand kann es. Schließlich, als sie noch einmal nach dem Weg gefragt hatten, fuhren sie vor den Matsumoto-Werken vor, und der Fahrer hielt die Hand auf, um die angezeigten sechshundertvierzig Yen zu kassieren. Seaton gab ihm siebenhundert Yen und wollte mit einem Wink auf den Rest verzichten, doch der Fahrer wies dies gekränkt zurück. Er zählte das genaue Wechselgeld ab und händigte es seinem Fahrgast aus; vielleicht würde der eines Tages noch lernen, was sich gehörte — doch das war unwahrscheinlich.

Das Tor war offen, und in der Fabrik wurde schon gearbeitet, wie Seaton feststellte. Er sah auf die Uhr: gleich halb neun — immerhin, eine anständige Zeit für einen Besuch. Seine Gastgeber hatten noch ihre Post öffnen können, bevor sie sich dem ernsten Problem des von Mercer & Doyle gewünschten Mehrzweck-Prüfgeräts zuwenden mußten.

Er blieb stehen, um vor der Fabrik einen winzigen Garten zu bewundern, der äußerst geschickt gestaltet war und inmitten des Industriegeländes heitere Ruhe verbreitete. Der Architekt hatte die Hügel im Hintergrund als Bestandteil seines Entwurfs einbezogen, ein Kunstgriff, den die Japaner vollendet beherrschen. Sogar ein Miniaturteich und die Andeutung eines Weges waren da, alles auf ein paar Quadratmetern.

Als er eintrat, warf die junge Empfangsdame einen entsetzten Blick auf Seaton, dann einen verzweifelten auf die Uhr und wäre bestimmt geflüchtet, wenn sie gekonnt hätte. Aber leider saß sie in ihrer winzigen Kabine fest.

Seaton nahm seinen japanischen Sprachführer zu Hilfe. „Watashi-wa Richard Seaton des."

„Kein Eengilishu", stammelte sie.

„Ich spreche nicht Englisch", sagte Seaton und versuchte es noch einmal: „Watashi-wa ..."

Das Mädchen zögerte, dann erwiderte sie: „*Watakushi wa Shinagawa Chiyoko desu.*" Trotz ihrer Nervosität strahlte sie; noch nie hatte jemand sie nach ihrem Namen gefragt. Der Amerikaner mußte trotz seiner ungelenken Erscheinung ein äußerst höflicher Mann sein. Eine gute Freundin von Shinagawa Chiyoko war mit einem Amerikaner verheiratet, hatte zwei schöne Kinder und lebte in einer Stadt namens San Bernardino. Sie zwängte sich aus ihrer

Kabine heraus, um ihre Kollegin Watanabe Reiko zu holen, die Englischdolmetscherin des Betriebes.

Diese hatte natürlich von Seatons Kommen gewußt und sich auf die schwere Pein vorbereitet, die Sprache zu sprechen, die sie nach achtjährigem angestrengtem Studium doch nur mangelhaft beherrschte. Tapfer nahm sie ihr Wörterbuch und begab sich zum Empfang. Sie verbeugte sich und fragte: „Herr Seaton, nicht wahr?"

„Guten Morgen", erwiderte Seaton feierlich.

Er versuchte eine Verbeugung, und Fräulein Watanabe dachte, daß er zwar linkisch sein mochte, aber nicht dumm. Sie stellte sich vor und hielt ihm die Tür auf. „Bitte folgen Sie mit mir", sagte sie. Seaton faßte nach der Tür und bat sie vorzugehen. Verlegen, aber hoch erfreut ging das Mädchen voraus und führte ihn zu Herrn Futaba.

Als dieser Bedauernswerte aufsah und seinen Gast zu dieser unmöglich frühen Stunde erblickte, mußte er alle Kraft zusammennehmen, um sich nichts anmerken zu lassen. Der Tee war noch nicht einmal aufgegossen! Doch er erhob sich unverzüglich, verbeugte sich und führte Seaton ins Sitzungszimmer, einen eigens für ausländische Besucher eingerichteten Raum mit Stühlen, einem Tisch und einem schönen Blick auf den heiteren Garten. Dann verschwand er, um die anderen, für Seaton zuständigen Herren zu benachrichtigen.

Seaton setzte sich und holte die Zeichnungen für das Gerät aus seiner Aktentasche hervor, das die Firma Matsumoto & Co. herstellen sollte, vorausgesetzt, daß sie dazu imstande war, sie hatte ja ähnliche Probleme wiederholt gelöst. Die Zeichnungen in ihrer universalen Sprache der Technik würden eine große Hilfe sein. Nachdem er die Papiere ausgebreitet hatte, trat er ans Fenster und betrachtete den kleinen Garten. Über den winzigen Teich wölbte sich genau im richtigen Maßstab eine Miniaturbrücke.

Dann ging die Tür auf, und Herr Yamaguchi erschien mit Herrn Futaba und einem dritten, unbekannten Herrn. Fräulein Watanabe bildete bescheiden die Nachhut. Der Unbekannte erwies sich als der Chefingenieur, Herr Shig Fujihara, der kein Wort Englisch konnte. So war die Anwesenheit der Dolmetscherin ohne Gesichtsverlust für Yamaguchi und Futaba möglich. Alle setzten sich, sie nur auf die

Kante des Stuhls, die Hände leicht auf die Knie gelegt. Nach einer angemessenen Pause ließ Fujihara durch sie fragen, ob Seaton-san eine gute Reise gehabt habe.

Seaton, ein wenig verdutzt über die Abschweifung, nickte liebenswürdig. Er wollte eben beginnen, die Zeichnungen zu erklären, als sich die Tür öffnete und eine junge Dame mit einem Tablett voll Teetassen hereinkam. Seaton steckte seine Zeichnungen wieder in die Mappe. Mit gemessener Feierlichkeit deckte das Mädchen den Tisch und ergänzte das Ganze durch eine hübsche Dose mit Bohnenquark-Konfekt. Dann erschien ein anderes Mädchen mit zwei Kannen Tee und einigen zusammengerollten weißen Tüchern in einem Bambuskorb. Höflich nahm Seaton eines davon und wollte es eben auf dem Schoß ausbreiten, als er merkte, daß es nicht nur naß, sondern auch fast zu heiß zum Anfassen war. Fräulein Watanabe sah seine Verlegenheit, faltete ihr *oshibori* auseinander und wischte sich Gesicht und Hände damit ab. Seaton folgte ihrem Beispiel. Dann schlürfte er seinen ungesüßten grünen Tee und dachte bei sich, daß man den Geschmack wohl gewöhnt sein mußte.

Schließlich fragte man ihn, ob er die Fabrik besichtigen wolle. Danach würde man essen und hinterher nach Kamakura zum Großen Buddha fahren. In stillschweigender Übereinkunft löste sich die Gesellschaft für ein paar Minuten auf, da Seaton-san sich vielleicht erfrischen wollte. Wie es sich geziemte, wartete das Mädchen, daß die Herren zuerst den Raum verließen. Seaton richtete es so ein, daß er der letzte war und einen Augenblick mit der Dolmetscherin allein blieb. „Fräulein Watanabe...", begann er; dann fragte er : „Oder darf ich Sie Reiko nennen?"

„Dozo — bitte."

„Reiko, wann wird man endlich zur Sache kommen?"

Reiko mochte den Mann bereits gern und lächelte. „Sie sind erste Mal in Japan, Seaton-san? Japanischer Brauch ist, niemals gleich das Geschäft reden. Heute Sie machen Vergnügen, lernen besser kennen Firma. Morgen vielleicht Sie zeigen Pläne für neue Stücke."

Seaton faßte sich ein Herz. „Reiko, gestern abend habe ich eine junge Dame kennengelernt. Ich — ich hatte Sie da noch nicht getroffen, also bat ich um ein Wiedersehen."

Reiko wurde richtig rot; sie hatte bisher noch nie die Erfahrung gemacht, daß ein Ausländer so viel Rücksicht auf anderer Leute Gefühle nahm. Sie waren also doch nicht alle Barbaren. „Hat sie das Englische?“

„Das weiß ich nicht, aber ich habe ihre Telephonnummer.“

„Ah, *so desu-ka,* Sie wünschen, daß ich das Telephonieren mache? Mir Vergnügen, Seaton-san. Was ist, Sie von ihr wünschen die Zeit?“

Er brauchte einen Augenblick, um den Satz zu entwirren. „Ich würde sie gern zum Abendessen ausführen, wenn sie frei ist“, sagte er und reichte ihr die Karte.

Reiko riß die Augen auf. „Sie ist Geisha. Sie das wissen?“ Er nickte. Reiko studierte die Karte. „Ich will telephonieren für Sie.“

Er beschloß, auch Reiko einmal auszuführen, obwohl sie sich leider mit Fräulein Tausend Frühlingsblüten nicht messen konnte.

Die Besichtigung der Matsumoto-Werke zog sich über den größten Teil des Vormittags hin. Seaton war wirklich beeindruckt von der technischen Leistungsfähigkeit des Betriebes und bestaunte die Reihe von Mädchen mit den schützenden Kopftüchern ums Haar, die mit offenbar endloser Geduld kleinste Einzelteile zusammensetzten. Er ahnte nicht, daß inzwischen seinetwegen ein kompliziertes Räderwerk in Bewegung geriet und Herr Matsumoto selbst genötigt war, eine Entscheidung zu treffen.

Getreu ihrem Versprechen wählte Reiko die angegebene Nummer und stellte zu ihrer Überraschung fest, daß es tatsächlich das Privattelephon von Fräulein Kanno war, die dem Amerikaner aus irgendeinem ungewöhnlichen Grund ihren richtigen Namen und ihre private Telephonnummer gegeben hatte. Aber wenn die Star-Geisha Fräulein Tausend Frühlingsblüten eine vielhundertjährige Tradition durchbrechen wollte, so war das ihre Sache. Reiko wunderte sich nur, daß dieser Amerikaner, der doch gewiß nicht der Typ eines Lebemannes war, im Verlauf eines einzigen Abends einen so erstaunlichen Erfolg erzielen konnte.

Mit all den umständlichen Höflichkeitsfloskeln, von denen die japanische Sprache strotzt, drang Reiko schließlich weit genug zum Kern der Sache vor, daß sie der Geisha Seaton-sans Esseneinladung für diesen Abend übermitteln konnte, und Fräulein Tausend Frühlingsblüten war darüber trotz ihrer jahrelangen Schulung gerührt. Es kam nicht oft vor, daß man ihre Aufmerksamkeiten für ehrlich gemeint hielt. Sie erklärte Reiko, sie werde zurückrufen, und telephonierte sofort mit dem Geisha-Haus, um sich Weisungen geben zu lassen. Die Mama-san rief Herrn Matsumoto an, einen alten, geschätzten Kunden. Er hatte den Amerikaner eingeführt, haftete also für alle durch diesen etwa verursachten Rechnungen. Matsumoto hatte bei dieser Eröffnung das dunkle Gefühl, daß das erwartete dritte Mißgeschick nahte. Doch das Gesicht mußte um jeden Preis gewahrt werden. Natürlich würde er für die Dienste von Fräulein Tausend Frühlingsblüten heute abend aufkommen, Kissengebühr ausgenommen. Die Mama-san versicherte Matsumoto-san, daß Fräulein Tausend Frühlingsblüten keinen Kissendienst erweise. Wie die meisten Geishas der Spitzenklasse ziehe sie es vor, diese Attraktion nicht zu bieten.

Reiko wurde benachrichtigt, daß Fräulein Tausend Frühlingsblüten die Einladung zum Essen mit Vergnügen annehme und nur von einer Maiko begleitet sein werde. Reiko schlug den großen Speisesaal im Neuen Otani Hotel vor, da sie wußte, daß es dort eine englische Speisekarte gab.

Kurz vor dem Mittagessen entschuldigte sich Seaton und richtete es so ein, daß er auf dem Rückweg vom Waschraum an Reikos Schreibtisch vorbeikam. Sie händigte ihm einen Zettel aus, dessen Inhalt sein Herz höher schlagen ließ. Beim Essen, das sie diesmal in einem Restaurant mit dem angenehmen Luxus von Tischen, Messern und Gabeln einnahmen, schmeckte er kaum, was er aß. Immerhin bemühte er sich, den nötigen Kontakt mit seinem Ingenieurkollegen, Herrn Fujihara, herzustellen. Er begann für diese Menschen, deren Erbe von dem seinen so verschieden war, Sympathie zu empfinden und hoffte, daß sein wachsendes Verständnis erwidert wurde.

Nach dem Essen brachte ein Firmenwagen ihn und den ausgesprochen nervösen Herrn Futaba in die Küstenstadt Kamakura. Unterwegs fiel Seaton auf, wie dicht besiedelt auch das Land war. Jedes Fleckchen Boden wurde genützt und in lächerlich kleinen Gärtchen bearbeitet. Daneben gab es aber auch Hochspannungsleitungen und Eisenbahnbrücken. Es war ein in Umwandlung begriffenes Land, in dem sich Altes mit fremdartig Neuem mischte.

In Kamakura hielt der Fahrer vor dem Eingang zu einem

kleinen Park. Herr Futaba führte seinen Gast einen schattigen Weg entlang, an dessen Ende ein großer Buddha in regloser Meditation saß. Als sich Seaton dieser überwältigenden Bronzegestalt näherte, konnte er sich eines Gefühls der Ehrfurcht nicht erwehren. Er ging um die mächtige Figur herum und betrachtete sie von allen Seiten. Herr Futaba sah mit Freude Seatons Interesse und hielt es für durchaus möglich, daß er auch Buddhist war. Ermutigt geleitete er ihn zum Wagen zurück und gab Anweisung, zum Hase-Kwannon weiterzufahren. Dort stand in einem bescheidenen Tempel das hölzerne Bildnis einer in zeitloser Weltabgeschiedenheit verharrenden Göttin. „Sehr wunderschön", sagte Futaba.

„Ja", stimmte Seaton zu. Es war eine ihm fremde Schönheit, aber er vernahm ihre zeitlose Sprache. Als sie wieder ins Freie traten, blieben sie einige Minuten stehen und blickten über die Bucht hinaus. Er fühlte, daß sich ihm neue Dimensionen des Lebens erschlossen und daß noch weitere, ungeahnte seiner harrten.

Wieder in seinem Hotelzimmer, dachte er an den bevorstehenden Abend und träumte von allerlei unmöglichen Situationen, die ihm die Rolle eines Helden aufnötigten. Aber er war kein Held; er war nur ein Ingenieur aus Massachusetts, der bei Frauen nie Erfolg gehabt hatte und der im Begriff stand, die strahlendste Schönheit der größten Stadt der Welt auszuführen. Um sechs setzte er seine Brille ein bißchen fester auf die Nase und ging in die Halle hinunter. Er bat den Empfangschef um geeignete Theaterkarten und ein Taxi zum Neuen Otani. Dann stellte er dem Mann eine Frage, die ihn beunruhigt hatte: „Ich werde mit einer Dame namens Kanno Masayo zu Abend essen", vertraute er ihm an. „Welches ist ihr Familienname?"

„Kanno ist der Familienname, Masayo ist der Vorname. Wenn Sie sie gut kennen, sagen Sie ‚Masayo-san'. San bedeutet soviel wie ehrenwert. Wenn sie einen Beruf oder Titel hat, etwa Kanno Masayo sensei, dann heißt das Frau Professor Kanno Masayo."

„Kanno-san ist eine Geisha. Ihr Geisha-Name ist Fräulein Tausend Frühlingsblüten."

Der Empfangschef riß die Augen auf. „Sie engagieren Fräulein Fujikoma? Seaton-san, Sie möchten besseres Zimmer? Wir haben passendes Appartement für großen Herrn wie Sie."

„Nein danke. Es ist nur eine gesellschaftliche Verabredung."

„Sie persönlich befreundet? Ich rufe Taxi sofort. Ich nicht sage viel Glück, Sie schon haben."

Er war frühzeitig im Neuen Otani, einem schön ausgestatteten Hotel, und ließ den Oberkellner kommen. „Ich möchte einen Tisch bestellen", sagte er, „mein Name ist Seaton."

Der Oberkellner verbeugte sich. „Die Reservierung ist bereits am Nachmittag durch Ihr Büro telephonisch durchgegeben worden. Möchten Sie schon Platz nehmen, Herr Seaton?"

„Ich werde in der Halle warten. Bitte würden Sie wohl so freundlich sein, mir zu sagen, was ‚guten Abend' auf japanisch heißt?"

„Das ist sehr leicht, Herr Seaton: *konban wa.*"

„Konban wa", wiederholte Seaton.

„Vollkommen richtig."

Diesmal verneigte sich Seaton, und die Geste wurde offensichtlich hoch erfreut erwidert. Er kehrte mit dem erhebenden Gefühl, eines Tages doch noch ein Mann von Welt zu werden, in die Halle zurück.

Da sah er Fräulein Tausend Frühlingsblüten auch bereits kommen. Sie trug einen Kimono, während ihre Begleiterin ein konventionelles blau-weißes Kleid anhatte und wie ein Teenager aussah. Doch Seaton hatte einzig und allein Augen für das wunderschöne Gesicht seiner Dame. Sie lächelte strahlend, als er, seiner ungelenken Größe bewußt, auf sie zuging, sich verneigte und sein Sprüchlein aufsagte: „Konban wa."

Die Knie leicht gebeugt, den Kopf ein wenig zur Seite geneigt, erwiderte die Geisha seine Verbeugung mit der durch Generationen geübten Anmut. „Konban wa, Setanu san", antwortete sie. Hätte Circe diese Stimme gehabt, wäre Odysseus nie heimgekehrt.

Das Mädchen im blau-weißen Kleid wandte Seaton ein hübsches japanisches Gesicht zu. „Ich bin Peggy", verkündete sie. Ihr Englisch war nicht akzentfrei, klang aber mühelos. „Ich bin eine Maiko, eine Geisha-Schülerin. Wenn Sie eine erstklassige Geisha ausführen, sie wird gewöhnlich von einer Maiko begleitet. Außerdem ist Englisch von Fräulein Fujikoma wackelig. Ich werde versuchen, nicht zu stören, und kann mich jederzeit zurückziehen."

Verwundert über Peggys amerikanische Ausdrucksweise, geleitete Seaton die Damen in den Speisesaal. Er hatte dabei das Gefühl, seine Füße bei jedem Schritt fest aufsetzen zu müssen, um sicher zu sein, daß sie den Boden erreichten. Der Oberkellner führte sie zu einem bevorzugten Tisch mit Blick auf die Stadt, und die Geisha ließ sich anmutig nieder. Seaton setzte sich gegenüber, während Peggy am Ende des Tisches Platz nahm und sich immer wieder fragte, warum die hochangesehene Geisha Fräulein Tausend Frühlingsblüten geneigt war, ihr Können an einen Fremden zu verschwenden, der ihre Kunst der Unterhaltung nicht im entferntesten zu würdigen vermochte.

„Fräulein Kanno", fragte Seaton nun, „sprechen Sie Englisch?"

Die Geisha lächelte. „*Sukoshi.*" Sie hob die Hand, Zeigefinger und Daumen knapp zwei Zentimeter voneinander entfernt. „Klein bißchen."

„Dann werde ich Japanisch lernen müssen", sagte Seaton ernsthaft.

Peggy übersetzte rasch. Die Geisha lächelte und blickte ihn durch gesenkte Wimpern an. Seatons Blutdruck stieg bedrohlich. Nie zuvor hatte ihn eine Frau so angeschaut.

Als sein Kopf wieder klar wurde, fragte er: „Cocktails?"

Beide Damen verneinten, und Fräulein Tausend Frühlingsblüten musterte ihn nun, wie es schien, mit neuerwachtem Interesse. Sie nahm die Speisekarte, die ihr ein Kellner reichte, wartete aber einige Augenblicke, bevor sie sie öffnete. Der Kellner fragte zuerst Seaton nach seinen Wünschen, und da man offenbar erwartete, daß er den Anfang machte, bestellte er ein Steak. Seine Gäste gaben ihre Bestellung auf japanisch auf, der Kellner verneigte sich und verschwand.

Als höflicher Gastgeber wandte sich Seaton nun auch an die Maiko. „Wie sind Sie denn zu dem Namen Peggy gekommen?"

Das Mädchen kicherte. „Mein Freund hat mich so getauft. Er hat mir auch Englisch beigebracht. Gefreiter Willie Millsup von der US Air Force. Wir schwer verknallt."

„Sind Sie verlobt?" fragte Seaton. Gleich darauf dachte er, ob das nicht unverzeihlich taktlos gewesen war.

„Das geht nicht als Geisha", antwortete Peggy. „Eine Geisha muß ledig bleiben." Sie sah den bebrillten Mann blaß werden und verstand sofort. Rasch fügte sie hinzu: „Außer sie will ihren Beruf aufgeben, um zu heiraten."

Vorsichtig erkundigte sich Seaton: „Tun das viele?"

„O ja, ziemlich einige", log Peggy schnell.

„Ihr Englisch ist sehr gut. Sind Sie in Amerika gewesen?"

„Nein, aber das kommt noch. Es gibt dort keine Geisha-Häuser, sagt Willie, ein ganz unbeackertes Gebiet. In ein paar Jahren bin ich Geisha mit eigenem Rang und Namen. Dann holen Willie und ich uns noch ein paar Mädchen, die Englisch sprechen, und eröffnen erstes Geisha-Haus in den USA."

„Haben Sie schon eine Vorstellung, wo Sie sich niederlassen wollen?" fragte Seaton.

Peggy nickte. „Willie sagte, im Osten. Er überlegt genau und sucht besten Platz. Einundfünfzigste Straße und Broadway."

Im Augenblick nicht aufgelegt, über die Aussichten eines Geisha-Hauses am Broadway nachzudenken, wandte sich Seaton wieder dem nahezu unvergleichlichen Geschöpf ihm gegenüber zu. Da Geplauder ausgeschlossen war, schob er nur seine große, knochige Hand über den Tisch zu ihr hin, zum Zeichen, daß sein ungeteiltes Interesse ihr galt. Sie lächelte und legte ihre schmalen Finger auf die seinen, und diese sittsame Berührung elektrisierte ihn von Kopf bis Fuß. Er betrachtete ihre schönen Mandelaugen, aus denen ihm warmes Verstehen entgegenleuchtete, ihr tiefschwarzes Haar, den sahnig matten, lieblichen Teint. Der Mann, der einmal Fräulein Tausend Frühlingsblüten heiratete, würde auf ewig in elysischen Gefilden weilen.

Mit aller Kraft riß er sich zusammen und machte für den Fruchtcocktail Platz, den man vor ihn hinstellte. Seine Gäste bekamen ein Gericht aus weißen viereckigen Stücken auf feingehacktem Grünzeug vorgesetzt.

„Sashimi", sagte Kanno-san. Zierlich spießte sie ein Stückchen auf und hielt es ihm hin. Er kostete es, fand aber nicht heraus, was es war.

„Roher Fisch", sagte Peggy.

Seaton kniff die Augen zu und schluckte mit gewaltiger Selbstüberwindung.

„Sollen wir Ihnen auch welchen bestellen?" fragte Peggy.

Er brachte es fertig, so zu antworten, als habe er erst nachgedacht. „Nein, vielen Dank." Dann wechselte er mit einer sehr wichtigen Frage das Thema. „Haben die Damen", begann er zögernd, „heute abend Zeit, nach dem Essen ins Nichigeki-Theater zu gehen?“

Peggy übersetzte und wartete auf die Entscheidung ihrer Rangälteren. Die Geisha hielt ein Stückchen Sashimi anmutig in der erhobenen Hand. „Wenn Sie wünschen“, antwortete sie schließlich mit einer Spur von Stolz, daß sie es auf englisch gesagt hatte.

Als Seaton seine Gäste nachher wieder durch die Halle hinausgeleitete, stellte er mit Befriedigung fest, daß Fräulein Tausend Frühlingsblüten allenthalben beifällige Aufmerksamkeit erregte. Das nannte er Leben!

Die Darbietung im Nichigeki war hervorragend — das Beste, was Seaton je gesehen hatte, und während der ganzen Vorstellung durfte er sogar, von Fräulein Tausend Frühlingsblüten selbst durch eine Geste ermuntert, ihre Hand halten. Nach Beendigung der Vorstellung sagte Peggy, sie würden mit einem Taxi nach Hause fahren, er brauche sich nicht zu bemühen, sie wären durchaus daran gewöhnt, abends allein unterwegs zu sein. Seaton hatte gehofft, seine Dame vielleicht heimbegleiten zu dürfen und womöglich ihre Eltern kennenzulernen, aber das kam offenbar nicht in Frage. Er zögerte, dann faßte er sich ein Herz:

„Darf ich Sie morgen wiedersehen?“

Die Geisha war einen Augenblick sprachlos, eine große Seltenheit in ihrem Leben. „Möchten Sie?“ fragte sie.

„Natürlich“, antwortete Seaton. Peggy belohnte ihn mit einem strahlenden Lächeln. Sie hatte nicht geahnt, daß er so reich war. Als Amerikaner war er selbstverständlich wohlhabend, aber drei Tage hintereinander eine der ersten Geishas einzuladen, das war schon was!

„Ich vielleicht schon Arbeit habe“, sagte Fräulein Tausend Frühlingsblüten; sie sprach jedes Wort sehr sorgfältig aus.

Seaton gab nicht auf. „Wie wäre es, wenn ich Sie anriefe, sobald ich im Werk fertig bin? Haben Sie dann ein bißchen Zeit übrig, würde ich sie sehr gern mit Ihnen verbringen.“

Peggy wiederholte es auf japanisch und wartete gespannt auf die Antwort. Sie ließ eine Minute auf sich warten; dann blickte die Geisha Seaton mit der Andeutung eines Lächelns an: „Sie telephonieren“, sagte sie und stieg in das Taxi, das gerade vor ihr hielt.

DIESE UNTERHALTUNG war am nächsten Morgen kurz nach neun Gegenstand einer hitzigen Debatte in Herrn Matsumotos Büro, denn das Geisha-Haus hatte bereits angerufen. Da das Japanische bestenfalls eine indirekte Sprache ist, wäre eine genaue Übersetzung des Gesagten gefährlich irreführend, aber über den Gemütszustand der Herren gab es keinen Zweifel.

Herr Futaba hatte das Wort. Befreit von den Fußangeln der englischen Grammatik, war er bedeutend gesprächiger. „Das Spesenbudget ist schon völlig erschöpft." Er sagte es beinahe so unumwunden. „Ich finde, wir müßten diesen hemmungslos verschwenderischen Idioten abschieben. Soll er doch in seinem eigenen Land Geisha-Rechnungen machen."

Herr Yamaguchi blickte klarer. „Man hat in Amerika bis jetzt keine Geishas", klärte er Futaba auf. „Es ist ein junges Land, wo man in gesellschaftlicher Hinsicht noch primitiv ist. Ich bin überzeugt, daß er die Situation nicht erfaßt. Und wenn wir ihn abschieben, laufen wir Gefahr, auch das Geschäft mit Mercer & Doyle zu verlieren."

„Es war vorgesehen", schaltete sich Herr Matsumoto bekümmert ein, „daß Setanu-san hierbleiben soll, bis wir ein befriedigendes Modell hergestellt und erprobt hätten. Wir müssen uns etwas anderes einfallen lassen."

„Ein amerikanisches Mädchen?" schlug Yamaguchi vor.

Matsumoto verwarf den Gedanken. „Wer möchte schon ein ungeschultes amerikanisches Mädchen, wenn er Japanerinnen haben kann?"

„Wie hoch ist die Rechnung bis jetzt?" fragte Yamaguchi.

„Der erste Abend zählt nicht, der war eingeplant. Aber der gestrige Abend kommt auf etwa hundertfünfzigtausend Yen, und er hat sie für heute ausdrücklich wieder eingeladen." Hundertfünfzigtausend Yen sind ungefähr vierhundert Dollar.

„Seaton-san ist nicht einfach auf weibliche Gesellschaft erpicht", machte Yamaguchi aufmerksam. „Er hat an diesem bestimmten Mädchen einen Narren gefressen."

„Das war mein Fehler", gab Matsumoto zu. „Als ich sie engagierte, wußte ich, daß sie gut ist. Mit soviel Naivität habe ich einfach nicht gerechnet. Auch Reiko-san kann ich es nicht verargen, daß sie für ihn telephoniert hat. Sie konnte gar nichts anderes tun."

Herr Yamaguchi war offenbar inzwischen in ganz neue Gedankengänge abgeschweift. Matsumoto wartete, was sein hochintelligenter Stellvertreter zu sagen hatte. „Ich wette, spätestens um fünf wird Sakamoto George über das alles im Bilde sein", äußerte er sich schließlich. „Und er wird auch genau wissen, warum Seaton-san hier ist."

Das war ein ernüchternder Gedanke. Jeder der anwesenden Männer sah im Geiste den cleveren, äußerst geschäftstüchtigen Fabrikanten vor sich, der infolge seines ausgezeichneten Englisch und seiner Kenntnis der USA mit erschreckendem Erfolg anderen, weniger glücklichen Zeitgenossen die Geschäfte wegschnappte. Wenn Sakamoto George erst Seaton-sans Fährte aufspürte, würde es gewaltiger Anstrengungen bedürfen, um das Geschäft mit Mercer & Doyle nicht zu verlieren.

„Könnte man nicht Fujikoma zu einem Wochentarif bekommen?" fragte Futaba.

„Es war schon viel, daß ich den Aufschlag für Ausländer abhandeln konnte", entgegnete ihm Matsumoto. „Das einzige Plus ist bisher, daß Setanu-san keinen Kissendienst verlangt hat."

„Ein Ausländer, der Anstand beweist — kaum zu glauben", sagte Yamaguchi.

„Und was wird heute?" fragte Futaba. „Nichts ist leichter einzurichten, als daß die Geisha anderweitig vergeben ist."

„In diesem Fall", sagte Yamaguchi, „würde Seaton-san im Hotel sitzen und Trübsal blasen, und Sakamoto George hätte bei einem Anruf leichtes Spiel."

Matsumoto fällte die Entscheidung. „Laßt das Mädchen ihn heute nachmittag zu einem Spaziergang treffen. Zweifellos wird er sie dann zum Essen einladen; das soll sie ausschlagen. Haben wir erst ihren Bericht, können wir überlegen, was weiter zu tun ist."

Es war genau zehn, als die Empfangsdame der Matsumoto-Werke, Fräulein Chiyoko Shinagawa, ihre Kollegin Reiko Watanabe verständigte, daß Setanu-san eingetroffen sei. Seaton begrüßte Reiko herzlich. Dann fragte er: „Wie sagt man denn ‚guten Morgen' auf japanisch?"

„*Ohayo gozaimasu*", erwiderte sie. „Nicht so schwer. Sprechen Sie es einfach wie den Staat Ohio und dann go-zai-masu."

„Ohayo gozaimasu, Reiko-san", versuchte er es.

Das Mädchen war begeistert. „Ohayo gozaimasu, Setanu-san. Sie ganz fabelhaft lernen Japanisch." Sie führte ihn ins Besprechungszimmer, wo schon der Tisch zum Tee gedeckt war. Yamaguchi und Fujihara sprangen auf, um ihn mit unverminderter Herzlichkeit zu begrüßen.

Seaton holte tief Luft und legte los: „Ohayo gozaimasu, Yamaguchi-san, ohayo gozaimasu, Fujihara-san."

Wohlgefällige Überraschung erhellte die Gesichter. Yamaguchi streckte ihm die Hand hin; wenn sich der Amerikaner solche Mühe gab, konnte er das auch. Als sie sich zum Tee setzten, waren sie einander schon viel nähergekommen. Dann wurde die neue Konstruktion erwähnt, und Seaton war glücklich, seine Mappe öffnen und zur Sache kommen zu können.

Im Laufe der nächsten zwei Stunden brachten sie viel hinter sich. Im technischen Büro der Matsumoto-Werke verstand man die in den Vereinigten Staaten angefertigten Zeichnungen ohne Schwierigkeit. Gemeinsam mit den Leuten der Forschungs- und Entwicklungsabteilung sowie mit Reikos heldenhafter Unterstützung studierte man Details und unternahm die ersten Schritte zur Konstruktion eines Modells. Der Atem fortschrittlicher Technik belebte die Atmosphäre; in Hemdsärmeln, mit Bleistift und Rechenschieber in der Hand war Seaton ganz in seinem Element. Seine Unbeholfenheit verschwand, je mehr er sich in die Arbeit vertiefte und mit Fujihara, der ihm in Elektronik durchaus ebenbürtig war, Gedanken austauschte. Als es auf Mittag ging, war die Sache, die er in Japan regeln sollte, in bestem Fluß.

Er aß mit den Ingenieuren zu Mittag und hatte diesmal auch gegen Eßstäbchen nichts einzuwenden, solange es nur keinen Eisbecher mit heißer Schokoladensoße gab. Während des Essens war er hin und her gerissen zwischen Begeisterung für seine Arbeit und der Hoffnung auf ein Rendezvous mit der Geisha. Wenn er zu lange arbeitete, mußte er vielleicht darauf verzichten, sie zu sehen.

Aber das Problem löste sich wie durch Zauberei. Kurz nach zwei erklärte Herr Fujihara, er müsse die Zeichnungen erst noch einmal studieren, bevor sie weitermachten. Seaton überließ ihm die Pausen und ging zurück in das Hauptbüro, wo ihn Matsumoto mit der anzüglichen Bemerkung verabschiedete, er hoffe, Setanu-san werde den Nachmittag angenehm verbringen.

„In Ihrem schönen Land“, antwortete Seaton, „kann es nicht anders sein.“

Als Reiko die Antwort übersetzte, mußte sich Matsumoto wider Willen eingestehen, daß sein kostspieliger Besucher auch einige Pluspunkte hatte. Die Vorzüge einer japanischen Erziehung hätten aus ihm durchaus eine hochstehende Persönlichkeit machen können. Matsumoto erwiderte ein paar höfliche Worte und zog sich zurück.

Mit schlechtem Gewissen, weil er von einer alleinstehenden jungen Dame einen solchen Dienst verlangte, bat er Reiko, die Geisha anzurufen und herauszufinden, ob diese irgendwann im Laufe des Tages noch frei sei. Reiko lächelte bereitwillig, führte ihn in das leere Sitzungszimmer und wählte die Nummer aus dem Gedächtnis. Ein Dialog in japanischem Stakkato folgte. Dann hängte Reiko ein und sagte: „Fräulein Fujikoma gehen an so schönen Nachmittag gern in Park. Glücklich, Sie um halbe Stunde hinter drei am Eingang treffen. Ich rufe Taxi und gebe Fahrer Anweisung.“

„Noch eins, Reiko“, sagte er. „Würden Sie mir die Freude machen, morgen mit mir zu Mittag zu essen?“

Das kam unerwartet. Reiko mußte ganz rasch überlegen. Ihre Mittagspause war kurz, aber sie brauchte keine zwei Sekunden, um zu entscheiden, daß die Direktion ihre Zusage wünschen würde. Daß sie es auch gern tat, spielte daneben natürlich eine geringe Rolle. Sie verneigte sich. „Mit größtem Vergnügen. Ich mich freue darauf.“

Mit dem Gefühl, doch noch hinter die gesellschaftlichen Feinheiten zu kommen, ließ sich Seaton zum Taxi bringen. Diesmal bezahlte er den genauen Fahrpreis, nahm des Mannes Dank entgegen und trat durch das altehrwürdige Tor in den Park. Da war sie — die faszinierenden Augen, die rätselhaften Lippen, der makellose Teint. Und sie war allein.

„Guten Tag“, sagte Seaton und bot ihr den Arm. Er hatte vergessen, Reiko zu fragen, wie es auf japanisch hieß.

„Guten Ta-ag.“ Sie lächelte, dann blickte sie auf den hingehaltenen Arm und wußte nicht, was sie damit sollte. Er nahm ihre Hand und legte sie sanft darauf. „Ah so!“ Sie fühlte sich ein wenig unbehaglich, war aber bereit, es so zu versuchen.

Gemächlich schlenderten sie den Kiesweg entlang tiefer in den Park hinein. Sie kamen an mehreren alten Bäumen vorbei, deren Stämme und Hauptäste mit handgeflochtenen Strohhüllen sehr sauber umwickelt waren. Dem ganzen Park sah man die sorgfältigste Pflege an.

Dann gelangten sie zu einigen Gestellen, auf denen eine Vielzahl von winzigen Bäumchen stand. „Bonsai", sagte das Mädchen und hoffte, daß er das Wort verstand. Er begriff, daß es Zwergbäume bedeutete, und staunte über ihre winzige Großartigkeit. Sie besaßen die ganze Würde und Anmut der Waldriesen. Vollkommen glücklich, ließ er sich von seiner Begleiterin sanft über einen schmalen Pfad zu einem kleinen See führen.

Obgleich die Geisha gut zwanzig Zentimeter kleiner war als er, merkte Seaton, daß sie beide in einträchtiger Ungezwungenheit miteinander Schritt hielten. Als sie halb um das friedliche Ufer herumgegangen waren, kamen sie zu einer Insel, die in ihrer schattigen Stille zum Sitzen einlud. Einmütig überquerten sie die Brücke und ließen sich nieder, um zu plaudern.

Einen Augenblick sank ihm der Mut, und er wünschte, Gott hätte es für gut befunden, ihn ansehnlicher zu erschaffen. Dann nahm er die Dinge, wie sie waren, und beschloß, nach Kräften das Beste daraus zu machen.

„Fräulein Kanno", begann er.

„Hai (ja)?"

„Fräulein Kanno — darf ich Sie Masayo nennen?"

Er fühlte einen leichten Druck ihrer Hand auf seinem Arm. „Dozo. Bitte, ja — Ri-ka-du."

„Richard", sagte Seaton zart. „Meine Freunde nennen mich Dick."

„Dicku-san." Sie dachte einen Augenblick nach. Als sie die Worte im Kopf beisammen hatte, sprach sie sie aus: „Sie haben Babys?"

„Ich habe keine Frau", sagte er leise.

Mitleid huschte über Masayos Gesicht. „Frau sterben?" Er schüttelte den Kopf und zeigte die leeren Hände, um die schmerzliche Wahrheit anzudeuten. „Nicht wollen?" fragte sie, ihre Brauen zwei hingetuschte Fragezeichen.

Er war seiner selbst nicht mehr sicher genug, um noch länger neben ihr sitzen zu bleiben, und stand auf. Dabei fühlte er, wie unvorteilhaft riesig er ihr erscheinen mußte. Voll Angst, sie könnte ihn mit ihrem mangelhaften Englisch irgendwie gekränkt haben, erhob auch sie sich und forschte in seinem Gesicht. Sie war dazu erzogen worden, sich nie in persönliche Angelegenheiten zu mischen; nun hatte sie es doch getan und Unheil angerichtet. Sie schämte sich ihrer Unbedachtheit und empfand tiefes Mitgefühl für den überlangen Fremden, dessen Gefühle sie verletzt hatte.

„Ich hätte furchtbar gern ein liebes Mädchen", sagte er.

Endlich verstand sie: Kein Mädchen hatte diesen Mann haben wollen, und nirgends hatte er Trost gefunden, denn aus irgendeinem unerklärlichen Grund gab es in Amerika keine Geisha-Häuser. Eine unverzeihliche Träne stahl sich aus ihrem Augenwinkel.

Seaton sah es und verwünschte seine Ungeschicklichkeit. Er zog sein Taschentuch heraus, legte ihr die linke Hand unters Kinn und tupfte die Träne fort. Und dann, ohne auch nur im geringsten zu überlegen, hob er ihr Gesicht zu sich empor und küßte sie, wobei er durch Gründlichkeit ersetzte, was ihm an Erfahrung mangelte. Die Berührung ihrer Lippen elektrisierte ihn. Er zog sie an sich und küßte sie noch einmal, die Arme fest um sie geschlungen.

Schuldbewußt und beschämt entließ er das Mädchen schließlich aus seiner Umarmung. Er hatte Masayo überrumpelt, und das war unentschuldbar, gleichgültig, wie ehrlich er es meinte. Er trat zurück, um ihr Gesicht zu sehen und sein Urteil darin zu lesen.

Sie hob langsam die Hand und berührte ihre Lippen. „Sie mich küssen", sagte sie. Sekundenlang forschte sie in seinen Zügen, dann erklärte sie: „Erste Mal."

Es schien unglaublich, sie war so unerhört begehrenswert. Ohne nachzudenken, sagte er: „Aber Sie sind doch eine Geisha?"

Einen schrecklichen Augenblick stand sie vollkommen still und blickte ihn nur an. Die Tiefe war aus ihren Augen verschwunden, als wäre ein unsichtbarer Vorhang zugezogen worden. „Ja, ich bin Geisha", erwiderte sie. Dann schaute sie auf die Uhr.

Seaton hatte sehr wenig Erfahrung mit Frauen, aber jetzt wußte er, daß das Urteil gefällt und der Stab über ihn gebrochen war. Mit einer einzigen unbedachten Bemerkung hatte er alles zerstört, und es gab nichts mehr zu sagen oder zu tun, was den Schaden wiedergutmachen konnte.

Bemüht, wenigstens den Schein zu wahren, als sei alles in Ordnung, brachte er sie zum Tor zurück. Er half ihr in ein Taxi und hatte die Geistesgegenwart, dem Fahrer drei Hundertyenscheine zu geben. Dann bückte er sich, so daß er ins offene Fenster sehen konnte, und sagte: „Ich danke Ihnen."

Sie nickte lächelnd, aber ganz berufsmäßig. Seaton nahm ein anderes Taxi und fuhr in sein Hotel; später wußte er nichts mehr von dieser Fahrt. Er hatte das Gefühl, als müßte er eigentlich wie die Aussätzigen im Altertum mit einer Glocke herumlaufen und rufen: „Unrein! Unrein!" Als er den Fahrer bezahlt hatte, überlegte er einen Augenblick, dann ging er zu Fuß zum Dampfbad.

Der Angestellte im Vorraum erkannte ihn sofort. Er grinste breit und begrüßte ihn herzlich. „Sie wünschen Fräulein Sumiko?" erkundigte er sich.

„Ja, wenn sie frei ist", erwiderte Seaton.

Er setzte sich und wartete, bis das Bademädchen ihren Kunden mit Verbeugungen verabschiedete und sich dann mit einem freundlichen Lächeln ihm zuwandte. „Konnichi wa", sagte sie. Das hieß also „guten Tag". Seaton wiederholte es und folgte dem zierlichen Mädchen in den Baderaum, der ihr unterstand.

Eine Stunde später war ihm etwas besser; zumindest hatte das Wasser das Gefühl der Beschmutzung durch die eigene böse Tat fortgespült. Er ging ins Hotel zurück und fragte unten nach Post. Es wurde ihm aber nur die telephonische Anfrage eines Herrn George Sakamoto bestellt: Falls Herr Seaton nicht schon etwas anderes vorhabe, würde er sich sehr freuen, ihn heute abend um sieben zum Essen abholen zu dürfen.

Seaton kannte keinen George Sakamoto, aber wenn dieser ihn zu erreichen suchte, mußte er irgend etwas mit der Firma Matsumoto zu tun haben. Er bat den Empfangschef, zurückzurufen und zuzusagen; eine geschäftliche Unterhaltung half ihm vielleicht, seine Weltuntergangsstimmung abzuschütteln.

„GUTEN ABEND, Herr Seaton, ich freue mich aufrichtig, Ihre Bekanntschaft zu machen!" Für seine grüßende Handbewegung brauchte Sakamoto die halbe Hotelhalle. „Ich hoffe sehr, daß es Ihnen bei uns gefällt."

Seaton schob seine Brille ein wenig fester auf die Nase und musterte seinen Besucher durch die Gläser. „Sie sind Amerikaner?"

Der untersetzte Mann vor ihm lächelte. „Nein, ich bin Japaner; aber ich war ziemlich viel auf Geschäftsreisen in Ihrem Land unterwegs." Er wandte sich an das attraktive Mädchen neben ihm. „Norma, das ist Herr Seaton. Fräulein Scott ist meine Englischkorrespondentin. Sie absolviert hier ein Studienprogramm, das ihr tagsüber während der Geschäftsstunden viel freie Zeit läßt. Ich habe mir erlaubt, sie zum Mitkommen aufzufordern."

Aus langer schmerzlicher Erfahrung wußte Seaton augenblicklich, daß die große dunkelhaarige Norma Scott zu jener Sorte junger Damen gehörte, die für ihn unerreichbar waren. Er dachte an das fabelhafte Mädchen auf der Dachterrasse des Hotels Mark, dessen Blick dem seinen für eine Sekunde begegnet war. Dies hier war eine Variante desselben Grundmodells. Das Patent war Millionen wert.

„Es ist sehr freundlich von Ihnen, mich einzuladen, Herr Sakamoto", sagte Seaton. „Stehen Sie in irgendeinem Zusammenhang mit der Firma Matsumoto?"

Sakamoto lachte ungezwungen. „Im Augenblick nicht, obwohl Herr Matsumoto einer meiner ältesten Freunde ist. Übrigens, ich weiß ein ganz ausgefallenes Restaurant, Herr Seaton. Wenn Sie japanische Speisen mögen, kann ich Ihnen ein ganz neues kulinarisches Erlebnis garantieren. Hätten Sie Lust, es zu versuchen?"

Seaton kannte sich nicht aus. „Sie sind außerordentlich liebenswürdig; aber ich verstehe nicht ganz ..."

Sakamoto überhörte es und komplimentierte Seaton mit elegantem Schwung hinaus zu einem Wagen, der dem von Matsumoto fast aufs Haar glich. Bevor Seaton noch recht wußte, wie ihm geschah, saß er mit seinem Gastgeber im Fond, während Norma vorn neben dem Fahrer einstieg.

Sakamoto fragte Seaton über seine Eindrücke in Japan aus, bis der Wagen in eine von diesen schmalen, halb versteckten Sträßchen einbog und vor einem unauffälligen Haustor hielt, in dem sogleich drei Gestalten erschienen und sie mit vielen Verbeugungen willkommen hießen. George Sakamoto nickte dankend und ging voran ins Haus.

Einen Augenblick schoß es Seaton durch den Kopf, ob man ihn

vielleicht in eine raffinierte Falle lockte. Aber als er seinem Gastgeber durch den kurzen Flur folgte, fiel sein Blick in eine Küche, in der sich ein vertrauenerweckend dicker Koch, so weit es ihm möglich war, verneigte. Neben der Küche, nur durch eine niedrige Trennwand geteilt, stand ein schmaler Tisch, an dessen Längsseite vier Personen nebeneinander Platz hatten. Sakamoto ließ Seaton den Vortritt, dieser zwängte sich hinein und setzte sich ans obere Ende. Fräulein Scott nahm neben ihm Platz.

„Dies ist ein ausgesprochenes Feinschmeckerlokal", erklärte Sakamoto, „und jeden Abend wird immer nur eine Gesellschaft bewirtet. Der Chef geht selbst auf den Markt und wählt persönlich die besten Waren aus. Sie können sich ihm anvertrauen."

Der wohlbeleibte lächelnde Koch begann Lattichstangen in hauchdünne Scheiben zu schnitzeln, indem er sein Hackmesser in rasender Geschwindigkeit jeweils einen knappen Millimeter vor seinen Fingerspitzen heruntersausen ließ. Den Lattich schichtete er in drei Glasschalen. Dann nahm er einen Fisch, zerlegte, häutete und entgrätete ihn geschickt und schnitt ihn in oblatenfeine Streifen. Diese richtete er mit Künstlerhand auf dem geschnitzelten Lattich an und setzte das fertige Kunstwerk seinen Gästen vor.

„Sashimi", erklärte Sakamoto.

„Ich weiß." Seaton nahm die Eßstäbchen und machte sich mit Todesverachtung darüber her. Der freudestrahlende Küchenchef bearbeitete schon wieder neue seltsame Gemüse und etwas, was wie ein Teil von einem Tintenfisch aussah.

„Japan ist in seiner Art einzigartig", begann Sakamoto, als wolle er eine Rede vom Stapel lassen. „Wir wahren sorgfältig unsere jahrhundertealten Traditionen, während wir gleichzeitig auf vielen Gebieten der Industrie führend sind: Schiffsbau, Optik, Kameras, kunstgewerbliche Waren. Auch in der Elektronik sind wir durchaus konkurrenzfähig."

Eine Dienerin stellte ein Schälchen warmen *sake* neben Seatons rechte Hand. „Ich weiß", bestätigte dieser. „Nehmen Sie etwa die Matsumoto-Leute; trotz der Sprachschwierigkeiten verstehen sie haargenau, was wir wollen."

Sakamoto nickte. „Sie sind bestimmt sehr gut. Es freut mich, daß Sie mit ihnen arbeiten; sie hatten in der letzten Zeit einigen Ärger. Ihr Auftrag wird ihnen weiterhelfen."

„Was für Ärger?" fragte Seaton.

Sakamoto gab durch eine Handbewegung zu verstehen, daß es nichts von Bedeutung sei. „Sie haben kürzlich einen ihrer Hauptkunden auf den Philippinen eingebüßt und, soviel ich weiß, viel von ihrem Betriebskapital in ein Forschungs- und Entwicklungsprogramm gesteckt, das dann nicht eingeschlagen hat."

Der Küchenchef, in höflicher Unkenntnis der Sprache, die seinen Gerichten die gebührende Aufmerksamkeit raubte, schob für jeden zwei weitere Schüsseln über die Anrichte.

„Ich meine", fuhr Sakamoto fort, „Sie würden vielleicht gern, wenn Sie schon einmal hier sind, auch noch eine zweite Bezugsmöglichkeit sondieren, nur falls Matsumoto aus irgendeinem Grund ausfällt."

„Glauben Sie denn, Matsumoto ist in ernsten Schwierigkeiten?"

„Aber nein. Wie ich höre, haben sie mit wachsenden Unkosten zu kämpfen, aber das ist im Augenblick überall so. Mein Gedanke war nur, daß es Ihnen vielleicht lieb wäre, für alle Eventualitäten eine zweite Lieferquelle zu haben, wenn Sie heimreisen. In diesem Fall wäre ich in der Lage, Ihnen zu helfen."

Dagegen konnte Seaton nichts einwenden, und so probierte er eines der neuen Gerichte und fand es unerwartet köstlich. „Ich danke Ihnen jedenfalls, daß Sie mich hierhergeführt haben", sagte er zu Sakamoto. Er wandte sich dem Mädchen an seiner Seite zu. „Und was studieren Sie hier?"

„Ich bin eine *judoka*", antwortete sie, „eine Judokämpferin."

„Sie ringen also und werfen Leute über die Schulter?" Sie nickte. „Machen Sie das schon lange?"

Sie goß eine Tasse Sake hinunter. „Ungefähr sechs Jahre. Ich habe meine zehntausend Stürze hinter mir. Jetzt bin ich beim *shodan* — dem schwarzen Gürtel, das ist der erste Grad. Aber das ist wirklich nur ein Anfang. Ich möchte bis zum dritten kommen."

Der Küchenchef reichte immer noch mehr kleine Gerichte herüber. Die meisten waren für Seaton neu, sowohl im Aussehen wie im Geschmack, aber sie gehörten zu diesem ganzen japanischen Abenteuer, und er verzehrte sie mit Vergnügen. Immerfort hörte er die Worte „Ja, ich bin Geisha" in seinem Inneren widerhallen und befahl sich geradezu grimmig, sich lieber auf die sündhaft reizvolle Amerikanerin an seiner Seite zu konzentrieren. Aber dann verwickelte ihn Sakamoto in ein technisches Gespräch. Er war über die elektronische Industrie außerordentlich gut informiert, und Seaton ertappte sich bei dem Wunsch, man hätte ihn lieber mit diesem perfekt zweisprachigen Partner verhandeln lassen sollen, statt mit dem etwas froschblütigen Herrn Matsumoto, der sich nicht einmal die Mühe gemacht hatte, ein einziges Wort Englisch zu lernen. Doch die Matsumoto-Leute taten, was sie konnten; er hatte nicht den leisesten Grund zur Klage.

Endlich zeigte ein noch breiteres Lächeln des Küchenchefs an, daß das Essen beendet sei. Zu Ehren seiner kulinarischen Leistung trank man sich noch mit Sake zu, dann folgten wieder viele Verbeugungen. Eine Rechnung wurde nicht präsentiert.

Als sie auf das schmale stille Gäßchen hinaustraten, warteten dort bereits zwei Wagen. „Ich bin nicht gern ein schlechter Gastgeber", sagte Sakamoto, „aber ich habe heute abend noch eine geschäftliche Besprechung mit einigen Herren von den Philippinen. Mit dem anderen Wagen können Sie sich noch mit Norma die Stadt ansehen, wenn Ihnen das angenehm ist."

„Sehr sogar, wenn Fräulein Scott Zeit hat."

„Schön, dann verabschiede ich mich und würde mich aufrichtig freuen, Sie wiederzusehen. Norma, nun haben Sie ihn für sich."

„Wie reizend", sagte das Mädchen.

Ein paar Minuten später trat Seaton der Schweiß auf die Stirn. Er saß ungewohnt luxuriös auf einem weißbezogenen Rücksitz, neben sich ein fabelhaftes Mädchen, das sich lässig und ungezwungen an ihn schmiegte. Sein Puls hämmerte, und er fühlte sich gefährlich aus dem Gleichgewicht gebracht. Der Wagen raste um eine Kurve; unwillkürlich hielt er seine Begleiterin beschützend fest und spürte unter seiner linken Hand einen ungemein weichen und nachgiebigen Teil ihres Körpers.

„Ja?" sagte Norma.

„Ich..." Seaton blieb das Wort im Hals stecken. Es war ihm schon wieder passiert.

Aber Norma lächelte. „Sie sollten Judo lernen. Das war ein recht ordentlicher Mattengriff." Sie nahm seinen Arm und legte ihn wieder um ihre Schulter. „Nehmen Sie's nicht tragisch. Es war nett von Ihnen, mich zu beschützen."

Der Wagen hielt vor einem mächtigen Holzportal, von dem aus

ein langer, überdachter Weg ins Innere führte. Froh zu entrinnen, sprang Seaton fast überstürzt aus dem Wagen; dann half er seiner Begleiterin behutsam heraus.

„Kommen Sie", drängte Norma. Sie nahm ihn bei der Hand und führte ihn zu einer Nische an der Seite des Portals, wo ein glotzäugiges Wesen mit erschreckend wilder Miene feindselig auf sie herabstierte. „Was halten Sie von ihm?" fragte sie.

„Sieht nach akuter Magenverstimmung aus", sagte Seaton.

Sie lachte. „In Wirklichkeit ist er ein guter Geist; er schaut nur so drein, um böse Dämonen zu verscheuchen. Und jetzt zeige ich Ihnen den Tempel."

Durch den langen dunklen Gang schlenderten sie an Dutzenden kleiner Andenkenläden vorbei. Wo die Überdachung aufhörte, ragte ein großer hölzerner Buddhatempel zum Himmel empor. Die Türen waren geschlossen, aber eine Handvoll Leute beteten vor einem langgestreckten Opferkasten und sangen ihre Klagelieder, ohne sich um die Umstehenden zu kümmern. Seaton war bewegt. Sogar der Mond über ihnen kam ihm hier anders vor, als spiegle auch er die jahrhundertealte Tradition wider, von der das Land durchtränkt war. Einen Arm um Normas Schulter gelegt, wandte er sich schließlich widerstrebend dem Ausgang zu.

Als sie wieder im Wagen saßen, sagte Norma: „Offiziell ist in Tokio überall schon gegen zehn Uhr Schluß, aber in manchen Teilen der Ginza tut sich noch bis zum frühen Morgen was. Wie wär's mit einem Kaffee? Ich weiß ein nettes Lokal."

„Keine schlechte Idee", fand Seaton. Seine Vertraulichkeit von vorhin im Auto war offenbar vergeben, und er hatte einiges daraus gelernt.

Sie fuhren durch beinahe verlassene Straßen in die Ginza, das Labyrinth schmaler Seitengäßchen um das Einkaufszentrum von Tokio. Dort brannten noch alle Lichter, und vor den vielen winzigen Restaurants waren Wachsmodelle der Speisen in kleinen Schaukästen ausgestellt. Norma entließ den Fahrer in mühelosem Japanisch und führte Seaton zu einem kleinen Café, das in westlichem Stil mit Tischen und Stühlen ausgestattet war. Sie plauderten bei Kaffee und Kuchen, und Seaton gewöhnte sich an die überraschende Tatsache, daß er schon wieder mit einem tollen Mädchen aus war. Er wünschte, die Leute von seiner Firma in Boston könnten ihn jetzt sehen! Sie würden es nicht für möglich halten. Er staunte, wie ungezwungen und gar nicht dünkelhaft Norma war. Man konnte sich mühelos mit ihr unterhalten. Das war ein neues Erlebnis, und es hob seine Stimmung.

„Ich rufe ein Taxi und bringe Sie heim“, sagte er, als sie aufstand.

„Bemühen Sie sich nicht, Dick. Es liegt weitab von Ihrem Weg.“

„Das macht mir nichts aus.“

Sie tätschelte ihm die Wange. „Das weiß ich und finde es nett von Ihnen.“ Sie hielt inne. Sie wollte ihre Überlegenheit nicht ausnützen, aber die Versuchung, ihn aufzuziehen, war zu groß. „Und wenn ich nun vorschlage, daß wir erst noch in Ihrem Hotel haltmachen?“

Seaton suchte krampfhaft nach einer höflichen Antwort.

„Dann würde ich Sie zu einem Drink einladen.“

Norma nickte beifällig. „Für den Anfang nicht schlecht.“

Beim Rasieren am nächsten Morgen stellte Dick Seaton fest, daß er in diesem Wunderland durch irgendeinen unerklärlichen Zauber mit attraktiven jungen Damen gut zurechtkam. Sogar Norma Scott hatte sich nach ihrem Drink mit den gewichtigen Worten „Rufen Sie mich an“ von ihm verabschiedet.

Im Werk verging der Vormittag im Flug. Aus der Entwicklungsabteilung liefen die ersten Teile der komplizierten Schaltung ein. Die winzigen kristallähnlichen Gebilde aus Plastik, Drähten und Halbleitern zeigten einen hohen Grad von fachlichem Können. Seaton nahm jedes einzelne liebevoll in die Hand und stellte sich vor, wie sie zusammengesetzt das Modell ergeben würden. Dies war die Welt der Lichtpausen und der technischen Praxis, in die er gehörte.

Um zwölf Uhr fünfzehn entschuldigte er sich mit Bedauern, wusch sich die Hände und erschien an Reikos Schreibtisch, um sie, wie verabredet, zum Mittagessen abzuholen. Sie erhob sich sofort, und zehn Minuten später saßen sie einander nach westlicher Art an einem Tischchen gegenüber.

Bei dieser dritten Verabredung innerhalb von vierundzwanzig Stunden kam Seaton zu dem Schluß, daß auch Reiko in ihrer anspruchslosen Art einen liebenswerten Charme besaß. Reiko jedoch fühlte sich unbehaglich; sie war sich allzu deutlich bewußt, wieviel von diesem ellenlangen Ausländer für ihre Firma abhing. Immerhin war die Speisekarte japanisch, und das stärkte ihr Selbstvertrauen; ja sie wagte sogar, dem Amerikaner etwas zu empfehlen. Zum Glück übersah er diesen Verstoß gegen die Regeln weiblicher Wohlerzogenheit und nahm ihren Vorschlag an.

„Kennen Sie Herrn George Sakamoto?" fragte Seaton, als ihnen gerade große Schüsseln voll Nudeln vorgesetzt wurden.

Die arme Reiko mußte heftig schlucken vor Verlegenheit, brachte es aber doch fertig zu antworten: „Sakamoto-san berühmter Mann ist. Er viele Firmen besitzen." Sie vergaß den Artikel, den es im Japanischen nicht gibt, und verfiel wieder in die ihr geläufigste Satzstellung.

Seaton bemerkte ihre Verwirrung nicht. „Ich habe gestern mit ihm zu Abend gegessen, da ich dachte, er gehöre zu Ihrer Firma."

„Nein", war alles, was Reiko dazu sagen konnte, ohne daß ihre Stimme den sanften Klang verlor.

„Er hatte seine Sekretärin mit", fuhr Seaton fort. „Ein sehr nettes Mädchen. Ihr Name ist Norma Scott. Vielleicht kennen Sie sie?"

Reiko richtete ein inbrünstiges Stoßgebet an ihre Ahnen. „Ich nicht dieses Vergnügen habe. Futaba-san, er, glaube ich, Scott-san kennen. Er Judokampf mit ihr machte im Kodokan. Sie ihn packte mit *seoi-nage*-Griff. Futaba-san machte großen Plumps auf *tatami*, wenn er fallen. Eine Woche lang er gehen ein bißchen krumm." Dann ergriff Reiko die Gelegenheit, das Thema zu wechseln. „Es schön war zusammen mit Kanno-san im Park, ja?"

Seaton blickte in ihre gutmütigen Augen und gestand: „Reiko, ich habe etwas Furchtbares getan. Ich habe sie geküßt."

„Sie erlauben?" fragte Reiko. Er nickte. „Dann ist okay." Reiko hatte trotz ihrer äußeren Disziplinierheit eine romantische Ader, die durch den Konsum tragischer japanischer Filme noch genährt worden war.

„Nein, es ist nicht okay, Reiko. Sie will mich nie wiedersehen. Sie hat gesagt, es war für sie das erste Mal."

Reiko nickte. „Japanische Mädchen nicht viel küssen."

Er sah sie gequält an. „Aber Reiko, ich sagte zu ihr ‚Sie sind doch eine Geisha', genau so."

„Sie ihr beleidigen", stellte Reiko entschieden fest, „sie erstklassige Geisha. Seaton-san, Sie guter Gentleman, aber Sie nicht verstehen japanische Frauen."

„Ich verstehe Frauen überhaupt nicht", gestand er bitter.

Er tat ihr leid. Hätte es in ihrer Macht gestanden, ihn mit den geringen Gaben, die sie zu bieten hatte, zu trösten, sie wäre bereit gewesen. Sie blickte zu ihm auf. „Sie wünschen, ich etwas verabreden?"

Seaton fühlte sich schuldbewußt. Reiko war ein sehr nettes Mädchen, und er spürte, daß sie eine andere Aufforderung liebend gern angenommen hätte. „Könnten Sie?"

„Ich werde versuchen", sagte sie sanft.

Seaton drückte ihre Hand, daß es weh tat. Doch sie lächelte ihn an, denn sie fühlte nur die warme Geborgenheit in der Sympathie des Mannes — und davon gab es in ihrem Leben nicht allzuviel.

TROTZ SEINES gebieterischen Auftretens war Matsumoto ein Mann von Gefühl und Empfindsamkeit. Er tat alles, um sich in der erbarmungslosen Arena des Geschäftslebens davon nichts anmerken zu lassen, aber manchmal betrachtete er in stummer Meditation die durch das Zen erreichte Vollkommenheit eines Gartens, manchmal schrieb er auch heimlich Gedichte. Er hielt die westlichen Geschäftsmethoden für eine zeitbedingte Erscheinung, die den reichen Schatz wahrer japanischer Kultur nur vorübergehend verdecken konnte. Daher bekümmerte es ihn, daß er Reiko rufen lassen und über eine private Verabredung ausfragen mußte; doch es konnte sich um wichtigste geschäftliche Informationen handeln.

Als Reiko in sein Büro trat, befürchtete Matsumoto nach einem Blick auf ihr niedergeschlagenes Gesicht sogleich das Schlimmste und ließ Yamaguchi und Futaba holen. Dann wandte er sich Reiko zu und fragte taktvoll: „Kam in Ihrer Unterhaltung mit Setanusan während des Mittagessens irgend etwas zur Sprache, was für uns von Interesse sein könnte?"

Befreit von den leidigen Widersinnigkeiten der englischen Grammatik, wurde Reiko jetzt beinahe gesprächig. Sie kam sofort zur Sache. „Setanu-san war gestern abend von Sakamoto George eingeladen, der auch Scott-san mitbrachte. Anschließend sind Setsanu-san und Scott-san noch allein Kaffee trinken gegangen."

„Die Frage ist ..." begann Matsumoto und stockte.

„Zweifellos", ergänzte Futaba. „Ich kenne sie vom *judo dojo*, aber ich gehöre nicht zu denen, die sie mit ihrer innigen Zuneigung beehrt hat; damit dürfte ich wohl zu den Ausnahmen zählen."

Matsumoto setzte sich sehr gerade. „Man muß also damit rechnen, daß Sakamoto George die erste Runde gewonnen hat."

Reiko verbeugte sich sehr tief und erreichte damit, die Aufmerksamkeit ihres Chefs auf sich zu lenken. „Ich glaube nicht, daß er sie gewonnen hat", sagte sie. „Setanu-san mag Mädchen sehr gern, aber er weiß nichts mit ihnen anzufangen. Da Sie für die Dienste von Fräulein Tausend Frühlingsblüten aufkommen, muß ich Ihnen auch mitteilen, daß ihr Spaziergang mit Setanu-san gestern im Park kein Erfolg war."

Matsumoto sah sie erstaunt an. „Hat sie irgend etwas falsch gemacht?"

Reiko zögerte, als beginge sie einen Verrat. Doch da das Wohl ihrer Firma auf dem Spiel stand, überwand sie ihre Bedenken. Mit Zurückhaltung, aber auch mit einem ausgeprägten Gefühl für romantische Dramatik schilderte sie, was geschehen war. Als sie geendet hatte, stellte sie überrascht fest, daß der große Matsumoto-san Anzeichen von Teilnahme zeigte.

„Es spricht für Setanu-san", sagte er, „daß er in der kurzen Zeit seines Hierseins die unendliche Überlegenheit der japanischen Frau erkannt hat."

„Ebenso steht jetzt fest", ergänzte Yamaguchi, „daß Setanu-san den Geisha-Beruf nicht begreift."

„Wenn Sakamoto George hinter ihm her ist", sagte Matsumoto abschließend, „und Scott-san als Köder benutzt, ist unsere Lage heikel. Eine weitere Investition in Geisha-Diensten ist unumgänglich." Er wandte sich an Reiko. „Bitte suchen Sie die Geisha so bald wie möglich auf. Sprechen Sie offen mit ihr und bitten Sie sie, Setanu-san hier in der Fabrik anzurufen. Wenn er von ihr einen Anruf bekommt, ist er vielleicht für die Verlockungen Scott-sans weniger anfällig."

Reiko verneigte sich. „Große Weisheit", murmelte sie in ehrlicher Bewunderung. Yamaguchi und Futaba gaben ähnlichen Gefühlen Ausdruck. Reiko ging zur Tür, schlüpfte hinaus und eilte zum Telephon. Es war Freitag, und die besseren Geishas waren schnell fürs Wochenende vergeben. Sie wählte, führte ein kurzes Gespräch und verließ die Fabrik.

Kurz nach vier legte Chefingenieur Fujihara seine Hand auf Seatons Schulter und deutete auf einen abgehobenen Telephonhörer. Überrascht ging Seaton hin.

Eine leise, helle Stimme sagte: „Setanu-san, ich bin Masayo." Mühsam der ungewohnten Sprache abgerungen, kamen die Worte stockend aus dem Hörer.

Seaton war einen Augenblick starr, dann riß er sich zusammen und sagte sehr langsam: „Ich bin so froh, daß Sie mich anrufen."

Wieder entstand eine Pause. „Sie wütend?" kam dann die zögernde Frage.

„Nein", sagte er und dann noch einmal: „Nein. Ich möchte Sie sehen."

Wie durch ein Wunder war Reiko neben ihm aufgetaucht. Er reichte ihr den Hörer. „Es ist Fräulein Kanno. Bitte fragen Sie, ob ich sie sehen kann."

Reiko gab, noch ein wenig atemlos von ihrer eiligen Rückkehr in die Fabrik, Seatons Bitte weiter. Die Geisha fragte höflich, wann und wie lange sie gewünscht werde. Reiko hatte sich noch nicht völlig gefaßt und gab die Frage beinahe wörtlich weiter.

Seaton holte tief Atem. „Ist sie fürs Wochenende frei?"

Dieses Ansinnen warf Reiko fast um. Die Kosten würden astronomisch sein; schlimmer noch, das Bild von Seaton als einem ritterlichen Mann, der seine animalischen Instinkte vollkommen unter Kontrolle hatte, fiel krachend in sich zusammen. Tonlos wiederholte sie die Frage und hörte die Geisha am anderen Ende der Leitung nach Luft schnappen.

Aber Seaton klopfte Reiko hastig auf die Schulter. „Bitte — sie soll mich nicht mißverstehen. Nur würde ich, wenn sie frei ist, furchtbar gern in ihrer Begleitung etwas von Japan sehen."

Reiko übersetzte rasch und fügte ihren eigenen Kommentar hinzu — ihrer Meinung nach waren seine Absichten beinahe unglaublich ehrenhaft.

Fujikoma bat, ihn selbst sprechen zu dürfen. In zitternder Erwartung, sein Geschick zu erfahren, nahm Seaton den Hörer. „Setanu-san, Sie wollen sehen Kyoto?"

Seaton wußte nicht das geringste über Kyoto, aber er wäre auch hingefahren, wenn er Charon, den Fährmann der Unterwelt, dafür hätte mieten müssen. „Ja!“ antwortete er. Er gab Reiko den Hörer zurück, die Fujikoma versprach, sie wieder anzurufen, wenn alle Vorbereitungen getroffen seien.

Reiko bestellte zwei Ersterklasseplätze für den neuen Tokaido-Superexpreß, schrieb Seaton alles Nötige auf und ging, um Matsumoto-san zu berichten, wie sich die Sache inzwischen entwickelt hatte.

Der arme Matsumoto, der noch immer auf einen kleinen Gewinn aus dem Geschäft mit Mercer & Doyle gehofft hatte, sah die Spesenrechnung unerbittlich wachsen. Bevor das Modell noch endgültig geprüft und geliefert sein würde, war vielleicht von Matsumoto & Co. nichts mehr übrig, um den Produktionsvertrag abzuschließen — wenn einer angeboten wurde. Ihm war zum Weinen.

Als Seaton am nächsten Morgen seine Krawatte band, richtete er sich an dem Gedanken auf, daß ihm eine Mischung aus echtem Interesse für seine Begleiterin, allgemeinen guten Manieren und ehrenwerten Absichten trotz seiner Unerfahrenheit weiterhelfen würde. Mit neuer Unternehmungslust ergriff er sein Köfferchen und nahm ein Taxi zum Hauptbahnhof.

Noch nie hatte er so viele dahinhastende Leute gesehen — ein Meer von Menschen, die zu tausend verschiedenen Bestimmungsorten unterwegs waren. Oben auf den Bahnsteigen des neuen Tokaido-Expresses drängte sich eine dichte Menschenmenge. Lange elektrische Züge glitten mit einer offenbar meisterhaft genau geregelten Geschwindigkeit ein und aus. Am Bahnsteig waren mit kleinen Nummern die Halteplätze für jeden einzelnen Wagen des Zuges gekennzeichnet, und Seaton fand die richtige Stelle, wo er auf Wagen Nummer fünf warten mußte.

In vollendeter Stromlinienform glitt der Superexpreß herein, und die Wagen hielten genau an den markierten Stellen. Die Türen öffneten sich, und die Leute begannen einzusteigen. Als Seaton seinen reservierten Ersterklasseplatz einnahm, waren es bis zur Abfahrt des Zuges nur noch acht Minuten.

Drei davon schalt er sich einen Narren. Warum hatte er sie nicht ins Kino eingeladen, das hätte viel weniger Anlaß zu Mißverständnissen gegeben. Er wartete in erbärmlicher Stimmung, bereit, in letzter Minute auszusteigen, wenn sie nicht erschien. Dann fühlte er eine leichte Hand auf seiner Schulter, und als er sich umdrehte, stand sie hinter ihm.

Er sprang auf, um ihr Köfferchen ins Gepäcknetz zu legen, ihr den Platz am Fenster anzubieten und ihr seine Dankbarkeit zu bezeigen, daß sie ihm ihre Ehre anvertraute. Sie trug Straßenkleidung — Rock und Bluse, die ihr ausgezeichnet standen.

„Ohayo gozaimasu", sagte sie.

„Ohayo gozaimasu, Masayo-san", antwortete er und wurde mit einem entzückenden Lächeln belohnt; seine Ungeschicklichkeit im Park war offenbar vergessen.

Während der nächsten drei Stunden saß er neben dem bezauberndsten Mädchen, das ihm je begegnet war, und zu allem Überfluß schien ihr seine Gesellschaft zu gefallen. Als sie mit zunehmender Vertrautheit gelöster wurde, zeigte sich, daß sie mehr Englischkenntnisse besaß, als er erwartet hatte.

Sie aßen zusammen im Speisewagen, ließen die Landschaft draußen vorbeigleiten und konnten sich an der majestätischen Vollkommenheit des Fujiyama nicht satt sehen. Sie fuhren mit zweihundert Stundenkilometern, und Seaton bewunderte rückhaltlos die japanischen Ingenieure, die diese großartige Eisenbahnlinie gebaut hatten. Nichts in den Vereinigten Staaten konnte sich damit messen.

Kurz nach zwölf und pünktlich auf die Sekunde glitten sie in den Bahnhof von Kyoto. Als sie ausstiegen, näherte sich ihnen ein geschäftiger junger Mann, der Seaton das Gepäck abnahm. „Japanischer Reisedienst, Herr Seaton", erklärte er. „Willkommen in Kyoto. Draußen wartet der Wagen, um Sie in Ihren Gasthof zu bringen." Er verstaute die Koffer im Gepäckraum eines Mietautos. Wer seine Lieblings-Geisha für das ganze Wochenende engagieren konnte, fuhr selbstverständlich nicht mit einem gewöhnlichen Taxi. Er sagte dem Fahrer etwas auf japanisch und wünschte ihnen einen angenehmen Aufenthalt in der Stadt. Seaton bekam allen Respekt vor Reiko, als ihm klar wurde, daß sie das Ganze hier für ihn arrangiert hatte.

Der Wagen schlängelte sich in gemessenem Tempo durch den Verkehr, bog in eine schmale Straße ein und hielt vor einem Gebäude ohne Schild. Sogleich erschien ein lächelnder Japaner, um das Gepäck hineinzutragen. Vor Zufriedenheit strahlend, führte er sie in einen gepflasterten Vorraum. Als sie die Schuhe ausgezogen hatten, lud er sie mit freudigen Gesten ein hereinzukommen.

Das holzgetäfelte Innere des kleinen Gasthofes war entzückend. Den nackten Fußboden hatten Tausende von Füßen in Strümpfen oder Hausschuhen blank poliert. Zwei Frauen in Kimonos und ein Mann im Straßenanzug begrüßten sie am bescheidenen Empfang.

„Seaton-san, hai? Irasshaimase — willkommen", sagte der Mann.

„Haben — Sie — Zimmer — reserviert?" fragte Seaton langsam und deutlich.

„Reserviert, hai. Dozo." Er reichte Seaton einen Füller.

Seaton trug sich mit Blockschrift ein. Dann gab er Masayo den Füller, und sie setzte zügig ihre Schriftzeichen neben seinen Namen. Zum Wirt gewandt, sagte er: „Bitte *zwei* Zimmer" und hielt zur Verdeutlichung zwei Finger in die Höhe.

Dann wurde seine Aufmerksamkeit durch den freudestrahlenden kleinen Portier abgelenkt, der ihm viel zu kleine Hausschuhe an die Füße steckte. Eine der Frauen verbeugte sich und führte sie einen Flur entlang, in dem es sogar eine winzige Brücke gab. Sie schob eine Wand auseinander und bedeutete ihnen einzutreten.

Das Zimmer war entzückend. Auf dem mit Strohmatten bedeckten Fußboden stand der übliche niedrige schwarze Tisch, aber in einer Nische entdeckte Seaton zwei normal hohe Stühle mit einem Tischchen vor einem Aussichtsfenster, das auf einen eigenen kleinen Garten hinausging. Dort floß aus einem Bambusrohr ein Rinnsal und belebte durch sein Plätschern die Szene. Die Gastgeberin zog sich zurück, dafür erschien der strahlende Portier und stellte die Koffer sorgsam in einer Ecke ab.

Seaton wurde furchtbar verlegen. Durch irgendeine schreckliche Unachtsamkeit hatte Reiko verabsäumt, ausdrücklich zwei getrennte Zimmer zu verlangen. Masayo mußte das Schlimmste von ihm denken. Er nahm seinen Koffer, beschrieb mit der Hand einen weiten Bogen, um anzudeuten, daß das Zimmer ganz ihr gehöre, und verschwand.

In der Halle wandte er sich an den Mann am Empfang, der betroffen aufblickte. Er hatte dem Gast eines seiner allerbesten Zimmer gegeben, und nun war dieser sichtlich aufgebracht. Da Erklären nicht möglich war, nahm Seaton seine Zuflucht zur Zeichensprache; der Mann sah intelligent aus. Langsam hob Seaton seinen Zeigefinger und deutete mit der anderen Hand darauf. „Eins", sagte er.

„*Yubi*", antwortete der Mann. Wenn sein Gast das japanische Wort für Finger wissen wollte, war er gern zu Diensten.

Seaton hob zwei Finger und deutete wieder darauf.

„Yubi", sagte der Mann erneut, da es keine Pluralform gibt.

Das funktionierte offenbar nicht. Seaton begrüßte daher das Erscheinen von Fräulein Tausend Frühlingsblüten, die sich Gedanken gemacht hatte, ob ihr Kunde in irgendwelchen Schwierigkeiten war. „Ich versuche gerade, zwei Zimmer zu bekommen", erklärte ihr Seaton. In seiner Aufregung sprach er rasch, und sie verstand ihn nicht; sie sah nur, daß er mit jeder Sekunde aufgeregter wurde. Freundlich wandte sie sich auf japanisch an den Mann hinter dem Pult, worauf dieser Seaton zu verstehen gab, er möge sich etwas gedulden, eine Telephonnummer wählte, einen Augenblick sprach und dann den Hörer an seinen Gast weitergab.

„Hier ist der Japanische Reisedienst", sagte eine Stimme in fabelhaftem Englisch. „Bitte schildern Sie das Problem, ich werde dann übersetzen."

„Vielen Dank", sagte Seaton erleichtert. „Ich bin soeben mit einer Dame, die mein Gast ist, hier angekommen. Wir sind nicht verheiratet."

„Die Geschäftsführung wird Ihnen sicher keinerlei Verlegenheit bereiten."

„Ich habe mich wohl nicht klar ausgedrückt. Ich achte diese Dame sehr. Ich möchte nicht mit ihr schlafen."

„Wie Sie wünschen, mein Herr."

Seaton versuchte es noch einmal. „Ich möchte zwei getrennte Zimmer haben, eines für die Dame und eines für mich."

„Getrennte Zimmer, jawohl, mein Herr."

„Gut, jetzt haben Sie mich verstanden. Ich weiß, daß viele Amerikaner anders handeln, aber ich will ein Mädchen erst heiraten, bevor ich mit ihr schlafe."

„Aha, jawohl, Seaton-san — höchst bewundernswert. Mein Kompliment. Und nun erlauben Sie bitte, daß ich mit dem Wirt spreche."

Seaton gab den Hörer zurück. Der Wirt zeigte anfänglich Erstaunen, dann große Erleichterung und Zufriedenheit. Schließlich hängte er ein und beglückwünschte Fräulein Tausend Frühlingsblüten mit beifällig strahlender Miene, daß der amerikanische Herr sie auf der Stelle heiraten wolle. Natürlich werde er eine entsprechende Festlichkeit arrangieren.

Masayo war sprachlos. Offenbar war es bei den Amerikanern Brauch, irgendein Mädchen, das ihnen gerade gefiel, zu einem Shintoschrein zu schleppen und ohne weitere Umstände zu heiraten. Und Kyoto war berühmt für seine vielen Schreine. Sie dachte an Flucht, aber ein kurzer Blick auf Seaton ließ sie zu dem Schluß kommen, daß er, wenn sie etwas von Männern verstand (und das konnte man wohl behaupten), sie bestimmt nicht in eine so peinliche Lage bringen würde. Da mußte irgendein Irrtum vorliegen.

Nach einem zweiten Telephongespräch mit dem Japanischen Reisedienst klärte sich alles auf. Der enttäuschte Wirt wünschte ihnen eine angenehme Stadtrundfahrt und ließ durch den Portier ein Taxi rufen.

Unterdessen machte sich Masayo Kanno einige Gedanken über den Mann, zu dessen Unterhaltung sie engagiert war. Er war nicht gerade schön, aber er hatte etwas sehr Anständiges, das sie anerkennen und achten mußte. Die Art, wie er sie behandelte, hatte eines klargemacht — er war sich nicht bewußt, daß jede Minute, die sie in seiner Gesellschaft verbrachte, bezahlt werden mußte. Während sie ins Taxi einstieg und dem Fahrer eine Adresse angab, kam sie zu dem Schluß, daß es für ihn viel besser wäre, ein nettes Mädchen zu finden, das nicht im Geisha-Geschäft war.

Das Taxi fuhr sie durch die Vororte hinaus in eine beinahe ländliche Gegend und hielt vor einem Eingangstor. Masayo blickte ihren Kunden verheißungsvoll an. „Moosgarten", sagte sie. „Sehr wunderschön."

Seaton zahlte ein geringes Eintrittsgeld, trat durch ein unscheinbares Tor und stand in einem verzauberten Garten, einem wahrhaftigen Paradies, unberührt und zeitlos. Bäume warfen tiefe Schatten über den sanft gewellten Grund, der mit einem dichten grünen Moosteppich bedeckt war. Ein schlichter Fußpfad wirkte so natürlich entstanden wie der Garten selbst, und zwischen den Stämmen wurde die geschwungene Uferlinie eines Sees sichtbar. Diese unerhörte Szenerie in sich aufzunehmen, die vom Schöpfer selbst hier hingestellt zu sein schien, war allein die Reise wert.

Beinahe andächtig folgte Seaton dem Pfad, während sich die Geisha absichtlich hinter ihm hielt. Bei einem großen, flachen Felsblock hielt er an und setzte sich. Masayo holte eine kleine Kamera aus ihrer Tasche und hob sie ans Auge. Seaton rückte die Brille zurecht und blickte befangen in die Linse. Als es geklickt hatte, stand er auf, ließ sich den Apparat geben und deutete auf den Felsen.

Masayo setzte sich bereitwillig und ließ sich knipsen. Zu seiner Überraschung winkte sie ihn dann näher. Er ging hin und blieb gehorsam vor ihr stehen, als sie sich auf den Felsen stellte, so daß ihr Gesicht fast auf gleicher Höhe mit dem seinen war. Behutsam nahm sie seine Brille ab, und er sah wie durch Nebelschleier, daß sie seine Züge musterte. Ja, sie legte sogar eine Hand unter sein Kinn und drehte sein Gesicht ein wenig nach der einen und nach der andern Seite.

„Sie Garten gern haben? Ist so schön."

„Ja. Wenn Sie darin sind."

Sie verstand und mußte sich gewaltsam in Erinnerung rufen, daß er auch nur ein Kunde war. Einen Augenblick lang hatte sie den verrückten Wunsch, nicht mehr Geisha zu sein, nicht Eigentum von irgend jemandem, sondern ein Mensch. Sie wollte die Geisha Tausend Frühlingsblüten abstreifen und einfach ein Mädchen sein, das hingehen durfte, wo es wollte und mit wem es ihm gefiel. Vielleicht sprach die Schönheit des Gartens ihr Gefühl für Poesie an, das noch tiefer wurzelte als die jahrelange Schulung, die sie durchlaufen hatte. Schließlich war sie Japanerin, und die Empfänglichkeit für alles Schöne lag ihr sozusagen als Erbe im Blut.

Sie hatte gerade das zarteste und köstlichste Kompliment erhalten, das man ihr je gemacht hatte — sie, Masayo Kanno, nicht die berühmte Geisha. Und sie entdeckte in diesem großen, linkischen Mann etwas, was sie bei einem Ausländer nie vermutet hätte.

Ohne Brille hatte er kräftige Züge, wenn ihnen auch die klassischen asiatischen Linien fehlten. „Sie sehr hübsch", sagte sie und log dabei nur ein bißchen.

Seaton kniff die Augen zusammen und schüttelte langsam den Kopf. Sie verstand vollkommen. Seine Brille noch immer in der Hand haltend, schob sie ihre Finger sanft hinter seinen Nacken und zog ihn zu sich heran, ohne Rücksicht darauf, daß in Japan ein Kuß in der Öffentlichkeit als anstößig galt. Sie wollte es noch einmal versuchen, und niemand war da, der sie sehen konnte. Er hielt ganz still und wagte nicht zu sprechen, aus Angst, wieder mit irgendeiner Gedankenlosigkeit Unheil anzurichten.

„Ich denken" — Masayo rang nach den richtigen Worten —, „besser Sie nicht Brille tragen."

„Leider muß ich", sagte Seaton. „Ich tue es auch nicht gern."

Trotz seines verminderten Sehvermögens konnte er erkennen, daß sie den Kopf schüttelte. Wieder folgte ein Kampf mit der Sprache, aus dem sie siegreich hervorging. „Haftgläser."

ALS SIE SICH an den Schönheiten des Moosgartens satt gesehen hatten, nahmen sie ein Taxi und fuhren zu einem imposanten hölzernen Gebäude, das unverkennbar religiösen Zwecken diente. Seaton zahlte wieder ein kleines Eintrittsgeld und zog die Schuhe aus.

Im Inneren führte ihn Masayo einen Gang entlang, an dessen Ende sie in eine lange, schmale Halle blicken konnten. Linker Hand war ein Durchgang, rechts standen auf flachen, langsam ansteigenden Stufen schweigende Reihen von Hunderten und aber Hunderten lebensgroßer Figuren, die alle in eine Richtung blickten, als sei vor ungezählten Generationen irgendein großes höfisches Gepränge in Reglosigkeit erstarrt.

„Eintausend Bildnisse", sagte das Mädchen. Es war eine Feststellung, eine Erklärung und auch eine Frage; sie blickte zu ihm auf, um zu sehen, ob er verstanden habe.

Zuerst verstand er natürlich nicht. Er staunte bloß über die große Menge von Gottheiten, doch die Figuren selbst ließen ihn kalt. Er folgte Masayo durch den langen Gang und sah zu der gewaltigen Parade teilnahmsloser Gesichter auf, deren Augen anscheinend auf irgend etwas jenseits der Wahrnehmungsfähigkeit gewöhnlicher Sterblicher geheftet waren. Auf halbem Weg blieb das Mädchen bei einem majestätischen Bildnis Buddhas stehen, preßte die Handflächen aneinander und neigte den Kopf im Gebet.

Es war für Seaton ein Schock, sie in demütiger Anbetung vor

einer heidnischen Gottheit zu sehen. Der Name Buddha war ihm zwar bekannt, aber sonst wußte er so gut wie nichts über den Prinzen Siddhartha Gautama von Indien, der ein halbes Jahrhundert vor Christi Geburt, um nach Erleuchtung zu streben, seinem königlichen Erbe entsagt und die Welt mehr als irgendein anderer Sterblicher vor ihm beeinflußt hatte. Nun war durch das Gebet des Mädchens zum erstenmal eine Kluft fühlbar geworden, die Seaton beunruhigte. An den fünfhundert Bildnissen auf der andern Seite des Buddha vorbei und durch einen Gang mit geschnitzten Holzfiguren zurück, die in ihren erschreckend verrenkten Stellungen sein Unbehagen noch verstärkten, beendeten sie die Runde durch den Tempel.

Draußen sah Masayo auf die Uhr und blickte dann fragend zu ihm auf. „Noch Sehenswürdigkeit?"

Was es auch war, er konnte ihr nichts abschlagen: „Ja, bitte."

Wieder stiegen sie in ein Taxi, fuhren quer durch die Stadt und hielten vor einem Park. Der unvermeidliche Tempel tauchte auf, und abermals löste Seaton zwei Eintrittskarten. Einen Augenblick blieb Masayo stehen und musterte seine Züge, als versuche sie in ihnen zu lesen; dann schlüpfte sie behend und mühelos aus den Schuhen und führte ihn durch ein Gebäude von strenger Einfachheit auf eine lange Holzveranda.

Vor Seaton lag ein Garten, der völlig anders war als irgendeiner, den er je zuvor gesehen hatte. Genauer gesagt, war es gar kein Garten, denn es wuchs beinahe nichts darin. Vielmehr war das schmale Rechteck ganz mit feinem weißem Kies bedeckt, der um einige Gruppen von großen Felsblöcken zu einem Muster zeitlos regelmäßiger Wirbel geharkt war. Moosbüschel am Fuß der Felsen milderten deren starre Strenge. Eine stille versteinerte Welt.

Masayo setzte sich, das Kinn in die Hände gestützt, und Seaton setzte sich neben sie. Fünfzehn Minuten lang blickten sie schweigend auf das unbewegte, beinahe leblose Bild. Dann begann Seaton gewisse Dinge zu bemerken. Der weiße Kies schien sich in einen ungeheuren Ozean zu verwandeln, durch dessen Oberfläche blinde Naturgewalten Felseninseln emporgetrieben hatten. Doch je länger er hinschaute, desto deutlicher sah er ein Gesetz in diesem rätselhaften Bild. Schließlich begann es eine hypnotische Wirkung auf ihn auszuüben: Es überkam ihn das seltsame Verlangen, seine

Augen von diesem geheimnisvollen Schauspiel nie mehr abzuwenden. Es sprach zu ihm, und er wollte es verstehen.

„Sie schön finden?" Ihre Stimme schreckte ihn aus seiner Versunkenheit auf.

„Großartig", sagte er. Das Wort kam ganz ohne sein Zutun. Sie sah mit leuchtenden Augen zu ihm auf. „O Dicku-san", sagte sie. „Ich so froh. Ich zuvor nicht wissen, Sie Buddhist!"

Als sie in ihren Gasthof zurückkamen, hatte der kleine freudestrahlende Portier irgendwie ein sehr viel größeres Paar Hausschuhe für Seaton aufgetrieben. Er bestand darauf, sie ihm anzuprobieren, und zeigte sich hoch erfreut, als sie paßten. Seaton war weniger überschwenglich, denn er verlor sie sogleich, wenn er nicht schlurfte.

Seatons unbegreiflichem Wunsch entsprechend, führte ihn der Wirt in ein eigenes Zimmer, das dem ersten auf dem Flur gegenüberlag, und wies auf seinen Koffer in einer Ecke. Seaton verneigte sich, um seine Zufriedenheit zu zeigen.

Als er allein war, schaute er sich um und entdeckte ein Badezimmer im westlichen Stil mit einer soliden hölzernen Wanne. Er hatte gerade sein Hemd ausgezogen, als er ein Tappen an der Tür hörte. In der Annahme, es sei der Wirt, öffnete er im Unterhemd und war peinlich überrascht, als Masayo draußen stand. Sie trug einen einfachen blau-weißen Baumwollkimono, der frisch gewaschen und gestärkt war, und sah bezaubernd aus.

Unaufgefordert kam sie herein und blickte sich im Zimmer um. In einer Ecke fand sie, was sie suchte, den *yukata,* einen schwarzweißen Baumwollkimono, flach zusammengelegt auf einem Tablett. Sie faltete die gestärkten Vorderseiten auseinander, befreite einen Ärmel aus dem Bindegürtel und bestand darauf, daß Seaton den Yukata anzog. Er kam sich darin schon reichlich albern vor, da zeigte Masayo auf seine Hose und sagte: „Das nicht mit Kimono tragen. Machen fort."

Ein Blick nach unten beruhigte ihn, daß ihn das seltsame Kleidungsstück fast bis zu den Knöcheln verhüllte. Um ihr den Gefallen zu tun, drehte er sich um und schlüpfte, vom Dampfbad her geschult, aus der Hose. Dann verhüllte er seine Unterwäsche mit dem Yukata und band ihn mit dem Gürtel fest.

Die Geisha betrachtete ihn wohlgefällig, nahm ihn bei der Hand und führte ihn in ihr ursprüngliches Zimmer und zu der kleinen Nische mit dem Blick in den Garten. Sie wies auf einen der bequemen Stühle, setzte sich mit einem verwirrenden Lächeln ihm gegenüber auf den zweiten Stuhl, hob die Hände zum Nacken und begann die Haarnadeln herauszuziehen. Dann bog sie den Kopf zurück, und eine Kaskade schimmernden Haares fiel auf ihre Schultern herab. Sie strich es nach hinten und blickte ihren höchst ungewöhnlichen Kunden mit betörendem Lächeln an.

Mit dem offenen Haar sah sie überwältigend schön aus, und Seaton begehrte sie mit allen Fasern seines Herzens. Vielleicht hätte er sie in die Arme genommen, wäre nicht eine Dienerin nach kurzem Anklopfen mit zwei Flaschen Bier auf einem Lacktablett hereingekommen.

Während sie das Bier einschenkte, gewann Seaton mit einiger Mühe sein Gleichgewicht wieder, und kurz darauf wurde auch schon auf dem Mitteltisch das Essen aufgetragen. Es wurde das reizendste Abendessen, das er je erlebt hatte. Auf dem Boden zu sitzen war noch immer unbequem, aber er hatte gelernt, irgendwie damit zurechtzukommen. Ihn überkam eine so unbekümmerte Stimmung, daß er, wenn auch mit schlechtem Gewissen, einen Augenblick lang bereute, so hartnäckig auf getrennten Zimmern bestanden zu haben, und er verwünschte den Sittenkodex, der ihn an etwas hinderte, was vielleicht der Höhepunkt seines Lebens hätte sein können. Zum Teufel, er war doch ein Mann und hatte ein Recht, wie ein Mann zu leben.

Nach dem Essen machten sie einen Bummel unter den Arkaden in der Nähe des Gasthofs. Die farbenprächtigen Ladenstraßen schienen sich nach allen Seiten viele Häuserblocks weit fortzusetzen. Um ihr eine Freude zu machen, kaufte er ihr Süßigkeiten, aber eine schöne Lederhandtasche ließ sie ihn nicht einmal in Erwägung ziehen. Bei ihrer Rückkehr in den Gasthof fanden sie Masayos Zimmer für sie beide hergerichtet: zwei *futons*, japanische Bodenmatratzen, waren nebeneinander ausgebreitet, und nur eine kleine Lampe spendete gedämpftes Licht.

Seaton ahnte nicht, daß das Mädchen seinen inneren Kampf spürte. Sie wußte zwar nicht mit Sicherheit, ob er in sie verliebt war, aber sie zweifelte nicht, daß er noch nie etwas mit einer Frau gehabt hatte. Als er ihr schließlich vor der Tür mit feuchten Augen gute Nacht wünschte, warf sie ihre Wohlerzogenheit über Bord und schmiegte sich einen Augenblick an ihn. Dann bot sie ihm ihren Mund und erwiderte seinen zarten Kuß mit unerwarteter Innigkeit. Als sie die Tür zuschob, war sie sich klar, daß einiges, was man ihr über Amerikaner gesagt hatte, zumindest in seinem Fall, offensichtlich nicht stimmte.

SCHWUNGVOLL DURCHQUERTE Richard Seaton am Montagmorgen den Vorraum der Matsumoto-Werke, lächelte Chiyoko Shinagawa im Vorbeigehen kurz zu und betrat das Hauptbüro. Ein Blick überzeugte Reiko, daß Setanu-san ein schönes Wochenende mit Kissendienst gehabt hatte. Abgesehen von den Kosten für ihre Firma, bedauerte sie nur, daß sie selbst nie dergleichen erlebte. Es gab in Japan zu viele Mädchen und zu wenig Männer. Schade, sie wünschte sich so sehnlichst ein eigenes Heim und Kinder.

Zu ihrer Überraschung kam der Amerikaner an ihren Schreibtisch, als wäre sie eine wichtige Persönlichkeit. „Ohayo gozaimasu, Reiko-san."

„Ohayo gozaimasu, Seaton-san. Sie nettes Wochenende hatten?" Die Frage fiel ihr schwer, aber sie brachte sie ohne Stocken heraus.

„Ja, Reiko, ich hatte ein sehr schönes Wochenende", erwiderte Seaton. „Könnten wir mal ins Sitzungszimmer gehen?"

Reiko hatte richtig Angst, als Seaton dann die Tür schloß. „Zuerst einmal, Reiko, vielen Dank für alles — arigato gozaimasu." Das war eine kleine Gnadenfrist! „Der Gasthof gefiel mir sehr. Aber nur ein Zimmer war reserviert worden. Ich hatte Mühe, ihnen begreiflich zu machen, daß ich zwei wollte."

„Zwei Zimmer?" wiederholte Reiko ungläubig. „Sie nicht mögen Futon?" Etwas anderes konnte sie sich nicht vorstellen.

„Selbstverständlich mochte ich den Futon; es war das erste Bett in Japan, in dem ich mich ausstrecken konnte." In Reikos Augen standen Fragezeichen, und so wollte er sich noch deutlicher ausdrücken. „Ich will es mal so sagen: Ich achte Masayo-san sehr —"

„Sie meinen, Sie haben gern?" versuchte es Reiko.

„Ja, ich habe sie gern. Aber es gibt immer noch Männer, die

meinen, man sollte ein Mädchen heiraten, bevor man mit ihr schläft."

Reiko verstand die Ausländer nicht ganz, darum unterließ sie es zu antworten.

In genau demselben Augenblick erhielt Matsumoto eine ähnliche Mitteilung und konnte sie ebensoschwer glauben. Das Geisha-Haus rief an, um ihn über die Höhe der Rechnung für das Wochenende zu unterrichten. Obwohl es eine niederschmetternde Summe war, blieb sie doch beträchtlich unter der von ihm befürchteten Höhe. Es war kein Kissendienst verlangt worden. Darüber hinaus hatte Setanu-san diesen kostbaren Besitz, Fräulein Tausend Frühlingsblüten, mit bemerkenswerter Hochachtung behandelt. In Zukunft würde er den Vorrang haben.

Matsumoto hängte ein. Er hatte seine Ahnen angefleht, sie möchten Kanno-san das Bein brechen lassen. Nun mußte ihm etwas anderes einfallen. Er hatte bereits Futaba veranlaßt, Seaton heute abend zum Essen und ins Theater einzuladen — das war schon ein Geisha-Honorar weniger. In der Forschungs- und Entwicklungsabteilung war Seaton mit Fujihara wieder ganz in das Projekt vertieft, aber als Futaba mit seinem Vorschlag kam, nahm er gern an.

Der Tag verging Seaton wie im Flug; das Mittagessen schien kaum vorüber, als schon wieder Feierabend war. Die Prüfvorrichtung war so gut wie komplett, und die Einzelteile des Modells konnten am nächsten Morgen zusammengebaut werden. Seaton ließ sich das Abendessen im Imperial-Hotel mit Herrn Futaba ausgezeichnet schmecken. Die Unterhaltung war etwas mühsam, und so schwiegen sie die meiste Zeit. Trotzdem begann Seaton hinter der Trennwand der fremden Sprache den netten Kerl zu ahnen. Nach dem Essen brachte Herr Futaba einen englischen Satz zustande: „Sie hübse Mädchen mögen, sehen Menge heute abend. Keine Kreider. Ist zum Nichigeki nur ein Häuserblock. Wir gehen, ja?"

„Wir gehen", stimmte Seaton zu.

Als die ersten Mädchen, oben ohne, die erhöhte Bühne betraten, wurde es Seaton ausgesprochen heiß unterm Kragen; aber nach einer Weile begann er sich an die wohlgeformten, offenherzig gezeigten Busen zu gewöhnen. Schließlich kam noch ein amerikanisches Mädchen, tanzte und entledigte sich dabei behende ihres Kostümoberteils. „Immer auch eine Fremde", erklärte Herr Futaba flüsternd. „Viel gewünscht hier." Die Amerikanerin entdeckte Seaton und blinzelte ihm bei ihrem Abgang zu.

Seaton fand Trost bei dem Gedanken, daß seine Mutter die Augen für immer geschlossen hatte, bevor Veranstaltungen dieser Art in ihre Welt eingedrungen waren. Und plötzlich wurde ihm zum erstenmal bewußt, daß ihr Tod ihn vor die Notwendigkeit stellte, sein eigenes Leben zu leben und seinen eigenen moralischen Maßstab zu finden. Als das ganze Ensemble hübscher Mädchen zum Schlußakt noch einmal auf die Bühne kam, bewunderte er sie offen.

Bei seiner Rückkehr ins Hotel fand er die Nachricht vor, daß Fräulein Scott angerufen habe und ihn bitte, irgendwann vor Mitternacht zurückzurufen. Nachdem er sich von Futaba geziemend verabschiedet hatte, zog er sich in sein Zimmer zurück und griff mit dem Savoir-faire eines James Bond zum Telephon.

Normas Stimme klang zärtlich. „Dick, ich hätte eine Idee. Haben Sie schon mal *sumo* gesehen, eine Art zeremoniellen Ringkampf mit jahrhundertealter Tradition dahinter? Ich habe für morgen abend zwei Karten und hoffte, Sie würden mitkommen."

„Gute Idee, abgemacht", sagte er warm.

„Fein. Holen Sie mich gegen sechs im Kodokan ab. Gute Nacht, Dick." Der letzte Satz war wie eine Liebkosung durchs Telephon gehaucht.

„Gute Nacht." Die Worte stiegen Seaton von irgendwo tief unten aus der Kehle; er hängte ein. Norma war verdammt reizvoll. Er hatte vorgehabt, Masayo auszuführen, aber bei näherer Überlegung sagte er sich, daß es besser sein mochte, ein wenig Zeit verstreichen zu lassen.

Um drei Uhr am nächsten Nachmittag begann Matsumoto Hoffnung zu schöpfen. Beinahe zwei Tage waren vergangen, ohne daß Seaton die sündhaft teure Geisha beansprucht hatte. Matsumoto war gastfreundlich; nur, er stand vor dem Bankrott. Er ließ Yamaguchi kommen, um noch einmal die Lage zu überdenken.

„Ich habe zu meinen Ahnen gefleht", begann er, „sie mögen

Setanu-san von Fujikoma ablenken. Daraufhin haben sie Scott-san geschickt, und das war nicht fair. Sie spricht seine Sprache und ist geschäftlich fest mit Sakamoto George liiert. Er ist gerade unterwegs zu den Philippinen. Ich fürchte, es besteht keine Hoffnung, daß unser Vertrag dort erneuert wird."

In diesem Augenblick klingelte Matsumotos Telephon. Das Geisha-Haus hatte eine dringende Nachfrage nach Fujikoma für den Abend; man würde sie aber nicht vergeben, falls ihre Dienste für Setanu-san benötigt würden. Glücklich versicherte Matsumoto, Fräulein Tausend Frühlingsblüten könne für andere Kunden freigegeben werden.

„Mir ist gerade eine Idee gekommen", sagte Yamaguchi nun. „Der Ausflug nach Kyoto hat Setanu-san gefallen. Er scheint wirklich einiges Verständnis zu besitzen. Warum sagen wir ihm nicht, wir möchten ihm gern dazu verhelfen, mehr von unserm Land zu sehen? Es würde uns nicht soviel kosten wie ein oder zwei Stunden mit der Geisha."

Das war geradezu eine Inspiration. „Schlagen Sie es ihm gleich vor", sagte Matsumoto. „In einer Woche reist er ab, so daß wir vielleicht doch noch mit verhältnismäßig heiler Haut aus der Sache herauskommen."

Yamaguchi fand Seaton in Hemdsärmeln bei der Arbeit an der Prüfvorrichtung. Es war eine kompliziert aussehende Apparatur, und Herr Yamaguchi empfand Hochachtung vor dem Mann, der sie gebaut hatte. Wenigstens konnten sich also die Amerikaner eines überlegenen technischen Könnens rühmen.

Diskret erschien Reiko, für den Fall, daß ihre Hilfe benötigt wurde. Yamaguchi unterbreitete teilweise direkt, aber hauptsächlich durch sie die Einladung.

„Eine großartige Idee, Herr Yamaguchi!" rief Seaton begeistert aus. „Doch ich fürchte, es würde der Firma viel zuviel Kosten verursachen."

Yamaguchi versicherte seinem Gast eifrig, die Kosten seien nicht der Rede wert. Dann fragte er spontan, ob Seaton heute abend zum Essen frei sei.

„Leider nein", antwortete Seaton. „Ich habe eine Verabredung zum Essen mit einer Amerikanerin und soll sie dann zu den Sumo-Kämpfen begleiten."

Schwärzeste Befürchtungen übermannten Yamaguchi, denn er wußte, wer die Amerikanerin war. Die Lage erforderte drastische Maßnahmen. Fräulein Tausend Frühlingsblüten mußte wieder auf den Plan gerufen werden.

SEATON WAR zeitig am Eingang des Kodokan, der Judohochburg der Welt. „Fräulein Norma Scott?" fragte er.

Man wies ihn zu einer Treppe. Über mehrere Absätze gelangte er auf eine Zuschauergalerie, von der man in einen mit dicken Tatami-Matten ausgelegten Übungssaal hinuntersah. Frauen und Männer saßen in zwei Reihen einander gegenüber. In der Mitte war ein Kampf im Gang, von einem Schiedsrichter aus nächster Nähe überwacht. Alle Teilnehmer trugen weiße Baumwollkittel, die in der Taille mit grünen, braunen oder schwarzen Gürteln zusammengehalten wurden.

Auf ein Glockenzeichen hin brach der Kampf ab. Während sich Seaton auf einen leeren Platz setzte, entdeckte er Norma unten, kerzengerade und regungslos wie eine buddhistische Gottheit. Ein Kampfwart rief zwei Namen auf. Zwei Kämpfer, aus jeder Reihe einer, erhoben sich, verbeugten sich förmlich voreinander und traten auf ein Kommando vor. Jeder packte den andern vorn am Kittel. Eine halbe Minute lang fühlten sie vor, beobachteten die Füße des Gegners und machten gelegentlich eine scharfe Wendung aufeinander zu. Plötzlich flog einer der Kämpfer über die Hüfte des Gegners hinweg und schlug schwer auf der Matte auf.

„*Ippon*", verkündete der Schiedsrichter und deutete auf den Sieger. Dann folgten nochmals zeremonielle Verbeugungen, und der Besiegte setzte sich. „Scott!" rief der Kampfwart.

Norma stand auf und trat dem muskulösen Sieger des vorhergehenden Kampfes gegenüber. Sie verbeugten sich förmlich, dann packten sie sich gegenseitig an den Kitteln. Seaton erhob sich halb, als habe er die ritterliche Pflicht, gegen dieses grobe Mißverhältnis zu protestieren. Aber blitzschnell hatte sich Norma gestrafft und mit einem Ruck den schweren Körper glatt über ihren Kopf geschleudert. Er landete unsanft auf der Matte, und abermals erklang das Wort „Ippon".

Der nächste, der Norma entgegentrat, war ein wenig älter und offensichtlich erfahren. Etwa eine halbe Minute lang schien sich

Norma gegen ihn zu behaupten; aber dann wirbelte er herum, und Seaton sah zu seinem Schrecken Norma in weitem Bogen über den Kopf ihres Gegners durch die Luft fliegen. Sie landete mit einem heftigen Aufprall auf der Matte, brachte es aber fertig, schon wieder zu stehen und sich zu verbeugen, als das Urteil „Ippon", diesmal gegen sie, gefällt wurde.

Plötzlich war allgemeiner Aufbruch, und beim Hinausgehen unterhielt sich Norma angeregt mit dem gewalttätigen Rüpel, der sie gerade besiegt hatte. Seaton ging hinunter und wartete im Vorraum, bis Norma, adrett und frisch, in einem hocheleganten Kleid erschien. „Hallo, da sind Sie ja", begrüßte sie ihn und hängte sich bei ihm ein.

„Nichts passiert?" fragte er. „Ich war auf der Galerie und —"

Sie lachte. „Ach, so bin ich schon mehrere tausend Male durch die Luft geflogen, bis ich meinen schwarzen Gürtel hatte. Das Fallen lernt man als erstes."

Zuerst gingen sie in ein winziges, abseits gelegenes Restaurant, das man mit Tischen und Stühlen ausgestattet hatte, um ausländische Besucher anzulocken. „Nehmen wir *tempura* — in Teig ausgebackenes Meeresgetier mit Gemüse", schlug Norma vor. „Man bekommt es hier besonders gut." Sie gab die Bestellung auf.

„Wie geht's Herrn Sakamoto?" fragte Seaton.

„Recht gut. Er findet Sie übrigens sehr nett und meint, daß Sie viel mehr können, als man Ihnen bisher zugetraut hat."

Seaton zog den Kopf ein, um seine Verlegenheit zu verbergen. „Wie gefällt Ihnen das Leben in Japan?" fragte er. Das klang albern, aber er wollte es gern wissen.

Norma wurde lebhaft. „Es ist herrlich! Ich liebe Amerika, aber die Engstirnigkeit dort geht mir auf die Nerven. Und Sie? Wie gefällt es Ihnen hier?"

Er dachte an den Augenblick, als Masayo ihn im Moosgarten geküßt hatte. „Ich bin noch nie so glücklich gewesen", gestand er.

Norma legte ihre Hand für eine Sekunde auf die seine. „Wissen Sie, Dick, ich glaube, Sie hatten in mancher Hinsicht Angst zu leben."

Der Kellner erschien mit einigen Schüsseln auf einem Tablett. Unter Normas Anleitung tunkte Seaton die Tempura-Stückchen in eine dunkelbraune Soße. Er fand das Gericht köstlich und hatte das Gefühl, daß jetzt das Leben, das er in den Vereinigten Staaten gekannt hatte, endgültig hinter ihm lag.

Nach dem Essen nahmen sie ein Taxi und fuhren zur Sumo-Halle, deren überfüllter Zuschauerraum von gespannter Erwartung vibrierte. Man wies ihnen einen Platz am Ring zu, mit einer Strohmatte zum Sitzen. Seaton brachte seine Glieder in eine einigermaßen erträgliche Lage, während sich Norma mühelos nach japanischer Art auf die Fersen setzte. Ein prunkvoll gekleideter Schiedsrichter winkte mit dem Fächer, und die ersten Wettkämpfer erschienen in dem kleinen Ring; sie trugen erstaunlich knappe Hosen.

Als Ringkampf war Sumo für Seaton eine Enttäuschung. Es gab zu viele Präliminarien, Fehlstarts und Reinigungen des Ringes mit ausgestreutem Salz; und wenn endlich der eigentliche Kampf begann, war er in Sekundenschnelle vorbei. Dann erschienen zwei andere Ringer, und das ganze Ritual begann wieder von vorn. Ein oder zwei Kämpfe waren ein bißchen aufregender, aber zweifellos kam es vor allem auf Körperumfang und entsprechendes Gewicht an.

Schließlich legte Norma ihre Hand auf seinen Arm. „Wenn Sie genug haben, gehen wir. Den Geschmack für Sumo wie für Sashimi muß man sich erst anerziehen. Kommen Sie noch auf einen Drink zu mir."

Normas Apartment war klein, aber mit westlichen Möbeln in östlicher Ausführung raffiniert eingerichtet. „Stellen Sie Ihre Mappe irgendwohin, legen Sie Mantel und Schuhe ab und machen Sie es sich bequem", sagte sie, als sie aufgeschlossen und ihn eingelassen hatte. „Ich ziehe mich rasch um."

In der Hoffnung, daß er sich richtig verhielt, tat er wie geheißen, während Norma durch eine Schiebetür in ihrem Schlafzimmer verschwand. Sie kam in einem langen weißen Seidengewand mit Kimonoärmeln zurück, und als sie zu ihrer kleinen Bar ging, merkte Seaton, daß sie unter diesem bequemen Kleidungsstück offenbar nicht das geringste anhatte. Ohne nach seinen Wünschen zu fragen, goß sie zwei doppelte Whisky ein, kam zurück und setzte sich neben ihn. „Müde?" fragte sie, als sie getrunken hatten.

„Ja", gestand er. „Aber wir machen gute Fortschritte. In ein paar Tagen werde ich heimfliegen können."

Vorsichtig stellte Norma ihr Glas ab, glitt neben ihn und sagte: „Augen zu." Er gehorchte und fühlte ihren Körper dicht an dem seinen. Volle drei Sekunden lang preßte sie ihre warmen Lippen auf seinen Mund, dann löste sie sich von ihm. „Erzählen Sie mir von Ihrem neuen Erzeugnis", sagte sie in einem Ton, der den Themawechsel unterstrich.

Leicht verwirrt rückte Seaton seine Brille zurecht und meinte: „Es ist eine ziemlich knifflige Sache für ein neues Prüfgerät. Matsumoto baut sie für uns."

Norma nahm ihr Glas wieder in die Hand. „Dick, Sie sollten sich von George Sakamoto ein Angebot dafür machen lassen."

Seaton trank ein paar Schlucke. „Das würde ich gern; aber wir haben Matsumoto das Geschäft so gut wie versprochen."

Leichthin meinte Norma: „George ist nicht hinter Matsumotos Kunden her. Aber wenn, sagen wir, Matsumoto abbrennt, wäre es von großem Nutzen für Sie, George im Hintergrund zu haben."

Seaton lehnte sich zurück, er war zu müde, noch weiter nachzudenken: „Wenn ich Ihnen einen Satz Pausen gebe, könnten Sie die an ihn weiterleiten?"

„Natürlich, wenn Sie das wünschen."

„Gut." Er bückte sich nach seiner Aktenmappe und nahm einen Umschlag heraus. „Ich hätte gern einen Kostenvoranschlag pro Stück bei Hunderterserien."

Norma legte den Umschlag gleichgültig beiseite. „Dick, Sie sind todmüde, ich sehe es Ihnen an. Ich werde Ihnen ein heißes Bad einlassen." Sie blickte ihm in die Augen. „Wenn dann alle Mühe des Tages abgespült ist, soll die Nacht uns gehören."

Mit der Heftigkeit eines Frontalzusammenstoßes prallten in Seatons Kopf drei Gedanken aufeinander. Der erste galt Normas verlockenden Reizen und der unglaublichen Tatsache, daß sie sich ihm selbst anbot. Der zweite betraf ein lebenslang hochgehaltenes Banner mit der Aufschrift „Moral". Der dritte und mächtigste war die zarte und doch klare Erinnerung an den Augenblick, wie er Masayo gute Nacht gewünscht hatte, anstatt sich vielleicht zu olympischen Wonnen aufzuschwingen. Er wußte, daß er nach Hause gehen mußte, und haßte gleichzeitig sein spießiges, engherziges Gewissen.

Fünf Minuten später gab ihm Norma an der Tür einen freundlich kühlen Gutenachtkuß und flüsterte irgend etwas Nettes auf japanisch.

In sein Hotel zurückgekehrt, zog sich Seaton mechanisch aus und ließ sich aufs Bett fallen. Zu lange hatte er seine Männlichkeit unterdrückt, ein „moralisches" Leben geführt, weil er vor dem Frevel der Verführung zurückschreckte und sich für Prostituierte zu gut war. Aber bei Norma, die alles verkörperte, was begehrenswert war ...! Er sehnte sich so verzweifelt danach, ein Mann zu sein, und doch war er davor zurückgeschreckt, einer zu werden.

DIE DUNKLE Wolke, die am folgenden Nachmittag um halb vier über den Matsumoto-Werken hing, war so dicht, daß man sie hätte in Streifen schneiden und zur Beobachtung von Sonnenfinsternissen verkaufen können. Jedes nur mögliche Mißgeschick schien entweder schon passiert zu sein oder im Hintergrund zu lauern. Herr Yamaguchi hatte die unangenehme Pflicht gehabt, seinem Chef mitzuteilen, daß Setanu-san wirklich mit Scott-san beim Sumo-Turnier gewesen und, die Aktenmappe immer noch in der Hand, bald wieder gegangen war. Man mußte also das Geisha-Haus anrufen und einen Gegenangriff in Szene setzen, der jedoch die Hoffnung auf einen wenigstens bescheidenen Gewinn aus dem Mercer & Doyle-Geschäft für mindestens zwei Jahre zunichte machte.

Später am Nachmittag traf dann eine Nachricht ein, auf die hin Matsumoto, der heimliche Dichter, sein Gesicht in die Hände vergrub und überlegte, ob es nicht das beste wäre, den weißen Kimono anzulegen und allem auf die ehrenhafte traditionelle japanische Art ein Ende zu machen. Fujihara war aschfahl erschienen und hatte die Hiobsbotschaft hervorgestammelt, daß die neue Konstruktion nicht funktionierte.

Obwohl Matsumoto nur begrenzte Kenntnisse von Elektronik hatte, begab er sich in das technische Büro, um sich von der Katastrophe mit eigenen Augen zu überzeugen. Da war die komplizierte Apparatur, die Seaton gebaut hatte, um das neue Produkt zu testen. Da war das wunderschön gefertigte Muster, das seine Arbeiter hergestellt hatten. Da war Setanu-san, der Mann, der hofiert werden mußte und der eben einen Schaltkreis geduldig noch einmal überprüfte. Das Ergebnis ließ keinen Zweifel zu — das Muster war fehlerhaft.

In die schreckliche Stille hinein platzte Reiko mit der Meldung, Setanu-san werde von Kanno-san am Apparat verlangt. Als Seaton zum Telephonieren hinausgegangen war, erklärte Fujihara: „Es gibt drei Möglichkeiten: Erstens, der ursprüngliche Schaltplan der Amerikaner könnte einen Fehler haben; zweitens, die Prüfapparatur zeigt vielleicht falsch an, aber ich habe mit Setanu-san daran gearbeitet, und er ist ein guter Ingenieur; drittens — und ich fürchte, das ist es —, unser Muster ist irgendwie grob verschaltet. Wir werden uns die Pausen noch einmal vornehmen müssen und sie von A bis Z durchgehen — vielleicht finden wir da den Haken."

„Hat Setanu-san einen Duplikatsatz von den Pausen?" fragte Matsumoto. „Wenn ja, müssen wir anhand der beiden Sätze das menschenmögliche tun, um die Fehlerquelle zu finden."

Fujihara dachte daran, daß in alten Zeiten ein Bote, der schlechte Nachrichten brachte, oft auf der Stelle erschlagen wurde, weil er die Seelenruhe seines Herrn gestört hatte. „Er hat seinen zweiten Satz, wie er mir erzählte, gestern abend Scott-san anvertraut — mehr brauche ich wohl nicht zu sagen."

„Ich gehe in den Tempel, um zu meditieren", verkündete Matsumoto. „Sollte ich nicht zurückkommen, finden Sie eine Abschrift meines Testaments in der linken oberen Schublade meines Schreibtisches. *Sayonara.*"

Masayos Stimme am Telephon war für Seaton nach den gestrigen Entsagungen wie eine kühle, belebende Seebrise. Im Laufe der Nacht war er zu dem Schluß gekommen, daß er sich bei Norma so schwachsinnig benommen hatte, weil er im tiefsten auf Masayo wartete. Er lud sie für den Abend ein, bevor sie noch Gelegenheit hatte, eine Erklärung für ihren Anruf vorzubringen. Auf dem Rückweg ins technische Büro schien ihm die Welt plötzlich wieder viel heller.

Am nächsten Morgen kam Seaton früher als gewöhnlich zur Arbeit und fand Fujihara hohläugig über die Prüfapparatur gebeugt. Schon nach ein paar Minuten erschien Reiko mit Tee und

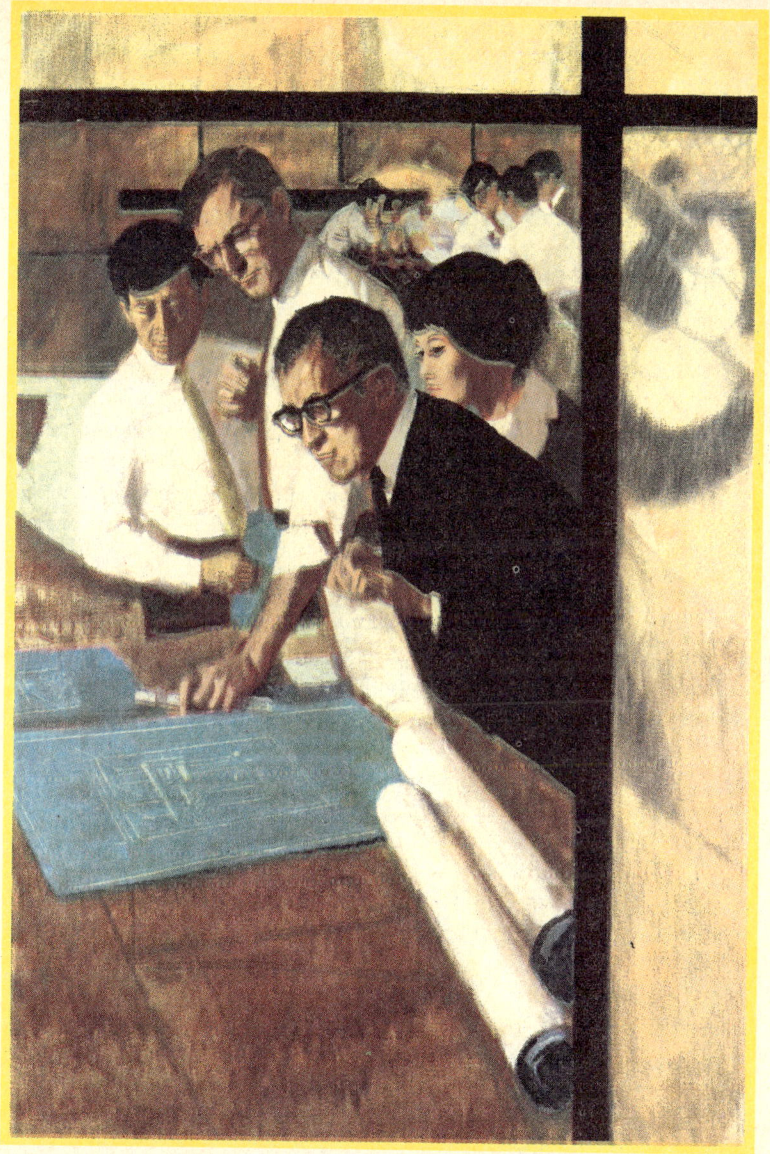

teilte Seaton mit, daß Fujihara diese Nacht nur etwa zwei Stunden geschlafen habe.

Seaton schlug das Gewissen, denn er hatte den Abend mit Masayo im Kino verbracht. Rasch schlüpfte er aus dem Jackett, stürzte sich mit Schwung in die Arbeit und trank seinen Tee nebenbei. Fujihara riet er, sich etwas auszuruhen, aber der wollte davon nichts wissen. Gemeinsame Anstrengungen brachten sie am frühen Nachmittag zu der Einsicht: in dem amerikanischen Schaltplan stimmte etwas nicht.

Mit Reikos Hilfe besprachen sie die Sache. Fujihara fragte: „Hatten Sie in den Vereinigten Staaten ein funktionierendes Modell?"

„Ja", antwortete Seaton, „aber es war nicht ausgeführt wie dieses hier. Wir haben ein Versuchsmodell zusammengebastelt, um den Entwurf zu prüfen, und den Schaltplan hinterher gezeichnet."

In hastigem Japanisch erkundigte sich Fujihara bei Reiko, ob Seatons Initialen auf den Pausen seien. Sie sah nach und verneinte es. Wer den Irrtum also auch begangen hatte, Seaton-san war es nicht.

Seine nächsten Worte ließ Fujihara verdolmetschen: „Ich sage es höchst ungern, aber es hat den Anschein, als läge der Fehler im Originalschaltplan."

Seaton nickte. „Ganz meine Meinung. Der Fehler liegt ausschließlich bei uns."

Fujihara stützte sich auf die Werkbank. „Dann lassen Sie uns den Plan neu entwerfen", schlug er vor. „Ich bin sicher, daß wir es mit vereinten Kräften schaffen."

„Ja, gehen wir es gemeinsam an", stimmte Seaton zu. „Und wenn wir fertig sind, wird er besser sein als der erste."

Schweigend reichte ihm Fujihara die Hand. „Als ich das letztemal vor einem solchen Problem stand, habe ich es nicht geschafft. Ich wollte etwas erzwingen, was nicht möglich war. Unsere Firma hatte große Unkosten. Nun will ich versuchen, es wiedergutzumachen."

„Reiko-san", sagte Seaton, „bitte teilen Sie Yamaguchi-san mit, daß es mir dieses Wochenende unmöglich sein wird, seine freundliche Einladung zu einer Besichtigungstour anzunehmen. Sie können erklären, warum."

Dann gingen die beiden Ingenieure an die Arbeit. Sie verständigten sich durch Reiko, aber mit der Einfühlung von Menschen, die einander schätzen und achten. Sie verließen die Fabrik nicht vor acht Uhr abends, und dann auch nur, weil Seaton merkte, daß sein Kollege vor Müdigkeit fast umfiel. Reiko, ihr reichlich abgenutztes Wörterbuch immer noch krampfhaft in der linken Hand, fragte sich, wie lange sie noch imstande sein würde, den Anforderungen einer technischen Übersetzung zu genügen, die eigentlich ihr Können weit überstieg.

Als sie endlich beschlossen, für heute aufzuhören, schob Seaton Reiko nach draußen und sagte, er wolle sie zum Abendessen einladen. Befreit von der Fron, elektronische Fachausdrücke übersetzen zu müssen, blühte Reiko auf. Als sie dann durch entsprechende Mengen Reiswein in gelöstere Stimmung kamen, beugte sich Seaton plötzlich zu ihr hinüber. „Reiko, ich möchte Ihnen etwas sagen. Der Mann, der Sie einmal zur Frau bekommt, hat Glück. Sie sind ein lieber Mensch, klug und auch sehr hübsch.“ Die letzte Feststellung war zwar etwas übertrieben, aber er fand, mit einem Mann, der sich über ihren Anblick nicht freute, mußte etwas nicht stimmen.

„Ich stamme aus einer armen Familie, Seaton-san“, antwortete Reiko, „und habe nicht genug zu bieten, um die Frau eines besseren Mannes zu werden.“ Sie ließ den Kopf sinken und begann zu weinen.

Seaton zog ein Taschentuch heraus, hob ihr Gesicht und wischte die Tränen fort. „Noch etwas“, sagte er, „ich heiße Dick. Lassen Sie hören, wie es aus Ihrem Mund klingt.“

Reiko blickte ihn mit feuchten Augen an. „Dick“, brachte sie mühsam heraus.

Seaton wollte sie nach Hause bringen, aber sie sagte, ihr Viertel sei für seinen Besuch viel zu ärmlich. So rief er ein *Kamikaze*-Taxi für sie, und als sie eingestiegen war, beugte er sich herab und küßte sie zart.

Reiko war verwirrt. „Für mich, Dick-san?“ fragte sie.

„Für dich.“

„Sayonara“, sagte Reiko.

„Sayonara.“

Am Freitagmorgen regnete es, was genau Matsumotos Stimmung entsprach. Er war erleichtert, daß nicht seine Firma für den Fehler im Modell verantwortlich war, aber dieses Plus wurde durch eine Reihe anderer Überlegungen mehr als aufgewogen. Sakamoto-san war von den Philippinen zurückgekehrt und vermutlich im Begriff, Setanu-san weiter zu bearbeiten, um das Geschäft mit Mercer & Doyle zu bekommen. Auch die Rechnungen des Geisha-Hauses lagen auf seinem Tisch, und wenn er sie nicht prompt bezahlte, verlor er das Gesicht. Schließlich ergab sich aus der Notwendigkeit, ein neues Muster herzustellen, daß Setanu-san nicht so bald abreisen würde. Sie hatten die Wahl, ihn der geschickten Taktik Sakamoto-sans auszusetzen oder die Rechnung des Geisha-Hauses noch höher werden zu lassen. Und die Post der ganzen Woche hatte kein einziges neues Geschäft gebracht, nicht einmal Nachbestellungen.

Die Sprechanlage auf seinem Tisch meldete sich; Yamaguchi fragte an, ob es passen würde, wenn er jetzt herüberkäme. Eine halbe Minute später saß er vor seinem Chef, um ihm Bericht zu erstatten. „Ich will mit einer guten Nachricht beginnen", sagte er. „Gestern abend hat Setanu-san lange gearbeitet und dann Reiko-san zum Abendessen eingeladen. Er war also von beiden, von Scott-san und von der Geisha, ferngehalten."

„Man könnte Reiko anziehend nennen", meinte Matsumoto. „Aber sie gegen die Geisha auszuspielen wäre geradeso, als wollte man von einem Provinzsportler verlangen, er solle in einem internationalen Wettkampf starten."

Yamaguchi nickte. „Ich rechne es Setanu-san hoch an, daß er zu unserer jungen Angestellten so nett ist, obwohl er berauschendere Getränke gekostet hat. Er ist ein Gentleman und hat meine Meinung über die Amerikaner verbessert."

„Die meine auch", pflichtete ihm Matsumoto bei. „Haben Sie ein Nachlassen des Interesses für Fujikoma bemerkt?"

„Er hat sie in dieser Woche nur einmal gesehen, aber er war auch sehr beschäftigt. Für das Wochenende dürfte er wohl auf ihre Gesellschaft hoffen."

„Das Wochenende", stöhnte Matsumoto.

Yamaguchi hob die Hand. „Die Rechnung für das vorige Wochenende war mäßig. Er besteht darauf, alle Barauslagen selbst zu bestreiten, da er glaubt, das Mädchen sei von ihm eingeladen."

„Das ist richtig", stimmte Matsumoto zu. „Unterrichten Sie Fujihara-san, daß Setanu-san davon abgehalten werden soll, über das Wochenende hier zu arbeiten. Engagieren Sie Fujikoma und schlagen Sie Setanu-san einen Ort vor, der möglichst weit von Sakamoto George entfernt ist."

„Atami wäre hübsch und romantisch", meinte Yamaguchi.

Herr Matsumoto schloß einen Augenblick schmerzlich die Augen. „Das ist es sicher", bekräftigte er.

Am Samstag war der Himmel so blau wie auf einer Ansichtskarte. Unterhalb von Kamakura schnurrte ein wendiger klimatisierter Sightseeingbus auf der wunderschönen Küstenstraße dahin und bot seinen Fahrgästen einen herrlichen Ausblick auf das Meer. Mit dem Mikrophon in der Hand wies ein Reiseleiter auf besonders interessante Punkte hin.

Seaton lehnte sich zurück und versuchte sich klarzumachen, daß er nicht träumte. Er war darauf gefaßt gewesen, das Wochenende schwer arbeitend in den Matsumoto-Werken zu verbringen, aber Freitag nachmittag hatte Fujihara eine Inspiration gehabt und darauf bestanden, die Pläne mit nach Hause zu nehmen, um seine Idee zu überprüfen. Danach war alles erstaunlich glatt weitergegangen. Er hatte gerade daran gedacht, Masayo anzurufen, als Reiko neben ihm auftauchte und fragte, ob sie ihm irgendwie behilflich sein könne. Gemeinsam hatten sie den Anruf durchgeführt. Glücklicherweise war Masayo zu Hause; sie sagte, sie hätte viel zu tun gehabt und würde gern in Seatons Gesellschaft ein wenig ausspannen. Reiko schlug das Seebad Atami vor, und der Vorschlag wurde angenommen. Dann bestellte sie einen Mittagsimbiß im malerischen Hotel Hakone und Abendessen sowie Zimmer im Gasthof Onoya.

Der Bus fuhr nun durch eine Gebirgsgegend, wo die Luft so rein war wie in einer eben erschaffenen Welt. Seaton blickte zu Masayo hinüber und studierte ihr reizvolles Profil. Die Nase war wohlgeformt, und glattgekämmtes Haar umrahmte die sanft gewölbte Stirn. Abgesehen von dem geringfügig anderen Augenschnitt, hätte sie eine europäische Schönheit sein können.

Der Reiseleiter verkündete, daß sie eben in den Fuji-Hakone-Izu-Nationalpark einfuhren. Die Gesellschaft werde den Hakone-See auf einem Katamaran (Doppelboot) nach Kojiri überqueren. Wer wolle, könne dann mit der spektakulären Seilbahn über das vulkanische Gebiet bis in die Nähe des Hotels fahren, wo man das Mittagessen einnehmen werde.

Sie erlebten eine bezaubernde Bootsfahrt und aufregende Minuten in der Seilbahn. Nach dem Essen wartete ein Wagen auf sie, um sie nach Atami zu bringen. Sie waren noch nicht lange unterwegs, als nach einer Kurve das atemberaubende Bild des Fujiyama auftauchte. Wie selbstverständlich hielt der Fahrer an.

„Fuji-san großer Stolz von Japan“, sagte Masayo. „Mein Geisha-Name ist von ihm. Sie verstehen?“

Er nahm ihre Hand. „Sie verdienen ihn, Fujikoma.“

Minutenlang überließen sie sich ganz dem Zauber des unvergleichlichen Berges. Dann schlängelte sich der Wagen abwärts, bis das Meer und, an den Fuß des Berges geschmiegt, die Häuser von Atami plötzlich in Sicht kamen. Der Gasthof Onoya lag dicht am Strand, ein ziemlich großes Gebäude, aber von japanischer Einfachheit. Als sich Seaton eintrug, sagte der Empfangschef: „Wir haben für Sie ein großes Zimmer mit schöner Aussicht zum Essen und Ruhen reserviert. Ein kleiner getrennter Schlafraum ist direkt daneben.“

Das große Zimmer mit dem Blick aufs Meer, auf die grünen Hügel und einen reizenden Garten ließ nichts zu wünschen übrig. Tatami-Matten bedeckten den Boden, der Kühlschrank summte leise, und vor dem Aussichtsfenster standen ein normaler Tisch und Stühle. Endlich allein in ihrem kleinen Paradies, betrachtete Seaton das Mädchen; er konnte sich an ihrem Liebreiz nicht satt sehen und den unglaublichen Wandel in seinem Leben kaum begreifen. Mit einem dankerfüllten Stoßseufzer gen Himmel machte er seinem Herzen Luft.

Von einem Tablett nahm Masayo zwei gestärkte Yukatas und drückte einen davon Seaton in die Hand. „Das anziehen, dozo“, sagte sie, ergriff den andern und verschwand im Badezimmer. Ihr zuliebe schlüpfte er in den Yukata und band den Gürtel, so gut er konnte. Als sie in dem einfachen Gewand wieder herauskam, hatte sie das Haar gelöst. Sie ging zu ihm und band den Gürtel neu. „Socken müssen fort“, sagte sie und bückte sich, um sie ihm auszuziehen.

Er hätte sie wahnsinnig gern geküßt, brachte aber nur die Worte heraus: „Sie sind so schön, daß ich es kaum fassen kann.“

„Und Sie sind *yoi tomodachi* — guter Freund“, erwiderte sie sanft. „Jetzt wir ausgehen.“

„So angezogen?“

Sie lachte. „Sie jetzt in Japan. Sehr passend.“ Fröhlich nahm sie ihn bei der Hand und zog ihn zur Tür hinaus.

In der Halle erregten ihre Yukatas keinerlei Aufsehen. Er folgte Masayo zur breiten Eingangstür, wo ihnen der Portier sogleich *geta* anpaßte. Die hölzernen Sandalen mit den beiden starken Querleisten unter den Sohlen schienen eigens zum Vornüberkippen gemacht. Seine ersten zehn Schritte waren zum Verzweifeln, aber als sie den Garten durchquert hatten, kam er schon besser zurecht.

Eine Veränderung ging mit Seaton vor. Er hatte ein Stück Japan in sich aufgenommen, und das Klapp-klapp der Getas auf dem Pflaster setzte den Wandel in etwas Hörbares um. Er fühlte eine neue Verwandtschaft mit dem Mädchen an seiner Seite, denn nun paßte er wenigstens in der Kleidung zu ihr, und sie waren ein Paar. Als sie schließlich zum Hotel zurückschlenderten, fühlte er sich imstande, die Zuneigung dieser wunderbaren Frau zu erringen. Etwas Höheres hatte ihm das Leben nicht zu bieten.

Wieder in der Hotelhalle und in Pantoffeln, sprach Masayo mit dem Empfangschef, der nach rechts zeigte. Sie zog Seaton in der angegebenen Richtung mit sich fort. „Dick, das Haus hat ganz reizendes Bad. Sie — werden — mögen.“ Sie kämpfte schwer mit dem Futurum.

Sie gingen ein paar Stufen hinunter und öffneten eine Tür. Eine lächelnde ältere Frau hinter einem schmalen Pult gab ihnen zwei Handtücher und zeigte auf ein Gestell mit Drahtkörben. Aus einer gegenüberliegenden Tür kam ein nackter Japaner herein. Masayo schien ihn nicht zu bemerken, ebensowenig wie er sie. Er nahm einen Yukata aus einem Drahtkorb. Da begriff Seaton. „Masayo-san, ist das ein Familienbad?“

„Sehr gutes. Machen *hoteru* berühmt. Sie mit mir kommen?“ Sie reichte ihm einen Korb. „Dozo“, sagte sie.

„Masayo, ich habe noch nie mit ... noch nie ein Mädchen ... gesehen ...“

Sie machte eine kleine scherzhafte Verbeugung. „Dann ich die Ehre sein.“

Sie nahm einen zweiten Korb heraus. Als er sah, daß sie die Schärpe ihres Yukata löste, begriff er, daß es keinen ehrenhaften Rückzug gab. Heroisch drehte er sich um, zog Pantoffeln, Yukata und Slip aus und stopfte sie in den Korb. „Denken an Handtuch“, sagte Masayo. Das gesegnete Handtuch! Wenn er es über den Arm hängte ...

Er griff danach und drehte sich um; da stand Masayo mit dem Rücken zu ihm und schob ihren Korb in das Regal zurück. Sie war ganz nackt und völlig unbefangen. Er stellte seinen Korb neben den ihren. Sie nahm ihr Handtuch nachlässig in die Hand und ging auf die zweite Tür zu. Er hielt sie ihr auf und folgte zaghaft.

Sie befanden sich in einem riesigen runden Hallenbad, das im alten Rom gestanden haben könnte. Ein rundes Becken von mindestens fünfzehn Meter Durchmesser bildete die Mitte, und in einigen kleineren Nischen waren ebenfalls Becken. An einer Seite sprudelte aus einer Quelle Wasser in das Mittelbecken. Der Raum war sehr warm, und die nackten Leute, da und dort im Wasser oder am Rand sitzend, vervollständigten die Illusion, daß es das Lustschloß irgendeines barbarischen Potentaten sei.

Masayo führte ihn zu einer Reihe Heiß- und Kaltwasserhähne. Dort gab es auch Seifenschalen, etliche Hocker und Plastikeimer. Sie füllte zwei davon mit temperiertem Wasser. Dann wandte sie sich ihm zu. Ihre völlige Nacktheit benahm ihm den Atem. „Zuerst wir uns waschen“, erklärte sie und lächelte, als wollte sie sagen, es sei zwar neu für ihn, aber er werde es lernen.

Sie reichte ihm einen der Eimer mit Wasser. „Dozo“, sagte sie, setzte sich auf einen Hocker, hielt ihr Haar hoch und beugte sich leicht vor. Gehorsam übergoß er sie mit Wasser. Sie dankte ihm mit einem Lächeln, nahm eine Seife und begann sich zu waschen. Seaton füllte die Eimer neu, übergoß sich selbst, drehte sich zur Wand und seifte sich auch ein. Als er sich schließlich dazu zwang, sich umzudrehen, sah er, daß Masayo einen vollen Eimer in der

Hand hielt und ihm Zeichen machte, er solle sich auf einen Hocker setzen. Er ließ sich, zusammengeklappt wie ein Taschenmesser, nieder. Eine Flut warmen Wassers strömte über seinen Rücken; ein zweiter Eimer ergoß sich ihm über die Brust. Masayo lachte fröhlich, warf den Kopf zurück und lächelte ihn bezaubernd an, als er aufblickte.

Obwohl voller Seifenschaum, war sie schön — ein lebensvolles Geschöpf von herrlicher Ebenmäßigkeit, mit sanft fließenden Rundungen. Er atmete tief, um sich zu beruhigen. Paris hatte den goldenen Apfel nur deshalb Aphrodite zugesprochen, weil Fräulein Tausend Frühlingsblüten nicht da war, um am Wettbewerb teilzunehmen. Sie setzte sich und blickte zu ihm auf. „Wasser?" bat sie. Er füllte drei Eimer und übergoß sie damit. Dann erhob sie sich, ebenmäßig wie eine Statue, und faßte ihn bei der Hand. „Wasser heiß", warnte sie ihn. „Wir langsam machen."

Eine berechtigte Warnung: die Temperatur im Hauptbecken war nahezu unerträglich. Es gab Stangen zum Festhalten, und Seaton klammerte sich daran, während er sich an die dampfende Hitze gewöhnte. Bald standen sie fast in der Mitte des Beckens, ringsum von andern Köpfen und Schultern umgeben. Die Eingangstür wurde aufgestoßen, und herein kam eine ganze Familie, fünf Kinder verschiedenen Alters mit ihren Eltern, alle ganz nackt und völlig unbekümmert. Die drei kleinsten liefen zu einem der Nebenbecken, wo es allerlei Spielzeug gab. Nachsichtig lächelnd holten die anderen Badehocker herbei und begannen sich zu waschen.

„Sie Gemeinschaftsbad gefallen?" fragte Masayo.

„Ja, sehr. Aber, Masayo, mir wird ein bißchen schwach." Um sich verständlich zu machen, strich er sich mit der Hand über die Stirn. Sogleich wandte sie sich den Stufen zu und stieg mit ihm aus dem Becken. Sie tauchte ein Handtuch in kaltes Wasser und wusch sein Gesicht, worauf ihm sofort besser wurde. Dann hieß sie ihn sich auf einen Hocker setzen und übergoß ihn mit kühlem, frischem Wasser.

„Wir jetzt Zimmer gehen", schlug sie vor. Im Vorraum ließen sie sich ihre Kleider geben, und als Masayo wieder angezogen war, umfaßte sein Blick ihre ganze Person mit einer intimen Vertrautheit, wie er sie nie zuvor gekannt hatte.

Sie kehrten in ihr großes Zimmer zurück, diesen privaten Zufluchtsort, der schon auf sie zu warten schien. Masayo nahm eine Bürste, setzte sich auf einen Stuhl am Fenster und begann ihr Haar zu bürsten. Seaton schaute in den Kühlschrank. „Masayo, da ist Bier, Cola und Fruchtsäfte. Was möchten Sie?"

„Coca Cora", antwortete sie. Er versorgte sie und sich selbst und setzte sich zu ihr. Sie ließ die Bürste sinken, wandte sich dem Fenster zu und blickte auf die Berge und das Meer hinaus. „Wunderschönes Japan", sagte sie.

Er streckte die Hände aus, umfaßte zart ihr Gesicht und blickte ihr in die Augen. „Wunderschönes Japan", wiederholte er. Sie hob eine Schulter und rieb sie gegen seine Hand.

Ein Wort drängte sich ihm auf die Lippen, aber die Gewohnheit eines ganzen Lebens gebot ihm Zurückhaltung. Er kannte sie erst zwei Wochen. Behutsam ließ er sie los und lehnte sich zurück.

Als sie ihre Getränke schlürften, wurde leise an die Tür geklopft. Ohne sich zu rühren, antwortete Masayo auf japanisch, worauf ein Mädchen im Kimono hereinkam, sich verbeugte und einen niedrigen Tisch für das Abendessen deckte. Sie legte Kissen davor, ging hinaus und kehrte mit zwei Tabletts zurück, die sie auf den Tisch stellte. Dann verschwand sie.

Nach dem hervorragenden Essen schlug Masayo einen Spaziergang vor. Sie schlenderten am Strand entlang — die Abendluft war berauschend. Anschließend saßen sie noch im Garten auf einer Schaukelbank, und Seaton war vollkommen zufrieden, einfach dazusitzen, den Anblick des Gartens zu genießen, der sich mit nichts in Neuengland vergleichen ließ, und Masayo anzusehen, die so anders war als alle, die er kannte. Das blendende Bild der Geisha Fujikoma war vor der lebendigen Gegenwart des Mädchens Masayo verblaßt. Sie war jetzt nur sie selbst, genauso wie er sie wünschte.

Die Dunkelheit senkte sich herab, und der Garten schimmerte in sanftem Licht. Jede Minute war kostbar. In ein paar Tagen würde Seaton Japan verlassen und Masayo vielleicht nie wiedersehen.

Schließlich erhob sie sich von der Schaukel und hielt ihm die Hand hin. „Vielleicht wir jetzt Zimmer gehen?" sagte sie mit offenem, klarem Blick.

„Für ein Weilchen wäre das nett", meinte er vorsichtig.

Sie fanden das Zimmer beträchtlich verändert. Der Eßtisch war fortgeräumt, man hatte zwei Futons (Matratzen) nebeneinander auf den Boden gelegt und niedrige Nachtlampen auf die Tatami gestellt, die sanftes Licht verbreiteten. Eine intime Stimmung war an die Stelle der Unbeschwertheit vor dem Essen getreten. Seaton zögerte an der Tür; er war nicht sicher, ob es sich noch schickte einzutreten. Masayo entschied die Frage für ihn, indem sie mit einem leichten Nicken nichts weiter sagte als: „Dozo."

Da es erst kurz nach neun war, folgte er ihrer Einladung. Sie nahm zwei Flaschen Bier aus dem Kühlschrank, schenkte ein und stellte die Gläser auf den kleinen Tisch zwischen den zwei Stühlen am Fenster. Dann setzte sie sich und blickte auf die Lichter der Stadt hinaus, auf die Hügel und auf die Sterne über ihnen, die von der Ewigkeit zeugten. Über eine halbe Stunde saßen sie so da und schwiegen. Sie brauchten nicht zu sprechen. Er war glücklich, sie einfach anzusehen. Sie war im tiefsten Sinn des Wortes eine Schönheit, denn auch ihr Charakter und ihr ganzes Wesen atmeten Vollkommenheit.

Der unerwartete Klang ihrer Stimme ließ ihn ein wenig zusammenfahren, als sie sich plötzlich aufrichtete und langsam sagte: „Dick, ich will sprechen mit Ihnen." Eine bange Ahnung beschlich ihn. „Kommen Sie." Mit der sanften Anmut, die sie nie verließ, erhob sie sich, setzte sich auf einen der Futons und streckte sich seitlich aus, den Kopf auf dem Kissen, das Haar über das weiße Leinen gebreitet, wie es gerade fiel. Sie zeigte auf den andern Futon, und er ließ sich sehr vorsichtig, in angemessenem Abstand, darauf nieder und wartete, daß sie sprechen würde.

„Englisch für mich sehr schwer", begann sie. „Sie erster Fremder, ich spreche mit." Er nickte, um anzudeuten, daß er verstanden habe. „Sie Mann von große Güte, so ich Ihnen sage jetzt, besser Sie mich vergessen. Ich bin nicht Mädchen, ich bin Geisha. Für Sie Mädchen wie Scott-san muß sein."

Die Worte trafen ihn hart; er hatte nicht geahnt, daß sie von Normas Existenz wußte. Er richtete sich auf dem Ellbogen auf.

„Sie nehmen sie zu Sumo, viel Geisha Sie dort sehen", erklärte sie. Mit dem Zeigefinger fuhr sie einem unsichtbaren Muster auf der Tatami nach. „Sie gehen früh", fuhr sie fort. „Ich denken, Sie gehen zu ihre Zimmer."

„Ja, das stimmt."

„Sie sich nicht Kummer machen; Männer anders sein." Dann hörte sie mit dem Nachzeichnen auf und blickte ihm fest in die Augen. „Ich Geisha bin, aber ich habe versucht, mit Sie Freund sein. Tradition sagen nein, aber ich versuchen. Jetzt ich glauben, Tradition besser." Sie ließ sich zurücksinken und lag still.

Er zwang sich, das auszusprechen, wovor er sich am meisten fürchtete: „Sie meinen, keine Rendezvous mehr?"

Sie schüttelte im Liegen den Kopf.

„Warum?" fragte er.

Sie blickte ihn nur an.

Er fragte nochmals eindringlich: „Warum?"

Sie wandte sich ab, damit sie ihm nicht ins Gesicht sehen mußte. „In Gemeinschaftsbad", erklärte sie, „Sie mir nicht Wahrheit sagen." Als die Worte, die sie hatte vermeiden wollen, ausgesprochen waren, konnte sie ihre Tränen nicht länger verbergen. „Sie sagen ... Sie noch nie Mädchen sehen."

„Das ist wahr", versicherte er.

Sie schien ihn nicht zu hören. „Das nicht wichtig, ich erwarten. Aber nicht gut, Sie mir nicht Wahrheit sagen." Sie schlug die Hände vors Gesicht.

„Masayo, das ist wahr ..."

Sie nahm die Hände vom Gesicht und erklärte ruhig: „Sie mir gerade sagen, Sie zu Norma-san in Zimmer gehen. Ich Norma kennen, sie für Sakamoto-san arbeiten. Und Sie gehen zu ihre Zimmer."

„Ja, aber das ist doch auch alles. Ich habe mit Norma nichts gehabt."

„Warum?" fragte sie.

„Weil ich nur Sie liebe!"

Jetzt war es heraus. Es hatte ihm den ganzen Tag auf den Lippen geschwebt, aber er hatte Angst gehabt — nicht vor ihr, sondern vor sich selbst.

„Sie sagen lieben?" Sie blickte ihm in die Augen.

„Ja, verdammt noch mal, lieben. Verstehen Sie denn nicht, ich habe Norma abgewiesen, weil ich Sie begehre!"

Im gleichen Augenblick merkte er, was er Schreckliches gesagt hatte. Ihre Empfindlichkeit kannte er, seit er sie das erste Mal gekränkt hatte. Aber das jetzt war unendlich viel schlimmer. Entsetzt ließ er sich zurücksinken. Sollte er ihr noch etwas sagen, bevor er ging, oder einfach verschwinden?

Da fühlte er ihre Finger an seiner Wange. Er drehte sich zu ihr um und sah, daß sie ihm beide Arme entgegenstreckte. Er zog sie an sich, hielt sie fest umschlungen und fühlte ihre Lippen auf seinem Mund. Das raubte ihm den Verstand. Er küßte ihre Kehle, ihre Wangen und ihre tränennassen Augen.

Mit einem mächtigen Anlauf begann er: „Masayo, ich ..." Er öffnete seine Arme, so daß sie von ihm abrücken konnte. Sie löste sich sanft, fast zart aus seiner Umarmung. Sie nannte ihn beim Namen, aber er wagte sich nicht zu rühren; das bißchen Selbstbeherrschung, das ihm geblieben war, wäre dahin gewesen, hätte er sie noch einmal angesehen. Dann fühlte er den Druck ihres Körpers auf seinem Arm, als sie sacht, ganz sacht in seine Arme zurückkehrte.

Er zog sie wie eine Kostbarkeit vorsichtig an sich und begriff, daß sie selbst zu ihm gekommen war, und auch, was das hieß. Die Welt versank um sie her, und er hielt sie umschlungen, während der Himmel über ihnen rasch und immer rascher zu kreisen begann.

BEIM BETRETEN der Matsumoto-Werke am Montagmorgen hörte Seaton mit Befriedigung den überraschten Ausruf der Empfangsdame Chiyoko Shinagawa. Als er gleich darauf zu Reikos Tisch trat, um sie zu bitten, sie möge für Fujihara und ihn dolmetschen, musterte sie ihn mit einem langen Blick und stand dann auf. „Ich sehr froh", sagte sie. „Sie tragen Innengläser?"

„Erraten — gefällt es Ihnen?"

„Oh, Dick, viel besser; gefällt mir sehr. Ich glaube, vielleicht Kanno-san, ihr wird auch gefallen."

„Sie hat es vorgeschlagen, und mein Hotel nannte mir einen guten Augenarzt, der immer Linsen verschiedener Stärke für Touristen vorrätig hat. Da dachte ich, ich könnte es mal versuchen."

„Sie sehr hübsch", sagte Reiko.

Er legte ihr freundschaftlich die Hand auf die Schulter.

„Das stimmt zwar nicht, aber vielen Dank. Jetzt wollen wir mal schauen, wie es dahinten steht."

Es stand gut. Dank eines Wochenendes intensivster Anstrengungen war Fujihara zu einer genialen Lösung des Problems gekommen. Sie arbeiteten fast zwei Stunden zusammen, bevor sich der Amerikaner entschuldigen und die Haftgläser für eine Weile herausnehmen mußte — wie ihm der Arzt vorhergesagt hatte. Seine alte Brille auf der Nase, arbeitete er weiter, aber er sehnte den Tag herbei, an dem er sie endgültig los sein würde.

Kurz nach vier wurde er ans Telephon gerufen. Sein Herz jubilierte, denn es konnte Masayo sein. Aber aus dem Hörer tönte ihm Sakamotos Stimme entgegen. „Wäre es wohl möglich, daß wir uns heute abend ein paar Minuten sehen? Ich habe etwas, was Sie vielleicht interessieren wird."

Es fiel Seaton ein, daß er um eine Kostenschätzung gebeten hatte; jetzt war er moralisch verpflichtet, sie anzusehen. „Würde es Ihnen gegen neun passen? Fürs Abendessen bin ich schon so gut wie verabredet."

„Neun Uhr wäre ausgezeichnet. Ich schicke Ihnen meinen Wagen."

Seaton kehrte zu seinem Arbeitsplatz zurück. Er hatte Masayo zum Abendessen einladen wollen, doch sie hatte ihn zögernd daran erinnert, daß sie vielleicht Arbeit haben werde. Wenn sie frei wäre, würde sie anrufen.

Um halb sieben war Seaton von zwei Dingen überzeugt: daß Masayo abends arbeiten mußte und daß Fujihara das Schaltproblem gelöst hatte. Die Lösung war glänzend, erforderte aber einen völligen Umbau des bisherigen Musters. Seaton freute sich, dies würde seinen Aufenthalt in Japan verlängern. Er war stolz darauf, in Masayo verliebt zu sein. Reiko vermutete es. Sie war glücklich für Dick-san, aber sie hatte auch eine schreckliche Befürchtung.

Als Seaton das Werk um sieben verließ, hätte er am liebsten gepfiffen. Im Taxi dachte er an Masayo. Sich vorzustellen, wie sie — auf Spesenrechnung — für die Unterhaltung irgendeines japanischen Geschäftsmannes sorgte, weigerte er sich. Er hatte andere Pläne mit ihr.

Im Hotel fand er einen Brief seines Stammhauses vor, der neben einem Scheck die Mahnung enthielt, daß man bei den großen. Spesen, die er verursache, entsprechende Resultate erwarte. Er erwog zurückzuschreiben, in der Schaltung sei ein Fehler gewesen, den Fujihara soeben glänzend korrigiert habe — aber damit hätte er den Konstrukteur, seinen guten Freund Herbert Fineman, in die Klemme gebracht.

Das Abendessen im Speisesaal des Hotels ohne das wundervolle unvergleichliche Gesicht auf der anderen Seite des Tisches war einsam. Kurz vor neun ging er auf sein Zimmer und setzte die Haftgläser wieder ein. Dann erschien Sakamotos Chauffeur. Sie fuhren durch die Stadt und bogen schließlich in eine von diesen halb versteckten kleinen Seitenstraßen ein. Der Gedanke schoß ihm durch den Kopf, daß das sichtbare laute Tokio nur den weitaus kleineren Teil der Stadt ausmachte, obgleich schon dieser Teil riesig und verwirrend war.

Der Wagen hielt an einem hölzernen Gebäude mit einer Laterne davor. Seaton zog die Schuhe aus, verbeugte sich vor der Mamasan und ließ sich durch einen Korridor führen. Eine Schiebetür öffnete sich, und er sah Sakamoto, der sogleich aufsprang und ihm zur Begrüßung herzlich die Hand schüttelte. „Ich freue mich sehr, Sie wiederzusehen, Herr Seaton." Und nach einem prüfenden Blick: „Ich nehme an, Sie tragen Haftgläser. Lassen Sie mich Ihnen zu dieser erfolgreichen Verwandlung gratulieren. Ich will nichts gegen Brillen sagen, aber meinem Gefühl nach haben Sie sehr gewonnen. Dürfte ich jetzt einen *suntory* — einen japanischen Whisky — empfehlen?"

Seaton nahm dankend an, und das Getränk wurde gebracht. Dann begann Sakamoto: „Norma hat mir Ihre Pausen übermittelt." Er trank ein paar Schlucke. „Meine Ingenieure haben sie sorgfältig studiert." Aus einer Schachtel neben sich nahm er ein Modell und stellte es auf den Tisch. „Rasche Reaktion ist einer der Hauptvorzüge unserer Firma. Wir haben für Sie ein Musterstück zur Begutachtung gebaut."

Seaton erkannte die gute Arbeit auf den ersten Blick. „Das hatte ich nicht von Ihnen erwartet", sagte er. „Ich habe nur um einen Kostenvoranschlag gebeten."

Sakamoto winkte ab. „Dieses Muster ist Teil unserer Kostenschätzung, es verpflichtet Sie zu gar nichts."

„Ich werde es jedenfalls unserer Direktion zu Hause vorlegen. Hatten Ihre Leute die Möglichkeit, es zu prüfen?"

„Nein, aber sie sind überzeugt, sich genau an den Schaltplan gehalten zu haben. Darf man wohl fragen, in welcher ungefähren Preislage Sie diese Dinger von Matsumoto bekommen?"

Seaton dachte einen Augenblick nach. Er wollte weder Matsumotos Schwierigkeiten verraten noch den Fehler von Mercer & Doyle eingestehen. „Etwa fünfundfünfzig Dollar das Stück bei Serienfertigung."

George reichte ihm das Angebot. „Achtundvierzig Dollar pro Stück", stellte Seaton fest. „Aber, Herr Sakamoto, Sie werden verstehen, daß ich mich dennoch Matsumoto gegenüber verpflichtet fühle."

„Natürlich. Soll ich die Pausen bei unsern Akten behalten — für den Fall, daß Sie einen zweiten Lieferanten benötigen —, oder soll ich sie Ihnen ins Hotel zurückschicken?"

Seaton war ganz offen: „Schicken Sie sie mir lieber zurück, nicht weil ich Ihnen irgendwie mißtraue, aber wir erwägen eine größere Änderung der Schaltung."

„Ausgezeichnet. Ich darf wohl meiner Bewunderung Ausdruck geben, wie Sie Matsumoto die Stange halten. Die Leute verdienen es und waren, wie ich weiß, gute Gastgeber."

Seaton brachte im stillen einen Toast auf Masayo aus. „Ich bin Herrn Matsumoto für die Bekanntschaft mit einem außerordentlichen Mädchen sehr verpflichtet."

„Ich glaube, ich kenne sie", sagte Sakamoto, „die Geisha Fujikoma."

„Sie halten sich wohl jederzeit auf dem laufenden, wie?"

Sakamoto lachte. „Ohne im geringsten spionieren zu wollen. Aber ich versuchte, sie für einen Abend zu bekommen, und erhielt die Auskunft, daß Matsumoto sie fast ständig zu Ihrer Unterhaltung engagiert hat."

Seaton beugte sich vor. „Sie sagten, Matsumoto hätte Fräulein Kanno engagiert? Würden Sie mir das erklären?"

Sakamoto warf ihm einen prüfenden Blick zu. „Herr Seaton, das Geisha-System wird in der westlichen Welt häufig mißverstanden. Es hätte nicht viel Zweck, es Ihnen im einzelnen zu erklären. Ich möchte Ihnen nur versichern, daß Matsumoto, indem er Fujikoma zu Ihrer Verfügung hielt, Ihnen das Beste vom Besten geboten hat."

Seaton versuchte, seine Gefühle ganz auszuschalten, bevor er weitersprach. „Herr Sakamoto, an meinem ersten Abend in Tokio war ich zum Abendessen eingeladen. Fräulein Kanno war als Geisha zugegen, und natürlich verstehe ich, daß sie für ihre Dienste bezahlt wurde. Später bin ich mehrfach mit ihr gesellschaftlich zusammengekommen. Ihrer Meinung nach wurde sie beruflich bezahlt für ..." Obgleich er sich aufs äußerste zusammennahm, konnte er den Satz nicht beenden.

Auf Sakamotos Gesicht spiegelte sich Verlegenheit. „Herr Seaton, ich bedaure zutiefst, daß dieses Thema zur Sprache kam. Ich hatte keine Ahnung, daß Ihnen — gewisse Voraussetzungen unbekannt waren. Ich muß mich sehr entschuldigen. Fujikomas Charakter ist über jeden Zweifel erhaben. Wo Sie auch mit ihr gesehen wurden, gereicht es Ihnen zur Ehre."

„Aber sie wurde dafür bezahlt", beharrte Seaton.

„In dürren Worten gesagt, ja. Aber sie kann ihre Kunden nach ihrem Belieben aussuchen. Die Tatsache, daß ihre Wahl auf Sie fiel, ist sehr bezeichnend."

Seaton trank sein Glas aus, um seinen Gastgeber nicht länger in Verlegenheit zu bringen. Dann nahm er Sakamotos Musterstück und Kostenvoranschlag und erhob sich. „Herr Sakamoto, ich danke Ihnen sehr für Ihre Gastfreundschaft und hoffe, bald wieder das Vergnügen zu haben, Sie zu sehen." Als Sakamoto rasch aufstand, schüttelte ihm Seaton die Hand, eilte durch den kurzen Korridor hinaus, fuhr in seine Schuhe, ohne sie lang zuzuschnüren, und rannte zur nächsten Straßenecke, um ein Taxi anzuhalten. Er rannte, weil niemand sein Gesicht sehen sollte.

In seinem Hotel durchquerte er, ohne stehenzubleiben, die Halle und hielt sich nur mit äußerster Willensanspannung aufrecht, bis er sicher in seinem Zimmer war. Dort schleuderte er die Schuhe von sich, ließ sich aufs Bett fallen und vergrub sein Gesicht in den Armen, um es selbst vor den augenlosen Wänden zu verbergen.

Hellwach lag er die ganze Nacht auf seinem Bett, während die Welt rings um ihn Stück für Stück zusammenstürzte. Am Morgen zog er die Kleider aus, die er immer noch anhatte, rasierte und duschte sich und zog sich wieder an. Er setzte die alte Brille auf, fuhr mit dem Taxi ins Werk und ging direkt zu Reikos Tisch. „Kann ich mit Ihnen sprechen?“ fragte er.

Reiko blickte ihn an, sah die Brille und wußte, daß geschehen war, was sie am meisten gefürchtet hatte.

Im Sitzungszimmer sagte Seaton: „Reiko-san, ich vertraue Ihnen und möchte wahrheitsgemäße Antworten auf meine Fragen. Ist das klar?“ Es war klar, aber Reiko zitterte vor Angst. „Jedesmal, wenn ich mit Fujikoma ausgegangen bin, hat die Firma Matsumoto die Rechnung bezahlt. Stimmt das?“

Es hatte keinen Zweck zu lügen. „Ja“, sagte sie.

„Sie sind, soviel ich weiß, mit der Buchhalterin befreundet. Gehen Sie bitte jetzt gleich zu ihr, ohne jemandem etwas zu sagen, und holen Sie die Rechnungen.“

„Sie wollen bestimmt?“ fragte Reiko.

„Ja, das will ich ganz bestimmt“, antwortete er, und seine Stimme hatte einen stahlharten Klang. Ihr blieb keine Wahl. Still verließ sie den Raum und kehrte mit einigen Papieren in der Hand zurück.

Seaton zog seinen Füller heraus und nahm einen Notizblock. „Abendessen im Neuen Otani.“

Die Tränen in Reikos Augen ließen die Zahlen auf dem ersten Blatt verschwimmen. „In Yen hundertfünfundfünfzigtausend.“ Sie versuchte es nebensächlich klingen zu lassen.

Seaton nahm den Rechenschieber zu Hilfe. „Ungefähr vierhundertvierunddreißig Dollar“, sagte er. „Der Spaziergang im Park.“

„Dreißigtausend Yen“, antwortete Reiko kläglich.

„Vierundachtzig Dollar. Danke. Das Wochenende in Kyoto.“

Sie wollte es ihm nicht sagen. Er nahm ihr das Blatt aus der Hand und las die Zahl selbst. „Fünfhunderttausend Yen — vierzehnhundert Dollar. Letzten Mittwoch bin ich mit ihr im Kino gewesen.“

Reiko senkte den Kopf. „Vierzigtausend Yen.“

„Hundertzwölf Dollar.“ Er stockte, und seine grimmige, mühsam gewahrte Selbstbeherrschung drohte ihn im Stich zu lassen. „Das Wochenende in Atami.“

„Noch keine Rechnung, das ist Tatsache, Dick. Kommt vielleicht heute.“

Den Mund zu einer schmalen Linie zusammengepreßt, addierte

er die Zahlen auf dem Block. „Zweitausendunddreißig Dollar." Er nahm sein Scheckbuch heraus, füllte ein Formular aus und unterschrieb. „Wollen Sie bitte Herrn Matsumoto fragen, ob ich ihn sprechen kann?"

„Ich werde sehen", sagte sie vorsichtig und flüchtete. Erst lief sie zu Yamaguchi und informierte ihn. Dann suchte sie Matsumoto-san in seinem Büro auf. Die Unglücksbotschaft verbreitete sich bereits im ganzen Werk. Shig Fujihara, der Seaton vielleicht am besten kannte, begriff, in welcher Gemütsverfassung sein Kollege sein mußte, und wünschte verzweifelt, Englisch sprechen zu können.

Als Reiko mit Seaton Matsumotos Büro betrat, war Yamaguchi auch dort, anscheinend, um einen Brief in seiner Hand zu besprechen. Er erbot sich höflich zu gehen, aber Seaton bedeutete ihm zu bleiben.

Die Unterredung begann steif. „Herr Matsumoto, gestern abend erfuhr ich zum erstenmal, daß mein ‚gesellschaftliches' Zusammensein mit Fujikoma in Wirklichkeit berufliche Inanspruchnahme war. Vor allem möchte ich mich entschuldigen, daß ich unwissentlich Ihre Gastfreundschaft so gröblich mißbraucht habe."

Reiko zog zweimal ihr Wörterbuch zu Rate, bevor sie ins Japanische übersetzte. „Es hat uns das größte Vergnügen bereitet", antwortete Matsumoto. Das war keine völlig erschöpfende Antwort, aber offenbar hatte man das, was Seaton eigentlich sagen wollte, verstanden.

„Ich weiß", fuhr er fort, „daß es in Japan eine große Rolle spielt, das Gesicht zu wahren. In meiner Heimat ist es dasselbe mit der Ehre."

„Gleiche Sache", erwiderte Matsumoto, „nur Name ist anders."

Seaton zog den Scheck heraus und legte ihn auf den Tisch. „Das ist der ungefähre Betrag der Kosten für Fräulein Fujikoma nach Ihrer gastlichen Einladung am ersten Abend bis zu unserem Wochenende in Atami. Sobald diese Rechnung kommt, will ich sie unter allen Umständen auch begleichen. Ich erwarte, daß sie ziemlich hoch sein wird." Reiko übersetzte, und alle drei anwesenden Japaner verstanden. „Der Scheck ist im Augenblick nicht gedeckt", fuhr Seaton fort. „Aber wenn ich wieder zu Hause bin, werde ich den entsprechenden Betrag von meinem Sparkonto überweisen lassen."

„Setanu-san", sagte Matsumoto tief bewegt, „Sie sind ein außerordentlich ehrenwerter Mann. Ich kann Ihren Scheck nicht annehmen, werde aber immer den Geist achten, in dem er angeboten wurde."

„Wenn Sie mir meine Ehre bewahren wollen", antwortete Seaton, „dann müssen Sie ihn annehmen."

Der heimliche Dichter hinter dem schweren Schreibtisch legte das Papier sorgfältig in die Mittelschublade. Dann trat er auf Seaton zu und streckte ihm die Hand hin. Keine Verbeugung zu machen war ein großes Zugeständnis, aber der Mann, den er damit ehren wollte, hatte seine Hochachtung in vollem Maße verdient.

Er war also nicht an seinem Schreibtisch, als das Telephon klingelte, und Reiko hob ab. Mit einem raschen Blick überzeugte sie sich, daß niemand besonders achtgab, und teilte mit unbewegtem Gesicht Masayo auf japanisch mit, was geschehen war. Notgedrungen faßte sie sich sehr kurz und legte auf.

Seaton entschuldigte sich und kehrte mit Reiko ins technische Büro zurück. Fujihara hatte tiefes Mitgefühl und verwickelte ihn sofort in ein Fachgespräch über irgendeine untergeordnete Schwierigkeit, für die er bereits eine Lösung wußte. Mechanisch beschäftigte sich Seaton den ganzen restlichen Vormittag und den halben Nachmittag mit dem Problem, aber die auf der Hand liegende Lösung fiel ihm nicht ein. Die meiste Zeit saß er einfach da und starrte vor sich hin.

Um sechs erhob er sich und sagte: „Shig, ich gehe etwas essen, denn ich hatte keinen Lunch. Ich bin bald wieder da."

„Ja, gehen Sie nur und essen Sie etwas." Er war im Begriff, seinen Kollegen zu fragen, ob ihm seine Gesellschaft angenehm wäre, unterließ es dann aber lieber doch. Seaton ging zu Fuß fort. Er war wie betäubt vor Schmerz, und obgleich er seit vierundzwanzig Stunden nichts gegessen hatte, spürte er keinen Hunger.

Als er um halb acht noch nicht zurück war, besprachen sich Reiko und Fujihara besorgt, was zu tun sei. Beide wollten nicht nach Hause gehen; Seaton hatte gesagt, er werde zurückkommen, sie mußten also hiersein — wenn auch nur, um dafür zu sorgen, daß er wieder ging und in sein Hotel fuhr. Um halb neun erhob sich Fujihara. „Reiko-san, ich sehe mich jetzt nach ihm um. Wenn er inzwischen kommt, begleiten Sie ihn ins Hotel."

„So wird es am besten sein", pflichtete sie ihm bei.

Draußen überlegte Fujihara, nach welcher Richtung Seaton gegangen sein mochte. Er wandte sich schließlich einer Gegend zu, wo zahlreiche kleine Restaurants und Bars waren, und begann sie der Reihe nach abzuklappern und nach einem großen Fremden zu fragen. Fast eine Stunde lang ging er auf diese Weise einen großen Kreis ab, bis endlich der Besitzer einer Bar „Dozo" sagte und mit dem Kopf auf Seaton wies, der fast besinnungslos auf dem Tisch lag. „Ich wollte gerade die Polizei rufen", fügte er hinzu.

„Nicht nötig", sagte Fujihara, „er ist nur überanstrengt und völlig erschöpft. Ist seine Rechnung bezahlt?"

Der Mann nickte, und mit seiner Hilfe gelang es Fujihara, Seaton in ein Taxi zu schaffen. Vor dem Werk angekommen, lief Fujihara hinein, um Reiko zu holen. „Ich meine, wir sollten ihn ins Hotel bringen", sagte er, „obgleich das dort nicht ohne Aufsehen abgehen wird."

„Nein, so darf er nicht sein Gesicht verlieren", fand Reiko.

„Ich würde ihn zu mir nach Hause nehmen", sagte Fujihara, „aber meine Eltern leben bei uns, und es ist nirgends mehr ein Platz für eine weitere Schlafmatte. Wir könnten ihn in ein anderes Hotel bringen."

„Kein Hotel. Das würde ihn zugrunde richten. Ich nehme ihn mit zu mir. Meine Mutter kann bei unsern Nachbarn schlafen. Aber ich schaffe es nicht allein."

„Ich bin sehr kräftig und helfe Ihnen gern", erbot sich nun der Fahrer.

„Und ich verständige sein Hotel", sagte Fujihara, „daß er eine Einladung über Nacht angenommen hat und daß ein Bote kommt, um einige seiner Sachen zu holen. Dann packe ich zusammen, was er brauchen wird, und bringe es zu Ihnen."

Der Taxifahrer setzte Fujihara bei der nächsten Bahnstation ab und fuhr dann nach Reikos Angaben zu ihrer Wohnung, einem kleinen Holzhaus. Er wartete draußen, während Reiko hineinlief und mit ihrer Mutter sprach.

Es war keine Kleinigkeit, Seaton in das winzige Haus zu bringen. Er war bleischwer und selbst für den kräftigen Taxifahrer eine gewaltige Last. Schließlich lag er auf dem Fußboden im Hauptraum. Reiko zog ihm die Schuhe aus und schob ihm ein

Kissen unter den Kopf. Sie holte eine Schüssel mit Wasser und wusch ihm behutsam das Gesicht; dann setzte sie sich neben ihn und hielt seine Hand.

So saß sie noch, als Fujihara kam. Er stellte ein Köfferchen an die Wand und zog Seaton Rock und Hose aus, während Reiko eine Schlafmatte herrichtete. Sie betteten ihn darauf, und Fujihara flüsterte Reiko zu, sie brauche sich am nächsten Morgen nicht zu beeilen, er werde Matsumoto über alles unterrichten. Dann schlich er hinaus und ging zur Haltestelle zurück.

Wie ein schmaler beseelter Schatten erschien Frau Watanabe, um nachzusehen, ob Tee gewünscht werde. Sie war eine ältliche Frau in einem strengen schwarzen Kimono und mit einem Gesicht voller Runzeln. Als Reiko freundlich erklärte, sie brauche sich nicht weiter zu bemühen, trippelte sie, ihre Schlafmatte unterm Arm, zum Nachbarn hinüber. Reiko zog einen Yukata an und setzte sich still neben Seaton auf die Fersen. Wenn er aufwachte und nicht wußte, wo er war, mochte er sich vielleicht aufregen.

Nach zwei Stunden kam Seaton zu sich, stützte sich auf einen Ellbogen und blickte um sich. „Ich bin verloren“, sagte er.

„Sie sind nicht verloren, Dick. Ich bin Reiko. Sie sind vor Überarbeitung zusammengebrochen. Zu Ihrem Hotel war es zu weit, und so waren Fujihara und ich so frei, Sie zu mir zu bringen.“

„Ich habe mich betrunken“, sagte er. „Das habe ich noch nie getan.“

„Bitte, ruhen Sie jetzt“, erwiderte sie und strich ihm besänftigend über die Stirn.

„Reiko, ich habe mich zum Narren gemacht“, sagte er mit Selbstverachtung. „Aber ich habe mir so sehr jemanden zum Liebhaben gewünscht.“

Sie legte die Hände aneinander und blickte zu ihm hinunter. „Dick, wenn Sie die Liebe brauchen, will ich sie Ihnen geben. Ich kann nicht viel bieten, keine Erfahrung. Aber ich will gern Mühe geben.“

Er war nun hellwach. „Reiko, wie sagen Sie zu jemand, den Sie sehr gern mögen? Das japanische Wort für lieb?“

„Hat nicht solches Wort, Dick, aber wenn Sie jemand sehr gern mögen, Sie sagen nicht Seaton-san, sondern Seaton-chan. Das ist Unterschied.“

„Reiko-chan, ich habe in Japan drei Mädchen kennengelernt, und Sie sind die beste. Wollen Sie mich heiraten?"

Sie verneigte sich. „Sie erweisen mir größte Ehre meines Lebens, aber ich nicht gut genug für Sie. Ich danke Ihnen aus der Ganzheit meines Herzens. Ich kann nicht annehmen, aber ich nie vergesse." Sie beugte sich hinunter und drückte ihre Lippen auf die seinen. Dann setzte sie sich wieder gerade. „Bitte zu schlafen jetzt. Morgen wir sprechen."

„Gute Nacht, Reiko-chan."

„Gute Nacht, Dick-chan."

Sie blieb sitzen, bis ihr seine tiefen, gleichmäßigen Atemzüge verrieten, daß er eingeschlafen war. Dann neigte sie sich vor, bis sie mit der Stirn die Matte berührte. Ganz leise, um ihn nicht zu stören, sagte sie auf englisch: „Dick-chan, mit größte Ehrerbietung ich nehme Ihren Heiratsantrag an. Ich will Ihre Frau werden und Ihnen immer dienen." So verharrte sie und träumte ihren Traum, bis sie wußte, daß er zu Ende war. Dann zog sie sich in eine Ecke des Zimmers zurück und legte sich dort nieder. Für sie war keine Matte übriggeblieben, aber das machte ihr nichts aus. Wenn er sie noch vor morgen früh brauchte, war sie in der Nähe, um ihm zu helfen.

SEATON UND REIKO kamen nach dem Mittagessen ins Werk. Seaton sah ausgeruht aus, aber die heitere, freundliche Art, die so selbstverständlich zu ihm zu gehören schien, war verschwunden. Er setzte sich Fujihara an dessen Arbeitstisch gegenüber auf einen Hocker und sagte: „Geben Sie mir irgend etwas zu tun."

„Die neue Zeichnung für das Modell ist fertig", erklärte dieser. „Wir bauen gerade die Einzelteile."

„Ich muß etwas tun. Sie machen meine Arbeit. Lassen Sie mich etwas von der Ihren übernehmen."

Fujihara wurde verlegen. „Es ist keine Arbeit da, die ich Ihnen geben könnte. Wir haben seit vielen Wochen keine neuen Anfragen außer der Ihren." Er blickte seinen Freund an, während Reiko dolmetschte. „Da Sie ohnedies gerade gewisse schmerzliche Wahrheiten erfahren, sollte ich Ihnen vielleicht auch etwas über unsere

Firma erzählen. In Japan hängt sehr viel vom Gesicht ab — vom Ruf. Für jedes japanische Unternehmen ist es ein großer Gesichtsverlust, wenn es zugibt, daß es etwas nicht kann. Ein Obsthändler wird eine Bestellung auf Erdbeeren nicht zurückweisen, weil es wegen der Jahreszeit keine gibt. Er wird sagen, sie seien unterwegs. Drei Monate später, wenn die Erdbeerzeit da ist, wird er Ihnen mitteilen, daß sie gekommen sind."

„Was hat das mit der Firma Matsumoto zu tun?"

„Einfach das, Dick-san: Vor einigen Monaten wurden wir aufgefordert, einen neuen Mechanismus zur Verwendung in einem Radargerät herzustellen. Verschiedene amerikanische Firmen hatten den Auftrag abgelehnt, weil er nicht in ihr Fabrikationsprogramm passe, aber wir können nicht öffentlich zugeben, daß es in der Elektronik irgendein Problem gibt, mit dem wir nicht fertigwerden. Wir arbeiteten wie nie zuvor, um den Auftrag auszuführen; nachdem unser Entwicklungsfonds aufgebraucht war, griffen wir unsere allgemeinen Reserven an, bis nichts mehr übrig war. Aber wir konnten die Ausschreibungsbedingungen nicht erfüllen. Da es uns unmöglich ist, einen Mißerfolg einzugestehen, haben wir der US Air Force mitgeteilt, daß wir noch daran arbeiten; aber andere Firmen wissen bereits, daß wir versagt haben. Wir haben einen großen Kunden auf den Philippinen eingebüßt, weil man dort das Vertrauen zu uns verlor."

„Ist die Firma Matsumoto in Gefahr?"

Fujihara schüttelte den Kopf. „Aufrichtig gesagt, ich weiß es nicht. Ich kann nur sagen, daß keine Aufträge hereinkommen."

Seaton starrte ins Leere. „Ich möchte nach Hause fahren", sagte er schließlich. „Aber man erwartet, daß ich das Muster persönlich mitbringe. Auch meine Firma hat ihre festen Gepflogenheiten."

„Warum fahren Sie nicht irgendwohin und lassen es sich gutgehen?"

„Habe ich schon getan, danke", sagte Seaton eisig. Dann merkte er es erst. „Tut mir leid, bitte, verzeihen Sie."

Fujihara begriff, daß er eine Art Erster Hilfe leisten konnte. Er sagte etwas zu einem Untergebenen, der daraufhin verschwand und mit einem Armvoll Pausen zurückkam. Fujihara suchte eine bestimmte heraus, kam um den Tisch herum und breitete die Ausschreibungszeichnung vor Seaton aus.

„Das war die gestellte Aufgabe", erklärte er. „Eigentlich bestehen keine Vorschriften, da man wegen des Fehlens eines nationalen Spionagegesetzes keinem Japaner Geheimhaltung auferlegen kann, aber es ist vereinbart, daß die Ausschreibung keinem Nichtbeteiligten gezeigt werden soll. Ich betrachte Sie also jetzt als Beteiligten."

Seaton beugte sich über die Zeichnung und studierte sie. „Sie waren verrückt, so etwas zu übernehmen", sagte er schließlich. „Das geht über die bisherigen Möglichkeiten weit hinaus. Wie haben Sie es angepackt?" Fujihara wies mit dem Kopf auf den Haufen gerollter Pausen, und Seaton begann sie durchzusehen.

Als ihm Reiko um sechs die Hand auf die Schulter legte, winkte er nur ab. Er hatte den Kopf in die Hände gestützt und starrte auf die komplizierte Zeichnung. Reiko schlüpfte leise hinaus, holte aus dem Automaten ein *sushi* — ein Gericht aus Fisch und Reis — und stellte es neben Seaton. Er sagte nur: „Gehen Sie nach Hause, Reiko-chan." Sie verbeugte sich gehorsam. Dann merkte er, daß er unfreundlich gewesen war. „Kommen Sie her." Er küßte sie und sagte: „Grüßen Sie Ihre Mutter." Sie verbeugte sich abermals und ging.

Am Morgen saß er immer noch da, die Krawatte verrutscht, das Kinn schwarz von Bartstoppeln, ein Chaos angefangener Skizzen ringsum verstreut. Die Abteilung begann sich langsam zu füllen, aber er nahm von niemandem Notiz. Da schickte Fujihara leise alle hinaus und hängte ein Schild „Bitte nicht stören" an die Tür.

Mittags brachte er ihm einen Imbiß, und Seaton aß mechanisch. Als der Nachmittag vorrückte, fing er wie wahnsinnig an zu arbeiten. Nichts existierte mehr für ihn als die Zeichnungen vor ihm, der Skizzenblock daneben, sein berufliches Handwerkszeug. Er hatte dem hinterhältigen Problem auf Biegen und Brechen den Kampf angesagt. Es war schon fast Abend, als er aufstand, ein großes Stück Zeichenpapier mit Reißnägeln aufspannte und eine Schaltung zu entwerfen begann. Nach einer Weile trat Fujihara leise hinter ihn und blickte ihm einige Minuten lang über die Schulter.

Die meisten Angestellten waren schon gegangen, aber Matsumoto und Yamaguchi warteten in dem Gefühl, daß etwas getan werden müsse. Setanu-san durfte nicht noch eine Nacht allein hierbleiben. Fujihara ging in Matsumotos Büro und schloß die Tür. „Die Sache mit Fujikoma hat Seaton-san viel tiefer getroffen, als ich ahnte", erklärte er. „Um ihn abzulenken, zeigte ich ihm die Ausschreibung der Air Force, an der wir uns versucht hatten. Eben habe ich mir angeschaut, was er macht. So etwas habe ich noch nie gesehen, vielleicht überhaupt noch niemand."

„Ich weiß von einem Pianisten", sagte Matsumoto, „der mit einem ungeheuren Kummer fertigwerden mußte. Er setzte sich ans Klavier und improvisierte die erhabenste Musik; leider war niemand da, um sie aufzuschreiben."

„Ich glaube, wir erleben hier etwas Ähnliches", bestätigte Fujihara. „Auf dem Gebiet der Technik wird der Verstand bis zu einem sehr hohen Grad geschult, so daß er die Fähigkeit erwirbt, sich mitunter selbst zu übertreffen."

„Was raten Sie uns zu tun?" fragte Yamaguchi.

„Lassen Sie ihn allein."

Shig Fujihara erschien am Morgen als erster im Werk. Er fand Seaton auf dem Fußboden liegend, den Kopf auf einen Arm gebettet, in tiefem Schlaf. Auf dem Tisch, an dem er gearbeitet hatte, war eine umfangreiche, komplizierte Zeichnung aufgespannt; darauf lag ein Zettel mit ein paar englischen Worten.

Fujihara wartete auf Reiko. Sie überflog den Zettel kurz und übersetzte: „Lieber Shig, das wär's. Dick."

Eine Stunde lang brütete Fujihara über der Zeichnung und bemühte sich, dem erstaunlichen Gedanken nachzuspüren, der ihr zugrunde lag. Dann übergab er sie seinem Stellvertreter mit der Anweisung, die Sache mit größter Beschleunigung bauen zu lassen. Als er sich umwandte, stand Herr Matsumoto mit besorgtem Gesicht hinter ihm. „Fehlt ihm etwas?" fragte er.

Fujihara beantwortete die Frage nicht, sondern sagte nur: „Ich glaube, er hat es geschafft."

Es war elf vorbei, als sich Seatons lange Beine regten; er setzte sich auf und rieb sich die Augen. Reiko und Fujihara halfen ihm auf die Füße und in den Waschraum. Alle Knochen taten ihm weh, und sein Schädel dröhnte wie ein Amboß. Er rasierte sich, hielt sein Gesicht unter den Kaltwasserstrahl und tat sein möglichstes, das verkrumpelte Hemd und die Krawatte einigermaßen in Ordnung zu bringen. Reiko hatte Tee für ihn gemacht, und er setzte sich damit Fujihara gegenüber.

„Ich habe die Zeichnung gefunden“, sagte dieser. „Herzlichen Dank.“

„Und ich danke Ihnen, daß Sie mir etwas zu tun gegeben haben. Ich möchte eines klarstellen: Dieser Entwurf — und ich bin so gut wie sicher, daß er hinhaut — läuft unter dem Namen Matsumoto.“

„Ich bestehe darauf, Ihre Anfangsbuchstaben als Konstrukteur einzusetzen“, sagte Shig.

„Na schön, aber erklären Sie niemand, wer das ist.“

Reiko unterbrach sie. „Dick-chan, ich glaube, Sie sollten jetzt in hoteru gehen. Sie brauchen Schlaf, machen in Bett.“

„Können Sie eine Weile ohne mich zurechtkommen?“

Fujihara lächelte. „Wir erwarten Sie morgen früh, aber nicht zu zeitig.“

Im Hotel fand er einige Mitteilungen über Anrufe vor. Der erste kam von einem Japaner, dessen Name ihm unbekannt war. Er ließ sich von seinem Zimmer aus mit ihm verbinden. Der Mann stellte sich als Reporter der Fachpresse für Elektronik vor.

„Bei Matsumoto dreht sich wohl im Augenblick alles um den Vertrag mit Ihrer Firma, nicht wahr?“ fragte er.

Public Relations war nicht Seatons Gebiet, aber er wußte, was er zu sagen hatte. „Nein, das glaube ich nicht“, antwortete er. „Sie haben dort eben den Schaltentwurf von einem sehr komplizierten Ding für die US Air Force fertiggestellt.“

„Sagten Sie ‚eben fertiggestellt‘?“

„Soviel ich weiß, sind sie gerade dabei, das Modell zu bauen.“

Das war ein gefundenes Fressen für den Reporter. „Äußerst interessant. Ich danke Ihnen ganz sehr vielmals.“

„Es war mir ein Vergnügen“, sagte Seaton und hängte ein. Das würde Matsumoto wohl aus dem Schlamassel heraushelfen.

Herr George Sakamoto hatte angerufen; das konnte später erledigt werden. Fräulein Norma Scott hatte die Nachricht hinterlassen, daß sie die Zeichnungen wunschgemäß zugestellt habe. Der Japanische Reisedienst hatte angefragt, ob Seaton für das nächste Wochenende Wünsche habe. Er knüllte den Zettel zusammen.

Fräulein Kanno hatte angerufen.

Das traf ihn wie ein Dolchstoß und brachte ihm die ganze elende Geschichte erneut zum Bewußtsein. Der Zettel brannte in seiner Hand, und er ließ ihn fallen.

Die letzte Nachricht kam von einem Fräulein Hazama. Sie bat ihn, sie so bald wie möglich anzurufen. Seaton hatte nie von ihr gehört. Sie konnte warten. Er gab dem Telephonfräulein Auftrag, seine Anrufe für ihn entgegenzunehmen. Dann zog er sich aus und legte sich ins Bett.

Vier Stunden später wachte er auf und stellte fest, daß er Hunger hatte. Er zog sich an und band gerade seine Krawatte, als ihm der Anruf von Fräulein Hazama einfiel. Er gab der Vermittlung die Nummer, und eine junge Stimme meldete sich: „Herr Seaton? Erinnern Sie sich? Ich bin Peggy."

„Ja, ich erinnere mich", sagte er kühl.

„Niemand weiß, daß ich anrufe, nur mein Freund, Luftwaffengefreiter Millsup. Es sehr wichtig, daß ich Sie bitte treffe."

„Wieviel kostet eine Maiko pro Stunde?" fragte er.

Sie überhörte die Spitze. „Für Maiko nicht viel. Ich glücklich, wenn bekomme zehn Dollar."

„Also gut, ich miete Sie für eine Stunde heute abend."

„Sie mich wollen mieten? Wenn Sie es so wollen, gut. Wir treffen neun Uhr. Ich spreche mit Empfangschef und sage Adresse."

Er aß zu Abend, nahm um drei Viertel neun ein Taxi und gab dem Fahrer den Zettel, den der Empfangschef bereitgelegt hatte. Er wußte nicht, wohin er fuhr, und es interessierte ihn auch nicht; einmal war er entschlossen gewesen, sich in Tokio selbst zurechtfinden zu lernen, aber diesen kindischen Plan hatte er begraben. Das Taxi bog in eine Art Allee ein und hielt vor einem der zahlreichen Lokale in dieser Straße. Seaton bezahlte den Fahrer, ging zur Tür und zog die Schuhe aus. Die Wirtin öffnete und verbeugte sich; er trat ein und sah sich einer Maiko gegenüber, die einen Kimono mit schwarzen Blumen trug und deren Gesicht hinter einer dicken weißen Schminkeschicht maskenhaft wirkte. „Fräulein Hazama erwartet mich", sagte Seaton.

Die Maiko fragte: „Kriegen Sie mich nicht spitz?"

Er stutzte. „Bitte entschuldigen Sie, daß ich Sie nicht erkannt habe", sagte er. Bevor sie antworten konnte, führte die Wirtin sie in ein kleines Extrazimmer. Sie setzten sich, und Peggy verneigte sich tief. „Danke, daß Sie mich haben gemietet. Sie machen Sensation in Geisha-Haus. Noch nie jemand verlangen Maiko mit Namen."

„Sie haben an Gesicht gewonnen?"

„Bis zu den Wolken. Ich habe etwas zum Essen für Sie bestellt, und weil Sie mich haben gemietet, ich will gern singen und tanzen, bevor wir sprechen. Darf ich?"

„Wenn Sie wollen."

Peggy nahm die Samisen und begann mit einer Stimme, die klar und rein war wie ein Gebirgsbach, zu singen. „Lied heißt übersetzt ‚Mond scheint auf verlassenes Schloß'", erklärte sie.

Die Tür wurde aufgeschoben, eine Dienerin erschien und stellte kleine Schüsselchen auf den Tisch. „Ich verstoße gegen Regel", sagte Peggy. „Es gehört sich nicht, daß ich bei Arbeit esse, aber ich möchte sprechen mit Ihnen."

Ein Gefühl der Teilnahme für das Mädchen regte sich in Seaton. „Ich käme mir sehr komisch vor, wenn Sie nicht mitessen würden."

„Was wir jetzt sprechen, ist Geschäftsgeheimnis. Sie halten Mund; ich mache genauso. Erinnern Sie sich an erste Nacht, Sie treffen Masayo? Gut, Sie unternehmen etwas. Japanische Männer uns nicht behandeln wie die Amerikaner. Sie bieten Masayo Suppe an — Sie erinnern sich? Ist ihr ungewohnt. Sie erste Runde gewinnen. Masayo gibt Ihnen private Telephonnummer, obwohl man eigentlich Geisha-Haus anrufen muß, um sie zu erreichen. Geisha-Haus hat sie wie Klub seinen Fußballspieler. Wenn er zur Mannschaft gehört und Sie wollen ihn, Sie zahlen. Genauso, wenn Firma Matsumoto sie für Sie mietet, sie hat keine Wahl. Sie muß gehen und schuften."

„Und sie war sehr gut. Sie hat mich völlig eingewickelt."

„Nein", sagte Peggy. „Sie haben ihr eingewickelt. Sie nehmen ihr ernst, und sie so was nicht gewohnt. Und dann sie anfängt richtig gern haben. Sie meinen, fährt nach Kyoto mit jedem Tom, Dick oder Shingiro? Masayo macht Photo von Ihnen und stellt auf ihre Frisiertoilette. Einzig und allein."

Das waren Neuigkeiten, die er als solche gelten ließ. „Wenn ich sie zu hart beurteilt habe, tut es mir leid."

Aus dem maskenhaften Gesicht funkelten ihn Peggys Augen an. „Fujikoma, sie war einmal Maiko. Ihre Familie im Norden sehr arm, sie hat sie verkauft."

„Verkauft?"

„Geld auf den Tisch. Nicht wie bei mir, ich kann fortgehen. Dann, als sie fünfzehn, ihr Besitzer sie verschachert für eine Nacht. Sie mußte." Seaton schluckte schwer. „So nachher sie haßte meiste Männer, aber sie wird Spitzenklasse-Geisha. Dann Sie kommen. Ich sage Ihnen etwas, Sie mir glauben?"

Er überlegte. „Wenn Sie es sagen, will ich es glauben."

„Also, hören Sie gut. Für Atami Matsumoto bekommt keine Rechnung auf das Haus. Oh, Geisha-Haus kassiert, klar, verlangt tausend Dollar für sich. Sie wissen, wer bezahlt? Masayo. Von ihrem Spargeld." Er war fassungslos. „Also, Dick, ich sage Ihnen ehrlich. Sie schenkte sich Ihnen, erste Mal ein Mann von ihre Wahl. Sie sind Nummer eins."

Seaton blickte in die weiße Maske. „Und ich sage Ihnen ehrlich, Peggy: für mich war es auch das erste Mal."

„Sie weiß, Dick, sie liebt Sie." Sie kämpfte mit einem Kloß in der Kehle. „Soll bei Geisha nicht vorkommen, aber Sie haben fertiggebracht. Wenn Sie wollen, Sie haben verdammt gute Frau."

Seaton nahm die Brille ab und wischte sich die Augen. „Woher wissen Sie das alles?" fragte er. „Weiß das jeder?"

„Nein, nicht jeder. Nur ich. Sie meine Schwester."

In dieser Nacht bewegten Seaton die widersprechendsten Gefühle und ließen ihn wenig schlafen. Am nächsten Morgen war er schon auf halbem Weg zu den Matsumoto-Werken, als ihn der geringere Verkehr daran erinnerte, daß Samstag war.

Zu seiner Überraschung stellte er jedoch fest, daß er erwartet wurde. Man hatte das Hotel angerufen, um ihn zu bitten vorbeizukommen, und dabei vom Empfangschef erfahren, daß er eben mit seiner Mappe fortgegangen sei. Die meisten Angestellten waren nicht da, aber Reiko sowie Fujihara, Yamaguchi und Futaba, sogar Matsumoto-san selbst erwarteten ihn; letzterer war in gehobener Stimmung, ja er arbeitete sogar an einem Gedicht.

Neuigkeiten verbreiten sich in Japan ungeheuer schnell; Matsumoto wußte bereits, daß die Fachpresse am Montag melden würde, seine Firma habe das unmöglich scheinende Projekt für die US Air Force bewältigt. Bald würde das Telephon klingeln und neue Aufträge bringen.

An der Wand seines Büros hatte Matsumoto eine Kopie von Seatons Zeichnung befestigt. Nun verfaßte er eine Huldigung auf den Höhenflug des Genies, das dieses bemerkenswerte Werk vollbracht hatte. Das Haiku war eine Form, die Matsumoto sehr bewunderte — drei kurze Zeilen von beredter Bildhaftigkeit mit genau siebzehn japanischen Silben. Er nahm einen Pinsel, strich damit sorgfältig über den Tuschstein und begann Schriftzeichen auf ein Blatt feinstes Papier zu setzen. Übersetzt lautete das Haiku:

Großer Sturmwind droht
Mächtiger Vogel naht
Sonne bricht durch Wolken

Reiko begrüßte Seaton mit einem Lächeln und einer Verbeugung. Er legte ihr liebevoll den Arm um die Schultern. „Reiko, ist es in Japan möglich, daß zwei unverheiratete Schwestern verschiedene Nachnamen haben?"

„Oh, ganz leicht, Dick-chan. Oft Familien haben keine Tochter, Verwandte geben kleines Mädchen als Geschenk. Manchmal auch Knaben. So bleibt Familienname erhalten, äußerst wichtig."

„Ich verstehe; das klärt die eine Frage."

„Gut. Fujihara, er wartet auf Sie in technisches Büro."

„Fein. Und, Reiko-chan ...", er nahm ihre beiden Hände in die seinen, „herzlichen Dank noch, daß Sie sich um mich gekümmert haben. Sie sind ein wundervolles Mädchen, wissen Sie das?"

Sie drückte seine Finger. „Nicht doch, Dick-chan."

„Es stimmt aber." Er stockte, denn er konnte nicht weitersprechen. Zu deutlich erinnerte er sich, was sie für ihn zu tun bereit gewesen wäre.

Er folgte ihr in das technische Büro, wo man ihm nach der Begrüßung und einer Teepause das neugefertigte Modell für Mercer & Doyle überreichte. Es war wunderschön gearbeitet. Fujihara sagte: „Ich habe es vergangene Nacht durchgeprüft. Ein Gedicht von einem Gerät. Verzeihen Sie, wenn ich etwas lobe, was teilweise mein Werk ist."

„Sie haben zuwege gebracht, was meine Aufgabe gewesen wäre."

„Da wir schon von Aufgaben sprechen, wir bauen bereits ein erstes Modell für die Air Force. Auch was Sie gemacht haben, wird funktionieren, ich weiß es."

„Hoffentlich. Shig, ich habe Reiko schon gedankt, daß sie sich meiner angenommen hat. Auch Ihnen herzlichen Dank."

Fujihara lächelte. „Dafür hat man Freunde. Jetzt will Matsumoto-san Sie sprechen."

Ein paar Minuten später saßen sie alle um dessen Schreibtisch. Matsumoto begann würdevoll, und Reiko dolmetschte: „Unsere Arbeit am Modell für Mercer & Doyle ist nun beendet. Wir bedauern, daß uns dies der Anwesenheit unseres guten Freundes Setanu-san beraubt; keiner von uns sieht ihn gern scheiden."

*„Domo arigato* — herzlichen Dank", sagte Seaton. Er ging selbst nicht gern zurück. Dann erinnerte er sich an Masayos Worte in Atami. *„Yoi tomodachi* — guter Freund."

Matsumoto fuhr fort: „Durch ungeheure Anstrengung und großes Genie hat Setanu-san unsere Firma gerettet." Er überreichte Seaton einen Umschlag. „Eine sehr bescheidene Gegenleistung."

Seaton fand darin den Scheck, den er für die Geisha-Rechnungen ausgeschrieben hatte. Das schien ein überreichliches Entgelt, doch er sah auch dessen Angemessenheit und verbeugte sich im Sitzen.

„In kurzer Zeit", sagte Matsumoto, „ist Setanu-san einer der Unseren geworden. Ich weiß, daß er eine bedeutende Stellung bei Mercer & Doyle einnimmt, trotzdem möchte ich mein Angebot unterbreiten. Es wäre uns eine Ehre, wenn er die Möglichkeit in Betracht ziehen würde, Subdirektor unserer Firma für technische Verkaufsberatung zu werden. Vielleicht werden wir eines Tages auf dem Gebiet der Elektronik einen internationalen Namen haben: Matsumoto und Seaton, besser gesagt, Seaton und Matsumoto."

Er schwieg. In der plötzlichen Stille zogen sich Yamaguchi, Futaba und Fujihara mit Verbeugungen zurück und ließen Matsumoto mit Seaton und Reiko allein. Dann fuhr Matsumoto fort: „Wir sind nicht reiches amerikanisches Unternehmen, aber wir bieten drei Dinge. Zunächst monatliches Gehalt." Er reichte Seaton ein kleines, zusammengefaltetes Blatt Papier. Der Amerikaner öffnete es und las eine Zahl von vielen hunderttausend Yen.

„Zweitens, sehr wichtig in Japan: Spesenersatz. Für Geschäftsanbahnung fast unbegrenzt. Sie führen amerikanische Kunden aus, Sie reisen erster Klasse. Noch etwas, wenn wir machen Erfolg, am Jahresende ein Bonus und Anspruch auf Beteiligung. In vier, fünf Jahren, vielleicht schon früher, Sie werden Mitinhaber."

„Ich weiß kaum, was ich sagen soll", erwiderte Seaton.

Dies übersetzte Reiko nicht, statt dessen sagte sie: „Ich werde für Sie antworten." Dann ließ sie auf japanisch einen gewaltigen Wortschwall vom Stapel. Daraufhin erhellte sich Matsumotos Gesicht. Er verbeugte sich auf seinem Stuhl, dann stand er auf und schüttelte Seaton zum Abschied die Hand.

Dieser schob Reiko in das Sitzungszimmer und schloß die Tür. „Um Himmels willen, was haben Sie denn gesagt?"

Reiko lächelte. „Zuerst ich sage, für Sie hohe Ehre Angebot von so großartige Firma." Seaton nickte. „Dann ich sage, Sie müssen mit neuem Gerät nach Hause fahren, weil niemand sonst tüchtig genug für einsetzen und in Betrieb bringen."

„O nein!"

„Das gut so, Dick-chan, ich es sage. Dann ich sage, Sie müssen überlegen und ganz berühmten Wahrsager fragen, bevor Sie geben Antwort. Wahrsager sehr wichtig in Japan; Geschäfte immer gut erst fragen. Sie fragen Anwalt, wir fragen Wahrsager. Vielleicht Unterschied nicht so groß. Manchmal beide erraten richtig."

„Reiko, da meine Arbeit hier beendet ist, muß ich nach Hause fahren, aber ich scheide ungern."

Sie strahlte. „Dann Sie hier arbeiten? Mein Chef werden?"

„Ich will darüber nachdenken", versprach er.

Er verabschiedete sich überall, schüttelte Fujihara besonders herzlich die Hand und kehrte, nachdem er Reiko in der leeren Eingangshalle gründlich geküßt hatte, in sein Hotel zurück. Dort meldete er zwei Telephongespräche an. Das erste ergab, daß Masayo aufs Land gefahren war und nicht vor Dienstag zurück sein werde. Er war wahnsinnig enttäuscht, denn so lange konnte er nicht mehr bleiben. Das zweite Gespräch führte er mit der japanischen Fluggesellschaft.

SEATON STIESS im Büro von Mercer & Doyle die vertrauten Türen auf und betrat schließlich den Raum, in dem er so viele Jahre seines ereignislosen Lebens verbracht hatte. Herbert Fineman blickte von seinem Zeichenbrett auf, über das er gebeugt gewesen war, und rief erstaunt: „Na so was, hallo, Dick! Was ist mit deiner Brille passiert?"

„Ich bin in Japan zu Haftgläsern übergegangen." Seaton setzte sich neben seinen Kollegen. „Herbert, ich will dir über etwas Bescheid sagen, was du wissen solltest. Dein Schaltplan für Matsumoto hatte einen Fehler. Als das Modell gebaut war, hat es nicht funktioniert."

„Verflixt", sagte Fineman.

„Matsumotos Chefingenieur Shig Fujihara ist verdammt auf Draht. Er hat es in Ordnung gebracht und sogar herausgekriegt, wie es noch eine weitere Funktion erfüllen kann. Natürlich werde ich dich decken. Ich werde sagen, Matsumoto hat eine Verbesserung des Modells vorgeschlagen, und ich habe sie übernommen, als ich feststellte, daß sich dadurch eine Ersparnis ergab."

„Dick, du hast mein Fell gerettet — heißen Dank."

„Laß gut sein; danke Shig Fujihara, wenn du ihn je triffst. Inzwischen sammel mal lieber alle etwa herumliegenden Pausen der Originalzeichnung ein."

„Verstehe, Dick. Nun sag mal — bist du mit einem dieser Geisha-Mädchen zusammengekommen?" Er boxte Seaton freundschaftlich in die Rippen.

„Ja gewiß", antwortete Seaton, und da läutete zum Glück das Telephon. Fineman hob ab und richtete dann aus: „Mercer will dich sehen. Williamson ist bei ihm. Nimm das Modell mit."

Mercer, der zu neunzig Prozent wie ein menschliches Wesen und zu zehn Prozent wie ein Fisch aussah, saß hinter seinem Schreibtisch, Vizedirektor Williamson, klein, geschniegelt, pedantisch und vertrocknet, saß seitlich daneben.

„Ich freue mich, Sie gesund wiederzusehen", begann Mercer. „Ich hoffe sehr, daß Sie nicht Pech mit Ihrer Brille hatten."

„Nein, ich habe mir nur in Japan Haftgläser besorgt."

„Ich wußte gar nicht, daß die Leute dort auch schon Haftgläser kennen."

„Ich glaube, sie haben sie erfunden." Mercer zu korrigieren war ein Riesenfehler; Seaton wußte es im selben Augenblick. Er sah eine dürftige Ausflucht. „Ich glaube, Sie selbst haben mir das einmal gesagt."

Der Druck, der schon gefährlich gestiegen war, ließ nach. „Hatten Sie irgendwelche Schwierigkeiten, die Matsumoto-Leute zu finden?"

„Nein, der Verkaufsleiter und der Geschäftsführer holten mich bei der Ankunft ab."

Mercer sagte: „Ich bin etwas überrascht, daß Herr Matsumoto es nicht für angebracht gehalten hat, selbst zu kommen."

Zum erstenmal in seinem Leben log Seaton ungeniert: „Er hatte gerade eine Besprechung mit irgendeinem Oberen von der Air Force."

„Zeigen Sie uns das Modell", sagte Williamson.

Seaton nahm eine der beiden Schachteln aus der Mappe und stellte das wunderbar gearbeitete Modell auf den Tisch. Die Herren beugten sich gespannt darüber. „Dazu ist noch etwas sehr Interessantes zu erwähnen", sagte Seaton. „Der Chefingenieur der Matsumoto-Werke, Herr Shig Fujihara, ist ein außerordentlich fähiger Kopf. Als der Bau des ersten Modells schon ziemlich weit gediehen war, machte er einen Verbesserungsvorschlag hinsichtlich der Schaltung. Ich studierte ihn sorgfältig und genehmigte eine Abänderung."

Wie elektrisiert fuhren die Herren auf. „Sie? Sie genehmigten eine Abänderung?" fauchte Williamson.

„Richtig. Herrn Fujiharas Vorschlag verleiht unserm Prüfgerät eine zusätzliche Funktion und verringert die Nettokosten ungefähr um zwei Dollar elf Cent pro Stück."

Williamsons Gesicht glättete sich. Er vergewisserte sich durch einen Blick auf seinen Chef. „Unter diesen Umständen war Ihre Entscheidung meiner Meinung nach — wahrscheinlich — gerechtfertigt."

„Danke, Herr Direktor. Ich muß noch etwas hinzufügen; Ihre Wahl der Firma Matsumoto erwies sich als sehr weitblickend. Sie ist technisch auf der Höhe und gilt als geschäftlich vollkommen korrekt. Aber Japan ist ein Land der Erdbeben, und ich befürchtete für uns gewisse Ungelegenheiten, falls in den Matsumoto-Werken Schäden entstehen sollten. Ich sah mich daher nach einem zweiten Lieferanten um. Und hier ist sein Erzeugnis." Er öffnete die zweite Schachtel und stellte Sakamotos Muster auf den Tisch.

„Wieviel haben Sie dafür bezahlt?" fragte Williamson.

„Nichts. Die Firma hat auf eigene Kosten ein Muster gebaut. Um ihren genauen Preis für die verbesserte Ausführung zu erhalten, hätte ich noch drei Tage länger bleiben müssen. Aber die Firma steht preislich etwa auf der gleichen Basis wie Matsumoto."

„Könnte sie möglicherweise ein wenig billiger sein?" fragte Williamson.

Seaton schloß das nicht aus: „Möglicherweise. Aber ich habe ja nur sicherheitshalber eine zweite Quelle aufgetan."

„Das war umsichtig gehandelt", erklärte Mercer. „Nun, Williamson, wird es wohl zweckmäßig sein, die Callahan-Angelegenheit mit Seaton zu besprechen."

„Die Firma Callahan", sagte Williamson, „sucht dringend einen japanischen Lieferanten. Da sie nicht mit uns in direkter Konkurrenz steht, hat sie bei uns angefragt, wen wir für diese Zwecke heranziehen. Wir könnten uns bequem aus der Affäre ziehen, wenn wir den Leuten Ihren zweiten Lieferanten nennen. Dann laufen wir nicht Gefahr, daß sie uns bei Matsumoto zeitlich in die Quere kommen."

„Ich kenne einige von den Callahan-Leuten aus Besprechungen", erwiderte Seaton, „ich werde das für Sie erledigen."

Williamson wechselte einen empörten Blick mit Mercer und sagte grob: „Weil wir es für angebracht hielten, Sie nach Japan zu schicken, heißt das noch nicht, daß Sie ins Management aufgerückt sind. Wenn jemand die Firma Callahan anruft, bin ich das. Drücke ich mich klar aus?"

„Vollkommen", sagte Seaton. „Ich bin in dieser Firma offenbar ein zu kleiner Mann." Er erhob sich zu seiner vollen Größe. „Da nun im Zusammenhang mit meiner Reise nach Japan alles in Ordnung zu sein scheint, möchte ich Ihnen für die Entsendung dorthin danken und meine Kündigung aussprechen. Ich habe noch einen Gehaltsscheck ausstehen, den ich Sie anstelle der zweiwöchigen Kündigungsfrist rückzubuchen bitte. Mir wurde in Japan ohne mein Zutun ein Posten angeboten, dessen Ablehnung unverzeihlich wäre."

Mercer sah ihn kurz an. „Würden Sie die Freundlichkeit haben, uns zu unterrichten, was das für ein Posten ist?" fragte er in einigermaßen freundlichem Ton.

„Gewiß, Herr Mercer. Mir wurde der Posten des Subdirektors für technische Verkaufsberatung bei der Firma Matsumoto angeboten."

Erschrocken blickte Williamson einen Augenblick aus dem Fenster auf die wohltuende Ausgeglichenheit der Landschaft mit ihren sanften Hügelketten. Er wußte, daß in anderen Teilen der Welt — in Ländern von Halbwilden wie Japan — ungeheure, schreckenerregende Berge mit heidnischem Trotz in schwindelnde Höhen emporragten und den Himmel herausforderten. Er schauderte und wandte sich wieder Seaton zu. „Darf ich fragen, was für ein Gehalt man Ihnen geboten hat?"

Seaton erwiderte den Blick und sagte: „Etwa das Doppelte von Ihrem."

NUN, DA SEINE Entscheidung gefallen war, war Seaton entschlossen, dabei zu bleiben, obgleich ihm die Stimme der Gewohnheit sagte, er sei ein Narr. Er räumte seinen Schreibtisch aus, verabschiedete sich von seinen Kollegen und ging nach Hause. Dort griff er nach dem Telephon und rief Reiko in der Firma Matsumoto an. In weniger als zehn Minuten hatte er die Verbindung. „Ohayo gozaimasu, Reiko-chan", sagte er.

Es durchzuckte ihn freudig, als er die vertraute Stimme antworten hörte: „Dick-chan, wo sind Sie?"

„In Amerika", erwiderte er. „Reiko, bitte sagen Sie Matsumoto-san, daß ich sein Angebot annehme."

„O Dick-chan, wie schön! Matsumoto-san, ich weiß, er sehr glücklich über diese wunderbare Nachricht. Dozo." Fast eine ganze Minute lang war die Leitung, zu Überseegebühren, scheinbar tot; dann, etwas atemlos, meldete sich Reiko wieder: „Dick-chan, ich spreche jetzt von Matsumoto-san sein Büro. Er sehr viel glücklich, Sie kommen. Wann Sie kommen?"

„Ich habe noch eine Menge zu erledigen. Ich werde drei Wochen brauchen."

Eine Pause entstand, dann sagte Reiko: „Er meint, viel neue Geschäfte schon warten für was ist Ihre Arbeit. Er möchte, Firma soll bezahlen Ihre Reise."

„Das ist sehr großzügig", sagte Seaton. Er atmete erst einmal ganz tief, bevor er seine Frage vorbrachte: „Hat jemand für mich angerufen?"

„Sie nicht anrufen, leider. Sie möchten, ich etwas tue?"

„Ich glaube nicht, Reiko. Wenn sie anruft, erzählen Sie ihr, daß ich zurückkomme."

„Natürlich, Dick-chan, ich verstehe."

Mit ehrlichem Bedauern sagte er „Sayonara" und hängte ein.

Die Abwicklung seiner Angelegenheiten fiel ihm leichter, als er gedacht hatte; dann packte er, was er voraussichtlich brauchen würde. Als er endlich die Düsenmaschine bestieg, schien ihn etwas mit aller Macht zurückzuhalten, ihm einreden zu wollen, er solle bleiben, wohin er gehöre, und sich ein Mädchen unter seinesgleichen suchen. Aber er ließ sich nicht beirren. In diesem technischen Büro hier würde er sich krummarbeiten und am Ende ein paar Ersparnisse haben und eine Nadel für fünfundzwanzigjährige treue Dienste erhalten. So aber wurde er noch vor seinem fünfunddreißigsten Jahr Subdirektor einer aufstrebenden Firma und blieb dennoch in seinem erwählten Beruf.

Während seines mehrstündigen Aufenthaltes in San Francisco dachte er voll Freude, daß er, um neue Geschäfte anzubahnen, oft zurückkommen würde. Es war ihm ein Herzensbedürfnis, denn er liebte sein Land sehr. Ja, ein Zweigbüro an der Westküste wäre vielleicht gar keine schlechte Idee.

Fujihara und Reiko hießen ihn am Flughafen in Tokio mit strahlenden Gesichtern willkommen. Sowie der Zollkram erledigt war, brachten sie ihn zu einem Wagen der Firma, und als sie alle darin saßen, sagte Reiko: „Fujihara-san hat hübsche Wohnung für Sie gefunden und einen Monat gemietet. Hat gehört Major von der US Air Force, der gerade nach Alaska geht. Wenn gefällt, behalten, wenn nicht, Sie suchen andere. Nicht viel groß, aber nur hundert Yen für Taxi nach Büro und nur ein Häuserblock nach Bahnstation. Dienerin kann kochen, macht alles, was Sie brauchen."

Sein neues Heim war das Obergeschoß eines zweistöckigen Hauses, das man ein wenig dem westlichen Geschmack angepaßt hatte. Die Dienerin, eine Frau unbestimmbaren Alters, sagte mit vielen Verbeugungen mindestens ein halbes dutzendmal stolz auf englisch: „Willkommen, neuer Herr."

„Ich finde es hier großartig", versicherte Seaton seinen Freunden.

„Sie jetzt müde, vielleicht ein wenig schlafen, dann baden", schlug Reiko vor. „Noch kein Telephon, aber vielleicht ganz bald."

Seaton war wirklich müde, und das Bett sah einladend aus. Er schüttelte Fujihara die Hand und küßte Reiko ungeniert. Dann sagte er der Dienerin, er wolle zwei bis drei Stunden schlafen. Wunderbarerweise verstand sie ihn, und als er erwachte, stand ein Essen bereit. Er hatte das erhebende Gefühl, daß das Leben gerade erst begann.

Am nächsten Morgen fuhr er in die Fabrik. In der Eingangshalle empfing ihn Herr Matsumoto persönlich, begrüßte ihn enthusiastisch und geleitete ihn zu seinem neuen Büro. Es war nicht groß, aber für japanische Begriffe geräumig genug. Dann erschien Yamaguchi, um ihm die Hand zu schütteln und die junge Dame, die mit ihm gekommen war, vorzustellen.

„Vorsterre bitte Frau Erren Yamada", brachte er mit einiger Mühe heraus.

„Guten Morgen, Herr Seaton", sagte sie. „Ich soll Ihre Sekretärin werden, das heißt, wenn Sie mit mir einverstanden sind."

Seaton mußte sich erst fassen, bevor er erwiderte: „Ich bin überaus erfreut, Frau Yamada. Ihr Englisch ist großartig."

Sie lachte. „Ich bin Amerikanerin japanischer Abstammung. Mein Mann ist Zivilangestellter der Army. Meine Eltern sind beide in Japan geboren, ich spreche also auch Japanisch."

„Überraschung", warf Yamaguchi ein.

„Hai — ja", bestätigte Seaton.

Frau Yamada wurde geschäftlich: „Ich habe eine Nachricht für Sie: Oberstleutnant Howard Klein von der Beschaffungsstelle der Air Force bittet, daß Sie sich mit ihm in Verbindung setzen. Er bearbeitet unser Angebot für das neue Radarsystem. Noch etwas. Herr Matsumoto hat so etwas wie eine englischsprachige Abteilung unter Ihrer Leitung eingerichtet. Fräulein Watanabe wird daher in Zukunft für Sie arbeiten. Zunächst wird alles, was in englischer Sprache einläuft, uns zur Bearbeitung übergeben."

Seaton probierte seinen brandneuen Sessel aus, blickte über seinen ebenso neuen Schreibtisch und wünschte, Williamson könnte ihn sehen. Dann überkam ihn das dringende Bedürfnis, mit der

Arbeit zu beginnen und zu beweisen, daß er diesen ganzen Aufwand verdiente. Er betrachtete das Telephon auf seinem Schreibtisch und dachte an die Nummer, die er am liebsten sofort gewählt hätte. Aber er beherrschte sich, denn er wußte ja, daß Masayo abends arbeitete und daher frühestens mittags angerufen werden durfte. Dann entdeckte er einen kleinen Stapel Korrespondenz in einem Teakholzkasten und machte sich an die Arbeit.

Endlich, um halb vier, als Ellen Yamada gerade nicht im Zimmer war, wählte er mit zitternder Hand Masayos Nummer. Nach einem kurzen Amtszeichen sagte eine hohe Stimme etwas auf japanisch. Er versuchte es noch einmal mit dem gleichen Ergebnis, und als er aufblickte, sah er Reiko respektvoll an der Tür seines Büros warten. Er winkte sie zu sich und sagte: „Ich kann meine Nummer nicht bekommen."

Reiko verstand und ließ den Kopf hängen. „Dick-chan, Masayo ihr Telephon ist abgemeldet und sie auch nicht mehr im Geisha-Haus. Gestern ich anrufe, will große Überraschung machen. Ich frage, wohin gehen, und sie mir nicht sagen. Weil ich nicht kann herausfinden, Matsumoto-san versucht, aber Geisha-Haus Entschuldigungen macht. Wenn sie nicht sagen Matsumoto-san, sie sagen niemand. Nicht gut, Dick-chan."

Für den Augenblick ergab er sich in sein Schicksal, nahm aber den Rückschlag nicht tragisch. Er konnte sie eben nicht sofort anrufen, das war alles, weiter wollte er gar nicht denken.

Zu Abend aß er mit Fujihara und Reiko. Sie sprachen über vielerlei, auch darüber, daß einer des andern Sprache erlernen wolle. Glücklich legte sich Seaton zu Bett.

Am nächsten Nachmittag studierte er gerade einen Schaltplan, als ihm Sakamoto einfiel. Er bat Frau Yamada, ihn zu verbinden.

„Guten Tag", begrüßte er ihn. „Ich rufe an, um zu hören, wann Sie etwas Zeit für mich erübrigen können."

„Es wird mich außerordentlich freuen, Sie zu sehen. Übrigens, meine aufrichtigsten Glückwünsche zu Ihrem neuen Posten. Ich bin sicher, daß Sie diesen Schritt nie bereuen werden. Lassen Sie mich nachsehen — mein Terminkalender ist diese Woche und den Großteil der nächsten schon voll. Dann fahre ich für einen Monat nach Amerika. Die einzige Zeit, die ich noch einigermaßen frei habe, ist heute abend. Wäre das zu früh?"

„Keineswegs", versicherte Seaton. „Würden Sie so freundlich sein, einen Treffpunkt zu bestimmen und meiner Sekretärin kurz zu erklären, wie ich hinkomme?"

„Gern, bitte geben Sie sie mir an den Apparat."

Den Rest des Nachmittags arbeitete er an einem Schaltbild auf seinem Tisch und kreiste schließlich einen kleinen Bereich ein, wo ihm eine Verbesserung möglich schien. Befriedigt ging er nach Hause, badete, zog sich um und nahm den Zug zur Stadtmitte.

Wie immer war George Sakamoto pünktlich, in Japan eine Seltenheit. Nach entsprechender Begrüßung setzten sie sich zu Tisch.

„Ich habe Mercer & Doyle Ihr Muster übergeben", sagte Seaton. „Die Leute sind an der Möglichkeit, Sie, falls nötig, als zweiten Lieferanten heranzuziehen, sehr interessiert."

„Sehr aufmerksam von Ihnen — besten Dank", erwiderte Sakamoto.

„Noch etwas: Die Firma Callahan sucht einen Erstkontakt. Ich habe die Adresse nicht bei der Hand, aber es ist irgendwo in der Nähe von Boston. Ich würde das Geschäft gern selbst machen, kann es aber aus Gründen des Anstands nicht."

Sakamoto nahm ein Notizbuch heraus und machte einen sorgfältigen Vermerk. „Ich werde die Leute morgen anrufen. Ich weiß einen so wertvollen Hinweis zu schätzen."

„Nun etwas ganz anderes", begann Seaton. „Wir haben schon einmal über Fräulein Fujikoma gesprochen. Obgleich sie für die Zeit, die sie mit mir verbrachte, bezahlt wurde, betrachte ich uns immer noch als befreundet."

Der Japaner wurde verlegen. „Ich kann mir bis heute nicht verzeihen, daß ich mich in Ihrer Gegenwart so unbedacht geäußert habe."

Seaton winkte ab. „Bitte, vergessen Sie das. Immerhin dachte ich, Sie könnten mir vielleicht sagen, wo ich sie finde."

Es entstand eine Pause. „Herr Seaton", sagte Sakamoto schließlich, „darf ich mir erlauben, Sie ein wenig über das Geisha-System aufzuklären. Es ist eine alte und furchtbare Einrichtung. Wenn ein Mädchen in ein Geisha-Haus eintritt, muß sie in sehr vielen traditionellen Fertigkeiten unterwiesen werden. Ist sie dann alt genug, wird sie eine Maiko. Nach einigen weiteren Jahren erhält sie einen Geisha-Namen und wird eingesetzt. Zu diesem Zeitpunkt ist sie dem Haus gegenüber meist hoffnungslos verschuldet, denn alles, Zimmer, Kost und Ausbildung, werden gegen ihren Verdienst angerechnet. Soll ich lieber nicht weitersprechen?"

„Doch", sagte Seaton, „es interessiert mich sehr. Bitte, fahren Sie fort."

„Manchmal verkaufen sehr arme Familien ihre Töchter an Geisha-Häuser. Manchmal wird ein Mädchen aus eigenem Antrieb Geisha — weil diese Zauberwelt sie anlockt oder weil sie mit einer erfolgreichen Geisha verwandt ist. Nun wollen Sie, glaube ich, wissen, ob eine Geisha heiraten kann. Es kommt nicht allzuoft vor, außer der zukünftige Gatte kann ihre Schulden bezahlen, zuzüglich einer ansehnlichen Abfindung für das Geisha-Haus, und seiner Frau dann den Lebensstandard bieten, den sie gewöhnt ist. Wahrscheinlicher ist, daß sie einen Gönner findet — der alle mit ihrem Geisha-Beruf zusammenhängenden Kosten bezahlt und sie zur zweiten Frau nimmt."

„Also, genaugenommen, zur Konkubine", stellte Seaton fest.

„Mehr oder weniger, ja. Manchmal arbeitet die junge Dame weiter als Geisha, aber dann hat der Gönner das erste Anrecht auf ihre Dienste. Zahlreiche Geishas beschreiten diesen Weg. Das Geisha-Haus würde jedenfalls alles nur menschenmögliche versuchen, um Fujikoma am Gehen zu hindern, denn sie ist Kapital für das Unternehmen."

„Jedenfalls ist sie nicht mehr hier, und das Geisha-Haus verweigert jede Auskunft. Könnten Sie — würden Sie — mit Ihren Verbindungen mir behilflich sein, sie zu finden?"

George Sakamoto schob die Kaffeetasse beiseite und seufzte tief: „Herr Seaton, es ist äußerst bedauerlich, daß Sie gerade eine Geisha mit Ihrer Zuneigung beehren. Verzeihen Sie die vielleicht allzu direkte Frage: Haben Sie die Möglichkeit in Betracht gezogen, daß Ihr Interesse für Fujikoma wenigstens teilweise der wohlerzogenen, gesitteten Tochter Japans gilt, die sie ist? Japanische Mädchen werden allgemein für unübertrefflich gehalten. Ich würde vorschlagen, Sie lernen erst ein paar junge Japanerinnen aus gutem Haus kennen."

„Mein Interesse gilt ausschließlich der einen Masayo Kanno. Und wenn sie von einer Brücke fiele und den Rest ihres Lebens im Rollstuhl verbringen müßte, wäre es immer noch Masayo."

„So ernst ist es Ihnen, Herr Seaton?"

„So ernst. Und nennen Sie mich Dick."

„In Ordnung, Dick. Ich will sehen, was ich tun kann."

Sakamoto setzte Seaton an der Bahnstation ab, und als er heimwärts fuhr, lehnte er sich zurück, um über das verzwickte Problem nachzudenken. Das Mädchen zu finden würde nicht schwer sein. Vielmehr machte ihm die grundsätzliche Frage zu schaffen, ob er es überhaupt versuchen solle. Er dachte an das alte japanische Sprichwort: „Ein Mann sollte sich in der Nähe seines Heimes eine Frau suchen."

Wenn die beiden heirateten, würde es Jahre dauern, bis sie sich entweder auf englisch oder japanisch richtig unterhalten konnten. Auch kannte er aus eigener Anschauung die großen Unterschiede, die die beiden Kulturen trennten. Dazu kam noch die andere Rasse, aber das tat er als unwichtig ab, ein Mensch war entweder kultiviert, oder er war es nicht.

Nun, da Seaton mehr oder weniger ständig in Japan lebte, hatte das Geisha-Haus jedenfalls Vorsichtsmaßnahmen ergriffen und würde nach Sakamotos Erfahrung unverzüglich für Fujikoma eine Heirat mit einem Gönner arrangieren.

Zu Beginn der folgenden Woche besuchte Seaton Matsumotos alten Kunden auf den Philippinen. Er merkte bald, daß die Schwierigkeiten dort durch einen mangelhaften Kontakt entstanden waren, wozu noch das Gefühl kam, daß es mit der Firma Matsumoto abwärtsging. Vorsichtig und ohne irgendwelchen Übereifer zu zeigen, sorgte er für Abhilfe.

Die Tatsache, daß Matsumoto einen offenbar kostspieligen Subdirektor engagiert hatte, sprach schon für sich selbst, und im technischen Büro konnte er einen Vorschlag machen, der sogleich in die Tat umgesetzt wurde. Er blieb im ganzen drei Tage dort, und als er sich am Flugplatz vor dem Start nach Tokio mit Händedruck verabschiedete, wußte er, daß in Manila alle Vorbehalte gegen Matsumoto ausgeräumt waren.

Auf dem Rückflug fiel ihm plötzlich ein, was er zu tun hatte. Er nahm sein Notizbuch heraus und schrieb einen Namen auf. Wenn ihm nicht ein besonderes Pech dazwischenkam, war das der Weg, um Masayo zu finden.

Am nächsten Morgen, nachdem er über seine Reise Bericht erstattet hatte, ließ er sich von Frau Yamada mit Oberstleutnant Howard Klein von der US Air Force verbinden. Und um halb drei brachte ein Dienstwagen den Gefreiten Willie Millsup zur Fabrik. Die Mütze in der Hand, trat er bei Seaton ein. Er war zaundürr und rothaarig und konnte seine Hände nicht ruhig halten. Die Uniform war tadellos gebügelt, die Schuhe auf militärischen Hochglanz poliert, er selbst aber mit einer Energie geladen, die ihm aus allen Nähten zu quellen schien.

„Setzen Sie sich, Gefreiter Millsup", forderte ihn Seaton auf, als Frau Yamada verschwand, um Coca Cola zu holen. Nachdem sich sein Gast einer gespannten Sprungfeder gleich gesetzt hatte, erkundigte sich Seaton liebenswürdig: „Wie geht's Peggy?"

Millsup fuhr auf: „Wollen Sie auch versuchen, sie mir auszureden?"

„Nicht im geringsten. Ich habe sie kennengelernt und finde sie großartig."

Millsup strich sich mit der Hand über die Stirn. „Na, Gott sei Dank." Dann dämmerte ihm etwas. „Hören Sie, ich glaube, ich weiß, wer Sie sind. Nichts für ungut, aber waren Sie nicht hin und wieder mit ihrer Schwester verabredet?"

„Ganz recht", sagte Seaton. Frau Yamada kam mit den Coca-Cola-Flaschen herein, entschuldigte sich gleich wieder und schloß die Tür hinter sich.

„Ich will Ihnen nicht zu nahetreten", sagte Seaton dann, „aber haben Sie Peggy kürzlich gesehen?"

Millsup blickte sich sicherheitshalber um, ob niemand horchte. „Gestern abend, aber behalten Sie's für sich; das Geisha-Haus wird langsam sauer. Ich bin kein Offizier, verstehen Sie, und ..."

Seaton winkte ab. „Wir haben das gleiche Problem, nur ist meines noch ein bißchen schwieriger. Ich weiß nicht, wo Masayo ist. Das Geisha-Haus gibt niemandem Auskunft."

„Peggy wird es wissen", meinte Millsup entgegenkommend. „Wie ist Ihre Adresse und Telephonnummer? Vielleicht gelingt es mir, Peggy heute nachmittag zu erwischen."

Seaton schrieb die Adresse auf eine Geschäftskarte und gab sie seinem Besucher. „Ich habe noch kein Telephon", sagte er. „Vielen Dank, Millsup. Grüßen Sie Peggy von mir."

Um fünf kam für Seaton ein Anruf ins Büro.

„Hier Sakamoto George, Dick. Ich habe mich mit der Sache befaßt und möchte nun offen mit Ihnen reden. Zunächst, ich kenne Fujikoma recht gut — geschäftlich —, da ich sehr viel gesellschaftliche Verpflichtungen habe. Man könnte sagen, wir sind befreundet. Ich wußte, wie ich gestehen muß, daß sie Tokio verlassen hat; als ich sie vor einigen Tagen anfordern wollte, sagte man mir unumwunden, sie habe sich mit einem Kunden gefühlsmäßig zu stark engagiert und sei fortgeschickt worden, um darüber hinwegzukommen. Mein Kompliment — vielleicht verraten Sie mir gelegentlich, wie Sie das geschafft haben.

Nun muß ich Ihnen wohl auch sagen — und hoffentlich beeinträchtigt das unsere Freundschaft nicht —, daß ich Fujikoma vor ihrer Abreise gesehen habe. Ich sagte ihr, meiner Meinung nach beruhe Ihr Interesse wenigstens zum Teil auf dem Zauber, der ihren Beruf umgebe. Das war natürlich vor unserem Zusammentreffen in der letzten Woche. Ich riet ihr, Sie zu vergessen."

Seaton war niedergeschmettert. „Anständig von Ihnen, es mir zu sagen."

„Sie haben mir Anlaß gegeben, meine Meinung zu ändern", fuhr Sakamoto fort. „Ich werde dem Geisha-Haus zu verstehen geben, daß ich es übel vermerken würde, wenn man Ihnen beiden weitere Hindernisse in den Weg legte. Und ich bin wohl einer ihrer besten Kunden."

„Ich stehe für alle Zeit in Ihrer Schuld", sagte Seaton.

„Wenn überhaupt, dann stehe ich in Ihrer Schuld. Ich habe zweimal mit Callahan telephoniert, und sie schicken mir per Luftpost einige Zeichnungen für Angebote. Noch etwas: Ich möchte das Geisha-Haus nicht fragen, wo die junge Dame ist. Das wäre eine unberechtigte Einmischung in ihre Angelegenheiten. Aber ich werde bitten, ihr auszurichten, daß ich meine Meinung geändert habe. Hoffentlich nützt das etwas."

„Ganz bestimmt; ich werde mich ausführlich bedanken, wenn wir uns das nächste Mal sehen."

„Damit werden wir warten müssen, bis ich von Übersee zurück bin, aber inzwischen viel Glück. Übrigens, Norma beabsichtigt zu heiraten. Sie hat den Betreffenden erst kürzlich kennengelernt. Er ist älter als sie und so ein Texasmillionärstyp."

Auf englisch fiel Seaton nichts ein, aber eine japanische Redensart kam ihm in den Sinn: „So desu-ka — nein, wirklich?"

Sakamoto lachte. „Richtig. Übrigens habe ich meine Arbeitsvermittlung wegen einer neuen Englischsekretärin angerufen und dabei erfahren, ihr einziges gutes Stück sei gerade für Sie engagiert worden. Aber Sie verdienen Ihr Glück."

Als das Gespräch beendet war, blickte Seaton auf und sah Reiko an der Tür warten. „Kommen Sie herein", sagte er freundlich.

„Dick-chan. Ich habe Freundin, die hat Cousine, wo Mutter Geisha-Restaurant führt. Sie sagt, will versuchen, Masayo für Sie finden."

Seaton winkte sie näher herbei. „Reiko, ich möchte, daß Sie mich richtig verstehen. Ich weiß nicht, warum ich für Masayo so empfinde, ich weiß nur, daß ich nicht anders kann."

„Ich versteh, Dick-chan."

„Aber eins ist sicher", fuhr er fort, „ich möchte Ihr Freund bleiben. Sie werden mir zeit meines Lebens sehr lieb sein."

„Sie machen mich so viel glücklich. Ich niemals gedacht, jemand mich so lieben." Sie schlug die Hände vors Gesicht und schluchzte. Dann wischte sie sich die Augen und lächelte wieder. „Dick-chan, Sie neues Mädchen aus mir machen", sagte sie und lief hinaus.

„Verdammt", machte sich Seaton Luft.

Er räumte seine Arbeit fort. Dann ging er nach Hause, aß zu Abend, was die Dienerin ihm gekocht hatte, und um sieben empfing er die ersten Besucher in seiner neuen Behausung. Mit vielen Verbeugungen führte die Dienerin sie herein, den Luftwaffengefreiten Millsup und Peggy. Seaton begrüßte die beiden herzlich.

„Hei, das ist wirklich eine schicke Bude", sagte Peggy. „Masayo wird sehr gefallen." Sie guckte zum Fenster hinaus. „Sogar Platz für Babys zum Spielen."

„Was für Babys?" fragte Seaton.

Peggy starrte ihn an. „Ihre Babys. Sie doch wollen, Masayo gibt Ihnen Babys, ja?"

Seaton wich der Frage aus. „Ich möchte sie erst einmal finden."

„Wird schon klappen", versicherte sie ihm. „Mama-san mir sagt, ich hinausfliege, wenn ich Ihnen erzähle, wo sie hin ist, so ich verspreche, ich das nicht tun." Sie setzte sich und musterte sein Gesicht. „Ohne Brille Sie hübscher Bursche. Ihre Babys, ich glaube, werden sein nett und groß. Ich vielleicht bekomme rothaarige Babys mit Schlitzaugen — kann passieren."

Sie musterte ihn noch eingehender. „Sie müde aussehen, Seaton-san. Neue Arbeit zu viel schwer. Brauchen Erholung hübscher Ort wie Shimoda."

„Nicht gleich, fürchte ich", erwiderte er.

Peggy wurde ungeduldig. „Doch, gute Idee Shimoda fahren."

Endlich fiel der Groschen. „Vielleicht sollte ich wirklich, übers Wochenende. Wissen Sie zufällig ein gutes Hotel?"

„Hoteru nicht wichtig, aber ich glaube, viel gefallen großes Sommerfest, Kurofune Matsuri, mit *ondo*-Tänzerinnen."

Millsup mischte sich ein. „Das ist ein Fest zur Erinnerung an Townsend Harris, Generalkonsul in Shimoda und erster amerikanischer Diplomat in Japan. Einmal im Jahr zieht Shimoda eine große Schau auf."

„Besser schon Freitag fahren", sagte Peggy, „gleich abends viele hübsche Mädchen alle tanzen zu gleicher Zeit in Kimono, ganzer Haufen davon."

„Übrigens", sagte Millsup, „Sie haben Peggy doch nicht etwa gesehen, seit Sie wieder in Japan sind?"

„Selbstverständlich nicht", bestätigte Seaton. „Ich habe nicht einmal mit ihr telephoniert."

Ellen Yamada besorgte am nächsten Morgen Hotelzimmer und Fahrkarte. Sie hatte Matsumoto kurz über einen englischen Brief von den Philippinen unterrichtet, ein Loblied auf Herrn Seatons wertvolle Anregungen. Matsumoto-san dachte wieder an sein Haiku, in dem der große Vogel die Klugheit seines neuen Direktors war. Er war so offensichtlich zufrieden, daß ihm Frau Yamada von Seatons Wunsch berichtete, das Fest in Shimoda zu sehen, worauf er sogleich vorschlug, Seaton solle schon mittags fahren.

Seaton packte seine Reisetasche und nahm den Zug nach Shimoda. Fastnachtsstimmung lag über der kleinen Stadt am Meer: Getas klapperten auf dem Pflaster, Händler riefen ihre Waren aus, überall wimmelte es von lärmenden Menschen. Er schlüpfte in einen Yukata und nahm in seinem japanisch geführten Hotel auf dem Zimmer ein frühes Abendessen ein. Der Lärm draußen verstärkte sich. Irgendwo — in einer dieser Straßen, in einem dieser Häuser — war Masayo. Seaton schob seine Brieftasche in den Ärmel des Yukata, verneigte sich in der Halle im Vorbeigehen vor dem Empfangschef und machte sich in seinen hölzernen Getas auf den Weg.

Der Karnevalstrubel war nun in vollem Gang, und fast jedermann trug bunte japanische Kleidung. Seaton machte die Hauptroute des Festzuges ausfindig. Menschenmassen warteten geduldig am Straßenrand unter tief hängenden Girlanden aus roten und gelben Laternen. Das Rad der Zeit schien zurückgedreht und das alte Japan wie eine versunkene Kathedrale aus dem Meer aufgetaucht. Mit dem Verblassen des Tageslichts begannen die bunten Kimonos immer stärker zu leuchten. Viele Tausende von Fächern tanzten wie Wellen auf dem Menschenstrom, und da und dort tauchte der hellhaarige Kopf eines Ausländers auf und trieb gleich einem Strohbündel auf der Oberfläche dahin. Von irgendwoher erklang das tiefe Dröhnen einer japanischen Trommel in wohlbemessenen Abständen wie die Schläge einer riesigen feierlichen Uhr.

Seaton eilte weiter; je mehr Leute er sah, um so eher bestand die Möglichkeit, das gesuchte Gesicht zu entdecken. Das Gedränge rings um ihn nahm zu, und plötzlich bemerkte er eine Erregung in der Menge. Unten am Ende der Straße tauchte der Festzug auf.

Der milde Schein der Laternen erhellte die Nacht; das dumpfe Stakkato der Trommelschläge beschwor die Geister der alten Samurai herauf. Dann schwang die Ahnung einer Melodie mit, die in Moll stieg und fiel. Näher und näher kam der Festzug; Fahnen mit kunstreichen Schriftzeichen tauchten auf. Von vielen Trägern wurde auf Stangen ein Schrein vorbeigetragen, vor dem in feierlicher Würde ein Shinto-Priester einherschritt. Dann folgte ein Gefährt mit einem großen Japaner in altmodischer westlicher Kleidung, der Townsend Harris verkörperte. Schließlich kam der Trommler in Sicht, ebenfalls auf einem Gefährt, ein Tuch um den Kopf geknotet und ganz auf sein Tun konzentriert. Hinter ihm zog ein Strom von Kindern vorüber, alle in gleichen Kimonos, mit ausdruckslosen Gesichtchen und kleinen Fähnchen in den Händen.

Auf einem weiteren Gefährt standen reglose Gestalten in alten Kostümen aus der Zeit der Feudalherrschaft der Shogune in Japan. Zeitlos und stumm zogen die alten Krieger vorbei, ein Stück lebendige Geschichte des Landes. Hinter ihnen trugen junge Männer mit den Stirnbändern der Arbeiter eine Art kleines Puppenhaus auf Stangen. Sie liefen mit ihrer Last zur einen Straßenseite bis dicht an die Zuschauer heran, dann machten sie eine Schwenkung und rannten zur andern Seite.

Ein blumengeschmücktes Gefährt folgte, darauf ein Dutzend reizender Mädchen in Kimonos vor einem Hintergrund, der eine Waldlichtung darstellte. In plötzlicher Erwartung hielt Seaton den Atem an und musterte eingehend jedes einzelne der hübschen Gesichter. Dann löste sich die Spannung langsam wieder.

Nun kam eine Reihe Flötenspieler, die sich Weidenkörbe über den Kopf gestülpt hatten. Ihre Bambusinstrumente hielten sie vor ihren unsichtbaren Gesichtern senkrecht nach unten und wirkten wie Wesen aus einem alten Märchen. Sie spielten nicht selbst, die Musik kam von irgendwo hinter ihnen. Allmählich näherte sie sich jetzt — diesmal war es ein Lied, das allein dazu geschaffen schien, in Stunden sanfter Glückseligkeit aus menschlichen Kehlen aufzusteigen. Die Räder des Gefährts mit den Musikern drehten sich so langsam, als spiele Zeit überhaupt keine Rolle.

Dann kam ein Schauspiel aus Farbe, Anmut und Bewegung, das Seaton fast den Atem raubte: sechs lange Reihen von Mädchen in erlesenen Kimonos tanzten im Gleichklang von Rhythmus und Bewegung. Sie machten ein paar Schritte vorwärts, hielten an, neigten sich seitlich, wandten sich um, schritten zurück und formten mit den Armen ein neues Muster. Die Kimonos waren so entworfen, daß sie beim Vorwärtsschreiten der Tänzerinnen eine Symphonie in Rot bildeten, und wenn sie sich umwandten, verwandelte sich das Bild in ein Meer von Schwarz und Weiß. Seaton staunte über den Zauber und die zarte Anmut der Ondo-Tänzerinnen. Was sie boten, war schlechthin vollendet.

Dann sah er sie.

Sie tanzte in der zweiten Reihe und beugte beim Wenden leicht die Knie. Mit makelloser Anmut und ruhigem, gesammeltem Ausdruck fügte sie sich in den Rhythmus der anderen Mädchen ein.

Er konnte sich kaum rühren, ohne auf jemandes Füße zu treten,

aber irgendwie brachte er es fertig, schrittweise dem Zug zu folgen und sich mit ihr auf gleicher Höhe zu halten. Er ließ kein Auge von ihr. Nach einer halben Ewigkeit, wie es ihm schien, hörte die Musik auf, und der Zug bog um die Ecke. Dort, den Blicken der Zehntausende von Zuschauern entzogen, begann er sich aufzulösen. Der Schrein wurde auf dem Boden abgestellt, und seine müden Träger ließen sich ringsum nieder. Eltern sammelten ihre Kinder ein, die immer noch mit ihren dicken Händchen die kleinen Fahnen umklammerten. Mit Formalitäten hielt sich Seaton nicht auf. Er ging einfach mitten unter die roten und schwarzen Kimonos hinein, nahm Masayo bei der Hand und führte sie heraus.

Als er einen Fleck gefunden hatte, auf dem sie zusammen stehenbleiben konnten, wandte er sich ihr zu und sagte: „Konban wa — guten Abend."

Sie sah ihn lange unverwandt an. Schließlich fragte sie mit großer Mühe: „Wie Sie finden?"

„Ganz leicht", erwiderte er. „Ich kam nach Japan zurück und habe mich umgeschaut."

Ihre Lippen bewegten sich stumm, bevor sie fragte: „Warum?"

„Sie wissen es doch. Ich habe es Ihnen gesagt — erinnern Sie sich?"

Sie hob die Hand und legte sie für einen kurzen Augenblick auf seinen Arm, dann ließ sie sie sinken und trat einen Schritt zurück. „Ich muß gehen", erklärte sie, „Kimono nicht meiner."

Er hielt sie immer noch an der Hand. „Für wie lange?" fragte er.

Sie schüttelte den Kopf zum Zeichen, daß sie nicht verstand. „Ich möchte, daß Sie zu mir zurückkommen", erklärte er.

„Aber so viele Dinge ...", begann sie.

„Ziehen Sie sich um und kommen Sie dann wieder — verstehen Sie mich?"

Sie kapitulierte. „Wenn Sie wünschen, ich in einer Stunde wiederkommen. Wir eine Weile sprechen." Sie deutete mit dem Fächer in Richtung Meer. „Hübscher Platz am Strand."

Seaton hielt seine Armbanduhr schräg, so daß er die Zeiger sehen konnte. „Eine Stunde, versprechen Sie?"

„Ich versprechen, Dick."

Er ließ sie los, und sie verschwand zwischen den andern Tänzerinnen. Er bahnte sich seinen Weg durch die Menge, lauschte den

Geräuschen Japans — dem beredten Klappern der Getas auf dem Pflaster, dem trockenen prickelnden Klang einer Samisen, dem eintönigen Singsang eines alten Mannes, der heiße Nudeln verkaufte. Er sah ein *torii*, ein heiliges Tor, das, von einer langen Reihe Steinlaternen schwach beleuchtet, dazu einlud, zur Läuterung darunter durchzugehen. Ein paar Stufen erhöht stand ein Shinto-Priester und fächelte sich gemächlich Kühlung zu. Sie verneigten sich grüßend voreinander, und für einen Augenblick bestand ein wortloses Einvernehmen zwischen ihnen. Der Priester hieß den Fremden willkommen, der Amerikaner bezeigte dem Glauben des Priesters seine Achtung. Jeder gab ein wenig von sich preis, ohne dabei zu verlieren.

Noch fünfundzwanzig Minuten. Ein Zweifel beschlich ihn; vielleicht wartete er eine Stunde vergebens, während sie schon packte und die Flucht ergriff. Aber dann erinnerte er sich, daß sie ihm ihr Wort gegeben hatte, und der Dämon des Zweifels war gebannt.

Seaton ging zum Strand hinunter und fand die von ihr genannte kleine Anlage. Der Mond über ihm malte eine lange leuchtende Straße auf das Wasser. Es waren viele Leute da, aber er fand eine Stelle, wo sie für sich sein konnten, und setzte sich mit dem Rükken zum Wasser ins Gras. Geduldig wartete er. Dann sah er auf seiner Uhr, daß die vereinbarte Zeit überschritten war. Die Wahrscheinlichkeit, daß sie kommen würde, schwand mit jeder Minute, aber er ließ sich in seinem Glauben an sie nicht beirren. Hunderterlei Dinge konnten sie aufgehalten haben.

Er wandte sich dem Meer zu, um ein wenig von der endlosen Geduld in sich aufzunehmen, die es verkörperte. Da sah er gegen das Mondlicht eine Gestalt, die schweigend über das Wasser blickte. Es durchfuhr ihn siedend heiß, als er aufsprang und sich fragte, wie lange er sie vielleicht schon hatte warten lassen. So schnell es die Rücksicht auf Pärchen und Familien erlaubte, die hier still den Abend genossen, steuerte er auf sie zu. Sie wandte sich um, sah ihn kommen und hob zum Zeichen, daß sie ihn erkannt hatte, die Hand.

Auch sie hatte einen kleinen Platz gefunden, wo sie fast ungestört waren. Sie setzten sich nebeneinander. Dann lehnte sie sich zurück und stützte sich, ihm zugewandt, auf den Ellbogen. So nah beieinander, konnten sie sprechen, ohne belauscht zu werden.

„Akiko — Peggy — mir schreiben, Sie kommen", sagte sie leise, „sie mir auch schreiben, Mama-san finden Gönner für Heirat. Mama-san sehr wünschen, ich rasch heiraten."

„Zweite Frau?" fragte er ruhig. Sie war nun bei ihm, und er ließ sich durch solche Kleinigkeiten nicht aus der Fassung bringen.

„Ich denken, ja. Ich Mann noch nicht kennen."

Für ihn war das Konversation, nicht mehr. „Er will die Geisha Fujikoma", sagte er, „ich nicht."

Sie richtete sich ein wenig auf und sah ihn an.

„Ich habe keine Zeit für Fujikoma oder irgendeine andere Geisha", fuhr er fort, „nur für ein Mädchen namens Masayo Kanno. Kennst du sie?"

„Manchmal", antwortete sie.

„Weißt du", sagte er, „ich kenne Fujikoma. Ich war mit ihr in Kyoto." Er ließ ihr Zeit, den Sinn zu erfassen. „Aber es war das letzte Mal, daß ich sie gesehen habe. In Atami war sie nicht." Er legte sich auf den Rücken und streckte ihr einladend seinen langen Arm hin. Sie verstand und bettete ihren Kopf darauf wie auf ein Kissen. Endlich konnten sie auch körperlich einer des andern Nähe fühlen. Er wandte ihr das Gesicht zu und sah sie an. „Masayo", fragte er, „willst du meine Frau werden?"

Sie neckte ihn liebevoll. „Erste Frau?"

„Einzige Frau."

Wieder ernster, sagte sie: „Sehr schwierig, Dick. Geisha-Haus machen furchtbare Schwierigkeiten. Sie meinen, ich viel Geld wert."

„Ich habe einen Freund gefunden, der sich darum kümmert. Er ist ein sehr einflußreicher Mann und wird sicher etwas erreichen. Laß ein anderes Mädchen Fujikoma werden; es sind genug da."

„Ihr Freund vielleicht Sakamoto George ist?"

„Ja."

Sie rieb ihren Kopf an seinem Arm, als wolle sie ihn mit dem Nacken liebkosen. „Wenn er sagen, fortlassen mich, sie haben sehr schwer verweigern."

„Das meine ich auch. Aber du hast meine Frage noch nicht beantwortet."

Sie rückte dichter heran, bis sie ihm ganz nah war. „Viele Probleme, Dick, du nicht verstehen."

„Ich verstehe sie nur zu gut, Masayo. Du bist Buddhistin, japanische Staatsbürgerin, wir sprechen nicht die gleiche Sprache, du schuldest dem Geisha-Haus Geld." Er nahm ihre Hand in die seine. „Aber das ist mir alles einerlei. Geh in welche Kirche du willst. Steh auf, wenn die japanische Nationalhymne gespielt wird — falls es eine gibt. Und mit dem Geisha-Haus werde ich auf irgendeine Weise einig werden."

„Dick." Sie schmiegte sich eng an ihn. „Was ist, meine Babys aussehen wie ich?"

Sie war zu nahe, um sich zu sträuben, und so küßte er sie. „So viel Glück können sie kaum haben", antwortete er.

Sie legte den Kopf zurück und schaute in den Himmel. „Dick, du Mond sehen? Viele sagen, Mondgöttin blicken herab, sehen alles. Manchmal vielleicht Mann und Mädchen. Familien nicht lassen heiraten, doch sie sagt, ich machen euch heiraten trotzdem. Beide dann glücklich. Dir gefallen?"

„Mir gefallen", stimmte er zu. Vorsichtig zog er seinen Arm unter ihrem Kopf vor und stand auf. Dann half er ihr auf die Füße und legte den Arm um sie. So standen sie eine Weile, während er zuerst sie ansah, dann den Mond, dessen unerwartete Autorität ihm eben enthüllt worden war.

„Komm, Frau Seaton", sagte er und führte sie zur Stadt zurück.

# *John Ball*

Miyoko Sasaki

John Ball ist vielleicht der einzige blauäugige Samisen-Spieler der Welt. Seine meisterliche Beherrschung dieses Saiteninstruments ist nur eine Facette seines unersättlichen Interesses an allem Japanischen. Er hat mehrere Reisen nach Japan unternommen und ist ein Kenner der Selbstverteidigungstechniken Judo, Karate und Aikido. Viele Gestalten seines Romans *Fräulein Tausend Frühlingsblüten* sind aus dem Leben gegriffen. Fujikoma ist einer Geisha der Spitzenklasse nachgezeichnet, die wirklich ihre Karriere aufgegeben hat, um zu heiraten, und der Mann, der für George Sakamoto als Vorbild diente, wollte sogar seinen richtigen Namen verwendet sehen. Doch hier beschloß Ball, zwischen Wirklichkeit und Dichtung die Grenze zu verwischen.

John Ball wurde als Sohn eines Physikers 1911 in Milwaukee, Wisconsin, geboren und wuchs auch dort auf. Nach Universitätsstudium und -examen arbeitete er eine Zeitlang in einem Warenhaus, dann trat er in die Redaktion einer Zeitschrift ein. Als vielseitig begabter Mann war er nacheinander stellvertretender Direktor des Hayden-Planetariums in New York, Kommentator für eine Rundfunkgesellschaft in Washington, D. C., Musikkritiker einer New Yorker Tageszeitung und Direktor der Abteilung für Öffentlichkeitsarbeit am Institut für Raumfahrt. Auch ist er einmal Verkehrspilot und im Zweiten Weltkrieg Fluglehrer beim Lufttransport-Kommando gewesen.

Von 1963 an widmete er sich ganz der Schriftstellerei. „Es ist wie beim Skispringen“, sagt Ball, der auch das gemacht hat. „Man weiß nicht, ob man's schafft, und es gibt kein Zurück.“ Mit seinem Buch *In der Hitze der Nacht,* für das er den „Edgar“, einen Preis für den besten amerikanischen Kriminalroman erhielt, und dem danach gedrehten Film, der ihm einen „Oscar“ einbrachte, war sein Erfolg als Autor gesichert.

Seit vierzehn Jahren lebt John Ball mit seiner Frau Patricia und seinem Sohn John in Encino, Kalifornien. In ihrem Garten steht ein echtes japanisches Teehaus mit Wasserfällen und sorgfältig ausgesuchten Felsen. „Amerikanische Felsen“, wie Ball zugibt, „aber sie sprechen japanisch.“

*Illustrationen von Albrecht Appelhans*

*Originalausgabe: „Das Feuerschiff – Erzählungen“*

# Das Feuerschiff

*Eine Kurzfassung der Erzählung von* SIEGFRIED LENZ

*Drei Schiffbrüchige werden von einem alten Feuerschiff an Bord genommen. Es sind sonderbare Gestalten, aber der Kapitän würde sie wohl auch aufgenommen haben, wenn er gewußt hätte, daß es entsprungene, bewaffnete Sträflinge sind. Die Mannschaft ist der Meuterei nahe, als sie spürt, wie übel das ist, was die finsteren Gäste vorhaben. Dem Kapitän ist aber nichts wichtiger als die Ordnung auf See, für die sein Schiff verantwortlich ist. Durch ihn gibt Siegfried Lenz uns eine glänzende Lektion über die Problematik des Heldentums, wenn auch die Einsicht in die lauten Helden, die oft Unheil stiften, anstatt es zu verhüten, die einsame Entscheidung des Kapitäns noch quälender macht.*

*Siegfried Lenz – „dieser vortreffliche und vielversprechende Erzähler" (Friedrich Sieburg) – hat damit eine Geschichte geschrieben, von der die* Frankfurter Allgemeine *sagt: „Sie gehört mit zum Spannendsten, was in letzter Zeit in deutscher Sprache geschrieben wurde. Man könnte sich den Namen Joseph Conrad einfallen lassen, um Vergleichbares aufzuweisen."*

Sie lagen und lagen fest bei den wandernden Sandbänken. Seit neun Jahren lag ihr Schiff an langer Ankerkette fest, ein brandroter Hügel auf der schiefergrauen Ebene der See, muschelbedeckt, von Algen bewachsen. Es war ein altes Reserve-Feuerschiff, das sie nach dem Krieg noch einmal ausgerüstet und hinausgeschickt hatten, um die Schiffe vor den wandernden Bänken zu warnen und um ihnen einen Ansteuerungspunkt zu geben für den Minenzwangsweg.

Neun Jahre hing der schwarze Ball in ihrem Mast, der anzeigte, daß sie auf Position waren, kreiste der Blinkstrahl ihrer Kennung über die lange Bucht und über die nächtliche See bis zu den Inseln, die sich grau und flach wie ein Ruderblatt am Horizont erhoben. Jetzt waren die Minenfelder geräumt, das Fahrwasser galt als sicher, und in vierzehn Tagen sollte das alte Feuerschiff eingezogen werden: es war ihre letzte Wache.

Die letzte Wache sollte noch vor den Winterstürmen enden, die mit kurzen, wuchtigen Seen in die Bucht hineinschlagen, die lehmige Steilküste unterwaschen und auf dem flachen Strand eine verkrustete Markierung aus Tang, Eissplittern und pfeilförmigem Seegras zurücklassen. Bevor die Stürme einsetzen, ist die Ostsee hier draußen vor der langen Bucht ruhig; die Dünung geht weich, und die getigerten Rücken der Makrelen zucken knapp unter der Oberfläche dahin. Es ist dann auch höchste Zeit für die Küstenschiffahrt, für die gedrungenen Motorsegler, für Windjammer und Holzschoner, die mit einer letzten Decksladung Grubenholz oder geschnittenen Planken oben von Finnland runterkommen und weiterziehen in ihre Winterverstecke. Das Fahrwasser vor der langen Bucht und zwischen den Inseln ist voll von ihnen vor den Stürmen, und vom Feuerschiff sehen sie die tuckernde, schlingernde, mühsame Prozession vorüberziehen zu den Sicherheiten hinter dem Horizont; und wenn sie verschwunden sind, kommen die Sturmmöwen herein und die schweren Mantelmöwen, einzeln zuerst, dann in kreischenden Schwärmen, und sie umkreisen das Feuerschiff, ruhen sich auf seinen Masten aus oder gehen nieder auf das Wasser, auf dem der rötliche Widerschein des Schiffes liegt.

Als ihre letzte Wache begann, war die See fast leer von den schlingernden Holzschuhen, und auf dem Feuerschiff sahen sie jetzt fast nur noch die weißen Eisenbahnfähren, die morgens und abends schäumend hinter den Inseln verschwanden.

An jenem diesigen Morgen war nichts in Sicht. Das Feuerschiff dümpelte träge an langer Ankerkette, die Strömung staute sich drängend am Rumpf, und ein grünes, schwefelgrünes Glimmen lag auf der See. Mit dem schwingenden Pfeifgeräusch ihrer Flügel strich ein Zug Grauenten knapp über dem Wasser am Schiff vorbei und zu den Inseln hinüber. Die Ankerkette rieb sich, knirschte in den Klüsen, wenn die weiche Dünung das Schiff anhob, und es entstand ein Geräusch, als holte ein Bügelstemmeisen verrostete Nägel aus einer Kiste.

Als Freytag die Kajütentür öffnete, sah er zum Ausguck hinauf. Der Mann auf Ausguck setzte das Glas nicht ab, und Freytag wußte, daß nichts los war, und trat hinaus in den diesigen Morgen. Er war ein alter Mann mit magerem Hals und hautstraffem Gesicht, seine wäßrigen Augen tränten unaufhörlich; obwohl sein untersetzter Körper gekrümmt war, verriet er etwas von der Kraft, die immer noch in ihm steckte. Seine Finger waren knotig, sein Gang säbelbeinig, als hätten sie ihn in seiner Jugend auf einer Tonne reiten lassen. Bevor er Kapitän des Feuerschiffs wurde, hatte er sechzehn Jahre ein eigenes Schiff auf der Lumpenlinie geführt, nach unten runter in die Levante, und damals hatte er sich angewöhnt, mit einer halbgerauchten, kalten Zigarette im Mund herumzulaufen, die er während des Essens sorgfältig neben den Teller legte.

Er lehnte sich mit dem Rücken gegen die Kajütentür, die kalte Zigarette wanderte wippend zwischen den Mundwinkeln hin und her, und er sah zu den Inseln hinüber, über die Schaumspur, die sich gegen die offene See hinzog, und dann zu der Wracktonne, neben der die Spieren eines im Krieg versenkten Schiffes aus dem Wasser ragten; und als er so dastand, spürte er, wie die Tür hinter ihm geöffnet wurde; ohne sich umzudrehen, trat er zur Seite, denn er wußte, daß es der Junge war, auf den er gewartet hatte.

Freytag hatte keine Erlaubnis eingeholt; als Kapitän hatte er den Jungen einfach mit rausgenommen zur letzten Wache, aus dem Krankenhaus weg, wo Fred mit einer Quecksilbervergiftung gelegen hatte. Obwohl der blasse, hochgewachsene Junge weder zurückwollte in die Baracke, wo er als Thermometerbläser arbeitete, noch auf Freytags Schiff, war er jetzt an Bord und auf Station.

Fred ließ die Kajütentür zufallen, die sich mit zischendem Sauggeräusch schloß, und musterte den Alten mit einem gehetzten, feindseligen Blick aus den Augenwinkeln. Er redete ihn nicht an; er stellte sich neben ihn und wartete. Nie, solange er denken konnte, hatte er anders neben seinem Alten gestanden, damals nicht, als er ihm bis zur Schulter reichte, und auch jetzt nicht, da er ihm von oben in den lose sitzenden Kragen hineinsehen konnte.

Seitdem er erfahren hatte, was damals unten in der Levante geschehen war — zu der Zeit, als sein Alter die Lumpenlinie fuhr und er selbst noch zur Schule ging —, war er fertig mit ihm, ohne daß sie je darüber gesprochen hätten.

Wortlos, mit einem kurzen Nicken des Kopfes, forderte Freytag den Jungen auf, ihm zu folgen.

Hintereinander kletterten sie auf den gelben Laternenträger hinauf, sahen die verzerrte Spiegelung ihrer Gesichter auf dem harten, gerundeten Glas; sie blickten über die See und auf das dümpelnde Deck des Schiffes hinab. Fred sah den Mann mit der schwarzglänzenden Krähe am Bug stehen und hörte seinen Alten sagen: „Das ist Gombert. Zu Weihnachten will er der Krähe das Reden beigebracht haben, und zu Ostern soll sie einen Psalm aufsagen." Fred antwortete nicht, gleichgültig beobachtete er den Mann am Bug, der eifrig auf die Krähe einsprach, die mit beschnittenen, schlapp weghängenden Flügeln an Deck hockte. „Sie heißt Edith", sagte Freytag, „Edith von Laboe."

Dann kletterten sie hinab und gingen schweigend zur Funkbude hinüber, fanden Philippi vor dem Funkgerät, einen kleinen, schmächtigen Mann in verwaschenem Pullover, der den Kopfhörer umhatte, in einer Hand einen Bleistift hielt, mit der anderen Zigaretten auf dem Tisch rollte.

„Er gibt die Stromabmessung durch", sagte Freytag, „den Seegang und den Wetterdienst."

Philippi wandte sich nicht zu ihnen um, obwohl er ihre Schatten auf der Wand sah; ruhig saß er in seinem fensterlosen Schapp da und sagte nach einer Weile: „Hier ist schon gelüftet", und rückte seine Kopfhörer zurecht.

„Das ist die Funkbude", sagte Freytag, „nun hast du auch sie gesehen", und er schob den Jungen mit der Schulter vom Eingang weg, zog die auf Rollen laufende Tür zu und sah sich um und überlegte, was Fred noch nicht gesehen hatte. Er blickte über sein Schiff, und es kam ihm zum ersten Mal alt und verdammt vor — ein Schiff, das wie ein Sträfling an langer Kette lag, von dem riesigen Anker gehalten, der tief im sandigen Grund steckte, und Freytag fand nichts, was er dem Jungen noch hätte zeigen können. Unentschieden hob er die Schultern. Er zog ein Taschentuch heraus, wickelte es um die eine Hand und schob die umwickelte Hand wieder in die Tasche; einen Augenblick lauschte er zum Jungen zurück, der schräg hinter ihm stehengeblieben war; er hörte nichts, und er schloß die umwickelte Hand zur Faust. Sein Blick fiel auf den Ausguck, der das Glas abgesetzt hatte und sich an die Schiefertafel lehnte, auf der an diesem Morgen noch nichts angeschrieben war, und er winkte Fred, ihm zu folgen. Ihre Schritte klirrten auf den eisernen Stufen des Niedergangs; die Stufen waren rostig, verbeult und ausgetreten, die Riffelung, die den Sohlen Halt geben sollte, war abgeschliffen und kaum zu erkennen.

Fred hatte Zumpe noch nie gesehen, er wußte nur, daß der Mann, den er auf Ausguck traf, während des Krieges auf einem Erzfrachter torpediert wurde und darauf neunzig Stunden im zerschlagenen Rettungsboot trieb und von allen für tot gehalten wurde — Freytag hatte es ihm erzählt; und er hatte ihm auch gesagt, daß Zumpes Frau damals eine Todesanzeige aufgab, die Zumpe selbst, als er dann zurückkam und sie las, für so schäbig hielt, daß er seine Frau verließ. Jetzt trug er seine eigene Todesanzeige ständig bei sich, in einer zerknitterten Brieftasche, und er zeigte sie grinsend herum: ein gelbliches Stück Papier, weichgerieben und fleckig geworden zwischen vielen Daumen und Zeigefingern.

Nun standen Fred und Zumpe sich gegenüber, gaben sich die Hand, und Fred fühlte die hornharten, krallenartigen Finger des Mannes zwischen den seinen. Die zu kurzen Glieder, der zu kurze Hals und der schwere Kopf verliehen Zumpe etwas Zwergenhaftes; sein Nacken war tief gefaltet, das Gesicht wulstig.

„Gib ihm das Glas", sagte Freytag.

Zumpe reichte Fred das schwere Glas, und der Junge hob es an die Augen und sah in scharfen, ausgestochenen Scheiben den Inselstrand und den sandfarbenen Damm zwischen den Inseln, und hinter dem Damm, salzweiß und ruhig gleitend, erkannte er ein Segel, das zu keinem Boot zu gehören, sich über den Damm zu bewegen schien. Die Männer sahen, wie er das Glas absetzte, es sofort wieder hob, schnell an der gezackten Mittelschraube zu drehen begann.

„Was ist?" fragte Freytag.

„Ich habe nichts gesehn", sagte Zumpe.

„Ein Boot", sagte Fred, „ein Motorboot. Ich glaube, es treibt."

Er erkannte deutlich das graue Boot, das quer zur See lag und abtrieb; er erkannte, daß das Boot besetzt war und daß einer der Besatzung breitbeinig auf der hölzernen Motorhaube stand und etwas hin- und herschwenkte.

„Ja", sagte Fred, „es ist ein treibendes Boot, und da sind Männer drauf."

Zumpe nahm ihm das Glas aus der Hand, sah einige Sekunden hindurch und gab es ohne ein Wort weiter an Freytag; auch Freytag sah nur einige Sekunden hindurch, gab dann das Glas dem Jungen zurück und sagte: „Wir setzen das Boot aus."

„Das Boot ist gestrichen", sagte Zumpe. „Die Farbe ist noch nicht ganz trocken."

„Dann setz das gestrichene Boot aus", sagte Freytag. „Vielleicht ist es ihnen sogar gleichgültig, welch ein Boot sie reinholt."

„Allein?"

„Nimm Gombert mit. Von mir aus frag auch seine Krähe; vielleicht hat Edith Lust mitzukommen."

Zumpe trat zum Niedergang, etwas Eckiges und Ruckhaftes lag in seinen Bewegungen, und während er hinabtauchte, beobachtete Fred das Boot, das quer gegen die offene See hintrieb.

„Sie treiben in der Strömung von der Bucht nach draußen", sagte Freytag. „Im Sommer manchmal, wenn die Segelboote vorbeiziehen, kannst du sehen, wie stark sie ist: auch bei flauer Brise ist sie noch stärker als der Wind und drückt die Boote raus."

„Sie geben uns Zeichen", sagte Fred. „Ich sollte mitfahren."

„Es ist besser, du bleibst hier."

Unten an den Klappdavits brachten jetzt Zumpe und Gombert das Boot mit einer Kurbel zu Wasser. Während Gombert übers Fallreep ins Boot kletterte und die Ruderpinne nahm, warf Zumpe den Motor an, löste die Vorleine und hockte sich auf den Bodenbrettern hin. Knatternd legten sie ab und drehten in kurzem Bogen, mit wirbelndem Kielwasser hinaus zu dem treibenden Boot.

Fred beobachtete durch das Glas, wie das Boot flacher und kürzer wurde, bis es schließlich flach wie eine Decksplanke war, über der sich nur der massige Rücken von Gombert erhob. Sie hielten auf das treibende Boot zu, und als sie es erreicht hatten, sah Fred, wie sie es langsam umrundeten, dann darauf zustießen und längsseits gingen: dreimal sah er die Umrisse einer Gestalt sich erheben und zusammenfallen, und er sagte zu Freytag: „Es sind drei. Ich möchte nur wissen, was das für Leute sind."

„Wir werden es bald wissen", sagte Freytag. „Sie werden sich bei dir bedanken, denn du hast sie ausgemacht."

Fred wandte sich schnell zu ihm um, sah ihn dastehen mit der kalten Zigarette zwischen den Lippen, die Hände in den Taschen.

„Willst du das Glas?" fragte er.

„Nein", sagte Freytag, „du hast sie ausgemacht, und jetzt sollst du dabeisein, wenn sie reinkommen. Behalt das Glas."

Der Junge hob das Glas wieder an die Augen; er merkte, wie sein Alter einen Schritt näher herankam, ihn lange von der Seite ansah; er spürte sein Verlangen, mit ihm zu reden, hörte ihn scharf einatmen und dann sehr leise sagen:

„Das ist sehr gut für dich, Fred, ich hätte es schon früher tun müssen, längst hätte ich dich rausnehmen sollen zu einer Wache, denn nirgendwo findest du solch eine Luft wie hier. Für deine Lungen gibt es nichts Besseres."

Der Junge schwieg. Draußen scherten die Boote auseinander; und er dachte, daß sie das treibende Boot aufgeben wollten, aber dann drehte es langsam bis auf Kiellinie, und Fred wußte, daß sie es festgemacht hatten und hereinbrachten.

„Im Sommer hätte ich dich rausnehmen müssen", sagte Freytag; „dann ist die Luft noch weicher, es gibt viel Sonne, und die Sicht ist gut."

Fred entdeckte, daß das graue Boot, das sie in Schlepp hatten und hereinbrachten, größer war als ihr eigenes, in dem jetzt fünf Männer saßen; es schien ein Rettungsboot von einem großen Passagierdampfer zu sein.

„Hörst du, was ich sage?" fragte Freytag.

„Ja", sagte Fred, „ich habe alles mitbekommen." Nun konnte er Gombert an der Ruderpinne erkennen, Zumpe im Bug und die drei Männer, die zwischen ihnen hockten; ohne das Glas abzusetzen oder

sich zu seinem Alten umzudrehen, fragte er: „Was werden wir mit ihnen machen?“

„Wir schicken sie so schnell wie möglich an Land“, sagte Freytag. „Wir haben kein Hotel an Bord. Spätestens geben wir sie dem Versorgungsboot mit.“

Die Boote kamen näher, deutlich war die straffe Verbindungsleine zu sehen, und jetzt erschien auch Rethorn zwischen den Davits, und Soltow, der Maschinist. Rethorn trug eine gebügelte Khakijacke, gebügelte Hosen und einen braunen Binder, er war Steuermann, und sie hatten ihn an Bord des Feuerschiffes nie anders erlebt als gestärkt und gebügelt. Schließlich kam auch noch Trittel heraus, ihr Koch: ein magerer Mann, der magenleidend aussah und die mageren Hände unter der vorgebundenen, mehlbestaubten Schürze gefaltet hielt. Sie erwarteten die Ankunft der Boote, die auf das Heck des Feuerschiffs zuhielten, in knappem Bogen beidrehten und längsseits kamen. Leinen klatschten herunter, sie machten die Boote fest, und jetzt stiegen Freytag und der Junge den Niedergang hinab und gingen ebenfalls zu den Davits, wo, bis auf Philippi, der in seinem Funkschapp saß, die ganze Besatzung versammelt war.

Fred blickte auf die Taue des Fallreeps, in die Zug kam und die wie neues Leder knarrten unter der Belastung des ersten Mannes, der von unten aus dem Boot zu ihnen an Bord stieg.

Als erster kam Doktor Caspary: ein klobiger Siegelring kündigte ihn an, er saß auf dem Mittelfinger der behaarten Hand, die zuerst über der Bordkante erschien, sich fest um das Tau legte, zog und an den Knöcheln weiß wurde vor Anstrengung, bis die andere Hand nachfaßte und sein Gesicht sich heraufschob, ein lächelndes Gesicht unter buschigen Augenbrauen, das unrasiert war, von einer wasserbesprühten Sonnenbrille verdeckt. Rethorn half ihm an Bord, und Doktor Caspary sah sich lächelnd um, ging zu jedem der Männer und stellte sich jedem lächelnd vor. Dann trat er ans Fallreep, und zusammen mit Rethorn half er den anderen, an Bord zu kommen: einem Riesen mit bläulicher Hasenscharte, kragenlosem Hemd und einem Ausdruck blöder Zärtlichkeit, und nach ihm halfen sie einem langhaarigen jungen Mann, der angewidert zusammenzuckte unter der Berührung von Rethorn, zur Seite trat und den Ärmel seines Jacketts glattstrich.

Doktor Caspary zeigte mit einem Daumen auf den Riesen, sagte: „Herr Kuhl, Eugen Kuhl“, worauf Eugen heftig nickte, und mit dem anderen Daumen zeigte er auf den langhaarigen Burschen und sagte: „Edgar Kuhl. Die Herren sind Brüder.“ Edgar musterte Doktor Caspary mit einem Blick voll geringschätziger Zurückweisung; er gab keinem die Hand, sah keinem der Männer ins Gesicht; nur als Freytag sie aufforderte, ihm in die Messe zu folgen, wandte Edgar blitzschnell den Kopf, als wollte er sich überzeugen, daß niemand hinter ihm ging.

Freytag führte sie in die Messe, in einen holzverschlagenen Raum, dessen Wände von Wimpeln bedeckt waren, von Seestichen und den angedunkelten Porträts längst vergessener Kapitäne; schweigend holte er Gläser aus einem Wandschrank, eine halbe Flasche Kognak, stellte sie auf den Tisch und deutete einladend auf die festgeschraubten Armstühle. Der Riese mit der Hasenscharte hob das leere Schnapsglas an die Augen, den Stiel auf Freytag gerichtet; angestrengt blickte er hindurch, seufzte, dann erschien ein sanftes, idiotisches Grinsen auf seinem Gesicht: „Ein Huhn“, sagte er, „du siehst genau wie ein großes Huhn aus“, und er schob ihm das Glas entgegen, und Freytag füllte es. Alle setzten sich um den Tisch, nur Edgar blieb an der Tür stehen und lehnte da in lässiger Aufmerksamkeit. Er hatte ein Fallmesser mit stehender Klinge in der Hand und begann, an seinen Fingernägeln zu arbeiten, wobei er die Männer am Tisch beobachtete.

„Was ist?“ sagte Freytag. „Nicht auch ein Glas?“

„Er trinkt nie“, sagte Doktor Caspary. „Solange ich ihn kenne, rührt er nichts an — und läßt sich auch nicht anrühren. Ich vermute, Eddie hat ein Gelübde abgelegt. Wir aber sind nicht gebunden, und ich möchte mich mit diesem Schluck dafür bedanken, daß Sie uns aufs Trockene brachten.“

„Er hat euch ausgemacht“, sagte Freytag, „der Junge.“

„Ihr Sohn?“ fragte Doktor Caspary. „Ich werde es nie vergessen.“ Er stieß mit Fred, mit Freytag und Rethorn an, nickte dem Riesen aufmunternd zu, und alle tranken. Das klickende Geräusch der Kurbel erklang an den Davits draußen, wo sie das Boot einholten, Stimmen und zurechtweisende Rufe, und Eddie trat argwöhnisch an ein Bulleye, sah einen Augenblick hinaus und ging wieder auf seinen Platz zurück.

„Wir trieben seit der Morgendämmerung“, sagte Doktor Caspary, „Gott sei Dank war die See friedlich, nicht wahr, Eddie?“

Wieder traf ihn ein kurzer Blick voll geringschätziger Zurückweisung, den er jedoch nicht zu bemerken schien; er trug immer noch die Sonnenbrille, die jetzt von kleinen, stumpfen Flecken gesprenkelt war —

die letzten Spuren des Salzwassers —, und auf seinem Gesicht lag immer noch das Lächeln, das er vor sich hergetragen hatte, als er an Bord geklettert war.

„Es war keine große Aktion", sagte Freytag. „Wir werden ein Boot anrufen, es kann Sie nach Kiel bringen oder nach Flensburg oder zu den Inseln rüber. In jedem Fall bleibt uns das Versorgungsboot. Es kommt in zwei Tagen."

Doch Doktor Caspary sagte: „Wir möchten Ihnen das nicht zumuten. Wir wollen keine zwei Tage hierbleiben, und wir legen keinen Wert darauf, daß Sie ein Boot für uns anrufen. Soweit ich mich erinnere, haben wir selbst ein Boot. Wenn das hier repariert werden kann, verlassen wir Sie."

„Wenn wir ein Boot anrufen", sagte Freytag, „einen Fischkutter vielleicht, der Sie reinbringen kann, dann wären Sie schon morgen an Land."

„Wir sind nicht daran interessiert", sagte Doktor Caspary. „Oder bist du daran interessiert, Eddie?"

Eddie machte eine verneinende Bewegung mit dem Fallmesser.

„Und du, Eugen?"

Der Riese betrachtete Doktor Caspary zärtlich und schüttelte den Kopf.

„Damit steht es fest", sagte Doktor Caspary, „Sie werden kein Boot anrufen; es genügt durchaus, wenn Sie uns helfen, unser Boot zu reparieren."

„Wollen Sie sehr weit?" fragte Freytag.

„Nach Faaborg", sagte Doktor Caspary, „zwischen den Inseln hindurch. Wir werden dort erwartet." Er betrachtete den klobigen Siegelring, der wie eine glänzende Geschwulst auf der behaarten Hand saß, und begann ihn in der Hüfte zu polieren.

Draußen erklang ein Geräusch wie ein Hammerschlag auf Holz, das Boot setzte sich mit einem Ruck in den Klampen fest, die Kurbel schwang lose zurück, und auf Deck klirrten die Leinen mit den Spannschrauben, die sie über das Boot zogen.

„Werden Sie uns helfen können?" fragte Doktor Caspary.

„Unser Maschinist ist bereits in Ihrem Boot", sagte Rethorn. „Zumpe hilft ihm."

„Gib mir noch einen Schnaps, du", sagte der Riese zu Freytag, „einen kleinen nur, nicht mehr, als in eure kleinen Gläser reingeht."

Doktor Caspary machte Freytag ein Zeichen, winkte heimlich ab, und sagte: „Ich würde nicht mehr trinken, Eugen. Es ist kein sehr gutes Zeug, und alles, was nicht sehr gut ist, sollten wir nicht trinken. Davon werden die Zähne locker, Eugen.“

Der Riese schaute ihn verblüfft an, dann warf er Freytag einen empörten Blick zu und verbarg das Glas unter seiner schweren Hand.

„Ja“, sagte Doktor Caspary, „das ist richtig, Eugen, so ist es gut.“

Er hob den Kopf, denn Eddie trat plötzlich von der Tür weg und blieb halb geduckt unter dem Bulleye stehen, sein Messer war auf die gefirnißte Tür gerichtet, die sich jetzt zu einem Spalt öffnete, langsam, pendelnd, als hätte sie nicht eine Hand, sondern der Wind aufgedrückt, bis auf einmal das wulstige Gesicht von Zumpe erschien.

„Ist etwas geschehen?“ fragte Doktor Caspary.

„Der Kapitän soll in den Funkraum kommen“, sagte Zumpe. Freytag zwängte sich heraus, ging zur Tür, als ihn eine Hand am Ärmel zurückzog: Doktor Caspary hielt ihn lächelnd fest und sagte: „Nur damit Sie es nicht vergessen, wir sind wirklich nicht daran interessiert, daß Sie ein Boot für uns anrufen. Wenn unser Boot wieder in Ordnung ist, fahren wir sofort weiter.“

„Ich habe verstanden“, sagte Freytag.

„Sehr gut“, sagte Doktor Caspary. „Es geschieht nicht oft, daß man sich so rasch versteht.“

Zumpe wartete draußen, bis Freytag neben ihm war. Schweigend ging er ihm voraus zur Funkbude, die Funkbude war leer.

„Wo ist Philippi?“ sagte Freytag.

Zumpe nickte mit dem Kopf zum Fallreep hinüber, wo sie das Boot der Männer festgemacht hatten und reparierten und von woher nun eine verstümmelte Unterhaltung zu ihnen drang. Er lauschte einen Augenblick, zog Freytag in die Funkbude hinein und drehte den Schlüssel um. Sie standen reglos in der Dunkelheit, standen dicht nebeneinander und hörten nichts als ihre Atemzüge, und dann knackte der elektrische Schalter und das Licht flammte auf. Zumpe bückte sich, öffnete einen Klappschrank, lauschte, zerrte ein Bündel hervor, ein längliches Bündel, in Segeltuch eingeschlagen und mit dünnen Lederriemen fest verschnürt. Ohne ein Wort begann Zumpe die Riemen zu lösen; er schlug das Segeltuch auseinander, stieß auf mattglänzendes, ölgetränktes Papier, schlug auch dies auseinander, und dann tauchte seine Hand tastend und raschelnd unter eine zweite Schicht Papier, lag still da, begann langsam, ruckend zu ziehen und zog eine Maschinenpistole hervor. Der Lauf schimmerte bläulich unter dem elektrischen Licht.

Zumpe legte die Pistole auf den Tisch, wieder fuhr seine Hand tastend unter das ölgetränkte Papier.

„Es ist noch nicht alles", sagte er, „jetzt kommen die besseren Sachen, für Liebhaber", und zog eine Schrotflinte mit abgesägtem Lauf heraus.

„Woher habt ihr das Zeug?" fragte Freytag.

„Ich fand es in ihrem Boot", sagte Zumpe. „Sie hatten es unter den Bodenbrettern versteckt."

„Bring es zurück", sagte Freytag. „Es geht uns nichts an, was sie in ihrem Boot haben."

„Wir sollten sie nicht weglassen", sagte Zumpe.

„Wir werden sie so schnell wie möglich abschieben", sagte Freytag.

„Sie sind bewaffnet", sagte Zumpe, „ich sah es, als sie umstiegen."

„Ich weiß", sagte Freytag, „ich habe es auch gesehen."

„Wir sollten sie hierbehalten, bis das Versorgungsboot kommt, und wenn sie von Bord sind, sollte Philippi mit der Hafenpolizei sprechen."

„Ich will Ruhe haben auf der letzten Wache", sagte Freytag.

„Wir sind acht, und sie sind drei", sagte Zumpe.

„Du hast vergessen, ihre Pistolen zu zählen."

„Und dies hier", sagte Zumpe und fuhr liebkosend über den Schaft der abgesägten Schrotflinte.

„Es ändert nichts", sagte Freytag, „sie haben die Patronen in der Tasche; und nun bring das Zeug zurück — alles."

Zögernd stand Zumpe da, blickte ratlos auf Freytag, der die kalte Zigarette zwischen den Lippen wippen ließ, dann drehte er sich um und begann alles wieder einzupacken und mit den dünnen Lederriemen zu verschnüren.

„Was ist mit ihrem Boot", sagte Freytag, „könnt ihr es reparieren?"

„Die Welle ist zum Teufel", sagte Zumpe. „Soltow hat sie ausgebaut und ist dabei, sie wieder einzubauen, weil nichts zu machen ist."

„Warum hast du das nicht gleich gesagt?"

„Du hast mich nicht danach gefragt."

„Das ändert alles", sagte Freytag. „Und nun bring das Zeug ins Boot und sag Soltow, er soll weiterarbeiten, oder zumindest so tun, als ob er weiterarbeitet."

„Was soll denn nun steigen?" fragte Zumpe.

„Das Mittagessen."

Ein Fischkutter lief dicht am Feuerschiff vorbei, grauweiß und mit rauschender Bugsee; das harte Klopfgeräusch des Motors hallte über die See, und der Mast wanderte an den Bulleyes der Messe vorbei wie ein weißer Zeiger. Der Riese mit der Hasenscharte war der einzige, der noch aß, der den vorbeilaufenden Kutter nicht beachtete: eifrig häufte er glasige Nudeln auf seinen Teller, pickte die kroß gebratenen Speckstücke aus der tiefen Aluminiumschüssel; er schnappte die hängenden Nudeln von unten weg, indem er den Kopf drehte und das Gesicht zur Decke hob, und er war sehr zufrieden, während er aß.

Freytag, Rethorn und der Junge beobachteten den Mast des Fischkutters.

Doktor Caspary hob nur einmal den Kopf, blickte dann lächelnd auf Eugen und polierte den klobigen Siegelring leicht in der Hüfte.

Seit Eddie die Messe verlassen hatte, war kein Wort mehr gefallen. Eddie war noch vor dem Essen hinausgegangen, und sie konnten ihn am Fallreep stehen sehen, lässig gegen die Wanten gelehnt, mit dem Messer an den Fingernägeln arbeitend.

Der Himmel war heller geworden, eine schmutzig rötliche Spur lief über ihn hin, und draußen krauste sich das Wasser unter aufkommenden Windstößen. Die Inseln traten nun flach und klar hervor, der Widerschein des Feuerschiffes auf der See bekam schärferen Umriß, glucksend schlugen durchgelaufene Wellen gegen das Heck.

Der Riese schob den leeren Teller zu Freytag hinüber, er wischte sich mit dem Handrücken über den gespaltenen Mund.

„Nun?" sagte Doktor Caspary sanft.

„Es hätte besser sein können", sagte Eugen, „das Fett war kalt, und die Nudeln schmeckten wie Engerlinge."

Das Tuckern des Fischkutters draußen setzte aus, und Doktor Caspary sah argwöhnisch auf Freytag, erhob sich plötzlich, trat an ein Bulleye, ohne den Kapitän aus den Augen zu lassen, doch bevor er zum Kutter hinausblickte, setzte das Tuckern wieder ein. Doktor Caspary lächelte und ging zu seinem Stuhl zurück.

„Ich dachte schon, Sie haben sich Besuch eingeladen", sagte er, und, da Freytag schwieg: „Wir haben nichts dagegen. Oder hast du etwas dagegen, Eugen?"

„Nein", sagte der Riese, „nichts" und schüttelte lange den Kopf und starrte aufmerksam auf die kalten, glasigen Nudeln in der Aluminiumschüssel, als ob er sie zählte.

„Ihre Vorgänger?" fragte Doktor Caspary und zeigte auf die angedunkelten Porträts der Kapitäne. „Sie sehen traurig aus, sehr traurig: alle haben einen schwermütigen Blick, und ein Zug von Bitterkeit liegt auf ihren Lippen. Woran liegt das?"

„Sie hatten zu wenig Besuch", sagte Freytag, „oder zu wenig zu trinken."

„Sie sind der erste, der anders aussieht."

„Ich kann mich in dieser Hinsicht auch nicht beklagen."

„Sehr gut", sagte Doktor Caspary. „Ich habe die größte Hochachtung vor Leuten, die zufrieden sind. Wie traurig ihre Vorgänger von der Wand blicken. Vielleicht lag das an diesem Schiff?"

„Das Schiff ist alt, aber zuverlässig", sagte Freytag. „Es hat mehr Stürme hinter sich als irgendein anderes Schiff, das ich kenne."

„Aber es liegt fest", sagte Doktor Caspary. „Ein Schiff muß unterwegs sein zwischen den Häfen, es muß fort sein und wiederkommen, es muß etwas erzählen können. Dies Schiff wurde gleich für die Kette gebaut, man hat es auf Kiel gelegt, um einen zuverlässigen Gefangenen zu haben. Die anderen sind unterwegs, und Sie sind an der Kette, vielleicht haben Ihre Vorgänger deshalb so traurige Gesichter."

„Gefangene haben auch ihre Macht", sagte Freytag. „Die Herren sind viel mehr von ihren Gefangenen abhängig als die Gefangenen von den Herren: wenn wir nicht wären, dann hätten Sie hier einen gut beschickten Schiffsfriedhof, und überall würden die Spieren untergegangener Schiffe herausstehen wie Nägel aus einem Fakir-Brett. Die andern können nur unterwegs sein, weil wir an der Kette liegen und sie sich verlassen können auf unsere Kennung. Wir haben sie in der Hand, und wir können sie, wenn wir wollen, auf die Sandbänke schicken oder ins Minenfeld. So sieht es aus, nicht anders."

Fred und Rethorn wechselten einen Blick, sie wollten zu gleicher Zeit aufstehen, als ein Schrei über das Deck hallte, dann ein klatschendes Geräusch, als ob ein nasses Netz kraftvoll ausgeschlagen wird. Freytag und Doktor Caspary fuhren blitzschnell auf, während Eugen sich instinktiv im Stuhl herumwarf und sich duckte, und dann flog die Tür auf, krachte gegen die Wand der Messe, und bevor sie zurückschlug, taumelte Zumpe mit vorgestreckten Händen herein und fiel über den Tisch. Zumpes Arme lagen lang neben seinem Kopf, so daß er in der gewinkelten Haltung eines Mannes dahockte, der sich mit einem Kopfsprung ins Wasser stürzen will; und bevor Rethorn noch bei ihm war, erschien Eddie am Eingang, beide Hände auf seinem Nacken, das gefettete Haar in der Stirn und scharf durch die Zähne atmend. Rethorn ging ihm entgegen und zog den Kopf in die Schulter ein. Langsam duckte er sich. Eddie nahm die Hände nicht von seinem Nacken.

„Paß auf", sagte Freytag warnend, und Rethorn wandte sich um und blickte in Eugens schweißglänzendes Gesicht, in die kleinen gelblichen Augen.

Eugen hatte die Finger einer Hand gespreizt; in der andern hielt er eine automatische Pistole. Sein Mund war offen, und die entblößten Zähne schimmerten weiß.

„Komm, du", sagte er zu Rethorn, „ich mag dich so gern. Wir haben so fein zusammengesessen. Setz dich wieder hin und laß Eddie zufrieden, meinen kleinen Bruder. Willst du nicht?"

„Bitte", sagte Doktor Caspary höflich, „bitte nehmen Sie Platz. Es verhandelt sich angenehmer im Sitzen."

Eddie war dicht an Zumpe herangetreten, der reglos mit dem Gesicht auf dem Tisch lag, und ohne seine Hände vom Nacken zu nehmen, sah er auf ihn herab und sagte: „Er hat mich angerührt. Er hat mich geschlagen", und er trat mit dem Fuß in Zumpes Kniekehle, so daß sich dessen Oberkörper wie in einem verlängerten Reflex hob und wieder zurück auf die Tischplatte sackte.

„Hören Sie auf", sagte Freytag, und noch einmal zu Doktor Caspary: „Sagen Sie ihm, daß er aufhören soll."

„Hör auf, Eddie", sagte Doktor Caspary sanft. „Ist etwas passiert?"

„Er hat mit den andern im Boot gearbeitet", sagte Eddie, „ich stand oben und sah ihnen zu, wie sie da rumfummelten — die herrlichsten Ingenieure, die die Seefahrt gesehen hat. Sie haben nur mit dem Hammer gearbeitet."

„Was ist mit dem Boot?" fragte Doktor Caspary ungeduldig.

„Wir können es abschreiben. Ich habe zugesehen, wie sie rumfummelten und dauernd die Köpfe zusammensteckten, bis der hier" — er nickte zu Zumpe hinunter — „irgend etwas losmachte und über Bord gehen ließ. Ich glaube, es waren die Zündkerzen. Ich habe ihn raufgeholt, und wenn ich nicht aufgepaßt hätte, dann wäre ich jetzt nicht hier. Mit einem Strick hat er zugeschlagen, er hat mich angerührt." Und er holte wieder mit dem Fuß aus und trat Zumpe ins Schienbein.

„Laß ihn zufrieden, Eddie", sagte Doktor Caspary. „Setz dich hin, und du setzt dich auch hin, Eugen."

Der Riese setzte sich und schob die automatische Pistole in die Gesäßtasche; Eddie ging zur Tür zurück, lehnte sich an und stand mit verschränkten Beinen da.

„Ich muß gehen“, sagte Rethorn, „ich habe zu tun.“

„Du kannst gehen“, sagte Freytag.

Rethorn wartete, bis Doktor Caspary ihn ansah und bestätigte: „Sie können gehen, aber erinnern Sie Ihren Funker: wir sind nicht daran interessiert, daß er ein Boot anruft.“ Dann verließ Rethorn und mit ihm Fred die Messe, und Freytag beugte sich über Zumpe, hob ihn vom Tisch auf und drückte den schlaffen Körper in einen der festgeschraubten Armsessel. Freytag tätschelte sein Gesicht, ruckte an seinen Schultern, bis Zumpe sich schüttelte und aufrecht sitzen blieb, ohne jedoch seinen Blick zu heben oder zu sprechen.

„Wir müssen uns um das Boot kümmern“, sagte Doktor Caspary.

„Mit diesem Boot kommen wir nicht einmal zu den Inseln“, sagte Eddie von der Tür.

„Das ist schade“, sagte Doktor Caspary, „in gewisser Hinsicht sogar unangenehm — ich meine für Sie, Kapitän. Sie wollten uns bei der Reparatur helfen.“ Freytag schwieg. „Und Sie sehen, was daraus geworden ist. Einer Ihrer Männer war offenbar nicht mit Ihrer Absicht einverstanden. Nun sind wir gezwungen, uns Ihr Boot zu leihen.“

Freytag sah schnell zu den Davits hinüber, in denen ihr Boot festgezurrt hing, und er erkannte den Rücken von Soltow, der sich über den Motor gebeugt hatte, und für einen Augenblick auch einen schweren Schraubenschlüssel in Soltows Hand. Als er den Kopf zurückwandte, merkte er, daß auch Doktor Caspary zu den Davits sah.

„Ah“, sagte Doktor Caspary, „ich vermute, nun hat auch Ihr Boot Schaden.“

„Es ist ein altes Beiboot“, sagte Freytag. „Sie können es nicht nehmen, wir sind darauf angewiesen.“

„Es ist mir unangenehm: wir sind aber auch darauf angewiesen. Wir werden erwartet.“

„Das Boot wird nicht ausgesetzt.“

Doktor Caspary lächelte, polierte nachdenklich den Siegelring in der Hüfte, dann richtete er sich auf und sagte zu den Kuhls: „Geht raus und untersucht das Boot, und wenn es in Ordnung ist, bringt es zu Wasser.“ Er deutete auf Zumpe. „Nehmt ihn mit, er wird euch helfen. Ich möchte mit dem Kapitän einen Augenblick allein sprechen.“ Die Brüder traten an Zumpe heran, hakten ihn unter, hoben ihn hoch und verließen die Messe, wobei Zumpes Füße kaum den Boden berührten.

„Sie werden das Boot nicht aussetzen“, sagte Freytag. „Sie wissen, was es für uns bedeutet, wenn wir ohne Boot sind.“

„Es bedeutet Ihnen genausoviel wie uns“, sagte Doktor Caspary. „Und darum mache ich Ihnen einen Vorschlag, Kapitän: Sorgen Sie dafür, daß wir hier wegkönnen, und Sie haben Ihre Ruhe. Versuchen Sie nicht, uns an die Kette zu legen wie Ihr Schiff, und vor allem: warnen Sie Ihre Leute. Wenn die Leute Ihre Anweisungen sabotieren, könnte etwas geschehen, das nicht in Ihrem Interesse liegt.“

Sie wandten sich gleichzeitig zu einem offenen Bulleye, vor dem plötzlich ein Schatten auftauchte, lautlos und drohend, ein Schatten, der quer über den Tisch der Messe fiel, eine Sekunde zwischen ihnen lag wie eine Grenze und verschwand, ehe sie noch entdeckten, zu wem er gehörte. Kein Schritt, kein Wort war zu hören, nur die Geräusche des Wassers draußen, das glucksend gegen das Schiff geworfen wurde.

„Sprechen Sie mit Ihren Leuten“, sagte Doktor Caspary. „Es empfiehlt sich, und wir ersparen uns Überraschungen, die wir nicht unbedingt wünschen.“

Eddie betrat die Messe und blieb an der Tür stehen. Er hatte das Fallmesser in der Hand und sagte: „Es ist nichts mit Ihrem Boot. Es hat ebenfalls Motorschaden, aus lauter Sympathie.“

„Dann verzichten wir auf die Boote und halten uns an die letzte Möglichkeit.“

„Was verstehen Sie unter der letzten Möglichkeit?“ fragte Freytag.

„Ihr Schiff“, sagte Doktor Caspary. „Sie werden den Anker einholen lassen, und Sie werden uns mit dem Feuerschiff hinüberbringen und unter der Küste absetzen.“

„Wissen Sie, was das bedeutet?“ sagte Freytag nach einer Weile. Er nahm die kalte Zigarette aus dem Mund, zerdrückte sie zwischen den Fingern und warf sie auf den Fußboden. „Wenn ein Feuerschiff seine Position verläßt, hört für die andern die Sicherheit auf. Die Schiffe steuern uns an. Dies Schiff darf seinen Platz nicht verlassen, ohne daß es die Direktion erfährt.“

„Die Direktion braucht es nicht zu erfahren. Die anderen müssen ihren Weg vorübergehend allein finden“, sagte Doktor Caspary.

„Wissen Sie, was das in diesem Fahrwasser bedeutet?“

„Meine Phantasie reicht dafür aus.“

„Sie werden uns niemals zwingen, unsere Position zu verlassen. Und Sie werden es auch nicht wagen", sagte Freytag. „Wissen Sie, was erfolgt, wenn sie auf dem ersten Schiff feststellen, daß wir nicht auf Position sind? Sie würden es sofort melden, und es würden Suchschiffe auslaufen und Flugzeuge aufsteigen, und sie hätten uns, bevor ihr von Bord wärt."

„Wir haben es noch nicht probiert."

„Dann probieren Sie es", sagte Freytag. „Holt den Anker auf und setzt das Hilfssegel und fahrt los: uns werdet ihr nicht zwingen."

„Hat das Schiff etwa auch Maschinenschaden?" fragte Doktor Caspary.

„Das Schiff hat keine Maschine", sagte Freytag. „Es ist nicht für Fahrt eingerichtet, sondern für die Kette."

„Der geborene Gefangene", sagte Doktor Caspary.

„Ich warne Sie", sagte Freytag, „wenn dieses Schiff seine Position verläßt, wird es Folgen geben, die niemand übersehen kann. Wenn ein Feuerschiff von seinem Standort verschwindet, hört die Ordnung auf See auf."

„Ordnung, Kapitän, ist der Triumph der Phantasielosen. Und jetzt mache ich Ihnen wieder einen Vorschlag: wir sind bereit, mit unserm Boot zu fahren, und sehen Ihr Schiff als letzte Möglichkeit an. Aber dann muß unser Boot repariert werden. Sprechen Sie also mit Ihrem Maschinisten, und sagen Sie ihm auch, daß die Sache eilig ist. Mit Ihrer Erlaubnis werden wir in der Messe wohnen; es ist erstaunlich, was einem nicht alles unter dem Zwang der Verhältnisse gemütlich erscheinen kann."

Doktor Caspary lächelte, und Freytag verließ ohne Antwort die Messe, ging blicklos an Eddie vorbei, der lässig vor ihm zurückwich, trat hinaus auf das Mittelschiff: eine Rauchwolke stand am Horizont, locker und vom Wind auf das Wasser gedrückt; Gombert war auf Ausguck; Trittel saß mit einem Zockler an der Reling, und das Holzstück, von dem die Schnur mit dem blitzenden Zinnfisch ins Wasser führte, hob und senkte sich ruckhaft in seiner Hand. Unter seinem Klappstuhl schimmerten die gesprenkelten Leiber von Dorschen, die er bereits gefangen hatte. An den Davits entdeckte Freytag den Riesen mit der Hasenscharte, der breitbeinig dastand und über Bord pißte und jetzt die abgesägte Schrotflinte trug, die er lose in die Hüfte eingezogen hatte. Freytag wich ihm aus und ging zur Kammer von Rethorn. Als er die Kammer betrat, sah er Rethorn mit aufgeknöpfter Jacke in der Koje liegen, und vor ihm, auf einem Hocker, saß Fred.

Freytag spürte, daß sie miteinander geredet hatten und nicht bereit waren, weiterzureden; ruhig zog er die Mütze vom Kopf und setzte sich auf die Bettkante. Er schnippte sich eine Zigarette aus Rethorns Packung und zündete sie an.

„Wir haben uns sehr guten Besuch eingeladen", sagte Rethorn nach einer Weile.

„Wir laden ihn auch wieder aus", sagte Freytag.

„Der prominenteste Besuch, seitdem ich an Bord bin. Sogar im Radio wurden die Herren erwähnt, zumindest zwei von ihnen. Merkwürdigerweise stimmen nicht nur die Beschreibungen, sondern auch ihre Namen."

„Wann hast du's gehört?"

„Am Schluß der Nachrichten haben sie es durchgegeben. Unser Besuch kommt aus Celle, zwei Brüder, beide bewaffnet, vor beiden wurde gewarnt. Einer von ihnen hat einen Briefträger erschossen. Die Posttasche wurde noch nicht gefunden."

„Ich möchte wissen, was mit dem andern los ist", sagte Freytag, „mit diesem Doktor Caspary oder wie er heißen mag."

„Es wurden nur zwei erwähnt, die Brüder. Sie sind am hellichten Tag geflohen, aus einem immerhin doch berühmten Zuchthaus."

„Doktor Caspary und die beiden andern passen nicht zusammen."

Rethorn richtete sich auf und begann, seine Jacke zuzuknöpfen, angelte sich dann die Schuhe und schnürte sie zu und blickte Freytag erwartungsvoll an.

„Wann sollen wir sie festnehmen?" fragte er.

Freytag sah überrascht auf, sah an Rethorn vorbei, starr und abwesend, bis Rethorn mit einem Satz aus der Koje sprang, ihn antippte und sagte: „Wann also?"

„Wann, ja", sagte Freytag.

„Von mir aus kann es gleich sein."

„Was willst du tun?" fragte Freytag müde.

„Wir nehmen sie uns nacheinander vor."

„Einzeln", sagte der Junge, „wenn sie nicht darauf gefaßt sind."

„Eine Pistole ist immer auf etwas gefaßt", sagte Freytag. Jetzt stand Fred auf, lauschte einen Augenblick an der Tür, hockte sich in der Mitte der Kammer zu den Füßen seines Vaters hin und flüsterte: „Du darfst sie nicht fortlassen, du weißt, wer sie sind, und jetzt ist es zu spät. Wir setzen sie fest und schicken sie mit dem Versorgungsboot an Land."

„Ja", sagte Freytag, „ja, genauso hört sich die einfachste Rechnung an."

„Willst du nicht?" fragte Rethorn.

„Ich weiß nicht", sagte Freytag. „Es ist nicht so leicht, sich mit einer Gewehrmündung zu unterhalten: Du kannst sie nicht überzeugen."

„Was willst du denn?" fragte Fred schroff und schnellte empor und trat neben Rethorn.

„Ich will Ruhe haben auf der letzten Wache", sagte Freytag. „Ich will, daß wir alle heil an Land zurückkommen, wenn das Schiff eingezogen wird. Es soll keiner fehlen beim Einlaufen."

„Hast du gesehen, was sie mit Zumpe gemacht haben?" fragte Rethorn.

„Ich war dabei", sagte Freytag. „Zumpe hat einen Fehler gemacht."

„Ja", sagte Rethorn verächtlich, „er hat einen Fehler gemacht, und der bestand darin, daß er hinausfuhr und ihr Boot herbrachte."

„Ich würde sie noch einmal reinholen", sagte Freytag. „Ich würde keinen auf See lassen, auch nicht, wenn ich weiß, wer es ist."

„Einer ist ein Mörder", sagte Fred. „Willst du ihn fortlassen? Vielleicht möchtest du ihm noch eine Wärmflasche ins Boot geben."

„Hör auf, so zu reden", sagte Freytag leise. „Du gehörst nicht zum Schiff."

Rethorn zog seinen Binder nach, strich mit den Handballen das Haar an den Schläfen glatt und sagte: „Der Junge hat recht. Wir müssen verhindern, daß sie nach drüben kommen, es ist unsere Pflicht."

Freytag hob müde die Schultern. „Hör auf", sagte er, „ich kann das nicht mehr hören, ohne daß ich Brechreiz bekomme."

„Also", fragte Rethorn, „was schlägst du vor? Wovon wird dir nicht übel?"

„Soltow wird ihr Boot reparieren."

„Ist das dein Ernst?" Fred blickte überrascht auf den Alten herab, ein Ausdruck der alten Feindseligkeit, der alten Verachtung erschien auf seinem blassen Gesicht.

„Du hast die Verantwortung", sagte Rethorn, während er sich mit einer Taschenbürste die Aufschläge seiner Hose zu säubern begann.

„Ich will, daß keiner von uns beim Einlaufen fehlt. Und darum wirst du mit Soltow sprechen. Er soll ihr Boot reparieren. Er soll sich beeilen. Das ist alles."

Es wurde dunkel in der Kammer. Regen prasselte gegen das Bulleye, und über der See lag ein schwaches, aufzuckendes Leuchten wie von tausend kleinen Explosionen.

NACHTS, als er dalag, die kalte Zigarette im Mund, die Arme unter dem Kopf verschränkt, lauschte er wieder auf die knarrenden, knisternden und ziehenden Geräusche in den Spanten des Schiffes und sah zu Fred hinüber, der sich zusammengekrümmt und gegen die Wand gedreht hatte. Seitdem sie die Kammer von Rethorn verlassen hatten — Freytag allein, der Junge lange nach ihm mit dem Steuermann —, hatten sie nicht mehr miteinander gesprochen, und obwohl Freytag merkte, daß der Junge jetzt wach lag, machte er keinen Versuch, ihn anzusprechen — wie er auch nicht erwartete, daß Fred etwas zu ihm sagen würde. Er spürte die Zurückweisung, die Enttäuschung noch in dem Schweigen.

Er wußte, daß er nicht einschlafen würde, er lag und wartete, bis er die Schritte von Zumpe hörte, der Gombert auf Ausguck ablöste, dann stand er auf und zog sich an. Vorsichtig, als ob er es vermeiden wollte, den Jungen zu stören, verließ er die Kammer und trat an Deck und blieb im Schatten der Tür stehen: der Himmel war bedeckt, die Luft feucht und kalt. Gegen die offene See hin lief der scharfe Blinkstrahl ihrer Kennung, und die Gischt der zusammenstürzenden Wellen löste sich in einem Funkeln auf. Das Licht schlug eine Schneise in die Dunkelheit über dem Wasser; Seevögel trieben quer in sie hinein, erhoben sich erschreckt, gingen im Dunkeln wieder erschöpft zu Wasser und hinterließen beim Aufsetzen eine schäumende Landespur. Auf den Inseln drüben flammten die Scheinwerfer eines Autos auf, schwenkten herüber und erloschen in dem Augenblick, in dem auch der Blinkstrahl des Schiffes endete und der Laternenträger wieder dunkel und gedrungen aufragte.

Freytag trat aus dem Schatten; von Backbordseite, wo die Kombüse lag, hörte er tappende Schritte, einen Fluch und einen unterdrückten Verständigungsruf. Er ging hinüber und stellte sich unter die Wanten, von wo er das Schott der Kombüse im Auge behielt, und wenn der Blinkstrahl aufflammte, duckte er sich unter die Reling. Wasser sprühte über das Vorschiff, traf kalt und fein sein Gesicht, doch er blieb dort unter den Wanten, bis das Schott aufsprang.

Der erste war Philippi. Hinter ihm kamen Rethorn und Soltow

heraus, und Freytag sah, wie sie sich flach gegen die Wand preßten. Ein Wink — er konnte nicht erkennen, wer es war, der mit einem gebogenen Gegenstand winkte —, und sie schlugen hintereinander den Weg zur Messe ein. Freytag folgte ihnen, er ging aufrecht in dem harten Licht, das vom Turmmast über das Deck fiel, bis Soltow seinen Schritt hörte, sich geduckt umwandte, ihn erkannte, stehenblieb und einen Vierkantschlüssel in den Ärmel hinaufschob; auch Rethorn und Philippi verbargen ihre Schlagwaffen, als sie Freytag erkannten. Sie standen sich gegenüber, sahen einander ohne Überraschung, doch mit offener Mißbilligung an. Rethorn zeigte mit dem Daumen in Richtung zur Messe und sagte: „Laß uns dahin, in einer halben Stunde sind wir fertig mit ihnen."

„Ich würde unter Deck gehen an eurer Stelle", sagte Freytag.

„Wenn du nicht mitmachen willst, dann laß uns rüber", sagte Rethorn. „Wir besorgen das allein."

„Geht unter Deck", sagte Freytag.

„Hast du vergessen, wer auf dem Schiff ist?"

„Ich habe nichts vergessen."

„Zwei von ihnen schlafen", sagte Rethorn. „Nur der Blöde ist wach und sitzt unter dem Ventilator, wie er besser nicht sitzen kann."

„Ich denke, ihr habt mich verstanden. Geht unter Deck. Ich bin nicht daran interessiert, daß Gombert morgen einen von euch in Segeltuch näht."

„Dann —"

„Ja?"

„Wir werden es versuchen", sagte Rethorn.

„Aber nicht auf diesem Schiff", sagte Freytag, „nicht, solange ich Kapitän bin."

Er schwieg, verblüfft über das, was er gesagt hatte, denn in all den Jahren, in denen er ein Schiff geführt hatte, war es nie vorgekommen, daß er mit seiner Stellung an Bord drohen mußte. Etwas war geschehen, was er nicht beabsichtigt hatte.

„Verschwindet", sagte er, „geht mit euren Totschlägern schlafen."

„Ich würde sie in die Werkzeugkammer bringen", sagte plötzlich eine Stimme, „da gehören sie hin und nicht ins Bett."

In der offenen Tür der Messe stand Doktor Caspary, hinter ihm, die abgesägte Schrotflinte in der Hüfte, Eugen Kuhl, der zustimmend grinste.

„Ist etwas los auf Deck?“ rief Zumpe vom Ausguck.

„Nichts“, antwortete Doktor Caspary. „Wir stellen nur die Nachteile der Nachtarbeit fest.“

„Kommt“, sagte Rethorn, und er, Philippi und Soltow gingen zum Achterschiff, wobei jeder von ihnen einen Arm steif nach unten hielt, so daß es aussah, als trüge jeder von ihnen eine Prothese. Aufgeräumt blickte Doktor Caspary ihnen nach, dann wandte er sich zu Freytag und sagte: „Ich habe gut geschlafen, doch ihre Stimmen weckten mich.“

„Das tut mir leid, ich muß rauf zur Brücke“, sagte Freytag.

„Darf ich Sie begleiten?“

„Ich kann Sie nicht daran hindern.“

„Das stimmt“, sagte Doktor Caspary. „Es hört sich merkwürdig an, doch es trifft zu.“

Sie stiegen zur Brücke hinauf, und Freytag öffnete ein Schapp, dessen Wände mit Seekarten bedeckt waren und in dem nur ein breiter Tisch stand und ein Stuhl. In einem Regal schräg hinter dem Stuhl lagen Bücher und obenauf eine Kladde mit verstärktem Pappdeckel.

Doktor Caspary zog die Kladde heraus, schlug sie auf, trat unter die elektrische Birne und begann flüchtig zu lesen.

„Ihr Logbuch?“ fragte er. „Es enthält alles, was an Bord passiert, nicht wahr?“

„Alles.“

„Fürchterlich“, sagte Doktor Caspary. „Die Zeit eines Schiffs muß fürchterlich sein, wenn jeder Tag und jedes Ereignis so festgehalten werden: alles ist nachzuschlagen, keine Lücke, kein Geheimnis. Hier wird das Leben zu einer einzigen Buchhaltung.“

„Es hat seine Vorteile“, sagte Freytag.

„Ah“, sagte Doktor Caspary, „am liebsten hätte ich jeden Tag damit begonnen, die Spuren des vorhergehenden zu löschen; denn was soll man von einem neuen Tag erwarten, der noch im Schatten des alten steht?“

„Eine Abrechnung“, sagte Freytag.

„Sehr gut“, sagte Doktor Caspary lächelnd und, nach einer Pause und indem er vorblätterte zur letzten Eintragung: „Ich vermute, daß wir auch schon die Ehre hatten, in Ihrem Buch zu erscheinen.“

„Noch nicht“, sagte Freytag.

„Wollten Sie es jetzt nachholen?“

„Ich bin gezwungen dazu.“

Doktor Caspary nickte traurig, tippte mit dem Zeigefinger auf den Pappdeckel des Logbuchs und sagte: „Das sind die Fallen, die wir nicht merken: die Fallen der Ordnung. Aber wie wäre es, wenn Sie unsern Besuch nicht erwähnten, einen weißen Fleck ließen, so daß später niemand mehr entscheiden kann, was wirklich passiert ist? Auf einmal würde Ihr Schiff ein Geheimnis haben, einen dunklen Punkt. Man würde dann später einmal sagen: Damals, auf dem Feuerschiff, kurz vor den Winterstürmen — aber niemand würde etwas Genaues wissen."

„Geben Sie mir das Logbuch", sagte Freytag. „Alle Ereignisse an Bord gehören hinein."

„Wir sind aber nicht daran interessiert, erwähnt zu werden. Obwohl ich gespannt wäre, welche Zensuren Sie uns geben würden, legen wir keinen Wert darauf, in Ihr Buch eingesperrt zu werden. Ich bin sicher, daß wir uns verstanden haben."

„Geben Sie mir das Buch", sagte Freytag.

Doktor Caspary legte das Logbuch auf den Tisch und begann, den Siegelring in der Hüfte zu polieren. Dabei verfolgte er, wie Freytag das Logbuch an sich nahm, es aufschlug, darin blätterte und es schließlich zuklappte und ins Regal stellte, ohne eine Eintragung gemacht zu haben.

„Wir haben uns verstanden, Kapitän", sagte Doktor Caspary. „Wahrscheinlich gibt es keinen an Bord, mit dem ich mich so gut verstehe wie mit Ihnen."

Es klang sehr überzeugend, klang wie ein Geständnis, und Freytag hob überrascht das Gesicht und sah den Mann erwartungsvoll an, doch dann erschien wieder das maskenhafte Lächeln auf seinen Zügen, lautlos und plötzlich, so wie sich der Spiegel der See verändert, und Freytag erhob sich und ging hinaus auf die Brücke.

„Darf ich mich zu Ihnen stellen?" sagte Doktor Caspary.

„Ich kann Sie nicht daran hindern", sagte Freytag.

Unter der sternlosen Schwärze des Horizonts standen die Lichter eines aufkommenden Schiffes, wanderten langsam herauf, so daß es aussah, als erhöbe sich das Schiff vom Grunde der See. Der Blinkstrahl des Feuerschiffs zuckte ihm entgegen wie ein weisender Arm, erlosch und flammte wieder auf.

„Sehen sie uns drüben?" fragte Doktor Caspary.

„Sie sehen uns auf fünfzehn Seemeilen", sagte Freytag. „Sie richten sich nach der Kennung des Schiffes."

„Solange an diesem Mast das Licht aufflammt, sind die Männer auf den anderen Schiffen zufrieden, denn sie glauben, daß damit die Ordnung auf See besteht. So ist es doch?"

„Ja", sagte Freytag, „so ungefähr."

„Und wenn sich die Kennung überraschend ändert, heimlich, ohne Ankündigung — was werden die andern tun? Wahrscheinlich das, woran sie gewöhnt sind: sie werden die Kennung aufnehmen, sie empfangen und, ohne mit der Fahrt herunterzugehen, auf den Sandbänken auflaufen. Erst wenn sie mit dem Kiel festsitzen, werden sie merken, daß sie etwas versäumt haben: sich für die zu interessieren, die ihnen die Kennung verschaffen."

„Dafür sind wir da", sagte Freytag, „und drüben wissen sie, daß sie sich auf uns verlassen können."

„Sie sind aber nicht mehr allein an Bord, und da drüben wissen sie nichts davon", sagte Doktor Caspary und deutete auf das Schiff, das hell erleuchtet und mit glimmender Bugsee näher kam, um sie quer zu passieren. „Wir haben sie in der Hand, und wir brauchen nicht sehr viel zu tun, um sie auf die Sandbänke zu schicken. Sie würden sich doch sicher nach dem richten, was wir ihnen rübergeben?"

„Ja", sagte Freytag, „sie würden sich danach richten."

„Mehr wollte ich nicht wissen, Kapitän. Nehmen Sie eine Zigarette?"

Freytag zeigte mit dem Finger auf die kalte Zigarette, die er zwischen den Lippen hielt, hob das Nachtglas an die Augen und blickte zu dem Schiff hinüber. Es war ein Passagierdampfer mit zwei Reihen erleuchteter Bulleyes, die wie Ketten von kleinen Monden durch die Dunkelheit glitten, sanft und feierlich. Der Dampfer hatte die Wracktonne passiert, und Freytag erkannte die gekreuzten goldenen Schlüssel am Schornstein, das Reedereiabzeichen; er erkannte Schatten, die sich hinter den Bulleyes bewegten, eine Frau, die sich kämmte, Männer, die eine Persenning vom vorderen Luk zerrten, und er dachte, was drüben geschehen würde, wenn der Kiel knirschend in den Sand glitte, wenn eine Erschütterung durch das Schiff liefe, die Schraube es peitschend, wie die Schwanzflosse eines gestrandeten Wals, in wütender Anstrengung immer weiter in den zähen Grund drückte; er glaubte die Schreie zu hören, die Schritte auf den Gängen, wenn das Licht ausfiele, und dann das Splittern von Glas, Holz und Geschirr und das Rauschen aus dem Maschinenraum.

Er setzte das Glas ab und wandte sich zu Doktor Caspary. „Solange wir an Bord sind", sagte er, „können sich die andern auf uns verlassen."

„Es ist gut, daß Sie davon überzeugt sind", sagte Doktor Caspary, „so werden Sie dafür sorgen, daß sich daran nichts ändert und unser Boot fertig wird."

Freytag schloß die Augen, legte die Hände auf das nasse Brückengeländer und sagte nach einer Weile:

„Was auf diesem Schiff auch passieren wird, es wird nie seine Position verlassen. Alles andere kann geschehen, aber nicht das. Das Schiff bleibt hier."

„Sie haben es in der Hand", sagte Doktor Caspary.

Freytag blickte auf das Deck hinab, wo eine Gestalt sich bewegte, seufzend, mit schleifendem Schritt; die Gestalt — Freytag erkannte, daß es der Mann mit der Hasenscharte war — ging unter ihm vorbei zum Fallreep, blieb eine Sekunde stehen, schwang sich über Bord und tauchte langsam weg; dann schrammte das Boot, das an der Vorleine festhing, dröhnend gegen die Bordwand.

„Das war Eugen", sagte Doktor Caspary, „er ist ins Boot geklettert, um etwas zu erledigen", und, während er Freytag mit schräggelegtem Kopf ansah: „Jetzt sind nur noch zwei von uns an Bord: ich schätze, Sie haben auch gerade daran gedacht, Kapitän."

„Ja, ich habe daran gedacht", sagte Freytag.

„Und haben Sie sich entschlossen?"

„Wozu?"

„Ich bin unbewaffnet", sagte Doktor Caspary. „Ich hasse es, mit vollgestopften Taschen herumzulaufen; außerdem habe ich, solange ich lebe, nie eine körperliche Auseinandersetzung kennengelernt, nicht einmal als Junge auf dem Schulhof. Sie könnten jetzt dafür sorgen, daß nur noch einer von uns an Bord ist: Eddie in der Messe."

„Hören Sie zu", sagte Freytag, „ich bin vielen Männern in meinem Leben begegnet, ich habe gesehen, wie sie aufstiegen und untergingen, und ich habe alles an ihnen verstehen können, auch die Art, wie sie starben; doch Sie kann ich nicht verstehen. Sie sind der erste, von dem ich nicht weiß, was ich von ihm halten soll. Sie passen nicht zu den beiden andern. Sie sind ein Fall für sich."

„Das stimmt", sagte Doktor Caspary, „und ich hatte auch immer den Ehrgeiz, ein Fall für mich zu sein."

„Es ist Ihnen auch gelungen", sagte Freytag, und er griff plötzlich nach dem Glas, setzte es an und blickte achteraus, wo auf der eisengrauen

See rechteckige Papierstücke trieben, die schwach in der nun einsetzenden Dämmerung schimmerten und unmittelbar unter der Oberfläche zur Küste hinwanderten. Wenn das Licht des Feuerschiffs aufflammte, blitzte das Wasser über den Papierstücken, und in der Dunkelheit der Tiefe glommen sie wie treibende tote Fische. Die wiegende Kette der Papierstücke reichte weit in die Dämmerung über der See hinein, und Freytag verfolgte sie durch das Glas vor und zurück, vor und zurück; dann blickte er, ohne das Glas abzusetzen, aus den Augenwinkeln zu Doktor Caspary hinüber und sah, daß er ebenfalls den wiegenden Zug der Papierstücke verfolgte.

„Sehen Sie das?" fragte Freytag.

„Ja", sagte Doktor Caspary.

„Was ist das?"

„Briefe. Meine Freunde haben eine ganze Tasche voll von Briefen ins Boot gebracht. Ich vermute, daß Eugen unten sitzt und sie auf diesem Wege abschickt."

„Wenn der Wind nicht dreht, werden sie vielleicht morgen schon den Strand bedecken", sagte Freytag. „Einige zumindest", und er dachte an den Briefträger, den einer von ihnen erschossen hatte und dessen Brieftasche verschwunden war; und er dachte auch, daß der erste, der die Briefe am Strand finden würde, argwöhnisch genug sein müßte, um seine Entdeckung herumzutragen, worauf sie sich an Land entschließen würden, Suchkommandos über die Bucht zu schicken.

„Sie haben recht", sagte Doktor Caspary — und Freytag erschrak, als er wieder seinen Gedanken traf —, „wahrscheinlich wird schon der erste, der sie entdeckt, dafür sorgen, daß man sich nach dem Absender erkundigt."

Doktor Caspary verließ eilig die Brücke, und diesmal folgte ihm Freytag; sie gingen vor bis zum Fallreep, beugten sich über die Reling und sahen den Riesen am Boden des Bootes sitzen, die abgesägte Schrotflinte neben sich und zwischen den ausgestreckten Beinen einen Stapel von Briefen, die er aufriß und, nachdem er Zeige- und Mittelfinger suchend in den Umschlag gezwängt hatte, mit knappem Schwung aus dem Handgelenk über Bord segeln ließ. Einmal unterbrach er seine Tätigkeit, um etwas in seine Brusttasche zu schieben. Freytag wußte, daß Eugen nach Geldscheinen suchte und daß er zumindest einen gefunden hatte.

Doktor Caspary beobachtete ihn eine Weile, bevor er ihn anrief und höflich überredete, keinen Brief mehr ins Wasser zu werfen. „Es ist nicht gut, Eugen", sagte er, „drüben an Land brauchen sie nur den treibenden Briefen zu folgen, um hierher zu finden." Eugen hörte aufmerksam zu, und Doktor Caspary redete sehr höflich zu ihm hinab, machte ihm Komplimente — „ein Mann wie du kann so etwas rasch einsehen" —, bis der Riese zustimmend nickte, die Briefe in eine Posttasche scharrte und mit Tasche und Flinte wieder an Bord des Feuerschiffes kletterte, wo er die Briefe Doktor Caspary übergab.

Plötzlich hoppelte ein Schatten über das Deck und zwischen die Beine der Männer, so daß sie instinktiv auseinandertraten, und gleich darauf hörten sie Gomberts werbende Stimme: „Edith", rief er, „komm, Edith, komm", und während er sich geduckt näherte, ein schnappendes Geräusch mit den Fingern hervorrufend, hoppelte die Krähe um die Füße der Männer, wobei einer der schlapp weghängenden und beschnittenen Flügel über das Deck schleifte.

„Komm, Edith, komm", lockte Gombert, und Eugen wiederholte echohaft „komm, komm", und stupste die Krähe mit dem abgesägten Lauf der Flinte.

„Vorsicht", rief Gombert, „treten Sie nicht auf ihren Flügel."

„Vorsicht", sagte jetzt auch Freytag, „es ist eine wertvolle Krähe, sie kann sprechen."

„Der Wert des Sprechens hängt von den Texten ab", sagte Doktor Caspary.

„Was kannst du denn?" fragte der Riese. „Kannst du das Gesangbuch aufsagen oder ein Märchen erzählen? Los, fang mal an, flüster mir was ins Ohr."

„Sie beherrscht sicher das Leuchtfeuerverzeichnis", sagte Doktor Caspary.

„Komm, Edith, komm", sagte Gombert lockend.

Eugen bückte sich, senkte langsam eine Hand, deren Finger gespreizt waren, als wollte er sie wie eine Gabel auf den Hals der Krähe stoßen, doch bevor er sie berührte, reckte sich der Vogel, schnappte hinauf und hieb den angesplitterten Schnabel in den Handballen des Mannes, der erschrocken zurückzuckte und dabei die Krähe mit emporriß. Die Krähe plumpste wieder auf Deck, reckte den Hals zu einer Schluckbewegung und blieb, nachdem sie sich kräftig geschüttelt hatte, ruhig sitzen.

Eugen betrachtete seine blutende Hand, preßte und betastete sie erstaunt, und auf einmal schlossen sich seine gelblichen Ziegenaugen zu einem Spalt, seine Hand schoß diesmal so schnell herab, daß die Krähe sich duckte wie ein Huhn, das gegriffen wird. Er packte sie am Hals und warf sie über Bord. Die beschnittenen Flügel klatschten in hoffnungslosem Schwingen, und es klatschte noch einmal, als der gefiederte Körper aufs Wasser schlug. Die ausgebreiteten Flügel fingen den Sturz ab und begannen jetzt verzweifelt zu schlagen, während die Krallen in wilden Laufbewegungen über das Wasser ruderten. Eine schmale Bahn von Gischt und Blasen entstand dort, wo die Krähe sich über das Wasser bewegte, eine Bahn, die zunächst gerade vom Schiff wegführte, dann in einem Bogen verlief und in immer enger werdenden Kreisen endete; zuletzt schlug nur noch ein Flügel.

„Sie ruft nicht einmal um Hilfe", sagte Doktor Caspary.

Der Mann mit der Hasenscharte hob das Gewehr und schoß, die Schrotladung schmetterte in den Körper der Krähe und auf das Wasser und riß eine flache Fontäne hoch. Der Flügel des Vogels streckte sich, tauchte unter Wasser und hing schlaff herab.

„Ihr fiel nichts mehr ein", sagte Eugen, lud die Flinte, wandte sich blitzschnell zu Gombert um und sah ihn ruhig auf sich zukommen mit geöffneten, ein wenig vorgestreckten Händen.

„Paß auf", rief Freytag.

„Komm, Edith, komm", sagte der Riese, wobei er Gomberts Stimme imitierte. „Komm ganz nah heran."

Er hielt die Flinte in der Hüfte, den Finger am Abzug, den Lauf auf Gomberts Bauch gerichtet, und seine Augen wurden schmal.

„Geh zurück, Gombert", sagte Freytag.

„Noch zwei Meter", sagte Eugen.

„Gombert!" sagte Freytag scharf.

Gombert blieb ratlos stehen, senkte die Arme. Er blickte auf den Lauf der Flinte, drehte sich um und trat an die Reling und sah hinab auf den schwarzen, schlapp in der Dünung treibenden Körper der Krähe, die langsam achteraus wanderte wie die schimmernde Kette der Briefe.

„Ich fürchte, Kapitän", sagte Doktor Caspary, „es wird Zeit, daß wir hier wegkommen; meine Freunde sind schon ungeduldig."

Mittags, als sich der Nebel von den Inseln her bewegte, wurde das Wasser glatt und marmorschwarz, der Bug des Feuerschiffes warf eine steile, brandrote Silhouette, Stille lag auf der See, und die Sonne stand matt und strahlenlos über der Nebelbank. Das helle Ping-Ping eines kleinen Hammers tönte über das Schiff, und in regelmäßigen Abständen der tiefe, warnende Heulton der Nebelsirene, der von der Brücke dröhnend in das fließende Weiß eindrang und in echolosen Schwingungen über die Bucht lief.

Freytag stand auf der Brücke, hinter ihm trat Philippi aus dem Kartenschapp. Gleichgültig schnippte er eine Zigarettenkippe ins Wasser, stellte sich gleichgültig neben Freytag und schob die Hände in die Taschen.

„Wir sind fertig“, sagte Freytag, „mehr wollte ich nicht von dir: gib nichts durch als deine Meldungen, verabschiede dich, wie du dich immer verabschiedet hast, und mach sie auf der Direktion nicht mißtrauisch. Es gibt keine besonderen Ereignisse an Bord.“

„Wenn man dir zuhört und die Augen schließt, könnte man es glauben“, sagte Philippi. „Vorher bitte ich aber um eine Unterschrift.“

„Wozu? Du hast bisher alle Meldungen selbst unterschrieben.“

„Ich brauchte nicht die Augen zuzumachen, wenn ich sie durchgab.“

„Ich unterschreibe“, sagte Freytag.

Philippi nickte und verließ grußlos die Brücke, ein spöttisches Lächeln auf seinem Habichtsgesicht; krachend flog die auf Rollen laufende Tür des Funkraums auf, schloß sich mit gleicher Heftigkeit, und Freytag trat in das Kartenschapp, setzte sich an den Tisch und legte sich mit dem Oberkörper auf die Glasplatte. Kalt spürte er das Glas gegen Wange und Schläfe drücken, empfand ein Gefühl fröstelnder Müdigkeit und versuchte zu schlafen.

Er schlief nicht ein. Und dann näherte sich ein Schritt dem Kartenschapp, ein Schritt, der sich mit unerträglicher Langsamkeit näherte, so, als zögere er, das Ziel zu erreichen: hart und echolos auf Deck, entschieden dann auf dem eisernen Niedergang. Müde richtete er sich auf und blickte zur offenen Tür: im Türrahmen stand Fred.

„Ah“, sagte Freytag, „du bist es. Willst du dich nicht setzen?“

Der Junge streifte den Alten mit einem Blick schweigsamer Feindseligkeit, trat ins Kartenschapp und hakte die Tür aus und schloß sie. „Ich habe selten so gut gestanden“, sagte er.

Freytag lächelte. „Kann ich dir helfen?“ fragte er.

„Ich brauche deine Hilfe nicht“, sagte Fred. „Ich möchte dir etwas sagen.“

„Ja, ich weiß: du hast lange auf diesen Augenblick gewartet, und nun glaubst du, daß er gekommen ist.“

„Ich möchte dir nur sagen, daß ich jetzt glaube, was sie damals erzählt haben. Zuerst habe ich es nicht geglaubt, aber nun weiß ich, daß alles stimmt."

„Was soll stimmen?" fragte Freytag.

„Daß du Natzmer im Stich gelassen hast damals. Du hast nichts getan, um ihn zu befreien und zurückzuholen; du bist ohne ihn an Bord gegangen, weil —"

„Weil?"

„Du bist feige", sagte Fred. „Du hast Natzmer im Stich gelassen, weil du Angst hattest, daß dir selbst etwas passieren könnte. Du hast nichts getan, um ihn zurückzuholen, so wie du auch jetzt nichts tust, weil die andern bewaffnet sind."

„Dann weißt du mehr als ich", sagte Freytag, „und ich war dabei."

„Man braucht nicht dabeigewesen zu sein, um Bescheid zu wissen. Ich habe es oft genug gehört, die ganze Geschichte und die Rolle, die du in dieser Geschichte gespielt hast — damals, als du auf der ‚Klintje' fuhrst. Du hast Natzmer mitgenommen und Lubisch, deinen Steuermann. Ich weiß, was sie mit Natzmer gemacht haben und daß Lubisch versuchte zurückzuschwimmen. Lubisch versuchte es so lange, bis sie auf ihn schossen und ihn in die Schulter trafen, während er schwamm: sag nur, wenn etwas nicht stimmt. Und als die ganze Besatzung an Land wollte, um Natzmer rauszuholen, da hast du es verhindert; du hast Natzmer im Stich gelassen, weil du Angst hattest vor ihren Gewehren. Du bist feige."

Fred blickte gespannt auf seinen Vater, aber es erfolgte nichts, er sah ihn nur apathisch dasitzen, gekrümmt, die knotigen Finger auf der Glasplatte, und er trat unwillkürlich einen Schritt auf ihn zu, beugte sich vor und fragte:

„Hast du alles gehört?"

Freytag bewegte die Lippen, als wollte er sichergehen, daß das, was er zu sagen vorhatte, auch zu hören sein werde; dann fragte er: „Erzählen sie das?"

„Ja", sagte Fred, „ich habe es schon vor Jahren gehört, von Natzmers Sohn, von Elke Lubisch, und immer, wenn ich Lubisch selbst sah mit seinem steifen Arm, dachte ich daran, und ich ging nie an seinem Haus vorbei, wenn er auf der Bank saß."

„Von ihnen hast du's gehört", sagte Freytag.

„Ich habe es von allen gehört", sagte Fred, „in meiner Klasse wußte es jeder. Es reichte."

„Kann sein“, sagte Freytag. „Wer die Hälfte weiß, weiß auch etwas.“

„Ich brauchte dich nicht mehr zu fragen“, sagte Fred.

„Lubisch war auch dabei“, sagte Freytag. „Du hättest ihn fragen können.“

„Er hätte dasselbe erzählt“, sagte Fred.

„Er kann nicht dasselbe erzählen, niemand kann dasselbe erzählen, was ein anderer schon erzählt hat; von Lubisch hättest du eine andere Geschichte zu hören bekommen, denn er war dabei. Lubisch hätte anders begonnen als du und anders aufgehört. Er hätte dir gesagt, daß wir zwölfhundert Tonnen Weizen an Bord hatten, als wir mit der ‚Klintje‘ runterfuhren, zwölfhundert Tonnen, die für das Hungergebiet bestimmt waren: Lubisch wußte es; und er wußte auch, daß wir kurz vor dem Hafen neue Order von der Reederei erhielten, wonach wir außer Sichtweite des Hafens kreuzen und warten sollten. Von Lubisch hättest du auch gehört, daß wir einen Griechen an Bord hatten, der aus dem Hungergebiet von der Insel stammte; Kaxi nannten wir ihn. Kaxi war der stärkste Mann an Bord, der arbeitete, wie ich nie einen Menschen habe arbeiten sehen, und als wir Weizen für seine Insel luden, ließ er sich nicht ablösen und arbeitete, bis die ganze Ladung an Bord war.“

„Dieser Grieche spielt keine Rolle“, sagte Fred.

„Wart nur ab“, sagte Freytag, „wenn du Lubisch gefragt hättest, wüßtest du, welch eine Rolle Kaxi spielte; denn als wir den Kurs änderten, den Weizen nicht an Land brachten, sondern zwischen den Inseln kreuzen mußten, kam er zu mir und bat mich, in den Hafen einzulaufen. Er sagte, daß die Reederei nur warten wollte, bis die Weizenpreise höher gestiegen wären.

An einem Abend kam er zu mir und fragte mich, ob ich in den Hafen einlaufen würde, wenn es ihm gelänge, die ganze Besatzung im Zweikampf zu besiegen — er war einfach verrückt geworden bei dem Gedanken an seine Leute.

Und Lubisch hätte dir erzählt, daß ich Kaxis Vorschlag in der Messe weitergab und daß alle dafür waren, denn nichts ist so öde wie das Kreuzen und Warten auf neue Order.

Auf dem Mitteldeck wurden Matten ausgebreitet, Natzmer wurde zum Schiedsrichter gewählt, ja, und an den Abenden, wenn es kühler wurde, meldeten sich Männer aus der Besatzung, um gegen den Griechen zu kämpfen. Er besiegte alle, die sich gemeldet hatten, und als ich allein übriggeblieben war, begriff ich, daß unsere Abmachung soviel galt wie ein Versprechen und daß ich dies Versprechen würde einlösen müssen, wenn es mir nicht gelang, ihn fertigzumachen."

„Hast du ihn besiegt?" fragte Fred.

„Ich weiß nicht", sagte Freytag. „Lubisch hätte dir erzählt, daß fast die ganze Besatzung an Deck war, als ich gegen ihn antrat. Zuerst hatte ich ihn unten, dann saß er rittlings auf mir, worauf ich ihn in einen einfachen Nelson bekam, aber er konnte sich befreien, indem er einen Zug in seine Schulter und in seinen Nacken brachte, daß ich glaubte, er würde mir den Arm herausreißen. Dann, als ich ihn in der Beinschere hatte und seine Halsschlagader zuschnürte, geschah, was alle von der Besatzung sahen und was auch Lubisch sah: Kaxi lag halb auf mir, so daß es schien, als könnte er mich erdrücken, und in diesem Augenblick schlug Natzmer dem Griechen mit einer Holzleiste ins Genick. Ich war nicht begeistert davon, obwohl ich wußte, daß der Erste mir nur helfen wollte. Der Grieche blieb mit dem Gesicht nach unten liegen, und drei von uns mußten ihn runterbringen und weckten ihn mit einer Pütz Seewasser. Am nächsten Morgen, als die Küste für kurze Zeit in Sicht kam, sprang er über Bord."

„Hat er es geschafft bis an Land?"

„Ja", sagte Freytag, „und vierundzwanzig Stunden später erhielten wir Order, in den Hafen einzulaufen und die Ladung zu löschen; und wie wir empfangen wurden, weißt du: mit Steinen und Latten, in denen Nägel steckten. Kaxi war noch vor uns in die Stadt gekommen, und sie wußten, daß wir mit dem Weizen an Bord gekreuzt hatten; die Leute auf der Insel hätten unseren Weizen am liebsten ins Wasser geschüttet, denn für sie war es dreckiger Weizen. Wenn die Kommandantur nicht bewaffnete Männer an die Pier geschickt hätte, wäre kein Zentner von der Ladung an Land gekommen, aber ich muß dir sagen — und Lubisch würde es auch erwähnt haben —, daß die Männer von der Kommandantur insgeheim genauso dachten wie die andern, sie redeten nicht mit uns und drehten uns den Rücken zu, während sie das Löschen bewachten. Und nachdem die Ladung gelöscht war, wurden wir aufgefordert, zur Kommandantur zu kommen. Heute glaube ich, daß die Aufforderung nicht von der Kommandantur kam, denn später haben sie kein Interesse mehr für uns gehabt. Lubisch war dabei, als wir zu dritt von Bord gingen und in der Straße, in der die Kommandantur lag, von bewaffneten Männern gezwungen wurden, auf einen Lastwagen zu steigen, der uns rausbrachte in die Schlucht, in der es keine Häuser gab.

Als wir absprangen, stand Kaxi da mit einer Holzleiste in der Hand. Er gab Natzmer den Schlag zurück, ohne ein Wort zu sagen; auf seinen Wink fesselten sie den Ersten, flößten ihm Seewasser ein und legten ihn auf die Felsen in die Sonne. Dort lag er zwei Tage und eine Nacht, und wir hockten mit den andern im Halbkreis um ihn herum, aßen und tranken nichts während der ganzen Zeit — auch sie selbst aßen und tranken nicht —, und wenn wir uns rührten, griffen sie nach ihren altmodischen Revolvern, die vor ihren Füßen lagen. Weder sie noch wir sprachen miteinander in diesen beiden Tagen und in dieser Nacht; alles, was wir hörten, war das Donnern der Eisenbahn, die abends durch die Schlucht fuhr, und die Rufe der Raubvögel, die hoch über der Schlucht kreisten, sonst nichts. Sie zwangen uns, dazuhocken und auf Natzmer zu blicken. Lubisch war neben mir, und er hätte es dir erzählt, wenn du ihn gefragt hättest. Und wenn er seine Erinnerung ertragen hätte, dann wüßtest du jetzt, daß er nichts anderes tat als ich: dahockte und schwieg. Er hätte dir gesagt, daß wir in der zweiten Nacht auf den Lastwagen steigen mußten — er und ich, nicht Natzmer —, daß sie uns hinaus zu den Klippen fuhren, wo sie uns die Lichter der ‚Klintje' zeigten, die ausgelaufen war und draußen auf Reede ankerte. Sie warfen uns von den Klippen ins Wasser. Lubisch schwamm hinter mir und redete davon, an Land zu schwimmen und zur Schlucht zurückzukehren, um Natzmer zu suchen, aber ich wußte, daß sie oben auf den Klippen standen und nur darauf warteten: ich machte nicht mit. Und ich glaubte auch, daß er es aufgegeben habe, bis ich auf einmal merkte, daß er nicht mehr hinter mir schwamm, dann hörte ich Schüsse, seinen Schrei, ich drehte um und tauchte nach ihm, während sie auf uns schossen. Wir schwammen mehr als drei Stunden. Als wir an Bord kamen, war Lubisch bewußtlos."

„Lubisch hat es versucht", sagte Fred.

„Ja", sagte Freytag, „und später an Bord wollten sie es auch versuchen, sie wollten Natzmer rausholen. Einige dachten sogar, daß die Kommandantur sich an der Suche nach Natzmer beteiligen werde — dieselben Leute, die lieber nägelbesetzte Latten getragen hätten als die Gewehre, die uns schützen sollten. Wir hatten keine Waffen, und ich hielt auch damals nichts von dem Versuch, eine Revolvermündung zu überzeugen. Ich habe alles der Reederei übergeben und unserem Agenten — mehr konnte ich nicht tun; denn das Schiff hatte neue Order, und ich wollte die Besatzung zurückbringen. Natzmer war nicht mehr zu helfen."

„Das paßt zu dir", sagte Fred. „Du hast nichts riskiert und warst nie bereit, etwas zu riskieren. Du würdest nie etwas gegen einen Verbrecher tun, bevor er dir sein Ehrenwort gegeben hat, daß ihm die Munition ausgegangen ist: dann erst kommt deine Stunde."

„Das hast du dir gut überlegt", sagte Freytag.

„Es stimmt", sagte Fred, „jetzt weiß ich es."

„Du weißt nichts", sagte Freytag. „Solange du glaubst, daß die einzige Möglichkeit eines unbewaffneten Mannes darin besteht, sich mit Gewehrmündungen einzulassen, halte ich nichts von dem, was du weißt. Ich werde dir etwas sagen, Junge: ich war nie ein Held, und ich möchte auch kein Märtyrer werden; denn beide sind mir immer verdächtig gewesen. Ich habe Männer gekannt, die starben, um damit etwas zu entscheiden: sie haben nichts entschieden, sie ließen alles zurück. Ihr Tod hat ihnen selbst geholfen, aber keinem anderen. Wer keine Waffen hat und keine Gewalt, hat immer noch mehr Möglichkeiten, und manchmal glaube ich, daß hinter diesem Wunsch, sich um jeden Preis den Gewehrmündungen anzubieten, der schlimmste Egoismus steckt."

„Das interessiert mich nicht", sagte Fred, „ich will nur eins wissen: warum hast du Rethorn und die andern weggeschickt, als sie versuchten, die drei zu fassen?"

„Ich habe es dir gerade gesagt."

„Du willst also nichts gegen sie unternehmen?"

„Ich will, daß das Schiff seine letzte Wache beendet und daß alle an Bord sind, wenn wir einlaufen — nicht mehr; und darum wird auf diesem Schiff nichts getan ohne meine Zustimmung."

„Das ist alles", sagte Fred, „ich bin fertig."

„Ich habe damit gerechnet", sagte Freytag mit resigniertem Lächeln, und er stand auf, als der Junge das Kartenschapp verließ, kletterte hinter ihm den Niedergang hinab, blickte ihm nach, wie er durch den Nebel zum Vorschiff ging, und schlenderte dann zum Fallreep und beugte sich über die Reling.

Die Leine, an der sie das havarierte Boot festgemacht hatten, hing schlaff im Wasser, fächelte sanft hin und her wie der lange, graue Fühler eines Tiers, lautlos, schlangenhaft. Freytag blickte in die Richtung, in der sich das Boot im Nebel befinden mußte und aus der er das Ping-Ping des kleinen Hammers gehört hatte, als er auf der Brücke war. Jetzt war alles still, er konnte keinen Schatten erkennen. Leise rief er hinab, rief Soltows Vornamen, doch er erhielt keine Antwort. Er blickte argwöhnisch auf die im Wasser fächelnde Leine, die allmählich tiefer zu sinken schien, schwang sich plötzlich auf das Fallreep und kletterte hinab. Er ergriff die Leine, holte langsam die Lose durch und wußte, bevor er noch das Ende in der Hand hielt, daß etwas mit dem havarierten Boot geschehen war, und als dann das Ende kam — aufgedröselte, wie von einem Beilhieb durchschlagene Fasern —, zog er es herauf und untersuchte es. Dann schleuderte er die Leine wieder hinaus und hörte, wie sie klatschend aufs Wasser fiel. ‚Rethorn', dachte er. Freytag kletterte das Fallreep hinauf an Deck und ging zur Messe.

Er klopfte, ein breites Gesicht erschien hinter einem Bulleye, vorsichtig wurde eine Tür geöffnet, der Mann mit der Hasenscharte tauchte im Spalt auf, und mit heftigem Nicken des Kopfes forderte er Freytag auf, hereinzukommen. Doktor Caspary saß am Tisch und legte Patience; in einer Ecke der Messe, auf zusammengestellten Stühlen, schlief Eddie, die Maschinenpistole am Kopfende. Eugen kehrte zurück zu seinem Platz am Tisch, wo eine Emailletasse mit dampfendem Kaffee stand und von wo er grinsend das Spiel beobachtete.

Freytag sah sofort, daß der kleine Glasschrank, in dem er seine Karten aufbewahrte, offenstand.

„Es geht nicht auf", sagte Doktor Caspary nach einer Weile, „nein, es geht nicht. Aber was sollte man auch von einem Spiel halten, in dem es nicht die Chance der Enttäuschung gibt."

„Ich muß mit Ihnen sprechen", sagte Freytag.

„Ist unser Boot fertig?"

„Nein."

Ruhig schob Doktor Caspary die Karten zusammen, klopfte sie zu einem Packen zurecht und schob den Packen in eine Schutzhülle. „Ich bin bereit", sagte er.

„Ihr Boot ist weg", sagte Freytag, „jemand hat es von der Leine abgeschnitten."

„Ich denke, Ihre Leute wollten es reparieren; Eugen dachte dasselbe, nicht wahr, Eugen?"

„Es treibt im Nebel", sagte Freytag, „und jetzt wäre es hoffnungslos, das Boot zu suchen. Ich hielt es nur für angebracht, es Ihnen zu sagen."

„Ich schätze es hoch ein, aber ich war darauf vorbereitet. Ich hatte sogar schon früher damit gerechnet."

Verblüfft wandte Freytag sich um, sein Blick lief durch die Messe, als ob er irgendwo eine Erklärung für Doktor Casparys Gleichgültigkeit zu finden hoffte, und er wickelte das Taschentuch um seine Hand und spannte den Stoff durch einen Druck seiner Finger. „Sie waren auf das Boot angewiesen", sagte er.

„Der Augenschein spricht dagegen, Kapitän, Sie haben Ihr Boot übersehen, und Sie haben nicht daran gedacht, daß Ihr Feuerschiff notfalls segeln kann."

„Ich habe Ihnen bereits gesagt, daß dieses Schiff nie seine Position verlassen wird, solang ich an Bord bin."

„Und wenn Sie jetzt zu raten hätten — was würden Sie uns raten?"

„Geben Sie es auf", sagte Freytag, „stellen Sie sich. Ihre Chance, nach Faaborg oder sonstwohin zu kommen, ist so gering geworden, daß es sich nicht mehr lohnt, und sie wird von Stunde zu Stunde geringer."

„Sehen Sie, Kapitän, darin unterscheiden wir uns: Sie halten nichts von der Unsicherheit, und ich halte nicht sehr viel von der Sicherheit: je geringer unsere Chance in Ihren Augen ist, desto mehr bin ich bereit, auf sie zu setzen. Dafür sprechen sogar gewisse Erfahrungen. Ich hatte einmal einen Schmuggler unter meinen Klienten, der auch während des Krieges seinem mühseligen Beruf nachging; und zwar suchte er sich für seine Grenzgänge gewissenhaft die Abschnitte der Front aus, auf denen das schwerste Störfeuer lag. Er kam immer durch, während sein Kompagnon, der ruhige Abschnitte vorzog, von einem nervösen Vorposten erschossen wurde. Ich denke, wir haben uns verstanden wie zuvor."

Freytag nahm die kalte Zigarette aus dem Mund, zerdrückte und zerrieb sie zwischen den Fingern und fragte dann: „Waren Sie Rechtsanwalt?"

„Unter anderem bin ich Rechtsanwalt", sagte Doktor Caspary und machte gegen Freytag eine seltsame, ironische Verbeugung.

Gombert hockte im Bug des Bootes, das in den Davits hing, und beobachtete das nächtliche Gewitter über der Küste: die harten Risse der Blitze, die wie mineralische Adern in der Dunkelheit aufzuckten, die tiefe Schwärze des Horizonts, das schwache Violett der Wolkenränder; stumpf und glanzlos lag die See, selbst der Schaum der Wellen leuchtete nicht, zog grau, nebelgrau über die Einöde des Wassers, und die Kennung des Feuerschiffs schien ihre Kraft eingebüßt zu haben und blinkte unsicher zur Bucht hinaus wie eine Lampe, deren Batterie alt und verbraucht ist. Er hockte in seinem Ölzeug im Boot, hatte zwei wütende Schauer über sich ergehen lassen; er hatte den aufkommenden Wind wahrgenommen, der die Ankerkette gestrafft, die Nebelbank auseinandergetrieben hatte, und während der ganzen Zeit hatte er den schweren metallenen Marlspieker in der Hand gehalten wie einen plumpen Dolch. Gleich nach dem Essen hatte er sich unbemerkt ins Boot geschwungen, den Kopf eingezogen und so — den Oberkörper gekrümmt, die Beine weggestreckt — wartend dagesessen. Manchmal hob er vorsichtig den Kopf über das Dollbord und blickte in die Richtung zur Messe und über das Mitteldeck, und wenn ein Geräusch erfolgte, kniete er sich hin und schloß die Finger fest um das nasse Metall des Marlspiekers. Er dachte an den Zettel, den er an Eugen adressiert und durch den Luftschacht in die Messe geworfen hatte, kurz vor dem Abendbrot, als Doktor Caspary mit Freytag auf dem Achterschiff war. Er hatte Eugen geschrieben, daß Doktor Caspary versuchen wollte, allein aus der Falle herauszukommen; ein Mann der Besatzung, den er bezahlt hätte, sollte ihm dabei helfen, das Boot zu Wasser zu bringen. Sobald Doktor Caspary die Messe nachts verließe, sollte Eugen ihm nicht folgen, sondern sofort zum Boot kommen und warten. Gombert war nicht sicher, ob Eugen das, was er ihm geschrieben hatte, für sich behalten werde; vielleicht hatte er den Zettel sofort Doktor Caspary gezeigt, und dann wartete er jetzt umsonst. Vielleicht aber hatte er alles mit seinem Bruder besprochen, und dann würde eventuell Eddie zu den Davits kommen und sich überzeugen wollen, ob das, was Gombert geschrieben hatte, zutraf.

Vier Stunden hockte er in dem Boot und lauschte, und er hörte nur Zumpes Selbstgespräche, die er auf Ausguck führte, Rethorns Schritte im Backbordgang, den Wind und das Zerspellen des Wassers, wenn das Schiff eintauchte.

Das Gewitter entlud sich weit über Land, so daß er nur die Blitze sehen, den Donner nicht hören konnte. Über den Inseln lag eine unentschiedene Helligkeit, die erste Blässe eines heraufkommenden, kalten Morgens. Auf dem Schiff rührte sich nichts.

Gombert richtete sich auf und schwang sich aus dem Boot. Er schob den Marlspieker in die Tasche seines Ölzeugs, ging geduckt unter den dunklen Bulleyes der Messe vorbei und den Gang hinab zur Toilette. Als er vor der verkratzten Wand des Pissoirs stand, hörte er hinter sich die Pendeltür schwingen, dann einen knirschenden Schritt auf den geriffelten Fliesen, und jetzt schob sich eine Gestalt ans Nebenbecken: Gombert erkannte das Profil von Doktor Caspary.

„Das wäre ein gutes Wetter, um zu segeln", sagte Doktor Caspary.

„Ja", sagte Gombert.

„Würden Sie uns helfen? Wir wollen in die Nähe von Faaborg; vor der Küste können Sie uns absetzen und zurückfahren zu Ihrem Liegeplatz."

„Das müssen Sie mit dem Kapitän besprechen", sagte Gombert. „Ich habe nichts zu sagen."

„Und wenn Sie etwas zu sagen hätten?"

„Wenn ich etwas zu sagen hätte, dann würde ich euch am Mast aufziehen, alle drei; und ich würde euch dort hängenlassen, bis wir einlaufen. Einen würde ich mir allerdings gesondert vornehmen."

„So", sagte Doktor Caspary lächelnd, „dann brauche ich also nicht betrübt zu sein, daß Sie noch nicht Kapitän sind. Unter diesen Umständen möchte ich es mir lieber versagen, Ihnen alles Gute für Ihre Karriere zu wünschen."

Sie drehten sich zur gleichen Zeit um, und Gombert handelte wie in einem Reflex: sein Arm zuckte hoch, die rechte Faust krachte gegen Doktor Casparys Kiefer, die linke schlug nach und schmetterte voll in sein Gesicht, so daß er mit ausgebreiteten Armen nach hinten fiel, wobei sein Hinterkopf im Sturz den Beckenrand streifte. Er fiel auf den Rücken, die Sonnenbrille zersprang auf den Fliesen. Gombert kniete sich neben ihm hin. Doktor Casparys eines Auge war geschlossen, das andere, das stark tränte, blickte ihn starr und gleichgültig an mit allmählich verschwimmendem Blick, und Gombert sah, daß es ein Glasauge war. Er horchte abermals, nur die Pendeltür schwang hin und her, auf dem Gang blieb es still. Jetzt begriff er, was geschehen war, vielleicht, dachte er, könnte das der Anfang für alles sein, ein befreiendes Signal, das auch Freytag anerkennen würde. Er hob den Körper von den Fliesen auf und brachte seine Schulter darunter.

Er brauchte nur eine Hand, um den Körper von Doktor Caspary auf seiner Schulter festzuhalten; in die andere nahm er den Marlspieker, drückte mit seiner Spitze die Pendeltür auf, verließ die Toilette und trat auf den schwach erleuchteten Gang hinaus. Unter den Bulleyes der Messe vorbei trug er Doktor Caspary über Deck, dann zur Brücke hinauf; er öffnete das Kartenschapp, ließ den schlaffen Körper auf den Stuhl gleiten, fand eine alte Signalleine in einem Regal und zog sie heraus. Scharf fesselte er Doktor Caspary an den Stuhl, trat zurück wie ein Maler, der sein Bild begutachtet, und als er sich aufrichtete, hörte er

Zumpes Stimme von der Tür, eine Stimme, in der unterdrückte Freude lag, Zustimmung und dann Enttäuschung. „Das ist ja der Überschlaue", sagte Zumpe. „Ich dachte, du hättest einen von den andern beiden."

„Der ist genausoviel wert", sagte Gombert, „ohne ihn sind sie aufgeschmissen."

„Soll ich Rethorn holen?"

„Nein", sagte Gombert. „Ich gehe zu Freytag runter und sage ihm Bescheid. Jetzt kann er uns nicht zurückpfeifen."

„Dann bleibe ich hier", sagte Zumpe.

„Paß auf ihn auf", sagte Gombert, „und wenn jemand kommt, schließ das Schapp zu."

„Bei mir ist er sehr gut aufgehoben", sagte Zumpe.

Gombert gab Zumpe den schweren Marlspieker und verließ die Brücke, und Zumpe stellte sich mit dem Rücken vor die Tür des Schapps, sah auf das Deck hinab, in den kalten trüben Morgen über der Bucht. Hängende Wolkenfahnen bedeckten den Horizont, der Wind wurde stärker.

Nach einer Weile hörte er die Schritte von zwei Männern und dachte, daß Gombert mit Freytag die Brücke heraufkam. Er trat an den Niedergang, um sie zu erwarten, und sah die beiden Brüder unten am Niedergang erscheinen: Eddie vorn: nervös, argwöhnisch, die Maschinenpistole in die Hüfte eingezogen; hinter ihm Eugen, müde, eine Zigarette schräg übers Kinn; sah, wie sie stehenblieben, zurücklauschten und, bevor Zumpe noch verschwinden konnte, gleichzeitig das Gesicht hoben und ihn reglos anstarrten, weder erstaunt noch überrascht. Wahrscheinlich wären sie unter ihm vorbeigegangen, wenn er ihrem erwartungsvollen Blick standgehalten und nichts getan hätte; doch er trat plötzlich nach hinten in die Brückennock, und gleich darauf hörte er sie kommen. Er nahm den Marlspieker fest in die Hand, blickte auf den Einschnitt des Niedergangs, und da erschienen sie auf der Brückenplattform: der kurz hin- und herschwenkende Lauf der Maschinenpistole, Eddie und dann sein Bruder. Sie begannen, die Brücke zu untersuchen, sie gingen an Zumpe vorbei zur anderen Brückennock, zeigten hinab auf das Boot in den Davits; kamen zurück, ohne ihn aus den Augen zu lassen, und jetzt kamen sie zu ihm.

„Wo ist unser Mann", fragte Eddie.

„In der Messe", sagte Zumpe, „dort hat er sich eingemietet. Auf der Brücke hat niemand etwas zu suchen."

„Hab keine Angst", sagte der Riese, „wir tun deiner Brücke nichts; wir haben uns auch die Füße abgetreten."

„Sag, wo er ist", wiederholte Eddie.

„Hier ist eine Tür", sagte der Riese und bewegte den Drücker und versuchte, die Tür zum Kartenraum zu öffnen.

„Nimm deine Flossen da weg", sagte Zumpe. „Niemand hat im Kartenraum etwas zu suchen, nur der Kapitän und der Steuermann."

Eugen wiegte den Kopf, lachte ein stoßartiges, blödes Lachen und rüttelte wieder an der Tür, so daß Zumpe unwillkürlich näher kam, den Marlspieker griffbereit in der Tasche.

„Mach auf, du", sagte Eugen, „schnell, oder es wird etwas passieren."

„Komm, du Zwerg, mach auf", sagte Eddie.

„Dazu hat nur der Kapitän ein Recht und der Steuermann."

„Und wir", sagte Eddie. „Du bist wohl noch nicht dahintergekommen."

„Er hat eine sehr lange Leitung", sagte Eugen, „zu lang für seine Körpergröße."

Der Riese rüttelte noch einmal an der Tür, beugte sich dann zum Schlüsselloch hinab, während Eddie auf sein Gesicht sah, als hoffte er dort sogleich lesen zu können, was sein Bruder entdeckte, und in dieser Sekunde zog Zumpe den Marlspieker aus der Tasche und holte aus. Doch bevor die Hand niederfuhr, wandte Eugen, der den gefesselten Mann im Kartenraum sofort gesehen hatte, den Kopf, sah die emporgerissene Hand über der Schulter seines Bruders und versetzte ihm einen knappen Stoß mit dem Ellenbogen, daß Eddie gegen das Brückengeländer taumelte, sich mit dem Rücken auffing und wieder abdrückte wie ein Boxer vom Seil, und in dieser Bewegung schoß er.

Schräg von unten nach oben zog der Lauf der Maschinenpistole; die Geschosse sägten in Zumpes Körper von der Hüfte bis zum Schlüsselbein, schleuderten ihn in die Brückennock zurück wie ein Sturmstoß, und er sah erstaunt aus, als er in die Knie ging und dann aufs Gesicht fiel. Seine Füße scharrten leicht auf der Brückenplattform, die hornharten, krallenartigen Finger tasteten zur Seite.

„Siehst du", sagte Eugen traurig, „siehst du."

Eddie schob die ausgeworfenen Patronenhülsen mit dem Fuß zur Seite und sagte: „Schnell, sie werden gleich kommen. Wir müssen etwas tun."

„Der Doktor ist hier drin", sagte Eugen.

„Dann mach die Tür auf."

„Ich hab es versucht", sagte Eugen, „aber die Tür ist stärker."

„Weg da", sagte Eddie, „nach hinten."

Er hielt den Lauf der Maschinenpistole schräg gegen das Türschloß und feuerte; die Leiste splitterte, Querschläger sirrten über das Deck. Dünner Rauch entwickelte sich an der Einschußstelle. Mehrere Stöße feuerte er gegen das Schloß, und die Kugeln hieben es auseinander und sprengten die Tür auf. Während Eddie den Lauf zum Niedergang schwenkte, trat Eugen in das Kartenschapp und band Doktor Caspary los, der sich schmunzelnd die Handgelenke massierte, das Genick, dann eine Zigarette aus seinem Etui nahm, sie sorgfältig in die Spitze schraubte und anzündete.

„Danke, Eugen", sagte er höflich. „Das ist etwas, was ich dir nicht vergessen werde."

„War's schlimm?" fragte Eugen besorgt.

„Nur enttäuschend", sagte Doktor Caspary. „Es fällt ihnen nichts ein; in allem, was sie tun, sind sie gediegen, erschreckend gediegen."

„Wir müssen abhauen", sagte der Riese.

„Warum? Nun können wir doch in Ruhe frühstücken."

„Draußen liegt einer und guckt nach unten", sagte Eugen. „Der Zwerg, er hat's nicht besser haben wollen."

„Ich habe es gehört", sagte Doktor Caspary.

„Kommt raus, da", rief Eddie von der Brücke.

„Gleich wird Eddie ärgerlich", sagte Eugen.

„Dann wollen wir rausgehen", sagte Doktor Caspary.

Stimmen der Besatzung auf Deck, als sie das Kartenschapp verließen: Freytags Stimme, die Stimme von Rethorn und die verstörten Rufe des Kochs: „Es hat geschossen, hier wurde geschossen", und dann Getrappel auf dem Niedergang, bis Freytags Gesicht sich über die Plattform hob. Freytag stutzte, als er Eddie entdeckte und den Lauf der Maschinenpistole, der auf ihn gerichtet war, doch er tauchte nicht weg, hob sich langsam weiter empor, bis die Kante des Niedergangs seinen Oberkörper abschnitt, blieb stehen, zögerte, sah jetzt auf den mit gespreizten Beinen dastehenden Mann, der leise sagte: „Nicht weiter."

Freytag gehorchte. Die Warnung gab ihm ein Gefühl der Sicherheit, er spürte, daß er die Grenze erreicht und, solange er sie nicht überschritt, kaum etwas zu erwarten hatte, und er löste seinen Blick von Eddie, sah über die Brücke und in die Nock, in der Zumpe lag.

„Geh zurück", befahl Eddie. „Verschwindet alle. Wir kommen jetzt runter."

„Bitte", sagte Doktor Caspary, „machen Sie den Niedergang frei."

Wieder gehorchte Freytag, schob sich langsam nach unten; eine flüsternde Beratung, und die Schritte mehrerer Männer entfernten sich im Backbordgang, so daß sie keinem begegneten, als sie hinabstiegen und in die Messe gingen.

Erst als sie die Tür hinter sich zugezogen hatten, traten Freytag, Gombert und Rethorn aus der Kombüse, wo sie gewartet hatten, und stiegen auf die Brücke hinauf.

Gombert kniete sich neben Zumpe hin und drehte ihn um: unter seinem Körper lag der Marlspieker, den er ihm selbst gegeben hatte, und von der Hüfte bis zur Schulter hinauf zog sich ein blutiger Streifen wie die Andeutung einer Schärpe. Auf seinem Gesicht lag immer noch der gleiche Ausdruck gequälten Erstaunens. Sie nahmen die Mützen ab und sahen auf Zumpe hinab; dann kniete Freytag sich hin, öffnete Zumpes Jacke und leerte seine Taschen; legte eine Pfeife auf Deck, ein Bordmesser, verzinkte Nägel und eine verbeulte Tabaksdose und zuletzt die von der Geschoßgarbe durchlöcherte Brieftasche. Er klappte die Brieftasche auseinander, fand den fleckigen Zeitungsausschnitt und wußte, daß es Zumpes Todesanzeige war. Er steckte alles ein und richtete sich auf.

„Bring ihn ins Segelschapp", sagte Freytag zu Gombert.

Gombert hob den Toten an den Schultern an und schleifte ihn zum Niedergang, und Freytag stieß die hin- und herschlagende Tür des Kartenraumes auf, legte alles, was einst Zumpe gehört hatte, auf den Tisch und bedeckte es mit dem Logbuch.

„Was willst du tun?" fragte Rethorn. „Wir müssen seinen Tod melden, Zumpes Angehörige müssen es auch erfahren."

„Er hatte keine Angehörige", sagte Freytag. „Ich weiß nicht, was er machte, wenn wir in der Werft waren; ich weiß nur, daß keiner auf ihn wartete."

„Dann muß es die Direktion erfahren", sagte Rethorn.

„Er hat nicht aufgepaßt", sagte Freytag. „Zumpe hat sich nicht an das gehalten, was wir abgemacht hatten."

„Sag nur, daß du ihm die Schuld gibst für alles."

„Nein", sagte Freytag, „ihm nicht, aber dem Mann, der im Nebel das Boot abgeschnitten hat. Wenn Soltow ihr Boot repariert hätte, dann wären sie jetzt von Bord, und wir könnten unsere Meldung abgeben und dafür sorgen, daß sie keine zwanzig Meilen weit kommen.“

„Ich habe das Boot nicht abgeschnitten“, sagte Rethorn.

„Wer dann?“ rief Freytag.

„Ich nicht, und ich habe auch keinem gesagt, daß er das Boot abschneiden soll. Ich gebe dir mein Wort.“

„Du weißt, wieviel ich von deinem Wort halte“, sagte Freytag verächtlich.

„Ich war es nicht“, sagte Rethorn.

„Laß mich allein“, sagte Freytag.

Er ließ Rethorn stehen, zog den Stuhl heran, setzte sich und schlug das Logbuch auf. Lange las er die letzten Eintragungen, er selbst hatte sie gemacht, doch nun muteten sie ihn wie aus einer fremden Zeit an, von einem anderen Mann als dem geschrieben, der er jetzt war oder zu sein glaubte: die Seenachrichten, die Wettermeldungen, die Schiffsbewegungen in der Bucht, und der ewig wiederkehrende Schluß — keine besonderen Ereignisse — erschien ihm wie eine bequeme Lüge, mit der er seine Versäumnisse zu decken versucht hatte oder seine Unfähigkeit, wirklich alles zu erfahren, was sich ereignet hatte; und während er das empfand, faltete er das Logbuch auseinander und begann zu schreiben. Er schrieb alles auf, das, was er selbst gesehen und gehört hatte: seine Anordnungen notierte er, die Handlungen der Besatzung und das Verhalten der drei Schiffbrüchigen — vom ersten Tage an.

Plötzlich hob er den Kopf. Er spürte, wie die Tür schräg hinter ihm geöffnet wurde, fühlte die Nähe des eintretenden Mannes, doch er blickte sich nicht um. Und dann hörte er die weiche, klare Stimme von Doktor Caspary:

„Ich mußte noch einmal zurückkommen“, sagte er, „ich habe damit gerechnet, Sie zu stören, doch ich mußte Ihnen sagen, wie sehr ich den Vorfall bedaure.“

„Es war kein Vorfall“, sagte Freytag, „es war Mord.“

„Sie vergessen, daß es in Notwehr geschah.“

„Was ich gesehen habe, habe ich gesehen. Gehn Sie fort, gehn Sie zu Ihren Leuten.“

„Meine Leute bedauern ebenfalls, was geschehen ist.“

„Sie und Ihre Leute haben nie etwas bedauert.“

„Vielleicht haben Sie recht“, sagte Doktor Caspary. „Wahrscheinlich haben wir nie etwas bedauert, denn wer bedauert, will nicht vergessen, und wir wollen gründlich vergessen: darin gleichen sich meine Leute — wie Sie meinen — und ich. Trotzdem bin ich hier heraufgekommen, um Ihnen wenigstens zu sagen, daß das, was geschehen ist, nicht zu geschehen brauchte."

Doktor Caspary entdeckte den Federhalter und das Logbuch auf dem Tisch, schlug es auf und begann zu lesen. Das Gestell der Sonnenbrille war mit dünnem Draht geflickt, ein Glas fehlte, so daß sein Gesicht jetzt eulenhafte Züge trug. Er las ohne Reaktion zu Ende, was Freytag geschrieben hatte, dann legte er das Logbuch auf den Tisch und riß die Seiten heraus. „Sie erlauben doch", sagte er. „Ich handle nur in Übereinstimmung mit meiner Ansicht, daß es Ihrem Schiff gut täte, endlich ein Geheimnis zu haben, einen dunklen Punkt. Außerdem wissen Sie bereits, daß wir an unseren Spuren nicht sonderlich interessiert sind."

„Ist das alles?" fragte Freytag.

„Nein", sagte Doktor Caspary höflich, „keineswegs. Ich habe Ihnen noch etwas anderes zu sagen: wir haben uns entschlossen, Sie zu verlassen; unglücklicherweise können wir nicht die Tür öffnen und gehen, denn es ist beileibe nicht jedem gegeben, über Wasser zu wandeln. Wir sind dabei auf Hilfe angewiesen ..."

„Das Versorgungsboot", rief Rethorn vom Ausguck zur Brücke hinüber.

„Das Versorgungsboot kommt", sagte Freytag und erhob sich.

„Also Besuch", sagte Doktor Caspary.

„Angenehmer Besuch", sagte Freytag.

„Bleibt das Boot lange hier?"

„Das liegt an uns", sagte Freytag, „und daran, wieviel wir zu erzählen haben."

„Ich fürchte, Sie haben nicht allzuviel zu erzählen."

„Es gibt immer etwas zu erzählen."

„Sehr gut", sagte Doktor Caspary. „Wir werden die Messe räumen und hier heraufziehen, auf die Brücke — zumindest für die Dauer Ihres Besuches. Sie kennen unsere Lage, Kapitän, und Sie wissen, wozu sie uns unter Umständen zwingen könnte. Berücksichtigen Sie das bei Ihren Erzählungen."

„Was verlangen Sie?" fragte Freytag.

„Daß Sie das verschweigen, worauf es Ihnen ankommt — so wie es in einer guten Erzählung der Fall ist. Wenn Ihr Besuch Fragen stellt, dann verweisen Sie ihn aufs Lexikon."

„Sie sind —"

„Ja, was wollten Sie sagen?"

„Ich wünsche mir, euch einmal zwischen die Finger zu kriegen", sagte Freytag, „euch alle drei, von Mann zu Mann, und dann möchte ich mich mit euch unterhalten. Ihr würdet so klein werden, so klein."

Freytag legte das Logbuch zurück an seinen Platz und ging hinab zum Fallreep, wo ein Teil der Besatzung stand und das Versorgungsboot erwartete, das tief im Wasser liegend direkt auf sie zuhielt. Schlingernd kam es von achtern auf, und nun winkte einer im Heck mit der Hand, stand auf, nahm die Ruderpinne zwischen die Schenkel und manövrierte das Boot stehend ans Fallreep.

Ohne den Kopf zu wenden, blickte Freytag zur Brücke hinauf und sah die beiden Brüder hinter der Brüstung geduckt dastehen und wußte, daß sie ihre Waffen in der Hand hatten. Bevor die Leine klatschend hinabfiel zum Versorgungsboot, gab Freytag Gombert ein Zeichen, sprach auf ihn ein, und Gombert trat zu jedem, der am Fallreep stand, und flüsterte ihm etwas zu; dann kamen die Männer aus dem Versorgungsboot an Deck, zwei Männer in schweren Joppen, hoch gewachsen, schlecht rasiert; sie trugen schwarze Schirmmützen auf dem Kopf und die Hosen in den Stiefeln. Sie sagten „Moin" und schoben die Hände in die Taschen und witterten in Richtung zur Messe.

„Wenn ich hier nicht was zu trinken bekomme", sagte der eine, „verdurst ich auf der Stelle."

„Also gehn wir in die Messe", sagte Freytag.

Zuerst tranken sie Rum mit Tee und saßen unter den angedunkelten Porträts ehemaliger Feuerschiffs-Kapitäne, während die anderen Güter und Post aus dem Versorgungsboot übernahmen. Freytag schob ihnen eine Kiste mit sehr guten Zigarren hinüber, holte eine Flasche sehr guten Kognak, und sie klopften ihre Pfeifen aus und ließen die Tassen mit Rum und Tee stehen und einer von ihnen sagte:

„Im allgemeinen bekommt man im Ausverkauf nur Nusch; bei euch ist es umgekehrt: Ihr fahrt die besten Sachen auf beim Winterschlußverkauf."

„Wie fühlt man sich auf der letzten Wache?" fragte der andere.

„Ich kann mir gar nicht vorstellen, daß wir hier weggehen", sagte Freytag.

„Kennst du Bohnsack?" fragte der eine. „Er lag mit seinem Schiff draußen vor dem Kanal, und als sie es einzogen, hat er sich die Aufbauten von einem alten Dampfer, den sie abwracken wollten, an Land setzen lassen; er hat sie gekauft und hat sich alles so eingerichtet wie auf seinem Schiff. Willst du dir auch so was zulegen?"

„Ich weiß nicht", sagte Freytag, „noch sind wir nicht an Land."

„Es dauert aber nicht mehr lange."

„Warum trinkst du nichts?" fragte der eine. „Es ist ein sehr guter Kognak, und außerdem deiner."

„Nicht jetzt", sagte Freytag.

„Dann auf euer Wohl", sagte der andere.

Sie tranken, seufzten, dann sagte der eine von ihnen: „Wir sollten uns von dem Kasten verabschieden, bevor er eingezogen wird."

„Das ist nicht nötig", sagte Freytag.

„Nur einen Rundgang", sagte der andere.

„Trinkt noch was", sagte Freytag.

„Eine gute Idee", sagte der eine und roch mit geschlossenen Augen an einer Zigarre.

„Ich hab euch auch was mitgebracht", sagte der andere, „ein Abschiedsgeschenk."

Er hob vorsichtig einen runden Pappkarton auf den Tisch, löste die Schnur und forderte Freytag auf, den Deckel abzuheben.

„Eine Torte?" fragte Freytag.

„Wie gehabt", sagte der eine, „diesmal nur mit Kirschen."

„Ich würde sie schnell essen, denn in den letzten drei Tagen werden viele längsseits kommen, und dann könnt ihr eine Konditorei aufmachen."

„Ich werde Trittel suchen, damit er uns einen Kaffee kocht", sagte Freytag.

„Laß man", sagte der andere, „das kann ich besorgen, dabei sehe ich mich gleich ein bißchen um."

„Ich finde ihn schneller", sagte Freytag. „Ich bin gleich wieder zurück. Nehmt euch in der Zwischenzeit noch einen Kognak."

„Keine Einwände", sagte der eine.

„Bei euch ist es so gemütlich wie zu Hause", sagte der andere. „Darum will ich die Gemütlichkeit auch nicht stören."

„Hier liegt eine Patrone", sagte der eine. „Schrot. Schießt ihr Enten?"

Freytag nahm ihm die Schrotpatrone aus der Hand. „Fred hat sie verloren", sagte er, „mein Junge. Ich habe ihn mit an Bord."

„Mach schnell", sagte der andere, „sonst trinken wir die ganze Flasche aus."

„Ich weiß nicht, was ich mehr bewundern soll“, sagte Doktor Caspary zu Freytag, „Ihre Vorsicht oder Ihre Standfestigkeit. Jedenfalls wären Ihre Freunde ohne Ihre Hilfe kaum ins Boot gekommen, während Sie selbst den Eindruck machen, als ob Sie sich in der ganzen Zeit ausgeruht hätten. Glauben Sie, daß das Versorgungsboot sicher zurückfindet?“

„Das braucht nicht Ihre Sorge zu sein“, sagte Freytag.

„Aber es sind doch Ihre Freunde“, sagte Doktor Caspary, „und sie hatten eine bemerkenswerte Schlagseite, als sie von Bord gingen. Wenn ich einen Anlaß dazu hätte, würde ich mir Sorgen machen.“

Freytag saß auf einem Klappstuhl und sah dem vage blinkenden Hecklicht des Versorgungsbootes nach. Sie hatten zweimal zusammen Kaffee getrunken und vor dem Kaffee und zum Kaffee Kognak, und die hochgewachsenen Männer in den Joppen hätten vergessen, daß sie zurückmußten, wenn Freytag sie nicht daran erinnert hätte. Als der Wind sich legte, fahle Dunkelheit über die Bucht fiel und Freytag wußte, daß sie etwas zu erwarten hatten, war er aufgestanden und hatte die Männer zum Boot gebracht und war zur Brücke hinaufgegangen. Das Pfeifen in den Antennendrähten hatte aufgehört, das Schiff lag unbeweglich da an langer Ankerkette. Zwei Tümmler zogen vorbei, schnellten sich in die Luft, tauchten gekrümmt ein, kamen mit kleiner, zischender Fontäne wieder hervor; sie schwammen zur offenen See hinaus und schnitten eine Spur über das glanzlose Wasser. Das dunkle Blau des Inselstrichs war verschwunden, und die Küste, die wie eine flimmernde Spiegelung über dem Horizont gestanden hatte, sank mit der fahlen Dunkelheit und kam außer Sicht. Sie gaben Seewarnnachrichten durch.

Doktor Caspary trug einen Stuhl aus dem Kartenschapp heraus, machte gegen Freytag eine Geste, mit der er um Einverständnis bat, und setzte sich. Lange beobachtete er das Versorgungsboot durch das Glas.

„Ich schätze, nun werden sie bald an Land sein“, sagte Doktor Caspary. „Jedenfalls kommen sie noch vor dem Wetter nach Hause. Sie glauben doch auch, Kapitän, daß wir etwas zu erwarten haben?“

„Sie haben eine Menge zu erwarten“, sagte Freytag.

„Es trifft mich nicht unvorbereitet“, sagte Doktor Caspary. „Ich erwarte immer etwas.“

Freytag hatte bisher über die Brüstung hinausgesprochen, ohne Doktor Caspary anzublicken; jetzt drehte er sich um und sagte:

„Ich bin in meinem Leben Männern begegnet, die mir zuwider waren, wenn ich sie nur ansah – Typen, die ich am liebsten als Kielschwein hinter dem Schiff gehabt und durch alle Wasser der Erde geschleift hätte, aber keiner war mir so zuwider wie Sie. Ich frage mich manchmal, ob so etwas wie Sie überhaupt einen Vater gehabt haben kann."

„Sie werden lachen", sagte Doktor Caspary, „ich hatte einen; und da Sie sich schon nach ihm erkundigen: er war sogar ein bekannter, frommer Mann, wenigstens bei den Reisenden in der Eisenbahn. Nicht lange nach dem ersten Krieg hat mein Vater auf fast allen Bahnhöfen Norddeutschlands Kioske aufstellen lassen, in denen Südfrüchte und religiöse Schriften verkauft wurden; auf den Kiosken stand groß: ‚Erfrischungen für alle Wege', und darunter, etwas kleiner: ‚Vertrau' dich Reinhold Caspary an.' Das stand auch auf den Obsttüten, während die religiösen Schriften Titel hatten, die auf den Zustand der Reisenden Bezug nehmen. Sie hießen etwa: ‚So süß bringt nur Er dich ans Ziel' – worunter man durchaus meinen Vater und seine Blutapfelsinen verstehen konnte."

Doktor Caspary schwieg lächelnd, zündete sich eine Zigarette an und fuhr fort: „Sie sind der erste Mann, Kapitän, dem ich von meinem Vater erzähle. Ich hielt nicht viel von ihm."

Freytag sah sich überrascht um: wie einmal schon, so klang es auch diesmal überzeugend und wie ein Geständnis. Er sagte – und im Augenblick, da er es sagte, merkte er, daß es etwas anderes war als das, was er zu sagen vorhatte –: „Ihr Vater wird genausoviel von Ihnen gehalten haben."

„Das stimmt", sagte Doktor Caspary. „Er hat es mir oft genug zu verstehen gegeben, und bald nachdem mein Vater ein Vermögen erworben hatte, verpachtete er die Kioske, vergrub sich in seinem Zimmer und zeigte nur noch zweierlei Interessen: die Bibel und unsere Familiengeschichte. Was die Heilige Schrift angeht, so wurde er ein bekannter Bibelausleger, dessen Kommentare zu den alttestamentarischen Propheten gern von Sonntagsblättern gedruckt wurden. Was unsere Familiengeschichte betrifft, so mußte mein Vater bekümmert entdecken, daß sie nicht bis zu den Kreuzzügen hinabreichte, und nicht nur dies: beim Stöbern fand er etwas, das seinen Kummer noch vertiefte: alle vierzig Jahre – das fand er heraus, und er eröffnete es uns an meinem sechzehnten Geburtstag – tauchte in unserer nicht sehr bemerkenswerten Familie ein bemerkenswerter Querschläger auf, ein Gewohnheitsdieb, ein Betrüger, ein Mörder. Das Fazit, zu dem er gelangt war, faßte er in die Worte: ‚Jetzt sind gerade wieder vierzig saubere Jahre vorbei', und darauf wußte er nichts anderes zu tun, als mich eindringlich und stumm befragend anzublicken, obwohl er mit demselben Recht meinen Zwillingsbruder Ralph hätte anblicken können. Jedenfalls trat ich an jenem Abend vor einen Spiegel und entdeckte einen Fremden."

Ein heftiger Windstoß fuhr über das Schiff und brausend über das Wasser, das sich zu riffeln begann wie Wellblech. Das Schiff schien sich zu heben unter dem Stoß, torkelte leicht und schwojte, und der Bugspriet drehte langsam, als suchte er sich in die Richtung zu bringen, aus der ein neuer Stoß erfolgen könnte. Hinter den Inseln warf ein Küstenschoner Anker.

„Jetzt scheint es wohl zu beginnen", murmelte Doktor Caspary gleichgültig.

Freytag schwieg und schlug den Kragen seiner Joppe hoch.

„Immerhin", sagte Doktor Caspary, „Sie können sich vorstellen, wie mir zumute war, als mich mein Vater so eindringlich anblickte. Es hatte fast den Anschein, als ob er mich für berufen oder auserwählt hielt, den nun fälligen Querschläger in der Familientradition abzugeben. Ich begann, mich mit diesem Gedanken zu beschäftigen, und als mein Zwillingsbruder sich für das juristische Studium entschied, entschied auch ich mich dafür. Etliche Leute – mein Vater allerdings ausgenommen, denn er starb während unseres Studiums – sahen bereits voraus, daß unsere Bemühungen zu einem Anwaltsbüro mit dem Briefkopf: Caspary & Caspary führen würden.

Fast hätten diese Leute auch recht behalten, doch dann verlangte unsere Familientradition ihre Schuldigkeit: ich muß sagen, das erste Mal handelte ich ganz spontan; zufällig war ich Zeuge einer Erpressung geworden; ich empörte mich gegen den Erpresser und fand keine andere Möglichkeit, ihn zu bestrafen, als ihn meinerseits zu erpressen. Da er sich damit abfand, hielt ich mich in diesem Fall für gerechtfertigt; gleichzeitig aber empfand ich so etwas wie eine größere, generelle Rechtfertigung für mein zukünftiges Tun – die Tatsache, daß gerade wieder vierzig ‚saubere' Jahre vorbei waren und ein Querschläger erwartet wurde, ließ mich annehmen, daß meine Familie mir eine besondere Moral bewilligen werde.

Ich ließ mir Zeit und plante mit Umsicht: um etwas Bemerkenswertes zustande zu bringen, muß man unabhängig sein – eine Voraussetzung, die ich dank meines Vaters erfüllte . . . Hören Sie mir noch zu? Gut . . . Ich begann also, meine Neigungen zu beobachten, und stellte bald fest, daß ich unter einem ansehnlichen Lebenshunger litt: ich wollte mehr aufnehmen und an mich reißen, als in einem Leben, in einer Existenz zu schaffen ist. Wir sind alle Leibeigene unseres Selbst, gefangen wie das Insekt im Bernstein, und jede fremde Erfahrung müssen wir erst durch die Festungstore unseres Ichs einschmuggeln. Das paßte mir nicht; ich wollte nicht nur in dieser armseligen Identität mit Wolfram Caspary leben, und so begann ich, mir systematisch mehrere Leben zuzulegen ... Interessiert es Sie noch, ja? ..." Doktor Caspary machte eine Pause, rieb den klobigen Siegelring nachdenklich in der Hüfte, dann legte er Freytag eine Hand auf die Schulter.

‚Er ist verrückt', dachte Freytag, ‚er ist einer von denen, die man zu heiß gebadet hat. Das ist genau einer von diesen Burschen, denen das Leben nicht ausreicht, weil sie nicht eine einzige Sache zustande kriegen.'

„Sehen Sie", sagte Doktor Caspary – und er hob seine Stimme, um sich besser verständlich zu machen –, „so fand ich einen Ansatzpunkt für das, was ich vorhatte: ich legte mir drei Leben zu. Eins fiel mir gewissermaßen in den Schoß, oder es wurde mir wie eine Speise gebracht, die ich zwar nicht bestellt hatte, die aber so gut aussah, daß ich mich dennoch entschloß, sie zu essen: das Leben meines Zwillingsbruders Ralph. Ich nahm es an, nachdem wir zusammen mit unserm Segelboot in der Elbmündung gekentert waren. Da ich unsicher war, wieviel ich mir als Schwimmer zutrauen durfte – Sie wissen, daß Ertrinkende mit Vorliebe klammern –, wagte ich nicht, meine wenigen Kräfte bei einer Hilfeleistung zu verschwenden, die wahrscheinlich doch umsonst gewesen wäre. Ich rettete mich mit Ach und Krach ans Ufer, mein Bruder ertrank. Ich übernahm seine Anwaltspraxis, ließ mich selbst für tot erklären und fand ein Leben als hamburgischer Rechtsanwalt ... Hören Sie? Ich bin noch nicht fertig ..."

Freytag war aufgestanden, trat nun ins Kartenschapp und befestigte die hin- und herschlagende Tür. Er sah dann über das Schiff, das schwer übernahm, sich nach jeder See schüttelte und aufrichtete wie nach einem Schlag. Die kalte Zigarette zwischen seinen Lippen war naß gesprüht.

„Das war das erste Leben, das ich mir zulegte", sagte Doktor Caspary. „Nun kommt das zweite."

„Sie können es später Ihrem Richter erzählen", sagte Freytag, „ich habe keine Zeit. Ich muß mich um das Schiff kümmern. Wir bekommen Sturm in der Nacht."

„Darf ich hier oben bleiben?"

„Machen Sie, was Sie wollen."

„Noch eins, Kapitän: Ihr Steuermann hat nicht das Boot abgeschnitten. Ich selbst habe die Leine gekappt und das Boot hinausgestoßen in den Nebel.“

Freytag, der bereits am Niedergang war, drehte sich um und kam zurück. „Warum haben Sie das getan?“ fragte er.

„Oh“, sagte Doktor Caspary, „ich wollte vermeiden, daß wir nur einen Kilometer weit kommen und dann liegen bleiben: ein guter Maschinist kann das so einrichten. Ich wollte ganz sichergehen, Kapitän, und ich glaube, daß es für uns keine bessere Garantie gibt, ans Ziel zu kommen, als wenn wir mit Ihnen fahren, mit dem Feuerschiff: darum habe ich unser Boot abgeschnitten. Es sah mir zu sehr nach einer Mausefalle aus – wie mir auch Ihr Beiboot zu sehr nach einer Mausefalle aussieht. Können Sie das verstehen?“ Freytag antwortete nicht.

„Also?“ fragte Doktor Caspary, „wann kann ich Ihnen weitererzählen, Kapitän? Nie habe ich einen Menschen getroffen, dem ich mich in gleicher Weise anvertraut hätte wie Ihnen, Kapitän: woran mag das liegen? An der Uneingeschränktheit, mit der wir uns verstehen? Oder möchte ich Ihnen deshalb alles über mich erzählen, weil wir uns gegenseitig in der Hand haben? Jeder Mensch gleicht seinem Gegner, zu keinem findet er ein intimeres Verhältnis.“

Freytag drehte sich um und stieg den Niedergang hinab, und er wußte, daß Doktor Caspary über ihm stand und ihm lächelnd nachblickte. Er ging in seine Kammer, zog Seestiefel an, seinen Gummimantel, setzte eine wollene Mütze auf; dann stand er lauschend da, horchte auf das Knistern in den Spanten, während er sich am Eisenrohrgestänge seines Bettes festhielt. ‚So hat er es gemerkt‘, dachte Freytag, ‚er hat gespürt, was ich vorhatte, denn Soltow kann es ihm nicht gesagt haben, und Soltow ist der einzige, der es wußte. Er hat alles durchschaut: daß wir sie nur abstoßen wollten, eine Meile raus auf die Bucht, wo sie wie auf einem Tablett gelegen hätten für das Polizeiboot. Damit ist es also vorbei, und er wird uns zwingen wollen – sie werden dastehen mit ihren Gewehren und Pistolen, alle drei. Sie haben keine andere Möglichkeit fortzukommen. Jetzt müssen wir darauf gefaßt sein.‘

Er überlegte, ob er zu Philippi hinaufgehen und mit ihm sprechen sollte, obwohl er wußte, was erfolgen würde, sobald die Direktion ihre Lage erfahren hätte: sie würden ein Polizeiboot schicken und ihn und die Besatzung auffordern, mit der Polizei zusammenzuarbeiten. Doch er brauchte sich nicht anzustrengen, um vorauszusehen, was an Bord geschehen würde, sobald das Polizeiboot vor dem Schiff erschien. Er dachte an Gombert und an das, was er einzuleiten versucht hatte, als er Doktor Caspary in das Kartenschapp brachte; damals war Freytag dagegen gewesen, weil er seinen eigenen Plan hatte, aber würde er jetzt auch noch rückgängig zu machen versuchen, was Gombert – oder ein anderer von der Besatzung – tun würde? Freytag ging den Gang hinab und weiter zum Vorschiff. Er kroch zur Segelkammer und hörte jetzt, wie das Wasser auf das Vorschiff schmetterte. Er kroch auf allen vieren zurück und stieg hinauf ins Funkschapp. Es war leer. Er betrat die Brücke, und als er zum Ausguck hinüberwollte, stellte sich ihm Eddie in den Weg. Eddie hielt sich mit einer Hand am eisernen Geländer fest, in der andern trug er die Maschinenpistole, deren Lauf er Freytag mühsam in die Hüfte drückte. Freytag lächelte, als eine See das Schiff anhob und niederwarf, so daß Eddie gegen das Geländer prallte, aufstöhnte und die Pistole zurückriß. „Was ist los?" schrie Freytag.

„Mein Bruder ist weg", schrie Eddie.

Eddie winkte, sie traten in den Windschutz, hielten sich fest und näherten ihre Gesichter einander.

„Wo ist er?" rief Eddie.

„Vielleicht hat er sich verlaufen", rief Freytag. „Ihr kommt so selten aus der Messe raus."

„Ich werde es nachholen", rief Eddie und wandte sich ab und verschwand stolpernd in der Dunkelheit. Freytag blieb stehen im Windschutz, sah über das Achterschiff: die Wolken zogen so niedrig über die Bucht, daß der Blinkstrahl der Kennung sie traf. Regen war in der Luft. Er beschloß, Fred zu suchen. Sprühendes Flugwasser traf prasselnd sein Gesicht, als er aus dem Windschatten trat. Er blickte auf die Plattform, sah, daß die Entlüftungsklappe zur Kombüse offenstand, und glaubte, den Duft von sehr gutem Kaffee wahrzunehmen. Ein schwacher Lichtschimmer lag auf der schräggestellten Klappe. Freytag bückte sich, das Flugwasser fegte über ihn hinweg, die Wärme legte sich auf sein Gesicht wie eine offene Hand. Vor dem langen geschrubbten Tisch unten in der Kombüse saßen Trittel und Eugen und tranken Kaffee. Trittel trug seine Kochmütze, die einen langen, drohenden Schatten warf, der sich über die Decke und über die Wand bewegte, sobald der Koch aufstand und neuen Kaffee vom Herd holte. Sein zerfurchtes Gesicht hatte in dem unsicheren Licht eine grünliche Farbe. Wenn die Töpfe und Deckel in ihren Halterungen zu scheppern begannen, hob er sein Gesicht und blickte sie stumm an, als wollte er sie verwarnen. Nie sah er auf den Mann mit der Hasenscharte. Eugen hatte seinen Oberkörper auf den Tisch gestützt, hielt den dampfenden Kaffee vor seinem Gesicht und trank in kleinen, scharfen Zügen. Aus seiner Gesäßtasche ragte der Knauf eines großkalibrigen Revolvers.

Freytag beobachtete sie, lauschte und wartete darauf, daß einer von ihnen etwas sagte, doch er hörte nichts, zog sich wieder empor, ging über die Plattform zum Niedergang und in seine Kammer.

Fred lag angezogen auf dem Bett. Als sein Alter reinkam, richtete er sich schweigend auf, zog seinen Pullover über den Gürtel, sprang aus dem Bett.

„Wohin willst du?“ fragte Freytag.

„Nach draußen“, sagte Fred tonlos.

„Draußen ist kein Wetter für dich“, sagte Freytag. „Ich würde liegenbleiben und schlafen.“

„Das kann ich zu Hause“, sagte Fred.

„Vielleicht hätte ich dich dort lassen sollen.“

„Warum“, sagte Fred. „Ich finde es sehr interessant hier. Ich habe eine Menge erfahren. Laß mich vorbei.“

Freytag drückte sich gegen die Spindtür und ließ Fred vorbei, der draußen auf dem Gang unentschlossen stehenblieb, zurücksah, dann in die Richtung verschwand, in der die Kammern von Philippi und Rethorn lagen.

‚Warum bin ich hier‘, dachte Freytag. ‚Warum suchte ich ihn? Warum bin ich nicht auf der Brücke? Ich wußte doch, wie er mir antworten würde.‘

Ein langer, wippender Schatten auf der Wand, der Schatten von Trittels Kochmütze, die wie ein mehlweißer Lampion über dem zerfurchten Gesicht stand, verbeult und leicht zusammengesackt.

„Komm rein“, befahl Freytag und schloß hinter dem Koch die Tür. Trittel gehorchte, kam mit schleppenden, unsicheren Schritten auf das Bett zu, mit einem Ausdruck verstörter Unterwürfigkeit.

„Setz dich hin“, befahl Freytag.

„Es ist passiert“, sagte der Koch. Er rieb seine Hände unter der Schürze, blieb vor Freytag stehen und fiel plötzlich vor ihm auf die Knie.

„Du mußt mir helfen“, sagte er.

„Was?“

„Es ging auf einmal los.“

„Sag, was passiert ist", befahl Freytag.

„Ich fühl es noch in der Hand", sagte der Koch, „wie er sich hochwarf ins Messer."

„Ihr habt zusammen Kaffee getrunken."

„Hast du es gesehn?" fragte Trittel erschrocken.

„Nein", sagte Freytag, „ich sah nur, daß ihr Kaffee trankt. Komm, setz dich aufs Bett."

„Er kam herein und wollte Kaffee haben", sagte der Koch leise, „ich gab ihm welchen, und wir tranken zusammen. Zuerst sagte er nichts, und dann fing er von Zumpe an und fragte, ob wir ihn auf Eis gelegt hätten oder was wir mit ihm machen wollten."

„Liegt er oben bei dir?" fragte Freytag.

Trittel schüttelte den Kopf. „Er trank seinen Kaffee und ließ mich nicht aus den Augen, und nachdem er seinen Kaffee getrunken hatte, wollte er etwas zu essen haben. Ich gab ihm Brot und Ölsardinen, und er aß, und während er aß, konnte ich hin- und hergehen, ohne daß er mich beobachtete, und auf einmal dachte ich an euch und glaubte, daß ihr es erwarten würdet von mir und daß ihr es auch tun würdet an meiner Stelle. Ich nahm das Küchenmesser. Als ich ihn traf – ich fühle es noch in der Hand –, wollte er aufspringen, doch er kam nicht mehr hoch und fiel neben den Hocker. Ihr hättet es doch auch getan, oder?"

„Wo ist er jetzt?" fragte Freytag.

„Er ist nicht mehr an Bord", sagte Trittel, „ich habe ihn rausgetragen, und eine See nahm ihn mit. Jetzt sind nur noch zwei in der Messe."

„Ja", sagte Freytag, „jetzt sind nur noch zwei da."

„Du mußt mir helfen", sagte der Koch. „Ich habe es doch fur euch getan, für dich und die andern und für Zumpe. Sag doch etwas!"

„Es ist geschehen", sagte Freytag.

„Hätte ich es nicht tun sollen?"

„Wir werden es erfahren", sagte Freytag, „bald."

Es KAM kein Sturm auf in der Nacht. Als der Regen einsetzte, kalt und strömend wie ein Wolkenbruch, ließ der Wind nach. Gegen Morgen blieb nur eine niedrige Dunkelheit, und hoch über dem Schiff wehte ein mächtiger Zug durch die Luft. Freytag schlief auf dem Stuhl im Kartenschapp, als Gombert die Mine entdeckte, hereinstürzte und ihn wachrüttelte und ihm das Glas gab. Zuerst fand und fand er sie nicht, doch dann sah er die schwarze Kappe mit den Hörnern leicht aus dem

Wasser herausstoßen, sah das träge, plumpe Pendeln des schwarzen Körpers, das Überschwappen des Wassers. Der Bug des Feuerschiffes wies auf die offene See, und die Mine trieb auf sie zu, schwankend, mit marternder Langsamkeit. Mitunter blieb sie längere Zeit verschwunden, so daß Freytag dachte, sie sei gesunken und werde nie mehr hochkommen, und dann stießen unvermutet die Bleikappen ihrer Hörner aus einer Welle.

Ungeduldig stand Gombert neben ihm. „Siehst du sie?" fragte er immer wieder, und Freytag sagte: „Ja, ich sehe sie."

„Sie treibt auf uns zu", sagte Gombert.

„Ich sehe es", sagte Freytag. Er setzte das Glas ab, die Mine war sechshundert Meter vom Schiff entfernt.

„Glaubst du, daß sie hier rankommt?" fragte Gombert.

„Es sieht so aus", sagte Freytag.

„Vielleicht taugt sie nichts mehr."

„Wir können es abwarten", sagte Freytag, „wenn sie losgeht, war sie in Ordnung."

„Ich denke, sie haben alles geräumt hier."

„Es ist minenfrei – bis auf einige, die sie nicht gefunden haben."

„Und was sollen wir tun?"

„Wir müssen sie dazu bringen, daß sie einen Bogen ums Schiff macht oder sich entschließt, unterzugehen, bevor sie hier ist."

Er gab Gombert das Glas zurück, holte die halbe Zigarette aus dem Kartenschapp und ging zur Messe hinab. Seitdem er von Trittel erfahren hatte, was nachts in der Kombüse geschehen war, hatte er Doktor Caspary nicht gesehen, er hatte auch Eddie nicht mehr gesehen. Zweimal klopfte er mit der Faust gegen die Tür, das scharrende Geräusch von Stuhlbeinen erfolgte, dann öffnete Doktor Caspary die Tür und blieb im Spalt stehen. Er lächelte überrascht. Er sagte:

„Es tut mir leid, aber ich kann Sie jetzt nicht reinlassen; einer meiner Freunde ist noch nicht soweit."

„Ich muß mit Ihnen sprechen", sagte Freytag. „Würden Sie rauskommen an Deck? Ich möchte Ihre beiden Freunde nicht stören."

„Sie sind gesund und brauchen viel Schlaf."

„Hoffentlich schlafen sie nicht beide zu gleicher Zeit", sagte Freytag.

„Zu gegebener Zeit werden beide wach sein", sagte Doktor Caspary.

Freytag merkte, daß er log, spürte auch, daß der Mann, der ihm mit der geflickten Sonnenbrille gegenüberstand, aus Furcht log.

„Das Schiff ist in Gefahr", sagte Freytag leise. „Wir brauchen Ihre Hilfe."

„Dazu muß ich mich kämmen", sagte Doktor Caspary; „einen Augenblick, warten Sie auf mich." Er verschwand, kehrte nach kurzer Zeit wieder und ließ, indem er die Hände vorstreckte, seinen Jackettärmel auf den Unterarm rutschen – als Zeichen, daß er bereit sei, zu helfen.

Sie stiegen zur Ausguck-Plattform hinauf, Freytag nahm Gombert das Glas ab und reichte es Doktor Caspary; dann wies er mit der Hand in die Richtung, in der die Mine trieb, und sagte: „Sehen Sie durch das Glas; Sie werden finden, was ich meine. Eine Mine treibt auf uns zu, ungefähr fünfhundert Meter vom Schiff."

Doktor Caspary trat einige Schritte zur Seite, bevor er das Glas ansetzte. „Ja", sagte er, „ich sehe sie."

„Sie treibt auf das Schiff zu", sagte Freytag.

„Und wie kann ich Ihnen helfen?" fragte Doktor Caspary. „Soll ich sie mit Worten entschärfen?"

„Das betrifft Sie genauso wie uns", sagte Freytag.

„Sehr gut", sagte Doktor Caspary. „Es gibt also etwas, vor dem wir gleich sind; plötzlich sind wir alle Gefangene einer Lage, in der wir aufeinander angewiesen sind."

„Sie treibt langsam", sagte Freytag, „wir haben noch Zeit."

„Vielleicht taugt sie ja nichts", sagte Gombert.

„Es gibt Minen, die lagen zwanzig Jahre im Wasser, und zwanzig Jahre sind Schiffe über sie weggefahren, und als man sie vergessen hatte, da gingen sie eines Tages los."

„Wie also soll ich Ihnen helfen?" fragte Doktor Caspary.

„Sie müssen sie abschießen", sagte Freytag.

„Sehen Sie, Kapitän, darin liegen die Vorzüge, bewaffnet zu sein: wenn eines Tages eine Mine auf Sie zutreibt, können Sie sich das Ding bequem vom Leibe halten. Ich werde mit meinen Freunden sprechen, und wenn sie einverstanden sind, werden wir etwas tun."

Lächelnd verschwand er nach unten in die Messe, und Gombert sah Freytag von der Seite an und sagte: „Ich hätte das nicht getan an deiner Stelle, ich hätte mir nicht von ihnen helfen lassen."

„Du kannst manchmal irgendwo drinstecken", sagte Freytag, „wo dir nur dein Gegner helfen kann. Ich persönlich würde ihre Hilfe nie annehmen, aber das Schiff braucht sie, und das Schiff ist wichtiger als alles andere."

„Wer wird die Mine abschießen“, fragte Gombert, „der Blöde oder sein Bruder?“

„Sein Bruder“, sagte Freytag.

Jetzt traten Eddie und Doktor Caspary an Deck, und sie winkten ihnen, herzukommen. Eddie wies das Glas zurück, das Freytag ihm reichen wollte; aus seinen Bewegungen war jede Lässigkeit verschwunden, auf seinem Gesicht lag ein Ausdruck müder Brutalität. Flüchtig blickte er in die Richtung, in der die Mine trieb, winkte den Männern, zurückzutreten; dann legte er die Maschinenpistole auf die Reling, zielte und wartete.

Keiner sah mehr auf ihn; alle standen und beobachteten schweigend die Stelle auf dem Wasser, an der die schwarzen Hörner erscheinen mußten. Als sie erschienen, feuerte Eddie, und die Kugeln zirpten über das Wasser; eine Kette von Fontänen wurde hochgerissen, fünfzig oder sogar hundert Meter vor der Mine, die nach dem Feuerstoß wegsackte wie ein Körper, der in Deckung geht. Eddie schubste die leeren Patronenhülsen mit dem Fuß außenbords, zog die Maschinenpistole in die Schulter ein und wartete, und jetzt wurde die Mine hochgetragen, so daß ihr schwarzes oberes Rundprofil deutlich über dem Wasser war. Eddie feuerte zwei Stöße, und sie hörten deutlich den Aufprall der Geschosse auf dem metallenen Körper.

„Sehr gut“, rief Doktor Caspary, „du hast sie getroffen, Eddie.“

„Der Dreck geht nicht los“, sagte Eddie.

„Man muß die Hörner treffen“, sagte Gombert.

„Kluges Kind“, sagte Eddie, „das hätte mir meine Oma auch gesagt.“

Die Stelle, an der die Mine jetzt träge rollte und trieb, wurde durch hochschwappendes Wasser bezeichnet; diesmal wartete Eddie nicht, bis sie auftauchte, sondern zielte und schoß, setzte ab und schoß noch einmal. Und da sammelte sich die See wie unter einem gewaltigen Griff, brach auf, hob sich bebend, als stiege ein Berg aus dem Wasser; eine Fontäne aus Gischt und Schaum schoß empor, schien einen Augenblick stillzustehen und schnellte dann, wie durch neue Kraft weitergetrieben, abermals hoch. Ein Schauer lief über die See, und das tonnenschwere Gewicht des Wassers, das die Explosion hochgerissen hatte, fiel klatschend zurück.

Eddie starrte ungläubig auf das Ereignis, und Doktor Caspary rieb mit kurzen, eckigen Bewegungen seinen Siegelring in der Hüfte und sagte: „Sehr gut, Eddie. Das war das Beste, was ich von dir gesehen habe.“

„Sie taugte doch etwas“, sagte Freytag zu Gombert, „sie war noch brauchbar.“

„Hätte ich nicht gedacht“, sagte Gombert.

„Seid ihr bedient?“ fragte Eddie, während er die Maschinenpistole in die Hüfte einzog, davonging und im Davongehen den Lauf über die Gruppe der Männer schwenkte.

„Geh zu Trittel“, sagte Freytag zu Gombert, „er soll mir Kaffee auf die Brücke bringen.“

„Mit zwei Tassen“, ergänzte Doktor Caspary, der plötzlich lächelte und auf Rethorn zuging, der mit verschränkten Armen unter den Wanten stand. Sie gaben sich die Hand, sie sprachen miteinander und blickten zu der Stelle hinaus, wo die Mine hochgegangen war.

Freytag stieg zur Brücke hinauf, blicklos an den Männern seiner Besatzung vorbei, die, als die ersten Schüsse erfolgten, an Deck gekommen waren und die Explosion der Mine beobachtet hatten. Er spürte ihre Mißbilligung und ihre Erwartung, er spürte ihr Verlangen nach einem Zeichen, nach einer Aufforderung oder nur danach, eingeweiht zu werden in das, was er selbst vorhatte. In ihrer Haltung lag die Enttäuschung über jede ausgebliebene Aktion, für die sie ihn verantwortlich machten. Er spürte es noch, als er auf der Brücke stand und zu ihnen hinuntersah. ‚Sie werden es nicht begreifen‘, dachte er. ‚Sie werden nicht verstehen, daß ihretwegen nichts geschehen darf.‘

Er ging zum Niedergang, sah Trittel mit dem Kaffee heraufkommen, den er an Freytag vorbei ins Kartenschapp trug, mit verstörter Unterwürfigkeit servierte und danach, das Tablett in der Hand, rückwärts verschwand.

„Leg dich jetzt hin“, sagte Freytag.

Der Koch wandte sich erschrocken um, nickte, wollte zum Niedergang und wich gleich wieder zurück, als er Doktor Caspary entdeckte, der, eine gewaltsame Munterkeit zur Schau tragend, auf die Brücke kam.

„Ich will nichts von Ihnen“, sagte Doktor Caspary, „allenfalls eine Tasse Kaffee.“

„Ist gut, Karl“, sagte Freytag, und Trittel klemmte sich an den Männern vorbei.

Sie standen sich gegenüber und tranken schwarzen Kaffee. Wieder bot Doktor Caspary dem Kapitän eine Zigarette an, wieder lehnte Freytag ab, indem er auf seine kalte Zigarette wies.

„Sie schulden mir noch etwas, Kapitän“, sagte Caspary und setzte die

Tasse ab. „Sie schulden mir noch Zeit als Zuhörer: ich glaube, daß ich Ihnen noch nicht alles erzählt habe über mich."

„Von manchen weiß man genug, wenn sie schweigen", sagte Freytag.

„Von manchen – aber nicht in meinem Fall", sagte Doktor Caspary.

„Warum wollen Sie mir das erzählen?"

„Ich weiß nicht genau, Kapitän. Ich vermute aber, daß ich in Ihnen einen Mann getroffen habe, der mir am nächsten kommt: unsere Nähe ergibt sich aus der Vollkommenheit, mit der wir uns in jeder Hinsicht widersprechen. Ihr Leben, Kapitän, wäre das einzige, das ich noch hätte führen können, wenn ich mich nicht für mein Leben entschieden hätte, oder für meine drei Leben. Vom ersten erzählte ich Ihnen ja. Nun, und das zweite Leben ergab sich aus dem ersten: in der Anwaltspraxis gewann ich rasch die Einsicht, daß jedem Menschen ein schuldhaftes Verhalten nachzuweisen ist, wenn man es nur darauf anlegt. Ich wollte herausbekommen, worin der Unterschied zwischen denen liegt, die man faßt und vor Gericht stellt, und denen, die frei herumlaufen. Ich wollte in Erfahrung bringen, wieviel man tun, wie viele Verbrechen man begehen kann, ohne daß es sich im Gesicht ausprägt oder gleich das Gericht interessiert. So führte ich neben meinem Anwaltsleben ein Leben als – ja, ich muß sagen als freier Zuchthäusler. Unter dem Namen eines bekannten Impresarios zog ich das größte Gerichtsunternehmen – Sie werden sagen: Erpressergeschäft – auf, das es je in Westdeutschland gegeben hat. Ich spezialisierte mich darauf, das Leben von besonders angesehenen und scheinbar ehrenwerten Leuten zu erforschen und ihnen dann das Ergebnis meiner Bemühung mit einer Rechnung zuzuschicken. Sie werden erstaunt sein: eine einzige Rechnung ist zurückgekommen – doch nur, weil der Angeklagte verstorben war.

Mein zweites Leben brachte mir einen Erfolg, wie ich ihn als Anwalt nicht finden konnte. Das dritte Leben schließlich, das ich von dem zweiten finanzierte, führte ich als bescheidener Werftunternehmer: den Tod meines Bruders vor Augen, spezialisierte ich mich in meiner Werft darauf, verschiedene Typen von unsinkbaren Rettungsbooten entwickeln zu lassen – für Schiffbrüchige. Das Boot, in dem Sie uns auffischten, ist übrigens eigenes Fabrikat, ein älteres Versuchsmodell."

„Und die Brüder?" fragte Freytag, der bisher anscheinend interesselos zugehört hatte.

„Ich bin ihnen aus meinem zweiten Leben verpflichtet. Unsere Beziehungen gehen über eine Freundschaft hinaus."

„Das sieht man euch an", sagte Freytag, „ihr seid wie geschaffen füreinander."

„Eugen fühlt sich nicht sehr wohl heute", sagte Doktor Caspary.

„Es wird an der reinen Luft hier liegen", sagte Freytag.

„Mag sein, mir bekommt die Luft auch nicht sehr. Es wird Sie erstaunen, Kapitän, doch ich habe bereits das Gefühl, zu lange an Bord zu sein."

„Ich schätze, es geht Ihnen nicht allein so", sagte Freytag.

„Hören Sie zu", sagte Doktor Caspary, und er blickte sich schnell um. „Ich möchte Ihnen etwas sagen, Kapitän, offen, nur unter uns." Er sprach mit verändertem Tonfall, und Freytag glaubte jetzt auch in seiner Stimme Furcht zu erkennen. „Ich möchte Ihnen ein Angebot machen, Kapitän, ein Angebot, wie Sie es nie in Ihrem Leben bekommen haben: bringen Sie mich zur Küste – ich werde Ihnen die Stelle zeigen, wo Sie mich absetzen können –, und ich zahle Ihnen dreißigtausend Mark. Wenn Sie einverstanden sind, könnte ich Sie sofort auszahlen."

„Erscheinen Sie sich selbst nicht teurer?" fragte Freytag.

„Ich kann erhöhen", sagte Doktor Caspary, „wieviel? Bestimmen Sie es selbst."

„Für Sie allein oder auch für Ihre Freunde?"

„Für mich *und* für meine Freunde."

„Das wollte ich wissen", sagte Freytag.

„Ihr Schiff ist ohnehin auf der letzten Wache. Ein letzter Umweg würde nichts für Sie bedeuten, aber das, was er Ihnen einbringt, könnte Ihnen eine angenehme Pensionszeit sichern. Nennen Sie Ihre Bedingungen."

„Ich kenne keine Bedingungen. Vergessen Sie alles, was Sie mir sagten, und versuchen Sie nicht, es mir noch einmal zu sagen."

„Werden wir nie zusammenfinden, Kapitän?"

„Sie sagten doch selbst, daß wir uns so gut verstehen, nicht wahr? Gut, dann verstehen Sie mich auch diesmal: ich denke an nichts anderes, als euch von Bord zu bekommen – so oder so; ich denke an den toten Mann und an den Tag, an dem wir frei sein werden auf diesem Schiff."

„Sie könnten rasch dahin kommen", sagte Doktor Caspary. „Mein Angebot bleibt bestehen."

„Auf diesem Schiff wird niemand solch ein Angebot annehmen."

„Ich bewunderte schon einmal Ihre Gewißheit – ich bewundere sie wieder."

„Niemand", wiederholte Freytag, „und ebensowenig wird dies Schiff seine Position verlassen, bevor wir offiziell eingezogen werden."

„Sie sagten es schon. Hören Sie, Kapitän, ich maße mir nicht an, Ihnen einen Rat zu geben, aber in einer Hinsicht möchte ich Sie warnen: ich möchte Sie vor dem Hochmut warnen, eines anderen so sicher zu sein." Doktor Caspary drehte sich um und verschwand.

Am Nachmittag wehten Regenschleier über die Bucht, verdeckten die Inseln, verdeckten den Horizont. Ein Flugzeug zog hoch und unsichtbar über sie hinweg, und ein dumpfes Rollen lief über die Bucht, das vom Artillerie-Übungsplatz an der Küste herüberkam.

‚Ein guter Himmel für Dorsche', dachte Freytag. ‚Wenn sie nicht hier wären, würde ich den Zockler rauswerfen.'

„Kapitän ins Funkschapp!" rief eine Stimme, und Freytag stand einen Augenblick da, als überlegte er, ob er der Aufforderung nachkommen sollte: dann, als Philippi abermals rief, verließ er die Brücke und ging.

Philippi erwartete ihn, und als Freytag die Funkbude betrat, warf er die Rolltür hinter ihm zu, schob den Riegel von innen vor, drehte sich sprunghaft um, die Hände flach gegen die Tür gepreßt. Auf seinem Habichtsgesicht lag der Schimmer einer Genugtuung. Seine Daumen rubbelten rhythmisch über die Tür, so daß ein Geräusch entstand, hohl und bestimmt wie ein lässiger Wirbel auf einer Trommel.

„Also?" fragte Freytag, „was ist los? Was soll ich?"

„Wenn diese Wache vorbei ist, steige ich aus", sagte Philippi.

„Wir steigen alle aus, jeder weiß das an Bord. Hast du mich gerufen, um mir das zu sagen?" fragte Freytag.

„Nein", sagte Philippi, „das war nur meine Einleitung. Ich wollte dir sagen, daß die Direktion unterrichtet ist. Sie wissen, was los ist an Bord."

Freytag sah ihn mißtrauisch an, fingerte nach seinem Taschentuch und zog es um die Hand, daß der Stoff über den Knöcheln spannte.

„Sie wissen über alles Bescheid", sagte Philippi.

„Von wem?"

„Ich habe es durchgegeben", sagte Philippi. „Die Direktion mußte es erfahren."

„So", sagte Freytag leise, „sie mußte es erfahren. Du hast das entschieden."

„Ich hielt es für meine Pflicht."

„So, du hieltst es für deine Pflicht. Und was wird deine Direktion tun

– jetzt, wo sie alles erfahren hat? Sie werden ein Boot schicken. Und dann?"

„Jetzt wird etwas geschehen", sagte Philippi, „das mußte ich dir sagen."

„Du bist wie die andern", sagte Freytag, „ihr glaubt alle, daß unbedingt etwas geschehen muß: ihr seid versessen darauf, gleich immer zu handeln: es ist wie eine Krankheit."

Freytag musterte ihn ohne Erbitterung, mit gelassener Resignation. Nicht er war überrascht, sondern Philippi, überrascht, da die Reaktion ausblieb, auf die er vorbereitet war. Der Ausdruck hartnäckiger Genugtuung auf seinem Gesicht wich einem unsichern Erstaunen, und er drückte sich von der Tür ab, ging zu seinem Tisch, auf dem eine Kiste mit selbstgedrehten Zigaretten stand, nahm eine, zündete sie an.

„Wann schicken sie das Boot?" fragte Freytag.

„Ich weiß nicht", sagte Philippi.

„Dann werden wir warten", sagte Freytag, „warten und uns auf etwas gefaßt machen."

Zuerst schickten sie Soltow, und der Maschinist kam herein ins Kartenschapp, während Freytag das Logbuch schrieb, wartete, bewegte sich ungeduldig hinter dem Stuhl und sagte schließlich: „Sie sind alle vorn am Spill. Sie warten auf dich."

„Gut", sagte Freytag, und er schrieb weiter, schrieb die Seiten nach, die er schon einmal geschrieben und die Doktor Caspary herausgerissen hatte, setzte das Logbuch fort bis zu jenem diesigen Abend, und als er fertig war, kam Soltow abermals herein.

„Es wird Zeit, daß du kommst", sagte er. „Wir sind alle vorn am Ankerspill und warten auf dich."

„Was soll da stattfinden?"

„Du wirst es merken, komm nur mit."

Freytag legte das Logbuch in den Kartentisch, schloß ab und steckte den Schlüssel ein. Die See war leer, das Schiff schwojte in der Strömung, ein flauer Wind ließ den schwarzen Ball an der Signalleine schwerfällig hin- und herpendeln, und die Inseln drüben wurden immer flacher, als gingen sie unter in einem Tal der Dämmerung. Freytag sah Soltow an und fragte: „Wer hat dich geschickt?"

„Er persönlich", sagte Soltow. „Das nächste Mal wollte er selbst nach dir sehen."

„Ich komme", sagte Freytag.

„Es sind nur zwei von ihnen da", flüsterte Soltow. „Einer fehlt. Ich hab mich schon gewundert, warum er nicht rauskam aus der Messe."

„Jetzt werden sich manche wundern", sagte Freytag.

Schweigend gingen sie den Niedergang hinab, über das verlassene Deck, und Freytag blieb stehen und beobachtete noch einmal mit bloßem Auge die See, in der Befürchtung, daß das Boot, das die Direktion schicken wollte, jetzt auf sie zukommen könnte.

Die lange Bucht war leer; eine Ölspur trieb auf die freie See hinaus, glättete das Wasser, führte braunes Gras und Plankenstücke und Astwerk hinaus.

„Komm", sagte Soltow.

Freytag folgte ihm zum Vorschiff, wo sie alle am Spill standen, und nun, da sie ihn kommen hörten, ihre Gesichter hoben und ihm entgegensahen. Kein Blick ließ ihn los: wie ein Flugzeug nachts in den Fangarmen der Scheinwerfer, so befand er sich im Fangkreuz ihrer Blicke, und ihre Gesichter drehten sich mit ihm, als er herankam, zwischen ihnen hindurchging und langsam wieder zurückkehrte. Er blieb stehen, sah jeden einzelnen an, seine Besatzung und die beiden andern und zuletzt Fred, der allein hinter Gombert stand. Plötzlich trat er auf Gombert zu und sagte: „Warum bist du nicht auf Ausguck?"

Gombert wich ihm aus, blickte stumm zu Eddie hinüber, der mit Doktor Caspary an der Reling stand; dann zuckte er die Achseln.

„Warum seid ihr alle nicht auf Station, wo ihr hingehört?" fragte Freytag, und da sie nur standen und ihn schweigend musterten: „Warum bist du nicht auf Station, Philippi? Und du, Rethorn?" Die kalte Zigarette wippte zwischen seinen Lippen. Er trat auf Gombert zu. Er sagte: „Du gehst jetzt auf Ausguck, oder hast du vergessen, was du zu tun hast?"

„Der Mann bleibt hier", sagte Doktor Caspary von der Reling.

„Er fühlt sich hier sehr wohl", sagte Eddie und nahm die Maschinenpistole fest in die Hüfte.

„Geht auf Station", sagte Freytag drohend.

Die Männer blickten auf Eddie und auf Doktor Caspary und blieben. Sie spürten, daß der erste, der sich aus der Gruppe entfernte, das größte Risiko laufen würde; so blieben sie und wandten sich sogleich wieder Freytag zu, als habe er selbst unmittelbar hervorgerufen, was jetzt geschah. Sie überließen es ihm, den Zwang aufzuheben, unter dem sie alle standen. Freytag merkte es, drehte sich zu Doktor Caspary um und sagte: „Was haben Sie vor? Warum zwingen Sie die Besatzung, hier vorn zu bleiben? Wir haben zu arbeiten."

„Ein Mann wie Sie kommt von keinem andern Stern", sagte Doktor Caspary mit weicher, wohlklingender Stimme. „Sie wissen, was los ist. Sie haben Zeit gehabt, zu verhindern, wozu wir uns jetzt gezwungen sehen."

Blitzschnell sah Freytag zu seiner Besatzung zurück und rief: „Geht auf eure Plätze!"

Sie rührten sich nicht.

„Geben Sie es auf, Kapitän", sagte Doktor Caspary. „Versuchen Sie nicht, etwas hervorzurufen, wofür Sie nicht die Verantwortung übernehmen können: das paßt nicht zu Ihnen. Wir werden den Anker einholen, und Sie werden uns an Land setzen. Es wird nicht lange dauern – immerhin kommt Ihr Schiff so zumindest eine Nacht von der Kette."

„Das Schiff bleibt hier", sagte Freytag, und zum Maschinisten: „Geh in dein Schapp und mach die Lichter an; es wird Zeit." Soltow rührte sich nicht.

„Sehen Sie", sagte Doktor Caspary. „Sie sollten merken, daß Sie allein stehen. Ich warne Sie, Kapitän."

„Dann versucht's nur", rief Freytag, „kommt her und versucht, den Anker raufzuholen. Los, wer von euch will es zuerst probieren?" Er ging zum Spill, stellte sich mit dem Rücken vor den Spillkopf, über den die großgliedrige Ankerkette lief, duckte sich da und hob die Fäuste, bereit, den Spillkopf gegen jeden zu verteidigen.

„Warum kommt ihr denn nicht?" sagte er.

„Nichts ist trauriger als ein Mann, der sich lächerlich macht", sagte Doktor Caspary. „Sie machen sich lächerlich, Kapitän. Gehen Sie weg vom Spill."

„Komm", sagte Rethorn plötzlich, „sei vernünftig und komm da weg."

Freytag sah ihn überrascht und argwöhnisch an. Er nahm die kalte Zigarette aus dem Mund, zerrieb sie zwischen den Fingern und trat unwillkürlich vom Spill weg.

„Ich dachte schon, du hast deine Sprache verloren", sagte Freytag, „und auf einmal machst du mir sogar Vorschläge."

„Es sind nicht meine Vorschläge", sagte Rethorn. „Ich sage nur, was du uns gesagt hast die ganze Zeit."

„Ah", sagte Freytag, „du hast nichts dagegen, den Anker raufzuholen und bist bereit, ihnen zu helfen? Vielleicht hat er dir auch ein Angebot gemacht?"

„Denk daran, was mit Zumpe geschehen ist", sagte Rethorn.

„Ich denke daran."

„Dann weißt du genug."

„Ja", sagte Freytag, „das weiß ich, im Gegensatz zu dir weiß ich, wann sich etwas lohnt. Ich bin mir im klaren darüber, wozu etwas gut ist und in welchem Augenblick. Das ist der Unterschied zwischen uns."

„Fangen Sie an", sagte Doktor Caspary, und Eddie echohaft: „Los, fangt an'!"

Niemand rührte sich. Sie standen sich gegenüber wie in einem ungleichen Duell und schienen nur deshalb zu zögern, weil Freytag zwischen ihnen war. Solange er dort stand, wie ein Magnet, der ihre Aufmerksamkeit an sich riß gleich Eisenspänen, geschah nichts, doch es würde etwas geschehen müssen – und weder er noch die andern zweifelten daran –, sobald er dort wegging. Und wieder begann Rethorn: „Komm weg da, oder hast du vergessen, was du uns selbst gepredigt hast? Es ist die letzte Wache, in ein paar Tagen laufen wir ein."

„Er hat dich wohl gekauft", sagte Freytag. „Du redest, als ob du schon sein Geld in der Tasche hast."

„Denk daran, was du uns gesagt hast: es soll niemand fehlen an Bord, wenn wir einlaufen."

„Das hat sich geändert", sagte Freytag. „Es kann vorkommen, daß man seine Meinung ändern muß, und dieser Augenblick ist jetzt da. Das Schiff bleibt vor Anker."

„Ich halte mich daran, was du uns vorher gepredigt hast", sagte Rethorn.

„Fangt an, ihr Denkmäler", sagte Eddie und trat einen Schritt vor. Er entblößte seine Zähne, legte den Oberkörper leicht zurück, spreizte die Beine. Der Lauf der Maschinenpistole wanderte langsam über die Männer hin, blieb dann auf Freytag gerichtet, und bis auf Rethorn schoben sich die andern unwillkürlich nach vorn, als wollten sie den Kapitän in die Sicherheit ihrer Gruppe aufnehmen. Auch Fred bewegte sich unwillkürlich nach vorn. Blaß und aufgerichtet stand er nun schräg hinter seinem Alten, eine Hand in der Tasche, die Hand, die den metallenen Marlspieker hielt.

„Erwarten Sie nicht, daß ich anfang zu zählen", sagte Doktor Caspary.

„Warum nicht“, sagte Freytag. „Zählen beruhigt, und vielleicht kommt der Anker von alleine hoch, wenn Sie zählen.“

„Zum letzten Mal“, sagte Eddie, „fangt an!“

Rethorn trat ans Spill, legte beide Hände auf den Hebel und blickte auf den verrosteten Schäkel, mit dem die Kette gesichert war und der gelöst werden mußte, damit die Kette eingeholt werden konnte, und bevor Freytag noch bei ihm war, sprang Eddie zwischen sie und hob die Maschinenpistole, um Rethorn bei seiner Arbeit zu decken.

„Nimm die Hände vom Spill“, sagte Freytag.

„Sei vernünftig“, sagte Rethorn, „du weißt, was passiert.“

„Ich komme“, sagte Freytag.

„Komm nur“, sagte Eddie, „versuch es.“ Er senkte den Lauf, richtete ihn fest in Höhe der Gürtellinie auf Freytag und legte den gekrümmten Finger auf den Abzug. Ratternd sprang der Spillmotor an.

Freytags Körper sackte etwas zusammen, als er mit mechanischen, schwerfälligen Schritten auf Eddie zuging, hinter dem in vollkommener Deckung Rethorn stand und jetzt den Spillmotor abstellte. Und wie treibende Stämme in einem Strom, die durch eine Kette verbunden sind, schwenkten die andern herum und folgten Freytag in derselben mechanischen und schwerfälligen Art, unter einem unwillkürlichen Zwang, so daß Eddie, als er sie alle auf sich zukommen sah, einen Augenblick verwirrt zu Doktor Caspary zurücksah, gleich einem Schwimmer, der in jähem Verdacht den Kopf wendet und zum Ufer zurückblickt. Doktor Caspary lächelte und nickte ihm zu.

„Paß auf“, rief Rethorn.

Freytag ging weiter, den Blick des Mannes suchend, der ihm den Lauf entgegenhielt, er fand den Blick, zog ihn auf sich, und er erkannte in ihm alle Wachsamkeit und Bereitschaft.

„Nicht weiter“, sagte Eddie unvermutet, und mit leiser Stimme: „nicht weiter.“

Die andern zögerten, blieben stehen, nur Freytag bewegte sich weiter auf ihn zu, zäh jetzt, mit kurzen, mühsamen Schritten, so, als fühle er bereits den Widerstand, der von dem bläulichen Lauf der Maschinenpistole ausging und der für ihn spürbar war wie ein Stock, dessen Spitze gegen sein Bauchfell drückte. Er glaubte unbedingt einen körperlichen Widerstand zu empfinden, und als Eddie schoß – einen einzigen Schuß nur, der nicht anders klang als das Zusammenschlagen zweier Bretter –, vermutete er eine Sekunde lang nichts anderes, als daß diese Stockspitze nun in ihn eingedrungen war. Er riß beide Hände hoch und preßte sie auf seinen Leib, sein Gesicht verzerrte sich, sein Körper knickte ein, und dann drehte er sich lautlos, fiel auf die Knie und stützte sich mit den Händen ab, und bevor seine Arme nachgaben, hatte Fred den Marlspieker aus der Tasche gezogen.

Fred schlug die Spitze des Marlspiekers nicht mit seiner ganzen Kraft in Eddies Rücken, dennoch war er erschrocken und erstaunt darüber, wie tief das dornspitze Werkzeug in den Rücken eindrang; er war so erschrocken darüber, daß er den Marlspieker losließ und zurückschnellte und Eddie wanken sah – so, wie er die Getroffenen im Kino wanken gesehen hatte, wenn ihnen das gefiederte Pfeilende aus dem Rücken herausstand –, und bevor Philippi ihm noch die Maschinenpistole aus der Hand reißen konnte, stürzte Eddie und begrub die Waffe unter seinem Körper.

„Der andere!" rief Soltow, aber Gombert war schon neben Doktor Caspary. Er packte ihn an den Handgelenken und riß seine Arme auf den Rücken, so daß Doktor Caspary aufstöhnte.

„Jetzt bist du dran", sagte Gombert.

„Ich sehe es", sagte Doktor Caspary, „Sie brauchen es mich nicht fühlen zu lassen."

Während er Doktor Caspary in die Messe stieß und Soltow und Philippi Eddie aufhoben, um ihn ebenfalls in die Messe zu tragen, knieten Fred und der Koch bei Freytag. Trittel band seine Schürze ab, wickelte sie zusammen und schob sie dem Kapitän unter den Hinterkopf. Oberhalb des Gürtels sah Fred den Blutfleck, der sich im Gewebe des Hemds ausbreitete.

„Kapitän", rief Trittel, „Herr Kapitän."

Bis auf Philippi kamen die andern aus der Messe zurück und stellten sich um Freytag herum; auch Rethorn kam hinter dem Spill hervor, und sie standen alle da, bis Gombert sagte: „Ich bring ihn in seine Kammer."

Er hob Freytag auf, trug ihn ohne abzusetzen vom Vorschiff runter. Als sie im Backbordgang waren, rief Soltow: „Ein Boot! Es kommt genau auf uns zu."

„Es kann ihn gleich an Land bringen", sagte Rethorn.

„Du sei still", sagte Gombert. ‚Du sag nie mehr ein Wort hier!"

Er setzte Freytag behutsam ab, Trittel schob seine Schürze unter, und Fred kniete allein bei seinem Alten und sah hinab in das hautstraffe Gesicht, das gespannt war wie unter der Anstrengung eines stummen

Protestes. Eine Hand Freytags zuckte, er versuchte, sie zu heben, auf seinen Leib zu pressen, in dem das Feuer durch seine Eingeweide lief: er schaffte es nicht.

„Fred?“ fragte er plötzlich, und dann: „Fahren wir, Fred?“

„Nein, Vater“, sagte der Junge.

„Alles in Ordnung?“

„Alles“, sagte der Junge.

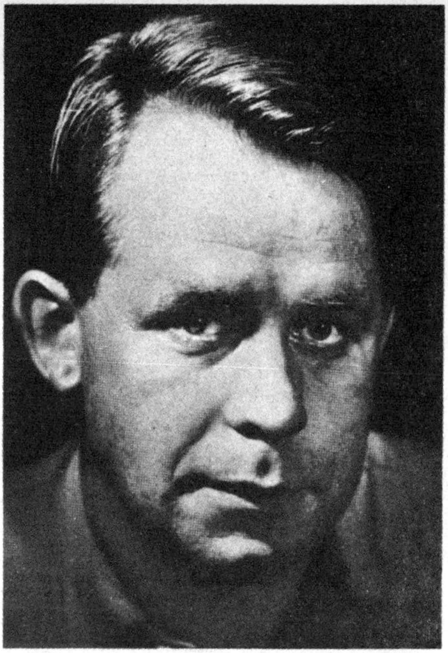

*Siegfried Lenz*

Seine Heimat ist Masuren. Da wurde er 1926 in dem Städtchen Lyck geboren. Er erlebte das Ende des Krieges bei der Marine. Danach studierte er in Hamburg Philosophie, Anglistik und Literaturgeschichte. Über diese Zeit schreibt er: „Erfolgreiche Aktionen als Schwarzhändler – Nähnadeln, Zwiebeln, Präparieralkohol – halfen mir, mein Studium zu finanzieren. Später, als meine Quellen versiegten, ging es mir sehr schlecht. Ein Kumpel warb mich als Blutspender, und ich konnte die dringenden Unkosten decken. Um außergewöhnliche Ausgaben zu vermeiden, blieb ich oft im Bett und las."

Er wollte Lehrer werden, wurde aber zunächst Feuilletonredakteur an einer großen Tageszeitung. Für den Rundfunk schrieb er Hörspiele, Satiren, kulturhistorische Beiträge, und in der Presse veröffentlichte er Novellen, kurze Erzählungen und Aufsätze über Zeitfragen. Sein erstes Buch „Es waren Habichte in der Luft" erschien 1951. Viele andere sind gefolgt, die ihm großen Erfolg brachten – und eine ganze Reihe Literaturpreise. Besonders sein ostpreußischer Erzählband „So zärtlich war Suleyken" fand die Gunst der Leser und Kritiker. „Zeit der Schuldlosen", sein erstes Theaterstück, wurde 1961 in Hamburg uraufgeführt. Diese frühen Erfolge wurden weit in den Schatten gestellt von den großen Romanen „Deutschstunde" und „Das Vorbild".

Siegfried Lenz sagt von sich: „Ich wüßte nicht, was ich lieber täte als Schreiben, doch was ich gern tue, das ist Fischen – eine Tätigkeit, bei der es nicht auf die Beute ankommt, sondern auf das Gefühl der Erwartung."

Die ungekürzten Ausgaben
der in diesem Buch enthaltenen Bücher
sind im Buchhandel erhältlich